国家出版基金项目
NATIONAL PUBLICATION FOUNDATION

沈德潛全集

③

（清）沈德潛 編著

賀嚴 整理

鳳凰出版社

本册目録

卷五

卷六

卷十九

歸愚文鈔餘集

卷八 以下補遺不及分體……六五一

歸愚文鈔

序

古稱文章，凡有韻無韻皆是也。六季以還，乃始別目兩名，以有韻者爲詩、無韻者爲筆。其意率右詩而左筆，是故梁代有沈詩任筆之云。又有稱謝玄暉善詩，任彦昇工筆者。彦昇深以爲病，晚好著詩，轉譏才盡。自時厥後，杜詩韓筆，猶沿斯名。意雖無所左右，然一彼一此，畫壃而王，若兩足不能以相過。於是遂有『杜以詩爲文，故文不工。韓以文爲詩，故詩不工』如後山云云者。雖此論未公，吾不之憑，然亦見具美兼善，戛戛其難！即蓋代手，一人胷中之造，而如輊如軒，不能盡填然滿人意，況而每下，復誰爲一雪此言者乎？乃今於大宗伯歸愚先生遇之。

余未知先生，往與如皋姜自芸敘京師，乃知有先生。自芸，詩人也。負其氣，不肯下人，獨低頭拜先生，且謂『命代風騷，一人而已』！余聞之神往。會南還，吾浙有『通志』之役，當事延先生爲泚筆，而余亦濫吹竽。每款言輒移晷。因緣窺其帙，時時見先生韻語，又過於所聞。京師隨口號數句以贈，有云『於古未知誰可比，當今豈得不相推』。私謂先生千載人也，即以詩單行足矣。他日，緝《明聖湖志》，而圖之先生，儗《圖説》十餘篇，詞高言妙，都不減酈善長注《水經》、柳河東居零陵以後筆。語復有煩捉床頭刀，新伍相祠書之碑者。先生操觚，率爾應之。雄魂毅魄，凜猶生面。其聲大而遠，直欲爭潮汐於白馬江濤。吾驚焉，歎先生難測，非復一事，自芸固知之不盡。而昔有之論，所云『天有分予及同能，不如獨勝之』，徒銳偏解，自納敗闕也。

別去數年，先生成進士，遂以風雅孤騫在帝左右，侍從酬奉，每奏稱善。天章雲漢，寵賜以冠篇端。史稱『有唐以來，詩人之達者高常侍』，以方先生，蓋瞠若乎後矣！於是，鳴節竦〔一〕韻之徒巉嶒一世，靡不投《雅》合《頌》，可以配韓而傳。曩者，九大珠玉，就詩敘詩，故未暇餘論及之耳。藉響川鶩，冀得沾丐殘賸，妄思與君代興，而不知先生如椽之筆，更有與詩同出者在。大篇短章，雖然，王言不云乎，『歸愚叟視近代青邱、漁洋，有過之無不及也。』竊思青邱之筆不傳，漁洋固以詩鳴，而筆亦如詩。觀其結體散文，一皆樹骨典訓，闡繹優游，鋒發而韻流，正所謂與詩同出者。而自天題處，直謂先生過之，則是杜詩韓筆，天子隱以具美兼善歸之先生，未及敘古文，已敘過畢矣，而先生復以穅秕前導，委之下走。嗟乎！余何知，余又何言？惟是追往道故，溯一識荊州之始，仰萬古江河之流，憶風雨之對床，愧雲泥之相望。署之紙尾，聊記姓名。或者朝菌蟪蛄，託於不腐，如此而已矣。若云元晏先生，則吾豈敢！

乾隆著雍攝提格之歲，陽月既望，還淳方桼如頓首謹述

校記

〔一〕竦：潘務正、李言編輯點校《沈德潛詩文集》作『疏』。

歸愚文鈔卷一

河圖洛書賦

惟闔闢之至理，含象數之無窮。假神物以昭宣，泄苞符於鴻蒙。聖人光顯之德，敷於無外；天地文明之象，著於有融。其不先時而發者，緣混茫之未啟；其不後時而出者，值天人之感通。斯觀天察地，得以按其位而究其中。

原夫主宰一極，陰陽分兩。天雖無言，儀昭有象。彼發源崑崙，經積石以至龍門。發源冢嶺，由熊耳而經豫壤。雄江淮濟，惟河稱四瀆之宗。合伊澗瀍，惟洛號三川之長。波流渺漭而涵空，榮光焯爍而直上。龍馬旋毛而拳曲，神龜坼文而俯仰。因得以負圖呈書，而千秋之演《易》演《範》，昭如指掌也。

觀夫一六居於北位，二七居於南方，三八居於東隅，四九居於西傍，而五數十數居於中央，此

《河圖》之象之自天降祥也。履一戴九，三左七右。二四擬肩，其位在前。六八擬足，其位在後。惟五之數，居中而守。此《洛書》之象之與圖爲偶也。

於時，伏羲因之畫卦，神禹因之敘疇。《河圖》以五生數統五成數，而天以統地者，其五十有五之體，無乎不周。《洛書》以五奇數統四偶數，而陽以統陰者，其四十有五之用，各從其儔。

若夫周文演卦，姬公爻辭。武功既寧，王訪父師。孔子大成，斯文在兹。贊《易》而適隨時變通之義，删《書》而協帝王代嬗之宜。莫不溯源河洛，決策蓍龜。

是則論其位，則有三同二異之分。論其象，則有方圓體用之跡。論其數，則有奇偶嬴乏之辨。而論其理，則總一先陽後陰而互爲對待，亦互爲消息。蓋《河圖》中之五數，即皇建其有極也。《洛書》而虛其中數，即無極而太極也。由《河圖》之『天一生水，地六成之』以相推，即《洪範》五行之相生相剋也。由《洛書》之正方爲乾坤離坎、隅方爲兑震巽艮以相推，即《大易》之參伍錯綜而列卦布畫也。夫如是，則《圖》以作《易》，《書》以演疇者。《圖》亦可以演疇，《書》亦可以作《易》。

要之，《河圖》《洛書》之象，總貴居中之數五。天地惟中，故得健順悠久之恒；帝王惟中，故爲文武聖神之主。則唐堯以之傳舜，虞舜以之傳禹。由湯、文、孔子而來，俟後聖之傳心而述祖。而皇上之聖聖相承，登三咸五者，固已備太極而存誠於言傳號涣之先，建皇極而錫福於索引航浮之土。洵乎兩儀三才之蘊於一心，而豈獨索象於羲圖，考跡於箕範，規規於點畫形象之成矩也哉？

太極圖賦

惟皇極之居中，得《洛書》之數五。緊高下之攸分，燦方位之共覩。原乎無始，而根柢樞紐。立造化品彙之先，溯厥最初。而磅礴渾淪，實二氣三才之主。理惟一誠，名曰太極。極者，至也，猶屋極、辰極，無可越其統御；太者，大也，猶太始、太初，莫能拘其形跡。該動靜，包清濁，而乾坤兩大始於胚渾；涵苞符，兼奇偶，而陰陽六子兆於混闢。繼河洛而作圖，洵周子之創獲爾。

其中含若薏，外周如環。黑白相間，虛實互旋。絪絪緼緼，連連綿綿。一翕一施，無側無偏。類果仁之未坼，而常含其妙；狀水車之運轉，而莫窮其端。發而施焉，其一物一太極者，爲川流之分給；蘊而藏焉，其統體一太極者，爲敦化之渾全。泄乎機緘，氣化周萬禩以後；泯乎聲臭，淵默居一畫之先。

而且理探真宰，象難尋窺。卦畫象爻，未嘗言太極也。而言太極者，始於仲尼。羲、文、周、孔，未嘗言無極也。而言無極者，始於濂溪。此豈視之不見，名曰希？此豈聽之不聞，名曰夷？蓋以云有而不滯一隅之跡者，以云無而實爲萬化之基。則其有無合一之學，吾知濂溪承乎仲尼，仲尼承乎文周二聖，而直上遡乎開天明道之庖羲。

要之，太極之理散於形質之紛，全於虚靈之體。五性配五氣之生剋，四德象四時之終始。運行蕃變，方寸並其無息。專直翕闢，天君肖其不已。而未發之中符未分之極者，主乎一心之不偏而不倚。惟至誠之全體，仰大聖之當陽。公溥、明通、哲惠，覃施乎萬族。仁義、中正、紀綱，遐被乎四方。修吉而主乎一敬者，欽、明、恭、讓之無跡；主静而執乎一中者，意、必、固、我之胥忘。既備太極，而協衆理於圖象；自建皇極，而踐五位於廟堂。是性焉聖，安焉聖，心學之傳，固紹羲、文而續周、孔，則會有極歸有極。

君道之大，洵祖堯舜，而述禹湯。庶乎體一元而合撰，同覆載於彼蒼。

臨雍賦有序

古者天子大報禮，郊祀天，報生物功也；社祀地，報成物功也；視學以祀先聖，報參贊天地萬世永賴功也。今皇帝即位以來，本過化存神之德，善繼善述之孝，綱紀天下。百度具舉，萬方寧謐。天神地祇，感格默祐。乃擇戊午春月吉日，駕臨辟雍。命三公、九卿、大夫、元士，皆得扈從。儀衛整肅，百靈奔走。臣民縝集，翹望屬車。

皇帝入廟展謁，穆然虚己，沖然改容。先聖儀音，恍若相接。於時，衆樂合作。古昔虞、夏、殷、周以來典禮，次第舉行。圜橋門而觀聽者，何啻億萬計！大禮既成，普天胥悦。由皇上聰明睿知，聖聖相承，道統、治統，萃於皇躬。而禮數之盛、文德之隆，得與虞庠周雍後先媲美也。草莽小臣遥聞盛典，如置身三代以上。不揆媕陋，謹操筆而賦之。

洪惟我聖人之御宇也，本一敬、叶三靈，心翼翼、德明明。承三祖二宗之大業，深事天勤民之至誠。銘湯盤於閶闔，舞虞羽於階庭。洵禮章而樂亮，亦政肅而刑清。溥仁風於埏垓，敷文教於溟瀛。隆拜師，祭聖於國子；法講學，行禮於鎬京。迺咨大臣，迺詢柱史。命羲和以練日，召秩宗以典禮。既崇聖之有儀，向辟雍而戾止。

斯時也，帝屬太皞，神爲句芒。淑氣煙煴，晷景舒長。虎賁導引，象衛騰驤。蜺旌軒舉，虹旃飄揚。萬騎駢羅而擁護，千官列布而趨蹌。大丙驅役而戒塗，鉤陳整肅而成行。翠虬夾輦而蜿蜿，蒼螭扈蹕而攘攘。鑾輿輪馳而殷殷，和鈴聲動而瑲瑲。磤磤砰砰，礌礌硠硠，動容發音，而觀者咸肅清屏息，知萬乘之下乎閶闔而届乎康莊。賢關在望，宮牆斯即。丘帶水而若環，水旋丘而如璧。浮清暉於大射之所，靄瑞氣於大成之室。前旄按節而停麾，法從緩轡而止軏。維時弁冕總總，章縫繹繹。肩麗武接，紛紜雜襲。覩聖人之肅恭，孰不稽首至地而以手加額。

皇帝乃斂容式禮，齋心告虔。登歌廟庭，釋奠堂筵。陳樽罍與幣帛，飭簠簋與豆籩。啓膟膋之芬膏，焜焫蕭之高煙。爵五獻於几席，樂六變於宮懸。躬俯興於先聖，分灌奠於諸賢。沓馨香之升聞，達精誠之潔蠲。因得以一人之恭己，而昭格生民未有之聖於在天。

於是，崇尚齒之典，行引年之儀。安車轜輪，兼以几杖。適饌省醴，授以卮匜。存祝哽祝噎之意，得行廩行粥之遺。此天子養老於辛學之日，以之重道而崇師也。

若乃庶尹雲臻，羣髦霧會。皇言昭宣夫經術，儒生問難夫疑義，辨虎觀之異同，析石渠之薈萃。聳然動聽，爽然若失者，下及雞冠虎韔之流，遠及魋髻鏤膚之輩。此天子講經於辛學之日，以之振聾而開聵也。

百禮洽，賞賚盛。頒酒胙，分藻蘊。臣工優渥而拜恩，多士沾溉而肆覲。爰重國學之師，爰申胄監之訓。祉元吉者蓋取諸泰，錫蕃庶者受之以晉。上既和而下既樂，金同昭而玉同潤。迨事畢而功宏，乃迴龍而返駿。聽萬口之歡呼，孰不頌天子之聖明，真可祖堯而述舜。

昔漢高之過魯，祠太牢以明禋。緊武皇之建學，得遺經於棘榛。越建武之崇儒，詔温恭而討論。洎永平之拜老，親饗射於成均。豈如我皇之隆軌，跨越前代之賢君。蓋惟敬也，故能齋莊中正，以肅於對越之辰；惟誠也，故能精純真一，以格夫先聖之神；惟和也，故能匪怒伊教，以樂乎無小無大。從皇于邁之倫則、仁義之化浹，而聖人之道備者，洋洋乎，巍巍乎，直接大成之心法，而維治道於常新。

頌曰：於昭元后，儷三五兮；鉅典煌煌，紹聖緒兮。於論於樂，考鐘鼓兮；勤學興賢，求佐鋪兮。文教旁流，洽九土兮；敷天薄海，奉規矩兮。作君作師，萬物睹兮；天眷至德，永爲民主兮。

大狩禮成賦以成禮三驅解罘放麟爲韻　館課

皇上御極之六載，德雍穆，政熙明。仁育義正，治定功成。漸被六合，控馭八瀛。詩書爲甲胄，道德爲干城。武不可黷也，合南朔東西，以敦禮讓；備不可弛也，借蒐苗獮狩，以詰戎兵。順四時以協天行之義，準三驅以還大德之生。

凜秋將終，湛露未已。迺練時日，迺循典禮。迺開武庫，紛出五兵。迺召儒臣，旁駿多士。列虎賁兮擁衛，具糗粻兮儲偫。外事尚剛，吉日維始。

天子於是駕玉輅，發金陛。轟寋風生，旄麾雲委。月御日奔，岳隨川駛。大丙侍側，勾陳清軌。豐隆鼓力而扶輪，列缺停聲而執箠。經柳林之蕭踈，沿灤河之渺瀰。指唐山之厜㕒，過木鹿之㟝嵸。因得設梐枑於林間，駐行宮而儼如京邸也。

維時不周風動，元冥令嚴。魑髻震疊，重舌和諴。帝光同覲，戎索具瞻。囊括乎日月之所照耀，包并乎陰陽之所渾涵。既禡祭而明神呵護，旋設圍而騶騎趍趲。或步而幟，或騎而鍤。或張弩笴，或露鋒鐔。或臂蒼鷹，而欲翔欲下；或牽田犬，而以伍以參。蛇陣翼張，而連綿不斷。龍驤環匝，而比密頻添。轟轟爚爚，焱焱炎炎。結罝罼，簸林嵐。發號令，馳轡銜。駢部曲，則期門之萃維七。擊鼉鼓，則銅龍之聲有三。

君王廼抽截霓之長劍，關滿月之雕弧。輔以蚩尤之選，從以郵良之徒。雷行電掃，雲合風驅。拉飛熊，搏封狐。踣狻猊，掎貔貙。攫白虪，斃於菟。殪重巘之狒猬，落木杪之獑猢。猰貐應叱而倒地，猯獇竄走而罹罘。其他詭如犰狳，捷如鼬鼯，常如麠麢，怪如夔魖，以及鴐鵝鶬鴰，鶤雞鸕鷀。其風毛飄如雪霰，雨血灑乎郊墟。凡弋於蒲且，噬於韓盧者，非殄物類於克勒巴林之俗，實震烜赫於烏闌白海之都也。

苐見部落歡呼，羽林奏愷。上斂綏以息譁，眾停旆以有待。得牙角而堆積孔多，靜什伍而車徒無駥。鳥獸之肉不登俎者不取，章物采焉；宗廟之祭不中殺者不薦，無罪悔焉。此上以顯孝德之馨香，下以振武功之魁壘。然此時九宇之威已畢宣，三面之網未盡解也。

爾乃中黃烏獲之流，稽拜而請曰：『方今佽飛逾健，邊隅可搜。重耀矛戟，重整罝罘。請我皇蕩滌四裔，圍合六幽。使八埏萬國，遠讋近慄。而陳琛賁獻共球乎。』天子肅然改容曰：『予一人示校閱，戒虔劉，匪暴天物，匪嗜遠遊。西旅之獒不足貴，大宛之馬不足求，白狼不徵其種類，赤雁不殘其匹仇。則今之因田獵、服氈裘者，惟警進退於金鼓，作武勇於貔貅。而豈以籠山絡野，膏鋒染鍔，必轥轢遍乎荒陬也哉？』

於焉，鑾輿廻，軍容壯。頒獻禽，韜弓韔。騶虞、鸑鷟，性仁者不傷。躍兔、翔鴳，脱網者咸放。視成王之蒐岐，其守文也同軌。比宣王之狩敖，其大成也不讓。而且椓罝杙於庠序，頓紘網於乾坤，巢威鳳於阿閣，獵非熊於渭濱。斥賦形猛鷙之梟鳥，珍稟性仁愛之祥麟。倣《周禮》師田之講事，並文囿雉兔之同民。之罘之偏不足射，雲夢之小不足吞。方且範天下於弦歌誦讀之習，返斯人以農桑飲食之真。彼《上林》炫耀於相如，《長楊》夸飾於子雲。華林有蘭成之揚詡，大獵得太白之敷陳。孰如我皇之出狩，無俟虞箴之諫，遠軼放麑之恩。則微臣之不歌而頌，拜手以獻者，差足章聖人之大烈，而昭至德於三五之深仁。

中和節進農書賦 以二月初吉協於農祥爲韻　館課

食居八政之先，農列四民之二。聯阡絡術，不遺下隰高原；載笞荷鋤，遍及士依婦媚。深宫念稼穡爲本，命編葺以成書。閎殿分纂校之官，自協恭而備位。蒐羅務取繁多，鉤貫總歸純粹。春爲歲華，仲維卯月，夾鐘初中，蓂葉乍發。助幽贊之利，鈞韶既回；覃出滯之恩，勾萌莫閼。中泯偏倚以爲德，清寧永奠環瀛和。消拂沴以成風，煦育直連窮髮。

當夫治躋隆古，時登太初，適甫成乎卷帙，廼偏集乎簪裾。奉函而陳，望龍顔於金闕；聯步以進，效虎拜於玉除。竊惟周元公上陳《無逸》以還，知民依在乎穡事。伏念李鄴侯奏改令節以後，見務本貴乎農書。眾小臣紬繹於芸館，聖天子披覽於宸居。庶幾堯兢兢而舜業業。如覩稷翼翼而黍與與也。

天子曰：『俞哉，是書有成，惟爾羣匹。稻粱穈芑，百穀俱疏。墳壤塗泥，五方均悉。耕穫紀候，早晚準《月令》之篇；耒耜有經，箋注采儒生之筆。宜五種，宜四種，以次及一種，相地利以善三農；食九人，食八人，以遞及五人，視民力以開百室。旷庶荷夫天休，國家受夫元吉。況夫天地泰交，君臣誼協。庶尹贊襄，三公調燮。重農首在重穀，務實倉箱；敬天不外敬民，無忘饟饁。書臚畊鑿，曲傳雨笠煙簑。節届中和，恰際杏花菖葉。子大夫往哉，汝諧予一人，言以道接。』

維時，四陽生矣，百職相於。輔黛耜於郊原，勸畊始夫帝耤。侍紺轅於畎畝，授鞭親及鸞輿。既醉羣歌，東野共歡勞酒；如坻有慶，西成遍望新畬。蓋以國本足食，王政力農。既祈穀於上帝，亦祈年於天宗。書在九重，瘠寐時周禹甸；書流萬國，耘耔遠逮堯封。農則恒農，自得子孫世守；富非耀富，漸看海宇時雍。是知一心一德，無怠無荒。中以感中，執中紹百王之統；和以召和，太和致萬物之康。養民會六府之修，功同神禹；善政行四仲之首，序應句芒。真覺九域一家，慶芸生之贍足；豈徒一禾九穗，侈物産之嘉祥。

經經緯史賦

惟天地之至文，在經緯之條理。經以握其綱領，緯以聯乎彼此。兩者分，而各見其相需；兩者合，而彌徵其並熾。理散著乎文明，道備陳乎經史。

緬昔尼山之删述，顯六籍之精醇。《易》則十翼成，而天地陰陽之洩乎奇偶。《書》則七觀列，而虞夏商周之續以魯秦。《詩》篇則持志永言，而『四始』寓温柔之旨。《春秋》則彰善癉惡，而一字係衮鉞之分。《禮》則高下散殊，其貴少貴多，有以辨尊卑而昭名分。《樂》則順成和動，其象功象德，足以格上下而洽神人。此六經爲三極之彝訓，亘萬古而常新者也。

若夫史職分左右之臣，史皇始軒轅之世。左氏述經，主乎編年；馬遷立傳，更爲隷事。扶風以嚴整爲長，蔚宗以練辭立異。《三國》窺龍門令史之遺，《晉書》駕干寶王韶之例。南北紛紜，體裁瑣細。三唐則宋祈損增，五代則歐陽載記。脱脱既冗長貽譏，宋濂亦繁蕪相儷。可法者，推涑水之詳明；折衷者，歸考亭之精義。此羣史爲今古之勸懲，統治忽而總萃者也。

獨是後儒治經實繁有徒，箋或傷於纖曲，疏或過於爬梳，註惟通乎訓詁，略秪輯乎文書。又如緯書稠疊，辭采膏腴。曹褒撰讖，沛獻造符。聖經蠹蝕，圖録矯誣。而宋賢之抉經心、輕掌故者，又未免數典而忘初。其他《周書》有汲冢之稱，《春秋》有吴越之别。西京録乎雜記，五代成乎新説。《南部煙花》徒書金粉，《天寶遺事》但存瑣屑。溯上紀夫英雄，外史傳夫檮杌。此惟霸史雜史之紛糅，與僞史逸史之詭譎。儒者斷斷，心通理徑，塗軌上循百王，藴奥遠宗千聖。充宗之辨，折其角。家令之奇，發其病。固將究三墳五典之原，法南史董狐之正。烏容窮經而輕史乘之編摩，讀史而忘經學之參訂。是惟經立其本，史定其程。常道之不易者，如日月明而江湖行；大道之不枉者，如繩尺正而權衡平。時引經以斷史，亦援史以證經。史以證經，而天人性命之微，徵實事而逾著；經以斷史，而褒貶賞罰之紀，衡精義而倍明。擬乎報章，或在軸而或在杼；相乎機理，或爲縱而或爲横。西山石室之間，宛遇絲綸之合；藝圃書倉之内，恍同織紝之成。啓珠囊而咀理道，探金匱而味精英。乾苞坤符之孕，呈於心目。循蜚疏仡以下，彙於性靈。決獄治河，常不外乎經義；定時議禮，每兼取乎史宬。豈徒羨井大春之紛綸，鄭夾漈之淹博，相與馳騁而爭鳴。

恭逢聖主出震乘乾，發諸言爲大經。既綸綍之覃被，措諸行爲信史，旋竹帛之昭宣。猶咨皋益以交贊，置旦奭以比肩。羹墻見夫堯舜，遊衍接夫帝天。貫聖經於一理，垂金鑑於千年。於時經筵有啓心沃心之佐，史館有記言記動之編。以經經者經天，而羲和所推，固已均春夏秋冬之氣候。以緯史者緯地，而章亥所步，不且合東西南朔而陶甄也哉。

太學石鼓賦有序

石鼓，周宣王獵碣也。起於西周，晦於秦漢。顯於唐，遷於宋。而位置太學，則始自有元，迄今在先聖廟之兩塾。成周法物，列辟雍鐘鼓間，盛典也。國朝崇儒重道，軼於往古。四方萬國習禮太學者，紛紜縝集。視東漢之世，圜橋門而觀聽，抑又盛焉。昌黎韓子所謂『聖恩若許留太學，諸生講解得切磋』者，廼於今日遇之也。章逢下士，幸覩瓌奇。表聖世之右文，揚三代之古物。謹成小賦，用述偉觀。辭曰：

京師實首善之地，太學爲觀禮之門。典常備於辟雍，制度昉於成均。尊師教胄敬其學，抗法講藝明其倫。執經於此者，瞻殿廡，循階級，惟禮儀器數之諮詢也。則有籩豆尊彝，鞉磬柷敔，金鐘大鏞，玉戚干羽。而戟門之内，左五右五。其圓如釜，其屹如礎。如碁之置，如星之聚。是爲有周之石鼓焉。

維昔宣王，庶政孔修。廼擇良日，廼命諸侯。昭文章以行狩，耀威靈而大蒐。徒御嘽嘽，旆旌悠悠。六轡馳驟，三驅解罘。撰辭者，吉甫之侶。作篆者，史籀之流。勒豐功於文石，陳鴻業於岐周。此東都朝會，藉成康之餘業，而復文武之遺謀也。由秦及漢，由漢及唐，雖風雨經其剥蝕，實神物爲之護防。搜其奇於陳倉，移其地於鳳翔。迄宋宣和，遷於汴梁。依厥玉蕤，填成金章。南渡以前，輦歸朔方。有元大德，登諸上庠。煒煒煌煌，炳炳烺烺。歷前明以迨我朝，與六經彝訓同耀文於數仞之宫墻也。

獨是前儒議論，判然分割。韋應物謂紀文王之功，程大昌謂銘成王之績。鄭夾漈謂合於秦代之斤權，馬定國謂近於宇文之石刻。而經韓退之、蘇子瞻之表揚，張懷瓘、趙明誠之剖析，則維魚貫柳之文辭，洵與《吉日》《車攻》而匹敵。相視蟲魚，披尋科斗。齾缺偏旁，依稀跟肘。鸞飄鳳泊，龍拏蛟走。比玉樹之交柯，肖嘉禾之連畆。仙靈荒忽而游翺，矛戟森張而前後。惟辛鼓之無文，作民間之舂臼。按《釋文》以推詳，庶甲乙丙丁之能剖。

縱觀前代，古跡空傳。峋嶁之碑湮沕，穆王之磴摧殘。比干盤銘，秖堪想象；之罘石碣，徒付雲煙。惟兹十鼓，不侵蘚暈，不蝕苔錢。盖依文廟而長存者，與王之跡與聖人之澤同不朽於億萬斯年。

方今聖皇御世，德盛道隆。參兩大而無外，昭二曜而有融。重司成以明齒胄之訓，任司徒以立典禮之宗。問道者，型仁而講讓；砥行者，守己而物躬。而且爬羅故典，開拓心胸。討論乎趩趯之點畫，校量乎騂驖之異同。撰《長楊》以作賦，侍《甘泉》以陳功。則其摩挲石鼓者，殆將心契岐陽之狩獵，神遊鎬洛之鼓鐘。於以贊襄文教於無窮也哉！乃作歌曰：石鼓貴重逾璆琳，籀文如見姬王心，置之太學眾所欽。聖皇典禮壬與林，諸生誦習撫瑟琴，游泳至德心愔愔。大道無疆齊高深，斯鼓永壽昭古今，誕敷文德通韎任。飛鴞食葚懷好音，小臣作歌如獻箴。

圭璋特達賦有序

《禮・聘義》云『圭璋特達』，言行聘之時，使臣執圭璋者無藉，先之以束帛，而白賁之忱得通達於人君之前。以圭璋之德，無所不備，自足以昭忠信也。士君子抱和粹之質，深追琢之功，而又當需材之世，雖未嘗有心求售，而上下交孚。下則不言自芳，上則使人以器。其默相投合者，有明明穆穆之感通者焉。王子淵所謂上下俱欲懽然交欣者，惟主臣之相得也。讀禮文之貴玉，慕賢哲之乘時，興感於中，謹抒忱悰。

緊君子之秉德也，其性堅剛，其體温潤。既有質而有文，亦不淄而不磷。榮光燭照乎昊穹，履素懷握乎瑜瑾。本願沽也，敢懷寶而迷邦？能自珍也，羞鬻奇而干進。借良玉以比德，昭使臣之通信。

原夫玉之在璞，委質含章。韜華文之外耀，藴潛德而中藏。包其蒙既善守夫堅白，需其用將漸發乎光芒。昧識者，同碔砆之棄。精鑒者，施攻錯之方。既用雕而用斲，自爲圭而爲璋。蓋以大圭禮天地，鎮圭守山川。五就三就，飾乎繅藉；九寸七寸，别乎信桓。四圭有邸，中央爲璧，而圭散乎隅角。兩圭有邸[一]，中央爲琮，而圭著乎旁偏。而聘問之圭别乎命圭者，用以通兩邦之和好，致國社之乂安。若夫赤璋以禮南方，牙璋以起軍旅。有事大山大川，則大璋去乎瑑飾；有事小山小川，則邊璋繫以綜組。宗祝持之而前馬，侯邦因之而聘女。而頫聘之璋，減乎圭之一寸者，用以别兩君相見之儀，答鄰國致饗之舉。多儀是享，禮重邦交。君門脩遠，特達琨瑶。其類於圖球也，何容併以文錦；其尊於龜貝也，並無藉乎白茅。其誠意交感也，禮樂兩兼者，初不煩陳辭以求信；其精忱共白也，孚尹旁達者，又何慮按劍以相遭。

於時或執雁，或執羔。皮馬陳於庭，繡黼納於朝。主君或贄幣未接，或明信未昭。而此則光華高朗，德行和調。上暎乎藻火山龍之側，直貫乎帝車辰極之杓。於焉黼座旋通，彤庭默契，眷九土之法物，嘉六瑞之寶器。産從崑苑重譯而來，剖自荆庭交鄰斯至。元璜白琥，何如介圭之尚其完；蒼璧白珩，何如中璋之呈其粹。此所以至寶之並重於鼎彝，而懒德之不終於衡泌也。士人終年懷德，野處窮經，蘊河山之秀采，聚日月之光晶。既温温而不試，亦矯矯而懷貞。詎執人之裾而表異，肯抱己之璞以自明。琢成琬琰，貢自闕廷。推薦不聞夫楊意，徵求已及夫黄瓊。洵乎美在中者文必耀，智之大者聲必閎。沛乎若順風之飄鴻羽，浩乎若大壑之縱長鯨。而況在上之延英者，不啻龍騰天而雲合，虎嘯谷而風生也哉。

方今唐虞敷治，元愷景從。交修罔棄，相濟和衷。猶復闢門籲俊，明目達聰。辨瑎玉之殊品，施鏤琢之全功。擬之於圭，既可告公而善用。比之於璋，亦可禮地而致恭。則君子之温其如玉者，固當離蔬釋屩，而上達於九重。

校記

〔一〕邱：疑爲邸。

歸愚文鈔卷二

震澤賦

天地既位，岳瀆互雄。千山嶻嵲，百川鴻溶。氣勢奔會，神秀是鐘。唯箕斗之野，有巨浸焉。緊包吴而絡越，恒浴日而稽天。稟咸池五車之氣，五湖之名斯著。因多震難定之義，震澤之名迺傳。

其發源於宣歙也，接餘杭、長興諸山之水。其宣泄於三江也，分流赴壑，與滄海吐納而相連。其襟帶三州也，周五百里。其灌溉四隅也，爲頃三萬六千。控清引濁，有天無岸。漭漭洋洋，漻洴洴。翻垠駕空，奔雷走電。血骨合而精神生，山水聚而靈奇見。中有高峰羅列，茀鬱盤紆。東鴨西鴨，南烏北烏。大小石屼，大小謝姑。浮分青白，姓著陰余。或傳置獄，或號思夫。取象則爲琴、爲箭、爲笠、爲杵，錢堆偃仆，石牌高豎。有龜有黿，有貓有鼠。相連則馬跡杜圻，相對則金庭玉柱。其餘或隱或見，或昂或俯，岭岈㟚嵱，蜿蟺翔翥。揔未若東西洞庭，莫鼇縹緲，爲七十二峰之宗主也。

且夫武夷羅浮，水略見爲瀠洄。九江彭蠡，山略表其崔巍。蓋物不兩擅，美有所歸。而此則洞天福地，白波丹崖。惟方壺、員嶠、蓬山、瀛洲，庶可等量於埏垓者也。其石則緆瘦嵌空，岋嶫嶙峋。李蘇州輦之遺友，宋艮岳累而逢君。其泉則鹿飲清洌，紫雲淪淪。瓶沉無礙之底，鑱劚玉椒之根。其土產則朱橘火齊，枇杷金丸，柑釀醇酎，柚充大官。黄橙質香，楊梅色殷。他如含桃來禽，楂梨香櫞，皆連枝並秀，駢集於名園。至其水族游泳，羽族飛搏，膾殘鮋魚，野鳧馴雉之屬，庖饌不足道其珍。靈鼉潛蛟，文鵁玄鶴之屬，品類不足稱其尊。變幻儵怳，幽昧神姦，怪怪奇奇，紛紛紜紜。有伯益之經所遺，又安能毛舉而縷分也。

爰有奇士探幽，名賢去國。掛風蒲，逞飛鷁。淩澒洞，控六極。采長春，捫絶壁。然石鼎，烹吃摘。吊周隱遥之遺蜕，問麴信陵之舊跡。想輕身於毛公之壇，問丹藥於葛洪之宅。曰菱湖，曰遊莫，曰胥貢，五湖名。水因地而異名。曰金鼎，曰皋里，曰梅梁，地畫水以分域。緬陰晴之殊態，更晦明而遞易。嘘巽女其怒號，欻洪濤其衝激。相見而噴薄者，二雷疑日月與俱汩也；相峙而轉鬬者，二貢恍沉巖而礐石也。奠上下以有常，信清寧之罔忒也；位坎窞以自居，任盈虚於消息也。胡人事之不然，或恃強而忘德也。陟禹期以會諸侯，夫椒於以敗越。積三年而復父讐，後荒淫而自伐。梧宫秋兮鳳羽瀸，屧廊空兮履聲滅。惟湖水與山巖，終古見磈磈而蕩潏。

今遭遇夫盛朝，慶庶政之罔闕。頌海晏與河清，異洪流之方割。設版牐以周防，時旱潦爲蓄洩。同底定於夏王，億萬斯年而稱烈。系之以詞曰：

湖流湯湯兮趨南東，吞吐羣山兮涵碧空。導源濬流兮纘禹功，利吴會兮與天地無終窮。

林屋洞天賦

洞天六六，林屋第九。其名左神，其主天后。過縹緲之高峰，來幽虚之洞口。洞有三門，會於一穴。叫𥦗谽谺，㠥巃凹凸。聞地道之潛行，遡巴陵以旁達。王屋東接，峨眉西穿。羅浮南通，岱嶽北連。譬人身有腧穴，運神氣於靈淵。夏禹藏奇書，而紫琳丹瓊珍閟乎神仙之府。龍威竊大文，而雲書鳥篆宣洩於天地之間。此境界之奇詭，亦踪跡之幽玄者也。

予也讀仙籙，慕仙靈。偕伴侶，探杳冥。秉松燎，儁火鈴。洑流旁注，陰崖欲傾。手斂足輯，尻仰體横。既附地以蟻進，旋赴壑而蛇行。歷重扃之深淺，撲寒風之寥泠。駴仙鼠之潔白，捫石骨之空青。經窋窕而偪側，歷嶢峴而坦平。

已而聲聞戰鼓，震發怒雷。砰訇訇訇，礌硠轟磓。黐波瀾於煙巒之頂，穿胚胎於雲濤之堆。耳喧喧其失聽，神恍恍其相猜。湖波收聲，怪石互向。方如几桉，圓若甕盎。鐘簴倒縣，鳥翼斜颺。鱵鱵束筍，林林笻杖。鉦鼓不鳴，棋枰列象。丹竈息煙火，石牀失幃帳。而金庭璀璨，玉柱晶瑩。尤巧琢鬼工，而神敓天匠。叩玄關以一往，洵神君之可訪也。

俄焉境路斷絶，霧靄繚繞。隔仙凡於深深，睇竅穴於窅窅。聽依稀之天樂，緬有無之靈鳥。霱露雖涵夫芳馨，真誥莫窺夫鴻寶。擬漱紫泉，虚尋其源。欲擷青芝，偶迷其道。豈蓬山無路，骨相之未超塵俗；抑石扇半開，造化之故呈奇巧。羌悵怳而廻旋，留眷戀於未了也。

誓將養吾生、齋吾心，契無閡於寂漠，覺有我之滯淫。嶽瀆之經可求，不死之藥可尋。與仙真兮會合，何洞府之幽沈。

吴宫賦

相傳茂苑東五十里，有吴宫。係甫里之鄉，吴淞江濱非館娃離宫也。唐陸龜蒙有《問吴宫辭》。

緬昔三年，報越兵，勝夫椒。會稽鋭斂，姑胥志驕。地連蜃海，軍拂雲旄。魚腸之刃三千，光騰紫極；水犀之甲十萬，勢遏銀潮。赫爾富疆，汰哉奢靡。山貢南金，溪來西子。藏艷而掩曲房，肆筵而敞疏綺。志賤細旃，目營新址。迺驅徒役，走車牛，填甽澮，平陵丘。基築文石，砌列錢溝。桂棟蘭榱，瓊軒玉樓。散暖香於十里，風柔花醉；拄寒星於半天，月浸江流。墻戒高，宇戒峻。笑夏后之失算。巧須滛，技須奇，羡商孫之善謀。

館娃遥指，華林近矚。繚白縈青，昡心快目。影摇𥳑上，簾卷清波。人倚軒前，牀鋪白玉。錦帆高挂，檣連捧日之雲；畫槳慢移，人唱采蓮之曲。欲恣神爍，氣張國蹙。謀同宰嚭，忠臣之眼抉何辜？成請王孫，君子之兵來何速。

氣秋梧黄，地沼宫荒。鹿未遊於吴苑，火已照於淞江。菡萏之國仍在，罘罳之影云亡。徒使披艸經丘，傷今惜古。複道虹收，玉堦苔鎖。摇禾黍於西風，購釵鈿於田父。擷白鳥與愁煙，詰美人之黄土。蓋繁華飛電，身世流雲。國何地而無宫，宫何代而常存。諒璇室與瑶臺，徒斂怨而勞民。孰如土堦與茆茨，歷萬古而如新。獨不見秦阿房而隋迷樓，同一炬而爲塵。

故宫瓦辟邪賦 臨頓里周氏物

臨頓舊里，汝南故家。出示瓦器，翠色无瑕。毛族猛形，鉤爪鋸牙。髮垂髯卷，目睒口呀。比白澤之猙獰，類戲貍之騰拏。考厥命名，是爲辟邪。問所從來，此故宫之物，而向淪陷於泥沙者也。汝南公子曰：『子其爲我賦之！』余曰：『唯唯。』

維明祖之定鼎於金陵也，天與人助，虎嘯龍興。剗削吴漢，廓清燕京。陰陽開闔，日月光明。爰作宫室，是經是營。體象兩儀，位列三靈。雲楣繡栭，玉璸雕楹。既峿嶢而磈礧，亦嶵巍而嶒峵。由建元以迄十載，更歲月而規模廼宏。

午門以内，兩觀翼翼。殿曰奉天，臨御八極。華蓋謹身，宴見百職。文華武英，涖事燕息。乾清坤寧，君后定宫。左順右順，東西分掖。其中文樓、武樓，端門、承天，凡門千户萬，不能以殫悉也。宫殿之上，覆以黄瓦，翼以琉璃，鎮以謿風，間以狻猊。而辟邪之狀，䂀啖齗齗，瞪眄狋狋。鵂鶹鵋鶀不敢過，魑魅魍魎不敢窺。其沐浴雨露而吞吐雲霞者，洵足爲八維九隅之壯觀，而永護乎帝王之畿。

夫何逐鷰高飛，門啓金川。忠良封屠，瓜蔓株連。輦材故封，徙都幽燕。陪京之内，宫室䴈然。詎炎精之既移，偷半辟之苟延。君續後庭之音，臣擘江令之箋。神兵渡江，宗祏俄遷。而故宫雙闕，曲房邃室，旋淪没爲平田。火焚層櫨，水沉縹瓦。誰問折壇，何分廟社。御溝蔓夫菰蔣，永巷樹乎松檟。荆榛塞道路，麋鼠竄原野。而是瓦獸者，城狐憎其非類，野犺笑其爲假。行人過而歔欷，幾同於洛陽之銅駝，與昭陵之石馬。此野人得之，鬻於都市，而公子以粟易之者也。

是物也，可以考卜宅作京之隆焉；可以覘天祚明德之窮焉；可以驗淫酗肆虐之自覆其宗焉。蓋目前之荒蕪斷梗，昔日之金鼇玉蝀也；目前之隱耀燐火，昔日之和會雨風也。蓋有德則昭，無德則聾。有德則控制寓縣，無德則遷徙鐘鏞。彼神鼎沉於泗水，銅仙辭乎漢宫，而況瓦獸之瞋目奮鬣者，豈能長鎮惡於九重？則公子之所有者，用以昭興亡之鑑，而豈徒爲耳目娱翫之供也哉！

江上愁心賦

乘蘭舟兮涉江，泝煙浪兮混茫。目眇眇兮鼉窟，心悦悦兮龍堂。睇前路兮修阻，弭予節兮江之滸。蔙淺汀兮蓀葼，披中洲兮蘅茳。風漻漻兮淒清，雲溶溶兮飄零。天沉沉兮曠漭，山疊疊兮杳冥。哀猿往來兮噭嘯，羣鳥下上兮悲鳴。倏愁心之感觸，胡嬋媛而不寧。懷予孅之獨旦兮，欲折麻而莫由也。冀通辭於靈修兮，悵雲路之悠悠也。素女緪瑟而歔欷兮，懼繁音之雜投也。值欽鴟之在廷兮，匪孔翠之匹仇也。忽文禽之改容兮，同荃蕙之化茅叶予。也。何幽憂之盈襟兮，予不知中心之若抽也。驚濤兮滿眼，西日兮欲晚。神靈雨兮漂搖，適江斐兮游衍。慨神人兮難接，櫂桂栧兮迴轉。彈清琴兮一曲，詎拂鬱兮莫遣。緪桂樹兮故山，指南雲兮天遠。

幽居賦

嘗聞爭名者於朝，爭利者於市。以故，長安道上，軒盖紛馳。五父馗邊，車牛戾止。僕也狀若槁柯，心同止水。抱病未能，將焉用此。避跡菰蘆之港，舊居楊柳之村。流水斷橋，廻環老屋。漁舟樵擔，掩暎閒門。同子貢之墻，獨殊其富；等顔淵之巷，差比其貧。菉竹成墩地名，青蘿滿壁。風埽軒庭，塵凝几席。隨意琴南，何心研北。可塞可通，亦玄亦白。或覓句而掉頭，或長吟而抱膝。或據惠子之梧，或蠟阮孚之屐。禮以簡而成踈，性因慢而得適。此鷦鷯一枝，不知林木之高下。遊魚千里，忘乎沼沚之寬窄者也。

有時命良友，設繩牀。刈白薤，炊黄粱。摘蔆芡，牽菰蔣。客子高懷，止談風月。主人野趣，兼話農桑。追二子舊遊，不忘嵇吕；成五君新詠，敢斥山王。斯則攬煙霞而傲睨，總泉石而平章。時而春秋令序，風日初晴，山妻治具，小女調羹。列繁花於前除，侍嚴親於南榮。維時品評金石，點綴盃鐺。校量山史，斟酌茶經。慶親顔之愉懌，萃和氣於門庭。願循陔以采蘭，輕向闕以振纓。守白華之絜白，又烏知人世之馳逐而經營。而且庭草交翠，鳶魚飛躍也。天花秀曼，解脱禪縛也。齊物馬指，放懷冥漠也；求仙説鬼，寢食戲謔也。此主人幽居之樂，而非他人所能共樂其樂也。若夫羡五侯七貴之榮，金穴銅山之積，而謂名可弋乎？利可攫乎？則主人閉關謝客，不敢唯諾也。

曠然亭賦

研山之側，天平之前。洄溪瀠潤，絡術聯阡。鄰惟農圃，屋傍原田。我搆我亭，我適我天。剪茅代瓦，斫竹成椽。有几有席，無界無邊。境閒心逸，名曰曠然。嵐嶺拱揖，煙雲吞吐。浮圖侍巾舄，薜蘿衣環堵。娃宮落鐘聲，鬘陀散花雨。

主人日晏而起，會心而語。或數雞豚，或談禾黍。相牛可輕，種樹可譜。可偶可獨，可仰可俯。登斯亭也，則有興酣神洽，小金谷爲江黄，渺銅池如邾鄅者矣。於焉命石友，芼山肴，集野牧，來畊樵。披草茵而分坐，酌流霞以長匏。不限醉醒，還雜吴敖。既談空而説鬼，亦《客難》而《解嘲》。契無爲於莊老，慕遺世於由巢。冥心則二豪蜾蠃，齊物則兩大秋毫。付身世於逍遥，無煩賦《遠遊》而讀《離騷》也。

於斯時也，何慮何營？孰得孰喪？白雲爲帷幕，青山爲屏障。流泉爲音樂，木石爲輩行。嗒然者我形，穨然者天放。蘧然者罔覺之覺，曠然者忘象之象。方將收萬彙於一亭之中，又何須寄寸心於千秋之上。

梅花賦 有序

前人賦梅花，但形其態，未取其德也。予欲補梁元廣平未備意，因成是篇。

唯衆芳之及時兮，吐絢爛之英芬。緊寒梅之潔白兮，抱幽素而含真。犯霜雪而敷花兮，開天地之先春。雖歲寒之華予兮，洵孤芳而無隣。韻以幽而絶俗兮，艷以冷而逾妍。謂后皇賦余命兮，質清癯而自憐。嗟冰心之誰寄兮，每惆悵而無言。予不能冶容以從時兮，羌寂寞而鮮歡。悵靈修之遼遠兮，時獨立而徬徨。蘊和羹之至味兮，予豈戚戚其自明。羞桃李之爭春兮，寧待時而舍藏。

滋艾蒳於高柯兮，體芳馨其彌章。悲荃蕙之化茅兮，慨芳蘭之見鋤。彼稟性之不堅兮，亦當門之自愚。苟貞白而不炫兮，夫何召乎憂虞。信葆光之足樂兮，豈必託根於亭衢。扈白雲而被清風兮，久逍遙於幽林。惟椒桂之共植兮，菉葹無自而侵尋。照明月而濯魄兮，暎清波而寫心。山人相對而目成兮，寄吟弄而鼓琴。予懷羅浮之故居兮，永相望於雲岑。

湖隄美人馬射賦

山明水靚，煙合香迷。通三竺之古道，臥十里之長堤。匝岸絳桃人面，千株吐艷；沿溪綠草裊腰，一道鋪齊。聯紅褏以討春，輕車走鈿；挈青尊而選勝，芳樹聽鸝。

則有世外麗華，羣中鄭旦。冰雪擬膚，芙蓉比面。鞶帶逶迤，丹裾葱蒨。韡襯蓮以匝雲，冠蹙金而歌雁。從以紅兒，隨將紫燕。似木蘭之從軍，豈隱娘之善劍。屹然而立，態欲峙乎春山。倏爾而騰，身已超乎匹練。青絲縱轡，玉踠行空。迅同激電，疾若追風。䟆蹳蹄飜，看連錢之汗赭；蕭梢尾勁，驗歷塊而塵紅。珠勒控乎隋蛇，縱橫霧鬣；緗裙飄乎莊蝀，滅没風騣。往復往兮飛兔，來復來兮驚鴻。勢廻旋兮舞鳳，形婉轉兮游龍。

維時朔設彩雲，弓開滿月。決已鉤弦，鏃方離筈。可殪五豝，許穿七札。流星到處，兔遠窟而難藏。晴雷響餘，鵲抎風而已折。稍殊柴紹之妻，羽旗未建；略比李波之妹，飛虻旋發。爭觀雜遝，夾兩岸以雲填；助叫讙呼，遍六橋如陣列。而彼美人者，靜鵶翎於半壺，妝龍媒於一瞥。無汗珠之流顔，秖芳澤之餘埒。

人間女俠，天上飛仙。停鞍而止，緩鞚而前。羡亭亭之修容，憐冉冉之華年。昧伊人之姓氏，悵所自之雲天。值奇觀於乍逢，冀良覯於少延。爾乃整金蟬以顧影，舒皓腕以揚鞭。如隼入漠，如魚沉淵。湖山若爲減色，花鳥若爲改妍。於斯時也，惟見西陵松樹，蒼然起寂寞之寒煙。

白鸚鵡賦有序

賦白鸚鵡，始見於顔光禄，繼兩見於王右丞。體物有餘，而鑑觀之意或不足也。予補前良闕略，全身守道，於是焉在。至筆不停綴，文不加點，於古人竊有恧焉。其辭曰：

惟隴坻之珍鳥，每棲止於幽林。緊鉤距而利爪，亦丹喙而翠衿。秉閒閒之貞性，流咬咬之好音。何昭質之獨素，應盛德之在金。則有與玉同潤，方雪並潔。霜毛不染，縞翎難涅。既聰明而多警，更流澹而可悦。使鷗鳥慙乎樸野，鶴羣謝乎拙訥。雖同族於靈禽，實獨標乎清節。

於是愛爾嫱娥，張彼罿網。幸肌體之無傷，終性情之多枉。剪翅羽之㦲㦲，閉金籠而惘惘。

歷道里而遠來，蒙主人之嘉獎。沃清泉以洗濯，飼紅豆以惠養。了了乎秉清心以抱獨，皜皜乎負雅容而無兩。

爾乃棲傍瓊軒，宿近玉堂。對晶牀而共耀，映銀屏而比光。飲木蘭之墜露，浥梨雲之澹香。眄影流素娥之采，回夢經玉女之房。調俊語以諧嬌小，誦金經而念空王。溯從來知爲黄山之族，呼其號則曰雪衣之孃也。

獨是孤芳自賞，慧性寡儕。皦皦者太潔，嘵嘵者露才。機不密者召害，舌不捫者見猜。遠故鄉而極目，離匹偶而傷懷。縱投人以共憐，自違俗以多乖。況乎百舌出而偷聲，鳩鳥因而爲媒。恐素衣之適以召汙，而多言之實爲厲階也。

惟是大白若辱，大智守默。文無五色之耀，口並三緘之惕。啄香稻以悠悠，處花陰而寂寂。知極玄而又玄，慕上德之不德。安歲月於百齡，永以全乎夷白。

羅浮蝶賦

何仙蝫之翩翾兮，匪風蛾之匹仇。紛金粉之被體兮，乘彩雲以遨游。翅飄揚其獨艷兮，眉連蜷而較修。溯所自於炎方兮，知託身於羅浮。

高峰四百三十有二兮，兩山若合而若離。朱明古洞之谽谺兮，鳳車來往而翍飛。小如羅扇之共逐兮，大如車輪之相隨。豈幻化於麻姑之裙兮，抑委蜕於葛仙之衣。

誰傳佳種兮，遠來吴中。初破繭其若娩兮，忽展羽而受風。辭天半之石棲兮，近舘娃之離宫。偶幽棲於芳苑兮，旋深鏁於金籠。畫師搨稿本之娟好兮，吴孃賽舞裙之纖穠。恐人事之績縳兮，難爭勝於天工。蒙眄睞兮惠愛，終局束兮房櫳。女入宫兮閉禁掖，士離家兮悵羇蹤。

顧青寧之遞變兮，倏春駒之遠颺。暖爭高於柳絮兮，寒宿露於花房。胡爾奮飛之莫由兮，獨黯澹而神傷。果幟名之爲累兮，亦文采之不能善藏。緬故鄉兮渺漫，夢栩栩兮超塵寰。願脱然而放歸兮，同籠中之白鷴。侶翠羽而舞繒采兮，隨么鳳而散冰紈。聊輕舉以逍遥兮，往來於蓬萊左股之仙山。

撲滿賦

公孫弘當國，媕鄙近利，人以錢器遺之。體而連蓋，員而無稜。扣之失音，塊然土也。丞相不察，進鄒長倩而詢之。長倩曰：似瓶似罌，非甂非甀。中虚則全，中滿則損，此撲滿也。公未之省邪？

蓋聞天用莫如龍，地用莫如馬，人用莫如錢，是爲天下之同欲，而非一己之獨專。其鼓鑄則藏之於府，其流行則擬之如川。唯彼貪夫，既鄙且愚。豐入嗇出，權有責無。爾囊未盈，爾名已汙。凡三官半兩，三銖五銖，皆親如吾兄，而切於肌膚也。

哲人諷諭，命彼陶工，範土成器，水火交融。漫如穹廬，罅比鮨筩。惟青蚨之珍惜，肖黄土之昏蒙，虚牝而無猒也。味多藏之賈毗，淺陋而易足也。忘懷寶之罹凶，嗜欲乍充，形骸俱累。盈不可久，亢則有悔。與甌並缺，非玉同碎。豈奴輩之利財，抑錢神之爲祟。利胡重而獨權，軀胡輕而忽捐。吝其中之所有，寧碎首於庭前。君不見，夙昔之積倚，仍散布於人間。

言未已，公孫弘慨然太息，投袂而起。爰出橐金，開東閤以招賢士。

擬去奢崇儉詔

俗之淳澆，係乎民之奢儉。以瘠薄之家，懷好勝之念。互相炫耀，寖久成風。計一人之身，衣冠飲食，居室服御，罔非僭越。操禮法繩之，其不入刑辟者鮮矣。究之，俗日益薄，品日益下，家日益貧。處不終日之勢，而猶爭勝於衆人耳目之前，甚可閔也。

且士大夫民之表也，未聞約躬遵軌。汰奓踵接，下將何所式焉？夫蟋蟀山樞，雖非中道，然帝堯風俗。歷世斯存。士民中有守淳樸、力農桑、循分操節者，既以惜財，且以養德，每歲有司循行獎異之。且勸諭不守禮者，務期吾民刮磨舊習，敦習禮教，以成雍和之治。

擬舉孝廉方正詔

人道重於天下，爲其能厚所生，不苟得，端矩範，遠奇衺也。士類中有敦本茂實者，即文未遠被，名不越眾，而種樹者植根，導泉者泝原，枝條支派將蔚達焉。有民社責者，或壅遏不揚，雖吏治勤勞，亦國典之不光也。詔下有司，考核實行，貢諸在廷。給予冠帶，以待擢用。或有與父別居，貪黷敗檢，冒孝廉方正名者，而官長以利相結，妄署名行，是上以實求，而下以僞應也，其以欺謾之咎咎之。

擬令天下勿言祥瑞詔

上古聖人之世，祥瑞疊見：日五色，景星明，卿雲見，白環來，銀甕出。鳳巢阿閣，麟遊郊藪。然祥瑞以聖人重，非有祥瑞時皆聖人也。漢甘露中，黄龍興，鳳凰集新蔡。宋元嘉中，黄河、濟水俱清。甘露、元嘉，即聖人之世邪？吾聞祥瑞之實，以常不以異。果九寓以内，暘雨順時，家給人足。子愛厥父，弟恭厥兄。士耽聖籍，農勤鋤耒。無一人奇衺、乖戾、媮惰，祥莫大焉！子大夫不聞以直言，匡輔不逮，而嘉祥上陳，將謂爲君者樂聞諛言也，引君當道之謂何繼？自今令天下勿奏祥瑞！

擬令督撫率屬安民詔

吏道尚煩卹久矣！以苛察爲旁燭，以生事爲多才，變亂成憲，假公行私，官胥因緣作奸，纖微之類，指爲鉅慝。一人有辜，波及數人。農民失業，辛苦愁歎。家有孩幼而拘困之，使不得成長，如爲父母者何？夫出治之道，在乎安民。而民所由安，貴先去其擾民者。爾督撫身爲大臣，未能彈壓官吏，豈耳目有未及與？抑思畀爾封疆者，若何而泄泄爲也？其申飭守令以下，痛湔夙咎，務休養而安全之。然或奉行繆誤，弛禁令以示寬，縱有罪以市德，是又以頹墮爲仁厚也。《書》云『明作有功，惇大成裕』，尚並行不悖，以善成其惇大焉。

歸愚文鈔卷三

古文《易》考

古文《易》者，東萊費氏所傳《易》也。其文皆古字，故云。琅琊王璜平仲傳之，後劉向以中古文《易經》校。施讎、孟喜、梁丘賀諸家或脱去『無咎』『悔亡』，惟費氏經與古文同。後東京如陳元、鄭衆、馬融、鄭玄，皆傳之。魏代王弼爲之傳，自是費氏大興，而諸家之學衰矣。

然費氏之《易》雖以存古，而實爲變古之漸。《費直本傳》云：『直無章句，徒以彖、象、繫辭十篇之言解上下經。』《崇文總目序》云：『以彖象、文言雜入卦中，自費氏始。』愚按，鄭氏傳費氏學，然鄭《易》以文言、説卦、序卦合爲一卷，則鄭氏猶未以文言襍入卦中也。至王弼註《易》，謂孔子贊爻之辭，大〔二〕以釋經，宜相附。近因分每爻象辭各附當爻，加『象曰』以別之。又取文言附於二卦，加『文言曰』三字以冠之。是變古《易》者王弼，而開其端者費直，則《崇文總目序》竟歸之費直也。同其例者，如杜預分《左氏傳》於經之下，宋衷、范望散《太玄》贊與測於八十一首之下，非便於後人之披覽，而乖乎本文之體例者與？唐李鼎祚又取序卦冠之卦首，此又效王氏而失焉者也。

宋代以來，每欲尋求古《易》，王叔原洙藏古《易》十二卷，上下經惟載爻辭，外卦辭一、彖辭二、大象三、小象四、文言五、上繫六、下繫七、説卦八、序卦九、雜卦十，石林葉氏以爲此即《藝文志》所謂古《易》十二篇也。吕微仲大防録，上下經並録繇辭、彖、象，隨經分上下六卷，上下繫二卷，文言、説卦各一卷。序謂王弼分彖、象、文言於卦爻之下，學者不見完經，而文辭次第貫穿之意亦缺然不屬，因按古文而正之，所謂《吕氏古易》也。晁以道説之依漢田何本，分經上下並十翼爲十二篇，以矯費氏、王氏之失。而故訓多取許叔重《説文解字》，所謂《晁氏古易》也。吕伯恭祖謙所定古《易》篇次與吕微仲相同。吴仁傑古《周易》以爻爲繫辭，以今之繫辭爲説卦，其言十翼，謂彖傳、繫辭傳上下、説卦上中下、文言、序卦、雜卦，並上下經十二篇，此與諸家各有異同者也。元明兩朝一依費、鄭、王氏所改。

國朝康熙五十四年，成《周易折中》。先上下經，次彖上傳，次彖下傳，次象上傳，次象下傳，次繫辭上傳，次繫辭下傳，次文言傳，次説卦傳，次序卦傳，次雜卦傳，共十二篇，而古本復還矣，昔程子作《傳》，一依王弼。朱子作《本義》，所據者吕祖謙。本易乎以傳附經之例矣。明永樂時脩輯《大全》，破析《本義》，以從程傳，以世次先程後朱也。今依本義所定，由朱子以復還孔氏之遺書，則前此分經附傳，庶共知其失，而後之學者，仍可復見古人之經矣。至若過求古本，如《汲冢古易》，近於渺茫。而劉炫之《連山易》、張弧之《卜子夏易》，皆僞造以惑人見聞者，不可以不辨。

校記

〔一〕大，『本』字，有脱筆。

《尚書》古文今文考

《尚書》至漢時分古文、今文爲二。伏生所授者爲今文，凡二十八篇，後人加『泰誓』一篇，中有『白魚入於王舟，火復於王屋，流爲烏』等語，其爲僞造無疑，合之得二十九篇是也。孔安國得自孔子壁中者爲古文，凡二十五篇。安國家獻之，值巫蠱事，未列於學官。後馬融作傳，鄭玄注解。遭晉永嘉之亂，諸書並亡。至東晉梅賾亦作頤，始得安國之傳上之。去其僞《泰誓》，而闕《舜典》一篇。齊明帝時，姚方興又得一本獻之，中多『曰若稽古』『帝舜』以下二十八字，所謂大航頭本是也。唐代以後，雜取伏生、安國之文，並列於學官，然則今之《尚書》，合古文、今文而一之矣。

夫所謂今文者，漢時之隸書是也。所謂古文者，蝌斗書是也。以文義考之，今文多艱澁，古文多平易。疑艱澁者，謂伏生傳晁錯，時年九十餘，雜齊魯方言，語不可曉，又使女子轉相傳述，宜其多訛字也。疑平易者，謂東晉時始出，前此諸儒俱未之見，不無可疑，而平緩卑弱，殊不類秦漢以前之文也。解之者，謂伏生所授多誥誡之詞，其間方言古語有當時易曉而後人難知者，不盡關女子轉授之故也。且先秦古書所引皆然，豈得以中有訛字而疑之？安國所傳多君臣咨儆之語，經史官之筆隱括潤色，語有體制，傳之後世，人所易曉，烏得以文從字順遠於詰屈聱牙之體而議之？然而伏生背文暗誦，宜得其詞之易者，而何以口授之際，偏徒記其語言之艱澁者乎？安國考定，皆蝌斗之文，其於古書豈無錯亂而磨滅者，而何以壁中所藏，專存其語言之平易者乎？雖通經好學如朱子，不能顯爲之定論也。獨是自宋以來，前如吴才老、吴草廬，後如趙子常、歸熙甫輩，於今文多恕詞，而於古文每指摘爲僞。愚謂古人之書，當求其無戾於道耳。

今觀二十五篇中，如《大禹謨》《湯誥》《咸有一德》《説命》諸篇或開言心言中之宗，或開言天言性之宗，或開言德言學之宗，皆聖賢文辭之純乎純者。而必以訓詞坦明疑之，將聖賢語言必艱深險澁而後無可議耶？抑又考孔子删《書》百篇，秦火後伏生秖傳二十八篇，及孔安國得古文《尚書》，多二十餘篇，於百篇存其過半，豈非斯文之大幸歟？而後人必欲斷之爲僞，何也？

嗚呼！執一己之小慧，憑前人之偶見，以攻擊古人，將《周禮》《儀禮》多方集矢，而《繫辭》《孝經》且有以爲非孔子所作者矣，獨古文《尚書》乎哉？

《周禮》缺《冬官》考

秦火以後，《周禮》比他經最後出。而『六官』之中，缺《冬官》一篇。時漢室尊經，購以千金，不得，河間獻王取《考工記》補之。《記》多古文奇字，名物度數釐然可考，其爲先秦古書無疑。名之曰《記》，固不敢躋而埒於『五官』之中，若謂此特百工焉而已矣。後馬氏、鄭氏註疏徧及《考工》，而宋黄氏度作《周禮説》五卷，獨置《考工記》不解。非不能解，明工人之職不得並於『五官』，猶河間獻王意也。至臨川俞氏廷椿，謂司空之屬分寄於『五官』，同安丘氏葵敷暢厥旨，取『五官』所屬歸於《冬官》，六屬適各得六十一。時謂不啻寶玉大弓之得，與鄆、讙、龜陰之歸，何其自信而不惑也！

夫以前人之多聞，不敢牽綴於煨燼初出之時，而後人乃欲割裂於千載沿習之後，豈後人之識遠勝前人邪？抑前人之存其疑而不改者，猶有郭公夏五之心邪？後梁氏又謂司空之大要已列於《冢宰》篇首，而爲司空之屬者，止稱百工，又似此《記》，果足以盡《冬官》之業者？抑思禹作司空，其職至於平天成地，豈區區攻木、攻金、刮摩、摶埴之類所得而稱其職邪？此又説之未必然者也。最後，平湖錢氏作《冬官補亡》三卷。其本《國語》以補之者，有司空、后稷、農正、農師、甸人、舟虞等官。本《王制》以補之者，有象、狄鞮、譯等官。本《月令》以補之者，有野虞、工師、舟牧等官。

本《左氏傳》以補之者，有工正、圬人等官。其援據甚核，無鑿空牽合之弊。特恐徵引有餘，而非周公之遺意也。

獨是《周禮》一書，有稱爲周公致太平之書者，即有指爲煩擾瑣碎，不足以治天下者，以新莽亂政以後，蘇綽誤用之，王安石又誤用之也。不知岐伯、俞跗之書，庸醫誤用之以殺人者，比比皆是，而即以岐伯、俞跗所著爲殺人之書，有是理哉？因論《冬官》之缺而及之，以俟天下後世之善用《周禮》者。

八蜡考

蜡祭者，王朝之大典。歲十二月，合聚萬物而索饗之，非特八神也。而所重者八，以其有功於田故也。八神，鄭注云：『先嗇一，司嗇二，農三，郵表畷四，貓虎五，坊六，水庸七，昆蟲八。』先嗇，神農也。司嗇，后稷也。農，古之田畯也。郵表畷，井間屋宇田畯所以省約百姓處也。貓虎，除田鼠、田豕者也。坊，所以畜水，亦以障水。水庸，即水溝，所以受水，亦以泄水者也。昆蟲螟螽之屬，害苗者也。王肅分貓虎爲二，去昆蟲。分貓虎者，以二獸所食，各有其功也。去昆蟲者，以害苗之物與田鼠、田豕同類，不當祭也。鄭氏數及昆蟲者，以昆蟲不爲物害，即其功也。然《郊特牲》本文於祭坊與水庸下特起，其文曰：『土反其宅，水歸其壑。昆蟲毋作，草木歸其澤。』言土安則無崩圮，水歸則無泛濫，螟螽之屬不起，草木各歸根於藪澤，不生於耕稼之土也。此係蜡祭祝辭，與前文『伊耆氏始爲蜡祭』云云，爲止而復起之文，不得以昆蟲與先嗇、司嗇等並列。且昆蟲當祭，草木亦有神，何爲不當祭而獨遺之乎？後沙隨程氏謂：『昆蟲者，非祭昆蟲，祭其除昆蟲而有功於人者。如火田之人、捕蝗之夫、禽鳥之能食昆蟲、霜霰之能殺昆蟲者，皆是也。』其言辨矣！然於義終屬未安。

愚按：經文云：『蜡之祭也，主先嗇而祭。司嗇也，祭百種以報嗇也。』所謂百種，如黍、稷、稻、粱、秬、秠、穈、芑、穄、麥、荏、菽之類。豈貓虎之神禮當報饗，而上帝所降之種，藉以率育萬世者，而轉不之及邪？則敘百種於先嗇、司嗇以下，農及郵表畷以前，適爲相宜。而疏《禮經》者，即以農及郵表畷、禽獸當之，使百種爲虛而無據之屬，失其旨矣。愚即以經文正舊疏之失，以見勞農休息，深得報本反始、仁至義盡之意。至周、秦、漢以來，歷代蜡祭儀文及蜡與蜡祭異同之故，深於《禮》者更當詳考焉。

新舊《唐書》考

撰唐史者，本非一家。高祖至元宗，出於吴兢，《順宗實録》出於韓愈，《唐歷》出於柳芳，删吴兢舊本而成者出於韋述。至石晉時，宰相劉昫因韋述本增損之帝紀二十、志三十、列傳一百五十，爲《舊唐書》。宋仁宗朝，奉詔删定。歐陽修撰紀、志，宋祁撰列傳。較《舊書》凡廢傳六十一，增傳三百三十一、志三、表四。事增於前，文省於舊，名《新唐書》，此二書之大略也。

然二書之成，鈞不能無議。議《舊唐書》者，謂繁略不均，校之《實録》，多所闕漏。以《良吏》次《宦官》之後，以《節義》次《酷吏》之後，則乖其序也。以吴溆之死難而概之以外戚，以劉蕡之忠直而概之以《文苑》，以陽城之直諫而列之於《隱逸》，則没其實也。一楊朝晟而作兩傳，一見七十二卷，一見九十四卷，則失之重複也。唐代文章惟韓愈能近道，而本傳斥爲紕繆，則乖所好惡也。宋時更修，宜矣。議《新唐書》者，謂魏謩之相，志以爲十一年，傳以爲十五年，果十一年乎？十五年乎？陸晏洪之將，紀以爲陸晏洪，傳以爲陸景洪，果晏洪乎？景洪乎？東郡公道彦等紀以爲降封郡公，傳以爲降封縣公，果郡公乎？縣公乎？又《曹確傳》太宗著令文武官六百四十三，而《百官志》太宗省内外官定制七百三十員，又《禮樂志》貞觀二十一年詔左丘明等二十二人配享，《儒林傳》復出此文，而中闕賈逵，作二十一人，此尤牴牾之顯然者。至於本紀則體從簡古，列傳則字多奇澀。一書而判若二體，又其失之共見者也。

且夫二書之不能無失者，其亦有故。從來文章之盛，每視乎其時。《史記》成於西京，故能續《左氏傳》後。晉、隋二史成於貞觀，故鄭夾漈許爲高出古今。《舊書》之成適在五代干戈、文氣卑陋之時，采擇未必富，推考未必精，援據未必確，宜不能與龍門諸史爭烈也。抑古來修書，出於一人之手，成於一家之學，馬、班、陳、范及姚察、姚思廉諸家是也。唐代成書，用衆人手矣，然晉、隋二史猶各擇所長而任之。《新書》之成，歐陽修固長筆削，而宋祁、范鎮、王疇、宋敏求以下，凡所分授，固各如其長者乎？且《新書》之成共十有七年，十年而歐陽修始任事，則未任以前，不皆盡當史裁也。又因體例不一，詔歐陽修看詳，改歸一例。歐以宋爲前輩，且日久功深，竟不易一字。是成書之初已多遺憾矣，而必能勝《舊書》乎哉？後司馬光作《通鑑》，多據《舊書》，吴縝又作《新唐書糾繆》，故後來好事者欲以《舊書》入十七史中，而易去《新書》，此雖未必然，然秖並提而論者也。

讀二書者，去其繁舛，采其精英，彼此較量，歸於一是。使三百年成敗興壞之跡不至晦而不彰，是亦二書之功也夫。

博學宏辭考

博學宏辭科始於唐開元十九年。先是，開元二年，有文儒異等科。六年，有博學通議科。七年，有文辭藻麗科。至是，始更博學宏辭科，登第者爲鄭昉、陶翰。天寶元年，開文詞秀逸科。六年，又開風雅古調科。十三年，又開辭藻宏麗科。後建中元年，又開文詞清麗科。貞元元年以後，屢開博通墳典達於教化科，而博學宏辭科爲特重。新舊《唐書》於開元以後雖不載某宗某年舉行，然如陸贄、杜黄裳，如柳宗元、劉禹錫、王涯之徒，俱中博學宏辭科，而韓愈《與崔斯立書》云

『二試於吏部，一既得之而又黜於中書』，則韓子一身已經二次舉行矣。宋仁宗時，以十科取士，而博通墳典次於賢良方正之下。哲宗紹聖時，罷制科目。二年，乃置宏辭，以繼賢良之科。徽宗大觀四年，改爲辭學兼茂科。高宗南渡後，仍立博學宏辭科，而其制少異。題凡制誥、詔、表、露布、檄、箴、銘、贊、頌、序，於内雜出六題，分爲三場，天子臨軒親策，得人最盛。如周必大、周茂政諸人外，洪遵、洪适、洪邁先後俱中是選，上以爲洪皓之子，忠孝報也。後寧宗時，真德秀、留元剛應選。有司書德秀卷曰『宏而不博』，書元剛卷曰『博而不宏』，上命俱寘異等。則寶祐以前，宋代常行是科者矣。元明以來，廢而不舉。我朝康熙十七年，聖祖患時文之弊，因特開博學宏辭之科，網羅天下英異之士。親試體仁閣下，得彭孫遹以下五十人，理學、儒林、名臣、碩輔，皆出其中。人文之盛，爲本朝設科之冠，擬之唐、宋，蓋遠過云。

按：制科始於兩漢，皆朝廷親策，不涉有司，歷唐、宋不改，故爲制科，又謂之大科。自元、明，專用進士科。雖有薦舉，不經召試，因誤以進士科爲制科。則制科之稱，惟賢良方正與博學宏辭始克稱焉。典如此其鉅也！而宋時，葉適則又以既以爲宏辭，其人已自絶於道德性命之本統，而若以天下之所能者盡於區區曲藝中矣。夫適之所譏，以當時投牒求試，而所試之文秖求工於四六對偶，故極其流弊，不免騖華而忘實也。若其人本無干進之心，而内外大臣交章薦辟，已不同於投牒求試者矣。而天子臨軒，問以經史有用之實學，文章體制務期樸茂醇雅、宏大簡直，而辭華風采其餘事焉，安見有體有用之人不與賢良方正者並出於科目中邪？

予按前古而得其大略如此，後之人取而考焉，可以知制科之實也。

三江考

《禹貢》於揚州之域云：『三江既入，震澤底定。』後儒注解，孔安國於『彭蠡既豬』下即云：『自彭蠡江分爲三，入者，入震澤也。』班固《漢書》以一從吴縣南，東入海，爲南江；一從蕪湖西，東至陽羨，東入海，爲中江；一從毘陵北，東入海，爲北江。郭璞《爾雅注》以岷江、浙江、松江爲三江。韋昭《國語注》、桑欽《水經》俱以松江、浙江、浦陽江爲三江。唐仲初《吴都賦注》、張守節《史記正義》、顧夷《吴地志》皆以松江、東江、婁江爲三江。蘇軾以岷山之江爲中江，嶓冢之江爲北江，於豫章添一江之名，爲南江，而引江水之味以别之。至蔡氏沈注《尚書》，以松江下七十里分流東北入海者爲婁江，東南流者爲東江，並松江爲三江，一本唐仲初、張守節、顧夷之説。後黄東發、金吉甫諸家宗之。其後，歸有光排蔡氏説，引范蠡『吴之於越，三江環之』之語以證，見非岷江、浙江、松江不足當之也。

然則考古者當何説之從？曰：仍依經文定之。經云：『三江既入，震澤底定』，見震澤之定，由三江入海，則三江在震澤下流明矣。若孔氏言，震澤之水既震撼難定，而復引彭蠡注於其間，勢必使東南之民盡有爲魚之歎。且彭蠡合江西、江東諸水，至靜海縣入海，不聞南入震澤也。若岷江之與震澤，遠不相涉。浙江近矣，而勢復紆回，且皆居震澤上流，無上流入海，而下流自能安定之理。蘇氏别江水之味，與治水無關，不足援引。至范蠡『三江環之』之語，爲吴越全境而言，此或可指岷江、浙江、松江，不得即以此證震澤底定之三江，則三江之名，斷歸之蔡氏所引矣。惟班固之説，所謂北江即今大江，東過江陰、許浦入海者；所謂中江即今永陽江，在溧陽西北，下流至宜興，注太湖入海者；所謂南江即今吴淞江，分東、婁二江入海者，與長江、震澤相爲吐納，庶乎近之。然中江必注太湖，然後入海，則仍在震澤上流，不如仍從蔡説爲長。而本朝毛氏奇齡因越有三江口，遂以錢唐、浦陽皆在越中，而其地去松江亦不甚遠，指爲定論。此即韋昭之説，不知三江口之名，一見於越，一見於吴。今蘇州東南三十里，名三江口，爲松江、東江、婁江分流之處。則毛氏亦據彼地云，然未必有當於吴中之形勢也。但江勢距海不遠，潮水往來，每挾泥沙而上。吴諺云：『海水一潮，其泥一箬。』日積月累，歲久填淤。今東江已湮，惟存白蜆湖一帶，朱長文《續圖經》云：今松江大黄浦入海者爲東江。據此，則東江未湮。而松婁一江又漸失其故道，目前論之，已非昔日之三江矣。

爲行水計，宜先疏松江，次及婁江。使港汊濶深，漸復故道。松江達黄浦入海，婁江直達於海。將震澤定，而東南之水患以息。以次開濬，即以次圍田。潦則放之入海，旱則引以灌溉。將水利興，而東南之財賦以足。東南之財賦足，而天下之財賦何必不由此也夫！

婁江水利考

《禹貢》『震澤底定』，由於『三江既入』。三江之名，班固、桑欽、郭璞諸人論説不一。而張守節《史記正義》則曰：『蘇州東南三十里，名三江口，一江西南上七十里至太湖，名松江；後名吴淞江。一江東南上七十里至白蜆湖，名東江；一江東北下二百餘里入海，名婁江。』唐仲初之説亦然。蔡氏註《尚書》宗之，其説是也。後白蜆湖一帶，凡小漕大瀝及通海諸港，日就淺狹，而東江之身遂湮。惟澱湖支流北注吴淞，從婁之劉家港入海，安亭青浦湖存一綫，逆趨夏駕浦，會婁之劉家港入海。此如假道出入，必以主者爲歸，而松江之水勢難與婁江敵也，則今之所重者在婁江矣。

按婁江自蘇郡城而東，過唯亭，歷崑山，經太倉，環城南而東，漸達於海。其間最大者曰劉家港，亦名劉家河，俗云劉即婁，婁者，劉也，此婁江入海口也。其他南入婁江者，爲半涇、爲吴塘。吴塘入嘉定界，引吴淞江水入者爲顧浦。南經婁江入吉涇，通常熟者爲横瀝。西承巴城湖之水，經崑山而東入海者曰茜涇，曰七鴉浦，曰楊林。此水道綱領之可考者，餘小者弗及詳也。顧地瀕於海，潮水往來，每挾泥沙而上。吴諺云：『海水一潮，其泥一箬。』日積月累，支港漸淤。水無所蓄，高仰之田莫資灌溉。向之膏腴，盡成磽确。而一遇淫潦，洩瀉無所，下窪水區，彌望渺漫。故崑山、嘉定、青浦、華亭之間，有棄高田而不畊，與欲耕而田已入於水者。

及今爲水利計，宜以疏濬爲亟亟矣。昔人論吴中水患之去，由開三十六浦於太倉、常熟境界。浚下流以承上流，其策非不善也，然開於下流，則海潮亦互入於白茆、七浦等塘。湖水之少不敵海水之多，故仍不無壅塞之患。誠於湖口上流復多開河港以殺其怒，引湖水以灌注於三十六浦之間，則湖水強而潮水弱，泥沙自不至於堆積。而又倣郟亶父子之議，如復岡門，開斟門，置閘設堰，以備旱潦，潤澤而變通之，未有不去害而就利者也。

抑猶有説焉，東江、松江，雖或僅存其名，或漸失其舊。然按圖考稽，故道可得。爲大吏者，條分縷析，循故道而開濬之，俾澱湖之水從東瀉，而弗使北注，吴淞之水出安亭、青浦，達滬瀆，而弗使逆行，則三江仍復其舊，而吴中永不受旱潦之災矣。此千百世之利，而非可奏效於朝夕者也。

性辨

昔孔子論性曰『性相近』，又有『上智下愚』之説。而孟子則獨云『性善』，後荀氏言『性惡』，楊氏言『善惡混』，韓氏言『性有三品』。宋儒分天地之性、氣質之性，意以天地之性即孟子所言性善是也，氣質之性即韓氏所言上中下三品是也。又有言孔子所稱性相近者爲中人，孟子所稱善者爲上智，荀氏所稱惡者爲下愚，是性之不一也甚矣！

吾意不然，夫孔孟之言非有異也。其曰性相近，猶《中庸》言道不遠人。謂道不外乎人，非謂道與人有相去之跡也。且孔子又曰『人之生也直』，直即善也，孔子曷嘗不言性善哉？其繫《易》曰：『繼之者善，成之者性。』未嘗言性有不一也。後儒不達相近之語，而以氣質習成者當之，是以形上之性與形下之氣質溷而一之，而性始有善惡之不一矣。《書》曰：『若有恒性。』使有善惡不一，則又烏覩其恒？子思曰：『天命之謂性，率性之謂道。』使有善惡不一，則天命亦有不一，而人之率之，又烏得爲道？且使性而果有不善也，則天下君臣父子不相保久矣。雖有禮樂刑政，奚爲哉？小人見君子而猒然，盜跖見孝子不忍加害，是孰使然哉？夫貪者能言廉，亂者能言治，苟非性善則奚知廉與治而言之？然而終爲貪與亂者，則氣質習俗移也。人性賦於氣質，猶清泉出於土沙。既久爲泥淖，則有貪無廉，有亂無治矣。

氣質與物相物者，起於欲也。性動於欲，猶清泉久爲泥淖也。陸賈曰：『天地生人，以禮義之性。』人能察己所以受命則順，謂之道。』子思、孟子以後，吾以陸子爲知言矣。且夫氣者，陰陽五行揉雜不一者也。二五之氣，成質爲形，而性宅焉。性者，即維天之命，所以宰陰陽五行者也。在天爲命，在人爲性，而統於心。故言心，即言性，猶言水即言泉也。泉無弗清，後雖汩於泥淖，澄之則復清矣。性無弗善，後雖汩於氣質，存之則復善矣。然則所謂下愚者，亦氣質之日下而不肯復返，而非性之本然不善也。由是觀之，性自性，氣質自氣質耳，而豈有氣質之性哉？洵乎，性善與性相近，一語也，一理也。而人之岐而視之者，未真知性之本善故也。夫荀與楊無論矣，而儒者之議，猶不無遺憾焉。故爲之辨，以質夫知性之君子。

笙詩辨

笙詩六篇，毛傳謂『有其義而亡其辭』。亡，謂失也，非本無辭也。鄭箋謂孔子删《詩》時，其詩具在，遭戰國及秦之世而亡之。其義與衆篇之義合編，故存。晉夏侯湛、束皙補其亡，唐孔穎達諸儒無異説矣。至宋儒，起而斷爲有聲無辭。董逌曰：『笙入者，有聲而無詩也。』鄭樵曰：『六章有題無詩，作序者但考二字，作一篇之序。』黄震曰：『亡，即無字。漢世以亡爲無，如鹵漢亡一人之獄是也。』朱子《集傳》曰：『《南陔》六詩曰笙、曰樂、曰奏，而不言歌，其有聲無辭，明甚。』而引《魯鼓》《薛鼓》之無文以證之，其説辨矣。

雖然，解詩之義理，宋儒爲真；論詩之援據，漢儒爲確。毛氏『有其義，而亡其辭』一言，斷乎爲亡失其辭而無可疑惑者。考《儀禮·鄉飲酒禮》，鼓瑟而歌，歌《鹿鳴》《四牡》《皇華》。然後，笙入堂下，磬南，北面立，樂《南陔》《白華》《華黍》。前樂既畢，間歌《魚麗》，笙《由庚》；歌《南有嘉魚》，笙《崇丘》；歌《南山有臺》，笙《由儀》。《燕禮》亦然。夫同一鄉飲酒禮，燕禮之樂，《鹿鳴》至《南山有臺》皆有辭，何《南陔》六篇偏有聲無辭乎？

按《魯語》，叔孫穆子聘晉，伶簫詠歌《鹿鳴》之三。《鹿鳴》三章可與簫相和而歌，則《南陔》以下豈不可與笙相和而歌乎？《國語》「金奏《肆夏》《樊遏渠》」，《即時邁》《執競》《思文》等篇，《周禮》之《九夏》也。金奏《肆夏》有辭，笙奏《南陔》以下獨無辭乎？又《周禮·籥章》以籥龡《豳詩》。《豳詩》即《七月》，籥吹《七月》有辭，笙吹《南陔》以下獨無辭乎？

且《三百》中未有無詩而有題者，如《關雎》之詩以『關關雎鳩』而名，《鹿鳴》之詩以『呦呦鹿鳴』而名。鄭樵既云詩之名篇，多以首二字或篇中次取二字、一字爲題，則有《南陔》以下六詩之題，明明有『南陔』以下六詩之辭矣。況夫六詩之義，《小序》固本之《大序》。子夏序曰：『《南陔》廢則孝養缺矣，《白華》廢則廉恥缺矣，《華黍》廢則畜積缺矣，《由庚》廢則陰陽失其道理矣，《崇丘》廢則萬物不遂其性矣，《由儀》廢則萬物失其道理矣。』毛氏所謂『有其義』者，非臆説也，烏得謂辭亡而義不可得而知邪？抑思《新宫》之詩，辭義皆亡者也，然宋公享昭子，賦《新宫》，既謂之賦明有辭矣。《新宫》有辭，則笙詩有辭何疑？鄭曉曰：『笙詩如無辭，宜曰笙調，不宜曰笙詩。』斯言淺而有理。然則毛鄭相傳之説，甚勿輕爲變易哉。

《史》《漢》異同得失辨

司馬遷《史記》、班固《漢書》，並推良史舊矣。宋倪思爲《班馬異同》一書，劉辰翁加以論斷。

而有明許相卿作《史漢方駕》，大意皆揚馬抑班，無異旨也。

愚平心以求之，有馬之勝於班者，有班與馬各成其是者，有班之勝於馬者。如《漢高帝本紀》，班將《史記·項羽本紀》中鴻門一段移入，以見精采，而《史記·高帝本紀》原文不須移入，亦自精采如故，此班之不及馬也。《高帝本紀》中紀垓下之戰，《史記》『淮陰侯將三十萬自當之，孔將軍居左，費將軍居右，皇帝在後，絳侯、柴將軍居皇帝後。項羽之卒十萬。淮陰侯先合，不利，卻。孔將軍、費將軍縱，楚兵不利。淮陰侯乘之，大敗垓下』諸語中，陣法、戰法皆有生氣，而《漢書》删之，此班之不及馬也。《漢書·項羽傳》全録《史記》原文，而於起兵及鴻門、垓下數段節省減色，此班之不及馬也。《漢書·人表》一卷，起自伏羲，迄於董欣。司馬翳準之，體例未爲得宜。蓋《漢書》既以漢爲主，不必復序古今人物。且《人表》中以己意爲高下，聖賢、奸佞，尋常庸碌，位置未愜，此班之不及馬也。《史記·平準書》，即《漢書》之《食貨志》，《史記》詳敘桑弘羊、孔僅之去本趨末，亂法擾民。《漢書》秖述鼂錯之入粟塞下，而於弘羊等闕焉，此班之不及馬也。《漢書》改《史記·封禪書》爲《郊祀志》，能尊國體矣，然中間載漢武求仙事，全用《史記》文，而原廟薦享之事、宗廟迭毁之議不載，則其踈也，此班之不及馬也。《史記》屈賈合傳，意在遷謫，故於賈誼秖録弔屈、賦鵩之文，而《漢書》全録其《政事》一疏。誼之經術，意在移風易俗以進於古者，全見於此，此班馬之各成其是也。《史記》董仲舒與申公、轅固生、伏生諸人，入《儒林傳》，故秖記其治《春秋》傳公羊氏學，見有功於經。而《漢書》詳載其《天人三策》，及『正誼不謀利，明道不計功』

語，見其能推明孔氏之傳，此班馬之各成其是也。高帝以下諸本紀，《史記》不録詔語，即間及一二語，而不録全文，《漢書》乃備載之，以志一代敦本懋實之治，此班之勝於馬也。《史記》列項羽於本紀，以續周秦之後，冠於漢紀之前，殊爲失當，《漢書》改爲列傳，次陳涉後，文雖減色，而識則有餘，此班之勝於馬也。賈山《至言》與賈誼之疏、董仲舒之策，可以鼎足，又能諫文帝除鑄錢之令，而《史記》不爲立傳，《漢書》補之，此班之勝於馬也。《史記》於李陵戰功敘之極略，而《漢書》所載自『千努俱發，應弦而倒』，下至『擊鼓起士，鼓不鳴』止，使千載下毛髮俱動，不獨表陵之勇，亦以鳴太史公救陵得禍之冤，此班之勝於馬也。

大抵論古人之書，必平允至當，而後可以服古人之心。倪思、許相卿等之論，意在推《史記》而屈《漢書》矣。而前此劉知幾、鄭夾漈、蘇子由之徒，並《史》《漢》而概斥之，此殆《書》所云『責人斯無難』者夫！

儒釋辨上

釋者之立宗曰『明心見性』，是説也，儒者每詆之。而吾謂釋之絶於儒者，不在於明心見性之説，而在於欲明之而不欲盡之也。其言曰：『大地山河，乃妙明心中物。』是亦知天地萬物通於吾心吾性者也。特欲出離生死，以遺棄倫物，必至委痺而不仁。人有得寶鏡者二，其一人磨之使明，懸以鑑物，曰：『吾將盡乎鏡之性，而莫吾吝也。』其一人磨之使明，藏之篋笥，曰：『吾將令其長明，而不復翳也。』夫鏡猶是鏡也，明猶是明也，而卒判然者，一則公之於人，一則私之於己也。儒之於釋何異哉？

儒出於至公，公則舉吾心之統乎性，性之備乎理者，而窮理以明之，隨事以盡之，而天地人物，卒受儒者之益。而釋之遺棄倫物，欲出離一己之生死者，彼謂吾藏吾鏡，可以長明而不翳也。而不知藏而不公，則猶塵封而已矣。

以是知人之心性，非即有儒與釋之分也。能盡則儒，不盡則釋；能盡則用之天下而不窮，不盡則明於一己而無益。是釋之委痺而不仁者，非明心見性之爲累，而欲明不欲盡之爲累也。其不盡者，私也。私者，釋之絶於儒者也。孟子有曰『萬物皆備於我』，夫知其爲皆備，而舉吾心吾性以盡之，不至匱鏡而自私也夫。

儒釋辨下

或問於余曰：『釋氏之自私，果有説乎？』應之曰：『即彼所謂出世是也。出世者，超生死之説，即老氏所謂死而不亡，莊子所謂有旦宅而無情死、獨與天地精神往來，而不傲倪於萬物者也。欲超生死，則不得不逃棄倫物，以從事於不生不滅之途。此猶如宿火欲其長温，瀦水欲其長澄，而其火、其水不能資益於人者也。蓋聖人之火宿而靡不炎，炎而靡不燎，而彼則專宿而已矣；聖人之水瀦而靡不洩，洩而靡不灌，而彼則專瀦而已矣。此毫釐千里之謬也，故士貴經世而不當出世。』

或曰：『釋氏之不能盡，既聞之矣，敢問儒者之盡，其道何從？』曰：『由戒、懼、慎、獨，以至天地位、萬物育，此盡之之實也。能盡其性，以至盡人性、盡物性，由親親而仁民，由仁民而愛物，此盡之之序也。循其敘，盡其實，則道在我。』

或又曰：『釋之家以三界惟心，凡一身罪福果報，以至天地萬物之治亂，皆歸之己，是亦未嘗不欲盡者也。而究之不一能盡者，何故？』曰：『一則小於視天地萬物也，一則大於視天地萬物也。』曰：『佛之力無量無邊，欲一心起滅天地，而視天地萬物不足有無，此小視之而不能盡也。抑又謂一己之性，實無與於天地萬物，於是托出世之説，以自甘爲委痺不仁之流，此大視之而不能盡也。始由於自欺，繼由於自弱，而終則悍然自外而不顧，則未嘗不欲盡者，實自欺之言，而初無是心明矣。』

或者曰：『如子言，則欲求盡心盡性之功，當自窮理求誠始乎？』曰：『然。』

子糾、小白兄弟辨

《左氏傳》：『齊襄公立無常，鮑叔牙曰：「君使民慢，亂將作矣。」奉公子小白奔莒。』杜預

注：『小白爲僖公庶子。』『亂作，管夷吾、召忽奉公子糾來奔。』杜預注：『子糾爲小白庶兄。』《史紀·齊世家》亦云，次弟糾奔魯，管仲、召忽傅之；次弟小白奔莒，鮑叔傅之。考之荀卿，亦云『桓公殺兄以返國』。而《管子·大匡篇》亦云：『僖公生公子諸兒、公子子糾、公子小白。』則子糾爲小白兄明矣。

至宋儒，程子因《漢書》薄昭語，遂以桓公爲兄。按《漢書·淮南王傳》，淮南厲王不法，文帝令大將軍薄昭責之曰：『昔周公誅管蔡以安周，齊桓殺其弟以返國。』云其弟者，以文帝爲厲王之兄，故諱兄稱弟。韋昭注謂，子糾本兄而稱弟者，不敢斥也。程子偶未深考。若以仲之輔糾，本爲不義，故聖人不責其死，而稱其功。若桓弟而糾兄，仲之與桓有不可同世之讐者。而又引唐之王珪、魏徵不死建成之難爲害義。今試以兩事比之，小白之殺子糾，正與太宗之殺建成相類；管仲之相桓公，正與王、魏之事太宗相類。而乃較量同異於其間，夫亦自示其牴牾爾矣。

且人臣之死不死，係有君臣之分與否，而不以主之倫敘長幼爲是非者也。事兄當死，事弟何必不當死？夫子不絕管仲，亦大其有匡正天下之功，未可以遽貶而絶之。其罪、其功各不相掩。非謂召忽之死爲不義，而管仲之不死爲無傷於義也。倘謂事弟者可以不死，則爲弟者不日在身弑國亡之中耶？此根本節目之大者，不可以不辨。

以班處宮辨

《春秋》定公四年，十有一月，吴子及楚人戰於柏舉，楚師敗績。庚辰，吴入郢。據《左氏傳》，吴五戰入郢，以班處宮。謂以尊卑班次，處王與大夫之宮，與後世軍無紀律者異也。《公》《穀》傳訛，以宮爲室，遂以室爲妻。謂『君舍於君室，大夫舍於大夫室，蓋有欲妻楚王之母者』。宋胡氏謂『乘亂肆淫，黜而不子』，蓋以狄道待之也。

嘗就傳所載事辨之。當昭王奔隨，取其妹季芈畀我或云二妹，或云畀我，季芈字。以出。及盜以戈擊王，王奔鄖，鐘建負季芈以從。王與妹雖親，然較之於母，孰重孰輕？斷無取其妹，而獨舍其母者。至楚大夫藍尹亹涉其帑，不與王以舟，此又大夫與妻共奔之一證。無君棄其母、臣棄其妻之事可知也。至於吴雖荆蠻，然當泰伯端委而治之後，習於禮讓已久，安有妻人之妻，妻人之母，同於禽獸之行者哉？

或曰：『伍員不嘗鞭平王屍乎，黷亂男女，事正相類，蓋有逞其志而流於惡者。』曰：『鞭屍之事，《左氏》不之載，此亦傳訛者爲之。深沉好謀如員，必不舍費無極之大讎，而獨讐平王者也。』或曰：『如子言，《公》《穀》氏之言俱不足信乎？』曰：『是烏可盡信？就三傳中擇其近理而不背乎聖人之經者從之。《左氏》《公》《穀》，互有得失也。是故學者欲知尊經之義，當不惑於賊經之文。』

歸愚文鈔卷四

先天後天圖説

邵子以前，無所謂先後天圖也。邵子以『天地定位，山澤通氣，雷風相薄，水火不相射』，爲伏羲八卦之位，是爲先天。以『帝出乎震，齊乎巽，相見乎離，致役乎坤，説言乎兑，戰乎乾，勞乎坎，成言乎艮』，爲文王八卦之位，是爲後天。其序既可信，其理無不通。雖後儒如林栗、袁樞、歸有光之徒，有作論以攻詰者，而經明道程子、考亭朱子、象山陸氏、元定蔡氏之尊信而闡發，衆論自不能起而摇奪之也。

蓋嘗就二圖觀之，先天圖爲體，後天圖爲用。自太極分陰陽，而陽之中有陰、有陽，所謂太陽、少陰也；陰之中有陰、有陽，所謂太陰、少陽也。太陽之中陽乾陰兑，少陰之中陽離陰震，少陽之中陽巽陰坎，太陰之中陽艮陰坤。自乾一以至坤八，此先天八卦之次第也。乾父坤母，是生男女。震得乾初，爻爲長男；巽得坤初，爻爲長女；坎得乾中，爻爲中男；離得坤中，爻爲中女；艮得乾上，爻爲少男；兑得坤上，爻爲少女，此後天八卦之次第也。乾上坤下，象天地；離東坎西，象日月；艮兑相對，象山澤；震巽相對，象雷風。自乾至震順布，自巽至坤逆布。此先天八卦之方位也。震東、離南、兑西、坎北、巽東南、乾西北、坤西南、艮東北，此後天八卦之方位也。而先天、後天，又復衍爲四圖。有八卦次第，即有六十四卦次第。有八卦方位，即有六十四卦方位。自太極、兩儀、四象、八卦，加倍而進之，八卦倍爲十六，十六倍爲三十二，三十二倍爲六十四。觀六十四卦之次第，觀八卦之次第可也。圓圖在外，以象天。方圖在内，以象地。先將八卦定爲内卦，而以乾一、兑二、離三、震四、巽五、坎六、艮七、坤八，各依次布爲外卦。觀六十四卦之方位，觀八卦之方位可也。然羲文之圖雖有互異，而羲文之理無弗相通。先天之離東坎西，象日月之出於卯酉也。而後天之離南坎北，象日月之正於子午。先天之乾爲君，以統天於南方也，而後天之震爲帝，以主宰於東方。參而互之，其造化之流行而發育者，二聖人之精藴，不有可微窺而默識者哉？

要之，言《易》之所以成，則有乾一、兑二、離三、震四、巽五、坎六、艮七、坤八之相生。言《易》之所以變，則震動而陽氣乃出，巽入而陰氣乃散，離明而萬物乃見，坤以致役而效其勞，兑以説物而生意足。乾獨曰戰，天德之剛以制羣物也。坎爲物歸，生意之滿既成而息也。而天地之化，不止則不行，不息則不生。以之成終，即以之成始，而艮止之象終焉。凡此者，皆統於乾而具於坤，而坤又不能敵體乎乾。是故以形體言，謂之天，天地定位是也；以性情言，謂之乾，乾君坤藏是也；以主宰言，謂之帝，帝出乎震是也；以妙用言，謂之神，神妙萬物是也。其實一天也；天其實一太極也。以乾爲主，而流行爲八卦之功用，此先天、後天所以經緯而條貫也歟？

乾卦四德説

文王之卦辭，於乾則曰『元亨利貞』，蓋文王以開物成務之精意教天下，以爲大通而至正者，天道之本然；大通而必利在正固者，人事之當然，此言乾之性情也。乃孔子以彖辭、文言申之。其於乾道，有分屬之義焉，有相承之義焉。於君子之體乾，有合一之義焉，有相統之義焉，有終始之義焉。元者，天道生物之端倪也。亨者，生意之長也。利者，生意之遂也。貞者，生意之成也。以四時言，春以生之，其元乎？夏以長之，其亨乎？秋以遂之，其利乎？冬以成之，其貞乎？此分屬之義也。有生有長，有遂有成，四時一定而不易。有生而即有長，有遂而即有成，四旹相遞而推遷。由一日而一月，由一月而一歲，由一歲而積至章蔀紀元。有更迭運行而不窮者，此相承之義也。天道之元亨利貞，自其生成萬物者言也。君子之仁義禮知，自其統治一世者言也。元爲善長，於人爲仁，體仁足以長人，仁主乎春生也。亨爲嘉會，於人爲禮，嘉會足以合禮，禮主乎夏養也。利爲物宜，於人爲義，利物足以和義，義主乎秋成也。貞爲事幹，於人爲知，貞固足以幹事，知主乎冬藏也。天道運四時於上，君子備四德於心，此合一之義也。

若夫乾德有四，而元無不包，春生之氣，貫乎夏長秋斂冬藏之中。心德有四，而仁無不包，惻隱之心，貫乎羞惡辭讓是非之中。故論天之德，曰『大哉乾元』，論心之德，曰：『元者善之長。』凡以生物之始而天地之德之最先也，此相統之義也。至於不終則無以爲始，不貞則無以爲元。知之藏乎仁義禮也，冬之藏乎春夏秋也，一貞之藏乎元亨利也。蓋生意以凝畜而愈固，化機必内斂而外流。洵乎貞以起元，而一元之理始於元，而實生於貞也，此終始之義也。且夫六十四卦中，以元亨利貞繫辭者。乾之外，更有六焉：坤，柔順而承天也；屯，正固以濟險也；隨，擇所隨而得其道也；臨，道盛而豫爲戒也；無妄，無邪心而合正理也；革，内文明而外和悦也。凡此皆合乎剛健中正之體用者也。其餘各卦，其言元亨，有合乎乾者焉；其弟言亨，或言小亨，亦次乎乾者焉；其言利貞，有合乎乾者焉；其言不可貞、勿用、永貞、貞凶、貞厲、貞吝，爲反乎乾者焉。於以知聖人以開物成務教天下，惟事當大通，尤必宜於正固，乃爲盡人事以合天道也夫。

『大衍之數五十，其用四十有九』説

《大易・繫辭傳》云：『大衍之數五十，其用四十有九。』蓋言揲蓍求卦之法也。漢儒以來，其説不一，而王弼、韓康伯之説爲優，後唐宋儒之説特闡明之。漢京房云：『五十者，十日、十二辰、二十八宿也。』一不用者，天之生炁也。此五十數之見於成象者。而謂一爲生炁，則其説似是而不得其理之實也。馬融云：『太極，北辰也。太極生兩儀，兩儀生日月，日月生四時，四時生五行，五行生十二月，十二月生二十四氣。』共爲五十，北辰不動，故不用。夫兩儀，天地之象也，有天地而後有北辰。今云北辰生天地，不已舛乎？荀爽云：『八卦四十八爻，加乾坤二，用凡五十。乾初九勿用，故用四十九。』其説似矣，然用九用六，以乾變坤而未可純用坤辭，坤變乾而未可純用乾辭，故别立用九用六，以爲變卦之占辭，不當與八卦六爻並例也。至初九勿用，謂自初陽在下，未可施用之時，見君子潛德未彰，當韜光而待時，以養其德。至出潛離隱，仍出而有爲矣。與置一不用之義，各不相同。姚信云：『天地之數五十五，其六以象六畫，故用四十九。』果爾，當云大衍之數五十五，不當云五十也。且天地五行之數，但取五十而遺其全數，於理亦屬未安。惟魏王弼與晉韓康伯俱云：『演天地之數者，五十也。其用四十有九，則其一不用也。不用，而用以之通。非數，而數以之成。是《易》之太極也。』斯爲得之。蓋河圖之數，於五十則贏五，數之體也；洛書之數，於五十則虚五，數之用也。大衍者，酌河洛之數之中，而兼體用之理之備者也。至用四十有九者，唐崔憬謂『法長陽七七之數也。六十四卦既法長陰八八之數，故四十九蓍則法長陽七七之數。蓍圓而神象天，卦方而智象地，陰陽之别也。置一不用者，以象太極，虚而不用也。』此解王氏之義而得其精者。

宋程子云：『數始於一，而備於五。小衍之爲五，大衍之爲五十。』又云：『五十，數之成也。

成則不動，故用四十九。』朱子云：『揲蓍之法，取五十莖爲一握。置其一不用，以象太極。而其當用之策，凡四十有九也。』摠之，天地盈虛之數，皆理與勢之自然，而非人力之所能與者。蓋數不盈不足以見生成之全，而數不虛又不足以運生成之實。惟合生成之全數，而以用用焉，以不用用焉。其以用用者，極乎兩儀、四象、五行、四時，一切屈伸交互之機。其以不用用者，握乎兩儀、四象、五行、四時，一切象數形器之宰。洵乎理居於極，而太極之理不滯於有，所謂無極而太極也。

夫大衍之虛一者，既以象太極之無爲，而其掛一者，即以象人極之參贊。虛一之後，繼以分二者，明乎分陰、分陽，爲造化之迭運。掛一以後，繼以揲四歸奇者，明乎定時、成歲，爲人事之紀綱。斯已極乎！引伸觸類之能事，而三才體用之全，不至於散而無統也哉。

六宗説

《虞書》六宗之解，諸儒聚訟，迄今孔安國、歐陽氏、大小夏侯、孔光、劉歆、賈逵、馬融、鄭玄、張髦諸説具在也。乃合衆論衡之，則賈逵之説可取，而安國之説爲有憑。逵之説，以日、月、星爲天宗，河、海、岱爲地宗。後人雖無解疏，然竊意日者，陽之宗也。月者，陰之宗也。星者，五行之宗也。《穆天子傳》『河名河宗』，言河爲四瀆宗也。《詩》曰：『沔彼流水，朝宗於海。』言海爲百谷宗也。《舜典》『東巡狩，至於岱宗』，言岱爲五岳宗也。類上帝、後及天地間之所當尊者，理宜然也。孔安國之説，以四時、寒暑、日、月、星辰、水旱爲六宗，此其説一本於《祭法》。《祭法》曰：『埋少牢於泰昭，祭時也。』註：泰昭，昭者，明也，亦壇也。時，四時也，亦謂陰陽之神也。『相近於坎壇，祭寒暑也。』註：相近，讀爲禳祈，卻也，求也。寒暑之氣當退不退者，祭禳卻之令退。當至不至者，則祭求之令至也。『王宫，祭日也。夜明，祭月也。幽宗，祭星也。雩宗，祭水旱也。』註：王宫，日壇。夜明，月壇。宗讀爲崇。幽崇，星壇。雩崇，水旱壇也。此與類上帝爲一禮。《祭法》泰壇，祭天，即類上帝也。祭時、寒暑、日、月、星、水旱，即禋六宗也。此據《禮》以爲解者也。其餘衆儒解經，不能無弊。歐陽、大小夏侯以爲六氣之宗，上不屬天，下不屬地，旁不屬四方，既虚而失據。孔光、劉歆以水、火、雷、風、山、澤當之，則山川已在乾坤六子之内，下文不必云望於山川矣。馬融謂萬物非天不覆，非地不載，非春夏秋冬不生長收藏，而以天地六者爲宗，則與上文類上帝爲複。鄭玄則屬之星五緯、辰十二次、司中文昌第四星、司命文昌第五星、風師箕星、雨師畢星，亦未愜當。蓋在天之神，日尊於月，月尊於星，無遺日月而獨舉衆星之理。至張髦以宗廟之祀三昭三穆爲宗，不知古者祖有功，宗有德，故祖文王而宗武王，昭穆不盡稱宗也。西漢之世，唯文帝稱太宗，武帝稱世宗。東漢之世，明帝稱顯宗，章帝稱肅宗。唐廟號概稱宗，違古禮矣。朱子、蔡氏，一遵古註。今以上下文義求之，禋四時、寒暑、日、月、星、水旱於上帝以後，山川羣神以前，於理爲合。唐虞故典，可以見其次第之略。《祭法》所述，安知非堯舜三代以來相傳之禮邪？蘇氏謂《祭法》所敘舜典之章句義疏，不誣也。外此，賈氏之說，亦可參考焉。

『烈風雷雨弗迷』說

聖人之德，合天者也。而聖人之心，主敬者也。蓋主敬，則中有主。中有主，則天定。天定，則可以處常，可以處變。雖極人世震驚搖撼之境，而不至於亂其心。此大舜烈風雷雨弗迷之說也。

且吾嘗驗於舜之事親矣。《書》云：『祇載見瞽瞍，夔夔齋栗。』祇，敬也。舜敬事瞽瞍，使之塗廩，使之浚井，而守身避難，從容鼓琴，若行所無事焉。則烈風雷雨之時，亦若是焉而已。蓋焚廩蓋井，即家庭之烈風雷雨也；烈風雷雨，即在天之焚廩蓋井也。聖人事親如天，事天如親，而一以敬將之。其心坦然，其氣夷然，則遇烈風雷雨與光風霽月何異？人有碎千金之璧，而不能不失聲於破釜者，勉於平居，而失之倉卒也。聖人倉卒之心，有異平居之心乎哉？且大舜當日足以震蕩其心者，不止烈風雷雨也。九載之洪水，幾於汨没九州，而渾敦、窮奇、檮杌、饕餮之徒，相與糾結黨惡以紊亂帝堯之天下，而舜容色不動，處之泰然。卒之，天地平成，凶族屏息。夫既不迷於相視原隰之時，而獸迷於元日攝位之後乎哉？夫然，大害不足撓其慮，即大利不足攖其心，故受堯之天下而不怍不沮者，即他日授人以天下而初無繫戀顧惜於其中。唯中有主，而其天定也。

中有主者，敬也。舜咨二十二人，曰：『欽哉！』史臣贊舜之德曰：『温恭。』欽也，恭也，一敬而已矣。然則孔子之迅雷風烈必變，與舜異乎？曰：必變者，敬也，雖變而不失其常也。弗迷者，敬也，天變而能安其常也。必變、弗迷、竝行不悖者也。

孔氏解經，訓上文『納於大麓』爲録，謂大録萬幾，而陰陽和調，風雨時，若見舜之感動乎天。果爾，將洪水之害，足爲堯病，而堯之德，未足動天矣。且其時，堯未巽位，安知非堯德之所致也？孔氏之説，毋乃欲尊聖人而轉岐其旨與？

《周南》《召南》説

《周南》《召南》，以地言，不以人言。周地，在雍州境内岐山之陽，即今鳳翔府岐山縣，太王遷於其地，以至文王《緜》之詩所云『周原膴膴』是也。召地，扶風雍縣有召亭，後雍縣析爲岐山、天興兩縣，未知召亭何屬。而《史記正義》引《括地志》『召亭在岐山縣南』，則與周相近者也。乃蘇氏傳以爲文王之治國也，所以爲其國者屬之周公，所以交於諸侯者屬之召公。而朱子亦云『使周公爲政於國中，召公宣布於諸侯』，蓋因《詩序》有『繫之周公』『繫之召公』之説而云然。鄭氏《詩譜》又謂文王遷豐，以岐陽爲周公旦、召公奭采地，施文王之政於己所職之國。

按《史記・燕世家》，周、召分陜，在成王時。《魯世家》，周公不就封，留佐武王，則受采當在武王時，不得謂文王時遂分岐陽爲二公邑也。且《召南》有《甘棠》一詩，猶可繫之召公，《周南》自《關雎》至《麟趾》十一篇，無一詩屬周公者。曾是制禮作樂如周公，而用之射燕鄉飲酒禮者，侈然上掠厥考之美，而歸之己哉？漢疏謂文王已受命稱王，例當有雅無風。故係之周公，此又説之難通者也。而其云南者何？《吕氏春秋》據《鼓鐘》詩「以雅以南」，《春秋傳》「見舞象箾南籥」，以爲南樂音也。後人宗其旨，謂八風寒燠異德，惟南風長養萬物。岐周之化如之，故不稱風而稱南，此一説也。朱子云，文王治岐，其東有紂，其西昆夷，其北玁狁，故其化自北而南，先被於江漢之域，此一説也。

總之，《周南》《召南》，以地言，不以人言。蓋公旦之稱周公，太保奭之稱召公，從采地得名，豈周召之地反從二公得名也邪？乃後之儒者，於《春秋》極言西伯稱王改元之妄，而於《周南》係周公之説，沿襲而不覺其謬，何哉？夫《春王正月》，本時王也。乃説《春秋》者，強屬之文王。二南，本文王詩也，乃説詩者强屬之周公。夫亦好奇而失之穿鑿也夫！

《邶》《鄘》《衛》説

《邶》《鄘》《衛》，變風之首也，而其説不一。鄭氏《詩譜》謂，武王封紂子武庚爲殷後，乃三分其國，置三監，使管叔、蔡叔、霍叔尹而教之。自紂城而北謂之邶，南謂之鄘，東謂之衛。三監導武庚畔，成王討之，於三國更建諸侯，以殷遺民封康叔於衛。顔師古亦云。然其説非也。蓋監者，監而治之，如《王制》『使大夫監於方伯之國，國三人』之類，非封地也。所封者，管、蔡、霍是已。管，即今管城。蔡，即今上蔡。霍，即今霍邑，皆不在舊都之内。蔡仲率德改行，周公命邦之蔡，此可證三叔各有所封，邶、鄘、衛非其國明矣。

且武王時康叔已封於衛，《康誥》稱康叔曰『孟侯』，已爲諸侯之長矣。衛既以封康叔，而復使他叔尹之，一國中豈有二主邪？而云成王時始封康叔，此與《康誥》《酒誥》《梓材》諸篇繆戾者也。乃邶、鄘、衛既分異地，而詩皆屬衛者何？按《漢書》言『遷邶、鄘之民於洛邑』意，邶、鄘二地即武庚舊都。成王作洛以後，盡徙殷民於下都。又以殷民六族賜伯禽，其邶、鄘二地已成曠土，縱欲更建他侯，勢有不能。其後，生齒漸繁，衛得而統之。則言衛，而邶、鄘在其中矣。安成劉氏本程子之説，曰《緑衣》《燕燕》等篇，莊姜自作。《柏舟》共姜作。《桑中》言沬鄉正作於衛，而或係邶，或係鄘。《泉水》《載馳》《竹竿》皆作於他國，而一係邶，一係鄘，一係衛。豈采詩者各從得詩之地而名之與？此如《猗嗟》刺魯莊，作於齊，則附在《齊風》；《匪風》思周道，作自鄶，則附在《鄶風》，此其例也。朱子謂《邶》《鄘》之詩，皆主衛事，而必存其舊號者，豈詩有邶音者，係之邶？鄘音者，係之鄘與？此如塗山歌於《候人》，始爲南音；有娀謡於《飛燕》，始爲北音；夏甲歎於東陽，東音以發；殷整思於西河，西音以興，此其例也。近代顧氏炎武謂，季札觀周樂，爲之歌《邶》《鄘》《衛》。曰：『我聞衛康叔武公之德如是，是其《衛風》乎？』而北宮文子引《衛》詩曰：『威儀棣棣，不可選也。』此詩今爲《邶》之首篇，乃不曰《邶》而曰《衛》。知累言之，則爲《邶》《鄘》《衛》；專言之，則爲《衛》。猶之言商，而曰殷商；言楚，而曰荆楚云爾。此其説合於劉氏、朱子，愚深取焉。乃朱鬱儀説《詩》云：『武庚之誅，仲尼所不予。故存《邶》《鄘》，以致其意。』固哉，言乎此，支離而不足存者矣！

《豳風》《豳雅》《豳頌》説

豳者，周公之事，而次於十五國後，《小雅》之前，見非諸國之例，所以尊周公也。詩凡七篇，惟《七月》爲《豳風》之正，其餘《鴟鴞》而下，義不係乎豳，而附於豳者。以豳詩爲周公所作，序述王業之艱難，故凡周公所作，與爲周公而作之詩，皆係之豳，謂之《豳風》，所以尊周公也。乃又有《豳雅》《豳頌》者何？《周禮·籥章》：『中春晝，擊土鼓，歈《豳詩》以逆暑，中秋夜迎寒亦如之。』又祈年於田祖，則歈《豳雅》；蠟祭息老物，則歈《豳頌》。考之於《詩》，未見篇章之所在。康成鄭氏三分《七月》之詩以當之，謂『女心傷悲，迨及公子同歸』以上爲《豳風》，重民時也；『爲此春酒，以介眉壽』以上爲《豳雅》，尊先啬也；『躋彼公堂，稱彼兕觥，萬壽無疆』以上爲《豳頌》，報成功也。一詩而三異其體，殊非孔子雅頌得所之義，其説固不倫矣。

雪山王氏謂《周禮》笙師吹十二器，以雅器之聲合籥也；《眡瞭》擊頌磬、笙磬，以頌器之聲合籥也。然註疏云：雅，狀如漆筩，以節行步之器。頌磬，當作庸磬，庸，功也，以其成功告於神明，故曰庸。夫雅、頌，爲《詩》之總名，不應屬樂之一器。而《周禮》所載雅與頌磬，又樂器之最微者，與《豳雅》《豳頌》何與？王氏之説，尤爲無當。

宋儒朱子則以《楚茨》《信南山》《甫田》《大田》四章爲《豳》之雅；《思文》《臣工》《噫嘻》《豐年》《載芟》《良耜》六章爲《豳》之頌。考《甫田》之詩有『琴瑟擊鼓，以迓田祖』之語，與《周禮·籥章》相合，而《臣工》諸篇，皆美其勤勞民事，樂治田業，故能爲酒醴以祭先祖而洽百禮，則《籥章》所歌，宜指此類，雅頌非豳而係以豳者。周之王業皆起於豳，成王、周公歌詠民依，有不忘后稷、公劉勤苦播遷，篤念田間之至意。雖朱子不敢信爲必然，而以此分屬，於義爲無害也。而安石王氏則謂《豳詩》自有所謂雅頌，而今皆亡失，其説亦頗通。考《左氏傳》所載，若晉重耳賦《河水》，魯穆叔誦《茅鴟》，齊國子賦《轡之柔矣》諸詩，皆不傳於後世。蓋孔子删定以後，其遭秦火散逸，而爲漢儒補綴，以足三百十一篇之數者，容或有之也。予姑取其説，與朱子並存，以俟後人之參考。

九夏三夏説

《周禮·鐘師》：『以鐘鼓奏九夏：《王夏》《肆夏》《昭讀韶夏》《納夏》《章夏》《齊夏》《族夏》

《祴讀陔夏》《驁夏》。』鄭注：夏，大也。樂之大歌有九：王出入，奏《王夏》；尸出入，奏《肆夏》；牲出入，奏《昭夏》；四方賓客來，奏《納夏》；臣有功，奏《章夏》；夫人祭，奏《齊夏》；族人侍，奏《族夏》；客醉而出，奏《陔夏》；公出入，奏《驁夏》是也。鄭氏又引襄公四年，叔孫豹如晉，晉侯享之金奏《肆夏》之三，謂：《肆夏》詩也。與《文王》《鹿鳴》俱稱三，謂所歌者三章也。而《國語》曰：『金奏肆夏《繁》《遏》《渠》，所謂三夏。』韋昭注曰：《肆夏》，一名《樊昭夏》，一名《遏納夏》，一名《渠》。杜預注《左傳》主之。是以三詩爲三夏，與鄭氏歌三章之説不合。蓋歌三章者，以《樊》《遏》《渠》三章揔爲《肆夏》，《周禮》九夏之一也。三詩爲三夏者，以《樊》《遏》《渠》三詩當乎《周禮》九夏之三也。又呂叔玉曰：《肆夏》，《時邁》也；《樊遏》，《執競》也；《渠》，《思文》也。韋氏以《肆夏》一名《樊》，是即以《肆夏》爲《樊》。呂氏以《執競》爲《樊遏》，是《肆夏》之外別有《樊遏》。二説必有一誤，而以三詩爲三夏，其旨略同。

今竊以愚意推之。鄭氏之説爲合。考之周人作樂，每奏凡三章。三章既終，然後始變，而樂乃成。如《鄉飲酒禮》始作樂，伶鼓瑟而歌，歌《鹿鳴》《四牡》《皇皇者華》，所謂升歌三終也。由是笙入堂下，磬南，北面立。樂奏《南陔》《白華》《華黍》，所謂笙入三終也。由是歌《魚麗》，笙間《由庚》；歌《南有嘉魚》，笙間《崇丘》；歌《南山有臺》，笙間《由儀》，所謂間歌三終也。蓋音聲、節奏必至三章始暢，而況夏爲樂之大歌，必令其和平闡緩，以終一夏，自不得以一章當一夏，明矣。

又按《周禮》孔疏，《王夏》惟天子得奏；其《肆夏》，諸侯亦得用，而大夫奏《肆夏》則僭，明下不得干上也。今牲入奏《昭夏》，而陳《執競》一詩，有『降福穰穰，降福簡簡，福禄來反』之語，猶之可也。乃《納夏》主四方賓客而奏，《思文》以后稷配天之詩，屬之四方賓客，毋乃非類之甚乎？則以『肆夏《樊》《遏》《渠》』爲九夏之一，而三夏、三詩，皆名《肆夏》，其説似無可疑。乃後世皮日休有《補九夏歌》，鄭樵遂謂九夏皆有聲無辭。而明鄭世子《鄉飲詩樂譜》又謂：夏，大也，大雅也。《王夏》，《文王》；《肆夏》，《大明》；《昭夏》，《緜》；《納夏》，《棫樸》；《章夏》，《旱麓》；《齊夏》，《思齊》；《族夏》，《行葦》；《陔夏》，《既醉》；《鷔夏》，《假樂》。其説無所根據。而王平仲則以九夏爲大禹樂章，功以九敍，故其數有九。其亦好奇而入於附會也哉。

『三十六宫都是春』説 舘課

邵子以詩言《易》，而云『三十六宫都是春』，此義、文、周、孔所藴含未發之旨，而邵特闡而明之者也。而三十六宫未嘗實指，後之注者謂乾一、兑二，則三也；離三、震四，則七也；巽五、坎六，則十一也；艮七、坤八，則十五也，合之得三十六數。於數符矣，而於理未精。

蓋宫者，位也。今以總數計之，於宫之義無所歸著。或者以八卦之爻當之，謂乾三畫，坤六畫則爲九；兑、離、巽各四畫，則爲十二；震、坎、艮各五畫，則爲十五，合之亦得三十六數。然秖及先天，而未全乎六十四卦。唯《朱子語類》對卦之説，最爲詳明。謂卦有正對、反對，正對者不變，反對者皆變。上經三十卦，乾、坤、坎、離、頤、大過，反之仍爲本卦，則不變者六卦，餘屯、蒙以下二十四卦，反之則爲十二，十二加六則十八也。下經三十四卦，中孚、小過，反之仍爲本卦，則不變者二卦，餘咸、恒以下三十二卦，反之則爲十六，十六加二亦十八也。以正對卦合反對卦觀之，總爲三十六卦。於理爲合，於數爲全。朱子雖未明言，而以此準之，適與邵子相合，則三十六宫之説確然無疑。

廼云都是春者何？春，即元也。元者，天地生物之心，於時爲春，於人爲仁，於天德爲元。春足統夏秋冬，故夏秋冬之中皆有春；仁足統義禮知，故義禮知之中皆有仁；元足統亨利貞，故亨利貞中皆有元。六十四卦雖極陰陽奇偶之分，而無非得乎天地生生之理。則以生生之理貫乎乾坤萬有一千五百二十策之中，夫又奚疑？則所云『都是春』者，即《繫辭》所云『《易》有太極，是生兩儀，兩儀生四象，四象生八卦』，八卦重而爲六十四卦，是六十四卦中總一太極之理所散見云爾。

乃邵子歸本於天根月窟之往來者，則又何説？蓋雷下地上爲復，是名天根；風下天上爲姤，是名月窟。復者，剥極之後，一陽乃生；姤者，夬決之後，一陰乃升。復以見天地之心，姤以合天之遇。則六十四卦不能外乎陰陽，而冬至子半，自一陽以至六陽；夏至午半，自一陰以至六陰，是姤、復兩卦之陰陽，遞及六十四卦之陰陽。而三十六宫之春，可舉復、姤之來往以該之。此羲、文、周、孔之精藴，而邵子於韻語中發之者也。

又支離其詞，謂三十六宮配天地間洞天之數，此又説之誕漫而不足深非者與。

鬼神説

或問：『鬼神有諸乎？』曰：『苟無鬼神，則天地亦塊而不靈矣。夫在天之日月星辰、風雲雷雨，在地之山川海岳、五土四方，莫不各有神祇，故國家莫不各有祀典。《書》曰：「禋於六宗，望於山川，徧於羣神。」《詩》曰：「靡神不舉，靡愛斯牲。」夫豈虞周聖人知其無神而妄爲崇祀哉？孔子曰：「曾謂泰山不如林放？」則泰山有神，明矣。且《禮記》八蜡之祭，坊、庸、郵表畷，與夫貓虎、昆蟲皆有神，其他安得謂之無神？但君子當自盡人事，敬鬼神而遠之，故曰：「國將興，聽於人；國將亡，聽於神。」子不語神，貴盡人也，非謂無神也。若夫鬼，則《易·繫》遊魂之説已著之矣。人之逝，始有招，繼有靈帛，末有主歲時祭祀，欲其魂得所依也。此其説程子是之。子産曰：「鬼有所歸，乃不爲厲。」亦非漫語也。《記》曰：「人死則魄降於地，其魂氣無不之。」夫曰『無不之』，則非可以窮詰。上者如《詩》所云「文王在上，於昭於天。文王陟降，在帝左右」。次者如蘇子所謂「幽則爲鬼神，而明則復爲人」。其下則如賈生所謂「忽然爲人，化爲異物」。凡此皆係於所習，故君子不可罔生。』

曰：『若是，則佛氏超輪廻之説亦有之乎』？曰：『遺外倫物，而以超輪迴爲事，吾不敢言。大約有形有質爲體魄者，固以聚散爲有無；無聲無臭爲性靈者，不當以生死成聚散也。但性靈因所習而變，則不可知耳。在吾儒，苟能如文王之不罔生，則夫聰明正直者，其性靈可以爲神。而佛氏超輪迴之説，自不爲所惑矣。』

時有疑鬼神者，因作《鬼神説》以示之。

好惡説

瞖關施師見予疾惡之病，謂予曰：『仁者能好人，能惡人。』『夫好惡孰不能之，夫子何獨歸之仁者？』請問。師曰：『今人共有好惡，然嘗作之好，作之惡，則好惡反爲累，是不能好惡也。惟仁者得其本心，而以天地萬物爲一體。故視人有善，猶己之善，一以本心好之，未嘗有加於本心而作之好也，是曰能好；視人有惡，猶己之惡，一以本心惡之，未嘗有加於本心而作之惡也，是曰能惡。且古仁人，見人有惡，則動哀矜之念，可救正則救正之，老子曰：「常善救人，故無棄人。」今人見人有惡，便忿恨不平，若不墜諸淵不已，是先失仁體而淪於惡矣，又何能惡人之有？』

予時聞之憮然，幾欲汗背。

謗說

或問：『古之君子多謗，何也？』曰：『古今唯鄉願無謗，若聖與賢，謗未始不相踵也。舜與伊尹，皆大聖。既去千餘歲，而舜有臣父之譏，尹有要君之議。況其他乎？歐陽永叔好修，而讒搆者衆；程正叔篤行，而殁後目爲黨人。然則聖賢謗滋多矣！』

曰：『古人謂止謗莫如自修，然乎？』曰：『謗烏能止哉？且自修非爲謗也，爲止謗而修，非真修矣。人之食而欲飽者，非爲避枵饑也。是故君子遯世無悶，不見是而無悶，其要在於識己。』

水碓說

斲木掘地，而杵臼之制興，蓋取諸《小過》。舂或以足、或以手，未聞用水也。水碓之法，起於後代，越中多有之。山陰楊山人大瓢爲予言其制：民之業舂者，依山爲架，決水下衝，轉轆轤之輻而循環之。觸其碓尾，杵自起自落，杵臼相應。水不止，杵亦不息。一人安坐於旁，計日得舂米十餘石。人心之巧，蓋至是哉！

或曰：『因水之利、順地之宜，巧而近於自然者也。』或曰：『有機事者，必有機心，且安知不適長惰佚之漸也？』作《水碓説》。

説車

余南人也，來京師始乘車。輪軹杌隉，騾馬狡憤，上下窪突，心覆體摇，藏腑顛倒，加以人稠路窄，他車傾軋，時防覆壓，若境盎險惡，蔑踰於是者，不數月，漸忘其危。久之，登降如夷，輪馳神安，可以成夢。且若南人使船，乘風張帆，而惟意所之也。

人淪於惡，亦然。始駭，而慚既習而恕，久溺而安。至於安焉，覺桀、跖孔甘，堯、孔無味。其於利欲一途，亦猶乘風張帆，而惟意所之矣。嗟夫！人之性始孰是？躭險惡而暱就者，方溺足時，能以始乘車爲鑒，而收轡於杌隉狡憤之餘，庶其味堯、孔，而不甘桀、跖也夫。

郊社分祭、合祭，郊祀配天，明堂配上帝議

右問郊祀天、社祀地，大典也。古來或主分祭，或主合祭，歷代典禮不齊。周公郊祀后稷，以配天；宗祀文王於明堂，以配上帝。自儒者分天與上帝爲二，後世相仍，其説不一，須集議以定折衷者。

謹案：《周官·大司樂》奏黄鍾、歌大吕、舞《雲門》，以祀天神；奏《大簇》、歌《應鍾》、舞《咸池》，以祭地祇。冬日至於地上之圜邱奏之，樂六變，則天神皆降，可得而禮矣。夏日至於澤中之方邱奏之，樂八變，則地祇皆出，可得而禮矣。凡祭天以上帝爲主，而日、月、星辰、司中、司命、飌師、雨師之類從焉。凡祭地以后土爲主，而五祀、五嶽、山林、川澤、四方百物之類從焉。蓋天子父天母地，以位則爲天之宗子，以德則爲天之肖子。氣既足以感之，誠又足以通之，故特祀於冬至、夏至，以報生物成物之功。則先王制禮，固分祭者也。自漢平帝元始中，王莽請郊社合一，祀天地用夫婦同牢禮，以高后坐配壇上，舛黷甚矣！後分祭、合祭，代有變易。魏明帝大和中、周武帝建德中、隋高祖開皇中、唐睿宗先天中、宋徽宗靖國中，皆主分祭。唐武后垂拱中、元宗開元中、宋太祖乾德中、高宗建炎中，皆主合祭。元文宗時，仍主分祭。明太祖謂天地猶父母，爲子之道，致父母異處，安得爲孝？定議合祀天地。嘉靖中，夏言請更郊祀，歷引先儒之論，以駁合祀不經，帝從言議。萬曆三年，仍遵太祖定制。

以理斷之，分祀之禮爲宜。蓋冬至一陽生，此天道之始，故於冬至就陽位，以祀天神，所以順天道，而報天生物功也。夏至一陰生，此地道之始，故於夏至就陰位，以祀地祇，所以順地道，而報地成物功也。若天地合祀，則天以統地。冬至固以祀天，夏至亦以祀天，而先王荅陰報土功之禮，轉無以達其仁孝之心矣！若天與上帝，漢疏分而二之；於二之中，又分而五之，謂天、昊天、上帝也。亞於昊天、上帝，爲感生帝。至文王所配之帝，謂其位卑乎天。春青、夏赤、夏季黄、秋白、冬黑，是爲五天帝。《月令》云：其帝太皞、炎帝、黄帝、少昊、顓頊，是爲五人帝。若后稷爲始祖，故尊之以配昊天、上帝。文王爲考，故親之以配五天帝、五人帝。衆説紛紜。於是，唐以太祖、太宗、高宗同配，宋以太祖、太宗、真宗迭配。明堂之中設五天帝位、五人帝位，而又設祖孫父子之位，配食其間，毋乃非齋莊誠一之義乎？而唐中宗時，從祭酒祝欽明建言，以皇后爲亞獻，補李嶠等女爲齊孃，斯又褻狎不經之尤者矣！

竊意天即帝也，帝即天也。以形體言，則謂之天；以主宰言，則謂之帝。《經》云『郊祀后稷以配天』，即可云『郊祀后稷以配上帝』。《經》云『宗祀文王於明堂，以配上帝』，即可云『宗祀文王於明堂，以配天』。

浚儀王氏曰：『萬物本乎天，人本乎祖。故冬至祭天，而祖配之，氣至之始也。萬物成形於帝，而人成形於父，故季秋享帝，而父配之，物成之時也。』朱子曰：『郊而曰天，所以尊之也，故以后稷配焉。祀稷於郊，亦以尊后稷也。明堂而曰帝，所以親之也。故以文王配焉，祀文王於明堂，亦以親文王也。此周公禮以義起者也。』今准此二説以衡，則於周家尊尊親親之義，庶乎無失，而一切感生帝、五天帝、五人帝，出於緯書之説者，概爲掃除。則典禮自合，而羣言有所折衷矣。謹議。

歸愚文鈔卷五

《資治通鑑綱目》『唐高祖武德九年置宏文館』

臣案：高祖武德四年，秦王開館，延文學之士杜如晦以下十八人，爲文學館學士，時人既謂之『登瀛洲』矣。至是，復置宏文館，選天下文學之士更日宿直。聽朝之隙，講論前言往行，商確政事，此初政之善也。嘗思太宗弱齡起兵，輔高祖定天下，純乎武功，疑於文教有所未暇。及觀有天下以後，於禮樂刑政之屬，甚詳且備。由左右翊贊之士，所以薰陶其耳目、厭飫其心思者，皆用人聽言、仁厚節儉之方也。《綱目》書置宏文館，分注詳悉，如魏徵之箴以虛己，孔穎達之誨以受言，杜正倫之記言無隱，裴矩之不爲面從，一一備載。而太宗之以誠待人，不尚權詐，正本止盜，不用重法，至比刻民於割肉充腹，例縱欲於剖身藏珠，君臣誠勉，諄諄懇懇。宜行之二十年，風俗更易，民安富，教馴至回心而嚮道也。則文治之功，固可少耶？

暨中宗景龍二年，置脩文館學士，選李嶠等善爲文者爲之，而不講求政治。宜天下爭以華辭相尚，而儒學忠讜之日遠也。則以太宗所尚者，因文求道；而中宗所尚者，祇在乎文也，此治術之所以相懸也。與後玄宗開元二年，置侍讀官。太常卿馬懷素、散騎常侍褚無量更日侍讀，而經術疑義得以質問。十年，置麗正書院，延禮文儒，發典籍。十三年，更集仙殿爲集賢殿，輕神仙之憑虚，重賢者之助理。《綱目》並書以美之。於時開元之治，有貞觀遺風，豈非太宗貽謀之善爲之，後者得以觀感而興起也哉？夫太宗君臣之相勗者，足以興道致治而不惟文辭之彪炳。如此，可云有高世主之烈矣！

然當日之交修者，唯求度越秦漢以下，而未聞堯舜所以治天下之道，猶非責難陳善之極則也。誠使爲君者本有堯舜之聰明，堯舜之盛德矣，而爲之臣者，於講求文學之餘，復能事事引君當道，借古鑒今，因得防失，欽哉！四鄰朝夕納晦，如鳥之有翼，如木之植土，如魚之得水，漸焉漬焉，久而化焉。治道之純，不自知其入於堯舜之域也，此豈太宗君臣所可等量而齊軌也夫！

《資治通鑑綱目》『唐太宗貞觀四年冬大有年』

臣案：大有年，何以書？志盛也；志盛者何？美天人之相應也；天人之相應何以徵？徵於唐太宗之卻側言、從正論。實能以卹民者格天，而天旋以仁民者報君也。

先是，魏徵勸太宗以德化民，而封德彜進以秦漢法律、雜霸之術，謂書生虚論不足以治澆訛之俗也。徵力破其説，謂五帝三王不易民而治，行帝道而帝，行王道而王。其言辨，其論正矣。帝從徵言，而次第行之。重農桑，蠲租賦，赦眚災，出宫女，禁獻祥瑞，除鞭背刑。凡足以救災利民者，皆切於乃身而行之，惟恐不力。迨行之四年而天下大稔，斗米三錢，東南嶺海間，至於外户不閉，行旅不賫糧也。此得於設誠致行之後者也。

且夫天之仁愛人君，猶父之仁愛其子，必先以艱難勞勩試之者也。貞觀元年，山東以旱告矣。二年，關内以旱饑告，畿内以蝗告矣。三年，復以大水告矣。使太宗求治之心未專，鮮不謂天道之難以感通，仁義之果出於迂遠者。乃當日勤而撫之不少悔，其從善救時之初心。所以災轉爲祥，禍變爲福。天鑒其誠，民受其賜，不期效而效即隨之也與。

蓋嘗思之，天之於人，其相去甚近，其相通甚捷。即匹夫爲善，天必有以報之。而況天子於天，論德則爲肖子，論位則爲宗子。爲宗子則能代天之職，爲肖子則能體天之心。從古以來，無建皇極而不致斂錫之福，念庶徵而不臻平康之治者。是以陰陽調而風雨時，羣生和而萬物殖。史書大有，人君可操券必之，而非得之偶然者也。貞觀之始，近於三代，豈非仁義之明效大驗也哉？

抑又思太平之治，固在於德化，而論治之日，先決於聽言。當封德彜折辯魏徵，其辭未嘗不娓娓可聽，若法律雜霸之術，較切當於魏徵之議論也者，惟人君定其志，精其識，一切憸邪巧利之説不足以中之。斯一德一心，明明穆穆，以人感天，而天即應焉。果如慈父之愛其子，而求無不給者矣。則致治之要，尤在乎嚴君子小人之分也哉。有天下者，法太宗，而更上求純王之治，以格天心，以凝天命，將大有年之書有屢書不一書者矣。

《資治通鑑綱目》『唐太宗貞觀六年秋閏七月，宴近臣於丹霄殿』

臣案：唐丹霄殿，外朝也，宴羣臣於此，猶漢高南宫之宴、漢武柏梁之宴，不過飲酒樂豈而已。乃當日君臣講論，無非治天下之大道。如美魏徵之無面從，然王珪之能確論。指殿屋，而戒不恒其德；善張行成，而悔自伐其功，皆孜孜求治之意也。而其關係主德者，尤在論心之數言。其言曰：『人主惟一心，而攻之者衆。凡勇力、辯口、諂諛、嗜欲之類，輻輳攻之，各求自售。人主少懈而受其一，則相隨者日至。』此言寸心之難恃也。然乘隙而攻之者既多，則先事而防之者宜密。防之之要，始於窮理。蓋窮理則明理，明理則知言，知言則知人。凡是非邪正，如冰炭黑白之判然而不能相混也。次及謹幾。幾者，動之微。一念初分之始，舉足不差，自此而行。如岐路然，於分岐之始，舉足不差，自此而行，動由正軌，大舜之惟精，大禹之惟幾。每致力於動静初分之始，雖人言淆亂，必能見微而知彰也。而其要主於立誠，誠則不貳、不妄，上可以格天祖，下可以感民物。雖有憸人，必憚其正，而有所不敢欺；服其公，而有所不忍欺；而況誠至明生，當其前者，自有所不能欺也。而其功一原於主敬。程子曰：『主一之謂敬，無邊之謂一。』自暗室屋漏，以至事天勤民，無一時一事不要於敬。此動靜交養，敬義夾持之功也。蓋論原本，誠無不敬；論功候，由敬至誠。堯之欽明、舜之温恭、禹之祗承、湯之日躋、文之緝熙，皆不外乎一敬。聖學所謂成始成終者，此也。如是以防其心，如城之堅、如火之烈、如鑑之空、如衡之平，而衆人猶得而攻之者哉？

唐之太宗知一心之孤，不勝攻者之衆，一時君臣儆戒，幾有三代之風矣。而未能實致乎治心之功，準之《關雎》《麟趾》之遺，不無遺憾也。君天下者，從事於古帝王治心之學。始於格物窮理、謹幾慎獨，由求誠以幾於至誠而敬之，脩己以安人、安百姓者，無一息之或間焉。唐虞三代之風，庶其復見矣夫。

《續資治通鑑綱目》『宋仁宗嘉祐二年，以翰林學士歐陽修知貢舉』

臣案：古來文章，所以明道也，而明道必以理勝。周、秦、漢京以後，至六朝、唐代，而遞降矣。昌黎韓愈拔出貞元、元和間，挽時趨而力追乎古，此變而能上者也。後梁以下政治不綱，文亦頹敝。宋初相沿餘習，所稱太學體，一名楊劉體者，以窒塞昏昧之辭，文其淺陋。而前之正者，復變而日壞。此張方平歎爲『驅扇浮薄』，雖下詔揭示，而士習不改者也。當此之時，苟非道足於中，而不惛不撓，鮮有能挽回積習者。歐陽脩崛起於瀾倒波頽之餘，慨焉力救其失。知貢舉時，黜劉幾『天地軋，萬物茁』之語，而蘇軾、曾鞏之徒得雋焉。始雖羣聚讙譟，終則靡然從風，何其有定識、有定力也！自時厥後，學者共知尊歐陽氏文，以上窺韓愈，以溯源周、秦、漢京，文章於是復歸於正。此無他道，足於中也。夫道足於中者，以理勝者也。嘉祐以來，取士之制代有變通。而理勝爲主，本原則一。明代取士，以四子書爲制義，由洪、永以至於今，厥分二體。有學者、才人之分。學者之文，會通訓詁，宗仰程朱。自王鏊以下，錢福、唐順之、瞿景淳、薛應旂其選也。而我朝則有如陸隴其、李光地諸人。才人之文，掉鞅百家，抽思靈府。自歸有光以下，胡友信、湯顯祖、金聲、陳際泰、黄淳耀其選也。而我朝則有如劉子壯、熊伯龍、韓菼諸人。要之，二者亦非判然分途也。規矩之至，變化自生。真學者，未有不發攄乎才者也。神明之極，自原根柢，真才人，未有不沉浸乎學者也。惟失其真而爲僞，則貌爲學者，衣冠土偶而先正之法蕩焉；貌爲才人，要駕跅弛，而《史》《漢》、八家之神失焉。則文之傳世行遠，亦求其真，以祛其僞云爾。

竊見近日文人好異者，一倡百和，强求新奇。辭不必典，意不必達，競爲可解不可解之語，以相夸尚。準之楊、劉，後先合轍。彼之意，原以懲夫庸陋之弊也。不知理不勝而强言，適爲庸陋之至而已。前者，皇上欽定四書文，令天下誦習。如日月之照臨，如布帛菽粟之易曉。而爲文者，轉倀倀焉，相背而馳，毋乃舍康莊而入鼠穴乎？然則何以挽之？亦唯曰：道足於中而已。夫道足者，理勝也。理勝者，窮經之謂也。惟在上者矯其空踈，崇尚經學，倣朱子分年讀書之法，使之次第治經，而司文柄之人，得如歐陽脩之中操朗鑑，凡遇楊劉『軋』『茁』陋習，痛加裁抑，而不使徼倖於其間。彼見詭怪者之無與於網羅也，於是翻然悔悟，以並進於華實兼茂之途，將正學興、真士出，而文治益進於光昌矣。

《詩》大小序或問

或問：『《詩序》可廢乎？』曰：『是惡可廢！作序之人去作《詩》之人未遠，此而廢之，而於千百世下，揣測作《詩》之旨，何異寫生者取雲、仍孫之謦欬儀容，而追肖祖先之面目也？又何異聽訟者舍當時之券契，而漫決以後代之爰書也？』

或曰：『《詩序》作於衛宏，宏學於謝曼卿，俱東漢時人，安必去作《詩》之人未遠乎？』曰：『序作於衛宏，此范史《儒林傳》之言耳。漢儒相承，謂子夏作。子夏意有未足，毛公足成之。後衛宏潤飾之。朱子亦據鄭氏，言諸序本自合爲一編，毛公分置各篇之首，則毛公以前，其傳已久，非始於衛宏也。』或曰：『朱子去序言《詩》，安見序之爲是而所更者之爲非乎？』曰：『《國風》中序之所引，多信而有徵者。如《匏有苦葉》之刺衛宣，而責以『人涉卬否』；《木瓜》之美齊桓，而矢以瓊瑶之報；《將仲子》之刺莊公，而不納祭仲之諫；《子衿》之刺學校，而歎佻達在城闕。以及《墓門》之刺陳佗棄師傅，以至於不義；《候人》之刺曹共遠君子，而好近小人，皆明明合於經傳者。而概爲更之，豈前人之言皆出於附會，而所更者，果確然無所摇惑於其間乎？』或曰：『如子言，序皆一無可議者也？』曰：『《國風》、三《頌》，未易舍序而言《詩》矣。惟是《楚茨》《信南山》《甫田》《大田》《瞻彼洛矣》《常華》《桑扈》《鴛鴦》《頍弁》《車舝》《魚藻》《采菽》《隰桑》諸詩，皆正雅也，而序以爲刺幽；《賓之初筵》，衛武飲酒悔過而作也，而序以爲刺幽；衛武之《抑》，既耄而自警，幽王時詩也，而序以爲刺厲、武，爲諸侯不與厲王同時也。朱子一一改正之，此大有功於《詩》也。』

或曰：『序既作於子夏，諸人不應繆誤如此。』曰：『此其繆誤之故，有不足疑者。孔子時去周公未遠，太史掌記未亡也，矇瞍律吕未失也，賢人君子絃誦未絶也。《雅詩》猶殘闕失次，反魯後乃克正之。況經戰國之紛擾，嫚秦之燔滅，保無簡編淆亂，而小儒曲學之流爲之補綴者哉？故吾謂朱子之改正，大有功於《詩》也。語云：『家尺雖斷，可定鍾律。』序固《詩》之家尺也。後之言《詩》者，以大小序爲主，其有牴牾不可信者，於朱子之説求之。且於朱子《集傳》外，如東萊《讀詩記》、華谷《詩緝》之類，凡有功於《詩》者，互訂之。參異同之見，通彼我之懷，庶無戾於微辭諷諭、温柔敦厚之旨也夫。』

讀《洪範》

《尚書·洪範》篇，漢孔安國、劉向、劉歆，唐孔穎達皆爲之傳註。至宋蘇氏洵、曾氏鞏、王氏安石，皆有傳論，其義備矣。予嘗即其大義求之，五行、五紀、稽疑、庶徵，屬於天事，爲建極所由始；五事、人政、三德、五福，屬於人事，爲建極所由全。以前四疇合乎皇極，而九疇本天治人之體以立；以後四疇合乎皇極，而九疇盡人達天之用以彰。究之，建用皇極，爲九疇之要。而敬用五事，實建用皇極之本。且庶徵之雨、暘、燠、寒、風，與五事相爲協應，而五福之『攸好德』，即皇極之『予攸好德』，蓋已兼備於建用皇極之中。此箕子丁寧反覆之意，而九疇猶之一疇也。劉向作《五行傳》，援引《春秋》經文，極言災異。蓋向當王氏擅權之時，欲人主恐懼，修省以回天變。班史因而載之，垂誡後世。雖分配五行，占驗不無過拘，然其旨匪與聖人乖違也。宋儒傳論，較前人爲備精。唯王安石於『庶徵』一條，若與人君不相關切，隱然有天變不足畏之意。學術之謬，禍及天下矣。

至以九疇爲《洛書》，此漢人緯候之説，孔安國始之。劉向父子以『初一曰五行』至『威用六極』爲《洛書》，關朗以『戴九履一』云云爲《洛書》，其實箕子本文未嘗言《洛書》也。歐陽子修起闢之，明代王禕辨論之尤詳。其言曰：『《洛書》非《洪範》也，《河圖》《洛書》皆天地自然之數，而聖人取以作《易》者也。歸氏有光曰：『《洪範》之義甚明，而儒者以《洛書》亂之，其始起於緯書，而晚出於養生之家，非聖人語常而不語怪之旨也。』

或者曰：『《洪範》本文云「帝乃震怒，不畀《洪範》九疇。」又曰：「天乃錫禹《洪範》九疇。」使非出之《洛書》，則天安所畀之，而禹安所受之？』不知聖人於理之必然，則舉而歸之天，若《詩》所云『乃眷西顧』『帝謂文王』之類，非諄諄然命之也。《洪範》雖有九疇，而五行、五事乃天人感召之大者。鯀之獲罪於天，五行失位，而五事不修，治天下之大法所由失也。禹之受福於天，五事既修，而五行得位，治天下之大法所由得也。天人相應，不過反身切近之事，而後世務爲神奇，以眩惑學者。於〔一〕建用皇極之本，毋乃求之遠而轉失之近與？抑思〔二〕極者，即至善之謂，天子庶人共之。而皇爲天之宗子、肖子，固天予以神靈，首出而使之統馭天下者，子焉建之。蓋立其本於此，而天下從而則傚之，咸得畢致乎福，而不罹於極也。而所以建皇極者，不外乎五事。所以用五事者，要歸於一敬。蓋能敬則正心修身、政治修明、幽明響應，篤恭而天下平矣。然則敘彝倫而福兆民，尤以主敬爲聖學之要哉。

校記

〔一〕『於』字脱，據十二卷本《歸愚文鈔》作『於』。

〔二〕『思』字脱，據十二卷本《歸愚文鈔》作『思』。

讀《周禮》

漢武帝開獻書之路，有李氏得《周禮》，上之河間獻王，因入秘府。至成帝時，劉歆校理秘書，始得列序。後杜子春能通其讀，鄭衆、鄭興皆受業焉。最後，馬融作傳註，授之鄭玄，玄復網羅衆家，爲之註，而《周禮》於是盛行。

獨是歷代以來，有尊而信之者，亦有詆而排之者。謂是王道之極者，王通也。歎爲真聖人作者，唐太宗也。謂周公之大法在《周禮》者，程子伊川也。定爲周公致太平之書，疏解十餘萬言者，王安石也。而林孝存以爲瀆亂不經之説，何休以爲六國陰謀之書，歐陽修疑其設官太多，蘇轍疑其不可信者有三，五峯胡氏摘其無一官完善。衆論不一，然則當何從？曰：篤信者是矣，而未免太過。而概斥之者，則又甚焉。此蓋聖人殘缺之書，而漢人以意增綴之者也。

今考其書，建官則以六典，治地則以井田，取民則以什一，養士則以學校，公天下則以封建。其節目如八法、八柄、九貢、九兩之序，祭祀、朝覲、喪葬、冠昏，以及師田、行役，教民、糾民之詳，内而宫府、王畿，外暨侯、甸、要、荒，綱紀秩然，此周公所定者也。其他若甸師之代王受災，正后之左右立市，大府、王府、内府之厚藏，九嬪、世婦、女御之多内，祝、禱、祀、禳、禬之不經，内豎、寺人、縫人、屨人、獸醫，皂隸之冗濫，周公定禮，恐不若是，此漢人所增者也。

何以知之？曰：按其時知之。新莽時，喜作僞經。劉歆得是書秦火以後，存亡各半，綴而完之，以亂聖人之經，理或然也。且前此，有公孫龍之《緇衣》、吕不韋之《月令》，而張覇亦有雜《尚書》之本，不獨劉歆然矣。後之治經者，取其純粹，略其踳駮，斯善用經術者哉？漢代以後，行《周禮》以出治者，往往多謬。而王安石致以其術亂天下，説者遂疑《周禮》爲不可行。夫《禮》之大經大法，所以經世淑民者具在。法古者，當取其善者行之。乃安石棄其善者，而惟取『泉府』一言，卒爲天下禍，此安石之過也。程子曰：有『《關雎》《麟趾》之意，而後可行周官之法。』然則外王之道，固本於内聖哉。

讀《莊子》

從古無譏堯、舜、孔子者，有之，自莊子始。彼非不知堯、舜、孔子也，蓋心非戰國時之功利爭奪，而無以挽之，因爲此卮言、寓言，曼衍而不可止也。彼謂功利爭奪起於更相是非，更相是非起於治天下之道太明，而姦人轉竊其術，以亂天下。是故，有是非之分，不如並無是之見，而非自不生。有治亂之分，不如並無治之形，而亂自不作。而堯、舜者，禮樂刑政之所由備，孔子則又闡明其道，以教天下者也。

莊子曰：『是適予姦人以功利爭奪之資也。』假使天下而盡如容成、赫胥之時，又安有此患哉？莊子不知無聖人之將爲大亂，而第見有聖人之後，仍不能以無亂，乃肆爲猖狂浮游之論；思以挽戰國功利爭奪之人心，而不知盭乎聖人之道也，遠矣！雖然，其人既隱居放言矣，又何所不可，而必禁其不爲猖狂浮游之論邪？後釋氏之徒，引以爲虛無之証。而談養生者，又援其言以爲長不死之方。是又彼氏之説，而不足以知莊子也夫。

讀《荀子》

《孫卿新書》，唐大理評事楊倞更爲《荀卿子》。脱爛謬誤者正之，共二十卷三十二篇。舊名《孫卿》，避漢宣帝諱也。中惟《性惡篇》背乎聖道，餘皆羽翼六經，推闡孔氏。存正軌於申、商、孫、吴、慎、墨、蘇、張之間，固戰國時之錚錚不惑者。漢司馬遷、楊雄，唐韓愈以孟荀並稱，迄無異辭。至宋儒極詆訿之，而後人言荀卿氏者鮮矣。

夫以荀子之立言明道，而其説偶入於偏，即不得與純乎純者備列於孔氏之後，則立言者無庸好奇，而後之讀古人書者，亦當求是非得失於心，甚毋人云亦云哉！

讀《後漢書·東夷傳》

徐偃王處潢池東，地方五百里。行仁義，陸地而朝者三十六國。穆王後得驥騄之乘，使造父御，以告楚，令伐徐，一夕而至。楚文王大舉兵而滅之。

按：魯莊公四年，楚武王卒，子熊貲立，是爲文王。時周莊王四年也。莊王爲穆王十世孫，相去三百餘年矣，安得有滅徐偃王事乎？此范氏沿襲之誤。

讀《南蠻傳》

高辛氏有犬戎之寇，帝患之。募有能得犬戎之吴將軍頭者，妻以少女。時有畜狗，名槃瓠，遂銜將軍頭至，乃以女妻之。生子一十二人，皆有尾形。

按：吴姓應得自周命氏以後，又將軍之官，始於魏獻子、衛文子，周末置前後左右將軍。今已見於高辛氏之代，殊舛謬也。且其事荒怪不經，宜學者所不道。范氏因《風俗通》之言，而不能糾正其失，豈君子立言之則耶！

讀《西羌傳》

至於武丁征西羌、鬼方，三年乃克，故其詩曰：『自彼氐羌，莫敢不來王。』

按：《商頌·殷武》之詩，祀高宗樂也。首章敘其伐荆楚功，而二章曰：『惟女荆楚，居國南鄉。昔有成湯，自彼氐羌，莫敢不來享，莫敢不來王。』言成湯之時，遠夷、西方氐羌皆來朝見爾，居中國南方乃敢背叛，不至乎？此責荆楚之詞，非謂高宗時氐羌也。范氏引二章語以附會之，混而爲一矣。

東林理學氣節等差

宋楊龜山時講學於梁溪之東林，而東林之名始立。後明正德、嘉靖間，邵二泉寶別建東林書院。萬曆中，顧端文昆弟憲成、允成及高忠憲攀龍復建講堂於弓河故址。一時，海內名賢羣然爭趍，切磋講學，而東林之名遂滿天下。其時，以理學著者，發明人心、道心，綱常倫理。斥邪扶正，致君澤民，相與續程朱之脈。而以氣節著者，防社稷之隕，折婦寺之奸，幽囚纍紲，流血圜牆。清流正士，一網殆盡。間有未罹其難者，運丁鼎革，見危致命。不使河岳蒙恥，乾坤削色，諸君子力也。

夫理學者，氣節之根本。氣節者，理學之符驗。使談理而不能植節，則其學爲僞學。使徒死而不本此心之所安，則其氣亦爲客氣。端文昆弟歿於黨禍未起之前，非不能冒危亡、蹈白刃也。楊漣、左光斗諸公適遭殺身成仁之會，非必欲攖禍變、戕遺體也。易地皆然，後先一轍。曾謂理學氣節可以岐而二之者哉？

而或者欲於諸君子中區別等差。夫諸君子之心術、品量，並可光日月、貫金石、照古今，烏可等差計也！特以年齒有高下，官秩有榮卑，得禍有重輕，舍生取義有先後，論列者不能不序次而及。故東林理學以顧端文爲首，而鄒忠介元標、馮恭定從吾諸公繼之。東林氣節，在熹宗旹者，以楊忠烈、左忠毅爲首，而趙忠毅南星、高忠憲、魏忠節大中、周忠介順昌諸公繼之。在思宗時者，以盧忠烈象昇、范文貞景文爲首，而倪文正元璐、金忠節鉉、馬文忠世奇、劉文正理順諸公繼之。其有所守不堅，喪介節於末路者如錢謙益輩，於理學氣節兩無〔一〕所處，則不當屬東林之列。

嗚呼！善人爲國之本久矣，其本既撥，枝葉從之。漢家黨錮垂四十季，而黃巾起，天下亂。唐家投諸賢於白馬驛，而朱温簒弑，亡不旋踵。從古以來，無戕賊正士而宗社不摇者也。當日東林君子力危勢孤，非如《夬》以五陽決一陰之時，而又持論過嚴，疾惡太甚，未有當於九二『惕號，暮夜有戎，勿恤』之義。而爲人君者，必欲斬刈屈折，俾無遺種，以逞羣小人之心。是以災爲利，以危爲安，而與於不仁之甚者也。有國家者，尚以覆轍爲鑒哉！

校記

〔一〕『無』字模糊，十二卷本《歸愚文鈔》作『無』。

歸愚文鈔卷六

皋陶論

舜臣五人，禹及身而王，稷、契、伯益至子孫而王，獨皋陶以後無王者。説者謂皋陶爲刑官，故獨薄其報。夫使皋陶而殘民以逞也，則其説誠然。今《尚書》所載，帝念其功曰：『刑期無刑，民協于中。』又曰：『四方風動，惟乃之休。』而皋陶亦曰：『與其殺不辜，寧失不經。』則當時民之不犯有司，惟皋陶有以曲成之者。其心仁，其功懋矣！天果準其德以爲報應，不在稷、契、伯益下，而謂以刑官之故，獨薄其報哉？

夫修德者，聖人之心也。修德而獲報於後，非聖人之心也。聖人唯代天以行道而已。以故，工曰『天工』，敘曰『天敘』，秩曰『天秩』，命討曰『天命』『天討』，聰明明畏曰『天聰明』『天明畏』。皋陶之學，在於明天。則當日之明刑弼教，亦唯體上天好生之意。使民不入於刑。果民不入於刑，而皋陶之心則已盡矣。至子孫之王與不王，廼後世計功謀利之心則然，而豈可語於聖人之道哉？

且夫兵之毒民，尤甚於刑，人所共喻也。然黄帝造兵，而唐虞、夏、商、周之有天下者，皆屬黄帝之後。則不得已而用兵，天亦不薄其報矣。天不忌造兵之人，而獨忌爲刑官之人乎哉？況刑官之昌其後者，未嘗無人。于公治獄，其子定國爲丞相是也。夫于公雖賢，然視皋陶之聖，其德不可數計矣。廼天於德之小者，則厚之，而於德之大者，獨薄之？似堯舜時之天，或異漢時之天，有是理耶？是故聖人盡己，而不責天。考聖人者，論理，而不論數。

箕子論

箕子，聖人也，而不在聖人之列。緣孔孟未嘗論定，而後世遂無敢加以聖人之稱也。然吾聞開天明道者爲聖人，故執中之旨、危微之辨、精一之功，堯舜發之；安止之論，大禹發之。而咎繇則言天，成湯則言降衷、言恒性、言綏猷，伊尹則言一德。而天人相與之故，無人起而明之者。而《洪範·九疇》則自箕子演之。今夫《洪範》一書，以天治人者也。以天治人，若在人之所爲，即在天之道。而天道之變化昭明，物不外乎在人之理，故以皇極居中，而前四疇爲建極之本，治天下之大要也。後四疇爲建極之用，治天下之節目也。夫人之於天，視爲窅冥荒遠，因而棄天褻天者多矣。及觀《洪範》之言，其理氣相感，捷如影響，而後知位天地、育萬物之功，初不在吾心、吾性之外。此堯舜以來所未發者，而箕子言之，其爲聖人無疑也。乃其不列於聖人者曷故？當箕子之時，文王爲聖人，武王爲聖人，周公爲聖人，又皆會合於興王之一家。而箕子以囚奴之餘，列於亡國大夫之伍。及後封於朝鮮，又以裔夷之遠目之。故後世論聖人者，均未之及。即韓子序道統，則云『文、武、周公』，若以武王之道受之家庭者，抑知武王之心法，固受之文王，而《洪範・九疇》，箕子寔遥傳之禹，而親授之武王者哉？

且夫商周之交，文王演《易》，箕子演《疇》。演《易》，窮卦爻以盡天地萬物之理；演《疇》，敘彝倫以盡天人感通之理。其理同，其功同也。演《易》者爲聖人，演《疇》者獨非聖人乎哉？孟子於伯夷爲聖之清，柳下惠爲聖之和，彼二人者，各造一偏者也。而詣乎一偏之極，孟子猶以聖予之。箕子之行，未見其偏矣，而不敢稱之爲聖，何其無特識也？如柳子作《箕子廟碑》止曰大人、曰先生。然則孔子何以稱仁而不稱聖？曰：此與微子、比干同論，故特表其心之至誠惻怛而言，非謂仁而未幾乎聖也。孟子未稱聖，亦偶未之及云爾。

或者曰：『罔爲臣僕，箕子嘗爲微子言之。而何以爲武王陳疇？』曰：『陳疇，非仕也。武王爲道而問箕子，安得不爲道而陳？若舍武王而不傳，天下後世遂有絶而不傳之患者。故不臣周，存萬世君臣之大義。所以爲仁人陳九疇，明萬世天人之大法，所以爲聖人。』

《秦誓》論

《秦誓》，霸主之辭也，而附於《周書》之末。宋邵子曰：『夫子定《書》，以《秦誓》終，知周之必爲秦也。』竊以爲不然。昔子張問：『十世可知？』孔子曰：『其或繼周者，雖百世可知。』於三綱五常之大，即已往以驗將來，憑乎理，不憑乎數也。安有牽合附會，同於讖緯術數之學哉？然則孔子之録《秦誓》者，取其悔過之辭也。《易》之《繫辭》曰：『憂悔吝者存乎介，震無咎者存乎悔。』聖人不絶人以過，而予人以悔過也。故以湯之聖人而曰『改過不吝』，不諱言過也。太甲敗度、敗禮，卒悔而聽伊尹之訓。成王惑三叔之流言，卒悔而迎周公以歸，復於無過也。穆公之爲君，微特不如成湯，亦並遠遜於太甲、成王。而聽其誓師之辭，於古之謀人、今之謀人，及容賢蔽賢之臣，三致意焉。有可取，而續成湯、太甲、成王之後者，聖人所以取之也。

或曰：『穆公敗崤而還，乃作《秦誓》，在魯僖公之三十三年也。及文公二年，有彭衙之師。三年，有濟河之師。兵連禍結，迄無寧歲。聖人何以取之？』曰：『聖人不惟其事，惟其辭也。謂公能改過，實未必爾。而其言有當於史書工諫，近乎王者之事，則從而取之。此亦如穆王之車轍馬跡，幾遍天下，宜若無足録者，而《吕刑》一書，惻然有哀憐無辜之意。聖人初不廢焉。洵乎不惟其意，惟其辭也。』

或曰：『聖人作《春秋》，於彭衙濟河之師，何以不恕秦人用兵之失？』曰：『《書》之所取，取其能悔。《春秋》所貶，貶其悔而不改。蓋悔而不改，《春秋》不得赦其罪過。而能悔，《書》亦不得没其言。不得赦其罪，則意主於懲惡；懲惡者，其辭嚴。不得没其言，則意主於勸善；勸善者，其意恕。此聖人之並行不悖也。且夫悔過者或未能改過，斷無改過而不由於悔過者也。故衛武公飲酒而悔，蘧子馮聽申叔御言而悔，晏子之御，受嗤於其妻而悔。蓋天道之消長、人心之善惡，皆起於《復》之一爻。而《復》之九二曰：「不遠復，無祇悔。」謂復於善，則無悔也。抑知悔而能復，以至於無悔者乎？聖人有取於《秦誓》者，蓋如此。而宋儒張氏謂，王道終於平王，而以秦、魯補之，傷平王之不能用兵與悔過也。使平王用兵，得如伯禽之誓費，則申侯、犬戎可誅。使平王悔過，得如秦穆之懲創用賢，則周家可以中興。解經論世，不爲無識矣。然以孔子定《書》爲專罪平王而言，或轉非垂教天下萬世之旨也夫。』

管仲論

蘇明允之論管仲也，謂其不能薦賢自代，而第云豎刁、易牙、開方三子不可用。後桓公卒用三子，致亂齊國，因以仲爲不知本。其言當矣！自吾論之，仲無論不能薦賢，即薦賢，公亦不能用賢者也。昔魏公叔痤將死，言公孫鞅於王曰：『王能用，用之。否則，殺之。』又以其語告鞅，使之出走。鞅曰：『彼不能聽君言以用鞅，又惡能聽君言以殺鞅？』既卒，如其言。是不能因人之言用人，必不能因人之言殺人者也；不能因人之言去人，必不能因人之言用人者也。桓公既不能因仲之言以去豎刁、易牙、開方三子，即不能因仲之言以進所薦之賢人。何則？當桓公初立國時，其氣方鋭，其志未盈，故能納鮑叔之薦，以用仲於罪人之中。至節兵薄賦，九合諸侯，一匡天下，公之意方謂我可驅役海内之强侯，而七十二國之間，莫有起而爲我難者。因亟亟焉，聲色貨利之是求。斯時，圖治之心，不敵縱欲之心，明矣！設於其時復有如鮑叔之薦管仲者，而公能三沐而三薰之乎？況既耄之年，怢侈日甚，又不止於葵丘震矜之日也。由是言之，公之不能用賢也，明甚。

然則齊國之亂，將竟不可弭乎？曰：非也。蓋弭齊之亂，貴乎知本。而仲之知本，不在將死薦賢，而在乎平日止君之欲，以清其心。且夫君子之開導夫君也，其言之售不售果有一定乎哉？當太平無事之時，則聞言者格而難入；當憂危困迫之際，則進言者急而易投。桓公返國未幾，去奔竄之禍尚邇也，奉一國之政而授之射鈎之人，尊爲仲父，寵以亞卿，不啻子弟之聽約束於先生者。仲於此能因其君之多欲，而防於未然，禁其方萌，則聲色貨利之念未必不可少戢。至戢之既久，有漸近自然者矣。乃縱酒好色，至姑姊妹有不嫁者。仲不聞一言正之，而反將順之，曰：『酒色不害霸也。』是縱君之欲，而使豎刁三子得以乘間而合者，管仲也。乃前則引之使入，後則禁之使絶，公於三子，固結而不可解矣。即有所進之賢，安必用以當國，而盡絀三子乎哉？

洵乎蘇氏之論，能窺其本，而未探乎本中之本也。使仲果正君之欲於平日，而將死之時，又薦賢以自代，則君臣道合，仲雖死，而齊國未嘗無仲矣！亂何自而生？惜乎，器小之人，未足語乎大臣之道也！

長勺之戰論

魯莊公十年春王正月，公敗齊師於長勺，用曹劌謀也。以忠爲戰之本，而驗其氣盈、氣竭，覘其轍亂、旗靡，於用奇之中不失用正之義，聖人宜有取焉。而宋儒文定胡子謂：『善爲國者不師，善師者不陣，善陣者不戰。』以戰勝爲非王事，抑之，失聖人之旨矣。

嘗按其時事論之，齊，魯莊之仇讎也。九年八月，戰於乾，時公喪戎路，乘他車以還。戎右與御被獲，辱國甚矣。至是，又加以管仲之善謀，將齊之勢日强，魯之勢日弱。使非先敗之於長勺，繼敗之於乘丘，魯幾有難以圖存者！奈何執不師、不陣、不戰之説，而以詐謀取勝議之？

且胡子於經筵進講《春秋》，將以引君於有爲也。當靖康時，卻李綱力戰之議，至於亡國矣。高宗既立，宗澤十三戰皆捷，而不從其還京之請，淪於偏安矣。爲胡子者，正宜返其積弱，激厲用兵，以圖復讎，而乃陳不戰之虚文，益堅其苟安之故習，豈人臣因事納忠者果宜爾耶？

且孔子，聖人也，射於矍相之圃，時斥賁軍之將與亡國大夫並列。而會於夾谷，必先具左右司馬以誅謀夏干盟之萊人，聖人未嘗恥言兵也。倘概以文告卻敵爲王事，將孔子當日必束手無策，君臣並辱於壇坫間，而後可耶？

然則經之不書伐我，聖人不予其伐，善我之能敗齊也。如胡子之論，可持以告窮兵黷武者，而非所施於相忍爲國之朝也夫。

六國論

昔蘇秦合六國之從以拒秦，約曰：『秦攻一國，五國各出鋭師以撓之。有不如約者，五國共伐之。』後儒謂合六國之異以爲同，聯天下之疎以爲親，從散約解，勢有必然。然當是時，秦人併吞之勢已成，爲六國計，應無舍合從而别求他策者。獨惜當時但知合從之利，而不知所以一天下之勢。今有人同舟遇風，舟中之人各持篙楫，而無人焉爲之操其舵，以静鎮之。則人愈多，張皇愈甚，未有不至於覆舟者。六國之勢何以異是？秦之心一，諸侯之心六；秦之號令出於一，諸侯之號令出於六。彼欲戰，而此欲守；彼欲退，而此欲進。擾攘參錯，迄無主見。不待開關延敵，而六國之勢已先携矣。

然則所以一天下之勢何在？曰：莫如尊周。烈王時，齊田味來朝，天下與之，卒能大治，其國強於天下。顯王之去烈王一傳而已，人心未遽大失也。使爲六國謀者告以合則勢一，離則勢分；有主則一，無主則散。使齊、楚、燕、趙、韓、魏退就臣禮，然後挾天子以討強秦，此即涉風濤者得一人以操其舵，而江湖千里履如平地者也。而謂秦人之不義不屈於諸侯之大義者，未之前聞。夫當漢之末，如孫吴之彊、蜀漢之智，加以諸葛亮、魯肅諸臣爲之輔佐，宜可以屈曹操而鞭箠之矣。而卒不能有加於操者，彼以天子號令天下，其所居者勢重而名號正也。豈操能制吴蜀，而六國獨不能制一秦哉？

且夫秦莊襄以前所忌者尚在周也，慎靚王五年，張儀請伐韓，謂三川周室勢所必爭，而司馬錯以攻韓劫天子爲惡名而止之。赧王十七年，秦自號西帝，遣人立齊爲東帝，齊受，二日而去之，秦亦旋去，則首惡之名，秦猶不敢顯然冒之者。乃有可乘之機，而坐失之，卒使横人勢成，六國離散。日侵月削，以至於亡。亦無識之甚也已！宋蘇氏父子，或咎六國之賂秦，或咎不能厚韓親魏，使秦人得出入於其間。其論非不切於事情，而所以一天下之勢者，卒未之及。彼所尚者，戰國策士之習，而尊周制秦視爲疎闊而無當者也。抑知六國之計，莫出於合從。而合從之不至於解散者，固在奉一共主以正名號，而居最重之勢哉。後赧王五十九年，王入秦而宗周以滅。又二年，韓始朝秦，而魏、趙、楚、燕、齊相繼滅亡。嗚呼！六國之存亡，視乎周之存亡，奈何不爲之所也？

秦始皇論

治天下而恃法，失其本也。而更劫之以威，則不旋踵而亡。秦之恃法也舊矣！孝公時，商鞅謂法之不行自上始，於是刑加太子之師傅，而徙木棄灰如流水焉。至范睢爲相，公然逐君之母弟，而君不以爲非，母弟不敢言怨，法勝故也。傳至始皇，見夫法者，先世之所已行已爲，天子必當有以勝之。而又知怨毒既深，天下之人、之衆，非如雷霆鬼神不足以懾之也，於是舉商鞅以來之以法治秦者而益以威劫之。罷侯封，置郡縣，而威行於建官。築長城，立亭障，而威行於防邊。懼寓内之有，所挾以爲亂也。銷鋒鏑，鑄金人，而威行於收兵之令。慮學士之足以惑亂黔首也，燒《詩》《書》，禁偶語，而威行於挾書之律。而且信任獄吏，阬殺諸生，封禪紀功，窮極武勇，震動環海，使天下無手足之少息與罅漏之可乘。若謂吾如是，以行吾威，彼天下之人財已殫矣，力已困矣，識已愚矣。雖有豪傑英武與聰明才智之士，將側足屏息之不暇，何變亂之敢萌？此即趙高所以愚二世之術，而始皇先行之以劫天下者也夫！

三代聖人之治天下，未嘗廢法也。道德行，而輔之以法，法立而通之以情，不言威而民自不忍犯焉。故其時用民力而民不言勞，用民財而民不言匱，即不得已而以殺加之，民且自知其罪而至死不怨，無他，得其心也。秦一切不用，而惟以威劫之。彼一時之雷厲風行，若有遠軼三代之君，而可惟吾所欲爲者。抑知法愈立，威愈峻，天下之心愈離。雖晏安無事，而河決魚爛之勢有岌岌乎不能終日者哉。

今夫舟之能行，得水其常也。奡之行於陸地，其變也。秦所恃者盪舟之力而已，水泉既涸，雖有帆檣篙笮，無所用之。而曰『吾有力如奡，可致萬里之遠』，其不膠滯腐爛於泥沙者幾何？有天下者，鑒亡秦之失，以人心爲水，而順其流以行之，則得矣。

陳平論

爲大臣者，當國家多故，宜持正論，以消逆亂之萌。不得委蛇婞婜，以順從其説。苟委蛇婞婜以順從其説，其後雖至於成功，而君子知其僥倖于一試，而不可以爲訓。漢吕后欲王諸吕，問王陵，陵曰：『高皇帝刑白馬而盟，非劉氏而王，天下共擊之。』問陳平，平曰：『王吕氏昆弟，無不可。』後卒與太尉勃誅諸吕，立孝文。或曰：『陵之正不如平之權。』其説非也！當其時，直畏吕氏之彊耳，豈真逆料後之必能誅諸吕而爲是説哉？觀其遷右丞相以後，惟求自全之術，而不聞早爲天下反正之計。及用陸賈計，始以千金交驩絳侯，則云吕氏可王，時胸中初無成算可知矣。幸而天意在劉，酈寄之説行，而吕禄可紿，太尉得入北軍耳。假使當時平與勃先吕后而死，即不先吕后而死，而吕須定策於内，諸吕把持於外，而酈寄之説不行，而吕禄不可紿，而太尉不得入北軍，則高帝百戰而定之天下不且唾手而屬之他人之子哉？是平、勃之誅諸吕幸也，而順吕后以王諸呂，説之大謬者也。

或曰：『平豈不能爲王陵之言，然言之不聽，奈何？』是又不然。景帝時，欲侯皇后兄王信。與丞相周亞夫計之，亞夫曰：『高帝約，非劉氏不王，非有功不侯。』帝默然而沮。景帝之猜刻，幾同呂后，而景帝之信亞夫，不如呂后之信陳平。亞夫能得之於景帝，而平獨不能得之於呂后哉？蓋呂后雖惡，以高帝制之，猶知所忌也。今夫閭巷無知之人，頑梗凶悍，幾不可以言語化也，然責以鬼神、祖考，未嘗不帖首而服。無他，刦之以所忌也。高帝，呂后之鬼神祖考也。陵既抗言於前，平與勃復堅持於後，后必有所忌，而不敢遽行其志。由是將相輯睦，遠近連結，吾居其勝以待其隙，則天下大勢在劉而不在呂，胡爲苟且阿諛，徼倖於不必然之策哉？

唐狄仁傑事武后時，武承嗣三思求爲太子。仁傑從容進諫，風以大義，動以至情，後卒召廬陵王，復有唐室。未聞曰『姑順之目前，而徐圖之異日』也。唯高宗欲廢皇后、立武氏，而李勣、許敬宗之徒，靦顔順其欲，以釀後此之亂耳。陳平之言與李勣、許敬宗若出一轍，可以其功之倖成而護其説之謬誤哉？故爲大臣者，當以王陵之直諫與狄仁傑之風諫爲正。

鼂錯論

昔者鼂錯盡忠爲漢謀，弱七國之强侯。七國反，以誅錯爲名。帝用袁盎之言，因以殺錯。人曰：『忠而受禍也。』蘇子曰：『使天子自將，而己居守，錯之有以自取也。』是論也，得其當矣，而未窺其受禍之源。

沈子曰：『錯之取戮，不必於削七國時。』蓋其輔道太子時已有取禍之端，而錯特不知也。錯之始也，慕刑名法術之學，而學於張恢先之門。錯固申、商之徒也，後自束於正，受《尚書》於伏生而學之，則錯之學爲《尚書》之學，而非申、商之學，明矣。方其爲太子家令時，宜即舉《尚書》之學以輔養儲德。《書》曰：『教胄子，直而温，寬而栗，剛而無虐，簡而無傲。』防其過而成就之也。又曰：『詩言志，歌永言，聲依永，律和聲。八音克諧，無相奪倫，神人以和。』言作樂以養中和之德，而以和神人者，和胄子也。蓋其教太子之方，本不出《尚書》之内。錯不能舉而教之，乃以申、商之學得幸太子，而共稱爲智囊。嗚呼！智而曰囊，誰則喜其智乎？包藏禍心，藴含刻薄，其心計、其才名，必有遠過衆人者。夫心計精，則人思畏。才名高，則人思忌。人之欲乘其間而抵其隙，已非一日也，而謂可以保身乎哉？

且夫人之忌錯者，不特一袁盎也。《史記》記：錯請諸侯之過，削其地，收其枝郡，竇嬰爭之，與錯有隙已。吴楚反，錯欲按治盎交通吴王受金錢狀，盎夜見竇嬰，願至上前口對。嬰入言上，上乃召盎，用其言誅錯。則儒術之竇嬰，亦深忌錯也。微特嬰而已，天子亦深忌錯也。

總之，刑名之學峻厲而不本於正，嚴僻而不和於俗。得幸太子時，無不待其失、乘其釁矣。不幸而適逢其難，此即錯自將而討吴楚，而與錯敵者亦可使天子誅之於外也，而何必袁盎哉？而何必使天子自將哉？

夫人欲有爲於天下，必先自正其學。學正而羣然向之，雖小人欲得而甘心，而君子之徒方且持正以與天子爭，而不測之患未必不可以解。唯學不軌於正，而君子遠之，小人忌之，而其人遂無生理矣。不然，商鞅當日其才其智未必不高於錯也，而得慼之慘至於車裂。而學其學者，或冀有以自全，有是理與？

霍光論

爲大臣者，貴有其功，尤貴不欲自恃其功。惜乎！霍光以蓋世之功而身死，以後宗族夷滅，天下亦不甚爲之痛惜也！則唯自恃其功，而貪冒權寵以至此也。伊尹，聖人也。太甲顛覆典刑，伊尹放之。及乎處仁遷義，奉冕服以迎之。復政厥辟，脱然致仕而去。君臣上下，善始善終，斯不恃其功之效也。今夫放君，人臣不幸之事也。惟忘其身，爲宗廟社稷，而未嘗沾沾焉以功自多，斯天下共見其心，而人主不嫌其有貪冒權寵之過。

光之廢昌邑而立宣帝也，後不負昭，前不負武，其心事之光明磊落豈待問哉？使光能持之以約，守之以謙，或引身而退，即不引身而退，而歸政於君。鞠躬盡瘁，以贊襄於下。雖與伊尹比烈，亦不爲過。乃陽欲謝之，陰實圖之，使言事者先白光而後達之於帝，帝之察察，固已不能堪矣，況又使其子姓親黨，根據朝廷，若將制帝之手足耶。至毒后之事行，而光不能暴妻之罪。前此放君心事，幾不可白於天下後世矣！且夫光之本心，豈料弑逆之事出於其家哉？然其始不能歸政於君，則因有子姓親黨根據朝廷之事，則其後自有淳于衍進毒之謀。勢有必至，事有固然，而光不之知也。雖不謂光與謀之，而不可謂非光身啓之也。則皆貪冒權寵、自恃其功之故也。然則霍氏之族滅在光死以後，而實兆於未死以前。雖孝宣之少恩，而亦光有以招之也夫。而或者謂威震主者不畜。霍氏之禍，起於驂乘，夫驂乘亦得禍之一耳。當日即無驂乘，霍氏之禍詎即免哉？

孔子曰：『危者安其位者也，亡者保其存者也。』霍光之謂也。吾故表而出之，爲爲大臣而自恃其功者戒。

裴行儉知人論

今夫負知人之哲者，必吾之識見超出於壽夭窮通之外，而卓然定其人之是非，別其人之邪正。雖違乎衆人之論，至天下舉從而議之，無害其爲知人也。若無高世之識，而惟以壽夭窮通判斯人之賢否，即言言奇中，而君子鄙其所見之甚卑。唐王勃、楊炯、盧照鄰、駱賓王四子，當時以文藝稱，而裴行儉則曰：『士先器識而後文藝。四子浮躁淺露，非享爵禄之器也。』後皆如行儉言，史氏因許之爲知人。夫成材之謂器，明理之謂識。四子文藝有餘，而器識不足，行儉譏之是也。然彼所譏者在王、楊、盧、駱，而所推獎者乃在王劇、蘇味道二人，則不知人實甚！

聞之孫卿氏曰：『君子之謂吉，小人之謂凶。』其人君子矣，雖甘藜藿、被裋褐，至不幸遭短折以死，極人世之酷罰，猶之吉也。其人小人矣，雖享鼎鐘、衣文繡，至幸邀秀眉之上壽，極人世之顯榮，猶之凶也。乃行儉之持論，將以四子之終身抑鬱，不遇而死，謂不如王劇、蘇味道之代掌銓衡，壽考令終乎？果爾，將黔婁之貧，不如慶封之富也；曾、閔之不得位，不如魯三家、晉六卿之貴也；顔子之三十二而早夭，不如盜跖之日殺不辜，而竟以壽終也。其持論毋乃卑甚！

且即以四子與二人校之，四子亦不幸而不遇耳。彼王勃、楊炯、盧照隣三子，秖以文采表見於時，若駱賓王之佐敬業討武氏，事雖不成，其忠義之氣，有耿耿不可磨滅者矣。以視王劇之漫無可否，蘇味道之模稜兩端，諂事女主，至賀三月雪爲瑞雪者，其人品高下何如？乃行儉於四子則譏之，於二人則韙之。其後並欲託以弱息，藉以蔭庇，是俗情之尤鄙者也，而史氏概許之乎哉？

嗟夫！士君子秉藻鑑之識，方且出其獨見，以進退古今，乃不問其人之是非邪正，而漫以享庸庸之福爲賢，其見亦已陋矣！然器識文藝之言，固足爲文人之鍼砭也。世有抱絶人之才而浮躁淺露者，尚因行儉之譏議而返於篤實也夫。

王安石論

辨姦者，辨不近人情之姦易，辨近人情之姦難。彼蓋以近人情者爲蠱惑人君之本，而旋以不近人情之術恣肆行之。斯天下受其毒，不至於亡國敗家不止。則夫借近人情以售其姦者，所當燭其微而防其漸也。

蘇洵之論王安石也，謂合王衍、盧杞爲一人，而其所以爲姦者，總以不近人情斷之。其言誠然。然此見其陰賊險狠之已露其迹，而不知其先之立説以欺世者，固本乎王道，而無一不近人情者也。觀其《上仁宗皇帝》一書，意在法先王之政，而其所由法先王者，在於裕人才、修教養、因人力、足財用，而一歸於至誠惻怛之心。果如其言，雖二帝三王之政莫踰乎此。又觀其《議茶法》一篇，引桑弘羊興榷酤之利，霍光屈其論，罷其法，以爲義能勝利之鑒。繹其立言，凡古今聚斂之臣，欲盡財利於毫末者，一推其弊而曲中之，此皆當乎理而近乎人情者也。彼若謂我如是以立言，則英君哲相皆在我籠絡中矣。而果也，諸大臣信之而薦之，而人主引而近之。迨乎得君既專，羽翼既盛，即盡反向日之言，而攫民之利以肆其虐，以固其位，以遍傾陷天下之賢人。當日即有偘偘力爭如司馬光諸人者，彼若曰『予既已知之，予前已言之矣』，則彼之稱先王、引經術者，非正藉以爲曲行其姦地哉？

且從來爲大姦慝者，惟以一身害及天下。獨安石之新法，繼起者紹述之。吕惠卿、章惇、鄧綰以後，蔡確、蔡卞以及蔡京六賊之徒轉相流毒，直至徽、欽亡國而後已焉。而原其始禍，實以近人情之論逢君媚世，以至於此極也。而其時正人君子祇以學術偏頗，執拗不曉事目之，似安石爲愚人而非姦人也者。即蘇氏之論亦就其矯拂人情論之，而豈知尚未直窺其巧詐也耶？故曰：辨不近人情之姦易，辨近人情之姦難也。然則何以辨之？曰：誠至明生，由窮理知言以尋究其所以、所由、所安，斯姦人不得而蒙蔽也夫。

李東陽論

明孝宗將崩，命劉健、謝遷、李東陽輔東宫爲賢主，三人頓首受命。武宗立，宦官劉瑾等亂政，健、遷、東陽極諫，不聽。繼健、遷力諫誅瑾，旨去健、遷，而獨留東陽。健、遷瀕行，東陽祖餞，泣下。健曰：『何泣爲？當日力言與吾輩同去矣。』人以是咎東陽之委蛇，而羅玘上書，至請削門生籍，後世遂罕知東陽之心者。

從來人臣顯行其茚者易見，隱行其志者難知。東陽之不去，一在保全善類，使諸臣陰受其庇；一在受顧命之重，寧留其身，以冀君之悛改，而不忍超然去國以自潔其身。時劉瑾所欲得而甘心者健也、遷也。焦芳諂事瑾，必欲誅戮正人，而遷尤爲所忌。以遷爲餘姚人，矯旨籍餘姚者毋選。京官揆時度勢，諸君子幾於一網將盡。而當日健、遷雖奪誥命，雖追還服物，終得自全其身，必東陽彌縫默救於其間，而瑾與芳不得肆行其毒也。況健、遷而外，如楊一清、劉大夏、陳熊諸人，幾得危禍，均賴東陽潛移默奪，以維持之。而顧責其委蛇不去，假使其時繼健、遷而去，舉朝皆焦芳、張綵、劉宇、曹元之徒。健、遷同類俱爲糜爛，所必然者。觀於熹宗朝，葉向高爲首輔，東林君子不致胥戕。迨向高去，而楊、左諸正人無噍類矣。又其時以言誅劉瑾者，張永也。以計授永者，楊一清也。救一清之死而使之在位者，東陽也。東陽不去，大有功於國。而不能諒其心者，第以悻悻小丈夫律之乎哉！

且窺東陽之心事，又有不止於此者。蓋大臣之責任與小臣不同，受顧命大臣之責任與凡爲大臣者不同。當孝宗諄諄以嗣君付託，涕泣受之，此身已爲嗣君之身矣！古來受顧命之臣，伊尹遇太甲，其變也；霍光遇昭帝，其常也，後遇昌邑，其變也；孔明遇後主，在常變之間也。三臣皆殫忠竭智，瘁心力以事之，而不敢置其身於局外。東陽所遭，與三臣又異矣。主則湛聲色狗馬，宦寺、八黨專以聲色狗馬事之。而大臣自健、遷、韓文、劉大夏、馬文升諸人外，皆焦芳同黨。既健、遷諸大臣相次斥逐，東陽之勢益孤。計一人之力欲除君側而不得，即欲行己志而不能。於是隨事隱忍，隨事匡維。寧晦其心迹，而不敢標矯矯孑孑之名。窺其用心，捻欲補益君德於萬一，以少慰先帝付託之重者。由是觀之，轉覺健、遷之去爲其易，東陽之留爲其難。則保全善類，猶其淺焉者也。而羅玘之刺譏，毋乃衆人之識，固未知君子之所爲也耶。

昔狄梁公事武后，人以屈身女主議之。卒之，婉言諷諫，並薦五王，復反唐祚，人始服其轉移之功高於亢身去國。夫知梁公之有造於唐，即可諒東陽不去之心也夫。

禮論

荀卿之言禮也，曰『聖人化性而起僞』。蘇洵之言禮也，曰『因其勢之可以危亡困辱之者，以厭服其心，而有術以恥之』。夫使禮由外至，非中出也，則二子之説，誠足以知聖人。而聖人不然也。聖人於禮，不過啓民之所不安，順其心之所安。而循其教者曰：此固吾心之所安，而非是，則弗安也。而聖人之禮深入於人心，而不至於敝。宰我之欲短喪也，孔子不遽曰『先王之禮不可廢也』，而曰『食夫稻，衣夫錦，於女安乎』。則三年之喪，自人心之弗安制之也。夷子之從厚葬也，孟子不遽曰『先王之禮不能廢也』，而曰『上世有不葬其親者矣。他日，過而視之，其顙有泚，則厚葬之』。道自人心之有泚制之也。彼荀卿、蘇洵之徒，徒見常人之情喜佚而惡勞，聖人偏予之以勞；樂爭而畏讓，聖人偏予之以讓。意聖人强民以本無，而以威刦之也。嗚呼！其亦弗思而已矣。

今夫三尺童子至無知也，比之禽犢之放佚，而無不知恥；田野之氓至愚者也，名之貪夫之忿爭，而無不知怒。此無他，非其心之所安也。佚與爭，非其所安，則勞與讓乃其所安。聖人予之以勞，予之以讓，亦順其心之所安，使之如歸故鄉而已。而如謂『强民以本無也』，則必至死而不肯勞、不肯讓，如鳥獸焉而後可也，而寧有是理哉？

且夫禮之於仁，非有二也。不仁則不可以爲禮，去禮則不可以爲仁。故孔子言『復禮，則天下歸仁』，禮可外至也，仁亦可外至乎？則先王之禮，三千三百，蔑不自人心生矣。或者曰：聞之禮本太一，分爲天地，轉爲陰陽，變爲四時，列爲鬼神，則果自心乎？曰：人者，天地之德，陰陽之交，鬼神之會，五行之秀氣也。然則太一、天地、陰陽、四時、鬼神之理，固皆萃人心矣。故人心敬而無失，則以人而官天地、和陰陽、儐鬼神、序四時、用五事，無不至也。則聖人特因心制禮，以求合乎心之所安而已。而以爲化性起僞，與以術恥之者，其亦不達於禮與。

王安石《禮論》云：『禮始於天，而成於人。』得禮意矣。而云：『因其天資之材，是始於天。劫之於外，而服之以力，是成於人。』仍不無語病。且因其性之欲而爲之制處，未能鑿鑿言之。愚成此論，凡以暢王氏欲發未發處。自記。

御試『禮以養人爲本』論

且自天高地下，萬物散殊，而禮制興焉。是禮也者，始乎天，而成乎人者也。始乎天，原夫理之所固有。成乎人，因夫性之所自然。惟因夫心所自然，而人之循循於禮者，以爲此固吾所心安而意肯者也。而先王所制之禮，於以流行，於古今而不壞，此『禮以養人爲本』，劉向言之，而班史作志引之也。而或者疑焉，謂人之初生，喜佚惡勞，而先王偏責之以勞；樂爭畏讓，而先王偏責之以讓。意先王強民所本無而以威刦之。是禮固爲苦人之具，而非養人之具也。噫，其亦弗思而已矣！

今夫禮者，理也，天理之節文也。人不循乎天理之節文，或對吾君而傲然，對吾父而憒然，其手足即爲之不寧，志氣即爲之不適者，此無他，非其心之所安也。先王因其心之所不安，而制爲禮，以利導之，亦唯曰『養之』云爾。且不見天地之養物乎？淒風足以凋萬物，而春風有以養之；霜雪足以殺萬物，而甘雨有以養之。禮固生民之春風甘雨也。先王經綸乎大倫，詳辨乎經曲，使人服習於從容不迫之中，而得乎從容不迫之樂者。覺視必以禮，將視遠惟明，而所以養其目者，唯禮也。聽必以禮，將聽德惟聰，而所以養其耳者，惟禮也。且耳目口體，主之者心。將由中以應外，即制外以養中。而所以養其心者，惟禮也。夫至養其身、養其心，而人優遊漸漬於禮教之中者，一惟順其心之所安，如歸故鄉而已。養人爲本，誰曰不然？彼老莊諸子，固脱棄禮教，而荀卿之徒，又以禮爲化性起僞之術。於是，攻刑名法術之學者，遂恃刀筆筐篋爲足驅率天下，而後代人主又因其速效而崇尚之。是將以淒風霜雪爲足長育萬物，無惑乎和氣不流，而生機之日闕也，則唯禮教之失也。

先王之世，既已安天下之人心，則盡人各得所養矣。而由是布之聲歌，宣之律吕，形之舞蹈，以動蕩其血氣，調和其性情，宜人人有士君子之行，而同節同和，遂與天地相準也夫！

御試守道論

今夫道也者，所以居官。而官也者，所以行道。道爲全體，官爲一端，有不能離而二之者也。乃因官之不負其職，而於道轉有所低昂於其間，雖古者託爲至人之言，而立論之偏，終不可據以爲訓。

昔齊景公田招虞人以旌，而虞人寧死不往。左氏述仲尼之辭曰：『守道不如守官。』蓋以歎美虞人也。宗元柳氏以爲是『非聖人之言』。是論也，終無以易之。何言之？道固無往而不在者也。自天人性命之微、君臣父子之大，以及日用飲食、言語動作之細，何者可或違乎道？則官固道中之一，守官亦守道中之一耳，而顧云『不如』乎哉？

且夫『不如』一言，欲重視乎官也。不知欲重視乎官，正以輕視乎道。假使執其言而誤用之，將天下之居官者，斤斤焉守其工、虞、水、火、錢、穀、兵、刑之一職，曰：『吾可告無罪於居官矣。』而天人性命之不必探其原，君臣父子之不必盡其倫，日用、飲食、言語、動作，不妨放焉自恣，軼乎規矩繩墨之外。則所云守官者，一刀筆筐篋之徒優爲之矣。而原其失，由輕視守道，以至此也。則惟離道與官而二之也。昔孔子嘗有取虞人矣，曰：『志士不忘在溝壑，勇士不忘喪其元。』取其寧死不違乎節，雖從禽逐獸之小臣，亦庶幾可與乎道耳！是孔子之言，未嘗不重守官，而未嘗以守官爲在守道之外。斯誠盡善無弊，而爲聖人之言也。然則左氏所云『其非聖人之言』可知已。

且當日立言之旨，原爲虛談道而不知有道者言。若以與其騖乎道之名，不如盡乎官之實之爲得也。而窮其流弊，必將土苴乎道，而視道爲一無所用之物。則大而經邦論道，次而六卿分職，下而百司庶府，惟守道外之官以爲盡職，其何以治天下國家，而收官人之明效也哉？蓋從其本體而言，當云守道斯能守官；從其居官而言，當云守官即以守道。而左氏傳述之言，不免視官重而視道輕也。洵非仲尼之言，而出於左氏之假託者也。故因柳氏説而詳爲之辨。

歸愚文鈔卷七

殿試對策

制曰：朕惟帝王統御寰區，代天子民，勅明旦、凛對越、廣諮詢、切饑溺，朝夕乾惕，不遑寧處者。亦惟措天下於治安，登斯民於袵席。緬想唐虞之世，吁咈一堂，時幾互儆。其時，黎民於變，府事修和，猗歟盛矣。朕以凉德，纂承丕基，孜孜圖治，四年於兹。勤恤民隱，痌瘝在抱。蠲復遍於各省，而閭閻尚覺艱難；賞賚時及八旗，而京師未見富庶。論者謂泉布之貴，病在禁銅。今銅禁開矣，而錢價轉昂。又謂物料之貴，病在税重。今關税薄矣，而物價未減。用是，日夜思維，不能稍釋。惟恐言路或有壅塞，而利弊不知，乃諮詢倍切。而假公濟私者多，實心忠愛者少。苟且塞責者多，直陳時務者少。豈折檻牽衣之流，不可見於今日耶？元爲善長，宅心豈可不寬？而尚寬大則諸弊叢生，民生轉受其累。恐其流也，稍事整飭，而觀望者又以爲上心在嚴，遂莫不以苛爲察、以刻爲明，而民受其困矣。夫以今日之風，行今日之政，不過補偏救弊，權宜設施。思欲家給人足，講讓興廉，成比户可封之俗，將何術之從歟？又如河工一事，動如聚訟。新開運口，論者紛紛。彼身當其事者，稍自擔承，即以爲固執，而措置失宜。若一無匡正，又以爲因循，而不足與爲。是責人則易，而自處之則又難也。生民休戚，視庶司賢否。而承宣表率，則大吏之責也。乃今之課吏者，不過稽其案牘，察其考成。其有愛民若子如召父杜母者，果得與旌揚之典耶？凡此數事，皆朕時廑於懷，而未得其要領者爾。多士起自草茅，入對明廷。既無顧忌之嫌，宜盡敷陳之義。若能倣《治安》六策、《賢良》三策，深達天人之理、性命之原、治亂安危之機者，亦不拘體制，詳切言之。朕將進而親詢焉。

臣對：臣聞聖王之治天下也，不外一誠。誠者，天之所以爲天，即君之所以爲君也。天惟不貳，故能時行物生，而成覆幬不冒之功。君惟至誠，故能不息則久，而徵博厚高明之業。蓋君既法天之誠以治天下，斯見之設施者，無一不本於真實無妄之心。是故，以之出政則政無不行，以之求言則言無不得，以之化俗則俗無不成。而行水察吏一二大端，自能行所無事。小廉大法，以成天下之至治。此董生所謂「設誠致行」，明道程子所謂一心誠意，體《乾》剛健，而力行之者也。欽惟皇帝陛下以己饑己溺爲心，同胞同與爲量。御極以來，其於減租、賜復、重農、通商、進善、納言、治河、課吏諸大端既已調劑，咸宜仁育義正矣。乃進多士於殿廷，發策以詢之。破積習之頌揚，期敷對之詳盡。欲如賈誼之策有六，董仲舒之策有三，直陳悃臆而無所顧忌也。皇上之求言者，極其誠矣！上以誠求，下安敢以漫應？敬抒固陋之見，當芻蕘之陳，伏惟聖人采擇。

制策曰：『蠲復徧於各省，而閭閻尚覺艱難。賞賚時及八旗，而京師未見富庶。』此軫恤民隱，求治求安之至意也。臣聞散財薄征，見於《周禮》，而議賑貸、賜帛粟，起於漢文帝。其澤渥矣！然可行於暫時，而非固其根本。夫根本之地在乎務農貴穀，食時用禮。今自畿輔以遍四方，多輕本務，重末業，婾惰嬰遊。冠昏喪祭，靡費失度。居室章服，僭踰無節。以有限之財供無限之費，欲民之無貧，不可得也。此而蠲復賚予，猶病者初起，而給以饘糜，其即能調其元氣、堅其筋力乎？是唯重農業，謹藏蓄，定經制，厚風俗，積日累月，勸課而撫綏之。倘遇無年，又蠲復賚予，以噢咻之。庶艱難可免，富庶可期矣。

制策曰：『泉布之貴，病在禁銅。今銅禁開矣，而錢價轉昂。物料之貴，病在稅重。今關稅薄矣，而物價未減。』誠欲於去弊之後，熟籌乎萬全之策也。夫泉布之貴，一由姦民之貪利而盜銷，一由寶源、寶泉鼓鑄不足以供天下之用，一由采銅責之官曹。官曹責之商人，官之扣尅既多，商之縻費不少。官商兩困，遷延歲月，外洋所產不能源源而來。此銅禁雖開，而泉布仍然日貴也。能嚴禁盜銷，廣開鑄局，專責商人采辦，則諸弊可去，賈直漸平。至物貨之昂於薄稅，後者榷關之司縱不敢多取正稅，而正稅既減，贈耗轉增。胥役、輿臺盤踞隘口，叫囂横暴，商賈所以望風生畏，而困於關吏者，不得不取償於物賈也。今惟飭榷關，核贈耗，禁胥役，則商賈無重困、有厚利，而猶裹足不前，致物賈騰踴者，必非人情。

制策又曰：『恐言路或壅，諮詢倍切。而假公濟私者多，實心忠愛者少。苟且塞責者多，直陳時務者少。』蓋有望於慷慨敢言者至矣！臣以爲下之敢言，不皆本於性生，而每成於上之獎掖。《易》所謂『以虚受人』，《傳》所謂『興王賞諫臣』。凡以養其忠愛之心，而毋挫其剛正之氣也。今之假公濟私，苟且塞責者固有其人。然豈因一二人而遍疑職任諫垣者乎？蓋待以疑貳，則下生猜嫌。折以敏辯，則下懟拙訥。臨以威嚴，則下增悚懼。宜納誨輔德之人日遠，而阿諛選耎之流得噤口卷舌，以自藏其短也。果其推心以誠，虚己以聽，霽容以納，末僚抗議不以爲出位而賈名，愚戇陳詞不議其猖狂而加罪，則正直者盡披肝露膽之真，和平者盡遇巷納牖之意。將汲黯、朱雲之直諫，魏徵、王珪之婉直並諫者，不有鼓舞而前者哉？

制策又慮及：尚寬大，則諸弊叢生。事整飭，恐民受其困。而因廑切乎家給人足，講讓興廉之治。誠哉，堯舜之心也！夫寬屬乎仁，嚴屬乎義。論其理，仁包乎義，以寬爲主也。論其用，寬以濟猛，猛以濟寬，寬嚴互行也。且衷則主寬，而政不廢嚴。使人不犯，而卒歸於愛，以嚴行寬也。周公云：『平易近民，民必歸之。』又曰：『明作有功，惇大成裕。』聖人之治也。不然，懼寬之流於廢弛，而以操切爲事，豈成周之忠厚開國，歷年八百者，轉不如秦之政暴而祚促者哉？夫誠以寬大爲主，而教養兼施，漸仁摩義，將家有蓋藏，尚廉恥而重犯法，此日之人心風教僅止補偏救弊而已耶？

制策又曰：『河工一事，動如聚訟。新開運口，論者紛紛。』見河臣之承當甚難，而又不可以因循也。古之治河者專理河道，今則兼以轉漕。爲河臣者，一防通淮之害，一防決漕之害。不力爲擔當，何以膺重任？乃擔當矣，而或不能籌全河形勢，使水有所歸，漕得所利，亦非萬全之策也。意惟議開支河，使之足以分水；濬深河身，使之足以容水；堅築月隄，使之足以束水。而尤在於保固高堰，使清足以敵黄，則黄不能入運口而急趨於海。而又於海口下流條爲數河，且挑浚泥沙，使河之達海，比於尾閭之泄，則漕得資河之利，而淮亦有助河之功，水患庶乎可治。此事内之人不可狃於因循與剛愎自用，而事外之人亦無容漫無主張，徒滋議論者也。

制策又曰：『生民休戚，視庶司賢否。而承宣表率，則大吏之責。』甚望愛民如子者，得與於旌揚之典也。夫守令，親民之官也。《周禮》六計弊吏，而摠之以廉。廉，其要也。然廉於一身而不能利澤及民，雖清莭自好，而閭閈不受其福。故兩漢重循吏，如文翁、黄霸、龔遂、朱邑、召信臣之屬，所居民樂，所去民思，班史稱之。杜詩、任延、王涣、孟嘗、劉寵之屬，康求民瘼，百姓寬息，范史重之。今之爲鸞鳳，不爲鷹鸇，催科撫字兩得其道者，果易有其人乎？且處守令之上者爲監司以及督撫，彼固以舉劾屬吏爲己職矣。然果能正己率屬，所舉者獎一勸百與否？所劾者懲一警百與否？恐繭絲有吏，保障無吏，文飾大廷，抱慙暮夜。一旹書上考者，未必皆不諂、不屈之人也。是在大僚小吏，公忠事國。爲守令者，以子民之術仰承深宫激勸之至意；爲督撫者，即課其子民之職，以無負九重簡任之大權。庶膺薦剡者不媿爲民父母之名，而吏治蒸蒸然日進於古已！若此者，不尚文具，不慕虚名，不急治效，不因浮議紛更，所謂以實心行寔政，而出於至誠者也。人主以誠憲天，即以誠馭下。而惟臣欽若者，即上體憲天之誠以爲誠。天工人代，明明穆穆，舉四方萬國而統攝於一誠之中。將政令行，夙弊去。朝有昌言，野無水患。宇内太和，官方整肅。民安物阜，休徵畢至。我國家萬年恒久之運實基於此矣！臣草茅新進，罔識忌諱，干冒宸嚴，不勝戰慄隕越之至！臣謹對。

道統戊午鄉墨

道自唐虞開先，歷湯、文，孔子而集其成。其見知聞知，孟子詳言之矣。孔子之『一貫』，上接堯、舜之精一。曾子傳孔子之道，而以『忠恕』證之。忠恕，誠也。子思受業曾子，而作《中庸》，一歸於誠。孟子私淑諸人，而曰：『誠者，天之道。思誠者，人之道。』此授受之淵源也。孟子以後，其言雜而未純。漢儒首董江都《天人三策》能推闡孔氏。唐有昌黎韓子闢邪崇正，能因文以見道。然方之荀、揚則已精，比之孟子則不足。自宋儒輩出，而道燦如日星焉。周子作《太極圖説》，備《大易》之藴，而作《通書》四十章，與《圖説》相表裏。《圖》言極，《書》言誠，誠即極也。前此道虚而無統，道統之名自周子始云。二程子受父命，從學周子，明道天資純粹，比於顔子。言誠、言仁，得《太極》《通書》之旨。伊川表章諸經，於《易》《傳》《春秋》《語》《孟》各有疏解。雖皆未及著書，而門弟子記其《遺書》二十五卷、《外書》十三卷以垂後，猶《論語》一書，門人記述以尊信其師者也。張子作《西銘》，言事天如事親，事親如事天，得理一分殊之意，朱子謂與孟子同功。而《正蒙》一書，抉天地之精微，鬼神之情狀，與夫帝王之禮樂刑政，雖言近艱深，然皆約六經《語》《孟》之旨而成文者也。程子諸門人皆傑出，而游酢、楊時、吕大臨、謝良佐稱四先生。雖正與偏各見，而龜山道南以後，仲素得統於龜山，愿中得統於仲素。而朱子乃師愿中，以上接程周之傳。生平著述如《易本義》《啓蒙》《詩集傳》《四子集註》，承乎程子者也。《近思録》《小學》及《通鑑綱目》諸書則又補程子之未及者也。勉齋黄氏謂孔子而後，曾子、子思繼其傳，至孟子而始著；孟子而後，周、程諸子繼其絶，至朱子而始著。豈虚語哉？元儒許魯齋、劉静修得朱子真傳，而金華一脉，金、許、王、柳遞相祖述。至有明，敬軒薛氏、敬齋胡氏、月川曹氏篤信謹守乎朱子者也。餘如虚齋蔡氏、楓山章氏、莊渠魏氏、文恭羅氏、端文顧氏諸家，皆能判别於金溪、姚江，而足以輔翼朱子者也。要之，入德必有其功，致道必有其要，未有泛焉從事而可幾聖賢之途者。朱子曰：『居敬以立其本，窮理以致其知，反躬以踐其實。』夫居敬者，正心誠意之事也。窮理者，格物致知之事也。反躬者，修身之事也。志於求道者，由三者以窺朱子之學，由朱子以上窺孔、曾、思、孟之傳，用以仰佐皇上作君作師，道統治統之盛。將明體達用之儒，其有應運而興起者與？

經學 戊午鄉墨

説經之家紛如矣！宗漢唐者薄宋人爲固陋，宗宋人者薄漢唐爲支離。二者交譏，欲偏廢而不能相兼也。然能各棄其所偏，而各從其所是，則皆足以明經，而能使聖人之經昭然於天下。易學漢世分爲三：一曰田何之《易》，始自子夏，傳之孔子者也。二曰焦贛之《易》，京房傳之，此獨主數學，開乎納甲、飛符之始也。三曰費直之《易》，以《彖》《象》《文言》雜入卦爻之後，此陳元、鄭衆所從出也。魏王弼掃去象占之學，獨主義理，後言《易》者宗之。《詩》自申培傳《魯詩》、轅固生傳《齊詩》、韓嬰傳《韓詩》。毛萇出，而其著獨顯。後鄭康成箋之，全緩、劉焯疏之，頗得古人遺意云。《書》自伏生授鼂錯者，爲今文，凡二十八篇。歐陽、大小夏侯傳之。孔安國出自孔壁者爲古文，凡五十九篇。以巫蠱事，不得上，至東晉梅賾上之。自後古文、今文並傳。《春秋穀梁》早出，范甯註之。《公羊》稍後出，何休註之。《左氏》出於張蒼之家，賈誼、賈逵、服虔表揚之，而未顯。自杜預作《經傳集解》，遂得立國學，稱獨盛焉！後蒼説禮於曲臺，二戴宗之。大戴删八十五爲《記》，小戴删四十八爲《記》。鄭康成註之，皇侃、孔穎達疏之，此離乎《周官》六篇、《儀禮》十七篇，而始合終分者也。凡此皆經師專門名家之學。乃鄭漁仲謂『秦人焚經而經存，漢人説經而經亡』，豈通論哉？

宋儒窮經，一歸於簡。《易》有《朱子本義》，《詩》有《朱子集傳》，《書》有《蔡傳》，《春秋》有《胡傳》，《禮》有陳氏《集説》，有明以來，並懸其説以取士矣。而諸經之中，《本義》最優。蓋《易》不外乎理與數，朱子理宗乎程，數宗乎邵，所以不流於讖緯，不入於虛無也。朱子廢《詩小序》，作説詆諆之。而馬端臨作《通考》，仍云《序》不可廢，如《木瓜》之美齊桓，《將仲子》之刺鄭莊，《墓門》之刺陳佗，《候人》之刺曹共，皆與《傳》可徵信者也。蔡九峰承朱子作《書傳》，固云善矣，而註『三江』『九江』，後人每謂乖於水道；註『元祀十有二月』，謂辨正朔之多所牴牾，亦徵引有未盡善者。胡文定傳《春秋》亦依傍程子説，而朱子謂有牽強處，如貶長勺爲非王事，伐楚盟召陵忽褒忽貶。如此之類，恐未協聖人之筆削。陳澔世傳《禮經》，又能兼采衆説，故成書最晚而得列於學官。然所取既博，未要精當，較之註疏，互有短長。乃取陳説而概棄鄭、孔諸人，毋乃過尊宋人，而例薄漢唐乎？總之，漢唐説經主博，博則後人有可考；宋人説經主約，約則學者有可守。但以宋人爲是，而忘乎抱遺經以待來學之功，非平允也。

我皇上昌明經學，特命頒發聖祖仁皇帝《御纂四經》，又詔儒臣纂修《三禮》。合漢、唐、宋諸儒而折乎大中，誠知道統之傳在於尊經，千載不易逢之佳會也！學者誦習法守，而沐浴乎聖人之遺籍，將經學之明，不且如日月之經天，與江河之行地也耶？

察吏戊午鄉墨

聖王之御天下也，在乎安民。而民之所由安也，在乎察吏。究之所貴乎吏治者，非徒取其有綜核名實之才也，惟能視民如子，而一切身家之念不得縈擾其心者，課其治以爲羣吏之最。夫而後治道以興，而斯民實受其福。

我皇上精勤吏治，凡引見守令，期於必得其人。而以察吏之權寄之大吏，誠欲使居官者皆節儉正直，而在下之民無一夫不被其澤也。夫察吏之方，始於虞廷之三考黜陟，《周官》之歲終受會，三歲大計羣吏，後代恒倣而行之。漢多良吏，而孝、宣待二千石之有治效者，賜以璽書，或爵至關内侯，此重其賞以覈其績也。唐代考功之法，凡百司之長，歲較其屬功過於上中下三等，中差以九等。敘以德義、清慎、公平、恪勤四善，别以獻可替否、銓衡人物，下遞至邊境清肅，爲二十七最。陸贄爲相，其告黜陟使者，又分爲五術、八計、三科、四賦、六德、五要。明臣邱濬謂宜録爲事比，頒布天下。此計其例，以責其實也。宋太祖罷歲月叙遷之制，非有勞者不得進秩。而定磨勘京朝官之司曰審官院，磨勘幕職官、縣官，曰考課院，而以翰林錢若水、蘇易簡諸人領之。此略官資以重實效也。我國家三年大計，嚴以八法。有顯功者超擢之，爲民蠹者黜逐之。得乎漢、唐、宋之精意，而變通之矣。

然上之察吏者，視乎法之良。而所以使之化民成俗者，既望其爲能吏，而又必使之爲廉吏，尤必使之爲循吏。蓋居官之要，曰清、曰慎、曰勤。然必清其心，而慎與勤從之，則清其先也。《洪範》曰：『有猷、有爲、有守。』猷，爲以展其才，而以有守砥其節，則守其要也。《周官》以六計弊吏，而廉善、廉能、廉敬、廉正、廉法、廉辨，分六條，而歸之以廉，則廉其摠也。故曰：必使之爲廉吏。夫吏果廉矣，然廉於一身而不能惠澤及民，仍非吏道之最。今有牧牛羊者，受主人之牛羊而牧之，芻牧之需一無所利，可云潔其身矣。然日揮牛羊，而饑餒之，鞭箠之，終非主人之心。則不然，仁愛之不講，而惟以不污爲賢。甚或徒以才能勝人爲上，則文翁、丙吉、朱邑、召信臣之仁民，轉遜於張湯之清介、韓延壽、趙廣漢之擊斷矣。又何以教養撫綏，登斯民於上理也哉？尹鐸之爲保障，不爲繭絲，陽城之『撫字心勞，催科政拙』，此其選也。故曰：尤必使之爲循吏。

要之，處民之上者，守令也。而位守令之上者，監司也。位監司之上者，督撫也。《語》云：『大臣法，則小臣廉〔一〕』。誠得大臣之公正無私者以爲表率，將黜一人而衆人知畏，陟一人而衆人知勸，察吏以安民之方，庶乎其無負也夫！

校記

〔一〕此語非出自《國語》，出自《禮記・禮運》。

積貯 戊午鄉墨

聞之管子曰：『守國者守穀。』此即積貯以備荒之説也。後世行之，各有良法。然立法既久，而弊生焉。所貴神明變通於成法，而又以實心流貫於其中，斯民遇水旱而不受其害。《書》曰：『惟事事，乃其有備，有備無患。』此物此志也。

夫積貯之法始於耕三餘一，耕九餘三。然此民之積於其家，非積於在官、積於在鄉者比。《周禮》：倉人掌粟入，辨九穀，以待邦用；遺人掌委積，自施惠以至凶荒各有所待；廩人掌九穀，以詔國用，以治年之豐荒，其制可考也。漢耿壽昌令邊郡築倉，穀賤增價而糴以利農，及穀貴減價而糶以利民，是名常平。隋長孫平令諸州百姓及軍人當社，於粟麥成熟時，每畝各出一升貯之，以備賑給。唐太宗時，戴胄亦請行之，是名義倉。朱子因建安艱食，請常平米六百石與民賑貸，令貧民夏援粟而冬償粟，有年取二分之息，少歉則半之，無年則捐之。行十四年，得息米三千餘石，復建倉以貯之。自是不復收息，止取耗米三升。後真德秀帥長沙亦行之。是名社倉。夫常平，糴於官而貯於官者也；義倉，取於民而貯於官者也；社倉，取於民而貯於民者也。然常平之失，恐行之既久，虚有及民之名而亡其實。且糴時未必增價，糶時未必減價，以操之自官，民不敢爭也。義倉行於州縣，恐所賑者止及都邑游惰之民，而鄉村僻遠莫受其惠。社倉行於鄉，任之鄉人，恐豪暴者橫行於里井，而監以官胥，又恐朋比作奸，而民滋其累，古人良法美意漸失其初矣。

然則當奈何？曰：一在因乎其地，一在責乎其人，一在乘乎其時。常平、義倉之行，專在州縣，所利者及近郭之困乏。社倉之行，專在鄉里，所利者通村落之有無。此謂建立因地。常平、義倉，州縣任之，監司太守歲稽查之。社倉，擇宦士耆老有身家而素植品者主之，州縣歲稽查之。設有不足，即檢舉賠補。官與民自無侵漁之患，此謂責成有人。麥粟熟時，當納者納，當糶者糶。援粟必當夏初，收息必及冬初。告饑者隨時許達，防其阻滯。給發者隨時分予，杜其遷延。此謂補救乘時。

然聞之語云：救荒不患無奇策，患無實心。以實心即奇策也。因乎地，責乎人，乘乎時，而總行之以實心，古人之良法安有墮廢之患？而於以答聖天子裕民、足國，子惠元元之心，其或在乎此邪？不然，泥成法而未得行法之人，將吏侵漁而不及民，官欺隱而不及民，豪右中飽而不及民，其弊有不可勝言者矣！然則有天下者固汲汲於得人，而得人最要，尤在慎擇守令哉。

恤刑戊午鄉墨

天道有陰陽，王道有刑賞。董子云『陽常居大夏，而以生育長養爲事；陰常居大冬，而積於空虛不用之處』，見天之任德不任刑也。王者體天以理天下，故以刑佐德之窮，不以刑爲出治之本。凡欲使用刑之歸於忠厚，而先王不得已之心，每流露於文辭言語之間。

執事以恤刑下問，而於《虞書》發其端，《周禮》詢其目，《大易》觀其象，凡欲使之同條而共貫也。舜命臯陶作士，將明刑以弼教也。乃一辭之不足，而累言之，曰：『欽哉！欽哉！』又曰『惟明克允』，又曰『刑期於無刑，民協於中』，而臯陶則曰『好生之德，協於民心』，蓋君臣交相儆勉，交相稱美，凡期於重民命，以答上天生育長養之心也。《舜典》曰『五刑有服』，墨、劓、剕、宮、大辟也。《周禮·大司寇》『以五刑糾萬民』，一野刑，二軍刑，三鄉刑，四官刑，五國刑，異於《舜典》所云五刑矣。乃《小司寇》以五刑聽萬民之獄訟，即《舜典》之五刑也。而必聽以辭色、聽以氣與耳目，既察之於微，使無遁情矣。而又議親、議故、議賢、議能、議功、議貴、議勤、議賓，總八議以曲全之。而又訊羣臣、訊羣吏、訊萬民，總三刺以審察之。而又以不識、過失、遺忘，與幼弱、老耄、惷愚，總三宥、三赦，以寛容之。則民之即於刑者蓋寡，而人君用刑之心同於上天仁物之心矣。至《易》之垂象寓意尤微。於《噬嗑》則云『先王以明罰敕法』，蓋取雷動物、電照物之意也；於《豐》則云『君子以折獄致刑』，蓋取雷電皆至、明震並行也；而於《賁》則云『無敢折獄』，雖明照庶物，不敢以文飾致其罪，得止象也；於《解》則云『赦過宥罪』，見雷雨作，解君子體發育以施其仁，期並生也；於《旅》則云『明慎用刑，而不留獄』，觀火行不處之象，民雖有罪，不使淹久也；於《中孚》則云『君子以議獄緩死』，觀風感水受之象，求其入中之出、死中之生，在我者盡，在人者無憾也。象言形獄，凡六卦，《噬嗑》《豐》《離》之明震之威備焉。《賁》次《噬嗑》，《旅》次《豐》《離》，明不易。《震》則反爲《艮》矣。《解》則《震》《坎》相濟，陰陽交感，患難悉解散矣。至於《中孚》全體似《離》，互體似《震》《艮》。而又《兑》以説之，《巽》以緩之。聖人即象以寓意如此，誰謂帝王哀矜惻怛之心或異上天陰陽相濟之心乎哉？則謂《虞書》誥誡之辭，即《周禮》命官之意；而《周禮》命官之意，即《大易》垂象之意可也。然而慎之於已然之後，尤當化之未然之先。《記》曰：『禮之教化也微，其止邪也於未形。』三代之時，司徒修六禮以節民性，六樂以防民情，使天下之民欣欣焉陶淑於禮樂，而自然不罹於法。此在聖天子之仁漸義摩，固能以天地生物之心爲心。而臣工有理民之責者，又當日贊夫道德齊禮之化也夫！

湖北鄉試策問四道甲子科

問：道自堯舜開其統，孔子集其成，孟子從而私淑焉。孟子以後，不得其傳矣。千餘年間，尊經衛道者推董、楊、王、韓四子，表章翼贊，功可泯没與？抑其中尚多訾議否也？有宋之代，大儒蔚興。周子接孟子之傳，以開後來諸子。濂、洛、關、閩前後承接，至朱子而周、程、張統緒乃益著焉。其間有親受業者，有從學於弟子者，有未嘗受業而道自符合者，可條分而縷析也。濂溪《圖説》《易通》，二程《定性書》《易傳序》，朱子所著羣書，醇乎醇矣！張子《正蒙》或議其過高，龜山楊氏並疑《訂頑》爲兼愛，何與？共城之學，貫上下天人，辨皇帝王霸，皆前人未發者，乃或以主象數而岐之，何與？朱子同時，伯恭、敬夫相與切磋者也，而金谿陸氏與論無極之旨，往復牴牾，朱子至謂各行其是。及至白鹿洞講義利章，聞者泣下，朱子謂中學者隱微深痼之病。其爲異、爲同之故，有較然可指者與？元代正學，許魯齋倡導，劉靜修、吴草廬繼之，金華、金許諸子由王及何，以上接朱子正傳，其師承所自，可歷數否？明初理學首推河汾《讀書録》一書，胥本於躬行心得者也。繼此，如虚齋、敬齋、楓山、文恭、莊渠諸儒，其造詣何若？後新會姚江獨宗金溪，門人推闡，輾轉糾紛，講學東林者羣起而闢之，爲偏爲正，可得而詳述與？我皇上法執中之心傳，備時中之至道，方以内聖外王之學，昭示天下。士生其時必有能明大道之體要者，其備著於篇行，采爲黼座獻。

問：守令，親民官也。得其人則民受其福，否則民受其禍。此係長民者之實心愛民，而刀筆、筐篋、武健、擊斷之才不與焉。考古來循吏多於兩漢，班史所載文翁以下六人，范史所載衛颯以下十六人，其卓卓者，可約舉其治績與？《舊唐書》所載良吏，張允濟至閻濟美共四十人；《新唐書》所載良吏，韋仁壽至何易于，共十五人。其最著者，可與漢廷諸臣比績與？宋代之吏每以儒術治民，如周子之斷疑獄、朱子之備荒政，大儒俱然，其十二人之入《循吏傳》者可知也。陳靖、張綸、魯有開、趙尚寬之列，可次第舉其梗概與？我皇上精勤吏治，於引見守令時量才授職。又特諭督撫，察吏安民，務期勸農桑、興學校，登斯民於上理。爲守令者，當何如盡職？居守令上者，當何如董率與？聞之皋陶陳謨曰：『簡而廉。』《周官》六計曰：『弊以廉。』廉者，德之清而才所由生也。又黄霸云：『治道去其太甚。』夫去其太甚者，静而不擾之謂也。廉而出之以静，則仁矣。此皆本於性生與？抑激勸有方，而貪者可使廉，躁者可使静與？又聞漢宣帝詔謂：吏數更易，則下不安；久則民乃服從其化。故治理顯效者，或爵至關内侯，此久任之效得也。今或當師其遺意，俾吏與民兩相得與？楚中循吏有卻暮夜金者，有反風滅火者，有民稱爲父者，有吏民留泣者，有寬嚴適中與問民疾苦者，此皆能。廉能静，别於刀筆、筐篋、武健、擊斷之才者也。餘尚多其人。試實指之、詳述之，以爲官方之助。

問：制義之設，體聖賢語言以闡六經精藴，匪第求工於文辭也。嘗考漢代解經有四訓詁體：曰傳、曰注、曰箋、曰疏。制義以對偶解經意，即訓詁而行之以議論者與？體制開自宋人，取士始於明祖。説者謂股必有對，中寓陰陽動静之理，道綦重焉。而其時承金華正學者，即防四瑕、八冥、九蠹之弊，持論者何人？其説果切中否也？自是以來，厥分二體，有學者之文，有才人之文。學者之文，守章句、遵傳注，圓規方矩者是也，得王太傅鏊而正。才人之文，宗經術、逞變化，原本古文者是也，得歸太僕有光而尊。自後孰爲羽翼，孰爲接武，孰爲餘響，源流升降可悉數與？抑貌爲學者，衣冠土偶，而先民之理法以亡；貌爲才人，要駕奔騠，而《左》《史》、八家之神理胥失。爲真、爲僞，可剖析言之與？我朝重熙累洽，文運軼於前代。國初如劉、熊、王、戚諸家，後如江西之李、京江之張、泉州之李、吴門之韓，學者才人，兩極其盛矣！皇上綱維文教，欽定《四書文》頒示天下，欲使海宇之士不惑於歧趨也。而學者猶從事於務華絶根之文，以蕲苟得與？抑近日爲文者，懲排偶膚泛之習，而流入於詭怪荒幻，毋乃有去積病而受病轉深者與？韓子曰『文者，貫道之器。』又云：『約六經之旨而成文。』又云：『非三代兩漢之書不敢觀。』文章原本應在實學也。而講求實學，非可苟且倉猝而致。昔朱子定分年讀書法，使士分限程期，用力於經、史、子、時務，而後文章、經濟得以實用於世。其功夫之次第後先，可詳求者多。士生長劉、熊之邦，流風餘韻，沾被有素矣。盍條具以對？

問：詩者，用以厚人倫，美教化，移風俗，非如後世所云『緣情綺靡』已也。賦者，古詩之流，將以抒下情而通諷諭，宣上德而盡忠孝，非如後世所云『體物瀏亮』已也。詩、賦二者，固殊體同歸者與？《風》《騷》以後，詩人代興。上下藝林，四言何以獨推韋、孟？五言何以獨推蘇、李？阮籍何以擅長於魏代？陶潛何以卓絶於六朝？陳子昂、元結、李白、杜甫、韓愈何以高出於唐？蘇軾、陸游何以高出於兩宋？元好問何以高出於金源？〔一〕豈其語言之工與？抑詩外别有事在也？河汾王氏欲删漢魏後詩，續《三百篇》後，儒者羣起笑之。王氏所删果有當於温柔敦厚之旨否與？荀況、宋玉著聲作賦，後如賈誼、司馬相如、楊雄、班固，以及張衡、左思之徒，咸彬彬焉。唐自王、楊、盧、駱以下，漸開律體，《文苑英華》所載是也。宋元以來，以文爲賦，《宋文鑑》《元文類》所載是也。而古人於賦體中又分詩人之賦、辭人之賦，盛衰升降，有可臚列指陳者與？我皇上聖學高深，萬幾之暇，時成詩賦。金和玉節，上掩前古，而一時登承明、擅著作者賡歌矢音，以宣聖朝德化，誠千載不易逢之嘉會也。楚地爲文雅淵藪，荆州有屈原、宋玉，黄州有鮑昭，武昌有李邕，襄陽有王延壽、杜審言祖孫及孟浩然、皮日休諸人，流寓德安者有李白。之數子者，孰長於賦，孰長於詩，孰者兼長，孰爲辭賦之祖，孰爲詩中之聖？有飫聞於夙昔者也。餘如袁宏道兄弟，鍾惺、譚元春之徒，皆欲鳴其説於楚中者。多士詳抒所見，務探詩賦宗旨，以爲藝苑之光焉。

策問本不足存，爲國樹人，亦文章報主之一也。志一時將命之役，聊復存之。其第四問係西侍御有年筆，故不録。自記

校記

〔一〕源：爲元，指元代。

歸愚文鈔卷八

重修蘇州郡學記代

吴郡有學，自宋景祐時始。時詔天下立學，設學官之員。而范文正公仲淹出典鄉郡，請以南園巽隅爲郡學，復延安定胡公瑗司教事，甚盛典也。後自南渡以暨元、明，或興或替，五百餘年於此矣！

國朝定鼎以來，聖天子崇儒重道，加意作人。凡四方萬國，舊有學者莫不振興文教，恢弘舊規。以故吾吴郡學屢經修葺，載之睢陽湯公、商丘宋公文者可考也。康熙己丑歲，大中丞于公慨然以修廢舉墜爲任，葺郡學而新之，二千石陳公實襄其事。首文廟，次兩廡，次講堂、齋筵、藏經之閣，以及戟門、繚垣、廩庾、廬湢之屬。任以棟梁，礱以密石，華以丹雘。輪奂嚴翼，實完實堅，閱五月告成。於某月某日，躬率僚屬，釋菜於先師孔子。父老賓從，爰觀爰慶，如環橋門而聽焉。

大中丞于公屬爲記。

竊惟學者，先王所以扶天理、治人心也。先王慮三綱之不正、五常之不明、性命道德之不講，《詩》《書》《禮》《樂》之不興、政教風俗之不善，而要其故，由於天理之或明而或昧、人心之或存而或亡。於是設庠序學校，使民肄習遊息於其中。簡師儒以董之，分四術、四教以誘之。上賢崇德、簡不肖絀惡以進退之。其度數節目，在俎豆、弦歌、登降、揖讓之間，暨養老、祭祀、論獄、出兵之備。而其大旨所存，揔欲使民明天理、正人心，篤於躬行，深於學術，化剛柔之偏，而進於大中，而後止。故士之被其教者，自格致誠正修之實功，與齊治平之實效，簇弗體用兼得，内外無遺。夏后以迄有周，設學之明效大驗，三代如一日也。周衰以降，學校廢，經術荒，世之爲士者，或溺没於刑名之術、空虛之教、詞章俳優之習。暴秦至五代以來，因陋就簡，而其時亦無幾庶體貳之材挺生其間，故民風習俗往往衰颯駮襍，而不可以成天下之至治。嗚呼！學校之盛衰、世運之隆替，所由分也，可不務哉？

宋興以迄於今，學校之設，極乎大盛矣！其間制度文爲未嘗無古今損益之異，而其所以立學者，實不外古先聖王扶天理、治人心之至意。則夫今日之學，猶夏后、殷、周之學也。而誦習於學者，猶謂從事於文詞之末，以之獵取科第，而於三綱五常之大，性命道德之原，《詩》《書》《禮》《樂》、政教、風俗之由，體而達用者，不必研究其精微，而一一見之於實用也。抑何自待者薄，而所期者淺乎？

且夫文正公，吴之賢人也。安定先生，郡學之典教者也。文正爲秀才時，即以天下爲己任，而其後經文緯武，可將可相，不負所學，是文正之志行可師也。安定分經義、治事二齋。經義齋擇疏通經學者居之，治事齋擇能治民事者居之，是安定之成規可法也。教者、學者相與抗心希古，勉爲實行，而不徒視爲梯榮干進之具，則其不失乎先王立教之旨。而以答聖天子崇儒重道之至意者，非異人任也。此上之人所望於下，而亦下之人所當自勉者與？因承命而記其大者如此。

高淳縣修學碑記

江寧府之有高淳，分溧水而爲縣者也，始於明弘治六年。縣之有學，始於十有二年。正德七年燬於火，重建。嘉靖間修之，萬曆間修之，後復增建。皇朝順治十有三年重修之，迄今九十餘年矣。歲月既多，材木漸朽。加以鼠穿蟻蠹，日就圮壞。春秋將事，長官師生，拜興薦灌於其下者，恒惴惴焉懼。縣之上舍生邢本岐，素切重道崇聖之心，慨然以舉廢起衰自任。謂學校爲興起教化根本之地，不可以不植也。於是，撤腐起頹，取良材，選堅甓，運蓋瓦，輦山石，諏吉役工，廼植廼甃，廼築廼削，廼丹廼艧。既蕆事，計之，爲大成殿，爲兩廡，爲戟門，爲名宦、鄉賢、忠義、孝悌等祠，爲欞星門，爲尊經閣，爲儒學齋舍、廩庖、薪爨之所。外則泮池，池之上爲石梁，列東西者爲表坊。嚴嚴翼翼，壯偉宏麗。人工積幾萬幾千有奇，金錢累一萬幾千緡有奇。歷四寒暑，而學以興焉。嗚呼，盛矣！

吾見夫人之豐於殖者矣，其營私自利者，恒多藏以祈子孫之守其用焉。而不善者，每耗物力於浮屠老子之宫，以求渺茫不可知之福利。而於學校之正人心、明人倫、行王政者，任其鞠爲茂草，而不知一顧。人情大抵然也。今本岐初無冀倖之心，並無邀譽之念，抑無有人焉勉强而督責之者。而能聿新乎設教之區，以上稱聖天子敷文德、育賢才之至意，不誠信道敦篤，而卓然有識有力者耶？然此特志其修復學校之功，而君子之所以自治其身心，以不負所學者，則更有在也。士之肄業於斯者，果能以仁爲宅，而宅必處焉。以義爲路，而路必由焉。以禮爲門，而門必出與入焉。

且忠信立乎基址，有恥礪乎廉隅，六經、四子、諸史百家引掖乎升堂入室。束其身於子臣弟友之中，游其心於天地民物之大。達而在上，事功一本乎道德；窮而在下，文詞亦藴乎性功。此君子儒之獨重於天下也。若沾沾焉帖括爲務，而師以是教，子弟以是學，將所講求者，惟科第干禄之術而已矣，不亦有負乎本岐修學之功也歟？抑考邢氏先世，鳳岡公曾新文廟，嘉靖時所修。即其人也。並書之，見邢氏先後有功於學。而本岐弟本稷捐資建明倫堂，姪復易建尊經閣、敬一亭，亦均有舉廢起衰之功，得以備書。

重建永豐縣學碑記

永豐有學，肇自宋至和間。先是慶曆初，天子開天章閣，納大臣奏，令天下建學，故永豐縣之學得漸次以興。學在縣治西南，紹興七年復遷縣治南，即今重建址也。自元歷明，迭有興廢矣。國朝順治中，兩次增修。康熙五十七年，夫子廟年久圮壞，改爲崇聖祠，齋署如故，而移建夫子廟於縣治左。然以偪處，闤闠湫隘，囂塵特出，一時權宜，而敦教起化之大觀，猶有待焉。乾隆十三年，知縣事江侯伍圖慨然念規制未稱，觀瞻未肅，民之俊秀者何自興起？請復遷原址，重建爲宜。又念地瀕恩江，屢受水患。前所修建，制度庳淺，不足當江水衝齧，乃擴而倍之。閱三載蕆事。縻白金一萬八千有奇。中爲夫子廟，後爲崇聖祠，前列兩廡。尊經、藏書，祭品、樂器有庫，大成有門，名宦、鄉賢有祠，省牲齋宿有所。禮門、義路，道德有坊。有頖池，有戟門。左爲明倫堂，爲奎文閣，爲忠義節孝祠，爲儒學衙署，爲射圃，繚以周垣。其外築石堤六十四丈，以禦江水。又置學田二百畝有奇，以給生徒膏火。學制視前大備焉。乃礱貞石，因孝廉解君友梓爲介，乞予文爲記。

予惟國家承平以來，列聖重光表章，聖學大化翔洽，百有餘年於兹矣！顧皇朝建學，其望從事於學者何在？蓋將冀其讀聖人之書，志聖人之道，循循亹亹，以徐轔乎其途也。夫聖人之道，猶天之不可階而升，疑邈然視爲絶德者。而其切近精實，則爲衆人所與知、與能。立心一於爲己也，好惡戒乎自欺也，存誠始於閑邪也，求仁始於强恕也。人倫則子臣弟友，自反未能也。言行則庸德庸言，勉之又勉，謹之又謹也。凡此皆日用常行，莫能頃刻離者。學者以之居心，以之立行，而又沐浴乎《詩》《書》《禮》《樂》之菁華，屏黜乎異端邪説之簧鼓，將實學成，人材出，達而在上，固足行道救時，即窮處蓬藁，亦不失爲天爵自尊之士。此上所厚期於學人，而學人尤當自責者歟？

且永豐爲廬陵支邑，歐陽文忠公産於其鄉，後文山文公、文毅羅公繼之，其風節、文章、忠藎、理學，真足炳燿古今，爭光日月，皆前事之師也。今之司教事、爲弟子者，誠能以鄉先生爲楷模，且由是以上溯乎聖人之道，應果有循循亹亹以轥乎其途者。予故表我朝造士之盛心，暨邑宰建學之規畫，爲此邦人士勸焉。

吴公祠記

吴人之知禮讓，自泰伯采藥荆蠻，端委治民始也。然傳至二十世，風教漸微。王僚、姬光之爭國，益以夫差之奢侈，上下相習，浸淫不返。而泰伯孫國之風，亦已衰矣。

夫吴之爲國，斷髮文身，本相近魋結之習。而王僚、姬光、夫差諸君，又復壞亂先德，其不爲上國所不齒者幾何？而至今聲名文物之盛，足與畿輔相比埒者，由子游氏之文學有以繼泰伯而振興也。嘗按《家語》《史記》，孔子弟子多産東魯，唯子貢衛人，子張陳人而外，子游以南方之人北學中國。夫衛之視魯，固接壤之邦也。陳在衛南，相去猶未甚遠。而吴則僻處千里外，言語、嗜好，不必盡同。苟非信道誠篤，安能脱棄舊習，奉一無位之人而與爲依歸？則子游之受教聖門，而能使聖人之道自北而南者，洵孟子所謂豪傑之士也已！且夫子游之文學以習禮自見，非後世辭章之學比也。今讀《檀弓》上下二篇，當時公卿、大夫、士庶，凡議《禮》弗決者，必得子游之言以爲重輕。故自論小歛户内，大歛東階，以暨陶、詠、猶、舞諸節，其間共一十有四。而其不足於人者，惟縣子『汰哉叔氏』一言，則其畢生之合禮可知矣。

夫當典禮譌闕之時，幾倀倀乎無所法守。而有人焉獨能確宗三代典章之遺則，以之式化邦人。宜吴風之舊，一朝轉移，而循習先王之禮教不衰也。然則繼泰伯之讓而功在勾吴者，寧可忘其所自也與？唐開元十一年，封子游爲吴侯。宋政和間，加封丹陽公。淳熙時，改封吴公。侯與公，皆以吴名，以公爲吴之常熟人，從其地也。祠建於慶元二年，在縣學講堂東偏。後屢加修飭，不易其地。

予惟公之德，能以聖人之道，易勾吴之俗。而其所以易吴之俗者，在於以禮教爲本。而又當君臣爭國，伯主奢侈之餘，能雍容文治，綿延至今，厥功甚偉。故表而著之，使吴人士益知所敬焉。至其生平爲宰之治，取人之明，凡以興禮樂、勵廉隅、化民俗，固聖人所深許，而要非行於父母之邦者，故略而不書。

范文正公祠堂記

人當窮居時，必有固窮之節與兼善天下之志，而不以富貴貧賤、榮辱得喪一毫蒂芥於心。夫然後可以處，可以出，可以歷顛跌頓踣之境，而建不世出之大功。即至没世以後，俎豆尸祝於名山，而其名不敝於天壤。無他，所守者堅，所操者有本也。

范文正公爲秀才時，即以天下爲己任。觀其之南都，入學舍，起居飲食，人所不堪。而掃室誦讀，隱然抱『一夫不獲時予之辜』之志。故其出也，自秘閣校理，以訖參知政事，揔不離於先憂後樂，堯舜君民之素心。凡他人所重，遠莫勝者，皆公所取諸其懷者也。竊嘗綜其生平之遭際計之，無往非足以摧挫其志而撓敗其功者。伏閤爭郭后之廢，坐貶斥；觸吕夷簡怒，高若訥輩譖毁之，再貶斥；以禍福順逆之故擅復元昊書，輙貶斥。即至罷政府爲陝西四路安撫，時言者以危言中公，而有司奏罷公前所施行之事，究其設施，未盡公之大用矣。

然歷臺諫則功在極言，任州郡則功在撫輯，鎮邊境則能寒西人之膽，官樞密、參大政則能課實效，減任子，興學校，以革弊於久安。而興起德行之士，迄今奏議勳業，彪炳史書，雖山林婦豎無不知。文正公之忠義者，惟其立志於困厄之時，經百變而未嘗少爲屈抑也。昔諸葛忠武澹泊寧靜，自定其志於畎畝之中，卒能跨有荆益，業分鼎足。危難受託，不懼不疑，爲三代以後之王佐。若文正公者，其忠武之流亞與？且講明正學，延安定胡先生爲教授，而以《中庸》授横渠張子，其於理學能開先矣，宜百世以下奉祀日隆。而聖祖仁皇帝命從祀廟廷，位列歐陽子之右，凡以見功業之所從出也。嗚呼！隱居求志，斯能行義達道。士之身處草茅而以天下國家爲量者，尚以文正公爲師法哉！

公本吴人，又嘗出典鄉郡，有功於吴，故祠堂在吴縣天平山之陽，依公祖墓也。壬子夏，五議修故祠。桐城張公命作文正公祠碑記，因特揭其大節之不朽者著於石。

此係桐城張公試士時，號中作賦一、論一、碑記一、詩三。公取冠兩府州士，而是篇賞其端重有體，經今五年餘矣。從故紙堆中檢出，聊録存之。自記

潤州宗忠簡公祠堂碑記 代

古今論宋南渡之失者，謂其偏安一隅，由於秦檜之相。其説固然，而不知其初由不用宗忠簡公之謀，以至此也。

公當二帝北狩之後，整兵開封，感激誓衆，連敗金人，金人悉引去。公屢上疏，請高宗還京，謂：『臣爲陛下保護京城，自去年秋至今春，又三月矣。陛下不早回，天下之民何所依戴？』前後

共二十四疏，何其忠且智也！從來圖大事者，必據其根本之地，亦必乘其方鋭之時。京師，根本之地也。喪君、有君，人心踴躍，又方鋭之時也。據根本之地，可以號召天下。乘方鋭之氣，可使庸懦者變爲義勇之人。唐肅宗，中主也。當諸將收京以後，仍都長安，故其後賴衆人之功，卒滅安史。田單，臨淄掾吏也。因喪敗之餘，激怒齊人，卒以二邑之衆，復七十餘城於旦夕之間。由二事觀之，公之所請，殆兼之矣。且前此京城之陷，在乎兵不足戰也。公既守京城，數十萬之兵立具。以公之忠義，固足以得衆心。而斯民感憤奮發，無不欲爲公死。此正天下可爲之機也！使高宗能用其謀，返駕舊都，内脩政事，外固封疆。明告天下，誓欲復讐。不三四年，而侵疆可返，二帝可歸，又安有蹴國事讐之辱哉？廼不從其議，聽奸臣之説，而竄伏於東南之隅，不待識者而知其不能有爲也。迨其後中原之地淪於僞齊，民心忘宋，漸以久遠。雖謀臣良將未嘗無人，而欲從下流而挽之，其勢有所倍難矣。此豈天命使然耶？抑人爲之不減，有以致之也？

且公之謀又不始乎此。始京城被圍，康王開大元帥府，公勸王直趨澶淵，次第進壘，以解君父之困。既自大名至開德十三戰皆捷，以書勸王，檄諸道兵會京城。使早從其説，則京城並可不陷，而二帝可免北行矣。此尤忠與知之決於最先者，而皆沮于奸臣，不得一行其志，此忠臣義士所歔欷扼腕，而無如何者也！由是言之，宋之偏安而不能有爲者，固由於秦檜之相，而其初實繇不用忠簡公之謀，以至於此，斷斷然也。

公舉進士時，對策中極言權臣不可任，邊釁不可開，國家禍患瞭如燭照。考官惡其直，抑置榜末。則公之忠於事君，智於料事，其性生也與？

公去今五百餘年，而天下重之，一如生存。潤人之祀公者，久而彌虔。邦之名臣，俎豆匪解，理宜然也。祠宇既久，行就圮壞，邦人謀所以新之。既訖工，請某爲之記。

公名澤，字汝霖。先世義烏人，後遷於潤州，葬京峴山麓。官止東京留守，謚忠簡公。予唯公生平涖民之仁，戰陳之勇，知人之明，用人之斷，待物之誠，以及前後奏疏，歷任官爵，生卒年月，載在史官。而其忠義之氣盖天壤、貫古今者，遍於小夫庸人之口，無庸備述也。唯以一人之謀，係乎國家之興替安危者，表而著之，使天下後世，知南渡之偏安，繇不用公之謀以至於此。則凡忠智之士，忘其身爲天下謀者，可忽也哉？可忽也哉？康熙某年月日記。

重建黄陶庵先生祠堂記

今夫人觀理未明，初不知舍生取義之大莭，惛惛然沉溺於富貴利達之中，此小夫之戔戔者也。即或知舍生取義之爲大莭矣，然臨難而無浩然之氣以行之，往往求生苟免，而盡反乎讀書説理之功，此完人之所以難也。惟見理真，信道篤，赴死勇，合平居倉卒、死生禍福而一之，斯共推爲日星河岳而無異辭。嘉定黄陶庵先生真其人也！

先生生當有明之季，時爲學者，獵詞華、工稗販，半入於駮襍荒幻之習，制行不以廉隅砥礪，趨圓競通，蟻聚蠅逐，而無所顧忌。先生原本六經，精研史學，務探聖賢中正之歸。而其立身行己，率其弟偉恭成《自鑑録》《知過録》《吾師録》，一以思誠、主敬、懲忿、窒欲檢束其身心。更成日記，書晝行事，夜告天神，司馬文正所謂『事無不可對人者』，可以當之。宜其窮達一視，險夷一心，臨大節而不可奪也。崇禎癸未，先生成進士。明年，明社屋，王師南下，嘉定士民思爲精衛填海。城陷，先生與弟詣城西僧舍，成絶命辭。北面再拜，自經。時歐血漬壁，百餘年不滅。人謂先生之死，由於慷慨激烈而成，不知未死之先，其立志堅確，涵養純粹，蓋有素矣。假使幸而處常，則經綸幹濟而不讓；乃不幸而處變，則殺身成仁而不辭。觀其與弟偉恭書，述臚唱曰，『衆視狀元如登仙，我謂狀元乃三年一人』。天地間，有數千年一人者。人不能爲數千年一人，而羨三年一人，何耶？讀先生書可知其志矣！則其死也，豈猶匹夫憤恨，計無復之，而後出此者哉？今藝林之重先生者，謂制義彪中彌外〔二〕，理與法兼；古文清純簡貴，盡掃枝葉，異乎雉鳥之竄文囿者。夫先生之文，固足以凌轢一時，垂範後世。然同時以文與先生並名者，或爲詞章之士，或爲功名之士，皆離文與行而爲二，而先生合文與行而爲一，蓋胥本道德之真，忠孝之大，而成爲一代之文人，實爲一代之完人者也。即謂顔清臣、文履善二公復生，誰曰不宜？

祠建於康熙四十三年，距今五十餘年矣。日月既久，漸就傾圮。乾隆二十二年冬，里中紳士謀移建於學宫西偏，鄰舊時死節地，靈爽儼在兹也。先生諱淳耀，字藴生。弟諱淵耀，字偉恭。從先生學，同死節，故得配祀云。

祠既成，邦人屬漻作記。漻幼即誦先生文，重先生行，寤寐如或見先生者，不敢以不文辭。是舉也，足以表正學，足以勵人心，足以風世俗，因舉先生之大節書之。而邦人三代之直、秉彝之好，亦不能没其公心也。因作記付之，並成《迎神》《送神》之歌，以饗先生。其辭曰：

神靈降兮天闕，塤箎並吹兮來恍惚。城郭是兮人民非，堂宇敞兮陳牲犧。邀我神兮涖止，神潔飲兮明水。鑑後進之悃忱，珍魯鄒之正軌。遥緬虞山，風流綿邈，給事幸其忠貞瞿諱式耜，尚書嗟其零落。考鐘鼓兮發浩倡，願高座兮樂康。毋悵望兮神傷，神靈返兮忻忻。雲車風馬兮升天門，虎豹不守兮紛來同羣。同里侯公，維兄及弟兄諱峒曾，弟諱岐曾。誰歟偕行，黄門臥子陳諱子龍。吴苑楊公，異人同揆諱廷樞。相逢並轡雲中行，諸公至今長不死。拊石兮揚枹，睇貞文先生私謚。兮還清都。慰瞟人之願望兮，佗時馨祀其來乎！

校記

〔一〕根據文意，應爲『彪外弸中』，疑誤。

文待詔祠堂碑記

辛未冬十一月，天子賜明待詔文徵明扁額，曰『德藝清標』，且製七言律句以賜。甲戌七月，祠堂落成，裔孫諸生含乞爲碑記。

竊維待詔文公一生，不外德藝兩言，雖千百言不能易者。弱歲却温人贈金，恐累先人清節，此孝德也。伯兄遘難，百計脱之，至兩閲月忘寢食，此弟德也。中丞俞閔其貧，欲遺以金，聞其言論之介乃止，此廉德也。終身不彰人短，遇有所長必稱揚之，使之成名，此厚德也。天潢與寺人以書畫請，婉言謝之，必不應，於外國使亦然，此德之見於守者。寧藩以禮聘之，知其有跋扈心，却其聘，後不及難，此德之見於知者，而天子以『德』之一言該之。

公學古文於吴文定寬，學書於李太僕應禎，畫則講論於沈處士周，詩則承厥考温州公林遺法，而並能由師友家法，以上窺古人。故譚藝者於有明吴中如沈、唐、祝、仇諸家各有所長，然或長於此者闕於彼，惟公有兼擅者，而天子以『藝』之一言該之。至生平清節，於德藝中隨處可徵。

昔蔡京當國時，禁止蘇文忠軾文籍，幾於泯滅。後高宗作序、賜謚，得以流傳千古，稱爲美談。然猶當代臣工，爲時未遠。今相隔兩朝，文氏之後清門零落，幾同於孫叔氏之被褐矣。乃異代君臣特加曠典，俾將熸之燄復照耀而光明，則待詔之流風餘韻得以常新，而士君子之脩德游藝者不因聖人之品藻，而益以自堅也耶？

先是，辛未春，德潛接駕清淮，上謂：『吴中人能詩文而多壽者，推文徵明。汝今正復相似，而遭遇過之。』德潛奏：『臣際聖明之朝，屢蒙拔擢，勝徵明遠甚。若其文章德行，萬萬不能及也。』時諸生含知天語及其先世，故於德潛祝慈寧萬壽時，屬以待詔遺照進呈，而上特寵賚之。前事如此，故追敘於作記時。

祠近蘇郡學，於吴城爲巽隅，前爲韓襄毅雍祠。一功烈，一德藝，適相稱云。

御書雙清閣記

乾隆九年秋，今上御畫《松竹雙清圖》，賜宫詹張南華先生。冬，復賜《雙清閣御書匾額記》，曰：『禮之於人，如竹箭之有筠，如松柏之有心，二者居天下之大端也。』以是期諸臣下，亦云隆矣。

抑聞杜陵詩曰『心迹喜雙清』，言内外之潔白也。徵之古人，如毛公之博徒，薛公之賣漿，王君公之儈牛，皆心清而自穢其跡。而揚子雲之草《太玄》，潘安仁之賦《閒居》，周彦倫之處鍾山，又皆跡清而心不與俱。求其心跡雙清，古人中亦有綦難者，而天子以賜臣工，其信諸有素者耶？抑褒潔清於已然，而勉其後此之滌濯者耶？明年春三月，先生乞假省墓，方思建閣於安亭里之故居，以志生平榮遇。乃未及歸，遽成古人，此志竟弗克遂。嗣君兄弟構室幾楹，架高閣，懸御書額於其上。落成之日，四方人士來瞻拜者，相與歎君臣一德，矢音遂歌。而又當萬幾綜理，得優遊清暇，從容於翰墨之娱，則宇内無一事之不寧謐，無一夫之不獲其所，蓋可知也。此在異世聞風者，猶想而慕之，而況親逢其隆盛者與？雖先生身邀榮寵，未克見閣之有成，爲可感矣。然爲之後者能繼先人未竟之志，則追念前光，所以不忘忠愛。而自勉清德，以潔白其心跡者，應有一仰觀而爽然者也。聞之歐陽子言『至寶所在，其光不掩』。御書，天章也。他日安亭之里，榮光起而燭天者，其在張氏之廬也與？

皇清故禮部尚書韓文懿公祠堂碑記

故禮部尚書韓公諱菼，康熙四十三年薨於位。乾隆十有七年，相距已四十有八年矣！春二月，今天子念公種德積學、湛深經術，文章轉移風氣，開天下先，向偶遺易名典，特補謚文懿。海内人士聞之，額手稱慶，謂天子褒崇之當，而公之得邀美謚於久遠，後者爲特重也。

按謚法，温柔賢善曰懿。懿，美也，大也。鄭樵論謚法，懿居上謚之九，用之君臣焉，用之君子焉。季文子論高辛氏才子云：『忠肅共懿，宣慈惠和。』賈至撰杜鴻漸制誥云：『忠肅恭懿，才行並優。』余靖撰王正己制誥云：『和平不黨，望實淵懿。』朱子表游御史云：『行業淳懿，爲學者宗。』以此四者準之，韓公殆足當之矣。

蓋公之大行有三：一曰學殖深醇，文足經國。一曰公忠事主，精白一心。一曰爲國引賢，不立黨同。公以英敏之資紹承庭訓，其於經學，自漢唐箋疏，迄宋賢章句，無不穿穴。又綜覽諸史百家，發爲高文，一變從前卑靡骫骳之習。未遇時，衆多怪之。及鄉舉，後春官試、廷試，皆第一。

進呈制義，聖祖仁皇帝特加獎賞。自是，薄海遠近奉爲楷模。數十餘年，業制義者若非韓不學也。其於古文，一皆闡發經傳，鎔鑄子史。而於應奉文字，實能通達治體，非猶崇尚臺閣，組織鞶帨以爲工者。中如《平定朔漠方略》《政治典訓律例》《一統志》諸書，凡公所總裁者，皆經畫指示，蔚爲鴻文，以提挈綱領。而纂輯《孝經衍義》一編，識者謂尤得察地明天精藴。嗚呼！是爲經久之業也已。

公賦性忠藎，秀才時早知三藩之強過於唐之方鎮，必爲後患。廷試時以議撤之策獻，偘偘直陳，同於賈誼，上親擢置第一人。後剪除孽驕，一如公言。此坐言起行，本於忠君愛國之忱者也。公之歷官也，由殿撰充日講，陟宫坊，陟講讀，晉侍講學士，旋晉閣學。給假八載，内召入爲禮部右侍郎，掌翰林院，又轉吏部右侍郎，教習庶吉士，充經筵講官。未幾，陞禮部尚書，教習如故。其在翰林典鄉試職，撰述公慎勤恪，瘁力殫心。其在閣學侍講幄，總書局，敷陳治理，垂爲典要。掌翰林，任教習，勉後進以敦品行、植根本學。位少宰，請立長名榜以示至公，俾吏胥不得上下其手。位宗伯，典禮肅穆，除各省陋規以杜干謁請託之私。蓋聖主之待公愈厚，而公之自勵愈嚴。故凡所會議，如關税不當增、事例不當開、太學肄業者不當回原籍、大學士達海有功國書當配享太廟，不當從祀孔廟，皆據理直陳，無所依回。至平日造膝奏對，必有犯無隱，歸於勿欺。而厚重淵沉，未嘗少泄，深得古大臣出則不使人知之義。天子始終眷念，寵錫駢蕃。御書『篤志經學，潤色鴻業』以優異之。惟公之忠貞，有以交孚一德也。

宏獎人倫，公之素心。士林中有學問淵博，不肯與時俯仰者，必誘掖扶植以成其材、以成其名。由公久困諸生，後特遇真賞於尚書徐公乾學。從此，明良遇合，得見重於聖人之朝。恐當世之被褐懷玉者，一如己之久於沉淪也。後掌院教習時，上留意人才，有所諮問，必舉名實相副者以薦。一時，在廷多魁奇磊落之選。後歷年既久，猶倚賴之。然不徇虛聲，不留己見，惟欲汲引其才，以爲宗社生民之利，心事如光天化日。然此宋代洛蜀之黨，未免以賢攻賢者。而公獨公且正焉，其得歐陽文忠公愛賢之盛心，兼得司馬文正公無黨之遺風者耶。

公之大行如此，揆之謚法，實脗合焉。其他如處心之和易、接物之謙恭、居鄉之峻介、持選政以爲後學之津梁、寄吟詠以寫性情之敦厚，此皆人所難能，而非公之至者，故略而不詳。

歲五月，公之子太史孝基、孫廣文景曾、洗馬彦曾諸昆弟將奉公易名神主入祠，屬德潛草祠堂碑記。德潛惟國朝名賢不可枚數，而增光史册一無疵纇者，厥有四人：湯文正公斌以誠動物，正己物正；魏文毅公裔介整肅紀綱，衆不敢犯；魏敏果公象樞奏簡凝霜，權貴慴服；陸清獻公隴其表章聖學，不忘補袞。其學行風軌，均足不朽，得公之篤學醇行，式如金玉者，以與乎其間。此非一人之言，實天下之公論焉。抑又思五賢臣中，殁身而謚者惟敏果一人。文正、文毅、清獻及公，先後補謚，俱在今上表章前哲時。於此見公道之不泯，正人之可爲。而聖天子之微顯闡幽者，誠足勸善彰德於無窮也！

公字元少，號慕廬，學者稱慕廬先生。系之以辭曰：

末學穉齡，識公姓字。謂天上人，下土翹跂。既讀公文，日星鳳麟。怪奇瓌麗，一歸大醇。龍門峻絶，敢望登堂？公赴内召，左右雲房。竝世而生，未識公面。繡裳衮衣，想象公旦。哲人云亡，文府漸蕪。蛇神土伯，跳踉叫呼。欲起衰靡，惟昌黎公。錫以尊名，來自九重。按厥歲年，已符四紀。久而重光，公實不死。公實不死，勸勉來學。宗經砥躬，毋自菲薄。末學素心，慁於今兹。聊攄小言，揭於公祠。

西湖水利記

西湖當杭郡上流，方廣三十里。相傳漢時有明聖之瑞湖中金牛見，稱明聖湖。介錢塘縣，亦稱錢塘湖。以其負郭而西，遂稱西湖。湖際山爲岸，泉自衆山谿澗奔注下瀵，神淵匯而成浸。引水入城，復自城分流杭城内外。民仰生活，鹽漕轉運，藉以輸送。而錢塘、仁和、海寧三縣，田數萬頃，賴城外兩塘河水灌溉，而兩河水源皆自西湖流注其間。古今經國者，每疏濬焉。

雍正二年，天子軫念東南民力，察水利之當興者。奏事者及杭之西湖，旨可其奏。詔封疆大吏謀開導事宜，需帑金四萬有奇。時澤州觀察王公任兩浙鹽驛使，曰：『予受君恩深，每報效無路，願獨任其事。』大吏以聞，制曰可。迺委官吏，召徒役，相度形勢，審量次第。先裏湖，次外湖，後城河，從源及委也。先剗堅土，次薙葑灘，後浚淤泥，從難及易也。尺寸淺深，立木於湖底，以測量之，齊其不齊也。葑草泥淖，運於各舊隄之上，而培益之，加庳爲崇，輔狹爲廣也。於時，萬夫奔集，钂鎛雲舉。晴霽赴功，霖潦止息。起雍正二年冬，訖四年冬，歷兩寒暑，乃告蕆事，而西湖水利以興。

嘗考經理西湖，自李長源開六井、白樂天建石函以來，莫盛於蘇子瞻之開葑築隄、楊温甫名孟瑛之毀蕩除税。子瞻奏狀朝廷，條件明析，有得無失。而御史賈易劾其『科騷部内，以逐宴遊』。温甫指畫利害，陳議上官，以達於朝，終以毁斥侵占，得罪豪右，臺臣部議，俱請罷斥。二公之賢，艱於興利若此！今明良相遇，一德一心。舉久墜無窮之利，被之於民，若赤子請於慈父母而有求必獲。視二公當日，何其幸也！

又子瞻所請，不過賑饑餘米與度牒之直。温甫請發金錢，亦止逮今之半。且治於一時，不能周防於日後，所由隨興而隨壞也。今利導之功，既軼前人，而又以節省餘金買田生息，俾官司稽、掌用備、歲脩補，子瞻、温甫所未及。此遭逢極盛，計慮極周者矣！後之官是邦者，修而續之，毋廢前人之功，百世利賴可也。

若夫山川之明麗，魚鳥之泳游，花木之靚深，棟宇亭榭之軒敞，都人士女之娱遊於水光雲影之中，以歌詠太平之盛，流連光景者自得焉。

王公名鈞，今晉工部侍郎兼營田使。

應山何明府修路碑記

平靖關在永陽山，爲河南、河北分界處，一名冥阨塞。《淮南子》曰：『天下九塞，冥阨其一。』即其地也。北爲信陽州，南爲應山縣。地之高下，南北相埒。而陗削綿亘，尤在應山。從關直下，陡陂共二百丈，俱險絶。自陡陂至亂石鋪，中間艱跋履者凡四百丈。自亂石鋪抵縣治，又二百丈。高者怒突，下者窪陷。石子纍纍，堆阜連綴。其地當二省要衝，行人過者，馬蹄彈裂，車輪摧傾。驛騎往來，恒惴惴恐。

甲子秋，予奉使之楚，度關以南，目擊艱難。進士何君宰是邑，凡二載，政清民孚。爰相度於此，計道路之短長，費用之多寡，中有成算。是經是營，采石於山，糾匠於邑。蠲俸率先，紳士商民慕義來助。擇士之敦品者董理，縣尉、巡檢委令監修。起乾隆甲子冬十一月，訖乙丑春三月，爲期一百十日有奇，金錢一千兩有奇。既訖工，過者揚策馳輪，共稱坦途，遠近胥慶。

嘗考《夏令》『九月除道』，子産對晉使謂『司空以時平易道路』，單襄公以陳之道路若塞，爲廢先王之教，則以時除道，固合於王政者也。今何君修治之政及於道路，則平日之修廢舉墜可知矣。君之仁及於行旅，則平日之周卹四民，所以保護而矜全之者更可知矣。而世之司牧者，若催科之外别無理民，惟敝敝焉盡心力於刀筆筐篋，以蘄苟免於吏議，抑何自待者薄，而不思厠於古循吏之列也？聞何君風，其可以躍然興起已！

丙寅夏，邑人來京師者述君清德勤民，丐予作記，以余嘗經歷其地，信而有徵也。因就其所述記之，俾鑱諸石。何君名師軾，字又蘇，浙之錢塘人，乾隆丙辰進士。董理者邑諸生鄒泗依，監修者縣尉章誠企、巡檢章三策，例得備書。

周伯上畫《十八學士圖》記 薛虞卿書傳

前明神宗朝，廣文先生薛虞卿益命周伯上廷策寫唐文皇《十八學士圖》，倣内府所藏本也。已，又取《唐書》，摘其《列傳》，兼蒐采遺事，書之於册。或賢或否，爲法爲戒，於是焉備。按史，秦王使閻立本圖像，褚亮作贊，而此云于志寧贊之。又十八人中有薛收，無劉孝孫，而此有劉孝孫像傳仍取薛收。謂收早死，欲圖其像不得，乃補入孝孫，與《唐史》所載不合。此沈存中括云然，而虞卿援以爲例者也。

嘗就十八人論之，房、杜之王佐才，虞世南之兼擅五絶，褚亮、姚思廉之文學，孔穎達、陸德明之經術，薛收之料敵出奇，餘亦才辨焯焯，宜皆有功於唐室，而足以杜後世之禍亂者。乃以僉邪之許敬宗厠於其間，卒至諂比高宗助立武氏，孤先帝之恩，賊顧命之佐，使李氏子孫比於摘瓜，揃刈殆盡。雖由太宗昧家人反身之義，高宗瀆父子夫婦之倫，而亦許敬宗之徒有以堅其惡而成之也。從來君子小人雜處於朝，君子之剛正，每不能防小人之陰柔。故以房、杜諸賢，成善治于太宗之朝。而不足者，一醜繆之小人偕李勣義府，敗壞於後日而有餘。此繫《易》之聖垂戒于『開國承家，小人勿用』，而君子有解，必取於小人之退也。

或曰：『秦王開天策時，十八人者更番侍直，同被寵榮。僉邪如敬宗，未嘗顯暴於外也，何從知其人而遠之？』曰：『封德彝不云乎？宇文化及弑帝時，虞世基、許善心同時遭害。世基死，世南匍匐請代。善心死，敬宗舞蹈求生。世傳口實，據此一事，裂乎大防矣！天下有偷生於殺父之日，而能盡臣道於晚節者哉？而太宗概收之帷幄也，由取其華而不能探其本也。君人者，尚其有知人之哲哉！』

予觀畫與傳，而備論之如此。伯上，吴人，畫無院本氣。虞卿，文待詔外孫，工八法，此册尤生平注意者。頓挫波磔，幾欲上掩待詔，蓋薛氏世寶也。曾孫雪與予善，故出而觀之。雪亦能書。

四詠閣記

二蕉戴先生隱居清風涇，建四詠閣。富陽董宗伯作圖，取陶淵明『春水滿泗澤』四語，以四時佳景合而成詠也。

夫四時佳景，古今所同，然性情不足以領之，則外來境遇得以擾其靈臺。猶是春水、夏雲、秋月、冬嶺，付之漠不關心，甚有對此而轉增戚戚者。故惟胸有真樂者貴焉。淵明云『良辰入奇懷』，太沖云『逍遥撰良辰』，言有奇懷而良辰可入，能逍遥而良辰可撰也。

二蕉襟抱夷曠，讀書課子孫外，不慕榮禄，並不騖虚聲。遇春水則賞其瀠洄，看夏雲則樂其奇幻，坐秋月而自敞空明朗照之襟，經冬嶺而並堅冰霜清澈之節。中有真得，發爲歌吟。夫豈尋常栖隱之士所能同其樂意者耶？是知閣中、閣外之景，畫家得以寫之，而天趣之優游自得者，已亦不能喻諸他人，而他人亦不能形諸筆墨者也。望古遥集，庶遇二蕉於衡門、泌水、蒹葭、白露之間！

歸愚文鈔卷九

紫陽書院題名記

康熙壬辰歲，大中丞張清恪公建紫陽書院於郡學之東偏。越歲告成，堂、閣、亭榭、齋舍咸備。士子肄業其中，給以廩。既延鄉大夫爲院長，司教事，蓋以教育人才，使之輔翼乎學校也。世宗皇帝十一年，詔發帑金以養士，校前規廓而大之。爲封疆大吏者相繼整飭，四方人士喁喁向風，迄今前後三十年，稱盛事焉。

歲辛未，大中丞王公延德潛爲山長。皇上省方至吴，賜『白鹿遺規』扁額及五言古詩，勉德潛以振興鄉教，朂多士以勿厭貧、勿務華，而反求之切近篤實。繹御詩之旨可見，地非紫陽之地，而以紫陽名之，欲教者之所以教，學者之所以學，無浮慕乎紫陽之名，而必仰企乎其實也。當日朱子立朝，以誠意正心，不欺君上爲本。生平著述，見於《易本義》《詩傳》及《學》《庸》《論》《孟》集註章句；筆削之權，寓於《綱目》；日用常行之務，則在《近思録》《小學》諸編。而指歸所在，一本於窮理致知、主敬存誠以復乎本天之性，此紫陽朱子之學也。學者勉強服習，以漸幾於有成，將處不失爲謹身寡過之士，出則能爲國家有體有用之人。聖天子之諄切訓戒者，意良在於斯乎？

德潛自顧疎蕪，惟懼失墜。見前此山長之教循循有序，不少變更，而惟以上之致望於多士者，時提撕驚覺，以振作之。經今三載，學者藝日清淳，不流荒怪。品歸矩矱，無敢踰閑。雋春秋兩闈者，文行多有可紀。又念前此獲雋諸君，或居館閣、或列部曹、或膺民社，未易以枚數。闔藉不紀其名，安見書院所造人材，果足以輔翼乎學校也？因紀其科分，列其姓名及其官爵，而以司教事者先之。書之於版，懸諸堂皇，俾後之覽者知聖天子訓誡之盛心，期得宅俊以翊文明之運者，符於周文之譽髦斯士。而張清恪公剏建書院之功，亦日久而彌著也。夫是爲記。

西洞庭風土記

西洞庭，去郡城百里。山之奇者石公，邃者包山，靈秀者林屋，高者縹緲峰，險而幽者大小龍渚、石蛇，總名西洞庭云。風俗淳樸，居民傍山，村落連綴，無堡隖廛市。畊稼外雜植花果，人煙雞犬在花林中。四時果實成熟，待具衣食。瀕湖者業漁。民多聚族，家有宗祠，敬耆長。老者出，子弟追隨扶掖，煢獨者衆扶掖之。路無婦人、無輿馬、無丐者，無奇衺服，無勃谿色、詬誶聲。

秀者誦習，不專干禄。廢誦習者，服賈子弟，蔑棄先業，雖富貴，衆鄙之。婚嫁擇對輕財，家饒裕者爲媒氏，兩姓或遭故，愆嫁娶期，媒氏佽助之。人雖貧，無爲僕妾者。辨賦税早，經年無催租吏。歲時親朋觴酌，物儉情厚。里有逸民故老、畏榮耽寂者，常津津道之，瑣細莫詳，其大都如此。

予慕洞天名，偶踐其地，居人競來相要。摘園蔬，網湖魚，淹留欵浹，數日别去，因得悉其風俗。

從來遊洞庭者，輒談幽虚左神，金庭玉柱，誇神仙踪跡。記風土之異者，又謂境無蛇虎兔雉，别於他山。而俗之淳樸近古，概未之及。予表而志之，以俟世有采風者。

遊蒜山記

予少讀《文選》，颜延之有《車駕幸京口侍遊蒜山》詩。後屢過京口，不得所謂蒜山者。戊戌秋，訪之土人，土人指江濱石磧應。高三四丈，廣莅之。石芒峭立，不可攀登。予疑焉，退考《潤州志》所載，亦云然，予亦不之信也。

按：延之侍車駕從晏遊，決非石芒峭立之處。又《晉史》記海寇孫恩驅十萬衆據蒜山，劉裕擊之，墜崖下，以長刀斫敵，破賊於此。以情事度之，必無驅十萬衆據一石磧者。而蘇子瞻詩亦云：『蒜山大有閒田地，招此無家一房客。』就今所見，安得云有閒田地也？

己亥春，與余子文機遊銀山。及山之半，藉草而坐。俯瞰城郭，面臨大江，浩浩千里，奔赴履舄。竊意是山形勢與金、焦、北固相埒，而其名不見於古，心頗疑之，詢之余子，余曰：『此古所云蒜山也。古有蒜山，無銀山，地與金山相望，土人易以今名。復以旁一山爲玉山，而蒜山之名移之江濱石磧矣。今衆人所稱，蓋兩失之也。』予聞之恍然，遂相與造其巔，相度高下，旁廣中平，豐土少石，與劉禎《京口記》所云『山無峰嶺』者吻合。由是蒜山之名始有定所。蓋事不詢之學者，而憑衆人之言，鮮不貿貿者也。

噫！天下之大事之名寔，淆混者何可勝道？衆人之陋，知有貨賄寶玉名宜矣，而文學之士秉筆作志者，亦不考諸古人之書，其賢於衆人幾何？予是以不能無歎也。時三月十有六日。

遊焦山記

西津至焦山，十數里從順流而下，然中多洄漩，不利涉。象山至焦山，雖截流橫渡，然兩山相對不二里，無風濤之險。

予與客自象山泛舟，雲開日曜，輕飆送帆，中流安閒，相顧不驚。移時，舟達彼岸。山遠望如青螺，既至，知環巘竹木，不露山骨。梵宮精廬，周遭蒼翠，與他山絕殊也。循山東麓沿緣而西，過枯木堂、藏經閣，迤邐至焦隱士祠。祠故在佛寺中，後移瘞鶴巖下。前太守退夫陳公從江濱出瘞鶴銘，立於隱士祠側，以華陽隱君遺棄簪紱，與焦隱士後先相望也。

西行少折，尋磴道而上。經三詔洞，升羅漢岩，路益高，徑益仄，石勢益奔峭。樹木轇轕，幾於無路。峰轉境開，倏復軒豁。久之，登其巔，憩吸江亭上雙峰閣。或云山與金山並峙，因名雙峰。或云是山之巔，中窪外突，上分兩峰，故云。憑閣而望，江流浩浩，山影層疊。飛鳥盡處，長空一氣。吴楚山川，想象其下。煙雲變滅，頃刻萬狀。誠江山偉觀，寓於目，適於心，而不能竟去也。古之遺榮不仕而終老巖穴者，其有樂於此耶？

因與客談往事，山本名譙山，一名樵山，江淹、宋之問有《樵山》詩。後人重焦光之隱，因易今名，山遂爲焦光之山矣。夫光之三詔不出，以東漢之末時無可爲，故有託而逃於空虛之地也，而山之名待以增重如此。士君子生非明盛，而自審於進退間者，宜何如哉？

同遊者，真定魏先生亮工、公子仲文、崇寬、寧夫，廣平冀君涵澤、王君冀寧，潤州焦君東園。時戊戌八月十六日。

遊漁洋山記

漁洋山，王阮亭尚書取以爲號者也。山在太湖濱，從玄墓山還元閣望之，如履舄在几案下，可俯而拾。

予愛山之名，欲往遊焉。取道米堆山，經錢家磡、上陽郵，一路在梅花國中。花光湖影，瀰漫相接，煙雲往來其間，欲動欲定。沿湖濱行，灣環迴折。始疑甚近，久而愈遠。過十餘里，入漁洋灣，董文敏玄宰歸骨於此。居人如鹿豕狀，見予至，以遊人不到處，甚駭。遶灣而行，又三五里，漸入漸深，窅然無人。登山之巔，全見太湖。湖中羣峰羅列，近而最大者爲西洞庭，相望者爲東洞庭，遠而大者爲馬跡；其餘若沈若浮，倏見倏隱，不可名狀，三州依約在目。從巔頂別徑而下，樹木蓊雜，側身低首，始免絓罥。入曇花庵，菴有老僧，長眉卷髮，若身毒國人，見客無酬接禮。問以王阮亭尚書曾至此閒，曾留遺跡與否？僧言幼即挂瓢於此，垂七十年，不見有官人至此山，亦不知王爲何人也。因思阮亭爲風雅總持，語妙天下，而手版匆忙，未及親赴林壑而領略其勝者。又無詩筆通靈，足以發揮湖山之勝。古今來如此者可勝數耶？悵然久之！

山相接爲法華、爲盋盂，以日晚不及更遊，仍從漁洋灣覓故道歸。於時村落中炊煙浮動，白雲欲還。遥望梅花林，如殘雪滿山。而夕陽一抹，晃漾其際，倍覺冷艷可愛。

久之，反還元閣，將昏黃矣。燈下濡筆作記，恐如東坡所云『清景一失後難摹』也。時戊子春清和月二日。

遊牛頭隝記

明皇甫冏卿信與王太傅鰲遊牛頭隝，作記云：『隝在天平山東，下有文殊院、普賢寺，上有金碧峰，峰秀削奇詭，與天平埒。』讀其文，心遊目想，然未暇踐其境也。

歲己酉，移居硯山旁。九月，張子少弋、周子欽萊來過存，發興探歷。偕黄子若木往，黄爲導引，以居山者久也。

由赤山隝之天平，探白雲泉、龍門石屋、蓮華洞諸勝。既下，繞山麓而東。問牛頭隝等處，老農云：『普賢寺在茶隝山東面，餘未識其地。』相與穿榛莽，經墳衍，陟茶隝嶺。山石若墜復倚，若奔復駐，不可舉狀。度嶺，值工人鑿山處，山骨殘破。垤者窪，窪者陷，礫豎直下，深者二十餘丈，淺亦數丈餘。石齦傴側，幾不受趾。行者變色，蟻次相綴。

過里許，得牛頭隝，一名牛眠崦。石色黑，勢偃臥，石筍角立，維肖，故得名。入普賢寺，寺爲宋乾道時敕建。碑版漫滅，略可識。松竹亭立，池水瀰淪。冥心静坐，聞清磬一二聲，窅然身世俱喪。寺僧粗可語，問文殊院，曰廢久矣。問金碧峰，曰無有。問居民，答如僧語。悵悒久之。

按：茶隝山以掘地得金，亦號金山，金碧峰應在其上。歲久錐鑿，石髓俱竭，改易舊觀。皇甫氏云『秀削奇詭』者，恐歸無何有之鄉矣。天下艮而壽者惟山，猶不能保護厥體，而況人年命之促，等於蓬科蜉蝣、電光鳥影者與？然是山之峰已歸泯滅，緣文人數語得留其名於想象間，是艮而壽者轉藉人以留之。則人世之可久者，或在此不在彼也。既歸，三子共賦詩，予爲作記。

雨中遊虞山記

虞山去吴城才百里，屢欲遊，未果。辛丑秋，將之江陰，舟行山下，望劒門入雲際，未及登。丙午春，復之江陰。泊舟山麓，入吾谷。榜人詭云『距劒門二十里』，仍未及登。

壬子正月八日，偕張子少弋、葉生中理往遊，宿陶氏。明晨，天欲雨，客無意往。予已治笻屐，不能阻。自城北沿緣六七里，入破山寺，唐常建詠詩處，今潭名空心，取詩中意也。遂從破龍澗而上，山脉怒坼，赭石從横，神物爪角痕時隱時露。相傳龍與神鬥，龍不勝，破其山而去。説近荒惑，然有跡象，似可信。行四五里，漸失破山。層折而度，越巒嶺、躋磴道，遂陟椒極。有土坯磈磊，疑古時冢，然無碑碣，志誰某。升望海墩，東向凝睇。是時，雲光黯黮，迷漫一色，莫辨瀛海。頃之，遇雨。山有古寺，可駐足，得少休憩。

雨歇，取徑而南，益露奇境。齗齶摩天，嶄絶中斷。兩崖相嵚，如關斯闢，如刃斯立。以劒州大劒、小劍擬之，肖其形也。側足延佇，不忍舍去。遇山僧，更問名勝處，僧指南爲太公石，室南而西爲招真宫、爲讀書臺，西北爲拂水巖。水下奔如虹，頹風逆旋倒躍而上，上拂數十丈。又西有三沓石、石城、石門。山後有石洞通海，時潛海物，人莫能名。予識其言，欲問道往遊，而雲之飛浮浮，風之來瀏瀏，時雨飄灑，沾衣濕裘，而予與客難暫留矣。

少霽，自山之面下，困憊而歸。自是春陰連旬，不能更遊。

噫嘻！虞山近在百里，兩經其下，未踐遊屐。今之其地矣，又稍識面目，而幽邃窈窕俱未探歷，心甚怏怏。然天下之境，涉而即得，得而輒盡者，始焉欣欣，繼焉索索，欲求餘味而了不可得。而得之甚艱，且得半而止者，轉使人有無窮之思也。噫嘻！豈獨尋山也哉？

南郭讌集記

南郭讌集，隴西公將歸福清，同人餞之薛氏園，重離别也。地割錢王舊園，介在葑盤，面城背溪，巽離之間。

於時序當炎月，鳴蜩發音，荷風送香。主賓咸聚，解帶升堂。羽扇不摇，高亭清涼。竹樹茂密，鶴鳧朋遊。廻廊屈盤，環以清流。臨水雜坐，空明鏡如。倒映碧色，雲天在下。鯈魚時黻，小波濺沫。

諸賢經蘇圃，過澹淹亭，憩蕭遠齋。由辛夷館登賞詩閣，撫雞樹幢，玩梅花道人墓塔。由嘉禾移東峰，由東峰携置池嶼。流連竟日，各有賞心。柔以旨酒，永以清言。爼陳而匪侈，筵潔而不雜，可謂極一時之勝已！

夫隴西公以勞事國，以惠澤民，萬夫所望也。今顛跌困頓，垂老旋歸，疑有拂欝於中者，乃良朋祖帳，佳境會心，興超神和，一往情深，當戚而轉樂者有之。然而離筵既徹，各悵分飛。隴西公回首歡晏，恍若夢中。同人遥睇哲匠，山川萬重。誠有如離散乎蒿松，睽隔乎雲龍者已。不記諸文辭，曷以垂示無窮乎？昔楊虚受仕宦中人也，然貶官臨賀送虚受者，猶爲美談，況隴西公之賢，而吾黨送之，濯纓清歌，河梁分襟，有不徒如雒下、鄴中、蘭亭、梓澤紀一時文酒之流連者。

是日，與斯集者共十有九人：鼓琴者陸崢，舉觴豪飲者蔡麐，與隴西公對奕者祁魯。談詩者二人：一季果，一主人薩雪。隅坐裁詩者二人：一薛不倚，一徐緒，不倚，主人子也。論文章派別者爲沈巖，証辨者爲顧佑行、朱穀。對客寫尺幅者爲王岐，爲陳麐。或垂釣、或弄清流、或坐竹林、或據高梧者，隴西公子一人、孫四人。隴西公，姓李名馥，字汝嘉。任浙西巡撫守道，去官學者稱鹿山先生。作記者爲沈德潛。

遠香亭記

遠香亭，吾師少宰留公所建，靜觀憩息之所也。亭在内海子旁，泉源自西山出，繞甕山後瀠洄入城，匯而成潭，又名積水潭。中多植蓮，亦名蓮花池。此遠香亭所由名，同周元公愛蓮意也。

凡蘤之香，不患其不凝，每患其易息。瑶芳葳蕤，氤氲蓊葧。始而濃郁，漸則解散，遠則無有矣。獨芙蓉出水，在白蘋紅蓼間。涼飆所過，拂拂送香。陂塘徐廻，餘韻木歇。炎歊淨息，清意盈襟。以風格高而及人者靡盡也。吾師歷清華，登政府，握機務，慎用舍。無赫赫之名，而仁風所到，覃被四方。其亦有遠而能清者乎？

昔周元公官止知南康軍，然史稱其仕宦所至，如春風和氣，被飭萬物。況吾師處廟堂之上，登高而呼，有較易於元公者？則所以播明德之馨，而散天下湮鬱之氣者，宜何如彌遠而彌清也！抑吾師於自公之暇，晏休此亭。遥山入座，雲天落鏡。魚鳥戲波，煙樹叢密。高深互呈，心目兢賞。亭雖小，有不啻踐夷曠而遊江湖者。區區散三伏之炎熱，裛芰荷之遠香，此又一時樂事，而未足盡亭之勝概也夫！

含清園記

含清園者，虞部金先生南盧歸田後閒居所也。因董文敏『含清別墅』扁額，即以爲名，取謝公『山水含清暉』意。園有池瀏如，有阜垤如，有石嶔如。梁以通池，徑以通阜，廊以繚折。休憩有亭，眺望有樓，棲息偃仰有室有寤。以及竹木、奇葩、異蘤之類，蓋略備云。

婁東故多名園，王弇州司寇有弇園，王煙客奉常有樂郊園，張上舍夷令有學山園。基址袤延，室宇軒邃，水木明瑟，賓客宴遊，極一時之盛。以『含清』擬之，不啻蓼六之視荆楚。而予以爲『含清』之名有足傳者，不在乎園，而在園之主人也。蓋先生少登第，司虞衡，校北闈。衆人望之，可希令僕。而先生翩然歸田，杜門掃軌，蓋知天爵之爲尊矣。乃修葺園廬，課諸子讀書其中，經、史、子、集，四庫羅列。暇日，延宿儒名流，互相討核，中有所得，欣然會心。魚游鳥飛，水流花開，助我機趣。視司寇之羣奉敦槊、主張風雅。奉常之嘯歌述祖、游泳山林者，各有得焉。而上舍之嬰娱聲華、有慕梓澤平泉之榮者，恐未易遽同此樂也。

抑聞先生居鄉，退然自下，惟懼得罪於里巷之人。其以身教家務，孝恭友愛，不失董召南、浦江鄭氏之風。今一家之中，父慈子孝，長令少從。遞衣公食，終始無間。每春秋佳日，先生率諸子童孫，往來閒園，杖屨逍遥，品評今古，無非樂意。與之遊者，覺温然似玉，暖然似春。即一泉一石間，自有天趣流行乎其中也。

昔歐陽子記海陵許氏園，略其景物，而歸美於家庭和氣之所感。謂『鳥不爭巢而棲也，獸不擇子而哺也，卉木皆騈枝而連理也』，其言洵然。則歐陽子爲許氏卜者，予又將爲金氏期之。

春草園記

春草園，趙氏谷林、意林昆弟讀書地也。園近褚家塘，屋宇密比，囂聲紛沓。而園之中有泉清瀏，神瀵滵汩；有山玲瓏，曲折垤突。埃壒不到，曠如泠如，若別有人間世者。堂之向北者名小山，藏書所也。經、史、子、集，部居類彙，斷編僻簡，《七略》偶遺。命工鈔寫，以備檢閱，貪多務得也。堂之向南者名南華，因秋水思蒙莊也。同心素交，笻屐過從，談藝觴酌，韵流四坐。褦襶熱客，無由闖入也。山巔有樓，樓名隱几，主人嗒焉酣適，鉤簾四望，吴山蜿蜒，西湖明麗，臯亭聳峙，江潮奔涌，盡入雙睫，憑高眺望處也。其他爲廊、爲榭、爲軒、爲龕、爲橋、爲洪，與夫竹木之蒼翠、佳卉之芳馨、飛走之往來馴擾，無所不備。而小山堂爲一園之主云。

趙氏既以藏書名，與虞山錢氏、崑山徐氏、寧波范氏、嘉禾朱氏，先後比埒。然吾謂藏書猶非趙氏所重。蓋藏而弗守，與不藏同；守而弗讀，與不守同。相傳藏書之家，有祖父所收之帙，子孫未及一開者，故櫥匱雖盈，而浮游不根，無一言能及於古。今趙氏昆弟與谷林長子誠夫，皆物疎道親，薄身厚志。每風雨晦明之辰，或探研經術，或諷詠辭林，莫不窮源泝流。采剥其華實，含咀其膏腴，幾不知天壤間有何物足以易其所好者。且庭草交翠，欣焉會心。時鳥變聲，純乎天趣。讀書之樂，正無妨窺園而自得之也。

余家貧無書，又老誖不能讀書。嘗遊其園、登其堂，偃息數日，泛覽書倉，便覺胸次活潑。到今思之，書味盎然，而況趙氏昆弟子姪之浸淫其中者邪？余既喜其能藏書，而又異乎有書不讀之貽誚於子瞻者，故記其園而專及之。園以春草名，取謝氏西堂得句，見弟兄相師友之義焉。

塔影園記

探名山之勝者，必梯嶔崟、緪幽深、嗜奇者快焉。而或病其勞，且不能經久。而結構林園休憩者，平池、小丘，魚鳥翔游，一切巉巗秀削之狀，又不能游目而即得。唯因名山爲名園，斯兩者兼之。摩詰輞川莊因乎藍田，白太傅艸堂因乎廬山，其最著也。

賦琴主人爲園於虎丘東南隅，山之明麗秀錯，園皆得而因之。名曰塔影，山巔浮圖隱見林隙，故名。園本程氏故居，幾爲廢壤。主人有之，剬蒙翳，斸荒墟，構新依故，崇卑決淤，經營有年。斵手伊始，敞者堂皇，俯者樓閣，繚者曲廊。靜軒閒龕，邃窩深房。峙迺亭臺，環迺垣牆。向背適宜，燠寒協序。隙地植梧、柳、榆、檜、桃、杏、來禽。芍藥滿畦，寒梅成林，藤蘿交絡，桂樹蘙陰。稀裯蓊葧，蔥蒨深沈。此南岸之勝概也。迤北通以虹橋，沿以莎堤，突以高岡。岡褋松杉、烏柏、銀杏之屬，石級縈遶，虎落連綴。洗鉢有池，翻經有臺。窌寮有敦，篠簜蕭疎。連綿鶴澗，第三泉注，白蓮池，瀉入澗中，乍舒乍咽，幽幽淙淙，雲垂煙接最高處舊名，睇睎涵空。浩然天成，匪由人工。此北岸之勝概也。園三面繞河，船自斟酌橋進。蘙生芰荷，朋聚鳧鷗。回塘紆餘，沓溆分流。山遥青而點黛，水遶白而曳練。直溯長蕩，疑聞棹歌。此園以外周遭之勝概也。

主人養閒園居，寤對名山。凡伯主魚腸、美人黄土、高僧談空、道流輕羽，憑弔前蹟，如同晤語。而都人士之討春尋秋，攜琴挈侶者，亦若點綴以風華、掩映乎丘圃。則林居之逍遥，與探歷之曠奥，一俛仰而交集吾所也。

又主人庋書數千卷，興到，隨手一編，有得於心，脱然蹄筌。客至，或談討金石，或娱情誦弦，此更有得於身心之樂，而豈獨獲名山之助，相與濯纓而晞髮，頤性而忘年也與？昔顧高士苓屋塔影園，高士結志區外，灑心清川，所云畏榮好古者也。今異其地而同其名，殆有尚友前民之意焉。

主人名重光，字子宣，姓蔣氏。園成，爲乾隆某年月日。

宜莊記

揚郡城東南十餘里，有宜莊，澹園黄子游息地也。舊址十餘畝，中有土阜，方廣而平。古桂百餘枝，連卷蚴蟉，爲三百年物。主人得而有之，地闢數倍。去大江三里許，與焦山相望。江勢繞郡而東，東去轉近江也，通江流爲池。潮汐日兩至，左右瀠洄，縠如鏡如。纍石爲山，岡嶺回互，陂陀升陟，朗出高際。其中敞以涼堂，邃以密室。眺望者樓，休息者齋。繚曲者廊榭，爽塏者亭臺。與夫虹橋平碕、村柴蹊洴之屬，因其地而成之。山則雜植珍木，疎密林列，殊方奇蒔，莫可名狀。池則水草交映，游魚潛泳，波紋微興，雲天倒影。江以北之名境具於此也。

命曰宜莊，宜乎時，宜乎地，宜乎人。時而衆木花坼，岸鋪島織，攀桃藝葯，步蹊灌圃，於春月宜。菡萏飜風，篔簹嘯雨，千柄萬竿，納涼卻暑，於夏月宜。宜於秋者，小山藂香，王孫淹駕，拒霜散綺，仿像錦城。宜於冬者，玉樹成幄，望中虚白，寒汀浴鶴，聲清警露。此嘉客所標額顔榜以紀勝概者也。

且素琴静張，鑪煙氤氲，宜於獨坐。林泉布席，同心觴詠，宜於邀客。眺木末之風帆，翫潭心之素月，晝夜皆宜。登層邱而望雲物，步阡術而觀稼穡，高下皆宜。至於蒼煙晴翠，度江而來，攬諸襟帶，輕舟緩進，鳧鷗散亂，馴擾回翔，此又合遠近物我而咸宜者。

抑主人之意，或又不止乎此。名在仕版，不湛石隱。興寄林園，不重榮禄。才裕而跡晦，外朗而内和，體寧而心恬。浩浩乎，寥寥乎，有暢其天倪而不拘其轍者，意殆忘乎宜而無乎不宜者耶？主人笑不答。因書其辭於壁。

掃葉莊記

掃葉莊，在郡城南園，薛徵君一瓢著書所也。地在俞家橋，沿流面城，樹木蓊鬱，落葉封徑，行人迷跡，宛如空林。呼童縛帚掃除，静中得忙，久矣成課業矣。

昔有元時俞叟，石澗隱居，注《易》於此，故橋以命名。俞《易》理取諸程，象數取諸邵，爲《朱子本義》後一書。予嘗讚其《南園讀易圖》云：『姬孔在心，眼前皆《易》。碧緑青黄，滿園太極。』

以其隨在感觸，超乎迹象也。今一瓢注《易》，又能補俞《易》所未及。屢定屢更，芟汰疵類，與掃除落葉相似。則以掃葉顔其莊者，意或在於斯乎？抑聞韋左司寄友詩云：『欲持一瓢酒，遠慰風雨夕。落葉滿空山，何處尋行迹？』取夫人工不與，一歸自然。掃者從人，不掃者從天也。掃與不掃之間，一瓢試更參之。

歸愚齋記

予以歸愚名其齋，客問予曰：『此韓子「歸愚識夷塗」之意，既知之矣。第古人愚者多矣，子將安歸？』還叩之。客曰：『孔子稱寧俞爲愚不可及，稱顔子爲如愚，稱子羔爲愚。楊子以鼂錯爲愚。柳子厚自名愚，而因愚其溪。子將安歸？』應之曰：『寧俞之愚，忠而愚者也，予非其位，亦非其時。顔子之如愚，發聖人之藴，幾於化矣。子羔之愚，過厚而不易所守，進於賢矣。二子者，予安敢幾？若鼂錯之愚，矜智炫慧，以自焚其身，予無此機巧。柳子厚之愚，自傷蹉跌，思欲補過於遷謫之餘，予亦未嘗躁進。數子之愚，皆非予所歸也。』

客曰：『然則子將安歸？』曰：『吾所謂愚，芒乎憒乎，如嬰兒、如野鹿、如橛株拘。惛乎愛憎，混乎毁譽。處忘家，出忘途。其寐酣如，其覺恬如。匪直遺世，亦兼喪吾。見之者，疑爲玄冥氏之侶，與芒蒙氏之徒。此非一鄉一國之愚，而天下古今之大愚也。』

客曰：『愚如是，子曷爲歸？』曰：『有愚之懵，未必無愚之適。曲者不知爲鈎，直者不知爲臬，纏索不知用以束縛，馬牛不知用以服乘，此愚之懵也。登高而不知慄，臨下而不知惴，入夏而不知暑，遇冬而不知寒，此愚之適也。夫然，則無往非愚，無往非夷塗矣。而乃較量於寧俞數子之間乎哉？』

客曰：『是愚而不返者也，試爲子鑿混沌，可乎？』應之曰：『我將從稀韋幾蘧之民，遨遊壙埌之野，以偃息於建德之國，子姑退。』

幻雲閣記

樾亭上人成小閣，以幻雲名之，屬予作文爲記。

予惟雲之爲物，起於川澤，升於天。如絮，如鵬翼，如冠纓，如鬠，如丹蛇赤鳥，如山石、車蓋、城郭、宫闕之狀，種種不一。然隨風飄散，蕩於太虚，仍歸無焉而已。天下莫虚如雲，今云幻雲，不有雲而幻之？所謂無無者也，顧上人亦寓言耳。彼見天下之物，何非幻者？當偶焉而有，觀者太息，得者珍秘。方盡心力以守之，不轉瞬間與鳥之飛、電之光、風之噫俱歸泯滅？向所謂有者，特無焉而已矣。上人不明言其義，而以雲示之，欲人世知所有皆幻，而不必求幻於衆幻之中也。雖然，天下自有不幻者。富貴幻矣，能利濟民物則不幻。文辭幻矣，能脩明道德則不幻。此身幻矣，能實踐倫物則不幻。且即以雲言之，膚寸而合，雨澤天下。瘁者起，槁者潤，不有其功，而功必歸之。《記》曰：『天降時雨，山川出雲。』則雲亦非幻者也。

上人無滯礙，喜儒書，幾於知道者，故以是進之。

墨雨堂記

墨雨堂，介菴上人禪寂室也。昔有龍聽僧講經，僧欲得雨，龍吸硯水去，遂作墨雨。介菴豈有取於此耶？抑聞王羲之臨池學書，池水盡墨。今介庵學書之專，幾並古人。洗硯之水，四時皆墨，不藉龍之變幻作雨也。

堂在傳經院中，爲文人會文處。蓋介菴雖出世，然酷嗜儒術，故北方之士之多聞而求友者，時集其廬，相與劘刃德業，講明周、孔、孟、韓之指，君父子臣之道，禮樂刑政治忽之大端，而以其餘閒及乎風雅之正變，《騷》、《選》、唐、宋人之指歸。在諸君收兑澤之益，而介庵即於其時操紙作書，規橅魏晉諸賢，以印正於多聞求友之君子。故其地雖方丈維摩之地，而取以顔其堂者，不在雨花，而在雨墨也。

介庵既與文人學士遊，當時即有諷之歸宗者。述昌黎《送靈師》詩曰：『方將斂之道，且欲冠其顛。』其言宜可從也。介菴曰：『吾非不知儒道之正，然既受師長教，即倫常矣。吾安忍違？且家有承先祀者，不妨出世。』婉謝之，人益重其行。桐山〔一〕方先生望溪負人倫望者也，不輕許人，獨心契介庵。豈惟重其精工八法，希慕乎古人之池水皆墨者耶？然即其規橅魏晉，不落唐以後結習，其志趣已有獨高於時人者矣。

介庵名湛畐，滇之昆明人，學者稱爲儒僧。

校記

〔一〕『桐山』，應為『桐城』。

王岡齡畫記

王生岡齡遊於吾門，善帖括，工韻語，爲名諸生，兼好繪事，一以待詔文衡山先生爲師。蓋待詔畫遠宗摩詰，近法松雪，又與石田翁上下議論，故其骨相豐采、精神氣韻獨具秀色。良由待詔少樹名業，晚輕紱冕，惟詩文自娱。餘閑點染林壑，聚生平人品之高、學殖之富，流露於寸縑尺幅間。珍之者逾於拱璧，不惟其工，唯其秀也。岡齡早歲多病，獨坐斗室，懸待詔畫，終日静對。心凝神寂，耳不聞鐘鼓聲，目之所注，〔一〕手之所摹，欲與待詔追逐。當興酣落筆，一丘一壑，蔚然蒼然。詣門徵索者，往往以文家畫目之。假令生同待詔之時，亦當引之入室，而不止於循牆而走者也。中歲卜居楓江西塘，蒔花疊石，種竹穿池，皆仿待詔畫意。予嘗顔其讀書處爲『停雲小築』，兼贈以詩。家有名人舊蹟，近世自南田、石谷、漁山、麓臺、尊古外，慮爲時氣所染，屏不經目。而於文氏書畫，收藏獨多。岡齡之於待詔，可謂好之切、師之專，若夙世有契合者矣。

時有論畫者，謂必看盡九州山水，日以造物爲師，乃能羅天地之秀於筆端。猶太史公足跡徧天下，而文益奇也。其説固然，然名山大澤未易遍遊，如必登五岳、歷台蕩、武夷、廬阜、黄海、峨眉、羅浮諸勝，而後卓然成家，古今人蓋不數見。今岡齡雲山繞壁，日夕臥遊，造物具在眼前。而又以待詔之筆淘洗俗氛，一歸秀韻，亦足以進乎藝矣。董香光論畫有云：『沈文之後，《廣陵散》絕。』岡齡勉乎哉！

校記

〔一〕『目之所注』四字，底本漫漶不清，據《歸愚集》八十七卷本補。

歸愚文鈔卷十

御製詩集後序

欽惟皇上生知性成，時敏典學。其脩辭立誠而彙成文集者，固如雲漢之昭回於天，山川之經紀於地矣。廼以其餘事形諸篇章，洵足鎔鑄千秋，渾涵萬有。其炳琅煌偉之象，有同符於中天二南之極盛者。臣鄉以有韻之語受九重特達之知，久侍講帷，近光帝德。兹於蒙恩歸老之餘，特命編讀御極以來詩集。披繙檢閱，五夜咀唫。自對越天祖，孝敬慈寧，以及脩明政治、興起教化、咨儆臣工、勤恤民瘼，所以建有極而正萬方者，隨所感觸，而歸諸抒寫之中。即小而登臨憑眺，鳥獸之好音、草木之華實，亦皆因物寫情，因言見道。凡古帝王，卿雲糺縵之賡歌、蕩平正直之彝訓、盤盂户牖之箴銘、解慍阜財之弦誦，有流溢自然而融洽元化者已。

從來登岱嶽者，有小天下之觀。泛瀛海者，有難爲水之喻。以立乎其極，羣嶽不能不推爲宗長，江漢不能不處於朝宗也。恭讀聖藻，同體沖漠，含藴高深，如登日觀之峰，如泝鳳麟之域。有神遊於意言之表，而莫贊一辭者。不可見聖人之天縱多能也耶？惜臣質鈍學荒，而又年將八衮。螢光爝火，縱被日月之照臨，有不能易闇汐爲光華者矣。惟是際郅隆之世，覩德業之成，而又沐浴文明之化。臣雖退老田間，不啻游泳於中天，成周賡颺歌誦之盛，所謂『光華復旦，雲漢爲章』者，乃於老耄之年而遇之也夫？臣不勝榮幸之至！

《舊唐書考證》後序

臣等謹言：《舊唐書》成於石晉時宰相劉昫，因吴兢、韋述、柳芳、令狐峘、崔龜從諸人所紀載而增損之。宋仁宗朝奉詔成《新唐書》，而《舊書》遂廢矣。後司馬光作《資治通鑑》，轉多援據《舊書》，以《新書》中所載詔令奏議之類，皆宋祁刊削，盡失本真，而《舊書》獨存原文也。蓋二書之成，互有短長。《新書》語多僻澁，而義存筆削，具有裁斷。《舊書》辭近蘩蕪，而首尾該贍，敘次詳明，故應並行於世。然《舊書》既不列正史中，世代久遠，漸就湮蔑。至明世宗朝，姚江聞人詮視學江南，徧訪遺籍，得《紀》《志》於吴中王氏，得《列傳》於吴中張氏。殘編斷簡，彙而成帙，其書復行於世。然《志》多闕略，《表》全散軼。且《紀》《志》中多前後譌舛之文，不能復還其舊也。臣等奉敕校勘，合之《新書》以核其異同，徵之《通鑑綱目》以審其裁制，博求之《通典》《通志》《通考》，與《英華》《文粹》諸書，以廣其參訂。而歸安沈震炳《唐書合鈔》一書亦資采取之助。參錯者更之，繆誤者正之，其辭義可疑而無從證據者，俱仍原文。凡以存闕疑闕文之意也。謹成考證如干條，分附每卷之後。第蒐羅未備，挂漏良多，不勝慙悚之至！謹言。

《新唐書考證》後序

臣等謹言：《新唐書》一書，宋嘉祐中在廷諸臣奉詔纂修者也。歐陽修撰《紀》《志》，宋祁撰《列傳》，至十七年告成。其《進書表》曰：『事則增於前，文則省於舊，固爲度越劉昫矣。』然後代有作糾謬者，有作考異者，或仍欲以《舊書》入十七史中，而易去《新書》，何所見之齟齬也？今試精心考之，《新書》可議，惟《傳》中喜用僻澀，時類虬户銑谿之弊。又制詔奏疏改易原文，盡失唐代體裁，不無遺議。若夫明是非、正得失，敘次簡嚴，時寓筆削，或《紀》《志》未備，詳見於《列傳》之中；或彼傳闕略，互見於此傳之中，較之《舊書》，實得史法。盖《舊書》以完善勝，故司馬氏作《通鑑》往往取之。《新書》以識見勝，故朱子作《綱目》往往取之。此各采所長，不得謂《新書》之轉遜於《舊書》也。臣等奉敕校勘，詳加繙閱，合之《舊書》以辨其異同，質之三通以核其典實，餘如唐人文集及《唐文粹》諸種加參考焉。中間審指歸、正譌謬、指漏略，各有依據，不敢師心。其他文義可疑，無由證辨，同於夏五郭公者，姑從闕疑，猶之校勘《舊書》之例也。若夫三百年禮樂法度之詳、治亂安危之故，與夫人品心術邪正之分，援引明晰，論斷功罪，此係知人論世者責於考證之義，均無取焉。謹言。

補刻《韓魏公文集》序

緘三蔣先生令安陽。安陽，宋司徒侍中韓魏公故里也。涖任後，即謁魏公晝錦堂。歲久頹圮，廼捐資新之。及讀公文集，曰：『公匪獨德業冠天壤，其文辭亦與河山並壽者也。』每披覽，嘗恨不能與公竝時而生，親見公之行事。既晉西曹，乞假歸，嘗手是編，並以示子孫，使讀公書而尚論其世。集舊本，漫漶磨滅，前令崐山徐先生師魯重付諸梓矣，至是復多殘缺。先生購崑山缺本，次第鐫補之。既成，命德潛草序。

潛嘗讀《乾》之九二，『見龍在田，利見大人』，蓋以剛健中正之德出潛離隱，澤及萬物，天下文明。而九五之大人得是人，以輔佐之，以成風雲龍虎之象，此九二、九五之大人有交相利見者也。而魏公在嘉祐治平之朝足以當之。嘗綜其生平，在諫院則直陳利弊，在邊境則懾服遠人，在廟堂則奠安宗社。至調護兩宮，撤簾還政，則太后與帝母子慈孝兩全。晚歲名動四夷，遠人圖象。論者以厚重比周勃，政事比姚崇，而猶以爲未能盡公之量。此固由仁宗、英宗二帝倚託之專，而亦公之碩德鉅望有以決大策、定大業於無窮也。孔子云：『有德者必有言。』公之言，其誠德人之言與！叔孫豹對范匄以立德、立功、立言爲『三不朽』，公之立言，其偕德與功竝重者與？集共五十卷，詩凡二十卷，記、序、表、狀、書、啓、制詞、册文、輓祭、墓志，凡三十卷，而魏公《家傳》《别録》《遺事》附焉。其奏議之散佚者，姑從闕如。

昔蘇子瞻序《范文正公集》云：『公之功固不待文而顯，公之文亦不待序而傳。』魏公之文何異文正？然由後之人勘對鋟版，流布天下，使讀是集者因公之文見公行事，則志公之志，學公之學，以蘄進於天民大人之業，其鼓翼乎抗心希古者，不爲無助也。

夫吏道孔艱之會，方救過不暇，緘三先生能於催科撫字之餘嚮往前哲。今去安陽數年矣，猶惓惓不忌，能使前令表章之功缺而復完，班史所謂『以文學潤飾吏事』者，其斯人也與？因序魏公文，而連及之如此。

重刻《司馬文正公文集》序

涑水司馬文正公有家藏集八十卷，前明萬曆丁亥重梓，至國朝聖祖仁皇帝戊午，經五鐫刻矣，今版仍漸次蠹蝕。光禄劉君繩遠，公之鄉人也，復謀重梓。因校勘其字之舛譌者，而付諸梓人。將訖工，問序於德潛。

潛謂史書所載，理學與名臣若相爲對待者然。然講求理學，而所措施者不能實建諸功業，則有體無用，而不得目之爲理學。儕列名臣，而所從來者未嘗充裕乎道德，則徒用無體，而不得目之爲名臣。惟元本道德，發爲功業，真足以旋乾轉坤矣。即初未欲以文辭自見，而文足以輝光日月，照耀古今者，則惟司馬文正公一人。公嘗自言：『我生平無他過人，唯無不可對人言者。』是公之生平本於不欺者也。蓋不欺則誠，誠至則物無不動。故當日感格君父，孚信友朋，下而至於兒童、走卒、婦人女子，遠而及乎遼人、西夏，更遞而推之千秋萬世以後，無不知司馬公之爲天民、爲大人者。洵乎理學與名臣兼備乎一身，而文章特其餘事已也！

嘗讀《宋史·韓忠獻公傳》中云：『厚重少文如周勃，政事明敏如姚崇。』夫勃與崇固皆有濟世功，然比之忠獻公，未必適如其量。而潛於司馬文正公，則以諸葛忠武較之，有似不同而實相當者。公於退居洛邑以前，爭夏竦謚、請建儲、疏災異、定濮王典禮。至遭王安石變制，屢諍不回，決然勇退，與忠武之隱居隆中者異也。然留洛十五年，蕭然無與，而天下以真宰相目之，此與忠武之躬耕南陽，隱然負王佐之望者同。及乎受知元祐朝，肩荷重任，不委險艱，悉剗新法。有勸公避禍者，公曰：『天若祚宋，必無此事。』此與忠武之受遺詔，輔新主，屢伐魏而不悔者同。既而以身殉國，躬親庶務，不舍晝夜。病革，諄諄如夢中，語皆朝廷天下事，此與忠武之夙興夜寐，食少事煩，鞠躬盡瘁，死而後已者同。而文章之抒寫道術，視忠武之文可匹《伊訓》《説命》者，又適相同也。斯誠不朽之盛事也已！

昔蘇子瞻稱公之文如金玉、穀帛、藥石，謂其必有適於用。故自奏對劄疏，以及辭賦記贊，其微者根乎天人性命，顯者關乎宗社生靈，皆發乎道德。功業之餘，非有意於文，而不能不文者也。世之讀公文者，因辭以求其用心之不欺，即《大易》所謂『修辭立其誠』者，而因自治其心，亦如公之修辭立誠，將在下不憂，在上不驕，而道德可成，功業可顯矣。安在天民大人之品，公以後竟無其人哉？此學者所當自矢。而光禄君鐫書之意，蓋亦在於此也。

外此，公所著書不下數十種，而《資治通鑑》共三百五十四卷，其功不在左氏下。刊刻行世，流布天下，比於江河日星，不贅述云。

《重修長洲縣志》序

《長洲縣志》自祝令聖培後，不修者七十餘年矣。此七十餘年中，略無增損改易者，惟星野、山川、城池、物産之類。餘如户口日以繁滋，風俗日以淳茂，職官科第日以增加，孝弟節烈之行、文獻高逸之士日以踵興；而聖祖及今上省方觀民，其德澤日以布濩；世宗及今上遞減浮糧，其輸將日以輕省。所當急爲詳載，以昭兹來許。又況元和分縣以來，疆域、土田、城郭、井里、財賦、貢納，其犬牙相錯，秩然不紊者，尤不可不條分縷析，使之燦若列眉也。

江右李公奕磐以進士來宰是邑，不矜赫赫名，惟以文學潤飾吏治。既已不曠不擾，官民浹和矣。迺公務之暇，慨然以修志爲任，延前輩太史曉巖宋先生，相與蒐討綜覈，時予亦同在商榷之列。邑中多聞之士分任厥事，而顧子禄百尤多采葺。功不一載，其書告成焉。

按《長洲舊志》，前明萬曆中有江令盈科本，本朝康熙中有祝令聖培本。江志長於《爾雅》，而考核或疎。祝志長於徵引，而文采全闕。兹則於前志所載者，補其漏略，薙其繁蕪，正其譌舛。而七十餘季中未經采擇者，悉網羅編次之，以畫封圻，以審登耗，以準徭賦，以察民風，以發潛闡幽，而一以導揚聖朝百餘年涵煦滋液之德。視江、祝二志，有文質並茂者矣。

且夫李公修志之意，寧惟以是書之成期於度越前人已哉？抑將勒成一編，以爲出政者之圭臬也？每慨今日之爲政者，惟知以吏爲師，日汲汲於刀筆筐篋之末。問以一邑掌故，其土風人情、因革損益，有茫然不知爲何物者。譬猶行暗室而無燭，欲濟渡而不問舟楫，倀倀乎靡所適從，將弊何自而除，利何自而興耶？是書成，而一覽瞭然。準而行之，可以爲能吏，可以爲廉吏，可以爲日計不足、月計有餘之循吏。公之用心規畫，不已深且遠乎？因序其崖略如此。至前代分吴縣爲長洲後，此分長洲爲元和，其四至疆域、詳載建置條例中，不復述焉。

《崑山新陽合志》序

崑山，即秦時所建婁縣，因婁江得名者也。梁天監中，分婁縣置信義縣，後又分信義置崑山縣。唐天寶間，移縣治於馬鞍山之陽。後歷宋、元、明，暨國朝，皆因之。雍正二年，從督臣分大縣之請，復分縣爲新陽，以縣境新陽江得名，迄今將三十年矣。

從來縣必有志，《周禮》外史氏掌四方之志，上之於朝，俾天子周知都邑之盛衰，與民生之樂苦，典綦重也。崑山舊志，前萬曆二年修輯，自後未經重修，恐歲月既久，文獻闕如。且分縣以來，亦未編輯新志。涖兹土者欲諮利弊因革，而考鏡無資，是亦居官者之恥也。崑山令鄒君召南、新陽令張君予介申詳大吏，敦請虞山王艮齋侍御爲總裁，邑中儒林多聞之士爲分脩，蒐羅采擇，鑑古準今，毋狥私，毋瞻顧，閱兩寒暑，共得三十餘卷。而亳州州司馬顧君登獨肩剞劂諸費，其書乃告成焉。

今披而覽之，自星野、沿革、山川、風俗，暨户口、徭賦、學校、選舉，與夫古蹟、冢廟、名宦、人物、列女、藝文之類，體例猶夫他志也。而其間訂譌補闕，發潛闡幽，凡忠孝節烈之日月爭光，文章政理之彪炳簡册，賦役之由減而增、復由增而減，風氣之由盛而衰、復由衰而盛，兩邑分合，井如、融如，於志乘之中，史筆寓焉，可云質有其文，詞敷於事者已。

夫今日之崑山、新陽，即秦以來之婁縣也。《第五倫傳》稱其『俗多淫祠』，陸機詩秖述風土清嘉，舊志亦不隱其多奢少儉，好訟佞佛。今民之生其間者，其君子敦禮讓而説《詩》《書》，其細民勤力作而裕蓋藏。蓋自我朝受命，聖聖相承，德教漸涵，有加無已。今上自御極以來，省繇賦，屢蠲租，勸農桑，課實學，益務與海内休養以無事。即間有凌競未馴者，亦漸化其風，以日歸於仁讓。其生息理極，共百有餘年於兹矣。則今日邑志所載，去古王者流風遺澤未遠也。而抑知上之潛驅默率者，固如是之深且久哉？後之官兩邑者，不爲毛鷙深刻之吏，並不爲刀筆筐篋之吏，而願爲廉吏與循良之吏。則志中所載，準而行焉，洵爲前事之師資也。且夫覘一邑，可以知郡；覘一郡，可以知天下。方今郡志、省志，上而一統之志，釐然具有成書矣。倘異日重加修輯，網羅放失，未必不有取於斯志也夫。

《湖北鄉試録》序

皇上御極之九年，當甲子一元之始，是歲大比天下士，皇上命大臣保舉翰詹、科道、部曹之有文行者。既各舉所知，復召試正大光明殿而等差之。夏六月，禮臣以湖北考官請制，命臣德潛偕監察御史臣西成前往。伏念臣江左寒微，晚年始遇，蒙皇上拔置辭館。授職以來，晉秩宫坊，歷職學士，俾侍講幄，旋貳宫詹。自愧譾陋，未報涓埃，時深兢惕。兹膺衡鑒，命糾虔益深，敢不矢公矢慎，以期報稱！爰戒裝首塗，按期抵境。臣德潛、臣西成，率同考官等，誓告神明。進學臣所録士五千七百餘人，鎖院而三試之，得文之合格者五十二人，貢成均者十四人，録文二十首，上呈睿覽，臣例當颺言。

臣惟國家取士，將第取其文辭之工，足以動人觀聽已乎？抑將儲而用之，以爲百年樹人之計也。然而作合之端，必自文始。蓋文章之道本乎心術、通乎政治。而所以培養乎心術、根柢乎政治者，必藉古聖人之經學，漸涵浸潤之有素，而後發而爲言。知其心之無不平焉，即可覘其政之無不達焉。此亦《虞書》所云『敷奏以言』之一，而觀人之道即寓乎其中也。自夫人不務有用之學，以爲制藝之道，不過追摹時好而止。一時父兄之所以教，子弟之所以學，其朝夕從事者，惟求合乎風氣。因而摭拾塗澤，以期苟得乎科名。既而有果得乎科名者矣，則謂萬金良藥不外乎是。於是，世尚纖靡，羣逐乎纖靡之途；世尚堆垛，羣逐乎堆垛之途；世尚離奇荒幻，羣逐乎離奇荒幻之途，若天下有離理而可以爲文者。夫天下有離理而可以言文者哉，則天下有離經而可以言理者哉？將見以之居心，則不能中正和平，而其體不立。以之行政，則不能張弛經緯，而其用不行。此無他，經學之不求，胥士子而競出乎淺中速化之術也。臣向者素以務華絶根爲媿，兹值較閱之役，與同事諸臣殫思研慮於書義，固以六經之旨爲歸。而二三場，諸體亦必期於英華典碩，其言有物。一切言不衷道、枵然無有者屏焉。雖未敢必，所取之文，其人固皆可試之實用。要之，别裁僞體，搜宗經學古之士，以助聖朝文治之隆。於文章作合之本旨，或有不至相背而馳者矣。

我皇上神明天縱，於政治之暇，措思經術。探抉千聖之心源，紹述百王之統緒，固非愚昧如臣所能窺見，然臣職任司衡，以一日之得人，卜百年樹人之計者，要以窮經務實爲指歸，而不敢少負制科之大典，以負聖天子委畀之盛心者也。繼自今多士益相與湛深六籍，篤實輝光，思一一舉而措之，以爲經世之用。異日召對殿廷，發言政府，果有惟其實而不惟其華者，將國家既收樹人之效，而臣等亦可稍盡以人事君之義也夫！

《武會試録》後序

乾隆十年，歲在乙丑。秋九月，届武會試期，樞臣列名上請，特命内閣學士臣涂逢震，偕臣德潛典試事。拜命之下，兢惕冰淵。既入闈，與同事諸臣矢公矢慎，殫心搜擇，得士共八十六人。既蔵事，録文之雅馴者十有二篇，上呈御覽，臣得綴言簡末。臣惟古者成周取士，文武未嘗分也。養之於庠序，試之於澤宫，教之以《詩》《書》《禮》《樂》之文，習之以教射、出兵、獻囚、訊馘之法。故其時人材文足經邦，武足禦侮，《詩》所云『濟濟多士，秉文之德』，蓋言文也；『武夫洸洸，經營四方』，蓋言武也。先王得人，其合文武爲一途者如此。漢興，詔六郡良家子，選期門、羽林，而公孫賀、趙充國諸人應焉。唐置武舉，有馬射、步射、翹關、負重之選，而郭子儀之再造國家者出其中焉。宋代有軍謀深遠、武藝絶倫之科，而狄青、令狐挺之破敵決策者並接踵焉。雖視成周内天保而外采薇之治，不能無間，然未有上求之以誠而下不應之以實者也。

我國家揆文奮武，教育振作，百有餘年。皇上文武神聖，勵精圖治，自八旗暨各省提鎮，每引見時，訓以練習士卒，整飭軍政。而兵弁之有志者，得入鄉會兩闈；戎臣有經緯才者，寄諸巡撫，總制重任。固已超軼漢、唐、宋之制，而與成周之入爲卿士、出爲方伯連帥者，合符節焉。士生其時，罔有不踴躍思奮者也。

臣今闈中校閲，係王大臣等承命監視，其弓馬技勇一皆中選矣。而又於發論對策，取其理之明，辭之達，韜略之嫻習者，始得入彀。而不惟投石超距之是求，務使之可以登明堂而作忠勇也。昔員半千對天、地、人三陣，以師出救時爲得天之時，而不止星宿孤虚；足食耕戰爲得地之利，而不止山川向背；將士一心爲得人之和，而不止偏伍彌縫。蓋所見者大且遠也。則今之衡量再三，採取鄭重者，夫亦準諸此義，而欲得乎文武兼長之器也與？且夫人才之登進，匪徒以博取科名爲榮也。此日列諸禁林，用爲周廬環衛之臣，他日任諸封疆，當乎干城腹心之寄。將《詩》所美『方叔元老，克壯其猷』『文武吉甫，萬邦爲憲』者，行且出乎其中也。此臣所厚期多士，以冀仰答皇上委任之心於萬一也夫。

《戊辰會試録》後序

皇上御極之十有三年，歲在戊辰，值春官試，特簡兵部尚書臣陳大受爲正考官，而以吏部左侍郎臣蔣溥、兵部左侍郎臣鄂容安、禮部右侍郎臣沈德潛爲之貳。既拜命入闈，惶悚兢惕。通校三場，期逾一月。既撤棘，第其姓名後先及文之可録者，鏤版以獻，臣德潛例得綴言簡末。

竊惟國家旁招俊乂，所取者人也，而所以取之者文也。原制科之初，八股準宋之經義，表判準唐之四六，論策準漢之賢良方正。其立法嚴以密，其待士重以周。士果能沈潛於六經、宋五子之微言，而又能研練聲華，元元本本，以講求乎古今因革損益之故，兼而備之，固爲有體有用之人。即擅其偏長，亦不失爲專門名家，以待在廷之選擇。洪、永以至於今不廢者，誠以得乎明試以言之意也。自夫實學不講，司文柄者厭常喜新，蔑棄矩矱，而趨風氣者羣起而應之。於是，六籍史傳庋置高閣，胥天下而務爲淺中速化之術，猥薄競出，詭僻日增，視宋代楊、劉之茁軋，抑又甚焉。且經義既荒，後場益落。數策點判之諺，主司、士子習爲固然。此通經績學之士罕聞，而明廷亦不獲收人材之用。噫嘻！上以實求，下以名應，其亦良可慨惜矣！我皇上天縱之姿，緝熙之學，既欽定《四書文》通行天下，而策遣使臣，復申以宗法先正，三場並重。則夫任事之臣與計偕之士之觀光用賓者，尚復因仍故習，而不思反求實學乎？況臣屢試棘院，艱苦備嘗。老年知遇，主恩優渥。通籍十年，秩躋卿貳。忝司衡鑑，感媿彌深。用偕同事諸臣和衷校閱，即至燭光摩蕩，朱墨糢餬，決不敢苟且從事，以負寸心之所矢。雖風氣初經轉移，遇合之文未能遽希乎淳古淡泊、切實典要之詣，然荑稗而冒嘉穀之稱、碔砆而混璠璵之目者，不使售其技，而亂厥真焉。此臣持以答君父知遇之隆，而惟懼失墜者也。自兹以往，多士知積習之可媿，退而窮經穴古，以幾於根深葉茂、篤實輝光，則以之竊比於古昔先民者惟此。即以王國之求，而文治於焉贊襄，功業於焉建樹者，亦惟此。此臣等校文取其文而實取其人也，豈唯和其聲以鳴國家之盛云爾哉？

《張大司空奏議》序

前明南工部尚書張公容宇，自諫官至六卿，前後奏議共七十餘，釐爲五卷，令嗣夷令兄弟刻於公身後者也。今版已散失，夷令後人重梓之，而問序於予。

予謂在官言官，人臣之職也。而言於人所不敢言、不欲言之時，則其言爲獨難。當明神宗季年，相習苟安，君臣頹惰，視朝無期，條奏壅積，西哼東倭，旦夕告警，西南播州復有楊應龍父子梗化其間。而爲之臣者，惟阿諛選耎以保禄位，間有危言讜論之人，衆共嫉之。俾下詔獄、竄邊徼，不令一日得安於位。比之一身，誠痿痺不仁之疾也。公獨辨人品之邪正，論國勢之安危，決用兵之成敗，一言之，再三言之。甚且脣焦舌敝言之，必欲鋤稂莠、奠磐石，使海宇之大，無一頑梗不逞之徒，而後寸心始慰。不幸其時不能盡從公言耳！使當日轉圜流水，一一取而見諸行事，而防禍未形，整頓國脉，培養元氣，一傳再傳，又安有廟社邱墟之患哉？迨後熹宗即位，婦寺擅權，羣姦連結，正人君子有一網俱盡之勢。比神宗朝之燕雀處堂，抑又甚焉。公於是連章乞休，留之愈固，辭之愈堅。至四年，繼葉向高、韓爌去位，而東陵諸君子遂無噍類矣。此又公之見幾明決，有合於『無道則隱』之義者也。讀公奏議，既以重公之生平，而兩朝朝局亦於公奏議中見之。

嗟夫！古來人臣，無有不重夫能諫者。自孔光詭言削稿，託入告，爾后出不使人知之説，而後庸臣之噤口不言者，得以削稿自藏其短，曰『我非不言，使後人不知我言』，是聖人之經適容悦鄙陋者之所藉口也。讀張公奏議，發之，庶天下後世之骨鯁者，可以慷慨敢言，而無所瞻顧也。

夫張公名輔之，太倉人。萬曆十四年進士，歷工、禮、兵三垣，晉南冏卿太常，陟南工部侍郎，終於尚書。今重梓奏議者，六世孫瞻淇、瞻洛，並能述祖德云。

《高忠節公遺書》序

山右高忠節公，《明史》已立本傳，備載居官政績。後盡節松山，及賜贈祭葬，建表忠祠，忠節之名爭光日月矣。

今讀其《遺書》，如《乞養親疏》《上撫臣諸揭》，與《報母夫人》《遺妻妾諸子暨弟姪書》，而知公之死固經權合宜、從容就義，有補《明史》所未備者也。方公參政廣寧，因母老垂死，已亦積憂病劇。恐遺誤封疆，四揭乞歸，已經報允矣。當廣寧告警時，準以常情，鮮有不隨衆入關者。而公謂『一日未離封疆，即一日不容苟免』，於是作書訣别母妻以下，馳赴松山，進定亂策。逮經略不從，引身奔竄，而公含笑自經。於是知公之可以不死，而必出於死者，固以死守封疆爲責，非猶未經告警以前，以終養爲獨重者也。

蓋公之身死於松山官廨之中，而公必死之志已定於廣寧草書之頃，豈猶夫中無成見、計無復之，而陷胸決脰於倉卒者哉？且就一時事勢論之，撫臣王化貞之庸愚自用，故無足責。若熊廷弼之經略邊事，素稱慷慨有爲者也。使當日從公之言，上則將兵以援廣寧，廣寧可以不失；次則提兵入城，以固衆志，松山猶可保全。即不然，殉節疆埸，以一死報君，猶可解免於天下萬世也。乃一念之誤，與撫臣俱奔。至於傳首九邊，妻孥僇辱，則其平日之鋒穎四出，揮霍自雄者，非客氣有餘，而正氣不足者耶？即經略反觀，而公之審量於忠孝之間，兩全乎經權之大，以定識、定力赴之者，誠有如日用飲食之甘焉者已。

《遺書》出於公之諸子，舊有刻本，今版漸次散佚，恐久而失傳也。同邑楊君維棟檢篋中藏本，授公裔孫，重鐫於公之家。子孫守之，是爲述祖。使天下人讀之，可以教忠，則是書所關匪小補云。

公名邦佐，襄陵人，生平見本傳中。

《復社紀事》序

家蓉鄉侍御緝《明季復社事》始卒，凡正史、稗史，及誌、銘、傳、表，與夫故老遺聞，咸薈萃焉。其間維持社事與掎摭社事者備列，蓋以見君子、小人，如東西之背馳、冰炭黑白之不能相入，令後之讀者可一覽而了然於心目也。

按明季復社之興，起於吴中顧麟士、楊維斗子常、張天如受先諸先生，而雲間、貴池、金沙、皖城、浙西、江西諸社僉會於吴，初名應社，後名復社。激揚名聲，互相題拂。霧會雲集，駸駸及天下焉。

原結社之始，諸先生患神廟以後士之業制義者，爭爲稗販之學，而其甚者，旁出於險陂詭異之途，以期苟得科名利禄而止。於是齗齗講貫，以經史爲根柢，以兩漢唐宋之文爲繩尺，而其要歸於修行立名，無偭乎古先聖賢之訓。其用心之公正，固無戾於天下者也！後結納既廣，聲名太高，人主出奴，投間抵巇，不肖者亦或竄身正學之中，以營其私。而紛紜羣小遂因樹其旗幟，而與爲敵。其隙開於學士薦紳，其漸及於在上之柄樞軸者。至廟社既墟，而清流之禍始得免焉。此甘陵南北以來，及於東林鉤黨之獄，而此又相繼而起者也。顧當其時，社中諸君子以烏程温相輩爲小人，而烏程温相輩亦即以社中諸君子爲小人。彼此交訌，未伸正論。迄後，事幾百年，而小生儇薄，刮已朽之骨而索其瘢者，猶謂明代之亡緣於復社之黨。噫嘻，是何好議論而違於是非之實也！夫明代之所由亡者，在乎宦豎擅權，姦臣連結，誅戮正士，至於天變人怨，而流寇乘之，諸君子不幸而生當其時耳。乃舍其根株之蠹，而歸罪於清流，是將謂東漢之亡，不亡於外戚、宦官，而亡於李膺、陳蕃、范滂、張儉諸人也邪？

且夫高爵厚禄，人之所不學俱欲者也；致命遂志，人之所濡忍難割者也。今考復社諸君子，其未得志者，浮沉於鄉貢士、諸生之中；即已得進士第者，亦皆處閑散下秩，或請假歸田，而無急急進取之志。視小人中周之夔等以一官爲死生者，何如？至於運丁陽九，如維斗楊、彝仲夏、臥子陳、次尾吴、千子艾諸先生，皆陷胸決脰，不欺其志。視阮大鋮、蔡奕琛、史𡌴輩，平居甘與正士爲仇，戕賊宗社，計無復之；鼠竄麇奔，又或蒙面喪心，躭於富貴者，苟非縱目四足之類，無弗共唾而棄之矣。而用意刻薄者流，猶將左袒小人，齮齕君子，以取快一時之筆舌也邪？雖復社之中末路改節者，有周鍾一人，然此固諸君子之所不料，而後之論世者，亦不得因一人之汙，以累衆人之品也。

蓉鄉之成是編也，一以紀前輩講論經學、史學之盛，爲世之務華絶根者勸焉；一以紀先正擔荷綱常名節之重，爲世之頽墮委靡者振焉；一以紀諸君子分門别户，過剛則折，爲世之勇於立名，稜角峭厲者戒焉。而僉壬之忮害名流，至亡國敗家而不顧者，真如蘇子所云蛆蟲糞穢，有不足罵詈者矣。此蓉鄉成書之意也。若云收拾散佚，以資口耳之多，是亦《説鈴》《巵言》之類而已。烏足道哉，烏足道哉！

歸愚文鈔卷十一

《孝經精義》序

《孝經精義》，吾友張子鳳岡闡聖人之藴奥，輯成一書，以教學者，而垂諸後世者也。

按《孝經》一書，總乎五常，會乎五倫，貫徹乎六經之旨。蓋人之所以爲人者，仁也。而愛親之心實爲仁之最先，切近精實而不容已者。履此之謂禮，宜此之謂義，知此之謂知，信此之謂信焉。且君臣於以定，夫婦於以别，兄弟於以序，朋友於以孚焉。故近之，爲孩提之所能；而推其量，可以明察天地，維持世道，制作禮樂。詣乎聖神功化之極，洵乎天德王道不外乎此。則《孝經》之義不可不講明而切究之矣。然自孔安國、鄭康成註以後，皇侃造開宗明義諸目，劉炫僞作《稽疑》，劉知幾欲行孔廢鄭，諸儒卒行鄭絀孔，迄無定論。唐明皇參孔、鄭舊義，五代以後孔、鄭皆亡。宋咸平中，邢昺、杜鎬作《正義》，集諸儒之説而增損焉。朱子作《刊誤》，去皇侃標目，合首六章爲一章，其識卓矣，而未及註釋。又疑此書或非聖人之言，是朱子尚游移其説，不能無待於後人之論定也。

鳳岡起而註解釐定之，按其文，釋其義，明白顯易，炳如朗如。章分十三，支分爲四。而一支之四引《詩》，一引《書》，於篇首爲發端之辭。不於篇末爲引證之語，初無闕文剩句之可疑也。又取《内則》一篇、大戴、曾子所論二篇，爲《孝經後録》，既等於經之有傳矣。復作《孝經或問》，而於諸經之言天道、言性、言情、言心、言仁、言誠、言忠、言敬，以及周子之言太極、張子之言理一分殊，無不貫穿而融浹焉。則可以事親，即可以事天；可以爲家之孝子，即可以爲天之肖子。此書之闡藴奥以契聖心者，不亦深切著明乎哉！

鳳岡深於樸學，不騖華辭，於有宋五子書俱能沉思熟復。《精義》之成，皆抉經之心而爲之者也。讀此書者能反覆研求，以得其彰明至教之所在，以葆其不學不慮之良，且推擴而充滿焉，將孝子忠臣於是乎出，而異端邪説之背乎聖教者，不待闢而自熄也。斯亦世道人心之有賴也夫。

《四書思辨録》序

朱子《章句集註》，四子書賴以闡明也。後黄文肅、真文忠、趙格菴、陳定宇諸儒，撰述又以發明《章句集註》之旨也。明永樂中命廷臣纂輯《大全》，諸儒之説薈萃焉，而不免於雜，且有點竄塗改，而失乎原文者。後如《蒙引》《存疑》《淺説》諸書，皆出其所見以維持儒先之所未逮。自《講章》《説約》盛行，學者汨於淺陋之説，前此黄文肅、真文忠以下諸儒之書，遂有庋而不觀者。而嫌其簡者則又旁肆考索，取一切詭幻矛盾之説攔入其中，使人瞀亂而不知所決擇，亦已惑矣。

且夫輯羣儒之書，非藉以解經乎哉？乃因論説之紛，約者未觀其備，既孤陋而寡聞；博者泛涉乎岐，又從横而繆戾。致聖賢光明正大之理，因説書者而轉墜塵霧。譬如，適千里者欲問途於已經，而東西南北雜然招引，不有終於迷方，而莫知發軔者哉？

崑山朱子受谷，殫心理學，不惑異趨，深病夫百家叢説之盩聖賢而誤來學也，因成《四書思辨録》一書。《學》《庸》以章句爲主；《論》《孟》以集註爲主。《或問》次於《章句》之後，以《或問》之設爲問答，凡以敷陳條暢其旨也。《語類》列於《章句》《集註》《或問》之下，以《語類》之與生徒往復，又以疏通證明其義也。其餘宋、元、明代，暨本朝講學諸家，凡與朱子心源印証，粹然無疵者，均采取焉。其例先條列衆説，而以已説定案於其後。而其他新奇可喜，實則浸尋畔道者，咸在所屏。此皆深思於異同疑似之間，詳辨於毫釐秒忽之介，廢寢興、忘歲月，幾經更易，而後從容涵泳，得以理順冰釋於四子之會歸也。則朱子爲四子書之功臣，而此又爲朱子之功臣也已。

受谷少歲工制舉業，試作獨出冠時，一時想望。謂科名可戾契致，乃竟以諸生終老。人咸爲受谷惜，不知天正欲老其材，堅其識，使之剗異説之榛蕪，以探正學之精藴也。假使當時掇高第、升雲衢，豈必無文采聲華照耀於世，然亦當時則榮而已，問以聖賢血脈，恐茫然未有得也。今受谷殫生平之精力，兢兢乎惟懼弗得者，而竟以得之。孰重孰輕、孰久孰暫，奚待智者而始能辨之也耶！書共四十八卷，《學》《庸》十四卷，析理精，不厭其詳。《論》《孟》三十四卷，辨論要，不病其略。是書行世，將四方人士得共見之。有志於學者虛心順理以循其梯階，切己體驗以窺其閫奥，不啻親承朱子提命，以上窮孔、曾、思、孟之淵源。則是書之有補於將來匪淺鮮也！願以告世之慎思明辨如受谷者。

《唐宋八家文》序

《唐宋八家文》，始於茅氏鹿門撰次，後儲氏同人病其疎漏，因增益之，倍有加矣。予賦性譾陋，少時誦習秖十之三四。年既長，亦嘗綜覽兩家選本，並八家全文。而精神貫注，仍在少時誦習者。既因門弟子請，出向時讀本，粗加點定，俾讀者視爲入門軌涂，志發軔也。

或謂八家之文，果皆以言載道，有醇無駁者乎？應之曰：文之與道爲一者。理，則天人性命；倫，則君臣父子；治，則禮樂刑政。欲稍增損而不得者，六經、四子是也。後此，宋五子庶能表章之。餘如賈、董、匡、劉、馬、班，猶且醇駁相參。柰何於唐宋八家遽求其備乎？今就八家言之，固多因事立言，因文見道者。然如昌黎上書時相，不無躁急；柳州論封建，挾私意窺測聖人；廬陵彈狄青，以過激没其忠愛；老泉雜於霸術，東坡論用兵、潁濱論理財，前後發議，自相違背；而南豐、半山，於揚雄之仕莽，一以爲合於箕子之明夷，一以爲得乎聖人無可無不可之至意，此尤繆戾之顯然者。然則八家之文，亦醇駁參焉者也。

或謂，如子言，後之學者唯應於宋五子書是求，而廼問途於唐宋八家之文則何也？應之曰：宋五子書，秋實也；唐宋八家之文，春華也。天下無騖春華而棄秋實者，亦即無舍春華而求秋實者。惟從事於韓柳以下之文，而熟復焉，而深造焉，將怪怪奇奇、渾涵變化，與夫紆餘深厚、清隋遒折，悉融會於一心一手之間。以是，上窺賈、董、匡、劉、馬、班，幾可縱横貫穿，而摩其壘者夫。而後去華就實，歸根返約，宋五子之學行且徐驅而轥其庭矣。若舍華就實，而徒敝敝焉約取夫樸學之指歸，窮其流弊，恐有等於獸皮之鞟者，吾未見獸皮之鞟或賢於虚車之飾者也。

文删存三十卷，鉤畫點讀，稍分眉目。初學者熟讀深思，有得於心，由此以覽茅氏、儲氏所葺，並窺八家全文，更有曠然心目間者。治經義者有得於此，治古文者亦未必不有得於此。外此，唐則有李習之、杜牧之、孫可之，宋則有李泰伯、司馬文正公、王梅溪、陳同甫、文信國諸公文，俱當蒐討畋漁者。學者尚究心焉！

《五經明辨録》序

患難之地，每以窮經。西伯演彖辭於羑囚，其前事矣。繼此，如黄霸同夏侯勝繫獄，霸欲從勝受經，曰：『朝聞道，夕死可矣。』勝授之以《易》《尚書》。學踰歲，不怠。蓋其人以聞道爲急，而人世之死生禍福，均不足以動之。古今以來，同軌畣也。

家艮思觀察之官西陲，輯軍民，調兵食，遠近利賴。緣有掎摭之者，遂下請室，他人處此，有自抒其侘傺噫鬱之概者。而觀察乃曰：『此天予我以窮經之會也。』於是，彙漢、魏、晉、唐、宋諸儒之説，凡箋、疏、傳、註、序、解、辨、問、譜、考、圖説，畢陳於前。不敢盡信夫前人，亦不敢概疑夫前人。始通乎名象，繼循乎條理，終抉乎閫奧。務必審衆説之同異，究名理之是非。雖其時無老師宿儒如夏侯勝其人者從之講論，而辨之以方寸之靈明者，摠蔪不留疑義，不背聖人之經而後已焉。歲月既多，徧探義藴，共成如干卷，曰《明辨録》，此皆得之患難之餘者也。

假使觀察當之官日，無人焉起而掎摭之者，安常處順，未嘗不可建牙樹纛，享人世之寵榮。然於諸經大義，見其郛廓，而未得其會歸；陟乎岐途，而未識乎正道，猶是尋常富貴中人而已。則夫寵榮而無聞，患難而見道，孰得孰失，必有權其重輕者。而况今天子明見萬里，外察其非辜，既湔濯之，行委任之。是天欲使爲窮經之人，而故使掎摭者之有以成就之也。安見得禍之深，非即獲福之厚也與？

諸經各有自序，發其大凡，揭其領要，故不復詳敘。外此，有《尚論編》，於讀史之餘，輔翼《通鑑綱目》，以印證春秋筆削，此亦得之邊庭顛躓，不動心於死生禍福中者。另有專序，不旁及焉。

《尚論編》序

《尚論編》三十二卷，家艮思觀察於請室窮經後，讀朱子《資治通鑑綱目》而成者也。《綱目》一書，大書以提要，分注以備言。歲正於上而天道明，統正於下而人道定。凡因温公之成書，以上承先聖之筆削也。然當日綱下分注，屬門人趙師淵等編纂，簡帙浩繁，不無脱誤。如唐自武德以後至天祐之季，甲子或差，而肅宗朝直脱二年之事，馬端臨已經指斥矣。《續綱目》一倣朱子例，而學識未逮，可議尤多，未必無待於後人之考正也。觀察於讀史暇，自春秋末歷宋元二千餘年間，其治亂興亡之大，禮樂法度因革之詳，與夫君子小人之進退黜陟，天道人事之感召徵應，凡可法可戒者，一一推闡而論列之。而於分注中紀載之或譌，引據之漏略，年月日之未合，大書中體例之不能畫一，予奪之不能悉當者，出其議論，以折衷於至正。質之朱子，應亦默許爲功臣者也。

予觀古來論史諸書，劉知幾有《史通》，胡寅有《讀史管見》，范祖禹有《唐鑑》，孫甫有《要論》，要皆各自成書，互有失得。而朱子綴緝《綱目》以後，新安汪氏作《考異》、望江王氏作《集覽》、武進陳氏作《正誤》，瑣碎冗雜，汗漫無歸，初非關於準是非、定功罪之大義。而觀察所見，通貫曉晰，如指諸掌，猶有救弊弊生，同於醉人之扶醉乎哉？

嗟夫！士大夫有真經濟者，必先有真史學。蓋前古後今之局熟悉於胸中，而後可以出而定天下之大務也。乃乘時柄用者，初無經世之才、之識，而負才識者轉或置之沉淪放棄之地，而使之徒託諸空言。朱子遭道學之禁，而貶竄以終，其前事也。予是以讀《尚論編》，而喟然歎興也！

《古詩源》序

詩至有唐爲極盛，然詩之盛非詩之源也。今夫觀水者，至觀海止矣。然由海而溯之，近者爲九河，其上爲洚水、爲盟津，又其上由積石以至崑崙之源。《記》曰：『祭川者先河後海。』重其源也。唐以前之詩，崐崘以降之水也。漢京魏氏，去風雅未遠，無異辭矣。即齊梁之綺縟、陳隋之輕艷，風標品格未必不遜於唐，然緣此遂謂非唐詩所由出，將四海之水非盟津以下所由注，有是理哉？有明之初，承宋元遺習。自李獻吉以唐詩振，天下靡然從風。前後七子互相羽翼，彬彬稱盛。然其敝也，株守太過，冠裳土偶，學者咎之，由守乎唐，而不能上窮其源。故分門立户者，得從而爲之辭。則唐詩者，宋元之上流，而古詩又唐人之初祖也。

予前與樹滋陳子輯唐詩成帙，窺其盛矣。兹復溯隋陳而上，極乎黄軒。凡《三百篇》《楚騷》而外，自郊廟樂章，訖童謡里諺，無不備采。書成，得一十四卷。不敢謂已盡古詩，而古詩之雅者略盡於此，凡爲學詩者道之源也。

昔河汾王氏删漢魏以下詩，繼孔子《三百篇》後，謂之《續經》，天下後世羣起攻之曰『僭』。夫王氏之僭，以其儗聖人之經，非謂其録删後詩也。使誤用其説，謂漢魏以下學者不當蒐輯，是懲熱羹而吹虀，見人噎而廢食，其亦翦翦拘拘之見爾矣。予之成是編也，於古逸存其概，於漢京得其詳，於魏晉獵其華，而亦不廢夫宋齊後之作者。既以編詩，亦以論世，使覽者窮本知變，以漸窺風雅之遺意。猶觀海者繇逆河上之，以溯崑崙之源，於詩教未必無少助也夫。

《唐詩别裁集》序

有唐一代詩，凡流傳至今者，自大家、名家而外，即旁蹊曲徑，亦各有精神面目流行其間，不得謂正變盛衰不同，而變者衰者可盡廢也。然備一代之詩，取其宏博，而學詩者沿流討源，則必尋究其指歸。何者？人之作詩將求詩教之本原也。

唐人之詩，有嘽諧廉直、順成和動之音，亦有志微噍殺、流僻邪散之響。由志微噍殺、流僻邪散，而欲上溯乎詩教之本原，猶指南而之幽、薊，溯北而之閩、粤，不可得也。即或從事於聲之正者，而仍泛泛焉嘈囋蘶襍之紛逐，猶笙鏞琴瑟與秦筝羌笛之類並奏竟陳而謂《韶》《英》之可聞亦不得也。然則分别去取，使後人心目有所準則而不惑者，唯編詩者責矣。顧自有明以來，選古人之詩者，意見各殊。嘉、隆而後，主復古者拘於方隅，主標新者偭而先矩，入主出奴，二百年間，迄無定論。而時賢之竟尚華辭者，復取前人所編穠纖艶冶之習，揚其餘燼，以易斯人之耳目，此又與於岐趨之甚。而詩教之衰，未必不自編詩者遺之也。夫編詩者之責，能去鄭存雅，而誤用之者，轉使人去雅而羣趨乎鄭，則分别去取之間，顧不重乎！尚安用意見自私，求新好異於一時爲也。

德潛於束髮後，即喜鈔唐人詩集，時竟尚宋元，適相笑也。迄今幾三十年，風氣駸上，人知唐爲正軌矣。第簡編紛雜，無可據依，故有志復古，而未得其宗。因偕樹滋陳子，取向時所録五十餘卷，删而存之，復於唐詩全帙中，網羅佳什，補所未備。日月既久，卷帙遂定。既審其宗旨，復觀其體裁，徐諷其音節，未嘗立異，不求茍同。大約去淫濫以歸雅正，於古人所云『微而婉』『和而莊』者，庶幾一合焉。此微意所存也。同志者往復是編，而因之以遞親乎風雅，如適遠道者，陸行之有車馬，水行之有舟楫。嗚呼！其或可至也哉！

《杜詩偶評》序

杜詩無可選，亦不藉評。取杜詩而選之、而評之，凡以考一己所得之淺深，而亦爲學詩者道以入門之方也。竊見向時讀杜諸家，貪多者矜奥博，事必泛引，語必捃摭。甚或僞造典故，以實其説。而一二鈎奇喜新之士，意主穿鑿，辭務支離，即尋常景物亦必牽涉風刺，附會忠孝，而詩之天趣亡焉。又其甚者，强題就法，刻舟求劍，一繩以後代制舉之律，而少陵之窮三才、母萬象者，遽變爲兔園册、村夫子矣。嗟夫！學詩者，前望古人，方無所憑藉，忽得諸家之説，以横踞乎其中，不有日讀杜詩，而去杜日遠者耶？黄魯直云：『予於杜詩，嘗欲隨欣然會意處箋以數語。』元裕之云：『讀杜詩，當如九方臯相馬，得天機於滅没存亡之間。』此真得杜詩之神解者也。

予少喜杜詩，而未能即通其義。嘗虚心順理、密詠恬吟以求之。不逞泛濫，不蹈鑿空，尤不敢束縛拘攣，惟於情境偶會、旁通證入處隨手評釋。日月既久，漸次貫穿，即未必果有得於魯直、裕之之語，如與少陵揖讓晤言於千載之上，然舛陋踳駮之弊，差解免焉。於此自檢前之所窒，後或漸通，而吾黨之問途者，或不至航斷港絶潢，以望至於大海也矣！

全集一千四百餘篇，今録三百餘篇，皆杜詩之聚精會神、可續風雅者。學者深潛而熟復之，以次偏覽全集，雖頽然自放之作，皆成大家。知杜詩誠無可選，並不藉評，則此本爲得魚得兔之筌蹄可也。

同邑潘子森千，予忘年友也。素嗜杜，與予同癖。任剞劂之資，並爲發凡起例，不欲使此本之湮没也，因牽連及之。若夫『詩史』之稱、『詩聖』之目，『一飯不忘君』心事，前人論之已詳，不復稱述云。

《明詩别裁集》序

宋詩近腐，元詩近纖，明詩其復古也。而二百七十餘年中，又有升降盛衰之别。嘗取有明一代詩論之。洪武之初，劉伯温之高格，並以高季迪、袁景文諸人，各逞才情，連鑣並軫，然猶存元紀之餘風，未極隆時之正軌。永樂以還，體崇臺閣，骫骳不振。弘、正之間，獻吉、仲默力追雅音，庭實、昌穀左右驂靳，古風未墜。餘如楊用修之才華、薛君采之雅正、高子業之沖淡，俱稱斐然。于鱗、元美，益以茂秦，接踵曩哲。雖其間規格有餘，未能變化，識者咎其勦自得之趣焉，然取其菁英，彬彬乎大雅之章也。自是而後，正聲漸遠，繁響競作。公安袁氏、竟陵鍾氏、譚氏比之自鄶無譏，蓋詩教衰而國祚亦爲之移矣。此升降盛衰之大略也。

編明詩者，陳臥子《皇明詩選》，正德以前，殊能持擇，嘉靖以下，形體徒存。錢受之《列朝詩選》，於青丘、茶陵外，若北地、信陽、濟南、婁東，概爲指斥，且藏其所長，録其所短，以資排擊。而於二百七十餘年中，獨推程孟陽一人。而孟陽之詩，纖詞浮語，秖堪爭勝於陳仲醇諸家。此猶舍丹砂而珍溲勃，貴箏琶而賤清琴，不必大匠國工始知其誣妄也。

國朝朱錫鬯《明詩綜》，所收三千四百餘家，泯門户之見，存是非之公，比之受之，用心判别。然備一代之掌故，匪示六義之指歸。良楛正閏，襍出錯陳，學者將問道以親風雅，其何道之由？

余與周子欽萊夙有同心，慨焉決擇。合羣公選本，暨前賢名稾，别而裁之。於洪、永之詩，删其輕靡；於弘、正、嘉、隆之詩，汰其形侣；萬曆、天啟以下，遂寥寥焉。而勝國遺老，廣爲搜羅，比宋逸民《谷音》之選。得詩十卷，凡一千二百餘篇，皆深造渾厚，和平淵雅，合於言志永言之旨。而雷同沿襲，浮艷淫靡，凡無當於美刺者，屏焉。有明之詩，誠見其陵宋躒元，而上追前古也。至楊廉夫、倪元鎮諸公，歸諸元人。錢受之、吴駿公輩歸諸國朝人。編詩之中，微具國史之義。其他前後七子，或存或删。理學諸子、古文名家，與夫黨錮殉國諸賢，有及有不及。因詩存人，不因人存詩也。寡聞單見，挂漏良多，尚期博雅君子窾啟未逮！

《地理折中》序

葬者，藏也。人子之葬其親，所以妥先人之靈魄，非爲生者求福澤也。《周禮》：『冢人掌公墓之兆域。』註：『公墓，君墓也。』『墓大夫掌凡邦墓之地域。』註：『邦中之墓，萬民所葬地也。』古者墓地同處，分其地使有區域，而墓大夫居其中之室以守之，非如後世人自求地，家自置守也。其時稽疑者付之筮人、卜人，而後世陰陽拘忌之説不聞焉。《禮》：天子七月而葬，諸侯五月，大夫三月，士踰月。必如後世堪輿家言，則七月至踰月，中安得遇善地並吉日也？

且葬孔子者，係子貢之徒，而孔子萬世王祀，遠而彌昌，古來帝王陵寢蔑以過之，而子貢之徒未嘗狥陰陽拘忌以葬其師也。至晉郭璞，始有《葬經》。璞既著書，必無舍善地以葬其親者。而王敦之亂，禍不旋踵，即其效可覩矣。後世葬師，又竄易其書，以僞亂真，紛紜著述者多如牛毛，眩惑是非，皆以禍福動人，而實以營己之利。雖有孝子慈孫，莫能大破其邪説，以求遂其『必誠必信，勿之有悔』之初心，吁，可歎也！

永嘉楊子孚吉著《地理折中》一書，大義本郭氏《葬經》，而指其竄易之謬，又折中於司馬温公、朱子、劉誠意伯諸儒論説，凡上下二卷。其中測水脉、度地氣、正基兆、循禮法，一歸儒者之言，俾爲子孫者誠信焉而勿之有悔，誠習俗之鍼砭也。是書出而授之學者，傳之都邑，欲葬其親者守先王之禮。而又參考楊子上下諸篇，庶無惑於榮利以暴露其先人者。

《七十二峰足徵集》序

《周禮・職方氏》所載『東南曰揚州』，『澤藪曰具區』。具區，即《禹貢》所云『震澤』，左氏所云『笠澤』，《史記》所云『五湖』，而勾吴於越間摠謂之太湖也。湖跨江、浙二省，連蘇、常、湖三府，袤延五百餘里。中有七十二峰，星羅碁布，而東西兩洞庭，馬蹟實爲之長。其瀕湖諸峰，左右列者均不與焉。

予觀九州山水，如長江、九江、彭蠡諸水，以水名者不能兼山；匡廬、羅浮、黄山、天台諸山，以山名者不能兼水。而具區七十二峰，山水兼之。其秀靈所鍾，自鉅儒名臣、遺逸寓公，與夫仙真佛子、閨房之秀，接時而生，既已代有其人矣。然三不朽之一，惟德之碩、功之顯者載於史書，焯焯不可湮没，而立言自見者，無人焉搜討而表章之。其不同雲煙之變滅、花草之榮萎者幾何？

夫具區爲揚州之勝，七十二峰又爲具區之勝。而人文之擅秀靈於七十二峰者，無能使之必傳。即湖山亦有因而減色者，此吾友吴子友篁不能已於《足徵集》之葺也。友篁産洞庭東山，夙擅風華，煙霞成性，故無心於經世理物矣。因思徵文考獻，本儒者責，而身爲山澤之臞，無由論列朝家故典，乃采掇湖山前哲，存其言行，選其文辭，或本諸史傳，或求諸家乘，殫見洽聞，元元本本。信者傳焉，疑者闕焉，於揚風扢雅之中，寓知人論世之旨，其用心可爲勤且專矣！

嘗考前代太湖詩文，有具區、洞庭等志，有《洞庭清氣集》，有《續集》，有《震澤編》，有《包山集》，有《湖山風雅紀》諸書。然所編始於唐宋，未探往古，又所收多東西兩山，其餘末由徧及。友篁扁舟簑笠，往來七十二峰之間，詣荒僻，訪燼餘，枯禪野樵相與商略，即殘編零落，一二語有可傳者，兼收並蓄，而使之俱傳。豈山水秀靈之氣散焉而晦，聚焉而顯，編書之功幾與造化分權者耶？抑此書之成，歷前後二十餘卷，意有積之彌久，斯發之彌光者耶？

既又思職方所掌，具區而外，如雲夢、圃田、望諸、大野，以暨弦蒲、貕養、揚紆、昭餘祁之地，皆藪澤也。倘得有心如友篁者起而採遺書、訪故老，勒成一編，以備九州掌故，將足徵者，獨在東南之域也耶？而此書則九州之先聲也。

《黄山志》序

五岳之外，山之以深秀高寒著者，在江右爲廬阜，在閩爲武夷，在越爲天台、鴈宕，在粵爲羅浮，在巴蜀爲峨眉。境界各異，名勝則一。而江南之黄山則以奇特聲聞。山之奇，一在石，一在松，一在雲。石有昂者，欹者，騁者，踞者，中斷者，夾峙如剪、獨立如劍者。層疊側生，數十里如濤浪者。松産石罅中，根不著土，突怒蝡蜷，每作蛟龍盤拏狀，更千百季不長尺寸。雲從一峰飛出，倏忽瀰漫，六六盡没，彌望煙海，天風卷舒，巒嶺隱見，神山恍惚，近在指顧。昔有登此山者不能名言其狀，題曰『到此方知』，又曰『匪夷所思』。如釋氏所云『言語道斷』，『思維路絶』者。他如泉之温，湫之深，洞之靈，奇葩異蒻之芳馨，列仙之乘風飄忽，猨狖鸞鸖之騰躍翱翔，以及隱人道流之偃伏，騷人文士之所吟詠而鐫鑱，無不備焉。洵乎，天地之能事畢殫於此也！

余嘗謂天地大文，日月山川而已矣！然日月爲衆人所公，山川爲天地所私，故仰首俱見日月，而名山大川往還多至數千百里，或有豺虎之患、風濤之虞，千萬人無一二至者。苟非輯之爲書，即欲闚天地之秘，其道何從？

方子武工、許子玉載，一爲旌陽人，一爲歙浦人，慨然以山志自任。境必有圖，圖必有注。爬羅搜擇，包括匯萃。削藁者屢，閱幾寒暑告成。披而讀之，自天文分野、基址延袤，凡三十六峰、二十四溪之間，怪如石、古如松、縹緲荒幻如雲，以至泉之温、湫之深、洞之靈、奇葩異藹、猿狖鸞鶴，與夫列仙之真、隱人道流、騷人文士，一切山之所有，暨往來於山者，得覼縷書之。因歎天地之欲閟其奇，而二子偏爲之洩也。又二子嘗裹糧遊黄山，逾月不返。每涉一境，獲一奇，筆之於書，得記、序、詩、贊如干首。今誌中所載，皆杖屨閱歷之餘，遇目得心，異於搜輯故紙而成者。後有遊者按其書而求之，如逢故人，如歸故鄉，則黄山爲衆人之公，二子亦不得而私也。

抑又思二子澹於世味，躭奇嗜遊，倘得青鞵布韈，歷覽四方，俾盡探廬阜、武夷諸勝，歸而杜門著書，會輯成志，不且爲天下名山慶遭遇乎？志黄山，特以爲發軔也！

朱雲子《咫聞齋遺集》序

《咫聞齋詩文集》，前明朱雲子先生所譔述也。癸丑秋，先生曾孫文嘉訪余於靈巖老屋，既相見，出其曾大父遺稿，謂余曰：『某不能讀先人書，恐歲月既久，漸就散逸。將付諸剞劂氏，子其爲我序之！』余披而讀之，不獨重其格高詞峻，爲先民之典型也。蓋百餘年前正學之講明，清流之被禍，國步之頻削，俱於讀先生詩文而觸焉。

猶記余初授書時，先大父爲言先朝事，謂天啓中，吴中名流結應社。應社者，繼東林而起者也。時四方環應，文人雲集。常熟楊子常、太倉顧麟士治《詩》，吴門楊維斗、嘉善錢彦林治《書》，金壇周仲馭治《春秋》，太倉張受先、吴門王惠常治《禮》，而治《易》者則太倉張天如、長洲朱雲子也。五經應社之聲傾動朝野，然地望過高，小人恥不預其列，側目刺骨，已非一日。弘光主南渡，馬、阮柄國，借周仲馭兄弟爲名，欲盡殺正人君子以快其志，視閹禍焦灼之日，幾更甚焉，而明社亦遂已屋矣。

余時心識先大父言諸先生學行節概，時時往來於心。後年漸長，得漸次讀維斗、天如、受先三先生制義。後又讀麟士先生《四書五經通考》，後又讀天如先生詩文集，及《歷代史論》諸書。今髮已種種，乃得讀雲子先生遺集也。詩削膚存骨，頗近竟陵。文戛戛獨異，去故就新。其尚論古人，不偏駁，不沿襲。其説理，析微抉奥，不欲以理學名，而入理自深。至序應社諸先生文集，及論啓、禎間時事，觥觥嶽嶽如見。其辨别邪正，不肯苟同。於此見先生立行峻整，無媿俊及、顧廚之流，而曩時先大父所述，爲信而有徵也。因稍爲删次，序而歸之，使後之讀者可因人以論其世焉。

文嘉甘遯巖穴，不染習俗，積脯脩所入，刻曾大父遺集，是能誦述祖澤於清門零落之餘者！因並書之。

《吴不官遺詩》序

吴不官先生，洞庭東山人，勝朝遺民也。好交遊，與諸名流嘗結文酒社。鼎革後，欷歔慨歎，銅駝荊棘、黍離麥秀之感時見於詩，有《晞髪集》《白石樵唱》之風。如《采甘菊寄林茂之》云：『風霜經不淺，香氣自能全。』《憶友》云：『詩亡懷板蕩，蕨老慨夷齊。』《對月》云：『雁過書難定，蟲哀語不全。』雖體不越乎變風，音不踰乎羽角，準之雅奏，故有殊於清廟之瑟、昭文氏之琴者。然君子生濡首之時，值焚巢之遇，觸物而含悽，懷清而激響，怨而怒，哀而傷，固其宜也。

予嘗葺遺民詩一卷，自萬年少、陳言夏、邢孟貞、顧與治以下，蒼涼要眇，比於杜原父之《谷音》。每當山月高寒、木葉欲脱時，於巔崖湖濱，手一編誦之，不啻山鳴谷應，潛虬舞而哀狖啼者。以不官詩次其中，其有不同格而同聲，不同聲而同於感物者乎？

距今八十餘年，從孫定璋爲之蒐羅抉剔，雖殘章剩句，猶收而藏之。倚者墨墨，寶者仡仡，既重其詩，尤重其人也。彼享高爵、負大名，身遭變革而苟焉富貴者，比之彥〔一〕回之不死矣，廼猶藉名位之尊、詩文之富，以牢籠天下，獨何心哉！

校記

〔一〕『彥』，應為『顏』。

《華堯巡遺集》序

堯巡華隱君亡後二十餘年，其友人李靜山以遺稿見示，索序于予曰：『吾友老布衣，賫志以没，當世有名位人無有爲之作序者。吾子隱處草茀，且素聞發潛闡幽之義，序吾友集者舍子其誰？』予受而讀之，探原而出，一掃畦徑，怪奇特絶，不可名狀。雖其間縱肆無節，及駁雜不可訓者間有十之二三，然昂藏英偉，一一皆丈夫氣概，誠豪於文者矣！

曾記十五年前，静山爲予述堯巡能文，且談生時事，謂其慷慨任俠，急友朋之難，破其家不少。顧酒酣耳熱，仰天長嘯，視豪貴如蠛蠓。然雖身老菰蘆中，而天下山川形勢，與古今成敗興壞，及人品之忠佞邪正，無不了了於胸。家近泰伯遺墟與梁伯鸞棲隱處，每當白日欲落，登高憑弔，歌聲振林樾，繼以慟哭不止。彼時聞静山言，頗恨世有此人未能一識其面。今讀其集，想見其爲人，覺静山所云，無不流露於語言文字間也。如此人乎，可謂具浩然之氣者矣！假令與時相遭，出其抱負，爲庸衆所不敢爲，必能破人世之耳目。迺抑鬱以死，使發爲文者託諸感激隤放之詞，可閔也！因與静山商定，輯而存之。文共六卷，附詩一卷，多磊落負奇者，堯巡可無憾矣！

抑予又有感焉。世之稱金石交者何限？然死生異途，久而忘之，甚有及其身賣之者。堯巡殁，静山既爲經紀其喪，封其墓於鴻山之側矣，今十餘年，復謀同人刻詩文集以行于世。雖傳不傳未可知，而静山之不負死友，其意爲不可没也！序《堯巡遺稿》，牽連及之，俾交友者知所勸焉。

《李芥軒詩集》序

予年二十餘即聞鵝湖有李芥軒者，絶意仕進，與其配薛負戴偕隱。暇則發爲詩歌，互相酬答，怡然樂也。歲庚辰，芥軒寓吴門，余從湖村陸子得交於芥軒。余多病羸弱，芥軒因作《狂歌》以壯予氣。而吾友王君千里亦從虞山來，定文字交。於時文酒歡會，嘻咲歌吟，每極朋友之樂。方謂賢豪相聚，事之常耳，後一年，湖村病歿，千里爲幸府書記，而芥軒亦歸鵝湖。予時忽忽不樂，中懷作惡，數月乃止。自後千里或之秦中，或羈金陵，數年之間一二相遇，而芥軒音問杳然。回思往日，文酒歡會，儼如隔世。洵乎，交遊零落，而仲宣有感於風流雲散，一别如雨也！

辛卯冬，芥軒過余草堂，顔色憔悴，鬢毛半白，幾不可識。視從前酒酣耳熱，發浩歌以驚俗者，迥如二人。嗟夫！跌宕寡放如芥軒，視予之多病者不啻什倍，顧猶頽唐若此乎？因留宿草堂，道數年中事。酒酣氣奮，豪情勃發，拂袖低昂，仰天長嘯。因知芥軒軀幹雖衰，而胸中不可遏抑之氣猶曩時也。宵分出詩一卷，謂余曰：『吾邇年詩格又變，中有所得，勃然欲語。縱吾筆而出之，巧拙非譽不足亂其心，世人不易知吾也！子爲吾點定之。』讀之，以文師心，以心師天，心與天遊，其天獨全。而夫人素儀令子天根，詩詞亦附焉。皆秀婉古淡、超然於俗者。

予謂芥軒天爵自尊，傲睨一世，孺人稚子相對昕夕。莊生所云『有道妻子皆得佚樂』，蘇子瞻所云『妻子奴婢有自得之趣』者，庶幾近之。芥軒不以詩重，芥軒之詩不以余言重也。而予有感於盛衰聚散之故，故述十餘年情事，而爲之序焉。

施覺菴考功詩序

詩之爲道也，以微言通諷諭。大要援此譬彼，優游婉順，無放情竭論，而人裦佪自得於意言之餘。《三百》以來，代有升降，旨歸則一也。惟夫後之爲詩者，哀必欲涕，喜必欲狂，豪則縱放，而戚若有亡。麤厲之氣勝，而忠厚之道衰，其於詩教日以偵矣！考功施覺菴先生，生平無他嗜好，獨喜工詩。而請急以後，從事益專。謝絶品流，因心師古，自《風》、《騷》、漢京，下迄三唐，無弗窺覽。而其所成就，超然獨有所得。今體會其詞，和順以發情，微婉以諷事，比興以定則。其體淵淵，其風泠泠，味之澹澹，而炙之温温。讀者不自覺，静其志氣而調其性情也，是可謂詩人之旨也已。

夫言也者，肖其中之所欲出也。心躁者無和聲，心平者無競氣。張平子，漢之恬退者也，然其《歸田》一賦，感蔡澤之不遇，俟河清之幾何，慷慨之色時或流露。今先生際盛明之世，辭榮躭寂，含咀道腴，招朋舊共觴酌，隨所涵泳，發爲詩歌，此其中寧有幾微不平者耶？宜其純古淡泊，優柔平中，而合乎詩人之旨也。

先是，吴中稱詩者喜浮艷，尚排比，趨向凡近。先生探討古聲，人多苦之。今幾二十年，向之衆口一談者，不啻陰雲解駁，而所謂純古澹泊、優柔平中之音，隱然入人之深，而不自知其從之也。則云詩教不可復興，然與？否與？

予於先生爲鄉之後進者，烏敢序先生詩？因承命諄復，不獲辭，且以見予之趨向，欲求得乎微言諷諭之意，而言詩大旨或不至甚謬於詩教也，遂拜手而爲之序云。

歸愚文鈔卷十二

《恪勤陳公詩集》序

雍正元年，恪勤陳公卒於位。後四季，其門下士吴興潘太守南林刻公之詩集於吴，寓書於潛，屬爲後序。

潛嘗讀大小《雅》，見當時大臣若南仲、方叔、申伯、韓侯、仲山甫、召穆公諸人，皆長於政治，而文章無聞。獨尹氏吉甫推爲萬邦之憲，而《崧高》卒章則自言其詩曰：『其詩孔碩，其風肆好。』《烝民》之卒章亦曰：『吉甫作頌，穆如清風。』而《韓奕》一詩序，亦以爲吉甫所作。雖生平所重不專在乎文辭，而文辭與政治信其有兼優也。陳公學優出政，由縣尹爲郡守，暨總理河務，晉秩宫保。今天子重倚之，方資以調變寅亮，而公遂已卒矣。

公之達於政也，廉而不劌，嚴而不苛，仁愛而不流於姑息。後負荷愈艱，措施愈偉。材足以任重，而學又足以達材。揆之尹氏，誠有爲憲萬邦者。則以公之所得，發爲文章，特政治之餘事，而詩歌之末，不又爲文章之餘事哉！顧生平磊落之概、儁上之氣，中有所感，常形於辭。湛秋陽以照之，被春温以和之。步驟六義，發揚時風。而愛君憂國，惓惓之心，一歸温厚，使讀者夷愉和懌，而自然浹洽於中。所云『其風肆好，穆如清風』者，非公不足以當之也。獨是公棘棘不阿，觸迕大吏，顛跌頓踣，屢瀕於危。賴天子仁聖，曲爲保全。以范希文之抑於夷簡，劉器之困於惇卞，抑又甚焉。而文武吉甫，當日未聞有是者，此固公所遭之不幸也。而平心抑志，無幾微憤悶之辭，視吉甫之自言其詩者，後先一轍。準之人情，不更有難焉者耶？於此歎公之學問有獨厚，而涵養有獨深也！

公向典吴郡，潛爲吴人，嘗以文字晉謁於公，今幾二十年。讀公之詩，如見古人。佩公之德教，久而彌新。而又惜公之未竟其用也！承太守命，得挂名卷末，遂不辭而爲之序。

公諱鵬年，字北溟，學者稱滄洲先生。

蔣省庵太僕《湛露集》序

《湛露集》者，冏卿省庵蔣先生彙生平、紀恩詩而成是編也。凡登第、遷轉、出使、奏對、賚予、封誥，皆有詩，重君恩也。其他賦物寫懷、登臨憑吊、友朋燕會、贈答之作不存焉，重君恩不他及也。

按《湛露序》謂『天子燕諸侯之詩』，歐陽《本義》謂『露之沾濡萬物，入夜方盛。譬天子燕諸侯，厭厭然至於夜，而非醉則不歸也』。在豐草者，湛露被草，如王恩之被諸侯也；在宗載考者，考成也，傳爲宗子尤貴於成禮也。合而觀之，揔以道上下相浹之情云爾。先生世受國恩，自王考學憲公以來，考制府公、諸父大學士文肅公，畀以股肱耳目腹心之任。調燮鎮撫，功在社稷。當時非無齟齬掎摭之者，賴天子始終倚毗之。而先生繼武前烈，兄弟同朝，左右贊襄，勤勞事國，比於漢之韋平、唐之蘇許公、李衛國，祖孫父子間，轉又過之。則君之厚臣同於長夜初零之露，而禮意優渥，由晝逮宵，而未有艾也。抑異姓之臣而引而近之，如同姓然。視古人臣之燕飲宗廟路寢者，情同一轍。上下相親，洵乎有加無已者也。且先生之意，又不止於此。《湛露》之三章曰：『顯允君子，莫不令德。』程子謂：『忠順之心，温克之容，皆令德也。』言湛露之恩如故，而君子以令德自勗也。四章曰：『豈弟君子，莫不令儀。』疏謂：『當奏《陔夏》之節，猶善威儀。』言雖醉而威儀益善也。蓋上之厚下者愈寬，則下之自繩者愈嚴。君有餘恩，臣有餘敬，盛世君臣有各盡其道者焉。先生於感戴君恩之中，益深砥礪臣節之意。凡所以持盈守謙、夙夜匪解，以無忘三朝之知遇，而保寵賚於無窮。《書》所云『世篤忠貞，服勞王家』，能踐斯語矣！此先生編詩成集之意也。若其文詞之工，炳炳煌煌，同於《韶》《咸》之並作、鳳羽之高翔者。特其學殖醇厚、才藻斐然，溢於忠愛敬慎之餘者，不詳論焉。

繆少司寇詩序

世之專以詩名者，談格律、整隊仗，校量字句，擬議聲病，以求言語之工。言語亦既工矣，而么絃孤韻終難當夫作者。惟先有不可磨滅之概，與挹注不盡之源，蘊於胸中，即不必求工於詩，而縱心一往，浩浩洋洋，自有不得不工之勢。無他，工夫在詩外也。得此意也，可以讀少司寇湘芷繆先生詩。

先生爲諸生時，學殖文章，即已包孕餘子，貫穿古今。既而取高第，官侍從，秉史筆，柄文衡，佐秋官。人文國論，儲峙胸中。未嘗聽聽焉以詩自鳴，爭短長於音韻藻采間也。而出其緒餘，揚扢風雅，或渾淪磅礴，地負海涵；或鋪陳終始，排比聲律；或含咄醞藉，風標俊上。而流連景光，刻畫蟲魚者，亦間及焉。所謂『五岳起方寸』『讀書破萬卷』者，非先生不足當之！則先生之詩，有盤蓄於辭華未吐之先者也。

先是，商丘宋公撫吴，定《江左十五子詩》，先生詩排纂成列。商丘意尊韓蘇，故於横空硬語、超邁俊逸者多所采擇。今商丘所收集中，秖存其半，豈散亡零落，一時有未及網羅者耶？抑先生悔其少作，境界層累益高，而向之馳驟於孟縣、眉山者，有芟薙獨多者耶？惜乎！商丘不及見之，末由進而與之商榷也。

德潛年三十歲時，即能讀先生詩。而相距大江南北，未嘗請謁。後先生官於朝，踪跡益遠。歲乙卯，召試來京，先生又成古人。惟經其寓齋，登著書之堂，撫嘉樹、坐盤石，與其門下士徐澂齋前輩遊，得悉先生流風餘韻。迄今又七八年，乃得盡讀先生遺詩。回憶前三十歲時，杳如昔夢。而潛之年亦既頹然老矣！子思子云：『昔我有先正，其言明且清。』唯先生之謂歟！

令嗣官京師，屬潛草序，因道其詩外有事在者，以表異於駢花儷葉之流。而人之求工於鉤章劌句間者，亦可讀先生之詩而爽然自失也夫！

《使滇集》序

《使滇集》者，彭宮允芝庭典試滇南時詩也。自奉使啓行，迄竣事復命，中凡山川險塞、登臨懷古、風簾月案、持衡校藝，與夫友朋之贈答、風土之沃瘠，以及蔬木禽魚之珍奇瑰麗，無不備焉。共得古今體若干章，分二卷，皆焯焯可貴者。

前明武宗時，揚升庵慎以鴻博絶麗之學，爲南宮第二人、廷對第一人，推前朝才士之最。肅宗朝以建議禮，謫滇南。滇南僻處荒徼，人文絶少。得升庵，山水俱爲增重。而升庵詩文亦在滇南時獨多。今芝庭之學問門風可續升庵，科名之盛事並軼升庵。而又當聖賢相逢之時，君臣一德，明明穆穆，出使萬里外，爲天子得人。因得出其緒餘，以彩筆之華藻，繪點蒼洱海間，視升庵之肩輿往還，丫角傅粉，肆志於侘傺牢愁，餘者其幸不幸爲何如也？味其詩歌，皆道揚德意，辭和氣平，有《小雅》使臣不遑啟居，諏謀詢度之意。稱極盛焉！後之讀者可以慶使者之遭逢也已。

方舟兄遺詩序

予交方舟最晚，而相知獨深。乙巳冬，方舟將之山陽，相遭於臨頓里之師子林，謂予曰：『我年已七十，老年離别，倍爲神傷。即幸而歸，歸而來吳，恐亦無幾相見也。生平詩稿幸爲我序之！』予許諾。不二日，買舟去。明年夏，有人自淮安來，傳方舟死矣。同人重其人，爲位以哭之。

猶記庚子、辛丑間，結詩社於北郭，方舟每課必至，詩成，傳示衆坐，人人推射雕手。方舟作鍾記室語，品評他人詩，不失銖黍輕重。一時友朋之樂，稱爲盛事。乃歲月幾何，衆人各以事散去，不易復合，而方舟遽成古人。曹子桓嘆追思昔遊，猶在心目，而倏焉化爲異物；歐陽子以善人君子之不常在爲可惜，豈虛語邪？

方舟壯盛時，嘗之桂林、南海，經嵩、岱，陟崤、隴，踰潼關，走塞垣，歷昌平、盧龍、醫無閭諸地，而往來於西北，歲月尤多，故其詩每作燕趙聲。今集中《九邊》《十三陵》《五嶽》諸篇，即起李北地諸公於今，不能遠過也。噫嘻！其所謂得江山之助者與？予於詩人之來吴者，每得與游。然其詩或可，或否，而於方舟詩獨許爲不易及。然則序方舟詩，固予之素心，而況臨别垂死之言，不啻息壤在彼也。

方舟論詩甚寬，而於予詩，能吹毛索瘢，俾得應時改定。方舟没，誰相知定吾文者邪？夫是以追念曩昔，不勝愴悢。而遲之久而作序者，猶恐負良友於冥冥中也。

張子少弋愛方舟詩，手録之，前後共十餘卷，故以序歸之，俟有能刊其集以傳者。方舟，名用濟。杭之錢唐人，遷嘉興。將老又遷江寧，來吴，寓師林寺中。母柴太夫人，名静嫺，配朱夫人，名柔則，皆以詩名。

徐龍友遺詩序

余年二十三，與徐子龍友定交。又十有二年，共結城南詩社。又十有七年，龍友坳於廣南學使者署。又二十年，至今始得序其遺詩。

方其結詩社於城南也，龍友始其事。入社者，張子岳未、永夫，顧子嗣宗，陳子有九，吴子藴山，尤子少逸，丁子樹芳，余亦追隨其後。月一舉，古今體凡五題。每舉，必面課二詩。詩成，互加賞駁，龍友詩時冠籍。當得意時，縱横嘯呼，賞詩以酒，凡三四年無間。後各以事牽，乃散去。

今遺稿所存，社中詩居多。

龍友論詩，以學問浩博、鋒穎四出爲上，謂王孟詩可假托，而昌黎詩不可假。故少歲放筆，備極瑰奇滂濞。年四十後，獨宗義山，嘗論義山爲《楚騷》苗裔，中有難言之隱，每託之夫婦，以申其悃欵之情。蓋宗臣同於靈均，而遭時遇變，亦復相似。詩中詭言男女，皆宓妃、有娀、二姚之義。世之學義山者，徒取其麗而忘其貞也。持論如此，故後所爲詩亦多纏緜娟好、句襞字積，變向時瑰奇滂濞之習，風旨逾高，而龍友詩亦遂絶筆於此矣。

昔歐陽公草張子野墓志，極道友生會合之樂，而又以交遊之不常在爲可惜。前吴中談詩社者，每推城南。然不三十年，龍友未没時，藴山死於羸疾，岳未死於官，永夫死於寒餓。其後，嗣宗以老疾死，有九以負俗累死。今存者，少逸時臥牀褥，樹芳遠宦邊徼，被劾未歸。而余以頹然老翁，久滯京國，猶得於學殖荒蕪之餘，爲故人草序。追維往昔，如塵如夢，良足悲感也！

詩共十餘卷，今存六卷，係生前手定者。外有古文如干卷，箋疏義山詩如干卷，未及鐫。其《王阮亭精華録箋註》已行世，與惠子定宇共商榷者也。

龍友有女，歸於陸，早寡，守志，蓄女工，所入任剞劂費，欲不死其父，可云節而能孝者，牽連及之。

龍友少余三歲，没時年五十。生平慷慨赴義，力學如嗜欲。與余交有終始，詳見余前所作哀辭中，今不復敘。

陳耻庵遺詩序

予生平交友，往往以詩作合，故歷數朋好，詩人獨多。而相識最早者，獨數陳子耻庵。耻庵長予三歲，與予定交，年才二十餘。時俗尚南宋人詩，耻庵冰雪在襟，夷然不屑也。年方壯，遊燕趙，走秦隴，遍歷塞垣。發而爲詩，激壯豪宕，大放厥詞。既從新城王尚書遊，轉益多師，規矩古學，風格逾上。後年齒向老，更思陶鈞眾妙，一歸自然，而耻庵遂成古人矣。耻庵氣盛時與諸才士角逐文場，名滿京洛。然眾人多升雲路，而耻庵屈首終老，幾於困窮以死，可悲也！

生平素直諒，遇朋舊闕失，諄切劘刃，又復暖然似春，不標峻裁，吾黨中郭林宗也。今清風披拂，其人斯在，而故交物化。屢易春秋，俯仰初終，如塵如夢，即予亦忽忽其老矣！追憶詩壇舊友，先耻庵而没者，爲張子永夫、方子蓂朔、徐子龍友、顧子嗣宗、吾兄方舟、方外樾亭，而方子東華旋繼耻庵而没。數餘年間，半傷凋落。樂過哀來，愴然感抱。曹子桓所謂『既痛逝者，行自念也』。

予於諸亡友中，或已敘其詩，或作爲銘章，而不及序其詩，今同業如耻庵，同趣向如耻庵，相識最早，如耻庵而可無一言表其述作耶？因取周子欽萊所删定者，稍加校勘。既以惜善人之不能常在，而又慶詩卷之長留者。不同人世之榮，朝華而夕落也。耻庵其可少慰於身後也夫！

姜自芸太史詩序

康熙歲壬辰，予與自芸姜先生相遇於義門書塾。時先生負高才、抱碩學，而又當壯盛之歲，發爲詩歌，一往縱逸，牢籠萬態，相與酬答，自顧如滕、薛、蓼六之遇齊楚，無能爲役也。不數年，先生掇巍科，入辭館，元本《雅》《頌》，登歌廟朝，而先生之詩一變。既天子重理民才，簡畀劇邑。先生執法守官，得罪大吏，大吏加以橫逆，禍幾不測。賴天子神聖，察其非辜，而大吏以冰山傾崩，斃於詔獄，先生冤抑始白。維時託諸詠吟，每有感憤結轖，磊落不平之辭，而先生之詩又一變。既而脱然歸里，偕山農野老談討枌榆，較量晴雨。隨所感觸，無非自得，尤有純乎天趣者焉，而先生之年亦已老矣！

昔韓退之以言事得謗，斥守揭陽；蘇子瞻以觸迕權臣，竄逐海外。兩賢詩格，較勝於前。大抵遭放逐、處逆境，有足以激發其性情，而使之怪偉特絶，縱欲自掩其芒角，而不能者也。使先生爲達官於朝，出其文辭，非不足推爲一時之鉅麗，而性情或幾於隱矣。惟顛跌撼頓，視古人更有加焉。其所成就，有於幽憂噫鬱之中，磨礪乎安命俟時之學者。則大吏之戕虐先生，適以玉成先生，而使之可傳於後也。小人之謀，正爲君子之福，不信然哉？

予於先生爲後進，而年差長於先生。向處於無能爲役者，益以齒髮日衰，殖業頹落，而先生道味充腴，詩境與年俱老，更有不能追望其後塵者也。迴憶義門書塾相遇時，行及三紀。兩人之聚散離合，踪跡變幻，電光鳥影，輕塵短夢，不有惘惘而莫能爲懷者耶？

乙丑春，嗣君靜宰公車北上先生寄示全集，俾予草序，因記其相遇以來情事如右。他日予得請急，歸買扁舟，涉大江謁先生於里門，歡焉道故，各寫天倪，其樂有莫可涯量者！區區境遇之得喪，付之一吷可也。

張南華太史詩序

張南華先生嘗官於朝矣，人因其氣之清、品之潔、才之敏，以仙稱之。南華亦自以爲仙，弗却也。愛佳山水，裹糧往游，糧盡而返，無繫戀。喜奕，不求勝人。客至，常設脱粟飯，客辭亦不強留。爲人作畫，十數紙頃刻盡，或終歲不可得。綜其生平，取適而已。長有韻語，興到，每得三四十篇。嘗偕眾詞臣試殿廷，未亭午，有投卷者，眾曰：『必南華也。』視之，果然，至尊微頷之。予偶於坐間見其《詠雁字》律體詩，不半日，上下平韻俱就。不即不離，興寄微遠，即生平詩可知矣。與人論畫，謂右丞、董巨蕭散閒逸，全以韻勝，後代精工嚴整，無一筆無成出，然彌近彌遠。指點畫理，無非詩趣。自道所得，評者不能異辭。

或曰：『南華，金門大隱，似東方生。』或曰：『豪氣似太白。』或曰：『超曠似子瞻，而齊物我、忘寵辱，仍是漆園散仙。』讀南華詩者，遇之人間煙火外可也。

李玉洲太史詩序

古來論詩家，主趣者有嚴滄浪，主法者有方虛谷，主氣者有楊伯謙，主格者有高廷禮，而近代朱竹垞則主乎學。之五者，均不可廢也。然不得才以運之，恐趣非天趣，法非活法，氣非浩氣，格非高格，即學亦徒見其汗漫叢雜而無所歸。盖詩之爲道，人與天兼焉，而趣、而法、而氣、而格、而學，從乎人者也；而才，則本乎天者也。人可强，而天不可强，故從來以詩鳴者，隨其所長，俱可自見。而詩人中之稱才人者，古今來祇數餘人相望於天地之間。

玉洲李先生，今之才人也。少歲出語，即能越俗。既與張匠門先生遊，匠門故以才自豪，即以才接引人者。兩才相遭，引而愈出。故玉洲之詩，因得肆其才。於陶冶萬類、籠挫一切之餘，水銀硃砂，入其鑪鞲，皆成丹也；么弦雜韻，經其和調，皆成樂也。鮮如時花，嫭如美女，而怪奇兀奡，飄忽出没，比之絳蜺天際、神山海上，而不可端倪。前人所云曠世逸才，驚才風逸者，不是過焉已。

先生家吴江，往來吴門，兩地多詩社。先生詩成，衆口交服。酒闌燈灺，出片辭單語，俱有才華流露其間。既成進士，列侍從，鋪陳雅頌、淵涵金石，仍以才爲主，而不拘尋常應制格律，品極重焉。既又脱然去官，得以蕭閒無事之身，一肆其力於詩歌。以其獨得，兼有衆長，求之趣，趣益以流；求之法，法益以合；求之氣，氣益以盛；求之格與學，格益以老、學益以化。而總由於才之益縱横自得，出天入淵而不可控制。蓋其得於蕭閒無事者爲已多，而天之與之有獨厚者也。

抑聞古人文章，每得江山之助。先生之蜀，走棧道，入劍閣，經白鹽、赤甲，吊屈原、武侯、杜老、蘇公遺蹟；客山左，登泰岱，謁孔林，觀登萊天風怒濤、青紅海市諸幻境。今留關中，過秦、漢、唐之故都，覽潼關之防衛，望華嶽、終南、武功之形勝，天授之才，有擴之而無盡者。宜其詩之隨境變遷，全乎天而自兼乎人也。

潛與先生以詩定交，垂四十年。每相見，必示新詩。間有彈射，欣然意得，然其詩終退讓爲不可及。莊生云『送君者自厓而反，君自此遠矣』，潛於先生詩，其有自厓而反者乎？

侯秉衡詩序

明神宗時，嘉定有唐叔達、李長蘅、程孟陽、婁子柔四人，俱以詩鳴。其爲詩，清麗越俗，不丐王、李之餘。[一]主詩盟，有明三百年中，少可多否，獨於嘉定四先生，斂手推服。而四先生者，亦嘗過虞山，與[二]上下議論，期訂鹿門、柴桑之交。流風餘韻，至今未湮没也。

吾友侯子秉衡，産嘉定。既長，往來虞山，以多聞聞於時，而有韻之語尤爲深嗜。自錢、劉、元、白、歐、蘇、范、陸，暨青丘、海叟，俱鎔冶而得其精神。如春暖然，如秋泠然。其出而靡窮，如繅絲引泉。與夫山川之上蒸雲氣質之四先生，未必古今人不相及也。特相與倡和角逐者，皆一時連蹇幽憂、不得志於當世之士。而虞山爲往來嬉遊之地，亦無負天下之望，如〔三〕其人者，爲之推挽獎激，流其名於遠邇之間，此固所遭之非其時也。然士苟能自豎立其精氣，光燄必有不翼而行，不輪而遠者。彼順風而呼，特易焉者耳！而豈君子所自命乎？則易焉而傳，不如難焉而傳者爲可久也！有志如秉衡者，可蹶然而興矣！

抑聞侯氏自太常公後，代以忠孝稱，秉衡胚胎前光，紹承令緒，其魁壘傑出，必有超軼於文章之外者。區區摛辭繪句之末，少陵所云『於道未尊者』也。顧予未及其能述祖德而茀與鄉先生相較量者，蓋樂其文采之盛而云然。

校記

〔一〕脱落：『時虞山錢牧齋』。

〔二〕脱落：『牧齋』。

〔三〕脱落：『牧齋』。

汪茶圃詩序

作詩謂可廢學，持嚴儀卿『詩有別才』之説，而誤用之者也。而反其説者又謂『詩之爲道，全在徵實』，於是融洽貫串之弗講，而勦獵僻書，纂組繁縟，以夸奥博，若人挾類書一部，即可以詩人自詡者。究之駁襍支離，錮其靈明，愈徵實而愈無所得。

夫天下之物，以實爲質，以虚爲用。學，其實也；才，其虚也。以實運實，則滯；以虚運實，則靈。萬物，實也，而動萬物者莫疾乎雷，雷其虚乎？撓萬物者莫疾乎風，風其虚乎？老子謂：『天地之間，其猶橐籥。虚而不屈，動而愈出。』洵乎虚者足以用實！而學人之學，非才人之才無以善之也。

吾友汪子茶圃，於古無不嗜，而其得於學者，又無不可發之於詩。當興酣落筆，風雨馳驟。自羣經諸史，至稗官雜説，或醇或駁，皆爭赴楮墨，而屈折縱横，初不見有堆垛散漫之迹，非有運焉者存乎其中耶？汪子詩格不一，古體硬語横空；近體，上者渾厚，降格者綺靡，泛濫者嘲弄俳諧。一手一心，而使人不可測識。此實爲之耶？虚爲之耶？吾嘗登虞山，山之黯黮紫翠、濃淡淺深，倏忽變换於陰晴早暮之間，此應有大造之無形者以虚運之。

汪子爲虞山人，時登覽憑眺，以才之虚師乎大造之虚，宜其詩之變態百出，與名山適相侣也！抑吾聞曉登太山日觀者，東瞻火輪湧出，海水動摇，浮金曜紫，晃朗萬里。汪子倘置身其間，必能傾吐才華，肖宇内偉觀，由其無徵實之見窒塞於心胸也。汪子其裹糧以行乎？

王東溆《柳南詩草》序

海虞之結詩課者四人，爲侯子秉衡、陳子亦韓、汪子西京、王子東溆。四人皆以道自重，發爲文辭者也，余先後得而友之。秉衡詩骨幹開張，亦韓詩清腴近道，西京詩綺麗精深。而穿穴今古，格合氣諧，鏘然而玉應，盎然而春温，不問知爲東溆之詩也。夫詩道之壞，在性情、境地之不問，而務期乎茍同。前明中葉，李獻吉、何大復以復古倡率天下，天下靡然從風，家北地而户信陽。於是土莇文繡詢詘。當時咎學李、何者，並李、何而咎之。後濟南、婁東紹述李、何，天下皆王、李也。公安、竟陵掊擊王、李，天下皆二袁、鍾、譚也。茍同之弊，必至於此。今東溆清潔自好，與三人略同，而言志、永言，彼此不襲一章一句，自有真精神面目存乎其間。既非《折楊》《皇荂》之詞，亦無『黄茆』『白葦』之誚。於乎，是爲東溆之詩也已。

先是，虞山詩老爲錢〔一〕，出尚書之門，而繼起者爲馮高士定遠。錢出入於昌黎、香山、眉山、劍南之間，馮得力在子山、孝穆、義山、飛卿之間。兩賢學術、才氣，故非一軌，而鄉之後進者並宗之。『昔我有先正，其言明且清』，君子貴原本乎前賢也。東溆生詩老代興之後，言論風旨飫聞而熟復之矣。乃平日持論謂：『傑魁之才，肆而好盡，此又學錢而失之輕俊之徒；巧而近纖，此又學馮而失之。』竊其意，殆欲以雋永超詣化學兩家者之不足，是豈一鄉風尚所得而拘圉之者與？夫既不苟同於前人，而豈或苟同於同結詩課者歟？

抑聞之荀卿氏曰：『藝之至者，不兩能。』東漵素長於詩，而古文刻鏤真宰，詞必己出，雜志、隨筆，博洽貫穿，可謂藝之至而兩能者。詩人、文人，俱得而屬焉。或仍有專長者存也，吾將進秉衡三子而問之。

校記

〔一〕脱落『尚書受之』。

朱葯亭遺詩序

朱子葯亭，崑山人，寓居嘉定。予舊與相識，然距百里外，無由數數會合。雍正甲寅，大吏奉詔徵博學宏詞之士，葯亭與選，來郡城數月，予因時過其寓齋。葯亭故豪於才，古歌詩、雜文及駢體、小詞，俱合格。又工八法，嘗於其坐間見旁列二人，各執筆、磨墨、操紙以待葯亭口授。一成四六序，一改友人長律，而已又謄寫某孝子傳約千餘言。中有得，令二人參錯書之。頃之，序成，多新語。長律亦完善。己所謄寫極工楷，無脱誤。中又與予道別後相思語。以是知五官並用，驚其才能。是年冬遇病，回嘉定。明年三月，大吏敦促赴徵車，而葯亭則已先一月死矣。嗚呼！

以葯亭之人、之才，正宜應徵召入辭館，以當國家之求。而國家又適值蒐羅人文，唯恐或失傑魁有用之士。乃竟困抑芚鬱以死，豈果如玉溪生爲長吉傳，有緋衣人召記白玉樓事耶？抑如陸魯望所云，攻詩者抉摘刻削，以暴天物，故天示之罰以爲報耶？此皆理之未可知者也。

葯亭没後四年，嘉定戴子機，又張子擔伯，篤友誼，謀鐫刻其詩，門下士金子昂千任其事。相與裒集若干卷，郵寄京師，屬前輩張南華檢討與予論定。因共商榷，存十之三四。其才華發越者，如時花佳木之應時而榮，如驚濤奔湍之逾險而下。其安和整飭者，意有餘於匠，枝不傷其本。而一切蕭索坎壈、冰澤堅凍之狀，無自而中之。洵乎爲才人之詩！而不解其中道摧折之何由也？抑又思人之富貴尊寵、享高年者何限？然身榮道辱，没世以後，與枯草朽栟同焉澌滅，求一言之見稱於人而卒不可得。是天下之貴而賤、富而貧、壽而殀折者，莫過於此。而葯亭以能詩自見，爲良友及門下者又從而謀之使傳，賤而貴、貧而富、折而壽三者備焉，不可謂天之薄待斯人也已！

葯亭工時藝，歲科試輒冠曹偶。長身鶴立，儀表軒出衆人上。四坐喧爭，時出一二語，皆屈服無枝梧者。並著之，使讀葯亭詩者如見其人。

吾友于齋詩序

徵君張樸村先生自辭官歸，每相遇，稱宗子擔伯能以詩鳴，後南華張檢討亦云然，最後朱徵君葯亭述之尤詳。酒闌燈灺，時朗吟佳句，鏗鏘發金石聲也。庚申歲，予乞假歸，息影湖濱。擔伯以詩鈔寄，屬爲序。讀之，淵靜演迤，情餘於文。凡擔伯所言，皆前人所欲言而未嘗言者。於是嘆樸邨、南華之言信而有徵，而葯亭所誦祇得其一鱗半爪也。

昔蘇子瞻《南行敘》謂，古之爲文者，非能爲之爲工，乃不能不爲之爲工。能爲者富於取材、苦於造句，局於篇翰，究成橅仿塗澤而已。惟胸有古今，包羅旁魄，隨觸而發，如決水之放溜，如大塊之噫氣，如萬卉之遇春而坼，鵬翼之久息而飛，無意於文而文焉，所謂不能不爲者也。擔伯俯仰身世，憑弔山川，念南皮之舊遊、嘅虞淵之日没，即至禪榻鬢絲、舞衫歌扇，猶惓惓不忘於懷。如是發而爲詩，猶有取青妃白、刻楮造鳶，求工而轉拙者耶？

擔伯故家嘉定，鄉之前輩，如唐叔達、程孟陽、李長蘅、婁子柔，稱嘉定四先生。時〔一〕尚書凌轢王、李，麾斥鍾譚，而於四先生獨無間言。今百餘年來，流風既邈，詩教漸微。樸邨、葯亭墓草久宿，而南華又官於朝，去鄉日遠。然則以詩學之工倡導於荒江寂寞之濱者，舍擔伯將誰屬耶？

集名《吾友于齋》，取少陵『山鳥山花』之句。即境皆適，與物同遊，擔伯其自此遠矣！

校記

〔一〕脱落『錢牧齋』。

方氏《述古堂詩》序

天將使其人爲必傳之人，必先以至逆之境，困頓而摧挫之。而其人之處困頓、受摧挫者，不敢以其身爲無用之身也。而於是堅其志、殖其學，激發其性情，磨鍊其經術，以經世務。則其德厚者，事功與著述兼焉。而天下後世可因其著述，以想見其爲人。若此者，可於桐城方氏祖孫父子見之。

方氏代有鉅人長德，晁宗先生以高才生官水部，子沃園先生以名進士官中翰，孫宫保問亭先生甫成童即能紹述祖父世業。若王、謝家聲，唯方氏足以當之者。貽厥孫謀，誦揚清芬，何其盛哉！歲辛卯，以朋舊負辠，牽連及𣪍。水部謫戍窮邊，中翰奉親遼左，問亭省侍絶塞，往來京畿、金陵、皖城間，人生境遇，困窮無逾此矣。乃天能困窮其境遇，不能困窮其志節。於治經讀史暇，發而爲詩。凡天時之變幻、地勢之阻深、人事之崄巇，與夫友朋之死生急難、物類之詭狀殊形，一於樂府、古今體中見之。洵可謂一家之言，增光藝苑者已！

乾隆十九年春，宫保以三代述古堂詩郵寄，予發而讀之，水部詩激壯蒼涼，音節高爽；中翰詩雄俊廉悍，癥結盡銷；宫保詩辭達理舉，締構謹嚴。而述先德、感君恩，處流離顛沛之中，一歸於和平温厚，祖孫父子，若合符節，繇其涵養深，而至性純也。從來霜雪之加，能戕凡藹弱植，而不能傷堅貞之木。故松柏之姿經霜彌茂，若嚴冬凍閉，正以成其材、顯其質者。然方氏初罹患時，正如霜雪洊加，並疑其力不能支矣。然境危心泰，外物不摇，負有爲之才、脩行遠之辭。水部、中翰雖殂謝塞外，而其言已立。宫保以軍功受天子知，秉節鉞，任封疆，爲今之方叔、召虎，而餘事成詩，復足以繼先人之爾雅，此皆從患難刻苦中淬厲而成者也。則始之困之，非正所以成之也耶？

昔王融累世有籍，史册艷稱。後庾肩吾與信、蘇瓌與頲，秖以父子能詩傳。杜審言與甫，祖孫傳矣，而子閑之詩不傳。眉山蘇氏三世以文辭名矣，而小斜川過究遠遜祖、父。今《述古堂詩》，祖孫父子後先一轍，非足以繼王融而並稱者耶？雒誦既久，綴以卮言，表方氏之不受厄於天，抑凡爲處困厄者朂，以勵其志而立其節也。讀是集者，可獨重其文辭也哉？

歸愚文鈔卷十三

《憲副魏念庭詩文集》序

憲副魏念庭先生刻詩古文辭成，問序於予，以予嘗辱文字交，且授經官齋，知先生者深也。先生爲太傅貞菴公令子，耳濡目染，庭訓既深，而天性淵潁，足以窮探古今之奥。蓋自六經諸史，旁及天文、地志，與夫稗官、野乘、浮屠、老子、醫藥、卜筮之書，靡不披覽。及長而宦遊，凡所過高山大川、荒陵古冢，皆探歷憑眺。而隱人盤桓之谷、耆碩幽貞之廬，必折節延訪，與之上下議論。故其發爲文章，得載籍之腴、江山之助、友朋之益，卓然自成一家之言也。

予嘗謂天下之事，不嗜者不可以終日；嗜之不深，亦不可以終身。先生於文章，爲飲食、爲嗜慾。每見其坐堂皇、治吏事，朱墨紛紜，若不暇給，而勾當裁決之餘，退處小閣，則縱筆所之，洋洋纚纚，頃刻數千百言。即至失意大吏，倉皇去官，賓客解散，侵侮叢集，而乃磨丹漬墨，歌嘯自如，並異於作《易》者之憂患，作《詩》者之發憤，於此見先生性情篤嗜。而定識、定力，非小小得失可以摇撼而淩奪之也。嗚呼！是可以終身焉者已。

著有《懷舫詩集》若干卷，《續集》若干卷，《擬唐人試帖》一卷，《懷舫雜文》若干卷，《詩餘》一卷。詩不名一家，高者闖入少陵。文澶漫淵淼，得之莊、蘇。詩餘佃漁宋人。要之，有君形者存，異於世之優孟蓪魄爲工者。

昔太傅公爲盛朝元老，闡程朱正學，倡導天下。其爲文，原本道術，可謂醇而無疵者矣。今先生以魁偉跌蔚之才、之學，上承前緒，雖因文立言不專明道，而能傳世行遠。軌盉雖殊，各臻峰極。後有作史者，列太傅公於理學，應列先生於文苑，子稱克家不必在語言文字之同也。外此，所注釋者有《道德》《南華》《素問》諸書，皆縻歲月、用全力而成者，兹不及論云。

東隅兄詩序

仁和家椒園以上舍生中鴻博之選，入承明廬，備聖天子顧問，人並榮之。椒園曰：『予讀父書，尚未能也，惟先人著述不敢没。』因出其尊人東隅大兄詩，屬予點定，且乞一言爲序。予披讀竟，爲之序曰：

從來讀古人書者，貴乎知人論世。而古人之書，必有不可腐壞澌滅者，使人據以爲知人論世之實。如讀李太白詩，如見其芥視六合。讀杜子美詩，如見其憂時愛國。讀韓退之詩，如見其憐才若渴，與世齟齬。讀蘇子瞻詩，如見其不合時宜，風流爾雅。即下至賈島、馬戴、魏野、真山民之流，無不有性情面目存乎其間。苟其人無君形者存，而斷斷焉求工於章句，彼其所求者，非必不工也，然欲使後世讀其書想見其爲人，吾恐性情面目隱而不見也久矣。東隅大兄鋭意功名，艱於遇合。晚得一官，旋遭蹉跌。乃斂其懽欣，慘戚亡聊，抑鬱之感，一發於詩。今讀《滋蘭堂詩》若干卷，自家園偃仰、灌畦抱瓮、遊覽神京、殿廷分校，以及之官海外、觸迕大吏、西曹聽讞、編管靈州，一切篤友生、勞王事，守道不回，歷摧挫困窮，而觥觥嶽嶽，未嘗少悔者，悉流注於言志永言之中。洵乎，有不可腐壞澌滅者存也！

兄爲查宫詹聲山先生館甥，又嘗遊恪勤陳公門，故同時論兄詩者，或謂得力於劍南、遺山，或謂出入於昌黎、眉山，以上追乎大曆諸公，以其所宗法者有承授也。然磊落俊偉，適自成其爲東隅之詩，而無復劍南、遺山、昌黎、眉山、大曆諸公之迹。異乎世之高談風格、真氣不存者。後有讀東隅詩者，可因其詩而如與揖讓於家園、步趨於殿廷、悲歌感慨於瓊、儋、三晉間也。是可知其人，論其世也已。

獨是以兄之人、之學，宜取科第、入史館，以酬其抱負。乃官不配其才，遇不究其用。而兄之所難，即爲椒園之所易。豈遇合有數，人有不能自主者邪？抑雕鏤真宰，造物所忌，故獨艱其作合，而和平温麗、鋪揚功伐者，自膺多福也邪？抑聞位不稱德者必有後，積之厚者藴必發。則鬱於當身者，適以光顯於後人也邪？然兄之詩自有足傳。且屈之久者傳之也遠，不係乎區區名位之盛與否也。悠悠百世，請俟讀兄詩而尚論其人者！

家光禄敬亭詩序

從來人之窮達，每因乎所處之境。當其窮，即溺於窮，而不敢以行義達道爲己任；當其達，則又溺於達，而不能復處乎簞瓢陋巷、楮冠藜杖之常。故措之於事、見之於言，戚戚乎不自得也，皇皇乎惟恐失也。此無他，心無主，而境累之也。求其處窮達，而超然於窮達外者，唯家光禄敬亭先生。

先生爲諸生，困場屋，幾於家無斗筲。而先生偃仰自得，若廟堂之上、海宇之大，無一非吾事者。故當日發爲詩歌，聲出金石，視東野『食薺亦苦，強歌無歡』之語，絶不類焉，此處窮而能任乎達者也。及乎入詞館，後典劇郡、陳臬事、任旬宣，國計民生，無一不關劈畫。而先生於勤理公務外，毫不爲身家子孫之計。繼而入長光禄，僦屋以居，蕭然故如諸生。其託之詞章，時得茂叔『窗前草不除』、明道『吟風弄月』之意，此處達而仍復能窮者也。

潛壯歲吟場接席，服先生之才華。既而或出或處，天各一方，服先生之政治。近者並官卿貳，時相過從，覺先生之言行氣象油油感人，有如和風之動物而不自知者。嗚呼！倘所謂『介焉安其業，所樂非窮通』者耶？宜其發言爲詩，以道爲歸，而不惟求工於聲華偶儷之末也。古今體詩凡若干卷，屬潛點定，因删而存之。其格高者，規橅杜陵。長篇百韻以下，俱近白傅。即小小詠吟，亦不入宋元纖佻之習。求其不合乎道者，蓋尠，殆幾乎德人之言矣！

先生嘗成《周易孔義集説大要》，輯諸儒粹説，以明孔子之《易》，由孔子以明羲、文、周之《易》，三才之道無弗顯焉。則先生之詩，成於注《易》之餘，而得乎變易不易之義者也。世之讀者因詩之貫通乎《易》，而並以推重先生之生平，庶其遇先生於窮達之外也耶？

方蕒朔《靈洲詩集》序

昔康崑崙學琵琶於段師，段師誡其不近樂器十年乃可施教。以從前滛哇煩促之響，不能驟湔也。今之學詩者，日泛濫於晚唐以下，無論溺没不返，即一旦自悟其非，欲問途於開元、天寶而上之，而向時積習隨觸萌生，其去劉、曹之牆，屈、賈之壘，有求合仍離者已。

吾友方子蕒朔爲九谷先生長子，九谷雄長南粤，所著《環書》自成一子，詩文集鴻麗渾厚、蒼然蔚然。故其教子真，令其不讀唐以後書。蕒朔少歲，耳目擩染，每在《選》《騷》，一切西崑、西江、劒南、石湖、四靈諸體，詩人所奉爲鴻寶者，從未遊目而視之。視康崑崙之漸染於從前者，境地各殊。段師之教，即在家庭指授間也。

余年四十，與蒖朔定交。蒖朔長余數歲餘，意氣浩然，不牽於俗。嘗憶於廣歌堂詠舊邊詩九章，時家方舟孫子丕文、劉子東郊、李子客山諸人在坐。蒖朔點筆而成，辭氣騰上，議論激越。凡前明之所以失、我朝之所以得，如畫沙聚米，形勢瞭如。一時袖手斂氣，莫能與角。以是知蒖朔之抱負不苟，可以有爲，非猶夫當世藝林之士，爭長於聲華物采之間者也。生平工古樂府，彜鼎、瓦泰，並陳於前。於公讌酬應、刻畫小物，或非所長，然而詩品之高，於兹彌章矣！

方氏既以詩學擅其家，而九谷先生以後文集未出，吴中想望方氏詩者日衆。嗣君平三先鐫其手定二卷，郵寄京師，問序於余。每一披讀，多曩時相與分簡爇燭，吟嘯歌呼而成者。而蒖朔墓艸久宿矣！追維往事，触緒紛紜，其能無山陽聞篴之感也夫？弟東華詩近阮、陶，風格古澹。女弟金夫人采林善承家学，皆不染流俗。同康崑崙之誤於入門者，並有集行世，故不復爲巵言。

尤在京詩序

昔皮襲美自襄陽來吴，居近臨頓里，即今所云皮市也。時陸魯望居甫里，入郡城，寓與襲美近。兩人唱和成集，中有《臨頓里詩》十章，藝林至今傳誦之。吾友尤子在京，居皮市，以詩自娱。而甫里周子欽萊移居郡城，恰當魯望寓居地。兩人深相得，倡和詩亦極多。古今人有適相似者耶？獨是襲美丁有唐季年，詩格卑弱，偕同志力矯之，故《松陵倡和集》戛戛生新，然去風雅或遠。

今在京無心矯俗，不逞才、不尚博，沖和夷愉，韻流言外，而欽萊又以六朝風格互相劘刃，故卷軸所留，旨趣彌上。必謂今人不及古人，非通論也。

在京性恬淡，無求於世。凡他人所奔波馳逐，得而欣欣，失而戚戚者，俱不足攖其靈臺。且生當太平之代，偃仰泉石，歌詠唐堯，招朋舊、共觴酌，觀魚飼鶴，灌畦種樹，無非天趣。視龔美之避難潛踪，轉徙鄰境，以全其生者，益不可同年而語。於是重在京之良貴自尊，而又慶其生平所遭，爲盛世幸人也。在京齒少於余，學詩亦在余後，然予屢迷其途，久而能返。而在京於詩，如彈琴者之一彈輒合，日月既多，彌臻超詣，豈天欲使之爲詩人，故得乎天者獨厚，而不專藉人工之積累者耶？

然予第能道其詩格之高，至於隱居自樂，無求於世，雖同里倡和如欽萊，亦惟『相與於無相與』，而不能代述其所以然也。《考槃》之詩曰：『獨寐寤言』『獨寐寤歌』『獨寐寤宿』，請爲在京賦之。

《周欽萊詩集》序

曰迂曰僻，世所曹棄者也。然而詩文之工，迂僻者居多。前明之世，如桑民懌、羅景鳴、孫太初諸人，或目空古今，期許太過；或構思造句，棲息樹顛；或棹小舟、載孤鶴，往來山水無人之處。彼既禀質獨異，一切人世牽係弗舍者，不足蒂芥於胸，而一往孤詣，其所成就往往絶殊。無他，迂僻之效也。

吾友周子欽萊素以迂僻見，年二十餘，裹數月糧，青鞵布韈，携一童、一笻竹，歷荆襄，溯沔漢，訪屈宋之遺蹤，考鹿門之耆舊。憑弔俯仰，一一見之於詩。經行三千餘里，糧盡乃止，不求見一人而歸。生平行事，都類此。年既長，益專力於詩。簡古玄澹，不適於俗，所謂『詞人之賦麗以淫』者，必迸而絶之。近體契唐本宗，而五言古詩每會晉宋餘潤。流俗有譽之者，必自疑。二三同志攻摘其短，輒欣然喜，應時改定。行路間常作吟詠聲，人與之言，或不應。衆以迂僻目之，而欽萊亦以迂僻自信。彼其孤孑違俗，與民懌諸人略相似也。而詩格之高，轉或過之。則謂今人不及古人，其果然也與？

憶丁亥歲，余與欽萊定交于浙西佛寺，兩人作合，並由迂僻。今十有四年，欽萊之詩駸駸近古，而余荒落譾陋，日就頽唐。詩之不工，或緣迂僻未甚，以至相背而日遠也。質之欽萊，當莫逆於心，相視而笑云。

翁朗夫詩序

康熙戊子歲，江陰翁子朗夫謁余於葑溪故居，述遠道命駕之故，謂：『子詩能追逐古人，讀之既久，若飲食嗜慾之難遽舍也。』及出所自爲詩，過余之樸拙遠甚。由是流連，日夕唱和於鳴榔、釣車間，兩人遂得定交。嗣此，情好日密。每當會合，則以詩相勸勉；言別，則以詩相慰勞。蓋緣詩定交，則彼此講貫討論，抒寫情愫，常不能外有韻語也。予時重其人，因重其詩。

後朗夫留海陵、留中州，間歲偶歸，歸偶遇，以詩相商榷如故。後留遼左之錦州，余或客南徐，客鹿城、婁東，客臨安，踪跡漸疎。後朗夫受相國稽公知薦，應博學宏辭之詔，來之京師，與余復相見於燕臺客舍，時乙卯夏日也。明年冬，朗夫病，嘔血，未及應保和殿試，余亦鎩羽歸。自是，或出、或處，踪跡又疎。歲丙寅，余請假南還，復遇朗夫於治河制府完公署中。至是，距初相見時已三十四年，即召試離別時又已十年。朗夫少余四歲，鬢毛俱白，而余之精力益頹然坐廢矣。然朗夫年既長，學殖益醇，詩品日益上。晤語暇，出詩若干卷，屬予草序。讀其近作，語超格俊，氣澹韻流，中多見道親切語。雖多師爲師，而載實抒文，軌途自一。向特賞其言語妙天下者，秖品其平時雕琢之工，而不足概其老境也。重其詩，益重其人。

抑聞《伐木》之詩曰：『嚶其鳴矣，求其友聲。』鳴鳥遷於喬木，而不忘其羣，取同聲也。朗夫以謙抑誠信待物，海内鉅人長德尠不知朗夫之爲端人、爲詩人。應有爲之高其行、序其詩，以皇甫士安自任者，而先問序於以詩定交之人，夫亦《伐木》首章之義也夫？

許雙渠《抱山吟》序

古人無不學之詩。李太白曠世逸才也，而其始讀書匡山，至十有九年。杜少陵自言所得云：『讀書破萬卷，下筆如有神。』知古人所以神明其業者，未有不從強學而得者也。自嚴滄浪有『詩有別才，非關學也』之語，而誤用其説，遂以空疎鄙倍之辭時形簡帙，而原本載籍者罕焉，其去詩道日以遠矣。故詩雖超詣之難，而尤不根柢於學之足患。

吾友許子雙渠，少承家學，誦揚清芬，又研窮經術，以經世務。及出而從政，綜理民社，分治河渠，肆應孔迫矣，究無一日或廢乎探原竟委之學，而又以其餘事兼及於詩。詩固陶冶性靈之一也，然其爲詩，必蒐據六籍，討論子史，即下而説部、類書，亦廣爲徵引，以供驅遣之用。

歲乙卯，雙渠應博學鴻辭詔，來遊京師，余因與定交。見其捆載典籍，鈎玄纂要，余得常與借書。而雙渠有未經流覽者，亦廣爲乞假，抄謄不猒。維時名流咸集，文酒會合，雙渠詩成，墨瀋未乾，頃刻傳寫都下，識者並推爲學人之詩，而非藉口白戰以自詡爲『羌無故實』者也。後風流雲散，天各一方。余既日就頹廢，而雙渠屢任繁劇。於督芟揵、宅鴻雁時，一一見諸於詩，與元道州《春陵行》《示官吏》諸作，不襲面目，而得其神理，老杜所謂『乃知正人意，不苟飛長纓』者，洵於今日見之也。癸亥夏，郵寄《抱山詩集》，屬余草序，並云『進以未足』。披而讀之，境益老，格益高，辭益典麗，而揔之原本於學者益深。余何以益雙渠哉？

抑予聞古人術業始於能專，進於能化，昌黎所云『養叔治射，庖丁治牛』之類，業之專焉者也。莊生所云斲輪者，得之於手而應之於心；承蜩者，累五丸而不墜；匠石運斤成風，堊於鼻而不傷於鼻，專而化焉者也。雙渠沈浸於學，以昌其詩，可謂專矣。篤嗜而不自止焉，斲輪、承蜩、匠石之神意，即雙渠亦有不知其然而然者乎？俟焉可已。

《褭爽亭詩》序

徐子龍友，豪士也。生平不輕許人，獨喜道王子儕鄴詩，時誦其一二佳句，鏘鏘作金石聲。後每相見，輒稱道不置。龍友嘗與予論詩，謂：『摭拾奧博，馳騁變幻，雖偏鋒側出，皆在所貴，而獨疾夫平易枯淡，以自蓋其陋者。今有尩羸之夫，久斷糧粒，而曰「我將芼杞鞠羹，蒸蘭肴蕙，藉以自養」，其生不速之斃乎？』予笑曰：『摭拾奧博而絕其根，猶窶人子貸富家金而自誇多財也；馳騁變幻而閑不立、實不足，猶狡憤之馬中道覂駕，西域眩人，吞刀吐火，魚龍曼衍，而不適於用也』。兩人相顧而笑。因憶所稱儕鄴詩，必非平易枯淡，以自蓋其陋者。

丁未春，儕鄴示《褭爽亭詩》，窺而尋之，摭拾奧博矣，而能探其原；馳騁變幻矣，而不傷顛蹶、不淪荒怪。而龍友所譏者，十不得一二焉，宜其向之稱道不去口也。中《詠史》二卷，工於持論，不襲不駁，皆近時讀史暇，直抒心得。較之舊作，尤錚錚焉。使得質諸龍友，與之上下三千餘年，必有獨出論斷，以相賞於磨丹漬墨之餘者。而故人奄忽呼皋某復者已三載矣，悲夫！追念曩日辯論往復，如塵如夢，不勝悲歎！而儕鄰生平知己之感，又將何如也？因序其詩而問之。

喬慕韓詩序

風騷以後，五言代興。漢如蘇李贈答、《古詩十九首》，句不必奇詭，調不必鏗鏘，而纏綿和厚，令讀者油然興起，是爲雅音。後如阮，如陶，如陳正字、張曲江，如王右丞、韋左司、柳儀曹諸家，雖畜軌各殊，而宗法自合。無他，唯其發源於古澹也。古澹者，蘇、李、《十九首》之遺也。然愚嘗以此求今人之詩，得此意者蓋寡。

白田喬子慕韓，向聞其能詩。及來京師會合，出詩稿相示，味則泊乎不覺其甘也，格則渾乎不覺其奇也，音則泠泠乎不覺其傾耳動聽也，然平心易氣以求之，始貴其氣體，漸親其神韻，既浹其性靈。近體在王、孟、錢、劉間，而五言古體欲攀典午、當塗，而上窺其原，是可爲今人之古澹者已。

雖然，稱詩於今日，知慕韓者或難。蓋時人所趨者，鮮穠佻巧，多志微滌濫之音，而慕韓以聲色臭味之不露者當之。此如秦箏羌笛，競響繁會，而以太常雅樂與于其間，宜聽之者欲臥也。然試奏諸清廟，升歌堂筵，其可以感鬼神而和性情者，果在秦箏羌笛類耶？且夫少陵之言詩曰『語必驚人』，昌黎之言詩曰『横空硬語』，取乎奇情鬱起也。而《贈孟雲卿》則云『李陵、蘇武是吾師』，《贈張文昌》則云『張籍學古澹』。杜韓旨歸，仍在聲希采伏者矣。慕韓得所宗法，而深以忠厚悱惻之思、和平温厚之氣，將所云『師蘇李』『學古澹』者於是乎在，而豈獨表異於今人之志微澔濫者耶？

慕韓爲介夫徵君令嗣，徵君遺榮守道，與古爲徒，慕韓其稟承家學者也。詩品之高，蓋有所自云。

盛庭堅《青嶁詩集》序

詩人之詩，異乎文人之詩。文人之詩，意在文，而兼及焉者也；詩人之詩，意在詩，而專及焉者也。且不見夫津人之操舟者乎？善游同泅者，數能忘乎水也。忘乎水，唯其習乎水也。假而擅郵良、造父之技者，而偶操舟楫以泛乎江湖，彼苐能防車之敗，而不能持舟之覆，其不爲津人竊笑者幾何矣？

吾友盛子庭堅，少即嗜有韻語。余嘗訪故友張子永夫於下沙，因與庭堅定交，得讀其詩。後予往來研山，必與庭堅晤。每晤，讀其詩，輒工於前。後予移家研山東隅，晨夕過從。後又同館舍於生田王氏。見其中有所得，一寓於詩。今年已四十餘，嗜之彌甚。於是知庭堅故以詩爲事，而文轉在所兼及者也。彼操舟之子善游者數能，庭堅以詩自鳴，其庭堅之善游乎？彼善游者忘水，庭堅之冥心合節，其庭堅之忘水乎？而其少時操筆弄墨，幾於日課一詩者，庭堅之習乎詩，即操舟者之習乎水也。其爲詩人之詩，而非餘事所及者，夫復奚疑？

然吾聞丈人之游吕梁者矣，懸水三千仞，流沫四十里，而蹈水如無事，然以己之性，順乎水之性，而與齊俱入，與汩俱出，故遇人世之至險而不知其險也。津人之操舟者，曷試之吕梁，以極其蹈水之能乎？

庭堅之詩，自王、孟、錢、劉、元、白以下，至青丘、海叟之列，皆含咀其菁華，而化其面目已，幾乎津人之能事矣。由此而上劘少陵之壘，以直探乎典午、當塗、漢京之原，吾知涉吕梁之險者，廻視觴深之淵，真有履如平地者也。庭堅其然吾言乎哉？集以『青嶁』名，取研山旁之小山以自況，蓋其謙詞云。

盛庭堅《蜀遊詩集》序

西蜀，天下奥區也。地如瞿唐三峽之險，白鹽、赤甲、劍閣之峻，人如蠶蘩之開蜀，昭烈之割據，屈原、武侯之忠，宋玉、王褒、司馬相如、楊雄、蘇洵、軾、轍諸人之文藻，皆特絶兩間，無與爲偶者。故入蜀之士，抉摘奇險，憑弔偉人，發爲辭華，得江山之助居多。

吾友盛子庭堅無他嗜慕，獨工詩。其取意也遠，其徵材也博，其選辭也韻，品在長慶、元和間矣。歲丁巳入蜀，抵瀘州，越二載歸，得詩若干篇。中間自吴之楚，自楚之蜀，凡登山臨水、俯仰古今、去國懷鄉之思、歲月變遷之感，以及蘭之秀、蓀之薌、竹之斑、杜鵑之流血、鷓鴣之啼煙、哀猿山鬼之叫嘯、魚龍江豘之出没而變幻，一切可喜可愕，俱於詩焉發之。視從前之追逐長慶、元和者，變高格焉。是江山之助，果足以激發人之性靈者也！抑又思蜀自五丁開鑿，後人之入蜀者何限？而伊古以來，獨杜少陵《發秦州》後諸作，推爲横絶古今。後此，南宋如陸放翁别駕，吾朝如王新城尚書，其蜀中諸篇，各得少陵一體。洵乎，詩之可傳，又在胸羅宇宙，而不惟恃境地之怪偉特絶，以激發其性靈云爾也。今庭堅遊蜀之作，幾欲追蹤新城、放翁，以上窺少陵。則胸次之高深與蜀道之險阻相遭焉，而合成雙美者，古今人有同軌者歟？

予自庭堅入蜀後，羈蹤日下，欲求堆阜之巉嵃、水波之淪淪，以眺覽舒嘯，而了不可得。故亦嘗發爲詩歌，抒寫情愫，終不能如庭堅之恣肆滂濞，得以大吐胸中之奇。因信入蜀者之故能自昌其詩，而天又若或助之，俾得成爲詩人也。予雖老，他日倘有蜀中之役，願青鞵布襪，裹糧以行。

《吹萬閣詩文集》序

昔王筠世有文集，祖孫父子間皆名人也。而王勃之祖則文中子，羊祜係蔡雍外孫，陶潛係孟嘉外孫，王羲之爲郗鑒壻，衛玠爲樂廣壻，蘇舜欽爲杜衍壻，並稱美談。然述祖德者，未必能承外家；承外家者，未必能與婦翁並推名流，載諸史傳，古人罕兼值者焉。

顧子禄百，同學我求孤子、有典先生孫也，而外祖則爲匠門張先生，婦翁則爲蘅圃徐先生。有典先生湛深經術，隱德未耀。撫育孤孫，期以久大門風，正矣！匠門先生擅風雅，鴻麗之才，提唱天下，名流薈萃其門。禄百以童穉之年，耳目擩染。掉鞅詞壇，即已徧交海内英傑。既爲蘅圃先生館甥，相與講求藝術，以殖其學，以老其才。是王筠以下諸人所不能兼值者，而禄百兼之。宜發爲文章，卓然超流品之外，而成一家言也。

禄百少歲，詩宗大曆，後婉轉相附，緣情綺靡。文宗《文苑英華》及《唐文粹》諸家。歲月漸長，日臻老成。今則詩品清妍深穩，漸近自然。而文之見道者，平心易氣，回翔弭節，以韓、歐陽門仭爲歸，可爲辭必己出，變而日上。此故自得於好學深思之餘，而非專藉乎祖德之所及被，與外家婦翁之所及授者也。

匠門、蘅圃先後没，禄百爲草行狀，乞有道而文者志諸石。而於匠門遺集，付工鋟刻，以垂永久。而述祖父世德，以畢達其『毋念爾祖』『念昔先人』之思，此又忠厚仁孝之所鬱積而成。而詩文之工，又其餘事也已！予故樂爲序之。

鈕用謙《滇中詩》序

丙辰歲，予以召試留京師。鈕生用謙自楚抵京，以予爲識途老馬，問詩於余。時用謙之詩，駢花儷葉，疊見新色，準之大雅之堂，未及登也。因進以唐賢格律，而並勉其根柢於學。不半載，體源意匠，守法遺辭，浸近前人。是冬，余鎩羽還，用謙亦别去，留直隸制府李公幕中，後又之滇撫張公幕中。歲己未，余復來京師，用謙郵寄詩兩卷，辭氣格法更逾於前，多留滇南時作者。

從來古人文章，每得江山之助。少陵之夔州、東坡之海外、放翁之錦城，其最著也。用謙詩人之胸，故足攄寫其魁壘蜿蜒、不可遏抑之概。而滇南又遠在萬里外，夜郎之西，邛筰、冉駹之南。山如金馬碧雞、點蒼蜢蠓之奇，水如洱海盤龍、金沙蜻蛉之險，物産如象犀、木棉、琥珀、五角羊、康郎魚之怪，又其地通僰人、爨人、交趾、烏蠻、吐蕃、緬甸之遠，故土風紛紜錯雜。而其間開國如莊蹻，梗化如蒙段，服遠如諸葛孔明、如韋皋，鎮撫如沐英、沐晟之族，皆堪憑弔而歔欷者。用謙置身其地，擴其襟抱，發爲詠歌，有不渾淪磅礴，超軼於繩趨尺步之表者耶？

昔楊用修自蜀入滇，登臨之餘，惟多讀奇書以資灌溉，故發爲文章，日增宏麗。用謙棲託之地，同於用修矣，由此日與古人爲緣，而不專藉江山之助，則余向勉其根柢於學者，其説仍不可廢也。

抑聞康熙癸丑歲，逆藩跳梁滇中，天子親授廟謨，命將行師，卒落其角距，相次剪屠。今太平無事久矣，然臨滇池，涉龍湖，王師飲馬之處，有可按圖考索者，覽其山川，尚嘅然而賦《常武》焉。

家房仲詩集序

仁和家房仲，偕其弟茉園，擩染庭訓，少歲即工詩學，後又遊初白查先生門。先生以樂天、東坡、務觀、遺山諸家詩倡導後進，經指授者，每能攄寫所淂，空諸纏縛，而房仲所造，尤犒然自鳴於時。今讀其《孤石山房詩》，氣灝灝爾，辭磊磊爾，無塗抹捃摭、傭耳剽目之習，而亦不以搜奇抉怪、刻腎雕肝，求表異於流俗。視天地間無結轖不可解之事，即無哽咽不可道之辭。洵能苞羅旁魄，而一如其中之所欲出者已。

獨是房仲與茉園並有成就，茉園角藝推遜仲兄。今茉園入史館校秘書，而房仲暴腮鎩羽，仍困諸生，豈投時之術有工、不工耶？抑遇合有數，人事有不能自主者耶？每見唐人之不遇者，窮蹇憂悲，流露篇什，往往歎雲英之未嫁，悵歸燕之無棲。獨房仲意氣洒落，惟勉其弟以事國，而不憂己之不遇。讀其詩，豈無得於中者而能然耶？房仲既有得於初白先生之學，方且追樂天諸家而從之，所謂辭達理舉者，不至於是不止也。

抑予聞古人之詩，如『宋菊東籬』『池塘春草』『月照清淮』『蟬嘹鳥鳴』『亭皋木葉』『隴首秋雲』

諸語，每以風格神韻賞之，善學樂天諸家者或嘗遇之意言之表乎？諒亦初白先生所隱而未發者也。

《南園倡和詩》序

石曼卿句云：『樂意相關禽對語，生香不斷樹交花。』朱子賞之，謂得『吾與點也』之趣。而於邵子『梧桐月向懷中照，楊柳風來面上吹』，每涵泳而咀吟之。蓋意未嘗深，語未嘗奇，即眼前景物，而樂天無悶、物各自得之意，隱然遇於言外。詩之真者在性情，不在格律辭句間也。淂此意也，可以讀澹齋劉先生詩。澹齋抱用世才，然恬於仕進，中歲後構南園居之。疊石引泉，蒔花種竹，時與二三同志觴酌嘯傲於其間。中有所得，發而爲詩，賓主兩忘，迭相倡和。

蓋澹齋既不以人爵爲榮，而又非志躭隱淪，如古者周黨、向長、朱桃椎之徒，必欲晦迹韜名而後已者。故見之於詩，沖澹夷愉，不必雕肝嘔心，而世之刻意求工者，轉或遜焉。此無他，一則意在於詩，一則意不在詩。意在詩者，專乎人工；意不在詩者，足乎天趣也。

昔白傅退居香山，與張渾、狄兼謩、盧貞輩宴飲倡和，今其詩不能盡傳，而疏沼鑿石、燕集賦詩，令人想慕於無窮。澹齋南園倡和略同香山，而詩品自然又似。聞曼卿、邵子之風而興起者，使得朱子讀詩之法，而心賞之，而涵泳咀吟之，殆有相與於無相與也夫！

李客山文稿序

近代無古文，非近代之人不能爲古文也，患在好沿其流，而不思上探其源。六經、馬、班諸史之類，文之源也；唐宋以下諸家，文之流也。每慨世之作文者，六經、馬、班諸史之不求，而惟泛涉於唐宋以下諸家。中間稍有志者，依傍八家門户，或拘守宋儒語録以爲據依。而桀黠者流，則有剽竊二氏，遁逃虚無，稗販僻書，薈萃叢雜。甚者，汩溺乎俳優之辭、酬應之習，以蘄苟悦乎世人之耳目。譬諸觀水者不窮崑崙、岷山之源，乃決溝塹之水，放之盈科，而詡詡然謂江河在是，亦立見其涸而已矣。

李子客山，自少以詩名淮揚間。所爲詩發源漢魏，流衍唐人。既又益肆力於古文。其持論也正，其徵引也確，其序事也潔，其選言也精，其用法也不拘成法而自閑乎法。文之説理論事者，愜當古人之用心。即隨事寓意，亦能自言其所欲言，而不闌入於苟且骫骳之習。視夫與道爲裂，而徒傷辭費者，判若莛楹矣。窺其得力意，殆討源六籍，泛瀾諸史，而後旁及乎子集，以暢其支流者耶。

客山嘗與予論文，謂前明之文，如北地弇州、濟南諸公，摹秦漢之形貌者，文古矣，病患乎似。義烏、延陵、晉江諸公，專求文從字順者，文真矣，病患乎淺。而欲救似與淺之病，惟在多讀書，能窮理，沃根培本，俟其富有而日新。聞其議論，知其所得力深矣！

夫出崑崙、發岷山者，江河之源也。既立乎不竭之源，而由是經流曲折，絡乎九山，放乎九川，瀠乎九澤，有不會同四海以爲歸墟也耶？客山能然，無患近代之無古文也已。

歸愚文鈔卷十四

許竹素詩序

吾友許子竹素詩，衆以善學李青蓮目之，其説固然。然青蓮之詩，非可學而至也。青蓮負曠世才，有浩然之氣。識郭汾陽於患難中，視高將軍輩如鼠子。故其爲詩，落想天外，局自變生。此由天授，而不關人力者。然後之爲詩者，亦必負曠世才，有浩然之氣，而後發而爲言，不求合，而自然脗合。彼舍神理，襲形似，沾沾焉以率易狂縱求之，去青蓮遠矣。

竹素以過江王謝子弟，天賦俊才，少歲與予定交時，已擅長盤馬彎弓、擊劍𢿱稍。於人羣中欲默相天下奇士，即公卿之貴，而不原本『三不朽』之一者，眼界中舉而空之。時吴中詩學，祖宋祧唐，幾於家至能，而户務觀。予與二三同志欲挽時趨，苦無其力，竹素大聲疾呼以排之。所爲詩，飛動凌空，有倚馬萬言之概，人莫與角。繼往遊都中，與諸名流登臨贈答，詩必擅場，都中有

『小青蓮』之目，無異辭。中年遊豫章，道荆峴、衡嶽，羈旅東西兩粤。晚而出宰閩中，所過多名山大川，擴其胸臆，詩益恢宏壯麗，神合青蓮。蓋青蓮才固天授，而栖峨嵋，溯岷漢，尋蘇臺、越中之勝，探敬亭、秋浦之奇，舟車半天下，尤得江山之助，故竹素彌近之。獨是青蓮於天寶初召見便殿，對名花賦清辭，天子調羹賜食，遂直翰林，褐衣榮寵，前無比儔。竹素祇以一令去官，同其才，不同其遇，可歎也！然青蓮掌誥未久，遭讒被放。後以逢亂，長流夜郎。及昭雪得歸，殂謝青山，未臻大耋。竹素友教四方，得有爲之材，任封疆民社，不一其人。今年届八十，巋然稱魯靈光。而當酒酣耳熟，娓娓談少年弓刀馬稍事。中有所得，出其餘韵，以歌詠太平。較之青蓮，又爲幸人矣！

前此，高文良公章之最賞竹素詩，于廣座中時吟其佳句。而文良以詩商確，有當改定者，竹素輒爲指彈曰：『我欲使公必傳。』此又如杜少陵之於嚴鄭公也。

《蘭玉堂詩集》序

雍正辛亥歲，予留《浙江志》書館，修《省志》及《西湖志》，平湖張子鐵珊在焉。鐵珊爲太史陸堂前輩甥，工韻語。時浙中名流咸集，纂輯暇，常跋燭聯吟，搜奇鬭險。鐵珊詩出，語必驚人，予爲歛手服。越二年，各散去。鐵珊歸平湖，予留滯春明久。南北間隔，無由一通音問。王仲宣歎

『風流雲散，一别如雨』，而歐陽公感賢豪之不常聚爲可惜，非虚語也。予於己巳歲，予告歸里。又二年，皇上省方，予隨賀之杭。時鐵珊以學使薦，召試行在所，因得復與會合。今年夏，過予草堂，出詩稿見示。讀之，不矜浩博，絶去雕飾，直抒胸中所欲言。覺宇内無不可狀之景，古今無不可達之情。其感激豪宕，應得力於韓蘇；流易放逸，應得力於白傅。而清遠閒放諸作，又出入孟山人、韋左司之間。親曩時所見，又層累而上之。則今日求詩人於平湖陸堂太史後，諒無出鐵珊之右者已！

憶往昔修志時，鐵珊偕予及二三朋好，載酒澄吴山紫陽峰，睇江潮洶湧、越山層疊，弔丁野鶴之仙蹤，歌吟嘯呼，見者或以爲狂士，或以爲世外人。今相距二十餘年，予以老耄，頽然放廢，而鐵珊屢經屈抑，願以徵君自畢此生，而年亦忽忽已艾焉，其亦深足感矣！然此二十餘年中，身都顯榮，略無表見，同於鳥影電光，過而寂泯者，何可勝數？而鐵珊詩卷得流行人世之間，果孰重孰輕、孰得孰失也耶？

舒雲亭進士，予同年友也。令平湖，歷監官，有詩癖，愛鐵珊詩，爲鐫《蘭玉堂集》。此兩美有合，亦近今能吏所難者，因牽連書之。

鐵珊，名雲錦，字龍威，世居平湖之蒹葭圍。其古文詞足名家，兹特序其詩。

家椒園《于東集》序

嘗讀昌黎《荆潭唱和詩序》，謂文章之作，恒發於羈旅草野，若王公貴人，非性能好之，則不暇以爲。予意性能好之，而入之不深、歷之不久，則仍不暇爲；爲之，仍未必工。家茱園觀察，其於詩可謂性好焉，而又入之深、歷之久者也。癸酉春，郵示予《于東二集》，皆奉命視漕改、官登萊作。茱園之詩，至是凡四變矣。方其閑居寄興，雅淡絶俗，予昔比之清渠寒流、空山殘雪；及爲翰林，轉爲春容和易，而骨幹自存；迨入諫垣，遇事納忠，慷慨奮發，近少陵『問夜如何』『避人焚草』之什；自經泲水、入青齊，使旌所至，輒有詠吟，弔古則沉雄激壯，登山則靈奇峭削，憂旱潦、念明發、喜兄弟之會合、傷朋舊之别離，悱惻纏綿，協風人之旨，所謂變而愈工者耶？

蓋茱園生平無他嗜好，惟究心卷軸。居京師，退朝入直，車中手一編，咿唔不絶。既具詩之情、詩之才，今又處詩之地。南池酒樓，李杜寄跡；濟南歷下，名士留踪；天門日觀，雄長羣嶽。而登萊憑負山海，九仙奇秀，東坡謂『不減雁蕩』。之罘界接文登，始皇刻石紀功於此。蓬萊閣可以望海市，成山可以觀日出。一一能拓其胸襟，助其抒寫。雖欲不工，烏可得乎？昌黎所謂『材全能鉅』者，此其選也！然考當時裴均、楊憑，並以爵位顯，未嘗擅風雅名，而能存志詩書，寓辭歌詠，故昌黎頌美如此。若茱園則入深歷久，如飲食衣服之不可蹔離者。然韻語之工，固其能事，無足異也。

猶憶己未夏，予移寓茱園拙隱齋，日夕論詩，互有麗澤之益。今别去六七年，遠隔二千里，獨學無友，詩格未高。茱園乃能於政治之餘，進而日上，其所詣可涯量耶？讀其詩，輒神往於東萊官閣間矣！

《劍谿説詩》序

古來説詩者夥矣，而司空表聖、嚴滄浪、徐昌穀爲勝，以不著跡象，能得理趣也。但從入之方，未嘗指示學者，奚所循軌焉？

白田喬子劍谿，中有所得，發而爲言。自古逸、風騷，以暨六代、三唐、宋、元、明代，各有開陳。或述前言，而衷以心得；或抽新緒，而融以舊聞。於忠愛敦厚之意，丁寧三復，凡以見詩道之尊，不使雕刻曼辭，誇織門媚，與夫麗言繁稱、意竭語盡者，得以岐出其途而亂其位次也。書成上下二卷，分古今、敘源流、别正閏，而一歸於性情之和平。使學者心體而允蹈之，則成大家；即依約而遵守之，亦不失爲正格。質之表聖、滄浪、昌穀諸公，有共許爲補予未逮者矣！

劍谿詩古淡超逸，準之前賢，有契其心神而化其面目者。其所説詩，幾於有而後言，匪獨見而能言者也。詩云：『惟其有之，是以似之。』劍谿有焉。

王鳳喈詩序

己巳夏，予乞身歸里，卿大夫士皆有詩寵其行。而嘉定王孝廉鳳喈贈五言百韻一章，排比鋪張，才情繁富，而一歸於有典有則，予心焉重之。既讀其《竹素園詩》及《日下集》若干卷，知其平日學可以貫穿經史，識可以論斷古今，才可以包孕餘子。意不在詩，而發而爲詩，宜其無意求工而不能不工也。

予慨詩教之壞，前此四十餘年，禰宋祧唐。有隊仗，無意趣；有叟逸，無蘊蓄。覺前人之情與景涵、才爲法斂者，剗削不存。而近代稱詩之家又復喜輕佻，尚剽販。粉黛纂組，百態呈妍。其他横逞胸臆者，則又荒幻險怪，同於跳丸掉竿、吞刀吐火之流。而少陵所謂『前輩飛騰』『别裁僞體』，比於『鯨魚碧海』者，或未之見焉，是亦吾黨之憂也！鳳喈能卓然於舉世波靡之日，平心易氣，磊落英多，而書味盎然，可希風於古君子之『其言有物』者，其亦中流之一壺也已！

鳳喈大父卓人先生，以名孝廉終於廣文。尊甫通侯同學，以名諸生滯於庠序。予於兩世交誼，在紀羣間也。今復遇鳳喈於小友之列，蓋親見其祖孫父子之以文行代興，而予年亦忽忽其衰憊矣！韓子云『位不稱德者有後』，又云『遲之久者蘊必發』，揆之於理，有不誣者。他日賦明堂、歌寶鼎，敷陳白麟赤鳳之奇，本平日之學、之才、之識，而光大焉，而涵泳焉，視從前諸作，應有更高一格者。予雖老耄，猶及序而傳之。

顧湘南時文遺稿序

今相國鄂公，任江蘇方伯時，以古學延訪人材，共得五十人，而吴江顧子湘南爲冠，士林榮之！後十餘年，天子詔開博學宏辭科，遠近想望，謂吴下堪膺曠典者，惟湘南一人。迨檄至，而湘南則已前一年没矣！

戊午夏，湘南弟陶元以其兄《四書文》一册授予，屬爲序，曰：『先兄之於文辭，德行之餘也。先兄之於時藝，又文辭之末也。欲鐫其詩、古文辭問世，而力有未能，請從時義。』

始讀之，純粹者理，疎達者氣，雅則者辭。於學，旁通鉤貫。雖科舉一藝，而足覘醖釀根柢之深。尊其品格，挹其風度，方共擬爲通儒鉅人。詎意困於諸生，年未五十而遽以没也！

嗚呼，世之業科舉文者紛紜揉雜。有土偶冠佩者矣，有諧謔不根者矣；有枯若斷梗，棼若亂絲，荒幻若土伯，昏昧若幽獨君者矣。然往往科第可戾契致，而工其業如湘南，屢不得志。且使之中道以死！準之於理，莫可究詰。此古之君子悼嘆賢人志士之摧挫抑没，至不得已而付之無可如何之天也！

《天問》《天對》，茫茫百感，吾誠欲搔首問之。

嘗考唐代《紀事》，録名儒方干等前後十五人，賜身後及第，古今傳爲美談，從宰臣張文蔚請也。今亦有爲湘南請者耶？又唐以詩取士，詩之工者雖未及第，而其清辭麗句已熟於藝林，且遍及婦人豎子之口。今之時文，汗牛充棟，中式春闈之藝，猶不旋踵棄之。有能取不得志者之文，使之流播於挾册吟誦之士耶？然則陶元之鋟刻遺文，亦弟弟之誼則然。而文之傳不傳，猶屬未可知之數也。

然使當今之世，而果有援唐故實、追録名儒之舉，則湘南之文猶在人間，是亦有所據依之一端也已。他日詩、古文、詞繼出，當更有窺湘南學術之全者。予雖荒髦，猶樂得而序之。

家屺望時文序

作文之原，在於宗經。顔之推曰：『文章者，原出五經。』韓昌黎曰：『約六經之旨而成文。』王禹偁曰：『爲文而舍六經，又何法焉？』則知經者，聖賢之心也。竊怪近今之爲制義者，務欲偭離乎經。彼蓋懲庸腐堆垜之弊，摭拾僻澀，取盩荒幻，日從事於詭異，以希弋獲。既而，果能弋獲矣，於是一倡百和，繆種流傳，浸淫溺没。譬泛瀛海者遇黑風、飄鬼國，所見皆縱目九首、鬋鬋駓駓之族，轉不如庸腐堆垜之習，冠裳土偶，猶有人之形者存也。嗟夫！聖人之經具在，而爲經義者偏背經而馳，不有名是而實非者耶？

吴江家屺望，少歲即談討經學。發而爲文，必窺尋乎聖賢之心。或振華揭響，發攄才調；或循軌守范，波瀾老成。而簡短味長，取神韻於意言之外者，亦間有之。要必講求乎義理，效法乎先民，沐浴乎漢京六代以下，而於衆説之郛、大道之管，惟懼尺寸越乎其間。其有泛斷港絶潢而自外乎經學者，蓋亦尠矣。

屺望家鶯脰湖濱，棄謝人事，抗顔爲師，遠近經承口講指畫者，亦漸有得乎六經仁義之説。一切紛紜時尚，舉不得而中之。以是歎羡屺望之能文，而亦重其抉經之心者之足以不誤乎來學也！獨是波流滔滔，西逝不返。屺望以無位之士，齗齗講論於荒江寂寞之濱，冀其以一人之力轉移風氣，不有逆風而呼，聲疾莫應者耶？然君子之學術，爭是非、不爭從違。作文而果探其原，則得乎聖賢之心者，不必求快衆人之心。況衆人之公心仍在，一旦陽氣漸升，羣陰解駮，安見浸淫溺没者之不翻然悔也？

屺望門下士將鐫其師之文問世，請序於予，因序其文歸之。

《二棄草堂讌集》序

丁卯正月，德潛值乞假歸里。越五日，拜横山葉先生神位於二棄草堂，先生故棲息地也。時先生辭世四十五年，門下士存者九人，咸在列。葉太史長揚年八十一，顧處士嘉譽年七十九，張處士鈇年七十六，德潛年七十五，謝徵士淞洲年七十一。並年六十九者，沈徵士巖、李徵士果，年六十七者爲薛徵士雪。周太學之奇年最少，亦六十五。而先生孫啓祥年七十一。十人共七百二十有三，稱盛事焉。

昔白太傅居香山，結香山九老社；富鄭公居洛，結洛下耆英社。彼與社者多名臣碩德，既已功成不居，辭榮躭寂，頤養老壽，文酒讌遊，後人披覽圖畫，猶津津道其年命之多，與邱園之樂。以今方古，烏敢較量？然太傅、鄭公惟聯一時友朋之樂，而今兹九人，皆向時請業於二葉艸堂者。討術業之淵源，合通門之情好，横山一脉，猶在人間。此又太傅、鄭公所未聞，而今兹所獨有者也。

於時登小山，穿桂薮，撫琴尊，尋故簡，闡先生《原詩》上下篇之議論。並泝巢黄山，經羅浮，攀匡廬，登泰岱，尋五洩之高風。旨酒斯柔，談諧永日。山樵田父，詫諸老翁之彙集於斯堂，而毛髮未白者莫之或與也。傳聞城市，亦以爲美談，洵爲吴中之盛事也已！形諸豪翰，皆五言古格。要以流連泉石，會合同學，揚扢雅風，歸於不忘師門爲主。

詩篇既成，勒之石，陷於草堂之壁，聊比香山、洛下圖畫。主人啓祥遺德潛爲序，遂述其事而序之。

《韓江雅集》序

《韓江雅集》，韓江諸詩人分題倡和作也。故里諸公暨遠方寓公咸在，略出處，忘年歲，凡稱同志、長風雅者與焉。既久成秩，並繪雅集畫圖，共一十六人。馬君嶰谷，半查昆弟，予舊交也。詩筒郵寄，屬予序。

予惟古人倡和者，唐如王、裴倡和，賈、岑、杜、王倡和，荆潭裴、楊倡和，元之與白，白之與劉，皮之與陸，並以倡和稱。宋初西崑體有楊、劉之徒十餘人，元季玉山讌集有顧仲瑛、楊鐵崖諸人，明代如沈石田、文徵仲、唐子畏諸人，次韻詩亦復斐然。而吾謂《韓江雅集》有不同於古人者，蓋賈、岑、杜、王、楊、劉十餘人倡和於朝省館閣者也；荆潭諸公倡和於政府官舍者也，王裴之於輞川，皮、陸之於松陵，固屬山林之詩，然此贈彼答，秖屬兩人；仲瑛《草堂讌集》秖極聲伎宴遊之盛；沈、文數子會合素交，量才呈藝，别於賈、岑以後詩家矣，然專詠落花，而此外又無聞焉。今韓江詩人不於朝而於野，不私兩人而公乎同人。匪矜聲譽，匪競豪華，而林園往復，迭爲賓主，寄興詠吟，聯結常課，並異乎興高而集，興盡而止者。則今人倡和不必同於古人，亦不得謂古今人之不相及也。

昔王新城尚書官揚州司李時，招林茂之、杜于皇、孫豹人諸名士修禊紅橋，各賦《冶春絕句》，客俱屬和。迄今追憶，比於杜牧風流，付之夢寐矣！乃八十餘年後，有好事者追前塵而從之，新城餘韻不仍在緑楊城郭間耶？

予嘗經蜀岡，登平山堂，吊歐陽公遺跡，遠山長江，溶溶灩灩，如眉如練。嘗夢魂飛越於此！倘得厠名賢之末，相與搜奇抉勝，較工拙於鏗鏘幽渺之間，亦江湖之至樂！而留滯春明，有懷莫能遂也。書復嶰谷、半查諸公，以志我媿，且爲他日息壤之券云。

松雲堂文讌序

友人王子學舒，世居崑山之生水，築堂曰『松雲』。面山阻江，聯阡絡術；平林逶迤，窅然深遠。相傳元末顧仲瑛讀書處，此其遺址也。

辛丑夏五，徵四方同學，遊讌其地。維時律中蕤賓，薰風扇物。挐輕舟，颺帆席。清波淪漪，倒涵天碧；桑竹掩暎，翠煙欲流；空江如鏡而一色，遠巒若揖而孤峙。主人迎客，衆賓入坐。文言以永之，旨酒以柔之。升高而觀雲物，臨淵而闞魚藻。燕飲終日，寄興千載。其於江山之勝，友朋之樂，可謂無負也已！

昔仲瑛玉山池館盛於吴下，招楊鐵崖諸子，徵歌選勝，聯吟縱酒，一時傳爲韻事。然時丁末運，區宇鼎沸。其競豪侈、嬖聲色，比於燕巢幕上而已。今與文酒會者，既屬雕龍吐鳳、握蘭佩玉之流，相與上下古今，切劘砥礪；又以生逢太平，放意泉石，詠歌文雅，同爲盛世幸人。視仲瑛、鐵崖諸子遭際，爲何如也？著於豪翰，人富其言，要以各抒所得，不拘體製。後有觀者，可以慶吾黨之遭焉。

擬顧越虎邱文會序

夫寄身闤闠，則交集塵氛；逃跡空虚，則乖暌朋舊。惟地接人區，境標靈阜；高未入雲，深非藏日；繞清川於前麓，俯曠野於陰林；澗壑沉冥，藤蘿蔭映，陂陀横亘，竹樹蕭踈；崖接飛梁而徑度，磴連石級以徐攀。洵吴西之名壤，緊司徒之故居。天與安閒，人堪棲託。越素澹宦情，偶膺名位。值青絲白馬之來，無虎竹銅符之寄。未能枕戈而寢塊，且與飲谷而巢林。跡遠監官，情躭虎阜。晚年歲月，倍愛雲煙。合志友生，常同歌笑。既道合乎忘筌，詎誼深乎傾蓋。

於斯時也，邃谷丹青，陽崖明麗；嘉樹成幄，澄潭寫鏡。披靃靡以列坐，酌流霞以相歡。冥同類之形骸，見萬物之情性。清絃更張，雅言競發。談玄若默，述史可聽。慕曾點詠歸之風，契老氏無爲之旨。辭條吐鍔，光與劍氣上騰；墨池添潤，流與澗泉共注。成吟則聲音金奏，既醉則天地秋毫。忘锲觎之在郊，幸芝蘭之在列。樂極觸憂，興高難盡。

同人自沈炯、張種、孔奐、同姓野王以下，凡若干人，並賦新詩，各言爾志，以誌兹山故事。

送李鹿山大中丞歸里序

人必可以達、可以窮，可以處順、可以處逆，可以展經術於當時、可以老一身於林壑，則其出也，爲家國有賴之人；其歸也，守吾道於退藏，以爲儒行之楷式，此濟時、樂天之所以兩得也。若乘時則炎炎，失勢則戚戚，雖其人勉強自持，亦儕於古人之書空咄咄、署門謝客者而已。於吾道之重輕，奚賴焉？

福州大中丞李公，固以道爲進退者也。公弱冠爲名孝廉，既仕，官西曹，以守法稱。出任憲副於蜀，移轅江左，旋任臬事，晉方伯。春和秋肅，整齊噢咻，聖祖仁皇帝嘉其所至有功，特命建牙開府於浙。當是時，聖賢相逢，明明穆穆，與成周之分陝保釐，後先比績，誠道濟天下之時也！未幾，以屬員負罪，辭誣及公。公以身爲封疆大臣，不應與小臣爭辨。因束身聽聖天子處分，而公亦竟觧組去官矣。自是留滯吾吴，前後共十有四年。中間逋累層疊，侵侮日至，竭公之家不足補益。又食口繁重，逾子千指。僦屋以居，數易其地。期功之喪，纍纍迭見。常情處此，恐有不能終日者。而公夷然自足，日把一編，分析天人，吟弄風月。無幾微怨尤之辭，並不作達觀放曠之想。其諸無入不得，而老而彌篤者與？昔蘇子瞻居昌化，自築土室，屏絶藥餌，獨與幼子著書爲樂。范堯夫居永明，戒家人，無得稍有不平，公也兼之。古君子之安命俟時，而身詘道高者，庶無忝已！

丁巳夏，將歸福州。公去家三十年，一旦仍返故鄉，肩輿短棹，遨遊九仙、烏石、南江、西峽之間，不啻如遇故人，其樂何可涯量？而八閩人士，以公之守道去官爲出處之正，人世之榮，莫有榮於此者。以視苟焉富貴，蒙昧隱忍，雖一歲九遷，而適以招君子之訢病者，其得失可同日而語哉？

德潛舊爲部民，公嘗辱而教之，俾能砥廉礪隅，以自適於立身行己之道。今公之歸，其能無戚然於懷耶？於是偕吴人之被德者，追送江滸，相與歌詩燕飲，以道公之行。

送謝立夫學博南還序

卓異即古者三考陟明之典也。官自守令下，得與文學法從。與宴賦詩，錫錦衣一襲，以爲寵榮，即古者『車服以庸』之意也。膺是典者，厥維重哉！

獨是官守令者，雖職任繁劇，而能絶苞苴、袪蝨蝂，嚴以律己，寬以字人，得威惠並行，以不瘝其職。而官學博者，講堂或可羅雀。每欲與諸生講肄絃誦於中，而經歲無幾人應者，學博亦以無如何置之，因自號『吏隱』，以藏其拙。即欲見知上官，其道無由。

同學謝子立夫，以名孝廉任皖城之懷寧，前後九載。諸生中貧者，脯脩贄具悉蠲之。講學勵行，蹈繩範躬，爲士子式。前此祭先師孔子，禮器如豆登、尊彝之屬，樂器如鐘磬、琴瑟之屬，存貯者尠，乃率先辦治。又申牒，詳請郡縣，漸次完備。將事之日，齋肅恭敬，久而匪懈。每月課文藝，擇其文與行兼者陳學使者前，以行獎勸董率。一邑之士，翕然從風。署郡庠篆，一如懷寧。而又得以其餘力，分纂《江南省志》，克戡其職。於是大吏嘉獎，以卓異薦爲大江南北學博之最，立夫亦榮矣哉！

憶少歲，立夫初籍學宫，即能砥礪廉隅，不肯菲薄其躬以苟且隨俗。予時動止與立夫偕，謂他日大有所爲，必困窮時有所不爲之人。乃今得試其道於儒官，而立夫年已七十矣。歲十月，回懷寧任。於例，在外得晉縣尹，在内得晉國子先生。蓋晉縣尹，當如仇香、韓韶，以仁化暴，活及溝壑；晉國子先生，當希安定胡先生，取湖學法爲太學法。此皆立夫之可勉而能者也！

立夫行矣，朔風初勁，文旌載塗。努力前行，以待後命。

送朱霞山南還序

朱子霞山，浙之詩人也。寓居西湖之東隅，去孤山稍遠，去斷橋不數武，過者知爲詩人廬也。歲乙卯，應京兆尹試來京師，以樸學不利於時，無所遇。將南還，同人作詩送之，每悵悒其作合之艱，而望其收後效於將來者，猶未免以名位之見期霞山也。夫名位之來，視乎所以宅之人，不審所以宅之之方。而苟焉佩紱，至有求爲尋常無聞之人而不得者。

霞山西湖東隅人也。試經行其地，孤山斷橋，林處士棲遲往還所也。由斷橋而北，爲葛嶺。其下，賈師相後樂園遺趾也。沿緣而北，近西泠橋，賈氏水竹林在焉。計一時之盛，宜足以牢籠天下，而輕處士輩如無有者。今爊灼之勢既蕩爲寒煙蔓草矣，而穢辱之名，樵人、溪友猶俱唾之。以視處士種梅放鶴之風，其久而彌清者，固孰得而孰失也？夫處士特躭於隱而長於詩者，猶不泯滅如此，而況游乎六藝之府、轥乎道德之途者與？

霞山歸，鍵户讀書，益勤樸學。由其所饜飫，而勵其所未能，予並不敢以詩人目之也。然霞山而果能遊乎六藝之府、轥乎道德之塗，則所以得名位而宅之者，應必有道也已。

爲之歌曰：『送子歸兮水清漣，友鷗鳥兮洗心言，持竹竿兮釣魴鱮。載明月兮滿船，扣舷一曲兮憑弔前賢。』

又歌曰：『送子歸兮山蒼蒼，雲深處予讀書堂。揖商周兮師虞唐，卷兮舒兮吾道斯臧。滯余轍兮朔方，望子南天兮雲路茫茫。』

送陸繩武之望江廣文任序

官閒而道尊者，莫如廣文。無民社之責，無簿書、期會、刑名之煩。又禄米所入，兩官分俸幾不足給饘粥。衙齋蕭寂，比於山館。職無閒於此矣！然爲國家教育人材，俊民髦士、馮翼孝德，出於其中。大司成爲天下師，廣文爲一邑師。官不同，而教同；教不同，而道無不同，唯其尊也。則居今之世，不能大行其道，而道仍有可行者，唯廣文爲宜。

吾友陸子繩武，爲大銀臺公令嗣。廉而雋，敏而多聞，稱克家子。然以謹守榘矱，不干聲譽，用是數不得志於有司，由歲貢士任廣文望江。歲十一月，告行於吾鄙，無幾微屈抑之色見於顏面，能樂官之閒，而不忘道之尊者也。陸子勉旃，行誼以修，學術以正，董率以勤，奬勵以誠，事上接下以和，反是咎也。不負所學，以不負邑中諸弟子，其在此行哉！

至於皖江山水之雄、人文之熾，暨同人祖道餞别、黯然傷懷，具於詩中見之，不暇序云。

歸愚文鈔卷十五

與吴虚谷書

潛頓首吴君足下：承示論古數篇，皆能自出新意，翻盡前人臼科。又云行將徧論古人，成一家言。立言自命，不當如是邪？然君子於言，固戒乎勦説雷同，而尤不可好爲新奇，以陷入於詖淫邪遁而不能救。

足下《張禹孔光論》謂，禹持重，得大臣體；光能保全善類。按史，張禹以年老，子孫弱，恐爲王氏所怨，遂謂帝言災變非王氏所致。吏民上書，爲新學小生之言，亂道無所用。帝信其言，因釀成王莽之亂。孔光阿附董賢，劾王嘉，迷國罔上，致嘉不得令終。此憸邪之尤甚者。戕害善類則有之，未聞其保全也。《論王安石》謂，變法之始，實有興王輔治之心。特争之者過激，非安石罪也。夫安石不畏清議，不畏天變，不畏朝廷，至結内侍張若水等爲助，幾欲合李林甫、盧杞爲一人矣。後宋社南遷，由於六賊。六賊之魁，尤稱蔡京。京之所以得行其姦者，在乎託紹述之説，而所紹述者，實惟王安石之變法。是流毒天下之故，安石爲之作俑也。諸賢攻之過激，程伯子已先言之，而竟欲以是寬安石之罪邪？子貢曰：『君子一言以爲知，一言以爲不知。』取快一時，貽譏衆人，不如勦説雷同者爲無背於理矣。

愚觀古來好爲奇論者，如公羊高以祭仲逐君爲行權，曾鞏以楊雄仕莽合於箕子之明夷，《劇秦美新》之文，非可已而不已。王安石以楊雄之仕合於孔子『無可無不可』之義，丘濬以秦檜爲再造宋室，李贄於魏武、武后、馮道俱極稱揚之。今其議論具在，是邪？非邪？純邪？駁邪？足下平心論之，應亦以公羊高數子爲紕謬者也。數子於立言之時，豈非亦以爲新奇可喜者邪？今其紕謬至於得罪名教。後之視今，猶今之視昔，願足下以古人爲鑑戒也！

又古來忠義清節之士無可貶抑者，三代以下，於漢爲留侯，爲嚴子陵，爲諸葛武侯；於晉爲陶處士；於唐爲郭汾陽，爲李鄴侯；於宋爲宗忠簡，爲李忠定、岳忠武、文信國諸人，皆彙萃天地正大光明之氣者。宋元諸賢苛於論人，未聞少加疵議也。足下好爲翻新，又將偏論古人，恐於留侯數賢，或轉加日月之毁，其得罪名教尤甚，故並及之。

愚於足下之文，未能窺尋涯涘，然見立論之偏，不敢附和，以滋友朋之過。故敢竭悃忱，祈高明留意焉。

上大宗伯楊公書

某年月日，長洲諸生沈德潛再拜上書大宗伯江陰公閣下：昔歐陽文忠公之好士也，士有一言之合於道，不憚數千里求之，甚至過於士之求公。嗟夫！公之汲汲若此，豈若戰國四公子、吕不韋之徒，有市於道，借多得士之名，以傾動天下哉？良以國家得一人，則轉相汲引，至於數世，猶享其利。故好之如此，其篤求之如此。其勤此，皆忠君愛國之心凝結於中，不啻庸人之於嗜欲，即頃刻離之，而不可得也。豈惟歐陽公哉？凡爲大臣之心，何獨不然？

今天下抱道德而通經術，孰有如閣下者？推薦賢能、振拔淹滯爲己任，孰不有望於閣下者？閣下固今之歐陽公也！往者總制滇黔，宵小中傷，留滯數載，比於司馬相公之洛下。今天子御極，以進賢退不肖爲首，務除去一二傾險嗜利之人，而正人君子漸次登用。起公萬里外，畀以秩宗，兼領大司成之任。則閣下之所以報天子，思爲國家樹根本緜遠之計者，誠無如以得人材爲急務也。

昔朱子有言：『天下事，非一二人之聰明才力所能獨運。』古之君子，雖德業智謀足以有爲，未嘗不博求人材，推挽成就，布之列位，以冀事之共成。又嘗誦諸葛忠武之教，謂諸有忠慮於國者，當勤攻吾之缺。是以得崔州平、法孝直諸人之助。方今明明穆穆，千載一時。爲大臣者，正宜留心延訪，廣進善類，以共襄文明之治。今閣下涖政以來，未聞有所推引，豈天下之大，無有如崔州平、法孝直諸人耶？抑或知有其人，而謂國事紛紜煩重，無暇及於此耶？竊恐狃於治安，月延歲遷，一旦老成漸孤，陽消陰長，其隱匿潛伺者羣出。而投吾之隙，以盡反其局。羸豕蹢躅之象，未必不早伏於天氣晴和之時也。方今可以此言聞者，惟高安相國。而潛地分闊絶，名未通於左右，不敢瀆陳。閣下同朝論政暇，其以是言商之乎？

潛累困鄉舉，白首無成。濫膺鴻博之薦，仍遭黜落。目下驅車南還，自分老死草野，不復萌用世志矣。但願秉國成者，同歐陽好士之誠，體朱子求賢之切。俾君子並進，朝廷清明。潛得晏然山澤，歌詠太平，以爲盛世之民。此區區之忱，所望於二三大臣者，庶幾旦暮遇之也！伏惟爲國自愛，倍保崇重。謹再拜！

答某太史書

德潛復書某老先生閣下：承賜書，示以論詩論文之則，上下千古，獨抒高論，有舉頭天外之概。前輩學識，非後學所能窺測也！惟指斥陸務觀詩文，猶未見獨出手眼，足以服古人之心。務觀詩，七言律體病在太熟、太多，每至蹊徑複沓。又先儷句，後足成之，未免有有句無章之誚。若其使事穩切，隊仗工整，非經史爛熟、胸有爐冶者不能。故於白傅之外，並稱大家。又七言古詩，沉雄激壯，恢復中原之志時流露於筆墨之間。位雖卑微，獨存忠愛，得杜少陵一體，不必毛舉麻列，概没其志節也。

至其文章，尤爲卓犖。閣下一概抹卻，而於其中舉《南園記》一篇，謂《記》爲韓侂胄作，比於馬融之作《西第頌》，而引楊誠齋之堅拒備責之。此論前人有之，不始於閣下也。然事關品行，欲以一文盡喪其生平，不敢以不辯。夫誠齋之堅拒，固誠齋之自守也。然讀務觀之《記》，每稱其先世忠獻公之德以警惕之，其云：『公之志，忠獻公之志也。』又云：『公又謙恭，抑畏拳拳於忠獻公之志，不忘如此？』又云：『公有此歸耕之志，然後足以當上之倚，而齊忠獻之功名。天下知上之倚公，而不知公之自處。知公之勳業，而不知公法祖之忠。』云云。於侂胄驕蹇極盛之時，能諷以抑損，勸以退休，勉以公忠，語雖贊頌，實寓箴規。使當日侂胄能從其言，將玉津園之禍可以不作！則務觀之作《記》，較誠齋之堅拒，用意尤周且至焉。蓋堅拒者，止於自潔其身；作《記》者，並欲引人於正也。堅拒者，經也；作《記》者，權也。君子論人，正當玩其辭，而原其志，奈何人云亦云，自蹈責人斯無難之咎耶？

昔尹直作《瑣綴録》，謂吴康齋跋石亨家譜，稱門下士。夫康齋之不受職，正以出於石亨之薦，恐淪汙辱，故託病堅辭而歸。豈有不願爲天子臣，而甘爲石亨門下士耶？尹直之訐康齋，本無其事，而挾私怨以漫誣之。閣下之責務觀，本有其文，而未能出獨見以曲諒之。事雖不同，而不樂成人之美則一也。閣下權衡人物，進退古今，願取《南園記》細讀之。甚毋輕於立言，使古人不白於地下。若評詩之當不當，無足重輕，不復詳辯。閣下恕其狂直，而更開示之，幸甚，幸甚！

答滑苑祥書

潛白：前賜書，殷勤詢以作文之法，並冀僕規所未至，若以僕爲識途之馬。然僕非嫻於文者也，而文章家之流弊或能言之。往見有明中葉，一二鉅公倡導天下，謂作文當師先秦、漢京，句取其拗，字取其僻，而先秦、漢京之精神不存焉，其病在襲。於是詆諆其後者，救之以唐宋八家，以平坦矯其拗，顯易矯其僻，而唐宋八家之精神不存焉，其病在庸。而詆諆者，又隨其後。嗟乎！根本之不求，而面目形體之是徇，此亦一是非，彼亦一是非，吾知相訾無已時也！

夫文章之根本，在弗畔乎道。顧吾之弗畔乎道，要取諸古人之文之與道爲一者。而古人之文，不能盡然。自唐虞三代以來，理則天人性命，倫則君臣父子，治則禮樂刑政，如江河喬嶽，萬古不可磨滅者，六經、四子之文是也。自兩漢以降，如賈誼、董仲舒、司馬遷、劉向、王通、韓愈、歐陽修、曾鞏之徒，見乎道，而醇駁參焉者也。佗如莊周、列禦寇諸子之文，汪洋恣肆，而磔裂乎道。蕭統氏編輯之文，辭采爛然，而不根乎道。有宋諸儒之文，幾於道矣，而於修辭養氣，又不能與賈誼、董仲舒以下諸人比埒。

然則舍六經、四子外，胥可屏而棄之耶？曰：不然。六經、四子，吾之宗旨也。六經、四子外，吾之問途於其中，而分別去取焉者也。其間合者，究其所由合；離者，究其所由離。吾折衷乎六經、四子之旨，將合與離，俱爲吾用。而背乎道者，亦可引而正之，以歸於道，則文章之根本立矣！根本既立，次言體法。體與法有不變者，有至變者。言理者宗經，言治者宗史。詞命貴典要，敘事貴詳晰，議論貴條暢，此體之不變者也。有闢有闔，有呼有應，有操有縱，有頓有挫，如刑官用三尺，大將將數十萬兵，而紀律不亂，此法之不變者也。引經斷史，援史證經；詞命中有敘事，敘事中兼議論，此體之至變者也。泯闔闢、呼應、操縱、頓挫之迹，而意動神隨，縱橫百出，即在作者，亦不知其然而然，此法之至變者也。吾得其不變者，而至變者存焉。既觀乎道，以探文之源；復準乎體與法，以究文之流。而且運之以才，輔之以情，深之以養，達之以氣。夫然而發而爲文，若吾未嘗標新矜異於古人，而古人自不足拘攣繩縛乎吾。則其言自吾而立，而秦漢、八家之見，俱可不存。又何至沾沾焉逐人後塵，以日汩没於瀾倒波頹之中耶？

雖然，知乎此實難；知乎此而能造乎此，則尤難！不多讀書，則絶其原；不得師友之輔翼，則迷其途；不定其灼然不變之識，則是非毁譽得以淆其中。而又雜以科舉干禄之學，而又應酬世務，標榜聲氣，以入於苟且求名之所爲，其氣鮮有不昏，抑鮮有不撓者。唯摒擋一切，與二三同志遯跡於荒江寂寞之濱，相與切劘，日月經困頓寒餓，而不之少悔，則於斯藝也，蓋庶幾矣！雖然，僕亦第能言其失得云爾，其失其得未必果有當也。

又昔人親見揚子雲容貌，禄位不能動人，恒易視之，況僕之抑塞連蹇者耶？緣前書諄切，聊攄所見，亦用此自厲，祈至於少進焉。潛頓首！

與陳耻菴書

別離半載餘矣！往者吾兄奔走四方，不得相見，爲恨。昨歲吾兄自嶺海歸，旋卜居吴中，積願始慊。而弟轉留滯京口，古人歎交遊不常聚，有以也。中懷悢悢，如何可言？有欲爲吾兄言者，他人所謂緩於事情，而吾黨所宜留意者也。

吾兄詩人也，敢以詩之道進。詩之風氣隨人變遷久矣！其間有變而盛者，有變而衰者。大約衰極必盛，既盛復衰。然盛之流於衰，非理當衰也。無人焉防維之，使之日流於衰也。明以前無論，明初雖沿元季餘習，然如劉伯温、高季迪輩，飈然自異，亦一時之盛。洪宣以後，疲苶無力，衰矣。李獻吉、何大復奮然挽之，邊庭實、徐昌穀諸人輔之。古體取法八代，近體取法盛唐。雖未盡得古人之真，而風格遒上，彬彬大盛。後王、李繼述，亦稱蔚然。而擬議太過，末學同聲，冠裳劍珮，等於土偶，盛者漸趨於衰。公安袁氏有心矯弊，失之於俚。竟陵鍾、譚立意標新，失之於魔。衰極矣！於是錢受之意氣揮霍，一空前人。於古體中揭出韓、蘇，於近體中揭出劍南。受之之學高於衆人，而又當鍾、譚極衰之後，錢氏之學行於天下，較前此爲盛矣。然而推激有餘，雅非正則。相沿既久，家務觀，而户致能；有詞華，無風骨；有隊仗，無首尾。甚至譏誚他人，則曰

『此漢魏』，『此盛唐』，耳食之徒有以老杜爲戒者，弟弱冠時猶聞此語。受之之意未嘗云爾，而流弊則至於此也。

邇者士知向方，不迷於途。受之之餤已熸，而復不受公安、竟陵之毒。雖無有大聲疾呼如受之諸公者，出而矯弊，而趨向寖復近正。就目前言之，似乍歸於盛矣。夫由衰而盛之會，有心者宜力爲防維。不當恃一時習氣，使之矯枉以過於正。

歐陽子曰：『善醫者不攻其疾，而務養其氣。氣實，則病去。』不易之論也。詩道之實其氣，在根柢於學。以唐人言之，少陵之詩穿穴經史，太白之詩浸淫莊騷，昌黎之詩原本漢賦。推此而上，若顔、謝、阮、陶、曹、劉諸人，蔑弗盡然。蓋能根柢於學則本原醇厚，而因出之以性情之和平，將卓爾樹立，成一家言。吾不受風氣之轉移，而可轉移乎風氣，此實其氣之説也。假使王、李以後，有人焉溯古人之真，而不襲古人之迹，以自授其隙，公安、竟陵之徒何自而置其喙哉？今也不然。謂古體宜漢魏，某章不似漢魏，非詩也；近體宜盛唐，某句不似盛唐，非詩也。詩之宗法在神理，而不在形似。乃棄神理而取形似，執己見以齊人人，東坡之超曠，放翁之淵博，不可盡没也。或至取爲誚讓之詞，與前時之貶漢魏盛唐者異途一轍。究其流極，仍必畫西施之貌，規孟賁之目，而入於剽割仿佛之一途。設使其時復有有力之人，如公安、竟陵、受之者，大聲疾呼，以力矯之，勢必靡然相從，而風會又趍於壞。曾見有元氣削弱，徒攻其疾，而不受傷者哉？論詩道於今日，固方盛之勢，亦易衰之勢也。

弟嬾慢廢學，淺見寡聞，非曰能之，特存其説云爾。若吾兄學邃養純，而又孚信於當世魁閎之士。所謂不攻其疾而務養其氣者，何必非吾兄輩責也？如曰草野之士有言不信，姑待諸有名位者，則世之有名位者吾誰望哉？

九日歸，相約昇逸昆仲同晤，以敘契闊。有所欲言，更面陳也。

與張永夫書

八月二十九日致書永夫足下：前從鹿城歸，過勺湖，知足下於四月間喪子，因憮然而歎，天之處窮人必若是甚耶！前五六年喪弟，今又喪子，窮病之身，年又及艾，何從復得子嗣？張氏從此無後矣！

潛嘗横覽當世，見人之庸碌者，每席厚履豐，享高位、得眉壽，且多子孫。而刻苦自好之士，凡人世之奇窮，若不能以終日者，一身必備嘗之。此豈天之心好濁惡清，與斯世溷溷者，其情略相似邪？抑豈誠好惡異人，而困厄之加，正天以之爲美報耶？此蓋所謂命焉，而人之賢愚高下，初不係乎此也，是在安之而已。

從來際逆境者，其情不一。有計無復之，而刓方爲員，揉直爲曲，一改前此所爲，以求當乎人世之庸碌者，此喪其所守者也，不安命者也；有自傷迫促，戚戚嗟嗟，若無地可置其身，而其身亦隨以殘折者，志可愍矣，然亦不善處窮者也，不安命者也。由前一説，足下諒有所不爲。由後一説，足下恐有所不免。如何？如何？

潛爲足下進者，唯寧靜以養其心，休遊以養其身，所見益清，所守益力，學問益精進，立言著書益充然有餘。而不肯自足，既以忘憂，且以卻病，而我之術業亦因是以有成。夫然，天予我以窮，而我之所據則已富也；天迫我以苦，而我之所得則可樂也；天處我以無後，而我之可以垂世行遠者，不啻子子孫孫之勿替也。人當無可如何之時，唯此可以自信。所以安命者在此，所以勝命者亦在此，足下其加意焉！

若夫談空覈元，逃入二氏，亦排遣之一方。然不學無術者爲之，非潛所望於足下者也。入秋來，起居何似？京口歸，當造山中把晤也。珍重自愛！不宣。

與王千里書

潛頓首致書千里先生：石城一別，屢換春秋。采蕭興懷於一日，東山歎息於三年，豈虚也哉？追念曩日，衡宇相望，昕夕過存。潛甫離童蒙，未能綴論。而先生時值立年，運丁落魄。衣子路之袍，曳東郭之履。酒酣放歌，哀樂無端。摛藻而鸞龍奮，下筆而風雨集。雖復潦倒，行且快意。自時厥後，先生天涯作客，雲水爲家。《叔田》有『無人』之歌，《東門》有『匪存』之思。思心彌結，時形夢寐。彈指幾何，遂至今日。子桓云『已成老翁，但未頭白』，潛正當其時。而先生長逾一紀，皤然皓首。顧影孤孑，尚無嗣息。久羈幕府，無意旋歸，恐非所宜也。況聞故園久荒，戚族凋落，松柏時摧，麥飯誰薦？莊岳雖擊，殯宫猶在。當莫春三月，和風拂人，棠棃開樹，遥望雲天。俳佪故國，先生能毋愴然於中乎？

且夫山父不重人爵之榮，子輿不慕晉楚之富。平生抱負，豈戀侯門？翩然歸里，埽葺舊廬，折芰燔枯，畜雞種秫，聊足自給。而潛以擊轅之歌相應風雅，追逐雲山，流連琴酒，未必不别有樂趣也。若夫燕巢幕上，木偶無歸，先生之明，肯爲季子、蘇代所笑者哉？惟賜裁量，不宣。

與彭翰文殿撰書

燕吴脩阻，不接教者幾一歲矣。憶去冬小除，弟寓居葑溪佛寺，承枉過相存。談討文典，清言終日。風雪滿天，至晚著屐始歸。此種清況，未易望之塵俗中也。入都三月，捷音至，知爲南宫第一人，廷對復第一。海宇望之，如景星麗空，鳳皇高翔。且繩其祖武，傳爲盛朝榮遇。王維《西施詠》云：『賤日豈殊衆，貴來方悟希。』不信然耶？

顧區區之私，有爲我翰文告者。前明羅文恭公，臚唱之日，鹵簿送歸第者、親朋稱賀者，襍沓邸寓。伺晚稍靜，命携桃花米三升，至湛甘泉寓，剉菜作虀粥，午夜論道不倦，傳爲美談。

然晚歲語人，學道二十年，胷中才消去狀元二字。狀元二字果難消去若是耶？前臚唱日，都中有甘泉其人否？曾剉菜作粥、談道不倦否？以我翰文之定性堅力，胸中消去狀元，恐無煩二十年也。

又黄陶菴寄弟云：『狀元乃三年一人。有數百年一人者，有千古一人者，人不能爲數百年一人、千古一人，而但慕三年一人，何耶？』此皆我翰文所樂聞者，故敢以爲贈言，而流俗之人輒笑爲狂夫之言也夫。以我翰文之赫然榮遇，而同學故人潦倒如予者，敢以此言相聞，則平日之孚信於朋舊可知矣。遭遇盛明，文章報國，努力自愛，不盡惓惓。

答友人書

接手書，知縣尹舉吾兄應徵辟之詔，不介而合，洵稱得人。而吾兄若不敢當，以應辭與否垂詢鄙人，虚中若牝谷也。夫出處進退，斷自寸心，豈他人所能決耶？今天子求才若渴，豪毛絲粟皆見收采。處子耿介，嚮風轉移。吾兄鯤鱗之質，久拘尺澤，一旦放之江湖，變化莫測。甯戚擊輻，郅惲投竿，正在此時，甚慶甚賀！然吾聞上求之以誠，下應之以實。今所求者孝友方正，才堪辦事，而文亦可觀者。縣舉一人，按實而求。即行不必如顔、閔，才不必如張、趙、卓、魯，文不必如韓、歐陽，亦必岐然卓躒。抑兼擅三長，然後上求下應，無慙盛舉。倘白頭之豕自詫遼東，珪組乍膺，友朋貽誚。周顒、盧鴻，果一無所長者耶？吾兄平心自捫，辭與不辭，應有定見。

況今之薦舉，絶殊古人。漢張安世嘗有所薦，其人來謝，安世大恨。有位者之心，如此其公也！明天順朝，徵處士，吴與弼爲諭德。與弼以官秩詔書不符，堅辭不受。無位者之愛其身，如此其重也！比聞推薦者半出市恩，受薦者半由請託。門閥苞苴，蟻合蜂附。古云『秀才不知書，孝廉父别居』者，隨在皆是。而無因至前者，寥寥幾人。藉起古人於今日，無論賈誼、董仲舒不願爲伍，即鼂錯之刻薄，公孫宏之曲學阿世，亦有相顧粲然者。以故當路諸公，不肯加禮，堂皇勾點，幾同審録。金玉自愛者，而顧厠於其間邪？在上之曠典如彼，在下之苟且如此。辭與不辭，應有定見。士各有志，何待問之他人耶？

同學顧嗣宗紹敏，風藻自賞，濯秀清流。學博舉以應詔，毅然固辭。而縣尹愛人以德，不復相強。舉者可云知人，辭者可云自愛。以此相聞，吾兄或不以爲不情也。承問近著，自慚荒落。寄到《擬劉安桂樹蘱生》一首、《賦得山水有清音》一首，辭藻不文，聊資噱噱。

與友人書

信來，知吾兄炎月往浙，坐臥竹葉舟中，勞甚！苦甚！

弟憶二十年前，嘗寓淛西靈隱寺，每出寺門，望對面飛來峰，青壁斗絶，攢蹙磔裂，奇詭萬態。

松楠楓樟檦櫧之屬，生石罅中，不著寸土。根橫走石上，蜿蜿蟺蟺，作蝮虵瘦蛟狀。當門爲泠泉，泉自韜光嶺下，經松穿竹，沸白沉黛，乍伏乍見，淙淙幽幽。千廻百折，至峰足匯而成潭。淵涵渟著，復折而下。過合澗橋，急溜分流而去。彼時無事，空亭偃仰，默然靜對，形神俱冥，至今魂夢中冷徹心骨。

吾兄此去，倘一至其地，可以頤神，可以洗心，勿徒受炎歊煎逼，使山靈笑人也。

與張劍州

奉别以來，倏踰半載。京師毒熱，更甚於南。炎蒸之氣，益以塵沙，真覺無處可避。憶在故鄉時，與賢昆仲及蕉亭、逸槎諸君並坐小橋榆柳間，聽溪流㶁㶁，鳴蜩斷續，摇蕉扇、話晴雨，不覺㦤然神飛也。九月，風威已抵南方。十一月内自後，風寒氣寒，血衰之人，何以禦此？

弟定寓後，杜門守拙，不敢妄交。輦下貴客有下禮寒士者，始一應之。欲如時賢作桊韝鞠跽狀，不惟不願，且亦不能。試期遥遥，長安米貴，真不易居！靜念虚名，竟同嚼蠟。南還之想，時形夢寐。鷓鴣每飛，翅先向南，天性使然也。家中無人，諸承照拂！

與程生書

近人作文者，吾惑焉。屏經史、斥子集，曰：『吾宗理學，他非所務也。』夫古人所謂理學，即是經學。今則獵取宋人一二語，不問言理、言治，動曰『無極』，曰『太虛』，曰『太和』，曰『一神兩化』云云，若三尺童子俱爲口耳之談者。夫孔子自言其學曰『下學』，曰『子臣弟友，丘未能一』；其對君曰『博學、審問、慎思、明辨、篤行』；其教人曰『博學於文，約之以禮』。而一陰一陽、繼善成性之旨，於繫《易》偶及之。故以子貢之明達，猶曰：『性與天道，不可得而聞。』何孔子罕言者，而今人屢言之？子貢不易聞者，而三尺童子熟聞之耶？將古人愚而今人智耶？不然，吾願廓落無垠者之少尋其實也。

昔明季言理學者率以禪學亂之，今變症各異，病源略同。有志於學者，宜循序反求，勿逐人跟腳也。吾子天分高，恐偶牽時下習氣，故及之。

歸愚文鈔卷十六

宋侍御傳

侍御宋公，學朱，字用晦，長洲人，中明崇禎四年進士。授南京工部主事，管寶源局，改雲南道監察御史，巡按山東。公之出巡章丘也，大清兵破居庸南下，本兵楊嗣昌檄山東巡撫顔繼祖，握兵移鎮德州，太監高起潛擁重兵駐臨清，名聲援，實觀望也。時遠近震動，濟南無守禦。公曰：『此藩封重地，吾雖無守土責，然吾不死守，誰當守者？』即馳還，與布政張秉文以下議守城。公閲城中兵，止鄉兵五百，及萊州援兵七百，皆不堪用。公歎曰：『張空弮，冒白刃，事勢至此，死無日矣！』移檄高起潛，不發一兵。先後七上疏，皆留中。公見無救兵至，即率士卒登陴，設扞禦，策檄州縣，訓練民兵。部署方定，外圍合，時崇禎十一年冬十一月也。當是時，大兵薄城外者數萬，列營數十，旦夕急攻。而城中不滿一月糧，無固守心。公乞德王犒帑金犒軍，設佛郎機，穴城墉，向外轟擊。夜縱奇兵，出戰，大兵亦多殺傷，長圍稍却，前後凡四十餘日。城外添兵合圍，衝梯死士蜂蟻屯集。明季正月二日黎明，公與兵備道周之訓等守東南門，忽報攻西北，城急。大兵肉薄爭上，公躍馬循城而西，持梃格鬭，刃中於面，被縛去。不屈，死於城樓之旌竿。有頃，城樓焚屍燼，之訓亦死。是役也，秉文偕妻妾死，參議鄧謙、運使唐世熊、濟南知府苟好善、歷城知縣韓承宣等，皆死焉。兵退，公長子德寬抵濟南，求父骸不得，招魂以殮。撫按累疏請卹，奉旨覆勘。次子德宜伏闕上書，旨察議，終不決。南渡後，贈大理卿。

方公官侍御，曾劾楊嗣昌奪情，並田維嘉、唐世濟、史𡎺、袁鯨四人請援兵，時嗣昌在樞輔，欲掣其肘，故不報。後議卹典，久不決，並蜚語誣以未死。於乎，權臣之脩怨亦苛矣哉！

侍御本無守城責，況又出巡章丘矣。乃馳還濟南，致命遂志，與張睢陽爭烈可也！横雲山人史稿入附傳中，未詳始末，因爲别立私傳。自記

蔣都督傳

蔣都督，名若來，字龍江，長洲婁門外人。本名家子，而少歲無賴，期功之親多遠之。有大力，人有忤者，不與校，以巨石支其門，其人不能出。於門内服罪，乃抉石出之。與故將角力，故將負妻以女，以故隸籍軍伍中。

時崇禎八年，流賊連破河南、江北諸縣，皇陵燼。高迎祥、李自成徑去，張獻忠獨東圍廬州、舒城、江浦、六合等處。守備陳于王守六合，若來守江浦，互相救援。時城外連營數十里，晝夜急攻。若來夜臥城上，有賊渠踰城，已及女牆，見若來臥，以矛刺若來，中頰，若來揮刃斫之，賊渠墮城下。若來隨踊身下，斬賊渠，連斬數從賊。賊中遥見，謂天上飛來。一營大譁，曰：『天神至矣！』拔營走，衆賊營俱走，若來乘勢殺賊。而城中知賊已亂，遂開門，縱兵追逐。比曉，于王亦以兵助戰。賊奔竄百里外，爲官軍所殺，及自相蹂躪，死者遍野，溝塍皆滿。以若來爲首功。流賊攻桐城、無爲、潛山、太湖、宿松諸城，應天巡撫張國維禦之，獻忠從英、霍遁。若來屢立戰功，拔軍伍中，至參將。明年，賊從間道犯六合，于王奮長刀殺賊，力屈死。犯江浦，若來以八百人出戰，敗，墮深塹中，跳而上，幾爲賊獲。棄兜鍪，雜卒伍中免。未幾，左良玉、馬爌、劉良佐合兵救之。若來出奇兵接戰，日晡不食，赤手搏賊將。擲賊所乘馬，馬骨俱折，遂大破賊。賊走潛山之天王古寨。國維移檄良玉搜山，良玉不應，尋北去。賊復出太湖，連蘄黄，勢益熾。會總兵牟文綬偕劉良佐來救，若來藉二軍力同大破賊，賊始遁入湖廣。以功拜右都督府都督，守安慶。

十五年，獻忠陷安慶，若來又戰敗。是役也，故將以女女若來者戰死中軍，尤牛中流矢死。尤牛，屠牛人也。既死，收其尸，得箭鏃三十有六。若來奉旨帶罪立功。是年秋，偕黄得功、劉良佐，復大破賊於潛山。復原官，賜玉帶，仍守安慶。歲甲申，流賊破京師，若來以道遠不及勤王爲恨。乙酉，王師下金陵，所在臣服。若來竄走，欲爲航海計，有副將陰散其兵，劫使歸順。若來曰：『我以匹夫受天子厚恩，安能事兩朝作再醮婦耶？』召諸將至，與痛飲曰：『諸公好爲之，各人做各人事，不相強也。』呼愛妾出，手刃之，遂自殺於座上。

明死節四文學傳

許琰，字玉重，吴縣人，爲邑諸生，自勵志節。崇禎十七年三月，流賊破京師，烈皇帝殉社稷。問至，諸生臨明倫堂，琰衰杖擗踊，盡哀。已，南都頒監國詔，而哀詔未頒，又詔中無討賊意。琰憤甚，走訴大姓，謀倡義舉兵，無應者。益憤，自經於福濟院。道士解救，不死，復沉於胥江。時潞王奔吴，將適越，泊舟胥江，令人扶救之。琰知爲潞王，責以召南方義士合兵討賊，王亂以他辭，不應。琰厲聲曰：『琰，江左一秀才耳。平日誦聖賢書，尚知君父之讎，不共戴天。王爲天子懿親，入與天子共起居，出分天子社稷之寄。一旦國破君亡，不思恢復，何面目見二祖列宗耶？』王不應。琰知王無復仇意，因椎胸曰：『死耳！』躍入江，隣舟復救之。舁至家，家人日夕守，不得死。尋聞哀詔至，即庭中稽首，號慟，遂絶粒。妻趙携幼子泣勸之食，飲以湯。琰自嚼其舌，噀血被面、肢體。自書『崇禎聖上』四字，凡數處。七日死，時六月十三日。同時死義有顧維寰，後又有顧所受、許王家。

顧維寰，字□□〔一〕長洲生。哭烈皇帝時，諸生蛾集。直指周一敬謁文廟，衣緋衣、鳴金、呵殿，揚揚而來。諸生中有頎然而長者，爲張長瀾，與維寰前數直指曰：『此乾坤何等時，猶服此服耶！』指明倫堂額示之，褫其服。直指惶悚，然猶稱流冠爲西兵。維寰唾曰：『逆賊逆天犯上，凡帶毛髮、含血氣者，皆欲食賊之肉；公稱如敵國，意何爲？』直指不敢對，逡巡去。兩人歎曰：『祖宗養士三百年，今高爵厚禄者如此，大事可知矣！』是夜，誤傳長瀾自經。維寰曰：『我不可後！』越五日，經於祖墓前古松樹下。維寰籍學宫時係趙姓，故或傳趙維寰，實一人。長瀾雖未死，然終其身，亦不辱志行。

顧所受，字東吾，長洲生。與許琰善，聞琰死，往哭曰：『公死矣，後死者其誰與歸？』及南都擁立，君臣偷安，柄國者漁聲色，營苞苴，黨邪害正。所受居常憤憤，時齒臂出血。明年，王師渡江，崩角恐後。所受詣琰殯，告曰：『受所以不死者，欲有所俟，以成公志也。今已矣，敢不從公地下！』至學宫，拜先聖訖，投頖池中死。暴尸烈日中，色如生，勃勃餘怒氣。

許王家，字君聘，蘇州郡學生。國變後隱居摇城，有吏趣之出，封利劍一，示以期曰：『不出則死。』王家曰：『死，分也，吾固甘之。』或勸王家，謂：『君故明一諸生，未食天禄，胡遽以身殉？』王家曰：『君臣之義，豈論仕不仕邪？吾讀孔子書，殺身成仁，求生害仁，已講之熟，公等勿復言。』以父母屬妻，顧曰：『爾善事堂上，吾不能終養矣！』父母知志不可奪，含涕謂曰：『汝行汝志，勿念我二人！』王家肅衣冠，再拜，赴湖水死，年三十有九。王家有《告祖廟詞》文，不傳。

初，許琰死，有辭在衣襟間，曰：『嗟我生之不辰兮，天不祚我明！盜賊蠭起兮，海宇披猖。

我君殉社稷兮，列祖用光。彼劇秦而美新兮，廉恥道喪乎。慷慨成仁兮，遑恤我躬叶。願爲厲鬼兮，從我君王』。激烈悲壯，世傳誦之。

沈子曰：申酉之際，諸生殉節者，許琰四人而外，金壇曰王明灝，貴池曰吴應箕，崑山曰朱集璜、陶琰，宣城曰麻三衡，丹陽曰賀向峻、王介休，武進曰張龍文、吴福之，餘多姓名不傳者。微夫之數人者，未爲臣者也，顧皆得死所。而當時都顯榮、負大名者，晚節至不可問。豈莊生所云『金注者殙』耶？於戲！

校記

〔一〕教忠堂本有挖痕，清刻本亦空。

三孝子傳

黄孔昭，字含美，吴縣人。中崇禎癸酉鄉試，官雲南之大姚。鼎革後，兵阻不得歸。子向堅，字端木。孑身往尋之，以家事付其妻，曰：『此行不見父母，決不歸也。』宗族隣里皆阻之，不顧。既出門，遇客之舊往滇者，詢之，告以道路之遠、山川之阻、戈鋋之擾、潛狙虓虎之虞，與盜賊剽掠、猺人、獞人、番鬼之險惡，復阻之。卒奮然往，一蓋、一笠，披零丁帖，走萬里外。越關隘數百重，將至滇。滇人訝其形容衣服不類，欲加以刃。時兵戈未靖，疑爲間諜也。向堅告以實，慟哭如嬰兒，衆釋之。至白鹽井，遇父母及從弟向嚴，俱無恙。喜極而泣，蠻獠感動。踰一年，得歸。歸時，途中與弟親舁籃輿，怡然無辛苦色也。始順治八年十二月，訖十季六月，往返二萬六千餘里。吴人作樂府傳其事。

同時孝子又得二人，曰顧廷琦，曰劉龍光。

顧廷琦，字佩堅，長洲生。父繩詒，崇禎庚午舉人，知蜀之仁壽縣。張獻忠破成都，不屈，死。天下既定，廷琦徒步入蜀，黧面赤踝，前後閲四寒暑，始扶櫬歸。中間川水暴漲，幾死；絶粒數日，幾死；遇盗劫，幾死；臨高山崄巇，墜深淵，幾死，而卒不死。不死，而卒扶櫬以歸，天相之也！方廷琦之成都，山川猶存，城郭易位，無有知瘞藴處者。呼號路側，誓不欲生。由遵義邑名民訪之殷繼周、黄珪；由殷繼周、黄珪訪之文運；由文運訪之曾大禮，始得之龍腦橋側廬墓。數月，往返亦萬四千餘里。抵里門，鬚髮欲白矣！詳載廷琦自撰《入蜀記略》中。

劉龍光，字蓼蕭，亦長洲生。父廷謨，官益王長史。國初，道梗不通，龍光始以省試歸，至是扶病往達建、昌益府。故人無在者，禱於張令公之神，夢中若告以石潀語，然不知所謂。久之，遇一女僧，云：『石潀在閩粤交，方今官道阻兵，須間道可達。』龍光冒死穿藤峽、一線天，踰白石嶺，萬仞蟻旋而下，血漬雙足。過山麓，果遇母於石潀空郵中，名見娘村，宋孝子王龍山見母處也。父先一年死矣！奉母扶櫬歸，孝養十餘年。母没，以哭母得心疾，終其身。

沈子曰：語云：『世亂識忠臣。』亦亂後知孝子也。三孝子行，吴人視爲極難。而孝子之心若孩提，亦能之者。吳江計孝兼東，性不肯下人，獨以師禮事黄孝子。嗚呼，孝廉之學殖才華，果出孝子下哉？

明學博劉先生傳

先生名永錫，字欽爾，號剩菴，魏縣人。中崇禎丙子鄉試，癸未選長洲學教諭，署崇明縣事，庭無留獄。未幾，遭鼎革，隱居相城。有大吏造其室，欲強之出，先生袒裼疾視，曰：『我中州男子，年二十渡漳河，登大伾，躍馬鳴鞘，兩河豪傑誰不知我？乃以此相逼，將謂我畏死耶？』取壁上挂劍，欲自剄。門人抱持之，得解。尋移居陽城湖之濱，妻栗氏子臨女，貞，織席以食。先生携席市中，見者呼席先生。食不繼，時不舉火。有遺之粟者，非其人不受。時先大父亦避地陽城，定世外交。嘗登高邱，弔落日，相與歌泣。先生曰：『茫茫宇宙，中路知己，乃在沈君。』後先大父歸故里，先生求同志士不得，益困憊。有老奴從魏縣來，勸之歸，曰：『室廬故在也。』先生曰：『我非不欲歸，奉君命來此，義不可歸。』命其子同老奴歸，謂：『祖宗邱墓責在汝！』麾之去。時歲荒，得食愈艱。每襍糠籺作飯，妻病不能下咽，竟餓死。

先生未之長洲也，以女許字同邑某氏子。某氏宦于粤，音問阻絶十餘年矣。至是，請於父曰：『兒不辰，遭國家之變，翁家死生存亡不可知。留其身，爲大人累，無爲也！』遂自經死。前此，其子同老奴歸，傷于盜，墜車折臂，歸即死。女死之日，問適至。先生既無家，買一破船，往來江湖間。嘗泛舟中流，鼓枻而歌曰：『白日墮兮野荒荒，逐凫雁兮侶牛羊。壯士何心兮歸故鄉？』風水蕩激，歌聲甚遒，聞者哀之。某尚書念其窮，招之往。先生曰：『尚書爲黨魁，受主眷，枚卜時天子以伊、傅期待，彼豈忘之邪？』卒不往，志老而彌堅。後幾年，訖窮餓死。弟子徐晟、陳三島，友人陸泓經紀其喪，葬先生於虎邱之山塘。晟字禎起，三島字鶴客，長洲人。泓，字秋玉，常熟人，皆志士。泓無家，圖已象於水墨尺幅中，自號水墨中人。

沈子曰：予少時，嘗聞先大父談劉先生事。後偕沈君莊懷遊，見所撰《劉逸民事略》，因本此作傳。嗟乎！勝朝之末，平日負盛名、食厚禄者，或苟於富貴矣！先生一學博，守初志，至死不變，古之入山蹈海者，何以加哉？

李文襄公傳

公諱之芳，字鄴園，姓李氏，山東濟南府武定縣人。中前明崇禎壬午鄉試，國朝順治丁亥成進士，除浙江金華府推官。六載，陞刑部主事，旋陞郎中。公嘗謂：『各省刑獄，閲實内部。若有一線生路，不求其生，是由我殺之也。』審定囚籍，多所平反。五載，授廣西道監察御史。旋掌陝西道事，代巡山西。康熙元年，停止巡方，補湖廣道御史。五載，掌京畿道事。又一載，掌河南道事。三載，陞都察院左副都御史。公在臺中，共十有四年。凡所建白，關朝野大利弊，彈劾不避權貴，人咸畏之。未一載，陞吏部右侍郎。明年，以兵部左侍郎摠督浙江軍務，時十二年癸丑冬月也。明年，逆藩耿精忠之亂作。

先是，吴三桂反雲南，遠近震動。公密疏，請增設各路兵馬，謂：『方今滇逆反叛，賊氛未靖，尤慮聞風蠢動。浙爲閩中門户，先事之謀，唯在厚集兵力，以爲防守。若不先上請，臨事張皇，顧彼失此，雖任重咎，無益於事。』又並請開試用火藥之禁，蓋逆知閩藩之相繼叛逆，預有以防其變也。至是聞亂，即統標兵並杭協兵，自杭赴衢。省撫臣以下謂會城爲控制重地，不宜移鎮。公曰：『方今事勢，所爭在衢。倘上游失守，不但全浙動摇，江淮以南皆不安席矣！』遂裹糧倍道行。抵衢，駐節，命副將王廷梅、李承恩等禦仙霞關。仙霞關者，閩浙界扼要地也，去江山縣百里。關在嶺上，級三百六十，曲二十八，長二十里。雄踞衆山，高插漢，旁臨絶壑。飛鳥能度，匹馬難旋，與蜀之劍閣相埒。賊衆鴟張豕突，謀出仙霞。公既遣將先據險隘，斷其出路，次防温屬平陽、處屬龍泉諸要地。水路，温屬黄巖，台屬象山，寧屬定海，暨杭、紹、嘉，瀕海要地。蓋耿逆構連海氛，分道入寇。公先調遣隣省兵捍衛之，離海氛，交以疑貳牽制之。謀禦既定，徐議戰攻。公之戰於阬西也，先大閲將士於水亭門，宣布朝廷厚恩，陳説順逆大義。衆感泣，願決死戰，遂同將軍賴薄賊營。賊接戰，久，退入壁。公率諸將進攻，復大鏖戰。賊發礮擊，轟聲震天，鉛丸如雨，及公馬腹。左右請少避，公曰：『三軍司命在吾，少退即爲賊乘。今日之事，有進無退。吾不知有身矣！』麾衆進兵，大敗之。翼日，復進逼。公氣益奮，士卒益用命。陣斬賊帥，敓器械無筭。是役也，提兵不滿四千，擊賊數萬。衆無不一以當百，屢戰屢勝。賊鋒大挫，匿不敢出。自是，温、台、金、嚴、紹，諸戰皆捷。或馘渠將，或縛黨逆。有投誠者，推赤心待之；難民流亡失所者，安插撫慰，全活之。竊據地方，漸次恢復。而衢州大溪灘之捷，尤得長駈破竹之勢。

前此，公數請於朝，添兵前進，部議責公保守。公奏：『耿逆勁卒，畢聚於衢。今欲擣賊巢穴，必由衢一路。此處殲其精鋭，奪其關隘，諸路不難瓦解。雖賊將深溝重壘，現守河西，然其南則江山，西則常山，皆可間道截其糧運，並斷歸路。我兵一進，使賊首尾受敵，便可相機撲勦，以通入閩之路。』云云。會大將軍和碩康親王奉旨進兵，王問公曰：『賊勢張，能必勝乎？』公曰：『必勝，已見奏疏中矣！』王復遣人問：『所策果萬全乎？』公曰：『今大兵已發，若復猶豫，則士氣沮喪，人心疑惑，何以成功？』遂詣王，曰：『賊寇情形，久在目中。明日捷音至矣！』已而，羽書報聞，王大喜，曰：『岳忠武之策楊么，不是過也！』旹賊將馬九玉方逼衢爲壘。我兵由南門銜枚疾走，遶出其後，破大溪灘，此直取江山一師也；賊敗奔仙霞，復謀屯聚，而三關盡爲我有，進退無措，此直取常山一師也。公形之條奏者，如畫沙聚米，俱有成筭，故動輒有功。

冬十月，自衢入閩，獲賊將馬鵬。鵬素梟黠，聚衆於常、玉、德興，窺瞰江西。閩浙形勢者，砥之。和碩親王大兵進壓，逆營耿精忠計窮勢極，遁逃無路，遂乞降，檻送京師。公留師中，且戰且撫。靖海氛，安隣境，歷二載，閩省始平。方三藩謀逆，吴逆横滇，尚逆梗粵，耿逆又聲援相倚。

公以儒生韎韋臨戎，阻遏衝擊，批亢擣虚，大小一百四十餘戰，卒至殄殲大憝。一切跳刀走戟之衆，解甲離散，化爲良民。良由公之公誠仁智，感格九重，孚信將帥，慴服芽蘖，綏懷甿庶。故能成大功於危迫之餘，以紓天子南顧憂也。公之功，故在保全兩浙，平定八閩，而豫章、江南藉以屏障。且使吴、尚二逆失所憑倚，魄喪膽落，相次剪屠。則蕩平滇、蜀、交、廣之功，公實爲之先聲云。

歲壬戌，奉詔班師。公晉兵部尚書。明季，赴闕，轉吏部尚書。裁抑僥倖，公正馭下，諸吏奉行文書而已。兩疏老病，乞休，上以有功未酬，不許。丁卯秋，拜文華殿大學士，充纂修《大清會典》《一統志》《政治典訓》摠裁，公病益劇。明年，予告回籍。

公既歸田，杜門埽軌，坐無褵賓。唯架上理學書及經濟書數百卷，晨夕繙閲，如對故人。常談討古今，惟以天下善人君子得行其志爲快。又朝中録一正人，必喜形於色，曰：『天下蒼生福也！』身雖引退，而惓惓於用人行政，以奠國家於久安長治，類如此。甲戌冬，以疾薨于里第，春秋七十有三。是日，天鼓鳴，大星隕，識者謂公騎箕之驗云。遺疏上，上遣官致祭，賜全葬，立碑，謚曰『文襄』，報勳庸也。歷四十年，世宗憲皇帝命立賢良祠，祀國朝名臣。德之大者，以文正湯公斌爲冠；功之大者，以文襄公爲冠。即成周記功，宗，作元祀意也。有文集若干卷、奏疏十卷、《行間紀略》二卷、《軍旅紀略》四卷。子鍾麟，某官；攀鱗，某官。孫某某，某官。鍾麟出守潮州時，公予手書曰：『唯公足以服人，惟明足以祛弊，唯廉足以養民，惟敏足以集事。』誠官箴也，子孫世守之。今李氏仕者並有聲于時。

論曰：人臣非有功之難，有功而不居之，難也！宋澶淵之役，契丹請盟。寇準頗自矜其功，王欽若短之，功名遂以不終。文襄公自閩入朝，無一言及滅寇事。有問之者，曰：『天子廟謨，將帥用命，吾何有焉？』緬其沖懷，得諸葛忠武、郭尚父之遺風矣！君明臣良，始終一德。俎豆報功，奕世不泯。有以也哉！

葉先生傳

先生姓葉，諱燮，字星期，號已畦，寓居横山，學者稱横山先生。葉氏代居分湖，七葉成進士。考虞部公諱紹袁，革命後隱於浮屠。先生四歲，虞部公授以《楚辭》，即成誦。稍長，通《楞嚴》、《楞伽》，老尊宿莫能難。貫浙之嘉善籍，補弟子員。亂後不與試，去籍，復補嘉興府學弟子員。康熙丙午，舉於鄉。庚戌，成進士。乙卯，謁選得揚州之寶應。寶應當南北往來之衝，又時值天災流行，軍行紛沓，左右枝梧，難於補苴。而先生性伉直，不能謟屈事大官，大官又吹毛求瘢，務去其守己守官者，不二歲落職。先生欣然曰：『吾與廉吏同列，白簡榮於遷除矣！』時嘉定令陸先生隴其同被參覈，故云。

既罷歸，遊歷四方。久之，築室吴縣之横山下，顔其居曰『二棄』，取鮑明遠『君平獨寂寞，身世兩相棄』意。遠近從學者衆，先生談討不倦。論文謂議論不襲蹈前人，卓然自我立，方爲立言。論詩以少陵、昌黎、眉山爲宗，成《原詩》內外篇，掃除陳見俗諦。嘗爲弟子言：『我詩於酬答往還，或小小賦物，了無異人。若登臨憑弔，包納古今，遭讒遇變，哀怨幽噫，一吐其胸中所欲言，與衆人所不能言、不敢言，雖前賢在側，未肯多讓。』其矜重如此，然於他人片言單辭每津津賞之。時汪編修鈍翁琬居堯峰，教授學者，門徒數百人，比於鄭衆、摯恂。汪説經硜硜，素不下人。與先生持論鑿枘，互相詆諆。兩家門下士亦各持師説，不相下。後鈍翁没，先生謂：『吾向不滿汪氏文，亦爲其名太高，意氣太盛，故麻列其失。俾平心靜氣以歸於中正之道，非爲汪氏學竟謬盭聖人也。且汪没，誰譏彈吾文者？吾失一諍友矣！』因取向時所摘汪文短處，悉焚之。

晚歲時寓蕭寺中，藜羹不糝，不識者幾目爲老僧。有治具蔬食招往論文者，輒往。而富家豪族欲邀一至，不可得。曰：『吾忍饑誦經，豈不知屠沽兒有酒食耶？』暇日，嘗持一筇，行荒墟廢冢間，顧冢中人，語曰：『此吾老友。所謂「無四時之事，從然以天地爲春秋」者也。子樂矣，少待，吾將同子樂！』

歲壬午，年七十有六，慕會稽五洩之勝，欲往遊焉。先是，遊泰山、嵩山、黄山、匡廬、羅浮、天台、雁蕩諸山，而五洩近在六百里内，遊屐未到。裹三月粮，窮山之勝乃歸。歸已得疾矣！越一年，卒。未卒前數日，命以所居獨立蒼茫處，奉虞部公主，而以己配食。曰：『吾魂魄應戀此也。』所著《已畦文集》二十卷，《詩集》十卷，《原詩》四卷，殘餘一卷。修吴江、寶應、陳留、儀封等縣志。

先生既卒，新城王尚書阮亭寓書，謂：『先生詩古文鎔鑄古昔，而自成一家之言。每怪近人稗販他人語言，以傭賃作活計者，譬之水母，以蝦爲目，蹷不能行，得狟㺄負之，乃行。夫人而無足、無目，則已矣！而必藉他人之目爲目，假他人之足爲足，安用此碌碌者爲？先生卓爾孤立，不隨時勢爲轉移，然後可語斯言之立。』云云。斯能定先生詩文者！方先生之宰寶應也，適三逆倡亂，軍興旁午，驛馬、驛夫增加過倍，而部議於原額應站銀兩裁四留六。計歲所入，不足當所出之半。邑境運河，東西百二十里。黄淮交漲，隄岸衝決，千金掃料，時付濁流。先生毀家紓難，一身捍禦。卒之，軍需無缺，民不爲魚，甚厥職矣！他如免税之無名者，出誣服殺人者，直仇陷附逆而欲没其田廬者，皆重民命、守國法，不顧嫌怨，而毅然行之。以是知功名不終，繇直道而行，不見容於大官，而非有體無用之咎也！柄國是者，疑經術不足潤餙吏治，而欲寄民社於刀筆筐篋之徒，豈通論哉？

先生卒，兄子舒崇先卒，葉氏至今無成進士者。孫啓祥，吳縣學生，以能古文名。

蔣先生傳

吾師蔣先生，諱濟選，字覺周。吳中蔣氏多望族，先生所謂吳縣西蔣也。以經學友教吳中，吳中學者争欲爲先生弟子。先生因其質成就之，雖遇鈍拙者，無倦色。每聽講，學者環坐，館舍幾不能容。及先生門者，亦能厚重雅飭，不自棄，見者想象爲蔣先生弟子云。

先生於四子書，先冥心搜索，思路斷絶，然後取宋元明儒先語證之。每三年治一經，次第以遍。治經之方，與四子書略同。漢儒、宋儒參用其説，而折以己意。其於學，有心得，不專恃記聞浩博也。爲制義，穿穴六經，不隨風氣爲高下。無事，日課一文。嘗言辭章之學，有所未暇。涵養身心，發揮經籍，唯此秇爲宜，故生平於制義獨富。然當時名下士俱得高位，門下弟子亦相次取科第去，而先生褐衣疏食以老，恬如也。

先是，吉水李學使醒齋選拔貢生，時於長洲得佳卷二，一爲張君勤若，一爲先生。問諸學博曰：『誰最貧？』學博雅重先生，因對：『蔣生貧。』學使者意，恐家貧不能辦部費數十金，學博意適相左也。用是，遂拔張君。生平遇合之艱多類此！歲辛卯，同考官得先生文，謂『經術邃深』，以首卷薦主司，牽於利，指《禮經》語爲類，斥之。至是無心應舉矣！越二年，乃卒，年六十九。

先生不以理學自命，然不言躬行，篤於孝友，存心以誠，應物以和，取予以義。容貌嶷嶷，然無疾言遽色。遇事嘗引經以斷，讀史亦引經證其得失。教諸弟子，以明經爲先。歐陽子曰：『後世師法廢壞，而今世無師。』世無師，宜師經；師經，以無師故也。今先生闡明經學以教學者，而又言行而身先之，《記》所謂『博聞強識』『敦善行不怠』者與？

先生卒，門弟子設位而哭，不下百餘人。久而思慕不置，丙申歲，祀先生於仁簡書院中。不易名，從遺命也。嗚呼！若先生者，可以爲人師矣！

子二人，嘉熉，吴縣諸生，亦能文。

施先生傳

吾師施先生，諱燦，字星羽，長洲人，爲縣諸生。居滸墅關之偏，其地雜商賈隸胥，俗走利、輕志節。而先生經年杜門，里巷人罕見其面，有至性。年三十餘，父怒，予之杖，跪而受。父殁，三年中，泣血者半，枕席間痕斑然。田一頃，擇肥者與二弟。後弟盡廢棄，復分給之，同盡也，無幾微見色。家貧，遷徙者再，老屋三四椽，屋瓦不蔽天雨，每張蓋承之。先生吟歗其中，浩乎自得，曰：『吾道固如是。』不幸遇羸疾，疾甚，幾不能興。一旦，蹶然曰：『父棺未葬，名教罪人也！』遂棄所存田四畝以葬。越十日，殁。殁之日，唯以不得終事老母爲恨。囑子女勿過哀，當春秋歲時勿薦享，恐傷母氏心也。年三十九。

先生重朴學，輕辭華，輯《養正録》一編，所采多下學語。曰：『近世學者棄切近而談玄妙，所以與道日遠，舍人倫日用，無所謂道也。』又嘗纂《四書大全節要》，已得十餘卷，遇病弗成。性方嚴，與俗落落。嘗謂：『取人宜取狷者，狂可僞，狷不可僞也。』吴中向有文酒社，欲致先生，婉謝，曰：『俟學力稍進，當隨長者後，今非其時也。』獨坐，衣冠必肅。遇童子與揖讓，必盡禮。過先賢祠宇虚墓，必再拜，移時始去。人見之者，曰『迂生，迂生』云。

潛從先生受經，凡二載，大略得之見聞者如此，其他弗及詳也。有子男子二，長十三歲，次七歲，後七年相繼殀，先生遂無後。

門人沈德潛曰：聞之歐陽子曰：『爲善無不報，而遲速有旹。』此決之理耳！世有爲善不報，而適降之罰者，若先生是也。雖然，天下有不報之善，無不可爲之善。世之敦本行、厲名莭者，尚堅其志哉！

貢士周右序傳

予少時聞吴江有兩周先生，兄諱振業，字右序；從弟諱龍藻，字漢荀。每學使者歲科校士，遞相冠其曹，時傳爲美談，遠近想望，謂科名可戻契致。然漢荀終於歲貢生，而右序於貢成均，後中癸卯副車，年已六十餘矣。越七年，卒，年七十有一。厚藴薄償，未副其德，時論惜之。右序天分亞於漢荀，而刻苦向學、思精力堅，比漢荀所得更深。嘗論：『爲學當先探《學》《庸》《論》《孟》閫奥，次窮諸經。秦漢以下文，決江河而下矣；宋五子書必沉潛翫味。』其論誠敬，謂：『諸書於聖性，言誠不言敬，敬在誠之中也；於聖學，言敬不言誠，敬則無不誠也。』又謂：『天地之生生，運於乾，而息於坤。坤即立誠之體，乾即居敬之用。』論理氣，謂：『氣實有其物，而理非物，乃物之所以然。故氣實而理虚，無其所以然，天下亦遂無是物。故物之合散無常，而理有常則。』又理實而氣虛，皆前儒所含蕴未發者。爲文宗廬陵、南豐，時義出入於毗陵、震川。詩歌雖餘事，皆極其精能。

事厥考日短，養母愉愉怡怡，如嬰兒之繞其側。母偶疾，客館聞信，踉蹌歸，或徒行數十里外。母氏春秋高，家貧窘，無以慰悦其心，故年五十餘輒試棘闈。不知者，等於老驥伏櫪，非其志也！友愛弟妹，周卹婣族，因誼之親疏，而竭力佽助之。己則貶衣削食，無悔心。生平淡於榮利，事事退讓。及名義所關，赴之如嗜欲。以故邑里宗族有大利害，衆論所回惑未決者，每偕漢荀昌言往爭。不避怨，不辭難。雖以勢力撓折之，而仁者之勇介然不惑。及事既定，呴呴若無能者。故自抑損，不欲少鳴氣節也。右序既藉館穀養親，嘗不憚走數千里外。然性鯁直，不一登權貴門。即主賓一不合，輒去。甲戌以後，或之都門，或之粤東。丙申，之山左，留五年。又二年，重入都，由都至陝，仍由陝返都。癸卯、甲辰，凡兩入都，又一之楚，未幾，歸，自是停輪息靷矣。己酉冬，復謀入都，筮得離之九三：日昃之離，不鼓缶而歌，則大耋之嗟，凶。喟然曰：『老而遠遊，不安常以自樂，則不能自處而凶矣。且重離之間，前明將盡，余亦安能久哉？』越明年，果卒。

先是，稱同志者，陳督學沂震、陳進士莀、許上舍某，諸公至是先後徂謝，而從弟漢荀繼之。追念曩時，弟兄師友，掉鞅名場，恍如隔世。古人致歎於『所見無故物，焉得不速老』也！崦嵫暮景，有鬱鬱不自得者耶！七世祖白川公，諱用，謚恭肅。曾祖來玉公，諱宗建，謚忠毅。忠毅爲東林黨魁首，劾魏忠賢、客氏，被戕，事載國史。考孝昌公，諱昱，妣吴太孺人，子男五人。所著者古文若干卷，詩若干卷，《南匯縣志》若干卷。

予少即慕二周先生，然於漢荀曾一二過訪，而右序之文采志行在想象間。中歲與其從弟旭之定交，思因旭之以得交於右序，而各以事牽，不得合並，忽忽遂成古人，可感也！旭之名日藻，少從學於右序者，亦以文行稱於時。予知右序之生平，旭之云。

歸愚文鈔卷十七

黄太常傳

公諱性震，字元起，姓黄氏，閩之漳浦人。年十二，父母俱喪。家貧，艱於爲生，然有大志。讀史，遇豪傑崛起事，聲色俱動，隱隱竊自負。年既壯，益練習當世事。時海寇鄭成功竄居臺灣，公於閩海要衝、澎臺形勢，凡港汊險易、壄島出没，及賊情向背，一一熟悉於胸。然而困逾甚，人無繇奇之也。歸化令名易，公族子，寄籍粤東，官於閩。見公，與語曰：『叔非風塵中物，幸自愛！』公曰：『世無常何，誰識馬周？今海寇未殄，廟堂需材，吾如涉川之舟，須吾友揚帆風飛耳，寧能長此鬱鬱乎？』時公年四十矣。會閩督姚公啓聖奉命平寇，公謁軍門，條平海十便。姚公用其策，相與密謀，遂平臺灣。公之獻策也，首言兵法攻心。賊祖孫父子踞海，識形便，臺灣天險，誠難爲力。今鄭經溺酒色，子幼弱，將不一心。倘能不恡官爵金帛，携貳其黨，披其腹心，賊易易平耳。姚公稱善，曰：『此陳平所以斃項籍也，吾以此委君矣。』公曰：『未也。賊今新陷海澄，數勝而驕。驟撫之，是示弱也。宜伺間出奇，大挫其鋒，收諸要地，以蹙其勢。師喪地蹙，孤島難恃，然後撫而懷之，其心乃離，澎臺可一戰下也！』姚公曰：『此項籍所以降章邯也！』稱善久之。於是出龍虎山，復長泰縣，大破賊於西溪，奪江東橋、水晶坪等處。公曰：『可以撫矣。』乃大開修來館於漳州，來降者予官服車騎。即亡，無所問。卒有亡入賊者，皆誇示所有。賊心動，諜至，密飭諸營，厚欵之，諜即以情輸。戰有日矣，或塓館舍、盛供具，大書某鎮某官公館，聲言某月日某將當來降。賊互猜貳，歸者日衆，賊黨日孤。我師一鼓而下十九寨，遂復海澄，克廈門、金門。經遁歸臺灣，身死。子克塽澎湖一戰，面縛，海寇平。諸將克金、廈門時，議悉誅賊黨，而以其子女資財犒軍，公密白姚公，申禁令，全活數十萬衆。

先是，制府上公功，廷議以同知用，奉旨優敘，以僉事道用。至是加軍功級，授霸昌道，蓋異數云。公之涖官，由霸昌道擢廣西按察使，尋擢湖廣、湖南布政使。以病乞休，家居七年。再起，摠理永定河。工竣，晉太常寺卿，卒於真定。

官霸昌時，其地滿漢雜處，故多闖馬劫掠。公陰遣吏入盜夥，廉其姓名巢窟，悉擒治之。旗丁重責剥人，至没入其妻女，公下令聽民贖回，不從者置之法。咸震讋，無敢犯。

官廣西時，適遇大容山叛案，辭連高、廉、羅、肇、潯、梧、柳、慶八郡人，獄幾滿。公擬斬渠魁崔枝玉等，餘省釋。屬天寒，男婦計口授衣，市廛中布爲一空，歡呼聲動天地。

摠藩湖南時，值武昌夏逢龍亂，已陷四府，廷議方出京軍。上曰：『湖南有黄性震在，彼佐平數十年海氛，何愁么麽跳梁輩？且襄陽有摠兵蔡元，二人必能了之。』蔡元者，破逆藩時有功者也。時撫軍亦議請兵，公謂：『用兵如治亂絲，緩之，則其緒自清；急，則棼矣。今茀靜鎮以安衆心，俟賊焰少熄撲滅之。一偏裨力耳，何爲張皇以生四方伏莽之心哉？』未幾，賊果破，逢龍誅死。

公之摠理河務也，治法：五里設一旗一礮，旗書監督人姓名。有令則發礮，遠近聞聲馳赴，士卒各下，堵塞掃料，隱然以兵法部署也。前此數年，績弗成者四，閱月訖工。上嘉其功，一日五召見，授太常卿。方欲大用公，而公積勞成疾，遽不起矣！卒年六十有五。未竟設施，宇内惜之。長子尚寬，康熙丙子舉人，江南蘇州分府。江撫儀封張公委巡視通省河道，時制府掎摭張公，因中傷分府，誣以麋費帑金，落職。今天子眷念功臣後，得邀恩卹。公之孫日煦，函公行述，走三千里，請爲傳。予掇其大者傳之，俟史官采入《國史傳》中。

贊曰：鷙鳥整翮，奮擊秋風；蛟龍盤屈，變化雷雨，貴乎乘時也。公發謀破賊，揃刈梟鯨，武功赫矣！戢姦蘇枯，波臣安恬，文德懋矣！然當貧困無憀時，智謀才術，一無施設。不遇風雲之期，垂翅蟠泥，猶庸豎也。嗚呼！士之抱奇才，而低首抑志，爲俗士小夫所鄙笑者，可勝道哉？

方上舍傳

方上舍，諱還，字蓂朔，號靈洲，廣東番禺縣人。方氏自襄翼公居韋涌，十五傳至九谷公。九谷公，諱殿元，康熙甲辰進士，宰江寧、郯城二邑，有治聲。班史所謂『以文學潤飾吏治』者，靈洲考也。靈洲性孝友，凡九谷所嘗爲，與欲爲未及爲者，皆曲體力行之。既長，奉考命，卜居於蘇。旋遭考喪，哀毁誠信，遠近觀禮。事母梁，一舉動必稟命。母鍾愛二妹，因厚於妹壻家，以承母志，妹所出者逾於己出。母每夜寢，偕弟朝屨至寢門，屏聲息，候動靜興居。母稍不適，通昔不寐，無間盛暑沍寒。先母氏歿，終身不衰。視弟無爾我，遞衣公食。弟有爲，亦必稟命於兄。笑言怡愉，終日在春風中。兩家男媍長幼，連婢僕，幾於千指，初無訢誶聲。婚喪一循九谷公所定家訓，不惑二氏、巫覡。吴中數家政者，每以方氏爲則。

始由邑諸生入成均，南北八試棘闈，俱不售。其甫至京師也，都人士慕才名者，爭欲識其面。或有願通聲援紹介者，靈洲婉言以謝，曰：『守先訓，毋敢錯趾也。』凡朱輪華屋，不一往及。不遇，歸，恬然安之，曰：『學未成，時未至，芙蓉秋菊，不能偕桃李開也。』知者服其安命。

九谷公故以詩學鳴廣南，靈洲兄弟紹承之。古體必宗漢魏，近體必宗盛唐，元和以下視爲别宗。有持蘇黄家與之角者，必齗齗爭訟，得之庭訓然也。喜以詩結納，四方詩人來吴者，每通縞紵，登廣歌堂，賦詩飲酒，無虚日。吴下二方之名，傾動藝苑。知廣南屈、陳、梁三子外，别有方氏派衍云。

靈洲故豪邁，不善治生。又以食指繁多，婚嫁死喪叠繼，家中落。而顯揚之志，復弗克遂。常顧影自歎，曰：『方生竟止此乎？』鬱鬱不自得，遂遘疾。時母氏尚在堂，以不及終事，椎心哀痛而卒，年六十。著有《靈洲詩鈔》《續鈔》若干卷，古文若干卷，疏注《青烏家言》若干卷。配陶孺人，子二：孌，國學生，普先没。

前此，吴下多詩人，葑溪、南園、北郭，俱結詩社。而入方氏社者，多遠方名流，稱特盛。靈洲卒，弟朝，字東華，後十年卒。賓客登廣歌堂者，都風流雲散。而吴中詩壇，亦復漸見零落。吁，可慨也夫，其有所感也夫！

徵士翁霽堂傳

翁徵士，名照，字朗夫，更字霽堂，先世福建莆田人。高祖兆震，明萬曆壬辰進士，官大司成。曾祖天遊，崇禎丁丑進士，令徽之休寧，卒於官。祖際寰，寄籍休寧。考某移家蘇之常熟，又移常之江陰，遂爲江陰人。霽堂誠恪謙抑，不作妄語，不以機巧待人。有以虚誕告者，以誠實應。過神祠及名賢祠墓，必展謁，不敢咳唾。其下人也，遇三尺童子，加禮讓。故交雖歷四五十年，每相見，拜跪端拱如初締交時。於齒與德兼者，敬禮如嚴師然。以故行孚於人，而當代名公卿亦咸敬禮。如相國錫山嵇文敏公、渤海高公，並稱老友。制軍完公欲師禮事之，不止如嚴僕射之於杜少陵、胡少保之於徐文長也。

少工聲律對偶之學，文酒餘，霽堂句成，衆交口服甚，或袖己詩不能出。中歲窮經，學兼漢、魏、唐、宋諸家而參訂之。謂漢、魏諸儒博而核，宋儒約而精，不入主出奴、舉一家以廢諸家也。中有所得，久而成書。雍正乙卯，詔開博學鴻詞科，嵇文敏薦於朝，遇嘔血疾，未應試。乾隆己巳，詔求經學，膺高相國薦。上以所薦過多，詢二三大臣舉其尤者。大臣無知霽堂學問，因不與。才豐遇嗇，以上舍生終，人共惜之。晚歲無四方志，欲寓吴之采葑溪，與予有耦耕約，期於踐矣。乙亥三月，之白下，託苐三子於高方伯，遘疾，卒，年七十有九，遠近驚悼。櫬歸，知交設位而哭，謂藝林失一善人。蓋棺論定，洵然已！配李淑人，持家勤健，使霽堂無内顧憂，先一年卒。子三人：晟，江山知縣；謙，國學生，先卒；恕，國學生。所著《賜書堂詩文集》若干卷已行世。

憶霽堂與予定交，皆壯歲。喜予詩，一過目，背誦不忘。予甲午詩，友人取去，遺失，付之無如何矣，霽堂來，一一録出，友人徐龍友笑比之行秘書。又齋堂嘗寓朱姓家，後其人逋賦，歲暮被縶。霽堂適經其地，出脩脯代償，歸槖罄如，幾無以卒歲。告之配，歡如也。即二軼事，可知其生平之敏且仁矣！於其敏，可入《文苑傳》中；於其仁，可入《獨行傳》中。予爲私傳，竢秉史筆者采擇而論定焉。

張文學傳

張生嘉起，名曰在。先世吴江，後遷郡城。考朝端，爲靖江學博，以文行稱。嘉起二十餘，請業於予。初，芒角流露，既漸，歸和易，專力於學。予以小友待之，歲辛卯，予同二三舊交，及諸門下士，分題課藝，嘉起必往從。文成，就予友張進士鍜亭定甲乙。嘉起文常冠籍，爲鍜亭賞歎。然同時就童子試者，先後補博士弟子，間有歌《鹿鳴》者，嘉起屢不遇，初無不平於心。遇歲科試，提籃裹飯候院門，情躍躍忘倦。年垂三十，受知學使者魚門鄭公，既困於諸生。又三十年，爲今大中丞莊公督學時所拔，食餼於庠。予意嘉起志不懈，視予鄉會遇合時，年略相近。方竢其晚達，不意乙亥夏遽以病没。天之報嘉起何其嗇也！

性伉爽，交朋友，是非可否，輒直斥，不避嫌怨，不爲面諛，退有後言，遠近諒其公且直。故人子有失業不能自存者，偕同人謀，務使之得所。遠近交重之，脩脯所入，銖積寸累。晚歲復先世舊産若干畝，設爲祭田，供時祭墓祭。脩葺先人兆域，作記，誡子孫世守。敦本崇先，可爲清門式，事予有終始，爲文和平中正，不沿詭僻險澁之習，略與予同。

猶憶癸巳冬，予與嘉起及陳生右文，就試澄江，寓湧塔庵。二生親執饎爨盎粟束薪，手自量握。除夕並坐守歲，雪深二尺餘，圍爐詠歌不輟。予詩所謂『齋粥殘年味，村雞改歲聲』，此其時也。歲月幾何，而右文前没，嘉起又不可作矣！每一念及，如塵如夢，不勝悲悼也！没年六十有五。子元欽，附監生。次子元鐘，三子元錫。孫會份，郡學生。會清、會洙，均能世其家學。

論曰：唐宰臣張文蔚奏文人不第方干等十五人，身後追賜及第。嘉起矻矻白首，不得一第。他日聖朝追憫文士，加榮身後，嘉起其選也！况歐陽子云：『不於其身，於其子孫。』今張氏子孫方以力學繼父祖志，則慰嘉起於九原者，其在後之人哉？

九齡童子傳

童子姓沈，名志誠，未有字。先世注籍崇明，五傳名道富，遷嘉定安亭里。祖名冕，父名霖，代以儒術聞。童子周歲時，聞誦讀聲，欣然聽，牽抱者衣，立側注視。四歲入塾，塾師教以識字，數日累千，每一字必問象形、指事、會意、諧聲。讀《大學》聖經曰：『修身爲本，即明明德爲本。』讀『爲人孝弟』章曰：『非孝弟不可爲人，德業事功皆從此起。』讀《孟子》論性善曰：『性即天理，彼不盈，此不缺也。』説理解經，要言不繁。五歲讀六經、三傳。六七歲誦習《周禮》《國語》《國策》，及《史》《漢》《楚辭》《文選》，與夫唐宋八家文。發爲經義，頗有奇氣。老蒼遇之，時歎服。然恂恂自下，不願有神童稱。幼嗣世父，後世父早没，配未嫁，守貞，童子事嗣母孝，一視本生父母。嗣母及本生父母微疾，頃刻不敢安。嘗成小詩，詩中誓欲顯揚其親。待親黨欵洽周至，好濟人饑寒。時告其父曰：『惠不在大。』此皆出於天性者。壬申冬，試於州。遇風寒深，得疾卒。先是，辛未歲，試於學使者莊公。日午成文，才法略備。時諸童呈卷求甄拔，童子端坐案旁，無一言。公器重之，欲列之博士員。既復念遲之正令厚其養、成其材，姑俟之科試。不意竟不及待也！年九齡。蓋棺日，父母、嗣母哭之慟，幾不欲生，遠近多神傷者。州牧宋君、嘉令劉君、崑令馬君，舊嘗賞其文，亦咨嗟累日。癸酉歲，童子父以狀來乞傳，因撮其學行之大者傳之，見志諴雖夭，可同於汪锜之勿殤者。

論曰：宋晏元獻七歲善屬文，真宗以爲秘書省正字。明李西涯四歲書徑尺字，景帝抱置膝上作書。後皆位宰執，躋老壽。志諴何有才而無命也？古今人菀枯不齊如此耶！及觀程純公次子五歲而夭，公志其墓，幾欲比之生知，則又古今同一慨矣！

王節母傳

節母韓氏，横山民家女。年十六，歸王珍吾爲室。婚三月，珍吾楚遊，得嘔血疾，貧病不能歸。三載，死江陵客邸，時明崇禎元年也。節母得凶問，欲死者數，謂：『無子當死，年少當死，缺衣食當死。』既又念夫棺未歸，祖姑朱病噎，姑孫病瞽，兩世無侍養者，不可遽死，遂忍死供婦職。飲食、起臥、櫛沐，俱相助扶掖，以身爲病者左右手，無日夕離。見聞其事者俱稱孝婦云。

五載，祖姑死。又十載，姑亦死。姑未死時，立姪敦儀爲嗣。既婚娶，竭囊中資，謀之楚。扶匶至湘中，旅次，一夕得暴疾，死，敦儀仍無後。節母以前死志未遂，至是欲絶粒死。親族勸慰，謂：『前一棺未歸，今益一棺，責愈重、事愈難，曷立後爲歸葬計乎？』乃議立姪敦倫爲後，即敦儀兄也。前此，家久破，節母勤力作，至皴裂十指，猶艱於衣食。又疊經歲荒，藜莧代飯。又遭兩世喪，經營喪葬，心力俱竭。遷延垂二十年，家益窘，至闔族遞養，扶柩費竟無所出。

康熙己巳歲，老病死，年八十。將死，椎膺曰：『我所以苟活者，爲夫與子埋骨計也。今志未遂，我死目不瞑矣！』及死，果不瞑。節母死，迄今四十年，子孫貧困，缺請旌典，鄉人罕有知節母者。

論曰：嘗觀《宋史》張世傑、陸秀夫事，初立端宗，繼立衛王，奔涯山，入船澳，至死不悔。身雖已朽，心之不死者，千古也。王節母事，家國迥殊，寸心自一。豈以事之成不成爲輕重哉？節母於是乎可死，然節母於是乎不死。

樾亭上人傳

婁門感勝寺有千餘年柏，久枯萎，骨如龍虎狀。旁獨秀一枝，青青垂二百年。有上人廬其下，以柏名堂，人即以柏堂稱之。受戒於靈隱諦暉和尚，掌書記。既辭歸，曰：『隨處可證禪，不獨潮西有佛也。』迎養母氏，粗衣藿食，得其歡心。喜儒書，能誦《離騷》《文選》《庾子山集》，吟詩簡淡有法。詩友三五人，時往來柏堂，劚刃往復。每至，上人爲具齋鉢。遇朋舊闕失，輒規諫。不能從，或面赤不顧，忘己爲世外人。四十餘，慕五臺之勝，携杖屨軍持，走山河兩戒，往反六千餘里，詩學益進。歸，鍵户閱經。或勸著述語録，上人笑曰：『非吾事也！予觀古今立言之士，斷斷矻矻於聖賢、君臣、父子之道，禮樂、刑政、治忽之大端，皆搜討蠹簡，疲精竭神而爲之。然流散湮滅，存者千伯之一，況虚無澹泊如吾浮屠氏言乎？』卒不著一語。

乍歸靈隱時，思搆一閣，爲吟詩瞻眺之所，不果。逾二十年，成之，閣名『幻雲』。弆書千餘卷，及古法書、名畫。閣中朝夕灑掃，至無可唾。暇嘗扃鐍，塵俗人弗能登也。

年五十一暴疾，死，有哭之慟者。遺《柏堂詩》二卷。上人名岑霽，字曉初，又字樾亭，俗朱姓。予與爲詩友，即劚刃往復中一人也。上人死，今古柏仍青青云。

李逸民墓志銘

康熙丁巳歲，李逸民筠叟先生卒，年八十。越十三年庚午，葬先生于梅灣山萬池字圩，志石未立。迄今五十一秊，先生孫恕懼高行之湮也，屬草志銘，鐫諸石。

先生名魁春，字元英，晚號筠叟。系章渠李氏，爲前明諸生。與潛忠先生許玉重琰以甥舅爲莫逆交。當是時，流寇披猖，中原板蕩，江左諸紳士立門户，縱情文酒。先生與潛忠論古今節義事，皆裂髮豎，恨不能以諸生效死疆埸間。會甲申變，思陵殉社稷，問至，北向號哭。家人知有死志，日夕環守，不得死。後聞潛忠死，曰：『玉重死，我何顔獨生？玉重死，而我生，我無以妥玉重魄，我益滋戾。』收其骨，葬白公堤南，撫卹其家。福王南渡後，倡同學呈請當路，贈翰林典籍，私謚潛忠，不負同志也。先生死志未遂，故身雖存，心等於死。方袍角巾，屏跡郊埜。時直指李公某按吴，重先生名，屏車騎，微服過訪。既相見，道姓名，知前進士赫然爲達官者也。直指示勸駕意，先生曰：『聞之堯稱則天，不屈潁陽之高；武稱盡美，能全孤竹之潔。楊子雲曰：「鴻飛冥冥，弋人何篡？」今鴻已冥矣，弋人猶不忘篡邪？願公全薛方、逢萌之節，拜賜實多！否則死耳。』直指慙，謝去。繼以『高隱鴻儒』顔額相贈，先生笑而裂之，遂寧。李如石先生實令長洲，棄官後，僑居吴門，往來無間。嘗致書先生：『且君子愛人以德，既已自誤，又復誤人，知公必不爲也。』直指慙，謝去。繼以『高隱鴻儒』顔額相『予性峭潔，君亦不耐氛垢。廿年來，晦明風雨，悲歌憤叱，無日不共之。予固覺臭味之合，君不免土炭之嗜矣！』云云。時先大父亦棄諸生，奉劉剩庵學博避地陽城湖濱。歸故里，每之李長洲寓，及先生家，先生以兄禮事先大父。三人會合，或終日默坐，或忼慨歌泣，外人莫能測也。

先生愛佳山水，一瓢一杖，逍遥林壑間。喜種竹，方曲屏障，悉畫竹，名其齋曰『竹隱』，别有寄託，非山濤、王戎意也。既老，杜門，日誦《楞嚴》，豈一生心跡不能自吐，託之空門，以消其抑鬱耶？生平篹述甚富，經、史、子、籍，及陰陽、醫卜之書，多鉤纂注釋。鼎革後，委諸燼。今存《春秋三傳訂疑》《痘科合璧》，皆屬晚年刪定者。配沈氏，官浦望族。子二，長淇，次汝霖，吴庠生。孫四人，某、某、某、恕。曾孫幾人，某、某，繩，長洲廩生。

予家與李本世戚，而曾孫繩又嘗受業於余，則銘先生者，宜余。抑微顯闡幽，吾生素心也。銘曰：龍潛鳳遯遘陽九，疵物激清心不朽。抱莭後死對死友，幽堂杳杳閉已久。銘辭勒石四紀後，千秋論定在人口。嗚呼，有吴逸民李筠叟！

劉先生墓誌銘

先生姓劉，諱首昂，字閬客。江右安福人，世爲安福右族。少負氣，喜談兵。生值明季歲甲申，流賊破京師。明年乙酉，王師下江南。時天下未平，草寇竊發。有逆僕某糾亂兵數千，據山谷，叫號殺奪，死傷者夥。劉氏祖廟被燔，先生奉母奔竄，負創幾死，賴救免。少愈，奮泣曰：『我家祖廟既毁，族黨不保，何生爲？若不勦畔逆、復祖宗仇，非人也！』刺血書狀，號於閣臣楊公，公憐之，發兵二千，往勦。頓師六日，徵餉迫促，無應者，幾激變。先生傾家顉族屬供餉，晝夜督率，數瀕於危。始髪櫛而草薙之，揃刈奸慝，復我宗族，修祖廟，妥神主，爰復舊觀。方逆之既勦也，喜事者以脅從未殄，乘先生往詣閣臣，駢集拘係，欲置之死，人心復摇。先生聞之，急馳歸，釋纍縛，縱之去，衆心帖然。

後折節讀書，籍學宮，食餼。絃誦暇，仍講擊刺戰陣法。衆嗤之，先生曰：『將有所用之也。』未幾，果有逆藩之變。逆藩者，吴三桂也。康熙甲寅，反滇南，勢連江右，吉州降附，郡縣響應，人多恇擾，謀附之，以緩禍。先生矢於衆曰：『吴逆既不殉明，又畔本朝，不忠之尤者。彼行授首，奈何昧心應之？』衆皆曰然。又曰：『方今勢窮蹙，徒困守無益。爲目前計，練鄉勇，樹柵欄，置火器，結四方鄉兵爲援，計無急於此者！』衆皆曰然，遂一一行之。已而僞帥劉集統五千人，薄近郡，將會兵，攻吉安。先生合鄉兵迎敵，迫於險，幾爲賊禽。賊中有反戈刺其將墜馬者，詰其人，即前所釋脅從中一人也。遂乘勢追逐，戮殿者數，賊僞帥退。然終訛言朋起，日夕數驚，先生曰：『此詭計，摇我志耳。』守益堅。一夕，有僞帥遣人至，曰：『從我當得大官，授劄爲券。否則，屠遠近如雞豚，從爾家先。』先生叱縛其人，遞送大府，戮之。又一夕，盡燒郡前積薪，煙燄蔽天，先生誡曰：『無動。』率衆靜以待之。寇偪，發礮石轟擊，乃遁去。後屢至屢却，寇不敢窺。當是時，妖氛方熾，人心蒼黄，其不靡然從風者罕矣。乃一夫之志，屹然山立。奪衆論，冒九死，卒能保全遠近。由明順逆、秉忠義者素也。

丁巳，王師復吉，江右漸次平，凡有扞禦功者皆授官。先生功爲同姓武弁攘去，沉晦恥自言。有代爲陳者，不報。後循例以歲貢生終。嗟夫！人才不易得，而廟堂又急於需才。今有其人，又有其功，而卒使之鬱塞以老，此足爲國家操用人之柄者太息也！强藩既寧，先生不談兵事。奉母暇，肆力古學，謙退巽順，不矜不盈。遇有爭競者，陳理義利害，如春風拂人，聞者忿平躁釋。教子嚴義利之辨，曰：『人欲有爲，當自不貪始。』又嘗言：『節己方能利人，不節己，己先汰侈。汰侈則耗蠹，欲其及人不可得也。』爲文章有根柢，著有《古忠臣言行録》《諏巖兵陣圖法》六卷。於戊辰某月日卒，年六十七。未卒前一月，夢宗忠簡公招之往，曰：『我當逝矣已！』果得疾，或勸醫藥，不從，遂卒，識者謂之知命。

劉氏出長沙定王後，宋帝昺時輦米千石。助文信國勤王者，二十五世祖也，諱莘隱。高祖諱燿，判泰安州。曾祖諱仲垣，祖諱繼志。諱賓珩者，考也，名諸生。明末時嘗夜觀天象，知天下將變，誡其子傾産捐軀，義勇自激，憤時事不可爲，歐血死。先生識其言，生平遇事敢爲，奮不顧身，承父教也。娶曠孺人，繼留孺人，先卒。子男子三：長昆澐；次昆湣，康熙癸酉科舉人，知嘉定縣；次甲祥，縣學生。孫男八人，曾孫男十人。仲子既令嘉，遇覃恩，例得贈先生如子官。而以清介自守，不能骩骳事上官，被黜，不及蒙恩。宜仲子之縷述先德，欷歔欲絶也。某年月日，已葬先生於廬陵之永福鄉，而墓隧之石，其辭未立。罷官後，手狀乞誌銘，潛無位不文，不足增前賢光也，鑑其誠，乃銘。

銘曰：狂猘跳梁，哭依庭牆。齦其奸猖，孽藩吞屠。且戰且驅，保全疆隅。孝敬祥順，敦忠守信。秩秩家政，同善於人。眾草薰蘭，凡鳥親鸞。涵泳聖籍，名不稱德。後起滋植，存何有歉音欠，没何有憾！永壽匪塹。高原坎中，歸藏佐宫，千載是崇。

宫贊尤先生墓志銘

宮贊尤先生葬二十八年，孤子世綸、世輔請補志石。先生少嗜古學，中年通籍，未久，歸養親，終不仕。居貴安貧，鄉邦模楷。自先生没，老成凋謝，後進之士靡所矜式矣。潛感文章知己，匪同泛交，謹按狀銘諸。

先生諱珍，字慧珠，又字謹庸，滄湄其號。遠祖，文簡公袤，居無錫，政事外以詩名，宋南渡時所稱尤、楊、范、陸是也。後裔徙長洲斜塘。祖淪，廩例太學生。考侗，翰林院侍講，世稱西堂先生。先生爲西堂長子，擩染庭訓。中康熙乙卯鄉試，己未，西堂先生以宏詞徵，先生隨至京。時集輦下者，皆海内耆碩。常會邸寓，談討古今。先生出詩文就正，衆交口服，曰：『此吾小友也！』西堂有子，丁母曹太孺人艱，歸。壬戌，成進士，入翰林。父子同朝，班聯隨侍，時人榮之。戊辰，分校禮闈，所得皆知名士，朝廷以先生熟於朝常典故，命纂修《大清會典》《明史》《三朝國史》。授講官，晉右春坊右贊善。方嚮用先生，而先生以養親請急歸矣。既歸，侍西堂先生。常登揖青亭，憑水哉軒，雲天空明，魚鳥同適。或追隨輕輿，過滄浪、樂圃，偃仰翠阜紅葉間，遠及穹窿、鄧尉，探幽尋奥，經旬始歸。春秋佳日，與葑南諸老友聯詩文社，歲以爲常，弗倦也。迨西堂先生考終，守初志，不出。癸巳，祝聖祖萬壽，至京，舊交公卿願維白駒，先生笑謝。南還，以贊善終。嗚呼，假令先生廻翔館閣，洊歷崇階，其經術經世必有焯然者！乃歷朝七載，奉身而退。補《笙詩》《循陔》《采蘭》，天倫之樂，有非三公所能换者矣！

生平敦一本，弟瑞早亡，存㘭周卹；姊寡而貧，迎養盡禮。喜推獎士類，單門寒素之子，有文行必稱揚之。與人交，不立崖岸，以門户黨援爲戒。在野在朝，無一人疑忌之者。夫以白傅之賢，不免李衛公之忌，必其猶有町畦存也。先生之和過於樂天，已爲文章，根據經史，明白顯易。尤湛詩學，初宗中盛唐，歸田後，薰習宋人。嘗有句云：『宗唐祧宋吾何敢？前有東坡後放翁。』晚歲悔之，仍歸於唐，深不自滿。

潛以末學，授經於其家，先生每詩成，必示潛。偶有商確，應時改定。中夜不少休，一字未安，不能安寢也。又嘗謂：『我詩成於屢變，子少年，即有卓識，所成就惡可量？』潛至今有負先生言。而先生之詩沖和安雅，決然可傳無疑者。

康熙辛丑九月十七日，以疾終，距生順治丁亥十月初四日，年七十有五。由庶吉士歷宫贊，兩遇覃恩，授文林郎、徵仕郎。著有《滄湄類稿》五十六卷，《晬示録》二十卷。配邱孺人，孝慈恭儉，共稱女師，敕封孺人。側室歸碩人，佐邱孺人規畫家政，若左右手，先後殁。邱年七十，歸年五十二。子世求，萬縣令；世綸，長洲生。嗣弟後世輔業儒。女六人，俱適望族。孫秉元，甲午舉人，樂至令。曾孫正中，附貢生，雍正戊申十二月十六日，合葬於官山姚姊塢。

潛與先生共晨夕六載，見聞甚詳。憶有諸生某與先生僕人鬭，不勝，舍其僕，控先生於中丞。

或勸先生愬於學使者，則諸生泥首矣。學使者，先生同年友也。先生曰：『吾肯以勢凌鄉黨乎？』詣諸生門自下，諸生媿服。即一瑣事，知其一生大端矣！

銘曰：抽身纓茀，守清節也。歸而娱親，白華潔也。窮年翻書，手弗輟也。芟夷淫哇，吐冰雪也。中充外恬，浮慕絶也。寸長稱揚，毋俾闕也。靈光巋然，齒耆耊也。官山雲塢，傍考穴也。窀幾卅年，銘石缺也。後學銘辭，表儒林之圭臬也。

李芥軒墓志銘

乾隆元年冬十一月，芥軒先生卒。越一月，孤大本葬考妣於所封之新阡。時予留京師，未及拊棺執紼也。明年秋，大本來請志墓，謂：『先人遺命，不泛乞有位者銘，恐多溢語滋媿。子爲先人故交，且素不作諛墓語，其毋辭！』

先生姓李，諱崧，字靜山，別號芥軒。居梁溪之嘯傲涇，相傳漢梁鴻棲隱地也。芥軒絶意名位，與先後德配，負戴偕隱，宛然伯鸞、德曜風。葺浣香園，吟嘯倡酬其中。余屢過經宿，琴書靜閑，林木蓊密，有深山空林氣象。兒童婢子亦蕭然自得，不愧隱君子家。性仁孝，年幾五十服母喪，哭泣如孩幼聲。坦懷接物，視世無機變人，有機變者對芥軒亦無所施。人有善，必極稱之。予相識垂四十年，未聞偶道人短。與人交，有終始。初善華高士摩赤，摩赤死，謀葬於鴻山旁，鐫其詩文遺稿，時存卹其孤子，皆常情所難。性躭詩，生平體凡三變。壯歲才氣奔軼；五十餘，就唐賢格；晚年盲於目，呼童孫書之，皮毛脱落，漸近於道。初名《芥軒詩》，後名《夕陽村詩》，詞名《浣香》。又善畫花藹，以蘆雁名，然聊寫天趣，匪與詩同注力也。

予年未三十，得交芥軒，後情好益密。芥軒入吴城，必過予草堂；予之梁溪，必主芥軒家。計其時，詩壇往還，吴中爲王文學天驥、朱文學奕恂、陸處士蓚，廣南爲方貢士還、上舍朝兄弟，錢唐爲家上舍用濟，錫山爲杜吉士詔，方外爲岑霽上人，極一時文酒宴游之盛。今彈指間，相繼化爲異物，而芥軒最後，亦成古人，不啻應、劉、陳、徐之前後零落也，悲夫！

芥軒生順治十三年十一月，距卒時年八十一。配吴碩人，年二十三，繼配薛碩人，年五十四，皆有梱德。薛工詩詞，附《芥軒集》中。子二：大本有文行，大棟先卒。女四：皆爲士人妻。孫三：仁至、履端、履吉。曾孫一：致和。芥軒上世河間人，諱嘉郙，爲元統軍帥，子襲職世守江陰，後爲江陰人。明熹宗時，忠毅公諱應昇，死閹禍，再從祖也。祖奉山公，諱國綱，以國變遷無錫。考爵一公，諱世卿，遷鵝湖之嘯傲涇，葬地在涇西北，名曰白雲窩，芥軒生時所封者，人比之司空圖云。

銘曰：逢逢白雲，一南一北。鵝湖之濱，鴻山之側，幽坎千秋永無泐。嗚呼，此隱君唱詩之宅！

王耕煙墓志銘

從來藝事之極者，必歸大家。論詩推少陵，論書推平原。而論畫，於宋推北苑，於元明推子久、石田。此三人者，畫中之少陵、平原也。當今之世，能繼北苑、子久、石田而興起者，則有耕煙王先生。

先生童時無嗜好，常引荻畫壁，作山水即生動。時婁東二王先生以畫擅當代，名二王者，奉常公煙客、廉州公元照也。廉州過虞山，偶於壁間見小幅，驚喜甚。詢之，知王氏子。物色之，甫弱冠也。歸，語奉常。奉常具舟迎，館於西田，盡出唐以後名畫，俾坐臥泳游其中，而四方收藏家輒往還蒐討。心遊目想，盡得古人秘奥，而一以靈心運之。垂二十年，遂成大家。先是館西田時，倣古入神。廉州忘分，推服曰：『此非吾弟子，三百年罕覯此人矣！』而前後稱揚，如牧齋、梅村、櫟園、阮亭、漫堂諸前哲，或見之記載，或形之詠歌，推爲大家，無異辭。繇是内廷知其名，徵召之，以山林士待詔輦下。方其繪南巡圖也，天下能手駢集，咸逡巡莫敢下筆。先生至，口講指畫，凡山川形勢、六飛七萃、諸大小臣工，與夫老幼男婦之顒顒望幸者，咫尺千里，如印泥聚米然。眾遵守分繪，而先生揔其大成。圖成，上覽之，稱善，欲授以官，先生以不能任職辭。出都日，公卿祖餞，賦詩贈行，傳爲盛事。以是知先生所重，不在人爵，而杜老所云『丹青不知老將至，富貴於我如浮雲』者，乃於先生信之也。

先生篤孝友，慎交與，不翕翕熱，尤重感知。奉常、廉州没，歲省其墓，至老不忘。乞畫者無虚日，必慎擇其人，否則，巧取豪奪不可得。晚歲煙雲供養外，吟風弄月，自足性天，以是終其身。殆隱於畫，而畫外别有事在者耶！

先生姓王氏，名翬，字石谷，耕煙其號。宋忠臣堅之後，世爲常熟人。祖載仕，邑諸生。考鑾龍，湛隱，嗜古，亦以畫聞，猶石田之先有貞吉也。先生生於前明崇禎壬申二月二十一日，卒於康熙丁酉十月十三日，年八十六。配錢氏，有淑德。子二：有譽，邑諸生；疇，太學生。孫五人，某某。曾孫八人，某某。乾隆癸酉，得吉壤，冬某月日，葬先生於虞山北麓。曾孫玖、大椿，來請志墓。玖亦善畫，與予善。大椿，邑諸生，嘗問業於予者也。其烏容辭？

予聞國初畫有『三王』之稱，謂奉常、廉州，與先生也。後有『二王』之稱，謂先生與麓臺侍郎也。分位懸殊，聲望則一。又聞惲南田壽平，寫山水，兼神品、逸品，見先生畫，曰：『我讓子爲第一人！』遂專工花卉，稱絶藝。於此見南田之虚衷，而先生之致其退讓者，實有無忝大家之目。而畫外之品，尤有足重也夫！

銘曰：烏目秀起，蔚生名人。造化在手，寢食煙雲。辭榮還山，耄年頤神。昔親杖屨，歲惟丙申。别餘一載，辭塵歸真。於今三紀，交其曾孫。逢君歸藏，來徵銘文。文無愧詞，勒諸貞珉。後之過虞山者，謂此耕煙幽竁，而鄰子游氏之墳也耶！

黃尊古墓志銘

當代以畫名者五人：武進得惲壽平格，太倉得吴漁山歷、王麓臺原祁，常熟得王石谷翬，最後淂吾友黄尊古鼎。五人中，麓臺第進士，官侍郎，顯名最易。四人逸老布衣，而名與之齊。覺四人較難。然壽平、漁山、石谷，得錢宗伯牧齋、吴祭酒梅村、王司寇阮亭諸公前後道揚，宜其名流播遠邇，而尊古當諸公徂謝，推挽無人，竟以筆墨見重人世，尤爲難中之難也。生平好遊覽，嘗之齊魯，登岱；歷燕、韓、趙、魏；入秦，登太行、終南、太華諸山；又出塞垣數千里，經于闐，近身毒國，至踪跡俱斷，乃還。後巢黄山，上匡廬、羅浮、九疑，陟嵩、衡，升峨嵋巔，攀岷山，窮長江之源，後乃入天台、雁蕩、武夷諸勝，杖履所到，凡詭奇殊絶之狀，一一寄之於畫，前人粉本中未嘗有也。吴中評畫者謂：『石谷看盡古今名畫，下筆俱有成處，得稱大家；尊古看盡九州山水，下筆俱有生氣，並稱大家。』兩人皆虞山人，故同論云。

尊古性伉爽，不受纏縛。在京師時，有故相欲招致其家，尊古約曰：『能不限出入，惟命。』及至，諸門下拳韝鞠跽，尊古獨長揖，言辭偘偘，故相敬禮逾厚。然見故相權重任久，傾軋者多，恐將及難，堅辭去。及故相罹禍，時尊古在粤中，經六千餘里入都，相與哭别，旋南還。晚歲有制府係舊識，具書幣招往秦中。既至，聞制府縱恣無節，曰：『安有繆盭如此而令終者？』遂策馬還，竟不往見。途中惟寫終南雲氣、武功太白諸圖，以壯行色，聞者高之。

性孝友，葬大父母，不諉之世父；後葬父母，不諉之弟，後世父未葬者葬之。弟之子貧，無歸，分己産給之。餘如養姊妹之寡者，卹姻族之乏者，周故人之單寒者，歲以爲常。客至，燕飲嘯歌，日夕不厭。四方餽遺，費盡爲度，不留後日毫髮計。

少時學畫，從邱高士嶼雪。入都後，師麓臺侍郎。然每與人言淵源所自，曰：『我邱先生弟子也。』既老寓吴，有以畫請業者，講貫不少休。嘗言：『畫品，超逸過於沉着。然不沉着，不能超逸。』又言：『吾所指授者，乃馳轥古人之途。若骨相丰采、精神氣韻，隨其人性情學問變化之，毋沾沾面目爲也。』前此，吴中久無畫師。沈、文、唐、仇，風流邈邈，得尊古提唱而陶鑄之。南宗正傳，或仍在後賢繼續中，而尊古没，迄今無聞。

尊古，號曠亭，又號獨往客，晚又號淨垢老人，世居常熟之唐墅鎮。以雍正八年四月二十五日卒，距生順治十七年二月初九日，春秋七十有一。配倪碩人，事上接下，動中禮節，使尊古走萬里外無内顧憂者，碩人力也。子理，常熟縣國學生。孫大年，歲乙卯某月某日，將卜兆於吴縣某原，請銘。憶丙午歲，尊古嘗飲予以酒，謂：『他日得子志我墓，是吾願也。』而今果然。

銘曰：畫師心，心師天。歸自然，神理全。急奔義，避權貴。散榮利，身無累。行萬里，憑孤笻。歸去來，藏幽宫。人云亡，粉墨在。煙雲中，永不壞。

處士余江干墓志銘

庚申冬，予將之京，道潤州，訪隱君余江干，時江干没，既歸藏矣！予哭於位，孤等請草志石，曰：『待君也。』諾諾。既六年，孫由入京，復請。瞿然曰：『予敢忘吾死友耶？』因踐前諾。

江干，諱京，字文圻，世江南天都。考某，以賈家於潤，生江干。三歲，考没，母張食貧撫孤，口授以經。後江干寓大姓家，發匱，得所藏書，漸次讀之，兼通詩學。力食養母於市間，時聞誦讀聲，錢刀騷雅相間也。緣此得疾，母氏取其詩燒之，奉命斷吟詠十年。母殁，計守節三十年矣。自傷貧賤，末由表揚，常飲恨。

潤州故多詩人，時風會尚宋格，無崖異者。江干不專一體，如扁鵲治疾，隨俗爲變。遇故里諸公分賦，做宋人。時予客潤州，與定交。每歌咏，倣唐人。然不以飣餖爲宋，膚廓爲唐。陶冶性靈，中有君形者存也。後年益高，境益老，學益醇厚，從遊〔一〕者滿座。四方詩人過潤者，必經其廬。達官當路，每〔二〕以余布衣一至爲重。而江干守往役，不往見之。義有下交者，始以禮報之。以是知江干非徒表襮文藻者云。

始江干欲請旌母氏，而無其路。思得可傳之人之言，以之取信天下後世，而究難其人。歲甲辰，天子詔天下窮檐苦節，得以上陳，江干母氏始邀旌門大典。江干喜且泣，曰：『我烏能揚我母德？賴聖天子特恩也！』自是，年漸老，中懷灑然，而江干得以没，寧矣。

憶予初客潤州，遊焦山，遇僧房挾册者。予未識江干里居，問其人，笑曰：『潤人多矣，胡市人問爲？』噫！彼挾册者，知名位云爾，他非所重也。烏知市人中有詩人、有高隱、有孝子哉？江干生康熙某年月日，卒乾隆某年月日，年七十幾。有《江干詩草》若干卷，雜著文若干卷。配某氏，繼某氏，俱先卒。子三人：山，國學生，亦能詩，將得官，没；某；某，世父業。孫幾人。來請銘者，長孫也。墓在丹徒縣某山之麓，葬爲某年月日。

銘曰：江流赴海，三山鼎峙。高原秀靈，妥魄於此。清詩常存，死而未死。松櫝青蒼，近許丁卯之故里也。

校記

〔一〕『遊』字脱，據八十七卷本《歸愚集》補。

〔二〕『每』字脱，據八十七卷本《歸愚集》補。

歸愚文鈔卷十八

誥贈資政大夫江寧巡撫都察院右副都御史莪園王公墓志銘

乾隆辛未中秋，大中丞王公薨於江蘇官署。所屬士大夫軍民盡然傷之，以公能體天子愛養斯民之意，而一以寧靜鎮定之。即有從而撓其柄者，而公毅然不動。不必有赫赫之功，而民隱受其福。卒之勤勞王事，至殞其身。此遠近痛惜，千萬人如同一人也！

公諱師，字貞甫，號莪園，山西平水人。祖峻，明郡增廣生。考翼之，中順治丁酉武舉。征吴逆功，官蘇州城守，調遼州，誥封明威將軍。公生而穎異，少歲讀書，遇倫常政治，曰：『此他日見之實用者也。』既冠，補諸生。癸巳恩科，舉於鄉。五上公車，不遇，略無愠容。唯講求一切兵刑、禮樂、農田、水利，古今利弊沿革之事，必探原竟委。公後日之任盤錯，歷艱鉅，不摇不惑，卓然稱當世名臣，根於此也。

雍正庚戌成進士。初任直隸元城縣。乾隆二年，調繁清苑。五年，遷知冀州。七年，遷真定郡守。八年，遷清河道。十年，遷直隸臬司。五月，遷淛江藩司。九月，調江蘇任。明年，左遷天津道。十四年，遷司山東臬，未抵任，調河南，復調江蘇，仍遷浙江藩司。十五年冬，特授江蘇巡撫。未一載，薨。前後公所涖任，皆勤勞民事。官一邑，功在一邑；官一郡，功在一郡；官全省，功在全省。綜而計之，前可入古《循吏傳》中，後可入古《大臣傳》中。

其初任元城也，除坐差，去私派，請除包荒地糧。遇水旱，必請停賦。修學宫，訓士子，以敦倫立品。折獄以情理用法，民無冤抑。其調任清苑也，革地總攬頭，除雜派，設立馬廠，除莊家煨養例。不畏權勢，不慮誹謗，民情大服。知冀州，冀素稱盜藪。公先聲讋人，盜賊相戒，不敢入境。有豪猾素通官吏，横行鄉里，公密拘至内署，歷數其罪，曰：『當取汝命，然能改過，則爲良民。』其人且懼且感，卒能自新。有殺人冤獄，已成待決矣，公廉得其枉，請於大吏，會鞫得真殺人者，遂平反。前此，冤民聘有妻，聞夫犯極刑，忍死，待夫正法日以身殉。至是，出獄即完婚，遠近傳誦。知真定，設法補前守虧欠，保全孤寡，正身率下，所屬州縣，吏惕民懷。任清河道，賑天津、河間二郡災，不遺不濫。時大學士高、劉二公，奉旨辦直隸水利，公任輔理責。相地形，度水勢，心營手劃，規條以進。二公總理大綱，刻日奏功。秉直隸臬事五閱月，釋情罪可矜者數餘人。藩屏兩浙兩閱月，出采生大案之牽累者數十人。調江蘇，賑恤淮海諸處受災者，詳免崑山、新陽元年、二年之錢糧賠累者。時撫尚苛察，公尚和厚，鑿枘不相入，乃去位。吴民惋惜，如赤子離慈父側。而聖天子諒其清節，閔其勤勞，以不阿大吏，能秉直也。噓燼倍燄，潤枯倍蘇，旋重用之。由天津道陞任浙江藩司，務持大體。辛未春，皇上巡幸江浙，公先一年預爲部署，毫毛不以累民。知聖天子省方觀民，務使無一物不得所也。時羣情踴躍，達於九重，特以封疆重任畀之。

公之未任江蘇也，吏議按畝起夫，拘民船不使行。又不給口糧，民情皇皇。公至，亟罷之。僱夫、僱船，悉與價值。吴人咸喜，曰：『我公早來數月，我民久當貼席。』有欲掣其肘者，公不顧，卒莫能奪。今春，迎駕，屢召見，奏民間疾苦甚悉。天子嘉其察吏安民，以『吴會風清』額賜之。公受恩逾深，報稱逾切。送駕後，益思興利除弊，與民休息。先是，諭旨豁免乾隆元年至十三年地丁積欠，共二百二十餘萬兩。公恐胥役侵漁，乃籌酌規條，釐剔弊原，務使民實受君惠。又長洲縣金家角，地瀕於河，水草蘙薈，素稱賊藪，商民每受竊奪。公得其實，飭屬捕捉，鞫實治罪，而釋其連及者。又吴城户口殷蕃，甲於天下，而産米不給，每仰給於三楚、巴蜀。今夏米航少至，市價騰踴，而浙省告無，文檄飛馳。公晝夜籌畫，嚴關津以禁下洋，高米價以招遠賈。居民得食，鄰邦亦不至匱乏。而公之心力瘁矣！

公致病有由。四月間赴常州秋審，聞吴中米貴，多藏者，或至遏糴，強梁者幾於攫奪。公晝夜遄歸，中途受暑。六月初，久旱。公率屬虔禱，步行五六里外。雖得雨，受病漸深。至八月初，病劇，猶力疾視事。屬員進見，勵以廉平、敬慎、守法、勤民，曰：『我受朝廷厚恩，未能報效，諸君能勉成我志，我死猶未死也。』至十五日，疾革，唯囑諸孤讀書報國，無一語及家事，溘焉長逝。

公之公忠潔已如此，中立不倚如此，愛民如子、盡瘁事國，而忘身忘家如此，宜所屬之民痛百身莫贖，幾同於子産之没，老人兒啼而不能自禁也！

公性仁孝，考解組後，囊槖蕭然。公力持門户，不以清況與聞堂上。考晚歲病目，而性喜書卷，公晨夕誦讀，以娱親心。二親没，喪葬盡哀盡誠。嘗以未遇覃恩，上邀封典，中心惻然。彌留時，上章奏請，上俞允，誥封二代，重其終身慕也。居己廉儉，位開府，翛然仍諸生時。待人以誠，有疑相質者，輒披瀝肝膈，而出以和平。聞者各得其意，如坐春風煦日中云。生平著述，經義有《過庭偶訓》，詩有《强恕堂拾存》，並行世，古文及奏疏稿，存於笥。

公生於康熙庚午正月二十日，距今卒時享年六十二歲。誥贈資政大夫、江寧巡撫、都察院右副都御史。配鄧氏，誥封夫人，淑德懿行，克稱公配。子三人：孫武，監生；亶望，庚午舉人；季光，監生。女五人。孫三人：長牧，次沛，次豫。孫女三人。墓在某縣某鄉，葬爲某年月日。

吴中舊有紫陽書院，公至延予爲山長。每相見，輒道人倫日用，曰：『舍此無以爲道也。』又嘗言：『士先品行，而後學術。願公爲三吴士子先示立本，次講根柢學。』予時有所開陳，公亦采納。後情愫日浹，公臨終，謂：『歸藏志石，當乞沈歸愚侍郎。』予雖不文，不敢違公之身後請也，乃爲之銘。

銘曰：學有定見，守有定力。閲歷阻艱，不見荆棘。處棼以静，正曲以直。暫搵旋揚，九重特識。畀以節鉞，徧流膏澤。勤不惜身，瘁矢報國。哲人乘箕，哀慟疆域。恤典稠叠，自天寵錫。

靈輀還歸，體安幽澤。太行嵬峩，汾流溰渙。千秋固安，銘辭勿泐。

通奉大夫禮部左侍郎張公暨配姚夫人合葬墓志銘

乾隆甲子春，禮部右侍郎桐城張公陳情乞休，舉賢自代，至是，凡三拜疏矣。上鑒其誠懇，允所請。時公卿大夫祖道都門外，數里不絕。故鄉親舊宗黨、父老子弟，走迎數十里外。朝野交羨，謂公之考文端公予告歸田後，於今再見，不數疏傅之於漢廷也。明年夏，公配姚夫人卒。秋，公相繼薨。時聞公喪者，無弗嗟歎。鄉黨謂失一善人，朝廷謂失一正人。宇内被公教澤者，至設位而哭。嗚呼，榮且哀矣！丁卯秋，嗣君昆弟將葬考妣於吉壤，擇有日，以狀來乞志墓。德潛，公之老門生也。感知最深，不敢辭。

公諱廷璐，字寶臣，號葯齋，姓張氏。先世自豫章遷桐，代有鉅人。曾祖，文學恂所公。祖，明經拙菴公。以文端公貴，累贈光禄大夫。曾祖妣、祖妣，俱贈一品夫人。考龍眠公，諱英，文華殿大學士，謚文端。妣姚氏，封一品夫人，累贈一品太夫人。文端公子六人，長少詹事諱廷瓚；次太保大學士伯名廷玉；公行居三，贈翰林院庶吉士諱廷璩；内閣學士致仕名廷瑑；明經諱廷瓘，皆公弟也。公少力學，弱冠，名著大江南北間。然恂恂謙抑，出入里門，常徒步。遇路人高年者必讓道，人忘其爲貴公子也。

康熙壬午，中南闈副車。癸巳，舉於鄉。戊戌，成進士。殿試，以第二人入辭館，年四十有四矣。雍正癸卯春，典福建試。授宫允，侍講幄，遷侍講學士。秋，分校禮闈，視學河南。甲辰，以諸生累，去官。未幾，授侍講。乙巳，掌成均，轉少詹事。丁未春二月，典武闈試。三月，分校禮闈，旋充殿試讀卷官。秋，陟詹事。己酉，視學江蘇，前後凡九載。九載中，典壬子浙江試，晉禮部右侍郎，轉左侍郎，仍督學政。既之春官，兩知貢舉。己未，典武會試。辛酉，典江西試。迄告歸，居官共二十有六年。

官翰林，大制作每出公手。校文取士，理必宗宋五子，法必宗漢唐宋諸家，以經術勝者爲上。故鄉會所得士，多儲國家有用材。官成均，端本樹範，抑奔競，崇端方。曰：『學者當以仁誼禮樂爲本。』一時士風，蒸蒸日上。而公之教育，如入人肝脾。而弗能釋者，尤在江蘇視學時。公之任江蘇也，念八郡三州爲人文淵藪，期與多士共敦上理。而品行不立、譸張作奸者，亦時有。公揭姓名於通衢，俾知屏足斂息。每試日，坐堂皇，終日無倦。手定甲乙，反覆慎重，惟恐偶爾踈忽失，士子摩練苦心，故每一榜發，衆心貼服。被屏黜者，亦感媿奮勵。遇廣文及諸生有文行者，奬諭勸導之，如坐春風化雨中。計歲科試六周，未嘗輕辱一士，然而士之廉恥自生，品莭自立，不徒弊絶風清已也。公去任久，猶尸祀俎豆。雖小夫婦豎，能道張公姓氏。迄今數江蘇學政，必以公爲清德和風之冠云。在禮部，承命纂脩禮書，明制度，定儀則，歸於至當。扈蹕東巡，敬慎陪祀，克襄盛典。此公生平涖官之誠，事君之忠之大莭也。

公少侍文端公京師，伺顔色，日夕無違。文端公歸田，公偕諸弟日撰杖扶輿，侍兩大人側，極孺子慕。既兩大人相繼薨逝，公號呼欲絶，至不忍聞。天恩祭奠，銜哀致恪，遠近觀禮。中年抱鴒原痛，哀逾常情。既老，與太保、閣學兩公聚首，愛敬彌篤，猶推梨讓棗時也。偕配姚夫人，鴻案相莊，五十六年如一日。事師長，心喪三年。交友皆正人。接後生，揖讓盡禮。終身無失言失色。熟知公者，謂於人倫日用間，求一端缺失，不可得也。

爲學原本經史，制義宗震川，古文師廬陵。詩學古體，横空硬語，師昌黎。近體出入大曆十子。應制得唐初陳、杜、沈、宋格。刻有《詠花軒制義》《詠花軒詩集》。

公生於康熙十四年乙卯五月二十七日，薨於乾隆十年乙丑八月二十二日，年七十有一。誥封夫人姚夫人，辛丑進士小山公女。端淑孝謹，相宗伯公，敬順無違。既貴，不易疏布。婚嫁子女，經理中節，不關公心。公致政歸，並扶鳩杖，往來閒園，享林泉之樂。而忽焉徂謝，宜公手草行實，謂失一閨中老友，不勝愴悢也！卒年七十有三。子二人：長若震，雍正癸卯舉人，官浙江布政使，以母末疾，乞養，歸；次若需，乾隆丁巳進士，翰林院編脩，乞養，侍公南歸。今並在籍。孫六人：曾肇、曾牧、曾敞、曾敓、曾敷、曾敡。曾孫一人：元表。女一人，適姚孔鏆。孫女三人，曾孫女二人。墓在桐城縣北鄉，雨山之原下，窆爲乾隆十二年丁卯九月十有九日。公督學江蘇時，德潛爲諸生。四試，並冠曹偶。試古學，冠兩郡，薦博學鴻辭。於朝每見，侃侃温温，告以禔躬行己之道。略分位，如師弟朋舊。後追隨朝右，步起履舄，時接嘉言正論，奉爲儀型。睽隔未久，遽成古人。此蘇子瞻所云『上爲天下慟，下以哭其私』者也！

銘曰：龍眠之張世忠貞，三朝舊臣位春卿。後進楷模惟老成，薰公德者和且平。爲國剖璞羅瓊瑛，歸來擬築三休亭。白首佩觿如賓朋，人偕往矣風常清。選卜幽宅逢佳城，其歸其藏後頻興！

資政大夫總督倉場户部右侍郎吕公墓志銘

乾隆八年，倉場侍郎吕公奉天子命，運米四十餘萬石賑飢。公以既老年，勤動勞勩，至於形神將離，而猶惓惓於拯救災民，則平日之焦勞政事可知也。公樸誠端厚，不務赫赫名，而事關民社及軍國利弊之重者，鉅細井井，期於得當而後已，有古大臣風。乃欻焉徂謝，以死勤事，朝野爭歎息云。

公曾祖忠節公，諱維祺，河南新安人，前明南兵部尚書。遭流寇難，不屈死。爭光日月，學者稱明德先生。祖侍御公，諱兆琳，以直節顯。光禄公，諱謙恒，文章政事載在史乘，其考也。吕氏自忠節後，代以忠孝文學聞。公諱耀曾，字宗華，號樸巖。生而器宇端重，均推國器。康熙乙酉，舉於鄉。丙戌，成進士。光禄公，己丑成進士，轉在公後。癸巳，公官中書舍人。既遷禮部主事，歷員外郎、户部郎中。雍正丁未，出爲江西袁州知府。不一歲，遷湖北武昌道，又遷四川按察司使。越歲，署布政司使。以丁艱歸。服闋，內補鴻臚寺卿，轉大理寺少卿。旋晉左僉都御史，授奉天府尹。明年，晉左副都御史，又晉吏部右侍郎，旋改總督倉場、户部右侍郎。奉詔宣諭貴州苗疆正使，此甲寅九月也。明年，還京，兼任順天府尹。今上御極，轉户部右侍郎，又轉左侍郎。未幾，仍總督倉場。前後歷倉場任，凡七年，中外共推老臣。

公刺袁州時，有疾醫唐姓者，誣服殺人罪，覆盆十年。公禱於神，得真殺人者，抵法。凡遇聽斷，爲兩造開陳義理，民多感悟淚下。秉臬四川，有娼犯奸斃夫命，牽連多人，以緩其獄。公閱實，立置之法，而釋其無辜者。署方伯時，清苦自矢，府州縣惟正供取足，解部無贏餘。有不便官民者，密疏罷除之。任奉天府尹時，奏請添設義州、復州州官，以專牧民責，裁九關臺同知，以汰冗員。任吏部侍郎〔一〕時，補奏奉天事宜有《由海運以救穀賤傷農》一疏，有《請改折色以免島民輓運之艱》一疏。其宣諭苗疆也，使車所經，老幼駢集，公備言天子神武慈惠，不忍置苗民於化外，苟能革心嚮化，即我赤子。令副使者譯作苗語，再三諄復，苗民感泣。公於率先歸順者，破格賞賚。一時稽拜恩澤，歡呼雷動，響應山谷。兼任順天府尹，監乙卯科鄉試，奏請添號舍一千六百餘間。再任倉場侍郎，多革除敝政。前此，各倉支銷辦公銀不奏報，因循詳結。又辦漕吏役，日用無定規，多漁公帑，公酌定奏請，垂諸永久。前此，私僱剥船夫役，賈直短少，往往逃竄，誤漕。公奏請地方官召募，給官賈，永杜舊患。餘如添倉廒、衛運丁、恤車户、免浮税、給餘米、懲庯吏，共十餘疏，俱報可。先是，通州東北隅爲白河瀉溜處，或建議築葦隄以護其外，旨命公詳勘。

公驗土性堅，城隅固，水瀉而不衝，無傾圮患。且商民𥜶居，毋容築隄，以妨其業。覆奏謂：『其言若可聽，其實生事，紛糾無益也。』不糜帑，不擾業，其持重靜鎮類如此。此皆生平居官行政之大者，餘纖小不備書。

事父母孝敬祥順。既貴，隨光禄公官京師，依依如童稚，幾微事必稟命。遭兩喪，哀毀幾滅性。兄弟怡怡，遞衣公食。親黨故人有緩急告者，曲從所請。篤桑梓誼，倡復中州會館，棲止計偕謁選者。延譽後進，一言一行，必揚於人。教子以嚴，務沈潛篤實。執友至，嘗侍左右，繼奉盤匜進。詢之，知已列賢書，友歎曰：『古道猶存也！』

生平尚樸學，制義古文典重醇正，詩戒綺靡習。分校順天文武鄉試者再，閱會試，廻避卷，矢公慎，多得真士。公任内外官，前後三十餘年，而律己儉約，衣必澣濯，食不兼味，無媵侍、音樂、古玩諸好，而並其力於治官。嘗曰：『忠孝之外無品行，廉潔之外無節操，仁恕之外無居心，誠敬之外無工夫。』展其底藴，擴其才力，而又當聖君良臣明明穆穆之會，即畢公之道洽政治，澤被生民，胥於公是望，而不獲大究其設施，此當世咸爲公深致惜也！

公卒於乾隆癸亥七月十八日，距生康熙己未九月十七日，享年六十有五。誥授資政大夫，贈祖妣、考妣如其官。配誥封夫人。孟夫人，連山縣知縣諱文乾公女，有淑德。子男子二：長肅高，康熙庚子科舉人，江西吉安府知府，娶董氏，繼娶胡氏；次翼高，二品廕生，特用主事，娶程氏，繼聘顧氏。子女子二：長字壬子科舉人王貽穀，殤；次續適王貽穀，亦早没。孫男四：燕徵、燕應、燕喜、燕標。孫女三，俱配名族。乾隆十年四月十八日，將葬公於新安縣北原光禄公塋之次。次君翼高以狀來乞銘。潛先得交於公從弟松坪方伯，後因方伯得交於公。每晤語，如止水靜，如春風和，令人矜平躁釋，忽忽十餘年，重歎逝者！而今乃爲公草志石也，可悲也夫！

銘曰：

明德之後有達人，忠節世澤君紹聞，積蘊而顯光煙熅。歷安中外廉而勤，震聾刮昧苗頑馴。輓漕百萬通倉囷，創懲貪吏安軍民。鳩宅鴻雁輸津門，民則活矣公殞身。一棺歸里蕭然貧，幽幽者丘返其真。博哉清德遺子孫，百世以後公長存。

校記

〔一〕『侍部』，疑爲『侍郎』之誤。

誥授資政大夫少司馬座主淩公神道碑銘

己巳夏，德潛奉予告歸，時吾師少司馬淩公來吴門，潛拜謁於遂初園。吴氏殷勤教誨，老年師弟，情倍篤也。甫一月，詣海上謁公，而公已先兩日辭世矣！憑棺哭，歸，爲位哭。踰五月，爲十二月初十日，諸孤葬公於鶴沙鎮先塋東北之新阡。幽堂有銘，墓碑未立，諸孤以命潛。潛爲老門生，烏敢辭？

公諱如焕，字榆山，號新齋。天畀異禀，勤苦向學，爲名諸生。康熙戊子，舉北闈。乙未，成進士，入詞館散館，授編修職。雍正六年，陞翰林院侍講，充日講官，督湖廣、湖北學政。七年，轉侍讀。十年，陞侍讀學士。十一年，陞内閣學士，兼禮部侍郎，前後兩任學政。十二年，赴闕補閣學。未幾，丁内艱，歸。今上御極元年，服闋補原官。三年，陞兵部右侍郎，典江西試。四年，充會試總裁。六年，轉左侍郎。七年，陳情養親，歸。在籍五年，丁外艱。又二年，薨於家，時乾隆十四年七月二十三日，年六十八。

公在翰林，勤慎編纂。大文字每出其手。在學政，崇實行，輕浮華，清德著聲，和氣藹鬱。去位久，人猶謳思。在内閣，參贊機務，執事有恪。在兵部，檢軍器，杜冒耗，慎銓選，老胥猾吏皆洗手奉職。在典試，慎擇淳古，屏斥荒幻，識負實學而沉淪者。而生平經畫，尤在入告諸奏疏。當視學楚中，閔歸州風濤之險，有灘高浪急沉溺商旅者，請添設搶救船，以保護行人。自楚入都，道經中州，時值開墾閒曠。見有地本不毛，而有司强民報墾，冀迎合上官，詭邀議叙者，請勘實，分别陞科，以絶欺隱，以全民命。今上即位，孜孜求治。公慮遊惰之衆，無業釀禍，請飭有司奉行保甲，俾勤其肢體，並宣布教化，同爲良民。時水災屢告，廷議撫恤。公慮水患猝至，必俟遷延輾轉，奉行部文，恐婦子已經離散。請廣推皇仁，酌撥存公帑項，給員同有司隨勘隨賑。西江歸日，道經杭郡，見北新關吏三十里中搜查屢次，又各壩虎役横行攫奪，請照京中崇文門例，酌定經制，毋容横索。凡所陳請，兩朝一德，俱報可，允行。迄今，奏牘載在史館。知公者謂公經術經世，不以辭章。

概其生平，公事親仁孝，無大小必愉怡禀命。既貴，年六十餘，猶孺子然。乞養後，封公年九十餘。公扶携杖屨，侍讌遊峰泖間，見者稱神仙中人。居喪盡哀盡誠，士大夫咸來觀禮。事伯兄，公財共産，愛護敬禮，至老不衰。教諸子姪諸孫，負實學，礪廉隅，不嚴而肅。與人交，抑損自下，和光可飲，終始不渝。後進之士，有片長足録者，延譽之，務成其名。在籍時，當路者欲一識其面不可得。和而能介，聞風者均重其品。

於學無不窺，尤邃《易》理，嘗曰：『聖人猶須假年，吾輩終身翫索可也。』《近思録》爲四子梯級，小學嘉言懿行，切近篤實，允宜服膺。中歲後，涵泳詩學，陶、白、蘇、陸，天趣盎然，期於陶冶性靈而止。所著有《應制》《楚遊》《讀史》《皇華》《黄海紀遊》《向日槎雜詠》等集。

公原籍新安，代有鉅人長德。皇考誥贈閣學公，諱日榮，隱居不仕。考誥封閣學公，諱起潛，爲諸生，遷松江之上海。兩世潛德弗曜。公元配胡氏，誥贈夫人。繼配張氏，誥封夫人。俱淑慎端肅，爲時女宗，俱先公卒。子四人：應蘭，乾隆丁巳進士，淮安府高堰通判；應雲，國學生，早卒；應熊，國學生；應豹，治制舉業。女七人，俱適望族。孫六人：學昌、學賢、學詩、學恒、學禮、學文。孫女六人，曾孫女一人。

憶己未會榜發，潛以弟子禮拜公邸第，公謂：『我諸生時即誦子試牘，今乃出我門下。方今文思聖人，在上崇獎儒術，期於日贊盛治。子雖年老，猶及勉旃！』迄今十餘年，遺言猶在，公遽爲古人，而潛之老耄退休，不能副公之望，爲抱愧也！吁，其可感也夫！銘曰：

當公之生，爲時准則。洎公之没，咸懷令德。同朝浩歎，失一正臣。鄉黨欷歔，失一善人。四民卒伍，異人同呻。音容雖亡，隱功滋久。奏議焯爍，金石同壽。學共推之，行共師之。子孫繩繩，世澤詒之。

誥封朝議大夫司經局洗馬，兼翰林院修撰，前翰林院庶吉士韓東籬先生墓誌銘

乾隆十八年正月，東籬韓先生年九十，考終里第，遠近人士，弔哭不絶。葬有日，仲子洗馬君彦曾率孤姪承詩來請銘，以閟諸幽。先生鉅人長德，邦之典型，忽焉傷逝，失所矜式，曷敢辭？

先生諱孝基，字祖昭，東籬其號。始祖諱思聰，自鳳陽遷長洲。後三世爲太醫院冠帶醫士，諱世賢，弟諱世能，歷官禮部左侍郎，其家始大。又二世爲黄巖縣知縣，諱治，先生曾祖也。祖長庠生，諱馚。考文懿公，禮部尚書諱菼。先生少穎異，性敦厚，與兄北萊先生淬志於學。後居京師，朝夕濡染庭訓，學大成。當是時，文懿公文望，天下仰重。海内名流，半出其門。先生繼起，復爲士林翹楚。而禔躬接物，退然自下，若初不見爲貴公子高才生者。庚辰成進士，入翰林，文懿公方以少宗伯掌院事。父子迴翔禁近，時謂後先濟美，如王敬和之有珉，蘇瓌之有頲，可踵相

接也。而先生恬於仕進，旋奉母氏南歸。既文懿公薨，盡禮盡哀，服闋不出，惟與伯兄諸季循陔采蘭，修潔白之養。太夫人歿，先生年近六旬矣，擗踊哭泣，無異孩稚。世宗憲皇帝即位，重修《明史》。乏史才，大臣咸薦先生以原官召，分修英宗及景皇帝本紀。先生於北狩、奪門、登極、守禦諸大事，考據實録，參覈野乘，審定是非，直伸襃貶。更作列傳數十，發潛誅諛，合良史法。事竣，即移疾歸，仍不渝素志云。

先是，奉詔直省，開設書院。吴中書院，以紫陽名。制府高公重先生文行，延主講席。時士求速化，好爲横決浮剽之習。先生曰：『作文而不準理法，是騄新羈之駟而弛其銜轡，操郢人之斤而偭而規矩也。』反覆開示，時趨漸移。昔文懿公制義出，而風氣一變，衆比之昌黎起衰。至此，先生又以前民典則力挽頽波，其功可繼文懿公後。生平不事生産，文懿公所遺薄田，半以婚弟嫁妹，屢空晏如。間有餘貲，暇日開尊具饌，招二三老友，道故論文，盡歡乃已。庚戌後，洗馬君偕弟中書舍人，並官於朝。先生郵寄手書，朂以忠勤事主，無墜先訓。嗣君體先生言，爲國樹人。佐理閣務，各盡職，先生喜形於色，曰：『我八十餘老翁，自今庶可免於憂矣！』辛未春，今上南巡，召對行在所，稱旨，賚予優渥，御書『家學耆儒』寵之。明年春，天子念故尚書韓菼種德積學，湛深經術，未邀易名典，特錫謚『文懿』。先生以先人追膺曠典，於家廟易主設祭，感激涕零。顧謂子姪諸孫，曰：『爲常人子孫易，爲名家子孫難。我祖父讀書樹德，垂數十年，致汝曹叨科目，列仕籍。盛者防衰，盈者防昃，勿以門第自詡，漫啓驕矜。綿先澤，即以報國恩也。』此與萬石君之訓慶，馬伏波之誡嚴、敦，何以異哉？

綜先生一生，恭敬謙和，不逐名利，不立城府。平心率物，無競無忤。與相習者，初不見有喜怒之色。遇他人有善，稱之恐不及，然無過情譽，後皆一如其所許。范史稱黄叔度淺深莫臻其分，清濁未議其方，士君子見之者，靡不服深遠、去玼吝，潁川荀淑至比之顔子。郭林宗性明知人，好獎訓士類。所獎士人，皆如所鑑。先生之行準之二賢，洵乎無媿也已。

生康熙三年正月十九日，卒乾隆十八年正月初八日。前翰林院庶吉士，敕授徵仕郎，晉封朝議大夫、司經局洗馬，兼翰林院脩撰，配范恭人，文正公裔孫，以勤儉相夫子，以敬慎執婦道。撫庶子若己出，待妾媵如女弟。先十四年卒，某年月日合葬於某縣某原。子六人：省曾，貢生；彦曾，即洗馬君；慶曾，内閣中書舍人；仕曾，考授州同知；萊曾，舉人，揀發四川知縣；悦曾，太學生，爲弟後。女六人，俱適望族。孫九人：承詩，太學生；承源，舉人；承澍、承濂、承蘭、承昌、承穀、承志、承恭。孫女十三人。曾孫三人：儀鳳、起鳳、鳴鳳。曾孫女五人。

銘曰：宗經術，深典禮。一動作，循正軌。篤孝友，樹根本。施于家，行諸遠。淆不濁，澂不清。量淵涵，泯虚盈。尊天爵，返初服。茂叔蓮，淵明菊。令德純，箕福備。生無憾，没無媿。善有餘，昌厥後。守彛訓，天啓佑。勒吾銘，辭匪誣。望修隴，懷德隅。

蔣坦菴先生暨配合葬墓志銘

乾隆丙寅夏，坦庵蔣先生辭世，年逾大耋，及見五代孫，可謂高朗令終，具備五福矣。然遠近聞訃者共歔欷惋惜，以宗黨鄉邦中失一年高德劭者也！越歲，諸嗣君卜得吉壤，以狀來請銘。德潛向嘗授經先生家，有交誼。繼與先生長孫同中春官試，稱後學，烏容辭？

先生姓蔣，諱文源，字騫友，號坦菴。先世自揚徙吴，至皆我公諱育馨，隆慶丁卯舉人，宰清流，爲先生高祖。雉園公諱燦，崇禎戊辰進士，官參議道，備兵天津，祀鄉賢，爲先生曾祖。祖公藩公諱垣，長庠生。本生祖雪菴公諱圻，府庠生，贈奉政大夫。考佚圃公，諱之逵，候選知縣，封奉直大夫，贈奉政大夫。佚圃公子六人，第三子先生也。少好學，補吴庠生，旋食餼，爲文閑先正法。數困鏁院，貢成均。既伯兄紫峰先生中北闈，弟懷民先生成進士。先生謂顯揚有人，絶意科舉，脩南陔之養。親没，終身不忘，兄弟間無間爾我，既耄，宛然童稚嬉戲。時偕德配，白首莊敬，垂七十年。天倫樂事，聞風者共欣羡云。吴中風俗，每頽惰奢汰，習爲固然。先生曰：『吾聞古人民生，在勤儉以養德。蓋勤則勞心志，束筋骸；儉則惜物力，淡嗜欲。勞心志，則神明清；束筋骸，則精神聚。人之畜德成業，恒在勤也。惜物力，則不傷財；淡嗜欲，則不傷生。人之造家頤壽，恒在儉也。』綜先生一生，未嘗晏起晝寢。食不兼味，衣不華飾。嘗書《勤儉箴》銘於座右，以爲家法，士大夫傳誦之。

先生雖淡於科名，然督課後人，必以通經術、振家聲爲要務。延家塾師，擇華實並茂者，曰：『兒曹師其文兼師其行也。』子孫親師取友，行成名立，家嗣冢孫相繼登賢書、掇高科。其未成名者，能多文爲富，遠於佻宕躁進之習，先生教也。前此雍正六年，詔濬劉河、白茅諸水，先生踴躍，曰：『天子念蘇松疾苦，減除浮賦。今復興水利，爲我民經久計。我民食帝力，敢忘涓埃報乎？』偕諸昆弟急公佽助。大吏高其義，上陳。旨嘉獎議叙，一門之内，均被恩榮，稱異數焉。先生待人以誠，規過必極言。然胷無城府，事過輒忘。與人交，能不負死友。有以非禮加者，霽容諭之，其人悔赧去。家庭整飭，無嘻嘻聲。償官税早，催租吏不入其門。老至，闢舍旁地，栽花蒔葯，時與二三老友談宴於其中，名曰『閒圃』，取樂志也。

生平不服藥，不信二氏，不惑日者及青烏家言。唯日用常行，事無大小，必裁畫之。曰：『我忘勞，並忘老也！』喜決科，七十餘不倦。子孫寄鄉會墨歸，或醇或疵，每有賞駁。榜發，一如其言。諸凡所言行，潛於授經時，每親見之。乃日月幾何？遽成古人遺範，良足感已！

先生生於順治十三年十一月十四日，卒於乾隆十一年五月十三日，年八十九。廩貢生，候選訓導，特恩授七品職，贈徵仕郎、内閣中書舍人。配張太孺人，中書寧章公女。勤儉教家，一如先生。後先生兩月卒，年八十八，敕封孺人。子六人：觀光，康熙壬午舉人，先卒；國光，州同知；諾，候選行人司司副，後先生五月卒；重光，府庠，歲貢生；含光、近光，俱太學生，近光早卒。女三人，俱歸望族。孫二十二人，長孫應焻，己未進士，候補内閣中書舍人，同年友也。孫女十三人。曾孫十八人，曾孫女十四人。元孫四人，元孫女六人。墓在某縣某原，葬爲某年月日。

潛與先生相聚已及晚年，然飫聞禔躬整家正論，且許潛退讓安分，不隨人翕翕熱。人所共棄，先生獨取，此尤生平知己之感也夫！銘曰：

堂名亦政，亦名庸德。敦本脩行，閑家維則。有道夫婦壽天錫，子孫藻耀奮六翮。曾元問安紛繞膝，以首頷之幾不識。脱然羽化歸兆域，後生作銘劖諸石，百千餘年永無泐。

彭惕齋先生墓志銘

同鄉彭少司寇將葬其考惕齋先生於新阡，先期以狀聞，請草志石。德潛念少歲以經義見知於侍講南畇公，迄今交凡四世矣。於惕齋先生稱同學久，私心仰重，垂五十年。一旦典型云亡，方切悲感，又重以司寇請，敢不紀其生平，以信來者？

先生諱正乾，字存誠，惕齋其號也。世籍江右，明初徙吴。七傳至蓼蔚公，諱汝諧，萬曆丙辰進士，後科名相繼。一庵公，諱瓏，順治己亥進士，宰廣南之長寧，封國子司業，是爲先生祖。一庵生南畇公，諱定求，康熙丙辰會狀，歷官翰林院侍講。有子六人，先生其次也。先生有至性，七齡失恃，執禮如成人。又四年，大父没。時侍講公請假未歸，先生以童稚居苫次，治喪中禮。年十七，侍講公家居，較輯先儒諸書，先生日侍側，繙閲無倦容。潛心理學，蓋自此始。當是時，侍講公方負天下重望，而族弟瞻庭公相繼以第三人登上第。吴中數儒行、文學、科名之盛，羣推彭氏。而先生無貴介子弟容，恂恂自下。惟研究性命之旨，於科舉之途泊如也。然其文日工。嘗從侍講公課業文星閣下，諸名流咸集。先生每一文出，見者咸退讓。乃以上舍生試省門，屢不遇。戊子，闈牘入彀矣，仍見遺。同學扼腕，而先生怡然自是，彌淡於進取矣。時儀封張清恪公撫吴，雅重先生。時延見，語以正學。先生彙儒書，宋五子外，如王文成《傳習録》、高忠憲《遺書》之類，窮治之。入則請益於嚴父，出則就正於名卿。每於硯持書屋，養静自怡。中有所得，曰：『無邊樂趣，終身用之不窮也！』既侍講公卒，先生年四十一矣，哀毁幾滅性。既葬，泣慕不止。嗣奉神主，祀於鄉賢，又建專祠於學宫旁，刻《南畇文集》。遂決計不出，專以課子業、述先德爲急務云。

先生之課子也，謂：『首立本行，次求學術。本行端，學術醇，則獨善兼濟，隨窮達而施之。吾雖讀父書，未能承父緒，是在兒曹責矣。』嗣君趨庭承訓，退而黽勉，後以會試、殿試第一人入詞館，侍内廷，屢典文武試，督學政。洊陟卿班，先生隨時隨地誠諭之。其在史館入直，手書論以『稽古爲經世之業，小心爲近君之本』；其在視學兩浙，面論以『惟公能不媿寸心，惟明能不枉羣材，惟誠能感孚士類』；其在司寇，則貽書諭以『人命至重，矜恤爲先。不敢望于公高門之慶，當常存雋尹平反之心』。司寇一一敬佩之。是司寇之文章華國，以恪勤清慎，上結兩朝知遇者，悉本先生庭訓也。嗚呼，至是而先生之裕後以承先者，可謂克盡其責，而先生亦遂成古人矣！人見長洲彭氏祖孫科第之榮，冠於當代，而先生及身未遇，疑爲前後所掩。不知先生之從容恬淡，積德累行，不欲急於表暴者，正以衍前人之澤，以厚集其勢，而倍發其光。則先生一身，係作述於前後間者，蓋尤難而尤鉅也！

先是，吴中鄉飲酒之禮，應之者或不稱其實，人都視爲具文。丁巳歲，郡縣敦請先生爲大賓，傾城往觀，人心悦服。以先生之敦倫睦族，與人爲善，崇儉返樸，潔清廉惠，誠無忝於鄉飲酒之禮也，是可謂淑人君子也已！

獨念德潛初籍學宫，即受侍講公獎勵，因得與先生定交。會課文星閣，相觀而善。既又與司寇流連觴詠，互相劘刃，復稱文字交。迺先生既已久謝科舉，而德潛猶潦倒場屋，迨司寇對大廷後十有三年，始成進士。今猶留滯，春明，因司寇之請，得爲先生誌墓。其於歲月之遷流，爲何如也？可感也夫！

先生生於康熙十有八年己未二月初八日，卒於乾隆十年乙丑十一月二十六日，享年六十有七。勅封承德郎，左春坊右中允，例贈通奉大夫、刑部右侍郎。配周氏，學士緘齋公女。賢明有法度，勅封安人，例封夫人。子二：長即少司寇，名啓豐，雍正丁未及第，由翰林院脩撰歷今職；次名啓鎬，太學生。女四人。孫六人：紹謙、紹觀，並中丁卯科鄉試；紹咸、紹升、紹晉、紹頤。孫女三。曾孫男女各一。葬地在長洲縣虎邱山戌字圩新塘橋之原下，窆爲乾隆十三年三月十三日。銘曰：

江右望族，有耀於吳。蘊釀深厚，代生名儒。貽厥繩武，高翔雲衢。公居其間，理趣自娱。其踪若晦，其積有餘。躬行心得，砥廉礪隅。三賓首尊，邦國楷模。畏壘尸祝，人亡不渝。名山歸藏，辛樹扶疎。撰銘紀實，以贊史書。

皇清敕授文林郎，廣東瓊州府文昌縣知縣，誥贈朝議大夫，山東布政司參議，分守登萊青道東隅兄墓誌銘

雍正歲癸丑，瓊州府文昌縣知縣東隅兄，以疾卒於寧夏。越二十年，爲今上壬申擇日將葬，其子登萊青道廷芳，偕其兄廷櫰、心，具行狀，遣伻，走三千里，乞余銘其墓中之石。余與君以弟兄誼，而廷芳又從余遊，用不敢辭。

兄姓沈氏，諱元滄，字麟洲，東隅其自號。世籍嘉興，七世祖前鄉進士旭升公，始遷仁和之忠清里。代以文學世其家。至考兆乾公，以兄貴，贈如兄官。殁，而毛西河、黄主一兩先生誌其墓。妣唐氏，贈孺人。兄生而穎異，蚤歲屬文，爲前輩萬充宗、毛西河所鑒賞。稍長，窮極經史，喜爲詩，好事者兢傳寫。海寧少詹查公昇一見，即妻以女，聲籍甚，顧艱於一遇。乙酉試京兆，中乙榜。丙戌考教習，時少詹奉旨分纂《佩文韻府》，公命兄薈萃排纂。進呈，輒稱旨，公卿聞風傾慕。

尋詔入武英殿書局，赴殿時，總裁奏請考試，聖祖曰：『沈某學問，朕素知，不必考試。』又嘗語廷臣，謂：『沈某書法趙、董，與其外舅同。』兄頻受天語褒嘉，益自感奮，辰入酉歸。博學精勤，爲同事冠，總裁陳恪勤公深委任之。《韻府》既成，復就丁酉京兆試，復置乙榜。嗚呼，豐於才而嗇於遇，此亦天也！

辛丑，以修書議敘，授廣東瓊州府文昌縣知縣。瓊，孤懸萬里外，文昌地瘠民險。兄聞命，不以家累自隨，秖挈一子廷懷往。其俗以諸生充里胥，作奸犯科，不可懲以法。兄曰：『我知懲胥吏耳，何士之有？』卒寘之法。奸民多畜女婢私之，有所育，即供使令，或更以誨淫取值，老大不嫁，名曰『錮婢』。兄上其事於大府，勒碑申禁。倣朱子社倉法，建倉十九楹，勸輸貯。賑水旱，有禱輒應。邑倫氏爲有明望族，自三倫大魁，後莫有繼者。訪得其後人，誨之學，後多登賢書。甲辰秋，颶風大作，雷、瓊瀕海被水。奉檄往視，夜夢與故中丞陳清端公瓛接席，翼日至遂溪縣，得公墓地在黴窪中，水環之而不蝕，亟具牲帛展謁，盡誠盡敬。在職四年，民仰戴之如父母。

復攝會同令，期月而理，民咸懷德奉法。會上官，交代去。而新任者未識兄政績，同列有齮齕者讒之，新上官竟劾罷。尋以親戚牽累事，急徵赴部。時次子心覲母歸，廷芳走京師省視，涕泗交頤，兄笑曰：『窮達，命也，憂戚何爲？汝曹少年歷患難，天之玉汝良厚。但須讀書，安義命耳！』麾使去。遂重至廣州，理文昌任内事。粤人多來請業，屨滿户外。後寓瓊州，雜蒔花竹，日焚香讀《易》，自稱『晚聞翁』。庚戌，文昌事釋。明年，復至京師，理牽累事已白矣，然吏議竟安置寧夏。是時，身已病。廷櫰侍，扶病西行。將軍傅公重兄學行，厚禮之。然竟以不勝寒而卒，時雍正癸丑正月十七日也，距生康熙丙午四月初五日，年六十八。

嗚呼，兄少負重名，且頻蒙聖語拂拭，不可謂不遇！意當備玉堂、金馬之選，而乃兩中副車，一置散吏。稍稍施設矣，復緣萋斐之口、蒼蠅點璧，南北交馳，炎風朔雪，奔走萬里，終以垂白之身，卒於邊塞。大吏贈賻，始得歸櫬。天之待兄，一何酷耶！然絀於身者，伸於後。今嗣君言行卓卓，其已遇者，擅鴻文、傳諫草，流惠愛於海邦；其未遇者，亦皆克紹家學，務立脩名，以待當世之用。我宗之興，其未有艾也！兄其可無恨。

兄待人以誠，赴事以義，處己以廉。外舅查公將易簀，命恒産子與壻均，兄涕而受命。既南還，公之子奉遺命均其産，兄固辭，堅予不獲辭，乃受屋一區、田數畆，以志外舅恩。後查氏有死喪急難，必身任之。即此可知其大凡矣！

兄於學無弗窺尋，而陶寫性情，尤長於詩。探源《騷》《選》，出入於杜、韓、蘇、陸諸家。一時朱竹垞、查他山、陳恪勤諸公，咸推重之。由取法正，而根柢深也。所著有《滋蘭堂詩集》十卷，《文集》二卷，《禮記類編》三十卷，餘雜著不復録。

配查孺人，今誥封恭人，稱德門壽母。子三：廷櫰，府學生；心，縣學生；廷芳，薦舉博學鴻詞，授翰林院編脩，改臺垣，以直諫聞，今任山東登萊青道。孫三：世煒，太學生；世燕，縣學生；世烱，幼。孫女七。墓在仁和縣半山里之臯亭山，葬爲某年月日。余既件〔一〕繫兄事，復系以銘。銘曰：

天賦君才重珪璧，天予君遇何抑塞？一行作吏能勝職，忽逢陰霾連鬼域。纔脱炎荒就西極，窮冬慘雪終絶域。天道盈虚有消息，一生枉屈今則直。身後華文共珍惜，音叶韶濩鏗金石。況有後人述先德，身留霜臺民被澤。神歸吉壤安體魄，松柏丸丸繞幽宅。我作銘辭無矯飾，後有考者視茲刻。

校記

〔一〕『件』，應爲『詳』。

樂至令尤生墓志銘

予友教有年，遠近從遊者衆，而尤生昭嗣請業最先，情好亦倍篤。己巳夏，予蒙恩歸里，昭嗣時相過存。追敘四十年前情事，如塵如夢。予自顧衰老，方思以身後碑銘事相屬，詎意不兩閲月，遽成古人。又一年，予轉爲之草誌石也！

昭嗣，諱秉元，一字貽孫，號梅坡。先世籍本無錫，後遷於吴。翰林院侍講西堂公，諱侗，爲曾祖。宫贊滄湄公，諱珍，爲祖。萬縣知縣思齋公，諱世求，考也。妣華太孺人。吴中以詩文名者，數尤氏。比之過江王、謝，人無異辭。昭嗣承曾祖、祖、父志，誦揚清芬。少歲攻制義，爲名諸生。工韻語，不入旁門曲徑，西堂以後可代興矣！

康熙甲午，舉於鄉，人以大器期之。既十應禮部試，不第，以邑宰終其身，命也。然不憤激，不頽墮，坦坦如平常，以是服其品量云。尤氏代以謹慎稱，昭嗣爲甚。年五十餘，守己如處子，然人或疑弗勝百里才。及後出宰樂至，大著政聲。去位有年，民猶依依眷戀。洵乎，賢者固不可測也！其宰樂至也，前此文廟圮壞，鐘鼓不設，爲之脩葺具備之；城垣傾頽，啓閉不時，爲之繕完謹衛之；舊有鹽井，井廢税存，力請上官，以除積累；山田苦旱，灌溉無從，命築塘堰以資蓄洩；社倉在城，民運艱苦，分建四鄉，以均道里之遠近，以便冬夏之出納。他如勸農桑、課實學，拔秋闈之俊才、揚婦女之貞烈，綜其出政，初不必有奇才異能爭勝於衆也，而同時稱能吏者，未之或先。倘所云『正身帥下，民以寧壹』者，在此不在彼歟？且居官四年，循良報績，大吏方交章薦之，而陳情養母，哀惻之辭感動當路。則其顧天親、辭人爵者，豈尋常刀筆筐篋之徒所能審其輕重者歟？

生平節儉寡欲，廉静自守。三十餘喪偶，獨居二十餘年，旁無媵侍。居官公退，焚香默坐，間賦小詩，見者疑枯禪，忘其爲官人也。居鄉，不與户外一事，里黨中罕覿其面。一二同心外，朋交有顯達者，禁弗往。此循良之吏又可入《獨行傳》中者。

乾隆己巳八月初八日，以疾卒，距生康熙庚午十二月十三日，享年六十。有詩文集若干卷。配沈氏，汾州知府諱寧公女。例贈孺人，閑家有則，先卒。子一，正中，元和附貢生。女二：一適吴庠生沈奎勳，一許字蔣琳。孫三：學恭、學敬、學和。墓在某縣某字圩下，窆某年月日。

予平昔志墓，恐作諛辭。而志昭嗣墓，尤不欲稍溢分量，以老年師弟，知之確，務言之真，且俾後之作傳者有所徵信也。銘曰：

吏道紛紜尚毛鷙，伊人温温民受庇，文學真可潤吏治。歸來萊衣堂下戲，太母子孫曾四世，既賦鮮民旋委蜕。巴人聞之交墮淚。我作竭銘語無媿，郭有道碑風可冀。

程生玉生權厝志銘

程生玉生，予目爲小友。以資敏器厚，將求進乎古人之樸學也。諸先生長老，咸以任重行遠期之。而玉生竟殁矣！

前乙巳冬，今少司農海鹽俞公爲學使者，校士於吴。玉生日過午呈試卷，公見其年小，奇其文，命覆誦五經、三傳、三禮、《爾雅》，無訛字句。又命講《易·文言》，及觀、漸二卦爻義，並作《易經》文一首。補長洲弟子員，年才十三。衆以奇童目之，玉生深不自滿也。時吴中人士尚華辭、競聲譽，相沿成習，而玉生獨返求實學。始猶留意對偶聲律，及讀先世《洺水集》明道、伊川二子書，及宋諸子書，曰：『學貴有用，文辭其枝葉也。』以理學、經濟諸書，仿分年日程之例，分日誦習。横豎鈎貫，抉摘其要。嘗牓其書齋曰：『文以載道，無翫物喪志；學期濟世，勿謀利計功。』即玉生之志可覩矣。少歲眉采若翠，目漆黑。稍長，頤頰漸豐，無疾言遽色。侍長者，坐必隅，行必隨，言必遜讓，衣食必儉約。入宗祠，謁墟墓，必敬必哀。遭緦功，喪必服。生平以禮律自閑，常曰：『知禮可以禔己，讀律用以懷刑。』其形貌性情、守己接物，與尋常早慧者絶殊也。而玉生竟歿！

未歿前六月，爲壬子秋八月，省試畢，即與前方伯馬公之子同之亳州。亳州，馬公之家。而玉生大父與馬公爲密友，蓋通門好也。留三閱月，仲冬初，聞大父病，衝寒南歸。抵家，大父已捐館。呼搶成服，哀勞無節，遂得疾不起。病既深，猶勉强隱忍，恐苫塊中重傷父母心也。歿於雍正十一年二月十一日，距生康熙五十一年十一月十八日，得年二十有一。

先是，程氏故饒於貲，後中落。又遭負罪者虧帑，横及鬻産代償，幾不給饘粥。亳州之行，欲藉館穀以少資缺乏。致不及奉大父含殮，臨歿抱隱痛云。所讀經、史、《騷》、《選》等書，多手自批釋。所著有《讀書偶得》《讀史偶鈔》《困學記》如干卷。

玉生名樹，父訒菴名仁，歲貢生。大父炳巖諱兆彪，刑部雲南清吏司主事。聘宋氏，府同知名志契女，未娶。玉生歿，來歸守貞。某年月日權厝於某縣某原，擇地乃葬。

予於玉生忝一日之長，方冀磨礲淬礪，日進月益，予年雖老，猶及見其大成。而不意其竟歿也，可哀也夫！

銘曰：才之豐，孰私之？命之夭，孰尸之？蘭則萎，而衆草滋。鴳則殞，而衆鳥飛。斯人遽止於斯，噫吁嘻！

誥封一品夫人魏母王太夫人墓誌銘

康熙二十有五年丙寅，柏鄉太傅崑林魏公薨於籍。三年，賜葬路村，門下士大司寇徐公乾學誌其墓。雍正三年乙巳，太傅公繼配誥封一品夫人王太夫人卒，距太傅公薨三十有九年。時嗣君憲副公念庭，以迮大吏被劾，羈滯海外，聞訃不得歸，擗踊號呼，幾絶者數矣。喪逾常節，嬰委痺疾。歷四年，稍愈，負累亦稍釋。己酉冬，將歸葬太夫人於太傅公之兆，囑德潛誌墓道之石，撫膺而慟曰：『我何能悉陳我母行？今所述者，特梗概也！』言已，復慟。德潛，老諸生也。且不文，惡敢以誌石自任？而憲副公督之再三，不能已也。感其誠，不敢辭。

按王氏世爲前明勳衛，家京師，太夫人爲誥封明威將軍諱國順女。及笄，歸太傅公，爲繼室，時太傅公任給諫時也。相莊者幾三十年，後爲慈母理家政者又四十年，稱大家壼範之冠云。方太夫人之來歸也，原配誥封一品夫人袁太夫人既卒，遺子若女，關太傅公心。太夫人以養以教，慈愛懇到，倍於所生子，若女不覺爲異母也。太傅公喜，曰：『善相我。』自是得盡瘁事國，歷掌垣，陟冏卿，擢憲府，晉冢宰，簡綸扉，左右世祖、聖祖兩朝，功在台鼎，奏議在史官。迄今數本朝元老，必首推柏鄉者，由無内顧憂，間其寅亮燮理之心也。洎予告歸田，益深窮理盡性之學。雖逍遥林壑，而繫蒼生望者十六年，由太夫人善體公心，教誨式穀，經營婚嫁，事事有法，俾太傅公學道不倦，得以存順没寧也。太傅公未薨前，長君、次君已出政。季即憲副公，後亦相繼理民。凡將之任，太夫人輒以廉謹相誡，曰：『我茚儉勞勩，足供一家食指，不願而曹寄一錢歸也。』後憲副公分守京口，板輿迎養，躬被章服，奉觴上壽。聞者歎爲光榮。而太夫人不以爲喜，曰：『先宫傅輔政時，我未嘗稍自尊奉。況今時勢艱難，民生窮蹙，能倍加撙節，以成廉吏，是養我志也。』及憲副公去官，侵陵迭至，人不能堪，而太夫人不以爲戚，曰：『榮悴有時，爾其安之！我先歸里，待爾躬耕負米，以終我餘年，可也。』嗚呼！太夫人之爲令妻也。

太傅公精理學，爲名公卿，固不待夾輔而成，而太夫人有以贊之。太夫人之爲賢母也，諸嗣君恪守前緒，恐失庭訓，有待於母氏之董率。而于其進也，太夫人有以勉之；於其退也，太夫人有以慰之。嗚呼！懿行如此，是可傳也已。太夫人性忠孝，雖未及事舅姑，而祭祀必誠恪。父母没，已受命，服逾禮，行三年喪。當三孽畔時，每夜炷香祝天，願國祚鞏固，海宇太平。康熙癸未冬，聖祖幸陝，駐蹕太傅第，眷念舊臣。太夫人率諸孫跪迎聖駕，奏對盡禮。後遇聖祖升遐，雖年逾八旬，哭臨幾廢寢食。諭家人曰：『大行皇帝深仁厚澤，六十餘年，凡有血氣，莫不淪浹。我家世受國恩，尤不敢忘也！』此其忠愛之大者。至其敦詩習禮，和内外，睦宗族，助婚者、給葬者，周急難者，貴而不驕，耄而能勤，婦行之淑嫕者，或能之，故弗詳論。

太夫人生崇禎十四年辛巳，卒時享年八十有五。遇覃恩，誥封一品太夫人。子男三：勷，一品廕生，歷任陝西臨洮道，太傅公弟陝西平凉府知府涵一公次子，繼太傅公後；嘉孚，歷任湖廣岳州府知府，生母爲誥封恭人蔡恭人，俱先卒；荔彤，江南分守江常鎮崇道按察司副使，太夫人出也。女子子四，俱適名族。孫男十人：世亨，國學生，早没，勷出；世晉，歲貢生，嘉孚出；乾敎，原任行人司，今候補知府；士敏、士説，皆候補知州；壯徵，雍正癸卯恩科舉人；需牧，歲貢生，繼勷後；士健，河工通判；升敘，己酉選拔貢生；蒙啓，歲貢生，皆荔彤出。諸孫女九人。曾孫男十五人，曾孫女十四人，嫁娶姻戚，具行述中。墓在某縣某原，具太傅公誌中。

初，太傅公爲憲府時，以相臣劉正宗不忠，欲具疏論。人有以利害撓者，太夫人知之，曰：『爲國去蠹，憲臣責也，何疑？』疏上，幾瀕於危，賴天子諒公之忠，卒直公而斥正宗。予按：《漢書·王章傳》：章欲上封事，妻止之，曰：『人當知止，獨不念牛衣對泣時耶？』此能知進退爲一身謀者。而太夫人明大義、辨忠佞，置利害於不言，所見尤遠且大也。系以銘，曰：

聖君御極，提牧輔之。大人秉鈞，姬姜助之。應圖準史，忠孝律身。豈惟律身，詒而後昆。象服是膺，箕福是宜。翼訓示軌，垂爲母儀。同穴既封，巍然永久。銘辭勿泐，竊附以壽。

顧孺人墓志銘

庚申春，吾友顧子禄百過予草堂，謂予曰：『吾妻亡五年矣，將卜地以葬，子其銘諸！』且曰：『吾妻，殿撰徐蘅圃先生女也。殿撰與外祖父匠門先生爲表兄弟，匠門先生爲予擇配，遂締昏。年十八來歸，前後共十九年。事親教子，治家決事，鈞藉其力，詎意遽中道没也！吾妻之來歸也，承大母與吾母兩世歡。大母顧吾母曰：「吾家得一賢新婦，不啻得一賢子孫也。」歲己亥，予將北應京兆試，親老猶豫，吾妻曰：「君兩世未顯名，太姑望成名亟，盍速往。家中事不費遠行者心。」予留京師兩年，太母若不知孫之去側者。辛丑，予南歸，適外祖父視學黔中，外祖母欲吾母隨往。吾母以老姑在堂，未忍離。吾妻曰：「姑隨侍黔中，使老年人忘萬里外行。太姑奉養，吾夫婦事，姑無憂也。」家政一身任之。平居篤於所生，既嫁，仁愛外父母，如膝下時。性儉素，不耀衣飾。旦先衆人起，入夜刀尺猶琅琅然。待下情恕理遣，而婢僕承命整飭。賓至，殽饌立辦。族黨姻戚，問遺毋缺。家中事不關予心，無不治者。予訓子嚴甚，寒暑督課，不少休。爲母者，絶無姑息。曰：「吾家除讀書，無别事。倘逸於一時，隳於畢生，恤之是敗之也。」予後先入南北闈，屢躓，心悒怏。吾妻曰：「通塞有命，且奉侍兩親前，樂何可量？苟得一官，馳檄四方，此樂不可復得矣！」遇事是非輒辨。予泛愛，親朋中品類不一，嘗述其人，曰：「剛介者可久，君當親；柔韌者易變，君當遠。」既而果然。其他待審可否者，不勝數也。而今予有未逮，誰商略相助耶？初來時，即喜吟《三體唐詩》。予有有韵語，間能别高下。甲寅夏，繙《漁洋集》，見「青山縱有歸來日，更與何人挽鹿車」句，屬予乞寫《鹿車共挽圖》。彼時以漁洋悼亡詩，心怦怦動，怖其不祥。越一年，遂没。此詩竟成讖語也！予年逾四十，貧且賤，無以慰吾妻於地下。述生平事略，請銘於子，得可徵信語，庶以文字傳其人！』

予感吾友誠，因點竄其所述語，志諸石。孺人生康熙三十八年八月朔日，卒雍正十三年九月十一日，年三十七。子二：長景度，長洲生；次效殊。女三。葬某縣某原，爲某年月日。銘曰：

廡下春，隴上畊。中道折，分幽明。終縞綦，虚翟茀。褒幽宫，竢他日。詞臣女，才士妻。後有考，眎銘詞。

覺羅孝娥八姑墓碣

癸酉春，中丞覺羅雅公蔚文以書來，云：『八妹孝德淑行，躭書研理，可並古人。不幸溘焉辭世，恐其泯没，惟文章可以永之，敢以墓碣請。』

按狀，娥，名學誠，字丹奉，大宗伯子凡公季女也。母李氏，一品夫人。娥生有至性，少歲知孝爲百行先。視聽無形聲中，一言動必循庭訓。友愛諸兄弟及二妹，無爾我。讀書窮理奥，以古聖賢爲必可師，約其功於主敬存誠。辭章之學，弗尚也。素有疾，矢志不字。侍父母側，垂二十年。父没，奉母氏，依兄官署。中丞偶卞急，勸以懲忿，後一歸中和。遇政治有利益生民者，必贊助使行，兄妹如賢友生然。壬申冬十二月十一日，以疾逝。檢其篋，得《素言》一册，皆述先德治身心、經家國之大者。

予觀古來賢媛，修史有班昭，傳經有韋逞母，工吟詠如左貴嬪、鮑令暉，以下不勝數焉。而專講希聖功者，卒尠。今讀《素言》一編，雖宋諸賢、元明名儒語録不遠過。宜蔚文中丞歎骨肉之凋零，恐懿德之泯没，而汲汲焉欲藉文字以表章之也！

娥生於雍正三年六月二十三日，距没時年二十八歲。墓在京西畏吾邨，葬爲乾隆十八年五月某日。書孝，本行也。書娥，未匹也。書明理著書，女中通儒也。後有葺彤史者，尚徵予文。

誥封三代墓表

乾隆丙寅秋，曾孫男德潛備官於朝。久闕省墓，至是乞假歸，並哀請卹贈。天子並允所請，誥贈顯曾祖考、顯祖考、顯考俱爲通奉大夫、内閣學士兼禮部侍郎；顯曾祖妣、顯祖妣、繼祖妣、顯妣俱爲夫人。賜詩贈行，勸忠勉孝。維時，敬奉制敕，歸掃塋域，焚黄墓所，遠近觀瞻。於是信先德之久而不湮，而君恩優渥，所以榮寵其先人者，有感歎爲不世出之異數者也。

我沈氏自吴興歸安遷吴門之葑溪，岑雲公以來，十有五傳矣。愛筠公得禄而仕，後幽隱弗曜。曾祖考正身厲行，毁家播遷，卒能復還舊業，篤於爲善。祖考守周黨之節、高戴良之志，避地教授，行著鄉里。辭世之日，屢以爲善諄囑子孫。考家無擔石，苦志課誦，遊心藝圃，不求聲聞。嘗曰：『我無長物遺後人，唯使之讀古書、守先訓，不忘爲善，足矣！』潔白安貞，終身一日。三代相承，如土培而石壘焉。德潛術荒才鈍，老於諸生。方媿禄不逮親，顯揚無日，乃以暮年遇合，前後蒙恩寵賁。天章璽書迭下，此由數傳以來，累世育德，初未嘗有責報之心，而鬱之既久，自有發之彌光者也。

嘗考古人君嘉美臣下，必追念其祖先之烈，如召穆公經營江漢，告成于王，王釐以圭瓚秬鬯。穆公作康公廟器，勒王策命，以考其成，其最盛也。後唐代貤封，亦成周遺意。然祖父所受，或殺於子孫官爵，如宰相宋璟，贈其父爲户部尚書，而父以上無贈；司徒李光弼，贈其父爲幽州都督，而父以上亦無贈。宋之大臣，贈並三代矣，而不必同子孫之官。我朝褒贈，俱同子孫之官矣。然必因行慶大典，始能以覃恩徧及有位。即有間蒙特恩者，然二品爵秩祇及父祖，而不及父祖以上。今天子不因慶典，特恩下逮。且俾三世草莽，均在通奉大夫之列，較之前代，倍有加焉。斯以見聖主仁恩，同於高厚之覆載，而我先世之一善繼續，其晦昧於前，而章顯於後者，有信之理而不誣者已！

曾祖考，國學生，鄉飲介賓弘野公，年八十有二。曾祖妣浦太夫人，年六十有六。康熙辛酉歲，葬於葑溪之竹墩。祖考，長洲學生，得輿公，年六十有四。祖妣石太夫人，年三十有四，繼祖妣蔣太夫人，年六十有四，康熙己卯歲，葬於王家田之姜村。考，處士美初公，年六十有六。妣褚太夫人，年三十有一，康熙己亥歲，葬祖塋之次之昭。辛酉迄今，六十有七年。己卯迄今，四十有八年。己亥迄今，二十有九年。緣久困泥塗，阡表未立。今承天子之丕顯休命，爰舉君德之恩禮有加，先人之爲善獲報與。

德潛之才庸德薄。不敢辱其家聲，卒之遭逢清時，主臣叶德，幾同於三古之盛者，並揭諸阡。俾我後之人雖處境困窮，而勿替其向善之志。至曾祖以下之禔躬教家，曾祖妣以下之淑德清範，以及諱，與生卒年月，具在行述墓志中，兹不備書。乾隆十二年歲次丁卯三月朔，越二十有二日，曾孫男誥授通奉大夫、内閣學士，兼禮部侍郎德潛謹表。

皇清通議大夫、日講官起居注、詹事府詹事，兼翰林院侍讀學士加二級張先生行狀

曾祖田碩，妣某孺人。祖仔鄉飲賓，貤贈徵仕郎、翰林院檢討，妣吴氏，貤贈孺人。考禮增廣生，貤贈徵仕郎、翰林院檢討，妣周氏，敕贈孺人。本貫太倉州嘉定縣，年五十八。狀：

乾隆十年春，詹事南華張先生以久未歸里省墓，乞假。天子允所請，賜白金百兩，御製五言律詩一章，以寵其行，同朝榮之。舟行過德州，遇病，抵臨清卒。遺疏上，天子惋惜，以負才而未竟其用也。冬十月，諸孤汝霖等以行述來乞狀。潛於先生爲同學、爲後進，且以詩作合，其何庸辭？

先生諱鵬翀，字天扉，一字抑齋，號南華。先世崇明縣人，後徙居嘉定安亭里，遂占籍焉。先生性穎異，初就傅讀書，如宿習。十歲，博覽經史諸子，作制義及有韻語，走筆立就，灑灑數千言。

同族樸邨、匠門兩先生驚異之。弱冠補諸生，旋食餼。試每出曹偶上，大江南北人士爭欲識先生。癸卯，中南闈試。丁未，成進士，入辭館。庚戌，授職。乙卯，充文穎館纂修官，主雲南試。今上御極，覃恩加一級，詔封二代。丙辰，充《八旗志》書館纂修官。丁巳，御試乾清宮，取高等。冬，書館告成，加一級。辛酉，晉侍講，主河南試，晉右春坊右庶子，充日講官起居注。壬戌，隨駕恭謁泰陵，晉少詹事。癸亥，命稽察宗學。甲子，晉正詹事。位日高，望日重，朝野以公輔期先生。其試乾清宮也，日未亭午，諸臣方構思，先生即投卷。上天縱多能，文不加點，筆不停綴，詞臣中罕可賡和者。至是，心賞之。繼進《萬壽聖德詩》百章，繼進自繪《春林澹靄圖》並題七言斷句六章。上依韻賜和。繼進《日長山靜》畫扇，上賜詩八章。繼命和《望雲思雪意詩》。時宣上御舟，特賜坐，復命隨輦入朝，賦《詠雪紀恩》四章。復命和《太液池泛舟詠雪示詞臣張鵬翀韻》。既復敕和《澄海樓望海禁體詩》。後屢敕御前作畫。後賜御畫《枇杷折枝圖》《松竹雙清圖》，最後賜御書『雙清閣』扁額，皆有詩恭紀。其他進詩與諸臣同和者，不下數百篇，不能備述。前後隆恩賞賚，亦不可勝紀。

潛嘗觀古君臣間，如唐元宗於李白，至手調羹以食之；德宗於韋綬，至以蜀襭袍覆之；而令狐綯、蘇軾，並徹，御前金蓮燭送歸院，亦云榮矣！然未聞君臣倡和，略分位而通以性情者。即皋陶之《賡載歌》、召康公之《遂歌》，可云一德一心矣，然皆君倡臣和，而臣下作歌，君仍其韻者，卒未之前聞。今先生備膺古人之榮矣，而天子之沖懷若谷者，詩與書並莫之載焉！嗚呼，遭際如此，可云上下交而志同者耶！

先生雖以文華筆墨受知，然素性忠愛侃直，所進經史劄子都關治要，《十慎箴》《經史法戒》五十章，得諷諫體。奉使滇南時，值逆苗未靖，先生所過都邑，必周覽形勢，熟籌勦撫機宜，復命陳奏。上可之，會經略張公已奏捷，未及行。既任宫詹，例與秋審。議論往復，多所平反。於虒文襮藝中，具經世才略。使得盡展底蘊，必有赫赫不可蓋者。乃中道徂謝，人第目以相如、子雲，可惜也！

少歲敬事父母，不敢遠離。既長，有以千金幣招者，弗往。兩遭喪，毁幾滅性，營葬盡禮。伯兄早歿，終身抱鴒原痛。遇朋舊，不設儀文。客至，具蔬酒、設脱粟飯共食，客辭亦不强也。友有過，必盡規，至面赤不顧，然久之共諒。其偕人與善，卒服其誠。

生平喜遊歷，未遇時，嘗泛沅湘，涉洞庭，望九疑、衡陽，遍覽楚中名勝，因作畫。辛亥，請急歸。嘗之采石、敬亭，登黄山，上白嶽，所到必窮其巔，至猿鳥絶跡乃返。故寄之詩畫者，能脱尋常蹊徑。寓京邸，老樹瘦石，空亭脩竹，亦有林壑間意。與客奕，隔院聞丁丁落子聲。客請作畫，興到，半日可得數幅，或竟歲不得一二紙，蓋取適也。人因其灑落越俗，又脩髯鶴立，或比之東方曼倩，或比之東坡居士。而先生自謂南華散仙，具仙骨、有仙氣云。

先生生於康熙二十七年五月二十六日，卒於乾隆十年四月十四日，享年五十有八。配王淑人，勤紡織，甘粗糲。先生不善治生，淑人始終綜理之。子三人：汝霖，太學生，候選州同知，嗣伯兄後；汝標、龍輔，俱太學生。

嘉定故多才人，李、唐、程、婁四先生後至今，時聞接踵。先生出，高越輩流。古文恣肆滂濞，不名一家。制藝獨宗正軌，典滇中、中州試，取文獨高而華贍。英敏尤在詩學，晚歲亦喝韻而成。古之刻燭擊鉢，無以過之。今刊刻者，制藝有《四書文稿》，詩有《南華詩鈔》，共若干卷。其中《進呈集》《賡韻集》《傳宣集》《雙清閣詩》，皆應製作。

潛長先生一十五歲，定交在諸生時。入辭館，分前後輩，而燕居會合，仍齒序。嘗與先生結詩社，先生詩點筆就，潛苦吟未安。滋媿恧，先生曰：『遲速本之性生，子不能效我速，我亦不能爲子遲也。』今年夏，蒙恩召對便殿，語及詩學，上曰：『爾詩以風格勝，然不如張鵬翀敏捷。』咨嘆久之。兩人遲速在聖人品藻中，而先生之邀餘榮於身後者，爲無窮矣。因諸孤請，笧其行述作狀。他日上之史館，俟史官入《文苑傳》中。謹狀。

歸愚文鈔卷十九

書范文正公手書《伯夷頌》後

吾吴人物，自言子游後，斷推范文正公。言以學道傳，范以功業傳也。生平文集常留人世間，而手書韓子《伯夷頌》，後裔世守於祠。以伯夷之清節，昌黎之正學，文正之鞠躬盡瘁，若天地正大光明之氣萃於三人者，合而一之，可稱三絶矣！

乾隆甲戌蜡月，請於范氏之子孫啓笥拜觀，字畫端莊秀挺，如其爲人。《頌》後有晏元獻、富鄭公、文潞公、蘇忠惠、程明道諸公題詠。遞及國朝，凡正人君子景仰前哲者，俱題識焉。而中間秦會之檜，亦有吟詠，欲與韓、范論心。賈秋壑似道有收藏印記，或謂當割棄之。予意忠姦並列，使閲者當下猛醒，是亦法戒之一。且見彼二姦者，遇天民大人，亦知敬禮珍重。益知正人可爲，而正大光明之氣不淪没於昏濁之餘也。

獨是此卷屢得屢失，明季入王元美質庫中。元美舉而還之，後復入他氏質庫，郡司馬某，復贖而歸之。今則永爲世寶矣！昔范喬之硯、魏鄭公之笏，後人不忘手澤，傳爲美談。況文正公手書，視硯與笏輕重何如，而敢不倍加珍護乎？此可必之於范氏之賢裔者也。

閲畢再拜，仍返之笥。同閲者，顧太學詒禄、褚諸生穚、文正後裔大同、守瑶諸生宏星，亦得並書。

書宋哲宗御書後

此宋哲宗皇帝御書也。

元祐八年以前，宣仁皇太后秉政，時柄用司馬文正公，諸賢連類引升，同心輔政，幾於盛治。及宣仁殂落，改元紹聖，而遠賢親姦。章、蔡諸人託言紹述，戕虐善類，至欲廢宣仁爲庶人，而猴猴狒狒，北宋遂成南渡矣。

此書璽用元祐，猶正人匡弼時也。少年筆力蒼堅挺勁，初非不辨菽麥，如晉惠相似，迺邪正混淆，國是頹壞，至於魚爛瓦解而不可救。人君用人之際，可苟焉進退乎哉？

書王介甫《三聖人論》後

孟子論伯夷、伊尹、柳下惠之聖，曰清、曰任、曰和，而於孔子之聖，曰時。三子若春秋冬夏，各擅其一，而孔子爲天地一元之氣，有兼四時而渾其迹者。又原四聖人所以偏全之故，而一歸於智，此千古不易之論也。後王介甫作《三聖人論》，謂：『有伊尹，而後世多進而寡退，苟得而害義，於是伯夷矯之。有伯夷，而後世多退而寡進，過廉而復刻，於是柳下惠矯之。有柳下惠，而後世多汙而寡潔，惡異而尚同，故孔子集其行而制成法於天下。由是言之，是三子之聖，好異戾俗，矯激而成。非本乎天、率乎性，特立獨行，以各造其極者也。流弊無窮，變亂風俗，非百世之下可以聞風興起者也。是孔子之聖，適當三子之後。古人流弊，勢無復之。於是，兼三子之行，而集乎大成者也。使夷、尹、惠生於孔子之時，則皆時焉而已；使孔子生於夷、尹、惠之時，則亦清焉而已，任焉而已，和焉而已。三子何不幸而居於其前，孔子何幸而居於其後哉？』又云：『聖人之大過人者，能以其身救弊於天下。如使三子皆欲爲孔子之行，而忘天下之弊，不足以爲聖人。』

使果如介甫之説也，將以孔子之聖爲不能轉移乎天下，而仕止久速，各當其可者，祇同於鄉愿之行，而孔子之時中，反出清、任、和之下矣！此尤論之繆戾而狂惑者也！

摠之矯弊救時之説，介甫常以之自任，故於論三聖人而發之，遂不自覺其多所牴牾。而他日變更成法之禍，即基於此。嗚呼，士君子之學術，可苟也哉！

書《明史·宦官傳》後

明之亡，亡於流賊。而致亡之本，不在此也。宦官代興，斵喪國脉，而流賊繼之。譬人之喪軀於癰疽者，流賊其癰疽也，宦官酒色之耗蕩其元氣者也。

明祖定天下，立鐵牌於宫門，不許宦官干預政事，並不許讀書識字。始未嘗不嚴，一再傳後，其熖漸熾。如王振之在英宗，汪直之在憲宗，劉瑾之在武宗，典兵干政，黷貨植黨。而熹宗朝之魏忠賢，興鈎黨獄，緹騎四出，一切正人君子，搒掠封屠，尸填牢户，而天地正大清明之氣泯焉。詩人有感於『人之云亡，邦國殄瘁』也！後杜勳、曹化淳輩，獻關開門，率先迎賊，此又踵其故智，而明社遂已屋矣。原其始，成祖感宦官，輸建文虛實，漸見信任。建東廠，刺外事，於是乎始。宣宗設内書堂令、翰林教習，而若輩識古今、通典故，不專任潔涓之職，始由一念之不謹，而其禍遂至于蔓延。蓋事在宫闈，則其地近，而又連結女子，盤根固蔕於閨闥之間，則重臣不敢問，而諫官不易擊。日積月盛，訖於不可救藥而後已也。

嗟乎！燎原之勢，起於燄燄；氾濫之患，兆于蟻穴。亡明之戤，非千古炯戒哉？

書《瑣綴録》後

《瑣綴録》者，明大學士尹直所編也。中秕繆迭出，而載吴康齋與弼事，尤爲誣妄。康齋三薦不起，至天順元年，詔以伊傅禮敦遣，勉出應召。又緣石亨所薦，恐累晚節，託辭老疾，終不受官。三代以下，前有嚴陵，後有康齋，真能以道自重者。而直謂其跋石亨族譜，稱門下士；又與弟爭産，致弟投牒於府，詞多曖昧；又爲編修張元禎上書，有『上告素王，正名討罪，豈容先生久竊虚名』云云。一時好事者吠影吠聲，互相傳述，致身後議從祀時，亦緣此爲累。小人好議論，不樂成人之美，果如是哉！

及考得罪尹直之故，康齋入都時，大學士李賢以賓師禮待之。時直爲編修，來見，令坐於側，直大愠。又知府張瓚謁見，不得。放歸後，瓚募人代其弟投牒爭訟。直一一筆之於書，且更甚其辭。而康齋與弟友愛彌篤也。試思康齋之以道自重，與直之黨萬安、彭華，媚李孜省以躋高位者，孰賢孰愚，何足深論？

特恐後之學者摭拾異聞，多執此書，以誹議前哲，愚於此不能不致辨焉。有以見青蠅點壁之可畏，而讀書者勿舍史傳而求稗官也。嗚呼，獨《瑣綴録》乎哉？

書《徐文長集》後

徐文長渭，才人也。受知於胡宗憲，有國士之目，人艷稱之。予謂宗憲之知文長，文長之不幸也。

宗憲與趙文華竝官摠督，並受滅倭之任。文華不知兵，倚宗憲爲重。宗憲欲藉文華以通於相嵩，承奉文華者無不至。當是時，殺張經、殺李天寵，陷曹邦輔、陷楊宜，雖趙主其事，胡亦助之，而文長晏然。爲入幕賓，至爲宗憲《上相嵩啓中》云『知我比於生我』，益徵古語之『非虚感恩，思以報恩，其柰昊天之罔極！』又啓云：『人有疾痛疴癢，必祈免於天地父母。然天地能覆載之，而不能起於顛隮；父母能保全之，而未必如斯委曲。』云云。才人末路，至於斯極，豈文長亦有不能自主者邪？後宗憲被收，文長懼戮，發狂慟哭，至於引錐剚耳，傷體殘形。君子既咎其遇，又悲其窮也。鄉使當日困守蒿藜，不遊幕府，以浩然之氣寄之于文，誅奸諛，發潛德，何施不可？而至自穢其筆墨乃爾哉！

書之，爲抱才而不擇所主者戒。

書《三岡志略》後

松江董進士含作《三岡志略》，卷首載金壇周鍾降流賊事。據云，賊移檄遠近，有『君非甚暗，孤立而煬蔽恒多；臣盡行私，比黨而公忠絶少』，『獄囚累累，士無報禮之心；征斂重重，民有偕亡之恨』等語，係逆臣周鍾筆。又《賀賊即位表》有『比堯舜而多武功，邁湯武而無慙德』等語，亦係鍾筆。按：鍾，中崇禎癸未進士，入館選。明年甲申國破，鍾寓百户某家。百户勸鍾死，不應，出門降賊，百户自經。則從逆之罪，當服上刑。然流賊移檄時，鍾依然在朝，何從爲賊草檄？至《賀即位表》云云，係黄巢即位時語，非鍾語也。而當時借以實鍾罪者，緣鍾與兄鑣係應社中治《春秋》人，而應社爲東林繼起之社。後名復社馬士英、阮大鋮柄國南渡時，欲盡殺東林君子，以報私怨。因借鍾及鑣，借鍾鑣及劉念臺以下諸人，有『魏黨不降賊，東林餘黨降賊』之語。鍾矺死，鑣殺於獄。而一時正士，有一網幾盡之勢。蓋欲甚鍾之罪，遂以檄文賀表盡歸之鍾。而董進士含不考，遂筆之於書也。

嗟夫！下流所在，衆惡皆歸。鍾罪失實，何足深辯哉？然君子秉筆，當得其平。鍾失身之罪可誅，而馬、阮誣陷正人之惡尤不可没也。因《三岡志略》而論之如此。

或曰：『黎志陞自朝歸賊，受兵部官，攻城陷陣，爲賊向道，檄文係出其手。』是説容或有之。

書《壬申文選》後

前明季年多文社，蘇州、金沙、皖江、浙西皆有社，西江亦遥應之，而松江則名幾社。主幾社者，夏彛仲、陳臥子諸公。于辛未會試後，集同志士爲不朽業。詩古文辭互相劘刃，積終歲，得如千卷。凡十一人，皆松江人士之魁壘者。

按有明一代，以文擅長者，爲宋潛溪、方正學，王陽明、王遵巖、唐荆川、歸震川諸家。以詩擅長者，爲劉青田、高青丘、李北地、何信陽、王鳳洲、李滄溟諸家。北地、鳳洲又以詩文並名，震川目鳳洲爲庸妄子，以其紹述李、何，而或流於形似也。後公安袁氏，竟陵鍾氏、譚氏，或變而爲俳諧，或變而爲幽昧昏默。以詩爲主，文亦從之。視李、何、王、李，又古民之三疾矣。幾社諸子力掃公安、竟陵諸習，而又防李、何、王、李之流弊。詩以漢、魏、盛唐爲宗，文宗仰二京，不欲流入韓、柳以下。雖志高力弱，變化未能，而風格意趣蔚然焯然。識者，比之枇杷晚翠，匪妄許也。相傳江西艾千子來婁東，四方名流在坐。千子與西銘張氏不合，議論掎摭，難爲張氏地。臥子年少氣盛，怒欲挺擊，時論不直臥子。然當陽九之會，千子憂噫沈没，而臥子效精衛填海之謀，蹈屈平《懷沙》之節，何意見不同，而不變初志，卒歸於同也？又十一人中，彛仲先死，臥子踵之。餘能抱逢萌、周黨節者，指不勝屈。於此見同社之不苟，而詩文劘刃時，即能較然不欺其志，蓋有砥礪於平居者矣！彼好爲大言、平日自負黨魁，臨變即喪其所守者，雖立言之富浩如煙海，有不哂爲不直一錢者邪！

抑又思十一人於不第後，相與勉勵古學，爲他日有節有用之士。而今之人秪揣摩風氣，揹揹於腐爛時文，以希遇合者，爲可悲也！

讀《壬申文選》，因備論之。

書《道德經臆解》後

《老子》一書，以清靜無爲、歸於自然爲宗。云『守中』，云『抱一』，云『玄德』，是其宗旨。云『昏』，云『辱』，云『退』，云『損』，云『沖』，云『嗇』，是其本領。中言體處，探乎天地生生之原，與《大易》《中庸》《太極圖説》相表裏也。言用處，以仁義禮樂爲多事而不知，以悶悶淳淳繩三代後之天下，適以滋僞而長亂也。然則老子與聖人之道，其在離合間乎！從來注《老子》者多，至數十家，各因其人之性情學術。如河上公、葛仙翁之類，則引之於吐故納新、按摩導引之術，失其旨矣。蘇子由注近之，東坡謂：『不意老年見此奇特！』然雜入浮屠氏言，欲引三教而會通之，亦非儒者立言之道。後如鄭居中、葉夢得以下，則無譏焉。

慎齋鄒先生隨文解義，而一以聖人之道爲主。其合者，指其所以合；其離者，指其所以離，一切彌縫膠轕之説剷除殆盡；而不可强解者，姑從闕如。夫而後，《老子》之爲《老子》出矣！昔郭象注《莊》，後人謂非郭注《莊》，乃莊子注郭。今先生注《老》，一如老子所欲申未申之旨，即謂老子注鄒，亦無不可也。

書《浦孝子傳》後

樸村張徵君作嘉定《浦孝子傳》，敘事簡而有法。樸村不妄許人，而於孝子立傳作贊，以示孝子之子。其重孝行，而不欲使之沉泯，用意周矣。

及予觀浦孝子行略，當鼎革城破時，有負父逃難，幾瀕於危事；有遇盜斫父，哀乞請代事；父歿時，寇亂水漲，無從得棺，有持竿涉水四十餘，渡至崑山，得棺事。此皆行之可傳者，而張傳未及。因作傳時得之王君賓臣口述，故衹及養母事。其事父大節，未之詳也，予故於張傳外補之。

又徵君於刲股療母，謂非孝之中道，聖人未嘗以之立教。其言誠然，盖本昌黎韓子《鄠人對》，謂剔股奉母，或至傷毁滅絶，不宜在旌門例也。夫孝子當刲股時，呼籲莫聞，計無復之，雖毁傷滅絶，而有不暇計及者，何論門之旌不旌耶？然則徵君及韓子論，要之以中道也，所以裁天下之太過者也。孝子之事，激之以至性也，所以勵天下之不及者也，並存焉可也。孔子許甯武子愚不可及，刲股療母，亦子道之愚不可及者耶？故并論之。

孝子，名同倫，字開之，詳見本傳。

跋王氏《定武蘭亭》

《蘭亭》，定武石刻，宋時聚訟久矣。王順伯主肥本，尤延之主瘦本，而黄魯直則以肥不賸肉、瘦不露骨爲佳。吾吴《蘭亭》向稱二本：一在何義門太史處，一在王遴汝上舍處。義門所有，向留京邸，無從諦視。雍正丁未八月，偕顧嗣宗同學觀遴汝家藏，於鋒稜旋折中，時帶超逸秀潤態。按之黄説，允符斯語。舊推歐陽，率更所臨，想當然也。

昔人謂：『《蘭亭》不必問所從來，但當以字跡之工爲斷。』最爲確論。時人以五字損、五字不損，及蟹、爪、丁字諸形求之。相馬者拘牝牡驪黄，不免來九方皋之哂矣。予所見《蘭亭》甚夥，無右此本者。惜義門墓已宿草，珍藏散佚，未可定，不及借而觀之。

跋懷仁《集王聖教序》

僧懷仁《集王聖教序》，宋以後謂之院本，士夫入翰院者皆習此書，以右軍名重也。然愚觀歐陽公《集古目録》、趙明誠《金石録》，並載褚河南《聖教序》，至同州僞本亦俱采入，而懷仁本不載。

豈摭拾星宿遺義娥耶？兩家素稱博聞，不應疎略至是。必其時此碑未出，兩家成書未由蒐羅，非漫從抹撥也。

曰：『若是，是屬僞書乎？』曰：『此未必然。智永，隋末人。而所書千文，刻於薛紹彭時。則唐時僧所集，刻於歐陽趙氏後，無不可也。且唐初人書，如虞世南《孔子廟堂碑》，宋初已成龝本。歐陽詢《九成宫》《化度寺》《虞恭公》等碑，初搨者幾同拱璧，而集王一帖，時遇完好，非時代相近一驗邪？請質之好古者。』

跋褚河南《同州聖教序》

世傳褚遂良奉詔書《聖教序》，凡二本，一在慈恩寺塔，一在同州倅廳。在慈恩寺塔者，爲永徽四年書；在同州倅廳者爲龍朔三年書。按史，永徽六年九月，褚遂良以爭立武氏事貶潭州都督。顯慶二年三月，又貶桂州都督。八月，李義甫、許敬宗誣遂良潛謀不軌，桂州用武之地，恐外援，又貶愛州刺史。三年十一月，卒於愛州。後三年，始改元龍朔。是龍朔三年，去遂良卒時已五年矣，又安得奉詔作書？此後人作僞之顯然者。宋歐陽永叔《集古目録》、趙明誠《金石録》，與慈恩寺本並收，豈古人偶未之檢邪？

今睇眎此碑，全龝刻慈恩寺本，而風神盡失。至『龍朔』字、『同州倅廳』字，竟如童蒙初捉筆者，無從摹倣，自露本色也。俗下謂同州本較勝，故一論之。

跋懷素草書真跡

懷素草書，相傳有《枯筍》《食魚》《冬熱》《天姥吟》四本。此即書太白《天姥吟》，前失去『海客談瀛洲』至『慄深林兮驚層巔』句，後又有『贈董糟丘』一行，應是連書。絹素僅存此幅，不能求全也。豪宕馳騁，超忽滅没中。回旋進退，俱合晉人法度。後人惟於荒怪處求之，非魯男子學柳下惠意矣。後有宣和小印，曾入大内，於前明歸陸冢宰全卿家。陸敗後，歸文學正休承家，後歸檇李項子京家。項於卷尾跋：『四百金買得，欲於析産時分授諸郎公其賈直，凡書畫皆然，不獨此本也。』後又歸真定梁蒼巖相國家，今在柏鄉魏憲副念庭處。

暑月中，閲於憲副旅寓。是日也，卻扇不麾，流汗俱反，環顧四座，寂然無聲，躁心爲之頓釋。

跋蔡忠惠手札

忠惠書出於顔平原，雖用藏鋒，而筆力直欲透出紙背。與《爭坐位》《祭濠州刺史》二帖尤神合也。左右有歐陽元印，後有檇李項子京印。按北宋書家，有蔡、蘇、黄、米之目，後人謂本係蘇、黃、米、蔡，以京爲殿，緣潭州姦惡，易以忠惠，敘時代後先，故云蔡、蘇、黃、米。然京書本屬庸猥，視忠惠有溲勃葠苓之别，不盡爲其姦惡也。要之，此論自足快人。

雍正乙卯秋九月十二日夜，閱忠惠手札於程子蒓江寓樓。歸，已昏黄。剪燭，讀歐陽子《蔡公神道碑》，因題於後。

跋黄山谷書

黄山谷草書《藺相如傳》一卷中，少『秦王與趙王會澠池』數行，蓋删節本也。書法遒拔秀逸，極從横跳盪，中無一筆不入規矩。外間貌作沉著，而筆勢平直，絶無鈎指廻腕之法者，皆贋本也。山谷嘗評王著書，謂：『著頗善用筆，若使胸有數千卷書，可勝李西臺、林和靖輩。』又嘗謂：『蘇子瞻文章氣節，跨絶一代，翰墨自爲人世所重。山谷學術亞於子瞻，而姓名並入元祐黨籍，乃能不媿斯語。』論古人書者，尚探其本哉！

跋黄子久《富春山居圖》

黄子久《富春山居圖》，係紙本，長尺許，闊三丈餘，寫付無用和尚者。起至正七年，成至正十年。未成時，恐人巧取豪敚，先書無用本號，後綴成之。見子久自記語中。後有沈石田、文文水、王百穀、董思白、鄒衣白五跋。其元人及明初人跋歸石田時，已經脱落矣。

按子久於元四大家中爲冠，而此卷又爲生平神來之筆，比之右軍《蘭亭》，不虚也。入國朝，歸高江村詹事，詹事以六百金收之。後歸王儼齋司農，亦如其直。司農没，僕人挾之來蘇。逾月無售者，旋轉之維揚矣。計詹事、司農，品地、聲勢極一時之盛，今不三四十年，如春花飄零，雲煙解散，而山人筆墨，長留人世間。洵穠華難久，而淡寂者多味外味也。

雍正戊申，觀於黄鸝坊某氏，時六月二日。

又跋黄子久《富春山居圖》

戊申歲，於黄鸝坊某氏閲黄子久《富春山居圖》。時儼齋王司農家人持卷求售，索直千金，吴中無大力者，將之維揚，後亦不知所之矣。乙卯秋，予寓京師，程子蒓江於安氏借得此卷，邀予往觀，不啻重見故友也！畫在明代爲白石翁物，後歸樊節推，最後歸吴明卿。入國朝，歸高江村，後歸王儼齋，迄今在三韓安氏。

予既幸前賢名跡流傳人代，若有鬼物呵護其間，又以文人學士不能有之，而爲之主者，惟侈寶玩之多、賈直之重，以爲豪舉，此卷亦未爲得所也！後有如白石翁者，或更當歸之。

跋梅花道人《夏山欲雨圖》

右梅花道人《夏山欲雨圖》，卷高尺許，長一丈五尺餘，至正三年夏四月作。渾厚超逸俱備，蓋神品也。後有啓南翁跋，云杜東原先生所贈，追摹三十餘季，洵爲畫中司命。知啓南翁所得力矣。相傳道人與盛子昭鄰，背以幣乞子昭畫者，户外填集。道人家寂如，其妻謂：『同作畫，何乃爾喧寂！』道人云：『百年後自有定論。』今子昭品列中中，而道人爲四大家之一，知古人作事，要于必傳，豈以目前聲望爲重輕者哉？而今之研求文苑者，敝心勞力，以爭目前之浮譽，爲可悲也。

畫出程子蒓江笥中，同觀者蔡子芳三。時辛酉八月，去乙卯九月同觀《富春山圖》於蒓江寓齋，又六春秋矣。

跋祝京兆《吴中八吟》

顔平原謂，張長史書，極顛佚中俱有規矩。祝京兆書亦然。外間劍拔弩張，一切狂縱無節者，皆贋筆也。此册有皇象、索靖、庾翼諸人遺意，詩亦古質，得變雅體。《八吟》中曰：『陶塼使民壞田，摶埴爲瓴甋之屬，以崇浮屠氏也；曰五毒，官使民織縠，爲五毒之物，以歸於上也；曰括金，曰采寶，箕斂所有，民多刑死，或亡命去也。』

按正德五年，帝自稱大慶法王，又度僧道四萬餘人。十一年，命浦智爲江蘇織造，兼徵民貨寶，民乃大困，詩正與相合。其他寵任宦豎，鉏賢植奸，玩兵荒淫，俱不之及，在吴言吴也。嗟乎！言者無罪，聞者足戒。嫠女之恤，匪係於緯。誰謂蟣蝨臣無憂國哉？

跋阮大鋮畫二則

明季馬、阮，猶宋南渡之汪、黄。然士英之惡，得大鋮而愈熾，人頭畜鳴，尤在阮也。士英善畫，宗法北苑。大鋮不以畫名，而牡丹墨本，於攢簇中，見展舒生動之趣，亦佳品也。士人詩文書畫，幸而流傳於世，乃立身敗壞，使人一番展玩，輒增一番唾罵，不重可惜哉？王阮亭尚書評馬畫云：『蔡京書與蘇、黄並傳，瑶草胸中廼有丘壑。』黄俞邰題云：『半閒堂下草離離，餘興常教寄墨池。猶勝當年林甫輩，弄麞貽笑誤書時。』倘見大鋮此本，不知揶揄又當何如？

先曾大父時，有童石義，逸去後，託身懷寧府中。南渡後，石亦攬權，埒於牛信、游七輩矣。招先叔祖往，欲予以微官，所云『都督滿街走，職方賤如狗』時也。先叔祖託癡獃以免，石贈金及此畫，遺歸。乍歸，而陪京不復守矣。嗟乎！賢愚同盡，而畫今尚存。沙蟲猿鶴，顧不如一紙之壽耶？追所從來，識其緣起。

瀛洲十八學士贊有序　館課

唐高祖有天下，以秦王功大，命開天策府。置官屬，得文學之士，自房玄齡以下一十八人。天下嚮慕者，謂之『登瀛洲』。已乃命閻立本圖象，時薛收物故，不及圖，因補入劉孝孫，文學褚亮贊之，贊中有『孝孫無收』。後沈存中謂：『象圖孝孫，而贊仍用收。』與史所載不合。然收實賢於孝孫，不可無贊也。按唐太宗以弱齡起兵，輔高祖定天下，純乎武功，疑於文教有所未備。及觀有天下以後，於禮樂刑政之屬甚詳且悉。其豐功偉烈，有軼漢高而上之者，由左右翊贊之士，所以薰陶其耳目、厭飫其心思者，莫非古帝王之法也。則文治之功，固可少與？且十有八人，仕於隋者居多，乃闇於隋而昭於唐，非有其才者不可無其遇與？抑君求士，士益求君。則夫羣才緝熙，而元首經略者，固在明良之合德者與！作《十八學士贊》云：

虬虎奮興，風雲旋作。鳴鳥投柯，遊魚赴壑。穆穆明明，光華煜爚。天策建官，密參帷幄。賢才英英，房喬玄齡挺生。昂霄聳漢，蔚爲國楨。軍門上謁，抗論從横。親同高密，策定功成。元齡主謀，如晦杜善斷。内負大節，臨機握筭。惟王佐才，義激忠貫。比功蕭曹，房杜交贊。永興虞世南五絶，德行稱首。諫諍赴義，文翰寡偶。希明褚亮善諫，獻可替否。征伐預謀，裨益腋肘。思廉姚繼述，撰梁陳書。行仁有勇，殉義無餘。允恭蔡達學，純比璠璵。後梁春秋，著述朗如。穎達孔窮經，疏解義訓。論思講幄，以忠言進。德明陸樸學，與孔驂靳。折二氏角，辭嚴義峻。誰輔青宮，仲謐于志寧諒直。諫親突厥，懼損盛德。誰諍遊獵，軍諮蘇世長正色。辭服頡利，稱使臣職。薛收料敵，立草露布。筆吐辭鍔，胸藏武庫。堪上凌煙，忽晞朝露。猶子元敬繼之，允工墳素。倉曹李守素抗論，通姓氏學。主簿李元道鑒遠，糾義嶽嶽。典籤蘇勖助教蓋文運，並擅浩博。參軍顔相時淹雅，經炊史酌。敬宗許多聞，辭采抑揚。依阿醜謬，國史不光。孔雀有毒，枉耀文章。惜哉一人，混厠忠良。詵詵衆佐，奮轡高衢。名列簡編，形傳畫圖。君匪文儒，孰襄廟謨。臣匪英辟，困於泥塗。有君有臣，可聖可賢。置身蓬瀛，望如列仙。後代君臣，克艱勉旃。文德誕敷，用光萬季。

銘辭

井田硯銘

從復橫，井廼成。得石田，亦可耕。

龍卵硯銘

不雕琢，完女璞，金烏啄。

函硯銘下畫『井』字

有阡有術，亦合亦分。開而函，耕而井，以富而文。

半硯銘

以不全全其全也，天。

朴硯銘

孤雲角，天匠斲。形模朴，厥德惟玉。

斧硯銘

斧取能斷，抽思發辭，毋受其亂。

風字硯銘

撓萬物者，莫疾乎風。與水相遭，文乃工。

鳳味硯銘

鳳兮鳳兮，爾宜靜，而不宜動兮。

水巖石硯銘

渾渾者質，温温者德。韜而光，亦守而默。

鐘硯銘

質硁硁，聲鍠鍠。鎔今鑄古，文庚庚。

文待詔硯銘待詔二十七硯之一，裔孫書深見遺

温潤廉正，體平性定。古賢高齋，伴玉磬。待詔居名『玉磬山房』。

金星硯銘春秋闈及對策並携此硯

携棘闈，上金鑾，如撒沙出，光芒寒。

王受南鸜鴿硯銘

鸜鴿鸜鴿，眸子瞭。颶藻浮花，潤如膏去。臨紙怪，發語排奡。

趙誠夫新莽錢范銘

貨泉布泉，直一當百。誰傳范形，鼉聲紫色。

天台藤杖銘

根盤茆錯，常入吾掌。鑿雲移來，萬八千丈。

印章匣銘

體開而闔，中虚且正。道在闇然，晦吾名姓。

歸愚文鈔卷二十

誓墓文

不孝男德潛，敢昭告於先府君之靈。男遭逢聖明，備員翰苑。今當假滿還朝，拜辭塋域。伏念男稟承先訓，素矢潔白。自補諸生，暨成進士。四十餘年，雖不能建豎有爲，而永念遺言，兢兢恐墜。自今以往，惟有益砥廉隅，堅持晚節，以完有所不爲之行。倘所守變遷，千時媒進，營私嗜利，忮長忌賢，是貌爲君子，而實陰柔小人之歸也。在天之靈，訶譴糾殛，毋俾留惡名，以貽先人之辱。謹誓！

焚黄文

曾孫男德潛，以樗櫟散材，竊禄於朝。追念本原，承兹世德。惟我顯曾王考，累行於鄉，幽光未耀。惟我顯王考，厚志薄身，不改初服。唯我顯考，洞視古今，遊心藝圃。顧念德潛，泥途久困，禄不逮親。旹懷先訓，每懼隕越。恭逢聖主，俯鑒葵忱。賚以天章，勸忠勉孝。璽封迭下，錫號有加。顯曾王考、顯王考、顯考，並贈通奉大夫、内閣學士，兼禮部侍郎。四代蒙恩，遭逢罕覯。厚德之報，不其在兹？敬謄制敕，焚諸幽堂。仰唯神靈，服此丕顯休命。謹告！

徐龍友哀辭

予交徐子龍友，垂三十年，中間略無觸忤。道既同，又以交最久，不相乖隔也。龍友天分高，學古歌詩、雜文在予後，而成就遠出於予。素性伉爽，能面斥人過。於文辭，豪毛不假借。朋友有闕失，劘刃尤切。喜自負，人有議其非者，掩耳不受。以故，人目爲狂生。視天下事，若無不可爲。

年四十餘，孑身走京師，謂取上第如握券。時京師所尚，韝韝鞠跽，趨聲勢、釣名譽而已。龍友侃侃卓立，過貴人門，不投一刺。或相遇坐間，脱巾高談，目睒睒，不顧左右。有大不可於中，輒罵，曰『京師無人』，因羣口騰毁之。困窮日甚，幾無所得食。翻然歸，曰：『徐生此行，真大錯也！』調膳養母外，惟鍵扉著書。前此結城南詩課，有張子岳未、永夫、陳子有九諸人。後或入仕，或遷徙他出，各散去。至是龍友歸，仍續前課。數餘日必聚，聚則痛飲酣嬉。論古今成敗、山川形勢，與夫人材高下，旁及刀槊馳射、神仙荒怪之事，無所忌束。彼甚意，若將有樂於斯，不復遠行也。甲辰三月，忽應廣南學使者聘，來告别，面帶悽惋色。予飲之酒，不欲醉，曰：『此行非人所爲，今不忍爲子述，述之益傷寸心！』予悲其言，更不問。惟時陰雨沾浥，寒風蕭條，歌古詩一二章，俱不成聲。竊訝作六千里别，不宜有此行色。廼河干祖别，歲周有奇，而凶問至矣！聞没之日，篋無數餘金，童奴一人視含飯。抱才如此，而坎壈苍鬱，客死道途，未識龍友面者，無弗悲也！

龍友高祖念陽公，諱如珂，明熹宗朝，官通政。時太監魏忠賢怒吴民擊殺緹騎，欲盡屠之。公爲魏私人顧秉謙曰：『相公吴人，不能救數十萬生民，民恨無所洩，必發相公墓，奈何？』秉謙懼，請於魏，得免。公有德於吴甚大，隱德未昌，應在子姓。況以龍友之羣行焯焯，足以繼承前緒，而竟未收其報耶！

龍友，名夔，長洲學生，殁時年五十。生平於學無不窺，所著詩忼慨有燕趙聲，古文、駢麗語皆得體。金石篆刻，獨出冠時，無識與不識，皆知其工。然予恐世以藝人目之，而忘其學殖之厚也。既志交誼之久，並述文辭之工，以申哀思。爰作楚音，以當哭。其辭曰：

炎方瘴癘多毒淫些，蚺蛇巨象莽幽林些。赤曰聞雷無晴陰些，此邦何樂來窮探些？高廉雷崖歷瓊儋些，惡霧侵人喪天南些。魂兮煢煢返雲嵐些，依君故居堂高高些。突宇砥室無氛囂些，案陳琴書列尊匏些。胡爲舍此而涉波濤些？往君告行戒徒御些。偶瞻林烏慙返哺些，雲天遥遥屢迴顧些。何以慰君慎前路些，今我歎逝登君堂些。遺挂在懸音塵亡些，素帷飄揚燈青熒些。思君不見涕滂滂些，嗚呼哀哉何以爲情些！

陳師洛哀辭

戊戌歲四月朔日，陳子師洛凶問自楚中至，同學故人，及慕師洛姓氏者，皆哀之，爲其抱才不遇，客死且無後也。

師洛有異稟，七歲，嗜古文，人以大器期之。十七，補博士弟子員，旋即蹉跌。時卜居金鏡湖濱，與敝廬相近。時來予家，齒少，呼予爲兄。予亦時造其室，老屋兩間，濤浪之聲，時聞於耳。而師洛浩乎自得，讀書作文，不少倦。每一篇出，必示予，如利劍出匣，不可逼視；如蛟蛇赴壑，挾風雨、走雷霆，而變化不測。予深服其才。

然方是時，師洛之名未著，吴人士多訾嗷之者。予力爲稱道之，人並目予爲怪。後五六年，師洛每試，冠其曹。文日富，名日盛，大江南北魁傑之士，爭與之友。而向時訾嗷之者，因交頌如神明。而師洛旋徙居城中，時往來金陵，而我兩人踪跡用是漸疎矣。自後，歲或一遇，或三四歲一遇。遇不移時，各散去，落落若不相知者。不知衆人之重師洛，在才名既著以後，而予相賞於蹉跌時，爲寂先也。

師洛勇於進取，謂科第可反手得，故生産貨財，及聲色宴遊，皆屏棄，而並力於科舉之業，斷斷如也。然同時取聲譽者，先後捷去。即中材無聞之士，亦往往得之。而師洛終浮沈諸生中，文與遇合日相左，意其中有甚不自得者耶！癸巳歲，會於學使者胡公署中。廉悍之色，故在眉宇，而精神少減。丙申歲，會於石湖張氏。酒後，顧鬚髮半白，欷歔泣下。衆問之，不言其所以然。然觀其詞氣顔色間，覺湍憤激疾，不可抑遏之狀，隱隱發露於外。夜半，予因與談往昔定交時事，師洛曰：『恍如隔世矣！』徐進以安命俟時之説，謂：『李將軍不侯，而李蔡，下中人，侯。從古已然。且傳不傳，不在名位，葆真培根，學人所重。』師洛爲之惘然。窺其意，若將以予言爲可取也。嗚呼！師洛今其死矣。

先一歲，師洛北上，以文投當路者。時當路者，多保爵位之人，無有愛才如歐陽公者。且與文字不甚習，俱不納。試於北闈，幾遇矣，復黜。感憤逾甚，退而託楚學使者署中，非其志也。越明年，戊戌二月某日，暴疾，死，年四十四。

師洛，名世治，吳縣人，爲僖敏公後，以文辭雄於時。雖未得位，而才名流於人人，聲氣乎於朋友，亦可無憾矣！然先世每單傳，既死，無後，可悲也！師洛世系，及生平、行誼、朋舊，必有爲之傳者。予特作哀詞，以抒予哀：

嗟嗟師洛，浸淫典籍，發爲文章。盛氣瑰詞，天馬脱羈，馳驟超驤。俯視一切，器廉而劌，不掩其鋩。珠盤玉敦去，獻紵贈帶，維賢維良。玉棄璵璠，樂遺韶鈞，目瞇播糠。譽日以遠，運日以蹇，不遇者常。廼摇其精，廼殞其生，於彼楚黄。靈輀旋歸，野烏徘徊，哀雲飛揚。書卷誰承？薦饗誰仍？罔不盡傷。斯文可久，名在人口，其存者長。與子别離，相見無期，如何可忌！

祭朱恭季文

嗚呼哀哉！兄之敦行，渾金璞玉。兄之積學，蛾術攻木。兄之淵衷，藏虚守谷。青天白日，靈芝嘉穀。人無異言，天宜畀福。畀福未聞，轉罰之酷。三世並殂，同聲一哭。

憶昔定交，始於癸酉。事兄如師，藉除瑕垢。有古斯獵，有疑斯叩。比予考擊，土鼓瓦缶。比兄臚陳，虞尊周卣。予聊自娱，兄期不朽。

歲唯丙子，省門共趍。途逢淫霖，没馬漸車。編筏作渡，失足爲魚。慬而獲免，夜投荒墟。燎衣爇薪，飼畜刈芻。艱苦得歡，浩歌軒渠。從兹數載，唱於隨喁。相須相扶，如蛩有驉。

兄殖日富，兄聞日高。使者持衡，試每冠曹。墨瀋未乾，近謄遠鈔。大江南北，締縞紵交。予在下風，亦奪錦標。旗鼓互建，甲胄雙敹。人稱朱沈，漫擬同條。終退三舍，看指鞭鞘。江黄蓼六，荆楚是朝。

豫章之材，不逢匠石。渥洼之馬，困於槽櫪。重棼重楹，乃取栭杙。馳騾戰場，駑駘銜勒。兄獨恬然，守兹淵默。清濁盈虚，不形顔色。得其環中，道義是宅。亨也何欣，屯焉何戚。而胡仁人，遘不仁疾。痿痺偏枯，罹二豎厄。嗚呼哀哉！

惟今五月，先喪令似。已青子衿，俄凋蘭芷。夫婦偕亡，相隨有美。亦有童孫，瑶環瑜珥。無疾夭殤。浮漚在水，兄旋繼之。三閲月耳，辛酉七月。年維五紀，波逝雲流。祖孫父子，嗚呼哀哉。

文藏敗簏，掩寒芒矣。纕棄蕙蘭，失幽芳矣。姬人毁粧，稱未亡矣。幼子伶仃，牽巾箱矣。雜花開樹，誰舉觴矣？庭草無人，誰登堂矣？予念良朋，人琴亡矣。闕失罕箴，行倀倀矣。望靈之來，涕滂滂矣。既痛逝者，行自傷矣。嗚呼哀哉！

祭顧嗣宗文

嗟嗟嗣宗，而至斯耶。維予與兄，以詩定交。始岐宋唐，分道揚鑣。終焉並軫，同祖風騷。悃忱既諧，合絃與匏。讀予樂章，云造古淡。其聲已希，其光獨闇。人否子然，服子之敢。出生平詩，邀予褒貶。佩予品評，嗜同昌歜。

自時厥後，情好逾密。審行訂藏，誘善箴闕。任彼流言，中心不抗。陰雲翳消，山鬼形滅。志乘同修，古詩同説。相期白首，堅貞晚節。

時有吴君岳，心昭耳聾。五經紛綸，倍他人聰。誰其匹敵？城南徐公夔。胸蟠太華，氣流長虹。與兄成三，會合雲龍。予亦追逐，如蒿倚松。維兹三人，廣南共赴。瘴雨颶風，蠻煙蜑霧。吴賦招魂，徐歌薤露。兄抱病歸，腑心沉痼。五載遷延，一朝頓仆。嗚呼哀哉！

兄赴舉場，秣陵京兆。秦淮溯沿，金臺登眺。夭矯龍文，迴翔鳳藻。誰司衡尺，而失國寶。文送五窮，心驚二鳥。南北互馳，問年已老。慟哭秋風，茫茫蒼昊。兄未云亡，預傷湮淪。力疾手書，詩歌雜文。凝結心血，感通風雲。藏諸篋衍，付諸子孫。不遇於時，有俟後人。後有讀者，契其精神。嗚呼哀哉！

昔時把晤，坐雨銜杯。今來哭兄，琴書塵埃。麻衣稽顙，兩世提孩。影堂雲黯，素幃風開。其人不存，想像于思。予有新句，誰從别裁？予有襟抱，誰從談諧？神明有知，尚其歸來。嗚呼哀哉！

祭袁頷尊文

嗚呼哀哉！人之痛傷，莫如長别。或暌經年，或隔累月。而我與君，分襟三日，消息傳來，伊人奄忽。緬君生平，循蹈儀槼。聞人語言，先入爲主。硜硜庚庚，慎厥取與。君子之徒，願傾肺腑。小人之徒，勿交片語。感德施報，終身不忘。受知鹿山淅撫李公，左右胥匡。一朝罹患，衆散蒼黄。君獨偕從，不變炎涼。平交亦然，赴急慨慷。無分久暫，何有存亡。君才多能，篆刻尤工。出入秦漢，追琢金銅。顧苓云美擅長，藝中猶龍。君得正傳，仰希前蹤。此雖餘事，亦足稱雄。

昔我兩家，並依葑水。我已加冠，君猶童子。月榭盤桓，花村倚徙。經畬互鋤，墨池共洗。我憂君憂，君喜我喜。君家有患，窺伺虎豺。先子奮義，力爲駈排。我家遘癘，羊狗爲災。客愁擩染，跕不履階。君獨省視，晨夕往來。兩家氣誼，同樂分哀。

自我徙居，靈巖之側。繼入承明，玉除供職。夢寐見君，醒仍岑寂。音問偶通，久踈良覿。雲樹燕吴，燕鴻南北。十載歸來，重經阡陌。我已耄齡，君亦頭白。我懷故鄉，經營新構。如鳥歸巢，地惟其舊。舊人無存，惟君同臭。釣斯遊斯，童時今又。而胡溘然，遽辭世宙。嗚呼哀哉！

往者變故，折其孫枝。連延萊婦，並忘縞綦。不言神傷，入室凄其。形腴神瘁，以身隨之。邦失正人，聞者漣洏。嗚呼哀哉！

綜君始終，素輕浮榮。行薄志厚，遇屯心亨。有子克家，無疾上升。亡者體魄，存者清名。獨予衰年，失此友生。歎逝自傷，寸心怦怦。聊陳生芻，薦於幽靈。嗚呼哀哉！尚饗！

先祖行述

先祖諱欽圻，字得輿，先世歸安竹墩人。始祖壽四公自吴興徙吴，代居葑溪，其地亦名竹墩。自愛筠公諱勳，至弘野公諱世烈，凡四世。弘野公生五子，先祖第四子也。少多聞强記，年二十餘補長洲生。偕伯兄升之公，有聲於時。旹值思陵殉社稷，福王南渡，見時事不可爲，輒憤激，形諸於詩，如『玉闕悲龍馭，雄關喪虎臣。一堂爭洛蜀，四鎮角熊羆。還須求故劒，慎勿剪連枝』，可作詩史讀也。後守初志，布衣藜杖以老，凡三十餘年。

先是，劉學博剩庵先生隱居陽城湖濱，至織席以食，先祖亦授徒陽城，時遺之粟。嘗與登荒丘，吊落日，酣嬉歌哭。先生曰：『茫茫宇宙，中路知己，乃在沈君。』後先生歿，先祖與陸泓、陳三島、徐晟經紀其喪，葬之虎丘。集有《哭劉先生》，詩中云：『變名唯恐識，後死尚嫌遲。』又云：『招魂弟子事，媿乏楚人辭。』隱然以宋玉自任也。後仍歸葑溪，薄田在相城，租入僅供饘粥。然能赴人緩急。冬月，給里黨之喁然膚立者，歲以爲常。有黠者至自除夕，云被刦掠，非數十金不能治裝。歸，撿橐中金，盡予之。既知其僞，童僕竊笑，先祖曰：『吾以不欺待人，不逆其詐也。』晚歲喜莳花，荒圃一區，乞四方名蘤殆徧。酷暑抱甕畦圃中，欣然自適，更號種花農云。

生平詩不一格，初喜橅劉隨州，中年感時傷亂，師杜少陵，後出入於樂天、劍南。陸太僕起頑云：『鍾譚狂藥，毒徧天下，不能毒沈君，大是豪傑之士！』德潛六歲時，及見先祖苦吟詩成，命童孫歌之。又命調四聲，隨口輒合。先祖曰：『是兒他日必以詩名，惜吾不及見耳！』德潛迄今略未窺風人旨，有負祖望，可感也！先祖既不善治生，康熙丁巳、戊午，連水旱，產盡挫，幾不給晨夕，然毫無悔心，惟以吟詠灌畦自娱。

己未得疾，卒。彌留時，顧先君子曰：『我家德薄，富貴功名不汝望，惟鄉里稱善人，願足矣！』餘無他言。年六十四，里黨多慟哭失聲者。元配祖母石氏，繼祖母蔣氏。德潛少羸弱，瀕危者數，賴繼祖母調攝以生者也，後先祖六年卒。子二，伯父，殤；次先君子美初公，諱鍾彥，詳見《行述》中。先祖卒十七年，歸葬於長洲縣姜家村之新阡，後分爲元和。德潛鈍拙無能，又久困諸生，傷哉！賤且老也，恐及今不述祖德以乞志銘，歲月既久，漸歸湮没，故就少時所聞見，及得之先君子者，述之，以俟立言君子采擇。

孫男德潛稽首謹述後學周準頓首填諱

先府君行述

府君諱鍾彥，字美初，晚號莊㭬。始祖壽四公自吳興遷吳，卜居葑溪之楊枝塘。壽四公爲歸安竹墩人，至今稱竹墩沈氏。自公始，第七傳爲國子助教、册封安南國王副使愛筠公，諱勳。第八傳爲長庠生懷竹公，諱濟。第九傳爲高王父郡學廪膳生葑野公，諱植。第十傳爲曾王父國學生弘野公，諱世烈。生五子，其四爲先王父得輿公，諱欽圻，爲長庠名諸生。明季時，偕伯兄升之公，與葉聖野、金孝章、朱雲子諸先生並有聲壇坫。後遂棄舉子業，布衣幅巾以老，守初志也。先王父生二子，伯父殤；府君居次。自幼篤於仁孝，一言一行，唯恐違先王父心。先王父易簀時，囑府君曰：『吾家德薄，富貴功名不汝望。願讀書自好，鄉里稱善人，足矣！』府君慟哭受命。後凡歲時祭享，必告諸先王父座，曰：『大人遺言，兒終身不敢忘！』當先王父辭世也，家業略盡。又值三孽造釁，徭役日增，頻歲旱潦，無一絲一粟可營喪事，府君哀感有加。賴友生佽助，卒盡喪禮。自後五六年，府君拮据於外，先妣褚碩人贊襄於内，積館穀，得薄田如干畝，可供饘粥，而先妣倏又辭世矣！時府君年三十有四，或勸中饋乏人，宜續娶，府君謝曰：『繼母能慈者不多見，我不忍使兒女滋累也。』由是父而兼母，内外事皆經理焉。督課不肖甚嚴，經書制義，口授指畫，一字一句，務求詳悉。見不肖怠勸，嘗加撲抶，然隱隱聲與淚俱。不肖感泣誦讀，輒復作好言以慰。初延星羽施先生爲師，家極困乏，敬禮倍至。後復命從覺周蔣先生遊，誡不肖曰：『兩先生人倫模範也，汝敬事之。』及不肖漸長，凡遇歲科鄉試，必同往，纖悉皆先爲料理，恐費不肖心。當年習爲故常，今復安可得耶？

不肖知識短淺，不能治生。府君年六十餘，猶綜理家事，不肖時勸少休。顧慈愛出於天性，辛勤勞瘁，不復自節，以至心血俱耗也。嗚呼，痛哉！府君然諾不苟，推心以誠，與人交有終始，事上接下，不諂不傲。於死喪急難，必匍匐周衛。撫字族中孤寡，恩意尤篤，久而不懈，無少德色。壬辰歲，病甚，諸老友共視湯藥。馮太史勉曾先生親作祝文，禱於神。今屬纊後，族屬故舊，哀號者不下數十，此信友睦族之效也！年四十，經營葬事，堪輿家以未得善地，遷延歲月。府君曰：『葬以妥先人，非爲生者求福澤也。』從司馬温公《葬論》『苟藏風聚氣者，即爲吉壤』，葬先王父母暨先妣，並自爲生壙。作《生壙志》，明大義，不摇惑於禍福，鄉黨以爲難。少歲留心繪事篆刻，興到時，復成詩。後專工分隸書，一波一磔，神與古會。唐以下不加貶斥，而宗法實在漢人。人有求，必應。索書者屨滿户外，弗厭也。此其小小者，亦足見待物之誠云。

生平提命不肖，唯讀有益書，交有益人。不屈志節，不辱祖先爲主。彌留之際，猶以先王父易簀時遺訓爲誡，曰：『生寄死歸，我可無憾。而今而後，責專在汝也。』嗚呼痛哉！

府君素康健，見不肖羸弱，時以爲憂。今六月初，不肖授經南徐，府君送至湖濱，屢言保重。六月二十五日，作札郵寄，書中以慎防腹疾爲言。孰意府君已遘是疾，故轉以諄囑不肖。迨得信歸省，日益沉重。百方醫藥，竟不復起也。嗚呼！恩勤鞠育，至於此極。而不肖未盡一日之養，鮮民之生不如速死，尚復何言哉！

府君生順治十一年甲午十月十一日亥時，終康熙五十八年己亥八月初一日子時，享年六十六歲。配吾母褚碩人，生平另見事狀中。子一，即不肖德潛。

嗚呼！府君草茅伏處，隱德未彰，不肖又鈍拙無成，未能光顯。無以爲人，無以爲子。每一念及，痛深骨髓！倘仁人君子恕不肖之罪，俯賜誄詞，以光泉壤，不肖死有餘榮焉！

不肖孤哀子沈德潛泣血稽顙謹述賜進士出身翰林院庶吉士加一級詞館纂修年家眷姪杜詔頓首拜填諱

先妣事狀

先妣褚碩人，生順治丁酉四月二十二日，終康熙丁卯四月二十一日，年三十有一。外祖諱肇錫，外祖母宋氏，俱中年没，舅氏殤。以故，先妣八歲來歸，爲養媳。事先祖妣如母，先祖妣愛憐之。年十七，生子德潛。時三藩叛逆未平，賦役繁重。産盡棄，家道日落。先祖以詩文自娱，不善治生，日益困。先妣出母家所授簪珥衣服易食。易且盡，後布衣蒿簪，以終其身。含殮時，無一鮮衣、一銀器也。先祖即世，困逾甚，又連遭水旱，升米錢二十六七文。先妣瘁力女紅，計日作燭心千餘枝，約易米三升。除盛暑外，盡三鼓乃已。聞窗外鵶鵲聲，知天已旦，旋起。猶艱於得食，買豆麥屑雜飯中，自食其粗者，而以精者食先祖妣。嘗謂家嚴曰：『所得館穀，可積以置膳田。家中旦夕需，不相累也。』當是時，童奴逃竄，親戚不相往來。族中非無稱多田翁者，然欲貸五斗粟不得。先妣曰：『向人告急，不如自食其勤。且遍嘗困苦，異日處逆境不爲憂也。』因自勵益堅。

歲辛酉，吾鄉沴疫大行，村中幾無人跡，合家擩染。先妣得疾輕，粗愈即起，侍先祖妣，調湯藥，候寒暖。溲溺沾席，以手親除之。或謂病人初起，不宜觸穢氣，復疾，恐難愈。先妣曰：『我精神健，不知有穢氣也。』自此迄無恙。或傳未病前一日，有鬼語在沈氏空室中，疑病人不吉。後半月，見黑氣從牆垣中出，經時始散，而家中受病人俱痊。蓋得之隣人語云。後三五季，歲俱大有，家嚴置膳田二十畝，可供饘粥。而德潛亦稍知人事，時勸少爲休息。而先妣于丙寅冬得羸疾，閱七月，竟不起矣！殁之夕，幼妹嬉戲堂下，猶向母氏索乳也。嗚呼痛哉！

先妣性慈愛，於兒女不手加撻責，然見德潛讀書懈，作兒童之戲，正色曰：『我家貧困至此，汝讀書不成，是終爲人下也。』繼以淚下。常命背所讀經書，書熟，乃喜，買棗栗作餅餌以誘。嘗有青烏家過竹墩左右，謂此間水勢環合，宜有人文之秀。先妣聞之，私自慶，謂其言果然應在我家。今德潛不肖，無以慰先妣於地下，述之有餘痌也！

生平喜勤勞，惜物力，植寒瓜、豌豆之屬，必手汲水以灌，曰：『成實時，可代飯也。』衣服壞敝不堪者，漿洗縫紉，以作裏衣，曰：『婦人處閨中，免塵垢已足，不湏華飾也。』丙寅春，遠戚某遣家人婦來議姻，見家中儉樸，竊冷笑。先妣婉謝之，謂德潛曰：『彼富女，豈合作我家婦？今後結婚，宜擇貧者。』又言：『人生所重，不在服用飲食。吾兒他日無忘斯語！既惜福，亦以勵志節也。』明於大體，類如此。

先妣既殁，先祖妣尋殁，家道仍復不振。後十七年，歲壬午冬夜，憶先妣生時事，因記幼年所聞見者，述其一二。嗚呼！生未能養，没未盡哀。瓠落無成，偷生人世。讀『小人有母』之語，輒泫然泣下也。天乎痛哉！

亡妻俞淑人事略

亡妻俞淑人，文學虞揚公季女也。年二十五來歸，時兩家貧窘，通行媒者八載，始爲婦。既歸，不服紈縠，不親薌澤。凡縫紉、浣濯、井臼、烹飪，俱操作。冬月，兩手皴瘃，血縷縷，略不露困瘁形也。事先大夫盡誠敬，得甘脆果餌，謹庋藏之。先大夫館中歸，怡顔上陳。先大夫素方嚴，有不可於中，見辭氣。吾妻退立屏息，俟温且和，乃安。不及事先淑人，予嘗述母氏孝德，處極困，年命不永，抱終身憾，吾妻詳識之。當歲時膢臘祀事，哭泣盡哀，以未致一日養也。予不善治生，授徒於外，得脩脯。累先大夫經理内外，無毫毛私蓄。友人以緩急告，苦無應。吾妻出一笄質庫，應之。後無金可歸，四十餘，秪留一笄也。幼未嘗讀書，獨與語事理，輒分曉，不惑既福。爲述古今君子小人、興壞得失，剖決輒中。辨義利介極明，時以相勗。予雖貧，不受非義污，吾妻助也。

年三十一，斷葷羶，山蔬草食，亦茹其惡者。然性不喜老佛，曰：『彼非聖人徒也。』以故，女尼巫媪之類，無由登門。初工刺繡，後目漸眵昏，專辟纑，竟以此終其身。予丙子入闈，後攻制義，兼古歌詩、雜文。午夜，鐙熒熒不輟，吾妻夜作，相對。遇省試，必親理行裝，偫糗糒，無缺乏。及每報罷，予悵悒不自得，吾妻曰：『窮達，命也。且君嘗言「鼎中雉，太廟犧，不如沙鷗自適」，何忽忘斯語耶？』初意勉強慰藉，後予已未成進士，入辭館，假歸，吾妻恬憺如常時。辛酉，補官京師，主恩優渥，晉秩宮尹。或爲吾妻慶，謝曰：『昔何減，今何增？我故老書生婦也！』親故自南來者，爲予述，以是知向之慰藉，實中懷素定云。

先是，先大夫病篤，予館朱方，吾妻謹視湯藥。予歸，浹旬，遭大故，荒瞀無節，吾妻贊予喪葬，誠信勿悔。後予從葑溪徙瀆上，擇善里，偕吾妻往來相度。他如男女婚嫁，不愆禮宜，亦惟佽助。今吾妻没，誰與共商榷耶？

予之復來京師也，邀家人俱往，吾妻曰：『我年七十，不耐北方苦寒。有寡女在，善視我。君偕松兒往，代瑣屑務。老年人慎自愛也！』時闔門含涕，未竟欲語。詎意遂成死別耶！聞其卒也，以衰老，形神相離，無外感疾痛，差云善逝。然夫與子俱不及見，一女子視含殮，可悲也！

吾妻生康熙十年七月二十一日戌時，卒乾隆十一年正月二十六日戌時，享年七十有六，敕贈淑人。子一，種松，國學生，側室朱氏出，娶蔣氏。女一，嫁章樹印，早寡，吾妻出。從弟德溥女，撫爲己女，嫁國學生方燮。吾妻歸吾，前後五十二年，爲閨中老友。四十生日，贈以詩，有云：『曉寒龜手親提甕，夜永篝燈伴著書。』又云：『出塞未須愁失馬，過河曾爲泣枯魚。』六十生日，有云：『長齋非奉佛，達理不關書。』又云：『世賤藏山璞，君箴躍冶金。』均紀實也。唯性卞急，闕於含容。又欲以律己者律人，同歸清節，弗安儉樸者交苦之。然畢生御窮，心力兩瘁，至老死而始謝其責，悲夫悲夫！

予故述其大略，乞志銘於當世立言君子。

歸愚文鈔餘集

歸愚文鈔餘集序

李漢序韓退之文曰：『文者，貫道之器。』歐陽子曰：『道至者，文不難而自工。』然則文章之可貴，未有不原於道者。古之人蹈道立德，以脩諸身者。推諸世，於是乎有文。理不越君臣父子，事不外禮樂政刑。上者有道而敷文，次者因文以見道。世有深奥奇博、浩如煙海，讀者目眩神移，而終莫測其指歸之所存，無他，道不足而强言者也。

古來文與道俱者，代不二三人。漢之董江都，唐之韓退之、李習之，宋之歐陽永叔、曾子固，其最著也。有明一代，以文章奇偉著聲者，何啻數家？而歸熙甫獨立於嘉、隆之間。原本六經，温潤典麗，未嘗聲華烜赫，而王元美贊爲『繼韓歐陽』，錢受之亦謂一生師承在兹，惟其道充於中也。然則後熙甫而追其踪，以上窺江都諸公門户者，亦惟以道爲歸而已。

歸愚沈先生，今之熙甫也。先生之文，其理純，其氣盛，其辭達。不琱績而新，不恢詭而奇，不襞積故實，而卷軸之氣油然不可遏抑。如布帛之可以禦寒，無庸詫火浣之貴也。如菽粟之可以療飢，無庸羡八珎之美也。殆所云因文見道者耶？

且夫先生之所以致此者，其立之也有本，其達之也有用。敦篤者倫常，推行者强恕。心厚，而物無不容。氣和，而物無不煦。此文章之本也。絶耳目玩好之欲，窮晦明寒暑之功，鑽研聖籍，擷其英華。鈎貫諸家，提其要領。此文章之用也。故當其隱鱗戢羽，抱殘守缺，若將終身。及陳謨掌誥，文章華國，退然自下。窮不移，而達不變。視世之失志則卑屈，戚戚嗟嗟；得志則矜高，揚揚詡詡者，不可以道里計也。

人謂先生隱居教授，與熙甫同；鄉舉第二，與熙甫同；晚成進士，舉朝慶爲得人，與熙甫同。抑知所以同軌者，固在文準乎道，而有立乎文之本、達乎文之用者哉？

先生合前後作，删刊成集，命詒録序之。昔殷御史侑使韓退之序其書，退之欲執經座下，獲卒所聞。蘇子瞻序范文正公文，以未識公爲恨。詒録少即聞先生緒論，識行文正格，往還劚刃，垂四十年。今得挂名簡端，託以不腐，豈非較之韓蘇二公爲尤幸哉？

乾隆己卯春正月望日小姪顧詒禄拜手謹序

歸愚文鈔餘集卷一

《御製詩二集》後序

欽惟皇上，德與歲隆，學隨時懋。研求治理，而見理精純；涵泳性天，而與天符合。外王之業益著，由內聖之功益深。萬幾餘暇，興寄篇章。包羅今古，富有日新。自有六義以來，未有若斯之極盛者也。

臣於己巳歸田，特奉俞旨，徧讀《御製詩初集》。自丙辰以迄丁卯，共四十四卷。臣得颺言卷末，自是中外臣庶共覩天地之光華、仰羲娥之照耀矣！戊辰迄今己卯，又十有二年，聖治日盛，宸翰日多。內廷大臣咸請仍付剞劂，以慰天下之望若昭回，奉爲訓行者，皇上允行。先後均蒙頒示，俾臣靜觀天藻，啓牖蓬心。

臣於風雨廬中，齋心繙閱。見皇上勑幾康以自凜，敬天倍嚴；率訓典以攸行，法祖逾謹。問安視膳，益盡禮於慈寧；暑雨祁寒，愈關心於民瘼。戒協恭，而百僚齋肅，襄贊日嚴；纘武功，而西域蕩平，幅隕無外。即時而對景詠物，憑境興懷，無非光風霽月之淵衷，魚躍鳶飛之化理。繼《初集》而莊誦，譬諸日月，終古常見，而終古常新。洵如宋臣吕祖謙所云『綜以元氣之機軸，斲以陰陽之斧斤，濯以江漢之波瀾，掞以雲漢之黼黻』者。聖人之文，從容中道，造化從心。豈惟校量格律，超軼漢唐，爲《風》《騷》之極則也哉？

臣以詩受知，邀寵逾分，前者倣《卷阿》之矢音，效《柏梁》之聯句，嘗窺嵩華之崇高，每嘆滄溟之浩瀚。因得去闇就明，漸開知識。林居數年，無所準則，恐明者復闇，知識仍蒙。兹得恭讀《御詩二集》，如侍金坡，恍承天語。益信皇上兼四庫、七略之學，擅風發泉流之筆，而一歸於克艱厥后之心極。藝苑之文人才士，有仰鑽而彌見爲高堅者也！宜即宣付鉛槧，爲九宇模楷，爲千古折衷。臣以望九餘年，得隨諸臣後，挂名校字之末，不勝榮幸焉！

衛文節公奏議序

宋衛文節公《後樂堂集》對策、劄、疏、書、狀凡十卷，皆關係天人君國，言人所不能言、不敢言。而其人之挺然獨立、百折不回，洵有如金石之堅貞者。而《宋史》不爲立傳，可怪也。

公於孝宗淳熙中以廷試第一人及第，歷仕孝、光、寧三朝，始終一節。方其簽判鎮東任滿，除秘書省正字，屢進讜言，《乞修省》《論人材》《振紀綱》《明賞罰》《戒偷惰》，共十餘疏，一無避忌。光宗踐祚，群小登朝，宮闈妬悍，離隔重華。公以震雷雨雹後大雪繼作，應詔上封事。謂陽氣方升而陰制之，有臣欺君，妻淩夫，外國謀中國，小人害君子之象。前後又十餘疏，光宗概不之省。寧宗朝，韓侂胄柄政，公斥居於外，不調者十年。當是時，羣小蛾集。程松納妾求知，魯宜貢子授職，陳自强因塾師而躋次相，趙師羼以鳴吠而得美官。蘇師旦，贓吏也，而冒受節鉞。周筠，隸卒也，而妄任戎鈐。内無根本之圖，漫興北伐之議。公時已召還，上陳故事，謂：『金人大讐，必當復。然將不先擇，兵不素練，恐輕舉妄動，必致喪師辱國。侂胄可斬。』絫絫數千言。使寧宗早從其諫，安内禦外，何至皇甫斌敗於唐州，秦世輔潰於城固，郭倪圍於宿州，血流淮甸，軍殲乘陽，而後斬蘇師旦，逐陳自强，函侂胄之首，以謝金人耶？此千百年後，手公奏牘，猶抑塞憤懣而不平者也！

且公所嫉惡者姦佞，所表揚者正人。前此，侂胄以朱子爲僞學，斥逐於外，至是，公奏請召還，而朱子已卒。復移檄刊刻經書傳註，以垂永久。又奏請張子南軒，又奏舉真子西山爲廉吏，此其好惡之正，深有得於正心誠意之學者，而非徒以戇直自鳴，附於汲黯之遺風者已。

按宋南渡以後，廷對第一人，其策之可傳者，前有王龜齡十朋，後有文信國天祥。公之對策，於治亂安危之故，如燭照數計，不媿二公。況其一生文行，如此焯焯，而《宋史》逸之，人謂《宋史》太詳，吾謂詳者煩文、略者節目也，豈非秉筆者之羞哉？

公文共五十卷，刻於有元，年久散佚十四。世孫楫搜輯放失，共得十卷，屬予序之，餘尚有待搜輯。公名涇，字清叔，華亭人，後遷崑山。官資政殿學士，封吴郡開國伯，謚文莭，追封秦國公。堂名後樂，志范文正公之志，所以想見其生平云。

《重刻黄陶菴先生全集》序

從來君子立言，貴乎言與行合。未可徒工於言，秖自命爲文人也。盖其發之乎言者，一本平平日讀書窮理之功。初不必艱深其旨，塗澤其辭，而析天人、明倫紀，和平通達之中，使人可愛可敬，而知爲正人君子。故際時之常，則輔君澤民，而兼善天下；遭時之變，則致命遂志，而不惜一身。宋之文山文公，明之正學方公，讀其書，即可知爲志士仁人也。乃堪與二公爭光日月者，斷推陶菴黄先生。

先生接濂洛薪傳，羽翼經傳，辨晰史書。凡於人材邪正、政事得失，一本至公之心。嘗著《吾師録》以律身，作《自監録》以省過。觀其《上王登水》《答柴集勳書》，而知心性之學。觀其科舉《論君道吏治策》，而知經濟之学。至其立身授命之大節，见於《寄弟偉恭書》，云：『人不为数千年一人，而必欲为三年一人。殊不可觧。』何其見之高也！见於《荅侯雲俱兄弟書》，云：『身無濟世安民之才，亦無全軀保妻子之志，當養晦十年，至舍我其誰而後出。』何其養之純也！至見之韻語者，如《寄弟詩》《野人歎》《井中心史》諸什，皆一一以忠義哀傷自許。故一聞國破君亡，而從容赴義，如飢渴之赴飲食，寒暑之服裘葛也。斯豈計無復之？慷慨決命於一時者，可等量而並觀也哉？

或者謂先生境地，視文、方二公異。文公身執朝綱，方公位爲文學博士。先生未食升斗之禄，蹈海入山。保全軀命，誰復議其非者？不知先生於進退出處之幾，禍福死生之介，素有定識。使生當開國之初，自能以文章黼黻皇猷，與詹同文、宋景濂諸公，爲一代典型。生當熹廟之際，自能直諫盡忠，與東林六君子填尸犴狴。乃運丁陽九，通籍雖遲，業已觧褐，即凛君臣之義。集中所謂出身之士，猶許嫁之女，殉節，其分者。安肯隱忍苟完，讓楊維斗、劉公旦諸先生含笑地下耶？

先生遺集，綴輯於陸翼王、侯研德兩先生，兹因舊版漫漶，且漏略尚多，陶廣文澹泉與寶山同學諸生，廣爲搜討，補其未備，細加編次。並偉恭先生詩，鳩工重刊，以慰天下愿見之思，属予爲序。嗚呼！先生忠義大節，不待文而傳。然有文，而世知先生所行，皆先生所言，儒者讀書窮理，固非虛語。而先生之忠義大節，益彰明於天壤。況當兵燹劫灰之後，又歷百二十年，而先生詩文盡出，知造物之於志士仁人，其苦心有不可泯没者矣！

高文良公詩序

天壤間，詩家不一。諧協聲律，穩稱體勢，綴飾辭華，皆詩也。然求工於詩，而無關輕重，則其詩可以不作。惟夫篤於性情，高乎學識，而後寫其中之所欲言，於以厚人倫、明得失、昭法戒，若一言出，而實可措諸家國天下之間，則其言不虚立，而其人不得第以詩人目之。

吾師高文良公，以從龍世胄，胚胎前光，少歲即以傳人自命。既成進士，入館選，乞假讀書，鍵户不出者，數餘年。凡天人之介、理亂之幾、人品之邪正、政治之純駁，與夫地利之夷險廣隘，一一了然於中。而因以其餘事發而爲詩，故其詩卓然見重於天下。今取其集披覽之，天王明聖之思，時時見於言中言外矣。至於遇行役，則興《陟屺》望母之思；處羈旅，則動《葛生》蘞蔓之想，公之敦篤於人倫然也。過古北口，則咎守邊之無術；過碧雲寺，覽薊州新城，則罪司禮監之秉成。蓋深有戒於前明之亡，由於邊備之懈弛，與宦豎之連結，而我朝之重武備、輕寺人，實可爲萬世法者。而《望雪山》一篇，閔蜀人之脆弱，料苗民之姦頑，於刀州刺史之生事三致意焉。誠以守在四夷，順之則治，擾之則棼，事勢之得失，有燭照數計於幾先者。生平之詩，皆有爲而作。即至小小詠懷，如感春而思，遇秋而悲，亦皆和平温厚，而不徒爲風雲月露之辭。此豈求工於語言文字間者，所可相提而並論也耶？

公撫吴凡三載，時潛爲諸生，辱公文字知。又嘗奉詔薦揚於朝。歲戊午，與公少子書勳，同舉於鄉。通門之中，有齊年誼焉。則夫公没而序公遺詩，烏得以不文辭也？因舉公詩之言不虚立者，著之卷末。俾得挂名於其中，以志生平仰鑽之意。至公之屢任制軍，政尚廉静，袪害櫛蠧，外不矜赫赫名，而吏民相安無事，所至如和風拂人，此公生平根本節目之大者，國史應備載，兹不及書。

汪退谷先生詩文集序

國朝以來，吾吴以詩文重者，推汪堯峰先生。蓋先生之文，原本六經，而又流衍於《史》《漢》八家。其爲詩，濬發性靈，不染公安、竟陵之習，羣稱正宗。一時從遊之盛，比於鄭衆、摯恂，若非堯峰不學也。然得其指授，卓然不隨流俗者，不在門弟子，而在猶子退谷先生。

先生科名，冠丁丑禮闈。制義之醇而能肆，久矣流播藝林矣。先生八法，鎔鑄晉、唐、宋、元之長，一時圖牒碑版，幾於照耀四裔矣。而古文與詩，當世付之想象間。間有從墨寶中披讀者，比之嘗鼎一臠、食雞一蹠，未窺全體也。歲戊辰，令嗣州牧君幼襄鏤詩文遺稿若干卷，既成，以書郵寄，乞序。發而讀之，不必規規焉求似堯峰，而舍其枝葉、會其本原，歎爲無弗宛合以合者，在學術、在神理，而不在面目也。

予嘗觀近日詩文之弊，一在求同古人，一在求異古人。求同者，循畬軌、傳聲色，如優孟之擬孫叔，胡寬之營新豐。又其甚者，等於嬰兒學語，惟思弗類，而己之真性不存，此襲焉而失者也。求異者，徵引拗僻，造作梗澀，句讀不分，聲律不諧，窮其伎倆，求爲樊紹述、盧仝、馬異、劉叉諸人而止，〔一〕此矯焉而復失者也。先生原本經史，而一抒中心所欲言，既不循枝條以相沿，復不偭規矩以改錯。文則切理厭心，詩則感物吟志。緬其根柢之深厚，波瀾結構之老成，遣辭琢句之自然。準之堯峰，有同歸於因事立言、因人見道者已。獨是堯峰於入詞館後，即乞身歸里，凡所述作，半歸山林。而先生則待講幄、注起居，一時朝家大著作，每須斧藻。昌黎所云『鋪張對天之鴻休，揚厲無前之偉績』者，先生定以當之。此又堯峰所無，而先生所獨有者也。

子思子不云乎『昔我有先正，其言明且清』，先生固同里之先正也。表章前哲，端在後學。因謹序，以應州牧君之請，且以告世之讀先生詩文者，於求同求異兩家外遇之，庶足以見先生之真也夫！

校記

〔一〕『止』字模糊，八十七卷本《歸愚集》作『止』。

大冢宰甘公《遜齋集》序

唐代以文章名者，推張燕公説、蘇許公頲，爲大手筆。後如崔文貞祐甫、陸宣公贄、權文公德興、李衛公德裕諸公，並以著述顯名。當代不知之。數人之見重於文苑者，由盛德大業發而爲文，故其文足以光昭日月，人無異辭。若第曰文焉而已，彼王、揚、盧、駱之徒，誰非能文？而其文不得與燕、許以下諸公並埒。知文之所重，惟其人，而不惟其辭也。

吾師大冢宰甘公，其以德業爲文者歟？公起家江右，以名進士作宰。旋晉銓曹，守邊郡，擢監司，外畀封疆，内陟卿貳。未幾即授中樞，簡任冢宰。綜前後計之，不二十年。人第重公得君之專、位望之高、勳伐之盛，爲當代鉅人。而抑知公之所由然者，本於《同人》之中正，《大有》之剛健，《洪範》之攸好德而然。則德業並隆，固爲熙朝所罕儷者也。

且夫爲大臣者，豈必藉文辭見稱於天下哉？然源深者流長，根植者枝茂。讀公奏疏劄摺，則經國保邦之功備焉。讀公條列告諭，則化民成俗之機裕焉。論議以闡道理之正，策問以籌濟時之方，其他箴、銘、記、序、傳、贊、碑、版，皆有關於學問之深醇、心術之純粹，與夫人品事功之可大可久。即至作賦詠歌，皆炳焉與古人同風，而不止見長於體物瀏亮、緣情綺靡之列。初不必規規焉求同於燕許以下諸公，而理足體高、辭文旨遠，實有異代同符者。此豈雕文纂組、從事於聲華格律之間者，所能等量而齊觀也耶？

己未春闈，濳出公之門，拜公邸寓，諄切勸教於立身、行己、事君、出政諸大端。語不必繁，而理足義該，令聞者發蒙振聵。方幸登龍門、侍杖屨，儕於荀爽之徒，而哲人遽亡，仰傚安從？天下惋惜公之未竟其用。嗚呼！其亦可慨也已。

歲己巳，長君主政、君出公遺集見示，命潛草序。潛之不文，烏足序公之集？然既得大賢而師之，因得援門人序師文之例，如李漢之序昌黎文，挂名簡末，有遺榮焉。且使天下讀公集者，如與燕、許以下諸公揖讓泳游，知古今同軌者，不惟其辭，而惟其人也。謹序。

李客山遺詩序

李子客山，年二十餘，即偕予遊橫山葉先生門，爲詩友。時論詩者，家石湖而户放翁。擣撦庸瑣，并爲一談。而客山篤信師説，於古體追橅魏晉；於今體追橅唐人。有怪而訕笑之者，弗顧也，後遂守是以終其身。客山喜結納，年甚少，而交與皆老蒼，如方望子文、先遷夫著、冷秋江士嵋，皆先朝遺老，客山與之上下其議論，故見聞越衆。既遨遊淮陽，交日廣、學日富，詩格亦日高。客山之名見重於大江南北間，視與予初結詩課時，顯晦若兩人。然客山明義利之辨，不苟取。大理李公任鹺政，延入幕，司文章事。見其謹慎守貧，欲共商鹽筴，力辭之。後大理罹禍，客多及難，客山超然。然自是家益貧，清節益勵，賣文錢外，豪毛弗受也。老境嘗坐破窻風雨間，點筆起草。家人以無米告，浩歌自若，弗應。時先後當道，訪求鴻博高隱之士，屢欲薦揚，而客山上書堅却，聞者益重其爲人。丁卯春，予乞假歸，偕客山拜橫山先生神位。時橫山門下士尚存九人，共六百四十九歲，傳爲美談。方意重結詩課，繼續曩遊，以存師門風雅之一綫。乃時序未幾，漸歸零落，而客山亦遂成古人矣！

朱子適庭，從學客山者也。欲不死其師，出詩若干卷，屬予稍加去取，鐫而存之。先是有文若干卷，陸闇亭太守已付之梓，此客山所及見者。詩文傳，而客山可以無憾。集名《詠歸》，得『吾與點也』之趣，知客山生平，嘗在春風沂水間也。

方東華《勺湖集》序

吾友方子東華，十歲餘失明，凡六七年復明。年將冠矣，考九谷先生不授以制舉業，俾讀周秦以來諸書，唐以後不與。詩自《風》《騷》後，漢魏至盛唐，時吟誦，元和以後亦不與。故所成詩文，無一切纖佻柔靡之習，而於詩學尤深。

性愛閑靜，嗜山水。無事坐勺湖之楮蔭軒中，有得，形諸翰簡。良友至，邀清談賦詩，輒終日。軒中寂不聞聲，如無人。及出遊，近自金陵、江淮，遠至皖城、豫章、廣南。遇佳山水，必探奇抉奥，至猿狖不到處，乃還。詩成，得江山面目，并得江山性靈，成一家言。難兄蓂朔，雄於詩，以疎快勝；東華以深遠古淡勝，時稱『吴中二方』，亦稱『廣南二方』，以籍本廣南也。四方詩人來吴者，每詣方氏定交，方氏每爲東道主。蓂朔常回廣南，或留都下，以故，東華結納尤多，詩名尤遠播，並推唐音。

前此三四十年，遠近競尚宋詩，見讀唐人詩者，輒笑之。時吴下不染宋習者，惟許武平竹素及東華。竹素遍閲唐宋詩，斷斷焉嚴分界限。東華胸中、目中，本無宋人詩，故未嘗嚴分界限，而所占自高。兩人皆不隨流俗者，藝林交重之。

東華没，距今二十餘年。家漸零落，集未付鐫。同人恐其散軼也，謀爲鐫之，屬余芟薙。詩爲主，文亦附焉，東華之性情、學問見矣。至生平孝母氏、重然諾、輕財利，備見《李處士客山傳》中，讀者如遇其爲人。

薛一瓢詩序

王光庵賔，在明初以道自守。太守姚善欲薦之，徉狂以免。善造其廬，光庵遥謂曰：『勿驚我母！』遂踰垣出，後養母以終其身。是光庵固隱人也，亦孝子也。而餘事長於詩，人以詩人目之。又逃於醫，人以醫人目之，失光庵之真矣！

吾友薛子一瓢，遊於横山葉先生之門，自少已工於詩。既長，託於醫，得食以養其二人。後母氏年既高，昕夕侍養。有司欲薦之出，不應。是一瓢隱居，與光庵同；養親與光庵同；能詩，而以醫自晦與光庵同。而工八法、鮮繪事，至馳騁於騎射刀稍之間，又有能光庵之所不能者。則以詩概其生平且不可，況於醫乎？顧吴中人士，與一瓢言詩者獨多，一瓢詩亦日富。其門下士傳寫卷軸，屬予論定。發而讀之，綺麗者，本飛卿；鎸鑱荒幻者，本昌谷；平易者，本樂天、東坡。而最上者，幾欲闖入盛唐閫奥。是一瓢之生平，難以一端概者。一瓢之詩，亦難以一端盡之。則一瓢，固今人中之光庵也。

予嘗讀《晉史·王羲之傳》，其深識博學、奇謀偉節，直與蔡謨、温嶠相埒。而今之無識者若逸少，於書學之外，別無所長。假令處逸少於今，應必自悔其以書學擅名者也。讀一瓢詩者，勿使一瓢自悔其能詩，則知其詩，即知其人，並可以知光庵之詩與人也夫！

張畏廬詩序

前明布衣孫一元太初，秦人也，寓杭之南屏山，以詩自高。許給諫召，供鶴粮田。顧尚書璘入杭，欲交太初，太初避之深，後終以得交爲快。費文憲宏自宰相歸，過訪，太初晝卧，故不起。既相見，不作一寒暄語。文憲語人曰：『我一生未嘗見此人！』藝苑至今爲美談。

布衣張子畏廬，本閩人，考宦於浙，退休後流寓爲浙人，居候潮門之郊。清門零落，畦蔬遶舍，旁無四鄰，望而知爲隱人居也。喜爲詩，有得，浩然長吟。家人以無米告，曰：『先生方覓奇警句，毋以此不急務擾人』。麾之去，歌吟自若，人以是服其高。然時無許給諫其人，而所與遊者，皆後門寒素之士，往往三旬九食。而顧尚書之定交、費文憲之造廬，尤絶迹焉。宜姓名不出閭巷，而忽忽焉寂莫，以幾於老也。然士果避榮就潔，澄心好古，即世無許給諫諸人，而太初之可重者自在。則太初不因許給諫諸人重，給諫諸人，得交太初，乃增重耳！畏廬益固其窮，以昌其詩焉，可也。

畏廬窮日甚，而發於詩者，獨無感憤頹放之辭。春風同和，山泉比清，其所養，有獨深者焉，并非若貧賤驕人，如太初之於尚書、文憲比也。畏廬自此遠矣。

《白石山房初集》序

司馬子長云：『好學深思，心知其意。』千古論文要語不越乎此矣！蓋好學，則能網羅前古之載籍；深思，則能折衷載籍之精蘊。自古以來，作者皆然。每慨近代作文者，胸無據依，徒藉口於『羌無故實』之説，此淺陋之甚者也！其有蒐討典實於天人上下、倫常日用、名物象數之類，能積少以漸至於多，幾無忝好學之名矣。然於前人之相沿繆誤，各持一説，而無有定論者，依回兩可，而莫能别黑白，以定一尊，是猶思之未深，究非可語作者之林也。

含山王子令樾，素以古文名。前予匏繫京師，葉太史書山、蔡國子芳三，每會合，輒稱令樾古文，予藏諸胸中久。而其文未出，常付諸想象間。今復來京師，令樾出《白石山房初集》見示。披覽久之，至於浹旬，信二君子之相賞爲不虚。而予之重令樾，又有出於相賞之外者。書山云：

『讀令梃文，如與賈、王、馬、鄭揖讓，泳游於其間。』芳三謂：『持令梃文，雜之《論衡》《中說》《史通》中，似有莫能分辨者。』其說固然。予則讀其《考辨》《論說》諸篇，見其送一難，必能破前人之疑，發一論，必能中前人之的，有從古駁雜無實、未嘗指摘者，一經訂正，而其義確不可易。而其確不可易者，又人人意中共以爲然，初不外六經諸史中，而前此無人見及者也。視劉知幾之非《史記》，鄭漁仲之譏《漢書》，徒逞陵轢，而不要諸中正者，固有間矣。非好學而加以深思，烏能心知其意乃爾耶？

抑予觀令梃與友人書，其意深不自滿，期同志之攻其失、補其闕，若不造乎極不止者。夫好學深思，子長之言也。虛心順理，朱子之言也。因其虛心順理，而予以攸助之功，書山、芳三尚有不得辭其責矣。他日，二集告成，遠道郵寄，必有進而益上者。予更爲序其卷端。

王直夫詩序

前明閩中詩派，國初開於林子羽鴻。時高彦恢棅、王安中恭、王孟揚偁、藍靜之仁、藍明之智，共相羽翼。其音安和温順，步趨唐人。後曹能始學佺、徐惟和熥，起而紹承之，别於時下鄙體、野體，而『鯨魚碧海』『巨刃摩天』之概未敢以之自任焉。中間惟鄭繼之善夫欲别開面目。然學杜而秖得其皮毛，蓋志趣有餘，神理不足。論閩中詩者，不能無待於繼起之人也。

王子直夫以詩鳴於漳浦之間，不背前人，不摹前人。脱口而出，滂濞鴻肆。凡天下事理物情之所有者，一一見之於詩。蓋其本乎姿性之高明以爲其質，探乎典册之博奥以老其學，歷乎境遇之常變以堅其識，而後以無所不足之才，達其中之所不能不言。大可籠萬有，小可析毫末。金銀鉛銅，鎔之，皆成器也；正聲么絃，調之，皆成樂也。昔人以白樂天詩、蘇子瞻文爲能説盡古今道理，雖有語病，不害爲大家。直夫之詩，亦若是焉而已。

直夫困於場屋，不遇。垂老，以教習敘勞，宰金山。梗直，去官。其窘窮寒餓，幾與少陵之拾橡栗、斸黄精相似。讀其《述懷》《七哀》《有會而作》等篇，君子傷之。不知天之嗇其遇，正以昌其詩。而世之履豐處盛，享庸庸之福，以終其身者，必不能與直夫爭可久之名，可知也！

直夫將歸閩中，作序遺之，見子羽、善夫諸人而後，别有詩之一途。即不敢謂直夫之詩必勝於子羽、善夫兩家，然兩家而後，拔戟自成一隊者，直夫足以當之矣！直夫行矣，風雨南征，歸途萬里。老年著述，所造彌高。子雲而後，勿患無知子雲者！

王侍御詩文集序

蔣司馬誦先刻《王次山侍御詩文遺集》，既成，問序於予。予觀朱子序《王梅溪集》，大意謂人秉陽剛之德者，君子也；秉陰柔之氣者，小人也。惟陽剛，故光明正大，如青天白日然；惟陰柔，故依阿澳涊，如鬼蜮狐蠱然。而其人發而爲文，亦無弗肖之。予藏之於中久，求立言之本乎陽剛者，實難其人，乃今於次山先生詩文遇之。

先生以名進士入辭館，改官侍御。遇事敢言，而於分别邪正之際，尤能磊磊落落，不避嫌怨。時有氣燄，芒刃嶽嶽，如五鹿充宗者，不難直折其角。以故，天下想望之。傳其彈文，重其姓名，比於朝陽之鳴鳳。而先生以居憂歸，遂卧病不復出矣。生平無所嗜好，喜爲文。脱口而出，不鬥奇、不逞博，并不矜道學名。秖抒寫其胸中所欲言，期於理明辭達而止。而鬥奇逞博，與夫矜道學名者，轉不能及。而奏議之凛然凝霜者，皆出於忠愛之忱，而非有所勉强而爲者也。詩筆清遠條暢，絶不依傍前人、步趨名人，而骨格開張，屏去雕飾，一如其文之理明辭達，而初無暖暖姝姝之態。蓋其賦於天者，純乎陽剛之德，而陰柔之氣不使稍入而中之。宜其流露於言者，皆光明正大，一如朱子之稱許乎梅溪者也。

昔梅溪在高、孝兩朝，論史浩八罪，又論史正志及韓仲通、俞良弼諸人。天下重其諫諍，因重其詩文。今讀次山先生詩文者，亦俱以直諫重之。而蔣司馬之不忘死友，刻其遺集，尤見其秉彛攸好，欲使光明正大之言不隨身没而俱忘也，其氣誼爲可感也夫！

錢少司寇續集序

乾隆辛未歲，少司寇錢先生鐫《香樹齋詩》十八卷進呈。上覽集中《夜紡授經圖》，題一斷句以賜，褒母德，嘉子孝，不止美詩格之高也。藝林重之，海宇傳之，共推標準圭臬矣。

今將刊其壬申以後詩爲續集，凡四卷。潛伏而誦之，知前集中半屬應制賡和、持節四方、登臨懷古諸作，而續集所編，多歸里燕居詩也。

先生於壬申秋因疾請假，天子賦詩餞送。舟行山左，中心戀闕，用古人韵，成詩以獻。九重嘉獎，亦仍元韵賜之。明良一德，古今罕遘。到家閑適，諸所詠吟，猶是林園養痾、寄興泉石，與夫友生會合，話桑麻、課晴雨之作。而隨所感觸，永懷君恩，時時流露於載賡舒文之表。蓋由忠愛悱惻，原於性生，有不啻飢食渴飲之不知其然而然者也。

潛憶始官中朝，時隨先生步趨，惟恐或失。天子時命賡韵矢音，承恩優渥，亦得厠先生後。今退歸六十年，雖間亦賦物寫情，睠懷主德，時深玉堂天上之感。然才力薄弱，止如候蟲之鳴，非復清廟明堂之響。讀先生詩，有爽然自失者已！

先生天才踔越，根柢深厚。醞釀古人，而自開面目。序前集，諸公備論之，不更陳也。且先生蹔假歸里，當宁虛席以待他時孜孜日贊、出其餘力，以闡揚功德，應有與二雅三頌相表裏者。

潛雖耄老，猶能操筆以序之。

《芀莊詩》序

江山與詩人相爲對待者也。江山不遇詩人，則巉巖崙淪，天地縱與以壯觀，終莫能昭著於天下古今人之心目；詩人不遇江山，雖有靈秀之心、俊偉之筆，而孑然獨處，寂無見聞，何由激發心胸，一吐其堆阜灝瀚之氣？惟兩相待、兩相遇，斯人心之奇，際乎宇内之奇；而文辭之奇，得以流傳於簡墨。

張子今涪，平湖之詩人也。生平喜遊覽，其所到處皆極人世險峻奥邃之區。若天欲使之爲詩人，故一一遣其經歷者，而張子果一一見之於詩。今取《芀莊詩》五卷讀之，自嘉禾過滁陽、入秦中，由秦中返嘉禾；經西江，度嶺之廣南；既辭廣南，之八閩，往來閩浙間，後復之京師。江河名山，閱歷幾偏。中如秦、漢、唐故都之雄壯，函谷、潼關之峻隘，王文成之戰功，張始興之開闢，趙佗、無諸之割據，與夫夏后之明德及遠，皇朝宫闕之巍峨鉅麗，胥憑弔而眺覽焉。而其間主賓之酬接，風土物産之因地異宜，骨肉友朋之變遷得喪，皆因類相及，而一以有韻語發之。此固江山與人，相待而成者也，即欲詩之不工不可得已。

余嘗觀古人詩得江山之助者，詩之品格每肖其所處之地。永嘉山水明秀，謝康樂詩肖之；

夔州山水險絶，杜少陵詩肖之；永州山水幽峭，柳儀曹詩肖之，彼專於其地故也。乃今涪於五六年間歷秦、粤、閩諸地，而所成之詩，各肖所處之境，是豈遷於其地，弗能爲良者耶？抑余聞古稱天險，揚一益二。揚州名勝已遊歷矣，若益州之勝，山則劍門、夔巫，水則巴江、灩澦，人物則諸葛忠武、杜子美、蘇子瞻諸人，皆堪登臨而尚論者。今涪倘裹糧往遊，發而成詩，必更有補從前之未逮者也。

李修子詩序

修子李生，少孤，失學。年弱冠，始從事讀書。久之，遊吾門，視其貌若拙訥無能者，同學之士或輕之。既而扣其所得，於六經根柢之學，原原本本。發而爲詞，亦有條貫。游吾門者，莫或過焉。衆始服，而李生退然處其下，其拙訥無異於平時。於此知其所得深，所養亦厚也。暇日，學爲詩歌。每一篇出，詞氣蒼健，能屈滿坐，衆因是目之爲詩人。

客有謂李生曰：『昔柳子謂詩與文二道，文則辭令褒貶，本於《易》《春秋》；詩則導揚諷諭，本於《詩三百篇》。考其旨義，乖離不合。子欲工詩，於前所求《易》《春秋》之旨，將離而去之矣。』

愚謂不然，《詩三百篇》與諸經相貫通者也。論其體裁，《易》《書》《禮》中，時多韵語。而要其大旨，《詩》取勸懲，《春秋》所以昭勸懲也；《詩》考盛衰、鑑得失，而盛衰得失莫專於《書》也；雅歌於朝，頌奏於廟，禮樂具備，而禮樂之精華，於《三禮》爲總也。『天載』言天，『秉彝』言性，『有覺』言德，而言天、言性、言德，於《周易》尤詳且悉也。由是言之，學者不能窮經耳，能窮經，詩學深矣。彼柳子岐而二之，亦辭章之説，則然而豈通論哉？李生毋違吾言！不以少得自安，不以眾譽自嘉。功日專，心日虚，拙訥無能日甚。於六經根柢之學，優而柔之，饜而飫之。不必求工於詩，而詩之成可必也。若夫嘲風雪、玩花草，留意於光景詞句之間，此世人所謂詩而已矣。

愚年老矣，殖業未純，不能爲識途之馬。今李生詩學日進，予可竢其有成。既慶吾門之有詩人，且以示同學詩者，勿棄本根而獵浮華也。

《練江詩鈔》序

通門友王君桐岡，以名進士宰古歙。既已政平人浹矣，乃欲表章人文，蒐羅遺籍，得程子采山《練江詩鈔》，欲梓以問世。郵寄十五卷來吴，屬爲序。發函讀之，知采山之詩，富而且工，非猶世之取青儷白，爭長於一句一篇之間者也。

夫詩之爲道，古今作者不一。予獨有取於司空表聖所云『俯拾即是，不取諸鄰』，『與道俱往，著手成春』者，盖其説以自然爲宗。而皮襲美自序其《松陵集》又云：『穿穴險固，破碎陣敵，卒造平淡而後已。』是兩家者，皆有懲於形模沿襲之弊而發焉者也。譬諸善遊者，休乎天鈞，逢泉便漱，遇石即坐。而及其探幽造微，則雖荒幻瓌奇之區，亦爲屐齒所必到。夫然後，足以盡山水之奇變焉。

明代前後七子，號稱復古。其後，形模者衆，漸失自然之趣。而沿襲之弊，遂至陳陳相因。由是，徐、袁、鍾、譚，紛然矯枉，詩道乃不復振，甚矣。

詩貴以自然爲宗，以奇變爲用也。采山之爲詩，隨所感觸而暢所欲言，絶無形模之迹。即讕辭長語，嬉笑涕洟，衝口信筆，靡不入其鑪錘。而命意之新、造句之别，自覺唾棄一切，直不欲沿襲前人片語。蓋其中固有自然者存，而足以盡乎詩家之變者歟。

抑采山生長歙州，遊蹤所至，幾遍大江南北，及楚越東魯諸區。而所登覽不倦者，黄山也，故集中題詠，亦最多。夫黄山靈怪，甲於海内，然宋元以前，津逮者絶少。暨前明開鑿以後，遊者莫不愕眙駭歎，謂山川之變，盡洩於是，而不知皆天地自然之氣之所融結也。假令談詩者不能由自然以進乎奇變之域，而徒形模沿襲之是，尚何異遊山者但空慕五嶽之爲尊，遂疑目前之一泉一石爲不足遊，而天都白嶽之列於名山者，又以荒幻瓌奇而不可遊，是烏得爲善遊者哉？知此意者，可與讀采山之詩也已。

采山生平篤孝友、睦宗族，周人緩急，解推恐後。與人交，有終始。故四方名流，咸訂縞紵交。其學殖浩衍，嘗欲讀人間未見書。知采山詩外大有事在，宜桐岡重其人，愈重其詩，欲使之傳世而行遠也。子笙友、管庭，能繼父志，稱克家子。

陳大山《哭子詩》序

陳子大山，生令子俊邁少對，五歲嗜書卷，見客揖讓應對，舉舉如成人禮。未幾而殤，大山哭之慟，因悼以詩十二章。同人慰之，皆有詩。既成帙，而大山之哀未茚也。

客有欲風大山者，謂天下之物，皆自無而有。當其無，非我物也。當其有，暫爲我物也。及自有而無，又仍非我物也。陳子應作如是觀。

予曰：此浮屠氏説。可施之一切嗜好戲弄之物，而不可語於父子天性之愛者也。唐元微之、白樂天，並成《哭子詩》。二人自謂學道者也，然於鐘鳴、上學、鞭朴、愛憐，以及錦綳繨褓之微，一一見之於辭。至欲歸之空門，而不能自休。情之所鍾，有無容強抑者。宜大山之涕泣顛頞，而不知逾茚也。

然吾聞延陵季子之喪其子也，三號而行，君子謂之不及情；子夏之喪其子也，至於喪明，君子謂之過情。毋乃有斟酌而得其中者乎？蓋情而能以義裁之，吾知爲人父者之哀，有不勸而自節者也。

適大山屬序其詩，遂以其語書諸端。

家冠雲文集序

前明文章，自宋潛溪以下，如方正學、李空同、王文成、唐荆川、王鳳洲諸家，其學問才情，俱可籠蓋一切。而震川歸氏，以樸學與乎其間，若難與之抗衡者。乃錢蒙叟論定一代之文，獨尊震川。非以其本乎經、合乎道，不惟其華，而惟其實歟？

家冠雲徵士，少歲喜詞章之學。籍學官後，即究窮六經，取漢、魏、晉、唐、宋諸氏之傳注箋疏，一一審同辨異，求真是而得諸心，未嘗以爲作文之資也。即有所作，亦不務魁奇之觀、藻采之飾，以炫衆人之目也。然當其陳説古今，自禮典樂律，以及農田、學校、兵刑諸大端，皆能條貫群經，要歸至當。而闡發《三禮》諸義，尤屢飫我心。他如碑、版、傳、志、記、序等作，亦俱清淳有法，非苟爲溢美酬應之辭者。

夫食有粱肉，不如鳳麟之脯也；衣有裘帛，不如火浣之布也。然以之暖身充腹，每在日用所需，而不在人世希有之物。何世之論文者，偏欲待麟鳳以救饑，待火浣以禦寒也耶？讀冠雲之文，可爽然自失矣。

余與冠雲，往還久。見其天爵自修，平情厚志。屢試場屋，不遇。薦博學宏詞，因抱病，又不遇。校勘《一統志》，議敘，幾遇矣，粗官不稱，辭而歸。歸益閉户著書，恬然怡然，此其人豈以榮禄名位爲重輕者耶？宜其平生好爲樸學。所著文，澹而彌旨，儕於震川也。冠雲舊有堂，名之曰果，自謂志在秋實。今即以名其集，蓋亦表斯義云。

張無夜詩序

黄鵠一舉，見山川之紆曲；再舉，見天地之方員。惟所處者高，故所見者遠也。詩道何獨不然？置身高處，豁開正眼，於源流升降之故，瞭然胸中，斯無随波逐流之弊。若拘守卑論，以爲詩道在斯，無逾我説，猶鷃鶉、斥鷃，巢於枳棘，即以枳棘爲山川，并即以枳棘爲天地，其亦可嗤也已！

西泠張子無夜，詩教中再舉之黄鵠也。其論詩，漢魏以下，以盛唐爲宗。李、杜、高、岑、王、李諸公外，惟夢得、樂天、牧之、義山，可稱輔翊。而宋元之纖薄，不許焉。明代諸家，獨以大復、獻吉、茂秦、元美爲能竊攀盛唐。而諸家之入主出奴者，概迸焉。詩中之紆曲方員，既一一見之矣，故發而爲詩，或慷慨吐臆，或沉結含悽。短韵長言，俱遵正軌。準之平日論詩，無弗脗合。蓋得所宗，而變化出之。所謂『惟其有之，是以似之』者也。

前此四五十年，言詩者俱稱范、陸，求工隊仗，風格淪胥。繼又稗販韓、蘇，恢廓蹶張，意言俱盡。近更獵取《巵言》《説鈴》，一切僻澁藂雜之語，以矜新奇。若宋以前之書，不必更讀者，滔滔日下也。而無夜指歸既定，卓立不回，思挽一時之趨向，是黄鵠高舉，而欲使鷦鷯、斥鷃與之共飛也。彼蟲何知，不有笑黄鵠爲徒勞者耶？然無夜之詩品，於是獨高已！

抑又思無夜所長，不盡於詩。生平嘗注《大易》《南華》，探之象中，得之象外，微妙深遠，一空前人。此又鵬翼之九萬里而南，不止於黄鵠之一舉再舉也。

歸愚文鈔餘集卷二

《春秋繁露箋注》序

班史《董江都傳》謂：『江都之學，能說《春秋》，事得失，有《玉杯》《繁露》《清明》《竹林》之屬，數十篇，十餘萬言。』按其言，似《繁露》乃數十篇中之一。今所傳者，揔名《繁露》。而《玉杯》《清明》《竹林》之屬，括於其中。又其言精深峭刻，與《天人三策》所對，辭氣不同。於是有疑爲後儒所造，託名江都者。然綜核大義，無非尊誼崇禮、尚德緩刑，合天地中和之氣，以儆戒人主，仍然《天人三策》之旨也。至辭氣不類，亦不得以是爲疑。如《左傳》《國語》，皆左邱明所成也，而《國語》辭氣與《傳》各別，亦疑爲出兩人手乎？唯編《玉杯》等篇於《繁露》中，此義未明。然歐陽文忠所藏八十二篇，既已合而爲一，無有異辭，則亦闕其疑可矣。

獨是，自宋嘉定以迄前明，評點者真西山、劉辰翁、楊升庵、唐荆川、孫月峯、湯若士諸家，而箋注其義者未聞。於是，篇帙粗完，而大旨未析。

崇安典齋董君，江都後裔也。本公羊家學，旁及《左》《穀》，穿穴注疏，垂三十年。念《繁露》一書流傳未廣，奥質難明。佐郡餘閑，創爲箋注。採經摭傳，搜剔爬梳，一句一字，必求典切。有鮮疑釋結之勞，無疏略牴牾之失。中有無從徵信者，姑從闕如。載離寒暑，聿觀厥成。庚辰冬月，携稿見示。披而讀之，覺董子推明孔氏，抑黜百家，原天地生成之心，究帝王授受之道。則上下十二公，二百四十二年行事，十七卷，八十二篇，指歸蒙翳悉除，洞若觀火。不獨瞭然於江都著書之義，即孔子繫王於天，本天道以治人者，亦可窺尋而印合矣。乃復虚懷下詢，命予作序。

夫《中興舘閣書目》秖《繁露》十卷，紹興進十七卷本，始自董氏。今之箋注復出，自典齋後先盛業，萃於一門。董相則慈孫復存，《繁露》則功臣兩遇，非唯勸學，兼重崇先。予雖耄老，樂爲一言，應典齋之請，並爲讀是書者告，不敢與原書序跋、兩宋名流爭考證之工拙也。

重刊薛文清《讀書録》序

堯、舜、禹、湯、文、武、周公之道，得孔子而大明。周、程、張子，繼承前聖之道，得朱子而大明。朱子以後，直須躬行，不必復自著書。即其所言，亦惟體『述而不作』之遺義矣。有元許魯齋，言行一以朱子爲師，未嘗專有著書。乃由魯齋以上承朱子，并以前聖爲歸宿者，於前明則有河津薛文清公。

公少歲工詩賦，自讀濂洛關閩五子書，即棄去舊習，日從事於身心性命、有體有用之學。因横渠『心有所開』，『不思還塞』之語，讀書有得，即便劄記。積久成書，得二十三卷。有正有續，捻名《讀書録》。云從古聖賢之言，有開天明道，爲前古所未言者。有淵源紹述，闡前聖所藴涵者。自堯舜以來，言中、言欽、言精一、言安止、言天、言恒性、言純、言仁義、言誠敬、言博約、言忠恕、言致知力行、言下學上達，文清融會貫徹於一心，觸著即是左右逢原，不啻水乳之投、符莭之合也。其論性也，謂天無不善，即性無不善。荀、揚、韓子，紛紜議論者，以兩言了之。其論無極而太極也，謂無極非虚，即是天載之無聲、無臭；太極無形，即是天理之極，誠无妄。陸子與朱子爭辨不休者，以四言了之。

至其示學者立心制行，謂無欲必先寡欲，寡欲必始於慎獨，慎獨之功，寔惟謹幾。示入門之功，謂必循洒掃應對之莭，至服習既久，自可以精義入神。示事君之道，謂必本誠敬勿欺之心，至上下交孚，而後能格心定國。

言平而近，文簡而明。其内外本末，同條共貫者與！

或謂二十三卷中，多重複語，意似宜删莭。不知理之難明者，不妨申言，此堅木難攻之義也；事之易忽者，不妨屢言，此提撕警覺之義也。即文清亦自謂：『詞雖重複，亦可爲屢省之助。』則知語意之複，非漫焉贅設者已。

成化中，公之門人楊侍御廉，請頒刻於國學，俾六館士子誦習，後版就漫漶。嘉靖時，侍御張鼎重刻之，今又二百餘年矣。

吴門分支裔孫雪既建祠虎邱，以肅祀典。復重刻《全録》，使人士得共見此書。知文清公之言，一如布帛菽粟之易曉，而並若康莊大道之易行。由是誦之於口、會之於心，既熟復此書，復由此書，以上窺濂洛關閩之源。正學於此，興人材亦於此出。則公之書，語雖傳述，而其功幾同於作者也。

至公之立朝剛介，觸忤奄人，折獄平反而忘其軀，致君堯舜而無其遇，出處進退，正大光明，皆原於學殖之醇者。具見本傳中，且榕門陳大中丞序中詳言之，不論列焉。

《禮記類謀》序

更定經文，不可也；更定傳文，則無不可。自《樂史》以《儀禮》不見《漢志》爲疑，流俗惑其説，遂誤以《漢志》《禮》古經爲《戴記》，抑知高堂生所傳，后蒼、曲臺所記，五傳弟子所受，皆《儀禮》耳。至《戴記》，則前漢本不立於學官，亦不見於《藝文志》，良以《儀禮》乃爲古經，而《記》特雜出羣儒之手。孔沖遠雖稱七十子之徒，共撰所聞，然並有不出七十子者。《緇衣》成於公孫尼子，《月令》成於吕不韋，《王制》成於博士。然則《戴記》之不得並於《儀禮》，較然也。其篇第前後、章句分合，皆意爲詮次，未能有條不紊。後人爲之更定，而别爲一編，不謬於聖，而有助於經，何不可耶？

吴江袁上舍國柱，從事《戴記》有年，著書若干卷，名曰《類謀》，盖更定焉，而别爲一編者也。夫更定《戴記》者，不一矣。唐有魏徵、元行沖兩家，元有草廬之《纂言》，明有蕺山之《後定》，而朱子《經傳通解》則以《儀禮》爲經，而取《禮記》及經史有及於禮者，附其下，尤爲集禮家之大成。今上舍此書，取《戴記》，移易翦裁，與朱子同。而其異於朱子者，朱子合於《儀禮》，而上舍别於《儀禮》；朱子之目曰：家禮、鄉禮、學禮、邦國禮、王朝禮，而上舍之目曰：禮儀類、冠禮類、昏禮類、雜禮類、喪禮類、祭禮類、制度類、通論類、樂類。要其補苴排纘，部居州次，若綱在網，則無不同。殆適足輔翼朱子，而並行不悖者歟。

上舍書既成，慮有拘泥者，或以更定經文爲嫌。予因推論其著書之旨，俾承學之士，以類相求，知其不謬於聖，而有助於經也。

《禮記類編》序

六經皆載道之書，而《禮》其節目也。以之範身，而進退揖讓皆實行；以之輔政，而類禋巡狩皆實治。有《禮》則安，無《禮》則危，《禮》之繫於人，大矣。

自戰國相尋於干戈智術之中，而典册掃蕩，無復全經。洵如臨川所云『訓而發之之爲難，追而復之之爲難』者。自漢儒掇拾成編，宋儒闡明藴奥，而精微之理漸出。兩漢至宋，千有餘年，經數十賢人之疏釋、音義，而所謂『經禮三百，曲禮三千』者，湛然復明。然用以誦習則有餘，用以考索則不足。

吾兄麟洲，積畢生苦心，探索辨别，成《禮記類編》一書。先五典，次五禮，冠以通論、廣論，殿以儀節，條分縷晰，按籍可稽。班孟堅有言，婚姻之禮廢，則夫婦之道苦，而淫辟之罪多；鄉飲之禮廢，則長幼之序亂，而爭鬭之獄蕃；喪祭之禮廢，則骨肉之恩薄，而背死忘先者衆；朝聘之禮廢，則君臣之位失，而侵凌之漸起。故吉、凶、軍、賓、嘉之五禮，所以維君臣、父子、夫婦、長幼、朋友之五典者也。

是書出，而曲禮有内則之事，内則有少儀之事，分類以求，燦若列眉。五禮脩，五典維，處而進退揖讓，威儀不失，可以範身；出而類禋巡狩，典制攸明，可以輔政。安上治民，莫善於此。況疏釋本漢鄭氏，音義本唐陸氏。學者因考索，而得通精藴，其於誦習固不悖也。兼及於樂者，禮與樂相表裏也。

昔曾南豐作《禮閣新儀目録》，欲以一人之言動視聽；王臨川作《周禮義》，欲以復文、武、周公之舊。二書皆有功於世，百代傳之。是編豈多讓哉！

《周官禄田考》序

先哲有言，不通九經，不能通一經；不通一經之全，亦不能通全經之一端。余以爲，欲通全經之一端，其有明文者，即其經之明文而參考之，足矣。若無明文者，非即其旁見側出於本經，與伏匿而微有緒者，皆究窮，而例推之，且曲證之，要無自而通也。《周禮》之分田、制禄，爲其經一大端分田之事，固有明文，而制禄之事，司禄經亡，無所從考。而疑公田之不足供官禄者，數百年未息。其間豈無信其足供者？然或虚言其義，而未知其法；或略知其法，而未得其數；或得其數，而未極其數之詳，則與疑者之晦塞，夫亦何殊？

家徵士冠雲彤，平居治經，有淵源，而能四達。其撰著羣經小疏，及説經之文類，皆得聖人之精義與其大法，最爲方望谿所推重，然自於參考其明文者居多。今所爲《周官禄田考》，則究窮其旁見側出於本經，與伏匿而微有緒者，而例推曲證以得之，而周公制禄之法、數，無不畢見。蓋康成以來，註家所未及。而司禄之經，亦雖亡而不亡矣。

往歲三禮館之開，望谿嘗總其事。屢欲薦冠雲爲纂修，會冠雲以省觀歸，未果，故《周禮義疏》中無其案語。是書也出，而世之讀《義疏》者，誠並讀而審之，則於本經之禄秩，不益明且悉乎哉？

薛凡谷《易經象指》序

古人説《易》者，如焦贛、京房、管輅、郭璞之學，附會穿鑿，等於技術，此拘泥乎象者也。王弼、何晏、韓康伯之徒，其論高矣，而清言相尚，流入老莊，又不合乎聖人之道，此脱棄乎象者也。後邵子主象數，而不離乎本根；程子主義理，而不失之踈略；朱子又參邵、程二家，以成《本義》一書，易學得所指歸矣。而其爲説，謂《易》因卜筮而作，故辭必本於象數，而非聖人己意之所爲。則不滯乎象，而仍不外乎象。

且夫《易》之爲書，本以象而成也。聖人畫卦，明明因天、地、雷、風、水、火、山澤之顯然者。而畫以定焉，而卦以重焉。以順陰陽，以正人倫，以明王道，垂教萬世，而莫之或易。是論其原，則有理，而後有象；有象，而後有數。考其義，則因象以得數，因象數以窮理，知象在即理在也。奈何空陳義理者，懲納甲飛符之陋，而欲舍象求理，以入窈冥無據之途乎哉？

凡谷薛先生，萃生平學力，成《易經象指》一書，以朱子爲主，而參以程子。又博采南宋、元、明諸家之説，而衷以己所猷得。辭必本乎畫，理不外乎象，如明鏡之燭物，如布帛菽粟之可以饜飫而温暖。凡唐代以前，以虚無昬默爲宗者，舉而空之。掇其英華，有補程朱所未及言者矣。

昔有明季年，吴中結五經應社，四方名流分經講論。治《易》者，爲太倉張天如、長洲朱雲子兩先生。一時敦槃相望，傾動朝野，小人側目。至南渡馬阮當國，欲盡殺正人而後快。先生講《易》，詎出天如、雲子下？又其時治《春秋》者，爲金沙周仲馭昆季。仲馭昆季，又並遊先生之門。而先生棄官家居，韜光匿采，不與其中。亦見其静而不動，一切凶悔吝之幾，不得而中之。其於《易》道，不獨言之，而能以身行之者也。

先生没，今百餘年矣。曾孫上賓，抱遺書而守之。將命工開雕，以流行於經學昌明之會，晦於先，而光於後，理必然也。屬草序，因揭明即象見理之義。歸之上賓，以俟天下後世讀是書。〔一〕

校記

〔一〕一本後有『之人，有能尋言以觀夫象，尋象以觀夫意者。』

《書隱叢説》序

説部之書，昉於宋臨川王《世説新語》。後虞世南《北堂書鈔》、徐堅《初學記》、白居易《六帖》繼之。而宋代《太平御覽》《册府元龜》《書林韻海》諸書，部序類居，尤稱一代大觀。然自北宋以後，香有譜，花有紀，侍女小名有録，葉子格戲有書，皆瑣屑不足道。所謂『不賢者識小』，未必若是戔戔也。其後，家自爲書，莫能臚舉。惟南宋《容齋隨筆》，有關實用。逮至崑山顧寧人《日知録》，綜貫百家，上下千載，而一一斷之於心，稱爲明體達用，非《説鈴》《卮言》可比。自後，嗣音者，或寥寥焉。

吴江友人袁子漫恬，生平以讀書爲業，無他嗜好。坐鋤經樓中，風晨雨夕，凡所披覽，中有心得，偶開一疑，偶尋一間，輒反覆推詳，必窮源溯本，辨舛正謁，以歸於至當。其前人已言者汰之，其始以爲是，而後以爲非者，改之。隨時劄記，筆之於牘。共四十卷，名《書隱叢説》。未敢謂與《日知録》一書可以坐言起行，然以視夫徒慕著書之名，而或浮游而不根，勦説而鮮當者，其相懸不可以道里計矣。

憶辛亥壬子歲，予嘗預修《浙江通志》，時浙中名流咸集。所采取者，多得之説部。如《桯史》《金陀粹編》《夢溪筆談》《漁樵閒話》《四朝聞見録》之類，每能背誦枚舉，以誇多聞。予時心艷之，然諸公熟於説部，而漫恬能以讀書所得，自成叢書，以折中於一是。所謂大雅扶輪，足當通儒之目者，非漫恬，其誰屬也耶？

書隱，其齋名也。漫恬不遇於時，惟矻矻於故紙堆中，以儕於蠹書之脉。望讀其書者，亦可以悲其志已！

《外国纂略》序

《周禮·職方氏》所掌四夷、八蠻、七閩、九貉、五戎、六狄，俱入地圖。凡荆舒、萊夷、山戎、赤駒、赤狄、白狄、皐落、鮮虞之屬，皆是也。然種類雖殊，而皆雜處中國。漢代以後，漸通四海之外。歷唐、宋、元、明，土地日擴，臣服日遠。《通典》《通志》《通考》所載，與歷代史書，雖鳥言侏離，辭不能達者，亦俱備焉。

國朝聲教，無遠弗届。至無雷、出日、貫胸、重舌諸族，悉奉正朔，通職貢，多前古未聞化誨者。所謂凡有血氣，莫不尊親者，信於今日徵之。

鄜州王子載華與纂修《明史》，列於海外諸國，亦既葺而成傳矣。而國朝綏靖遠人，未及紀載。因復成《外國纂略》一書，自建置沿革、廢興之由，與山川之險阻、風氣之差殊、習俗之詭異、物產之珍奇，燦然條列，删繁就簡，削華增實，叙事之筆，史裁具焉。異於鄒衍荒唐談天之餘，更談海外者已。

且夫前代之御外國者，或棄之荒遠之外，或逞其盛氣，至窮兵黷武以誇遠略。而國朝以德柔之，以威服之，於外而不內，踈而不親之中，仍得招徠羈置之道。三代以來尠有長駕遠馭、仁育義正若此者也。而載華以事增文省之體傳之，其諸簡而有法者，與前此海外諸書，如《高麗通鑑》《安南志略》《日本東鑑》《海東諸國紀》之類，皆各自成書。然或近於稗官雜説，詳小遺大，未足與正史相表裏也，予故舍彼而取此。

《唐詩觀瀾集》序

我皇上文思之聖，加意作人。於經術經濟外，思得賡歌矢音之士，列於明廷。特命鄉會兩試，其苐二塲，易以五言八韵。海宇同風，莫不習雅頌而考聲律。一時文人才士，選本迭出。然止及近體，而樂府、古詩阙如。所謂沿其波，不探其源者也。

蓋自《三百篇》，以逮漢魏六朝，陳風典樂，代不廢詩。唐以詩取士，故有韵之語至唐極盛。樂章用以祀天祖，如《祀圜邱》《祀昊天上帝》《祭方邱》《享太廟》諸章。鐃歌用以奏愷樂，如韓吏部《元和聖德詩》、柳儀曹《鼓吹曲》，及《平淮夷雅》諸章。歌功頌德，煒煒煌煌。其餘扈從會朝，稱符獻瑞，前如陳、杜、沈、宋，後如燕、許、李、杜諸公，鳳舉龍騰，允爲一朝冠冕。

試帖，特其一體也，皇上用以取士。亦謂他日爲侍從臣相與潤色鴻業，黼黻休明，以諧和音節者，導之先路耳。豈嘗以五言八韵限哉？

晉寧李鶴峯先生，取有唐一代應制、應試之什，上自樂章，下及絶句，釐而審之，皆宏深典麗，可爲凖則者。而詠物明秀諸篇，亦得附焉。選擇之餘，詳加評論。共得二十四卷，曰《唐詩觀瀾集》。命蘇松人士之富於才者，爲之註釋。援據古典，一一確鑿。予於是服先生抉擇之精，嘉諸子搜羅之細。從此，習雅頌而考聲律者，始而誦習，繼而涵泳，久而淪浹，可以調性靈而得中和矣。譬之觀水，因波流之滔滔，識原泉之混混。溯流而尋，自得歸宿。視彼邃澗氿泉，紆徐曲折，不有規規焉自域於一隅者耶？

予嘗憾唐人選唐詩，如令狐楚之《御覽集》，奉勅纂進，而應制之作，所輯寥寥。芮挺章之《國秀集》，若李嶠、杜審言、徐彦伯、張九齡諸公，皆制作大手，亦僅録數章。今得是編，可以補前人之闕略。於以仰副聖天子樂育人材，崇尚風雅之至意。而詩學有所稟承，亦如江漢之朝宗，百川之赴海也已。

商寶意太史《畫聲集》序

大造之生物也，峙者山，流者水，紛葩者藹木，飛走者鳥獸，秀而靈者爲人，而畫家猷能肖之。方其衣解磅礴，極天下賁龠之氣、選蠕之狀，悉舉而歸之筆端，其生氣全也。然能以形寫形，以色貌色，而真氣之流於形色之先，與超於形色之外者，必得有韵之語以傳。盖畫家未到者，詩能神會之。并大造未及者，詩能回斡之。故曰『筆補造化天無工』也。

寶意商先生，性湛畫。先世舊藏，與友朋酬贈，及交遊處，寓目中，有所觸，一一見之於詩。不墮蹊徑，不涉言詮。或寫懷抱，或狀物情，或憑弔古人成敗興壞之迹，以垂法戒。而感激頽放，荒幻遊戲之語，時亦間作。紊積既多，遂成卷帙。題曰《畫聲》，凡以畫爲無聲之詩，詩爲有聲之畫。無聲者，中藴乎聲，有聲者，共聆其聲。夙世辭客，前身畫師，萃於一人之身也。

昔周櫟園侍郎作《畫人傳》，人之長於畫，而舊與往來者，節録生平，記其梗概詳略，惟意一如畫手之寫生，此存亡聚散之情然也。今先生彙古今畫家之性靈，而以聲聲之神悟理，鮮與造物遊。方之侍郎，其興懷感觸，曠而彌遠矣。

抑先生舊嘗學禪，禪故以空爲宗者。聞塵既斷，証入無無。其或有因有聲，而歸於無聲者乎？吾將進而問之。

本朝《館閣詩》序

館閣之詩，貴氣局嚴整，属對雅切。然必具有性靈，而後開闔變化，泯其俳儷之迹。王、楊、盧、駱，陳、杜、沈、宋，燕、許、曲江，應制贈送諸篇，所以弁冕三唐，輝映百代，胥是道也。自後世謂臺閣之詩主堂皇，山林之詩主蕭疎。臺閣體，非性靈之所属，詩家弗尚。於是，作詩者遂相率而爲寒瘦。譬之於味，知藜藿，而不知鳳麟之膏。譬之於服，知布帛，而不知黼黻之佩。譬之於樂，知笙琵，而不知黄鐘大吕之音。東野、長江，倘令其作爲雅頌，以詠歌一代功德，恐未許爲擅長也。

今天子崇重風雅，詔鄉會試改用五言八韻詩。欲俾多士咸殫心於聲律，他日颺言矢音，繼虞廷成周之盛，誠曠典也。然無以示之準則，徒事裁花門葉，妃白取青。語句雖工，而於揚抡之義，寧有當乎？

前輩阮裴園先生，偕難弟澂園先生，取國初迄今名公鉅卿鼓吹休明之什，以及禮闈試帖，擷其精藻，删其繁蕪，彙爲一十八卷。風格各殊，體裁異制。而情必本於忠愛，聲必極於和平。法律備，而性靈存焉。披華啟秀，凡其可以追踪王、楊、盧、駱、陳、杜、沈、宋、燕、許、曲江者，始採入集，洵館閣詩之圭臬也。是編出，而多士識所指歸。乃知藜藿之外，別有鳳麟；布帛之外，別有黼黻；笙琶之外，別有黄鐘大吕。研窮誦習，一師法乎前賢。既以中程式，决科名，迨至櫜筆殿陛，拜獻賡歌，取懷裕如，無待入政後學，而彬彬蔚蔚，風雅之振與，度越有唐遠矣。

裴園先生歸田以來，會集淮上能文之士，日有課，月有考。手訂《敬義齋制義》，文章日進而上。今又以詩引翼學者，海内英流，咸得窺石渠天禄之藏，以沐浴於熙朝温柔敦厚之教。先生之功偉哉！

吴江《沈氏詩録》序

吴江家所撰，偕從弟冠雲，彙其先世詩集，鐫於吴門。前後凡七十公，附閨中二十八人，共一十二卷，名《沈氏詩録》。既蕆事，命德潛序之。

潛惟古人，父子能詩者，如魏征西之有丕與植，庾肩吾之有信，蘇許公之有頲，爲最著；兄弟間，則如應瑒、應璩，丁儀、丁廙，陸機、陸雲，至唐之五竇，宋之四韓，稱尤盛焉。而杜審言之有甫，則祖孫並著。王融前後四世有籍，則祖及孫、曾，俱以詩名於時。然求其萃於一家，歷數傳而未艾者，史書中亦不易得也。

今所揆昆弟所録，始前明成化弘治，以迄於今。爲時三百餘年，共閱一十世。人各有詩，詩各可傳。凡廟朝之忠愛，家庭之孝友，禔躬接物之廉讓，與夫憑弔古人、登臨遊覽、吟弄風月，以及美人香草、歎逝傷離，一一流露於楮墨間。彙而讀之，如與前民揖讓泳游。而閨房林下，亦因言而並見其貞靜閒逸也。是誠藝林之極盛也已！

前此，錢蒙叟選《列朝詩》，采及閨秀張碩人以下十人。後朱竹垞《明詩綜》，自檢討公以下，如通奉、涵臺、光禄、僉事、禮部、副使、副憲，君克、君庸、君張、君晦、君服諸公，皆得備載，閱者已歎吴江沈氏風雅之盛。今集中編録，自半閒公始，至裔孫元景國學止。詩之少者，並存之；多者，與當代能詩家商榷而訂定之，以成一家之言，以補前人選本闕略，可謂善述祖德者也。

且宇内推吴江沈氏者，不獨以詩。如太常公之直言諫諍，顛跌不悔；檢討公之根柢學術，發爲文章；光禄公之請立國本；僉事公之折獄平恕；副使公之端本化民；副憲公之撫馭方略。或載於《明史》，或載於名賢誄、狀、墓志，與學士多聞者之傳述，具有磊磊不可磨滅者存。詩，特文辭之一也，而其可傳已如此。世之讀是編者，尚其因詩而探其立言之本原也哉。

《南岡詩鈔》序

周子昇逸，偕其弟迂村，自錢唐徙居甫里，又徙居吴城，並能詩，吴中因有二周詩人名。

先是，予遊明聖湖，識迂村於靈隱佛寺。繼因迂村，得交於昇逸。迂村修癯如病鶴；昇逸便娟如處子。迂村詩爾雅清峻，取法六朝；昇逸詩委折抑揚，逸情雲上，希風開寶，仰窺漢京。迂村好友朋，視天下無機變，人能詩者，輒訂交；昇逸好寂處，與架上古人爲緣。予至則出見，談藝嘗至夜分，餘或鍵關謝焉。予聯北郭詩社，迂村遇課期，先衆人往。昇逸詩成，以詩筒至，未嘗一詣其地。後諸子命工繪形絹素，昇逸獨不與。迂村嘗偕予至京師，青鞵布襪，尋燕薊諸勝跡。黄侍郎崑圃、塞侍郎曉亭，皆折節與交。昇逸弃諸生，三十年，未嘗出户外。予通籍後歸，造其卧室，閉户，以疾辭，以予曾踏軟紅塵來也。

綜其大略，人因目迂村爲迂，昇逸爲僻。然迂村之迂，迂而不腐。昇逸之僻，僻而不矯。柳下之和、西山之清，幾於似之。至其處家之融怡，立品之狷潔，居心之坦白，如出一轍。人固事殊行合，詩亦異曲同工，謂兩人分道而行者非也。

昇逸殁，哲嗣南薩時章携《南岡遺稿》，乞序於予。予先後與吴中詩人唱和，垂五十年，其詩每多經點定。或序於生前，或序於身後。其未序者，惟有昇逸。因仿昔人合傳體序之，兼及其昆弟之性情行誼焉。又嘗記其軼事：昇逸居甫里，時苦吟，夜坐，羣盜至，將入書室，適壁上挂古劍，事急，拔劍斫之，中盜首。盜呼有人，俱逸去。晨視之，血淋漓，達門外，此又見儒者之勇云。

《吴南勤詩》序

少陵《呈韋左丞丈》詩曰：『讀書破萬卷，下筆如有神。』自言其生平得力也。蓋讀書多，則理足；理足，則識高；識高，則氣昌辭達，而神自生焉。譬猶觀水於岷山崑崙之源，洶湧演漾，一折千里，行所無事，而自入於海也。彼不知讀書，與略讀書而爲詩者，秖求工於一字一句，取青妃白之間。如引涔蹄溝澮之水，而自視爲江湖，亦見其立涸焉而已矣。

吴生南勤，吾黨讀書士也。嫻習經史，旁及諸家。發而爲文，清朗深華，既能脱棄習俗矣。而以其餘事工於韻語，絶去依傍，抒寫性情。準其理而充然，窺其識而超然，驗其氣與辭而沛然卓然。中間諸體完善，而《詠史》古體一十八章、《詠明史》近體一十六章，尤見上下千古，折以一中。而要其得力所由，實原於稽古讀書之力，是觀水而能溯乎岷山崑崙者也。少陵所云，南勤庶其善體之矣！

今年冬，司教事於宿州。宿州隸鳳陽，於漢爲銍縣，於梁爲睢州，於宋爲符離。地鄰曹亳之區，土風淳厚地也。課士之暇，不煩政治，因得以閑靜之身，更肆力於讀書。將理日益以足，識日益以高，氣與辭日益以昌且達。殷璠所爲神來之候，可隨在遇之矣。序南勤詩，抑更爲南勤望焉。

《七子詩選》序

前明弘治時，李獻吉、何仲默結詩社，共得七人，稱前七子。嘉靖時，王元美、李于鱗復結詩社，亦共得七人，稱後七子。詩品雖異，指趣略同，豈偶然七子耶？抑慕南皮七子之風而興起者耶？

今吴地詩人復得七子，曰王子鳳喈、吴子企晉、王子琴德、黄子芳亭、趙子升之、錢子曉徵、曹子來殷。之七子者，數應偶符，然亦不可謂非聞風興起者也。爰合鈔而刻之，爲《七子詩選》，請予爲序。

予惟詩之爲道，古今作者不一。然攬其大端，始則審宗旨，繼則標風格，終則辨神韻，如是焉而已。予曩有《古詩》《唐詩》《明詩》諸選，今更甄綜國朝詩。嘗持此論，以爲準的。

竊謂宗旨者，原乎性情者也；風格者，本乎氣骨者也；神韻者，流於才思之餘，虚與委蛇，而莫尋其迹者也。譬諸山有山脉，泉有泉源。峙而嶙嶒突怒，流而漾瀦奫淪，極宇宙之大觀。而攬其金光黛色，澄練浮天，使人目愜心怡，而不能名其所以然。知有神明變化之妙，流行於山水之間。

七子者，秉心和平，砥礪志節，抱拔俗之才，而又亭經藉史，培乎根本。其性情、其氣骨、其才思，三者具備，而歸於自然。故發而爲詩，或如巨壑崇巖，龍虎變化；或如寒潭削壁，冰雪崢嶸。曷嘗沾沾焉摹擬刻劃，局守一家之言哉？而宗旨之正、風格之高，神韻之超逸而深遠，自有不期而合者。猶河山兩戒，條分南北，山不同，而崚嶒之體則一也；水不同，而混茫之狀則一也。謂非詩教之正軌也？

予年二十餘，從事於詩，時方相尚以流易淺熟、粗梗枯竭之體。賴同社諸君子中立不回，相與廓清摧陷，閱五十餘年，遠近作者，皆知復古。今諸君子漸次零落，而七子繼起，獨能矯尾厲角，驂駕李、何、王、李諸賢。而予以老髦之年，得睹代興有人，冀以扶大雅之輪也。斯其所輟簡，而深慶也夫。

《朱念祖詩》序

有明，吾吴詩人以徐昌穀爲最。前此，數高青丘，才藻跨越一時，而風骨或未高渾。後此，數皇甫子循、子安兄弟，意度沖和，上窺選體，而浩氣健筆，有未足焉。昌穀兼有二家之長，並能備二家之闕，故卷帙寥寂。而當時與李北地並稱，略無異辭。

朱子念祖，少歲以詩鳴吴中。既長，藝能日進。遣意之厚也，立格之高也，徵引之博也，使才之鋭且敏也。諸體各自到家，而七言斷句，韻流神逸，語近情遙，令讀者唱歎抑揚，自得於意言之中、意言之外，不必追摹昌穀，而神理氣骨自然符合，可謂吴地中雅音也已。

予嘗携念祖詩入都，鈔謄數篇，隱其名，示家蓉鄉侍御。蓉鄉曰：『應是青丘。』良久曰：『應是昌穀。』再三咀吟，曰：『應是學昌穀者。此才不易得，當於古琴泛音、名花初放、空江月上時，讀之。』於此，服侍御之聞絃賞音，而歎念祖之信有合于古人也。

且昌穀少時，猶染綺靡之習，故『文章江左家家玉，煙月揚州樹樹花』，以此擅名。及與李北地遊，而車轍迴焉。後著《談藝録》，而宗法正焉。今念祖不藉友朋，而同時亦無北地其人者，效劘刃之益，則念祖故自端趨嚮者也。以視昌穀，不更定卓識於入門始耶？

既又思昌穀之超詣絶塵，得力太白、北地；之沉雄蒼勁，得力少陵。念祖更探昌穀、北地所從出，而并上泝典午、當塗、漢京之原。異日成就，不止於吴人前哲中較短長也。峨嵋天半、碧海鯨魚，尚其竊攀而不自止乎。

《林屋唱酬集》序

浙西之山明麗，吴中之山靜深。明麗比諸美人，靜深比諸逸士。故遊覽者，浙西多於吴中。

又西湖出杭城，跬步可到。而吴中名山在郡城西，多瀕太湖。至石公林屋諸勝，必渡湖涉風濤，約百餘里，可攜笻屐，故游者殊少，游而發爲詠吟者尤少。唐皮襲美、陸魯望，明高青丘、徐昌穀諸公外，寥寥無聞焉。

馬君嶰谷，雅嗜山水。今春，偕昆弟友生，自揚入吴。過惠山，歷武邱，憩明瑟園，乃攀天平，歷支硎，俯寒泉，躡華山鳥道，上靈巖，陟鄧尉，由天池石壁渡太湖，探石公包山林屋、縹緲峰、消夏灣諸勝。飲明月坡而返，流連唱和，並得詩五十餘首。體格各殊，性情自契。林壑雲日、煙霞魚鳥，盡歸諸寸楮間，可云不負斯遊也已。

考襲美當日以祀事至洞庭，而其餘不能徧及。魯望和詩，半託之想像。昌穀亦僅遊縹緲石。公青丘遊歷最廣，然其《洞庭詩》云『久欲尋春未能去』。則諸什亦屬詠古者多，不皆親歷其地。

今諸君子境無虚過，過必有詩，是古人所不能兼者，而諸君子兼之也。且諸君子遠居維揚，維揚稱華膴地，乃能涉江航塹，叩寂逃虚，舍明麗之區，入静深之境，以其筆墨發山水之靈。豈陶貞白所云『見朱門廣廈，無欲往之心；望高巖、瞰大澤，恒欲就之』者與？

予於丁巳歲遊石公包山，得交嶰谷，相訂重遊。十五年來，塵事紛擾，爽約山靈。讀諸君詩，神往於幽虚左神間矣！

《軒渠集》序

《軒渠集》，李夫人宋氏逸仙所著詩與詞也。逸仙爲銓部南園先生孫女，廣文瞻菉兄愛女。少有才名。既長，進以學殖。

今讀其詩，以幽閑貞靜之姿，寫温柔敦厚之旨。中間歎歲華之云邁，慨人事之變遷，魂夢仙遊，栖情禅寂。而思親之作，十居三四。於《陟岵》《陟屺》，無忝所生，隨所遇而感觸者，時惓惓焉，可謂『仁孝之人，其言藹如』者已。

昔元遺山論詩，以秦淮海『有情芍藥含春淚，無力薔薇卧晚枝』二語，爲近於女郎之詩，而拈出退之《山石》篇，以爲詩格之正。以女郎之詩皆纖穠柔靡，遠於風雅者也。今逸仙仁孝之思，親於風雅，而一出以清真灑脱之詞，猶得以尋常女郎之詩目之也耶？詩餘語新意潔，遊宋人門仞，而獨出清裁，可云『麗而有則』者。

猶憶甲午乙未間，嘗登南園先生堂，時相酬倡。先生爲言，女孫幼聰慧，喜韻語，他日必以詩鳴。今相距幾四十年，先生久没塞垣，墓木幾拱。女孫果以詩名，善承家學。而華屋山丘，不勝悲愴，即予亦忽忽成八十翁矣。吁，其足重也夫？其可感也夫！

《馬嶰谷詩》序

古人莫不有癖，和嶠有錢癖，王濟有馬癖，杜預有《左》癖，嵇康好鍛，阮孚好屐，米芾好石。性之所嗜，結而成習，均癖也。然癖有雅俗，又專嗜，而不能兼嗜。而馬兄嶰谷，獨以古書、朋友、山水爲癖。

嶰谷酷愛典籍，七略、百家、二藏、九部，無不羅致。有未見書，弗惜重直購之，庋藏於小玲瓏山館，是爲古書癖。

生平以朋友爲性命，四方人士聞名，造廬適館，授餐經年，無倦色。與鄉之詩人結爲吟社，唱和劘刃。有急難者，傾身赴之，人比之鄭莊、楊政，是爲朋友癖。

渡江來吴，凡寒山、天平、石公林屋，無奇不搜。策蹇燕臺，探龍潭，尋潭柘，一路名勝，俱經眺覽，不謁津要。而歸至金焦、秦淮、攝山，尤爲近地，時携笻屐，是爲山水癖。

具此胸次，發而爲詩，泝洄《風》《騷》，下上唐宋，回翔於金、元、明代。斥淫崇雅，格韻並高，由沐浴於古書者久也。憶舊懷人、傷離悲逝，纏綿委摯，唱歎情深，由敦厚於友朋者至也。至峭刻得山之峻，明淨得水之澄，縋險鑿幽，瀠波叠浪，則又性情與山水俱深矣。嶰谷之詩，非嶰谷之癖所流露而成者耶？

丁巳歲，余與嶰谷定交包山寺中。以山水作合，往來南北，繫纜江干。握手道故，共訂歲寒。嘗邀余坐行庵，示以所得秘帙新編，並約爲雁宕、廬阜之行。而君遽成古人，前盟未遂，愴恨久之！

難弟半查，與兄同其癖者，篤鴒原之義，梓其遺詩，問序於余。追思昔遊，嗚咽執筆，以復半查，知不勝交遊，兄弟之感也！

後己卯送春文讌序

乾隆己卯春盡日，蔣子蟠猗設送春之讌，招集名流，會於家園。維時青帝言旋，飛英欲盡；紅蠶半老，鶗鴂已鳴。諸君尊酒之餘，或鼓絲桐，或披卷軸；或得意高歌，或興豪説劒；或論今而弔古，或談空而覈玄。主賓忘機，魚鳥共樂，誠一時之盛事也。

先是，蟠猗尊人繡谷先生，於康熙己卯，宴會送春。時年最高者，爲尤西堂侍講；朱太史竹垞齒次之；張匠門太史時爲孝廉，顧秀野太史時爲上舍生，惠小紅豆學士、徐澂齋太史，時爲諸生，齒又遞次之。予年最少，亦廁末席。而畫師則王耕煙、楊子鶴；方外則目存上人。在座分體賦詩，工畫者寫山水軸，并寫一朵牡丹。四方傳聞，如同於洛下、鄴中、蘭亭、峴首。

今詩、畫卷俱留几案間，供人把玩。而甲子一周，忽忽已六十一年矣。此六十一年中，世事紛紜，有升有沉，有消有息。如雲煙變滅，無迹可尋者，所在皆是。即前此送春諸公，俱爲古人。予以末席後生，巋然老叟，撫景流連，何啻摩挲銅狄？歲月遷流，不勝惘惘矣！

然大造無私，文心不敝。今此所送之春，即前此所送之春也；今此羣賢之才，猶前此羣賢之才也。則所恃以壯吾黨之氣者，不在於文章之可久乎？

且洛下、鄴中，蘭亭、峴首，稱盛當時，未聞再舉。今則繡谷倡始於前，蟠猗繼武於後，又諸郎才調翩翩，爭奇競爽，儕伍於握蘭珮玉之流。蔣氏風流，幾欲比過江之王謝也。是會也，人各賦詩，不拘體製。要期媲美前哲，留俟後來。屬予弁端，不辭，而爲之序。

題榑匡《覽勝詩》後

古人登臨詠古詩，每分爲二。如謝公之永嘉，柳儀曹之永州，專遊覽也；曹子建之詠三良，左太沖之詠史，謝宣遠之詠張良，專懷古也。惟杜少陵遊屐所到，常兼憑弔。於入成都，則詠蜀相；於過通泉、射洪，則詠郭代公、陳拾遺故宅；於忠州，則詠禹廟；於夔州，則詠白帝、先主、昭君、宋玉故蹟；於發公安，則詠吕蒙之營、湘夫人之祠。大約山川面目、古人性情，俱流露於章句之間。前古後今，無與儷焉。

吾宗榑匡先生，喜遊歷。嘗之三吴，之兩浙，之金陵、淮揚，之豫章、荆楚、夔門、巴巫之間。

準之少陵壯遊，踪迹相類。登山臨水，輒寄詠吟。而於往古廢興存亡、是非得失之跡，欷歔悲歎，若欲呼泠魄而問之。中間或綺思麗語，或羌無故實，甚或亂頭粗服。宗不一家，家不一格。無庸繩以少陵，而胸次之高、興趣之遠，古今人有略相似者也。

抑榑厓長於作畫，每逢絶境，託諸點筆，以寫胸中磊落奇偉之概。山川粉本，互相雄長，此又補前人之闕略者。然予所重於榑厓，又不在區區詩、畫間也。

榑厓述徵君貞文先生祖德，天爵自貴，不慕世榮。嘗過予草堂，年八十五矣，酒間談徵君奏對思陵、彈射樞輔軼事，長身鶴立，鬚髯欲動，意氣激昂。尋常饑驅奔走中，有是人乎？於辭章筆墨外求之，則榑厓出矣。

恭跋蔣蟠猗恭繕《御製盛京賦碑刻》

乾隆八年，歲在癸亥，天子恭奉太后，備法駕，幸盛京，親謁祖陵。孝思既展，懋績丕著。禮成回鑾，爰〔一〕灑宸翰，御製《盛京賦》，凡三千三百餘言。陳祖德、紀宗功，明持盈保泰之規、示覲光揚烈之意，而形勢之雄壯、風物之瓌奇，亦靡不詳載焉。大哉！王言。視《兩京》《三都》，下同培塿矣！辛未春，聖駕南巡至蘇州。候補州同知臣蔣仙根敬繕斯賦於靈巖行在所，恭進。蒙俞旨賞收，宣賜宮緞等件。仙根感沐隆遇，因取經進副本，重摹刻石。

伏念古先聖王功成治定，作爲詠歌。雍容揄揚，必將推本於其發祥肇基之地，以昭天眷，傳示無極，若商之景亳、周之豳岐、漢之豐沛、唐之晉陽。雅頌鐃歌，蔚然並興，然皆不過樂官所掌、詞臣所奏，未聞出九重之製，以闡揚謨烈者。今聖天子敬天法祖，業已措天下於熙皥之治。而萬幾餘暇，稽古右文，龍章鳳藻，炳燿鏗鍧，尤古先聖王所罕及。仙根以周規折矩之筆，書光華糺縵之辭。落墨以前，齋心祓廬，必祈合古人成法，庶乎摹寫天文萬一。

盖仙根以草澤小臣，幸逢省方盛際，遂得上邀睿鑑，宜其欲勒諸琬琰，俾昭兹世世也。刻既竣，椎拓裝界，以示德潛。拜觀之餘，敬識數言於後。

校記

〔一〕『爰』字漫漶不清，八十七卷本《歸愚集》爲『爰』。

歸愚文鈔餘集卷三

尊德九老會序

乾隆辛巳四月，魏塘秋澄蔡封翁，集邑中年高同志者九人，爲九老之會。最長者二蕉戴翁，遞次及者，纘三程翁、準菴蔣翁、虎仲顧翁、吾師竹君許公、宸園謝翁，第五錢翁，六圃曹翁，會於所居之尊德堂。略爵位、序年齒，開筵張樂，皓首厖眉，追述少年勤學，兒時釣遊嬉戲舊處。諸家子弟肅衣冠隅坐，以次起居上壽，宵分乃散。明日，各著詩，敘紀事，誠太平佳話也！

昔白太傅居香山，與胡杲諸人爲九老會；李文正罷相，居京師，與張好問諸人亦爲九老會；文潞公在洛下，與富鄭公諸人爲耆英會，史册艷稱之。然白傅九老，人非一邑，詩亦有作、有不作；文正九老、潞公耆英，未聞有詩。孰若魏塘九老，生同里閈，並擅詞華，尤爲前人所未備者哉！

且會名尊德，見達尊之三，德爲上，齒次之，爵又次之。今九老謙沖敬慎，以衛武之耄，而好學爲期。而子弟之或壯、或少者，亦俱如執玉奉盈，而兢兢於謙抑。使鄉黨聞風，咸知以德爲尊，而日趨於厚也。則是會之設，不止於禮數會勤，物薄情厚而已。

吾師郵書與詩，命序。循環諷咏，逍遥林壑，適興樽罍。意真而語質，氣平而辭和，皆所謂德人之言也。德潛久欲於吴門集諸老爲會，而晨星落落，竟難其人。翹望禾中，徒深欣羨。他日扁舟鶴湖，泊芙容之灣，隨諸老後，爲吾師撰杖結襪，相與賡韵賦詩，吾師其亦一笑許之乎？

《解文毅公全集》序

有明一代，臣工奏疏，其關係國計民生、卓然可傳者，不可枚數。然能格君心之非，直陳無隱，有過於賈誼、劉蕡之策者，斷推解文毅公縉一人。

公未冠，領解江西，連舉進士，授庶常。時太祖在大庖西室，謂：『朕與爾，分則君臣，恩猶父子，當知無不言。』公上封事，凡君心之未中正，進退之未協宜，祀天尊祖之未中禮，禁閹寺，絶倡優，免孥戮，省株連，除給配婦女之條以勵莭操，懲神仙徵應之諛以寧聖躬，一切正人倫、端風化、厚國脉者，灑灑萬言。上嘉納焉。餘如上《太平十策》《代王國用白韓國公李善長寃》、參都御史袁泰姦惡，皆人所不能言、不敢言者。公父入覲，帝遣歸進學，曰：『後十年來，大用未晚。』高祖欲融其鋭氣，進於中和，用意曲而周矣！

公歸八年，太祖晏駕。建文初，入臨京師。讒人劾公違詔遠行，謫吏河州。以董倫薦，召還。成祖踐祚，擢爲侍讀，晉學士。公從容獻納，始與黄淮、金幼孜諸人同受重任，入内閣。後諫征交阯，謂『得其地，不足以爲郡縣』，上已非之。議定儲位，謂『立嫡以長』，『且有好聖孫』，成祖雖從之，而公之禍實由此起。

先是，漢藩高煦以建戰功欲奪儲位，事將成矣，因公言，不得立，遂摭拾其短，奏其私謁太子。而袁泰、李至剛，交相下石。成祖始而疑，繼而怒。逮下詔獄，錦衣帥紀綱毒刑斃之，公遂以罪人終。後贈謚文毅，神宗時也。

且夫人之死生，有不可以常情測者。公在洪武時，抗直敢言，宜乎得禍。而帝受言納諫，極君臣相遇之隆。在永樂時，委婉孫言，宜乎邀福。而帝惑於譖言，致不得終老牖下。讀《明史》者，無不爲之掩卷太息也。

公少年遇合，上命應制，頃刻千言立就。文苑得其片言，重於華衮。於時，庸妄子輒以己作嫁名於公，刻公集者，真贋合一。後李茶陵東陽謂『讀公遺詩，幾有「楓落吴江冷」之歎』！錢蒙叟謙益謂：『海内俗夫小儒，讕言長語，委巷流傳，藉口解學士。後人掇拾，遂令學士蒙謗。』皆巨眼也。

今年丙戌春，裔孫署蘇州守、庚戌進士韜，將刻家藏集，以惠後學，屬余草序。讀之，奏疏諸作，可勒金石。七言古詩，奔放中不同耎駕，得李太白遺意。律詩、絶句，俱近唐人。古文，原本經術。凡所敷陳，一一可施諸實用。蒙叟所譏讕言長語，無有存於中也。以公之集，即上配劉誠意、王忠文，亦無不可。

余於《明史》外，又讀《明閣學記》，知公不獨嚴於去不肖，實力能薦賢。楊少師士奇未遇時，爲私塾教授。公閲其文，曰：『公，輔器也。』力薦於朝。永樂中，與之同居内閣，典機務。少師歷相三朝，爲三楊之冠，扶掖太平，惟公引而進之，得人之功，並及後代也。《明史列傳》中遺之，予爲補其缺略云。

《靈巖新書》序

山志，所以補邑乘之闕。然必簡而不漏，詳而能精，斯足傳世行遠。

吳中山志，舊推高士韓君望《陽山志》、太史汪鈍翁《堯峰山志》特是。陽山勢極崇峻，而名勝無多；堯峰地居僻寂，鮮邃壑危崖。惟靈巖一山，拔奇挺秀，袁宏道所謂山不甚高，而幽奇甲於吳中者也。山有館娃宮、采香涇、琴臺、硯池諸蹟。下瞰大湖、望洞庭，兩山滴翠浮碧。左連木瀆，萬家煙火，歷歷可數。東晉陸司空玩捨宅爲寺，而尊宿比肩，鬱爲禪窟，非惟明流秀嶂，與他山爭奇已也。歷代以來，數名區者，必曰靈巖。迨於國朝，聖祖翠華臨幸，至再御書宸藻，照耀山谷。今皇上巡狩江南，建行殿於山椒。省方問俗之暇，駐蹕登眺，到處留題。石棧雲林，咸邀榮寵，諸名岳莫敢比肩矣！

先是，宋朱伯原作《琴臺志》，明黄伯傳作《靈巖山志》，國朝，方外繼起，作《靈巖記略》。但載泉石邱壑、緇流梵宇，其他闕如。

姪孫香祖，毅然增修，逖稽史傳，漁獵舊聞。斷碣豐碑，靡不搜訪。高人列女，咸爲表章。下至方物工技，無不具焉。分爲三十六門，而以巡幸冠於篇端，志尊君、推本原也。君子不忘於鄉，而後能及於天下。香祖之意，可謂厚矣！

向予寓居山麓，思輯成一書，備名山掌故，而有志未果。讀是編，歎香祖先得我心也。尤愛其采入孝義二門，孝則必友，爲政家庭；義非任俠，惠周閭黨。可以敦人倫、美風俗，自兹力田者務稼穡，修學者勤誦絃。此鄉成道德之鄉，則志之所關匪小！而文章之繁簡工拙，其一一中度，又爲第二義也已。

《穹窿上真觀志》序〔一〕

郡之鎮山曰陽山，即《吴越春秋》之秦餘杭山，元顧仲瑛詩所謂『陽山獨出衆山上』是也。而與之相伉者，則推穹窿。

穹窿去郡五十里，相傳赤松子取赤石脂處，三茅君於此證道。三峰插天，嶙峋特起，與陽山南北相望。故數吴中名山，兩山實相伯仲云。

《陽山志》作於韓君望洽，而其書不傳。穹窿舊有志，成於順治六年。中述鐵竹道人殲魔降妖、因果紀夢，過於繁瑣。且攔入遊閩度粤事，於志體不合，考古者不無訛議焉。夫山之有經、海之有志，雖以輔郡縣之未及，然必詳而能精、簡而不漏，斯不乖述作之指。鐵竹道人之所重者，在懿德清修，闡明道法，而一歸於以誠感人。書符召鶴，特其餘事，何用詳加摭拾，等於齊諧志怪爲？道士周景明欲重加修葺，商之陸明甫懷水。懷冰屬其兄司訓君元萼，因舊志而更新之，芟詭異，補缺略，洗剔山川形勝。歸功道人開山，附以賢士大夫藝文，庶有當於山川靈秀、清淨無爲，與夫徵文考獻之遺意焉！

予昔遊此山，紆曲幽深。陟級而上，憇上真觀。縱目俯視，太湖當其前，諸山拱其下。七十二峰，如釜、如笠，浮没波浪間。振衣絶頂，恍惚日月可接，閶闔可通，幾欲挹洪崖，而拍浮丘。賦一詩，以返。別去三十年，披圖按志，如遇舊遊，元萼可謂山志中之董狐、遷、固矣！

書凡十卷，首全圖，次考據，次古蹟，次形勝，次物産，以及碑記、題詠、傳贊。而歷代修鍊之人，凡有功德於山觀者，皆得列焉。較之前志，事詳文簡，不有如《新唐書》之增芟《舊書》者耶？景明爲鐵竹五代孫，其清修慕道，誠寔不欺，亦思仰前烈而興起者。其捐貲刊志，特不忌祖德之一端云爾。

校記

〔一〕目録作『《重脩穹窿上真觀志》序』。

錢大司寇《香樹齋文集》序〔一〕

進有功於時，退有傳於後，士君子之所願也，然而有得、有不得焉。輔世濟民，由乎高位，艱於遇合者未能也。鴻文麗藻，輝映後來，闕於經術者未能也。故劉、柳無傳於事業，姚、宋尠見於文章。前人憾之，足於此而不足於彼。豈天之賦予固有定，而人之材力或有不逮耶？

考古兼長並遇者，於唐得四人，曰張子壽、權載之、韓退之、李文饒；於宋得三人，曰晏同叔、范希文、蘇子瞻。是數公者，既以輔世濟民有功於時，復以鴻文麗藻流傳於後。千載以來，接跡者寥寥無幾矣，今乃得之錢大司寇香樹先生。

先生少具俊才，鑽研六籍，含茹三史，泛覽諸子百家，其蘊植也厚，其抱負也宏。中年遭逢聖祖，選任詞舘。繼邀兩朝拔擢，洊歷卿班。宣化秦中，革民舊染。視學畿輔，甄選名流。晉陟司寇，刑罰咸中。取士春闈，珪璋林立。涖事之暇，於朝章國政之鉅、郊廟禮樂之詳，無不隨在討論。援古據今，上下千百年，瞭如指掌，今所載奏疏、考辨、論説之類是也。而又出其緒餘，沾丐宇内。如贈送詩文之弁序、名山大川之題名、魚雁往來之尺素、鉅公名流之傳志、琳宮梵刹之記載，爭欲得先生言，以爲碑版卷軸之光。

緬昔之稱子壽文者曰『風度藴藉』，稱載之文者曰『精思經術』，稱退之文者曰『汙瀾卓踔、奫泫澄深』，稱文饒文者曰『號令大典，皆出其手』，先生有焉；稱同叔文者曰『悉讀秘書』，稱希文文者曰『有德有言，傳道爲任』，稱子瞻文者曰『渾涵光芒，雄視百代』，先生有焉。非天之賦予有獨優，人之材力，無不逮耶？

且先生之遭遇，又有勝於前賢者。唐惟載之始終安全，子壽排斥爲長史，退之貶謫於潮陽，文饒老於崖州司户；宋惟同叔以功名終，希文屢被讒毁，不久立朝，子瞻晚年群小侮謗，遠竄，少完福者。今先生明良一德，僚寀協和，極黼黻文明之盛。乞身歸老，帝眷逾隆。進秩子俸，優遊泉石。暇日，每挾金石圖書，古琴孤鶴，徜徉於鴛湖鷗脰間。望之者如神仙中人，非前賢所望塵莫及者乎？

予於先生爲後進，當其同朝，休沐下直，輒相過從，商榷文史。及乎彼此抽簪，一棹互相往來，時接先生言論風旨。歲辛巳，帝倣香山九老之會，恭祝慈寧萬壽。予亦許隨先生後，得繪像賦詩。今又序先生文集，掛名卷中，何其幸與？至於先生功績，陳謨颺言，具在史册中。先生韻語，樂府、古、今體，並可上追古人，予另有小序。

校記

〔一〕目録中作『《宫傳大司寇錢先生文集》序。』

《甄藻録》序

經爲味之大羹，史爲折俎，子爲醯醢。他如《七略》芬菲，九流鱗萃，《漢·藝文志》所編，百有八十餘家，此又經史諸子之枝條，而藝林之薈蕞也。古來洽聞之士，如鼷鼠之能徵、神雀之能頌，豐劍蜀桐之能識，苟非淹通載籍，豈能遇物知名？古人論文，貴挍練精、而捃理覈，洵不誣已。

顧生景嶽，少攻蛾術，長汲修綆。於根柢之學，既已枕經葄史，博涉諸子矣。而又益務鴻覽，遇七略九流，必搜奇抉奥，仰取俯拾。一言有得，則操觚志之。或窗西剪燭，或硯北囊螢，出文章緒餘，條分縷析。積有歲月，輯而成編。可以審人事古今之異，可以窮名物象數之情，所云『學如富貴，在博取者』，庶幾有焉。

嘗慨識小之家，每思鳴世。然不割膏腴，徒事漁獵，其患有二：一騁聞見而失指歸。此博士買驢，貽譏鄴下也，失則傷繁。一誇荒渺而遺典則。茂先以博物冠世，武帝猶病其采言浮妄，恐亂惑後生也，失則傷誕。今觀景嶽是編，凡辨證疏通，探幽剔隱，必準乎典章，而運乎心解，去漁獵之家蓋已遠矣。

昔劉彦和著《文心雕龍》，欲取定於隱侯，而無其路，謬若販鬻，負笈車前。著作精，而立品下也。景嶽風骨峻整，以沉博絶麗之學，發爲詩古文辭，久見契於當世之宗工哲匠。而是編之輯，復該《爾雅》而媲《虞初》，不求人知，而世自重之。他日登著作之廷，更自如劉向校書天禄而成《説苑》，班固侍禁中而作《白虎通》者。既以信景嶽之學，並以卜景嶽之遇矣，豈必後有子雲，始知子雲哉？

顧景嶽時文序〔一〕

舉子業，即宋經義。爲其業者，必通於經，而史以証經。因參諸史，以助其議論。此如木之植其根，水之窮其源也。

明代，吴中有應社，雲間有幾社。應社宗經，幾社宗史。維時，名儒碩士，俱出其中。其文有根、有源，其人有志、有節，斯足貴焉。

近日，文人斤斤於有司之遇合，群思弋獲詭遇，以爲學者揣摩。當在場屋之文，非習爲庸腐陳言，即矯爲怪僻荒幻。盍徑各殊，受病自一。雖有英敏之才，亦隨人趨走，以求夫速化之術。理不宗經，議不準史，其中枵然，其外薾然，而文風日以敝壞矣！

顧生景嶽，少即以能文鳴。既長，肄業紫陽書院。每課，予閲其文，審題切脉，能約六經之旨。而於三禮，服習尤深。中間排奡縱横，證據往古，光氣騰上，炳炳烺烺。知其平日穿穴經義，旁覽史傳，功勤而理自足，識自卓焉。既閲其牕稿，皆然。夫當舉世波靡之日，而能中有定見，弗爲流俗改張，洵可謂獨立不回者矣！

予更有爲景嶽進者。太史遷云『好學深思』，朱子云『虚心順理』。學者就漢人注疏，及宋五子書，沉潛反覆，抉經之心，且上下三千年，考政治得失，以資經濟，則其學良爲有用之學，非僅以舉業出衆爲能事也。景嶽年正富、力正强，尚其勉爲之乎！至于有司之遇合，君子聽其自然。柳子謂：『周於藝者，屈伸不能貶其名。』重乎實也。然既枕經葄史，造詣深醇，則荆山之玉、豐城之劍，自有剖其璞，而使其輝光旁燭者，竢之焉可已。

景嶽將刻其稿，以質諸有道，因序其文以勉之。

校記

〔一〕目録作『顧景嶽文集序』。

汪大紳《五子説》序

道自孔孟而後，至有宋五子，其語言行事，醇乎醇者也。孔孟而外，荀卿以下諸子，其議論譔述，不盡醇者也。然就其偏至之詣，實皆本諸於心、體諸於身、措諸於事，初非空言無當者流。君子闡其行誼，不没其真； 明指其失，而體驗其所得，學術造就，自能矯矯於流俗之中。

汪生大紳，篤學士也。志趣超曠，立行孤孑。既已討原老莊以下諸子，而諸子中，於荀況、揚雄、王通、陳亮、王守仁五子，尤見之親切，嘗作論以推闡之。大意謂：學者竊取儒先之説，不論時勢緩急輕重，而徒作無關痛癢之言。是猶以玉札丹砂，治麻木不仁之病，立見其消亡，不如藥石之猛而迅利者，可以中窾窾而生死人也。

論凡數篇，以愚見繹之，有合與不合者。

《荀子》一書，本皆近道，惟《性惡》一篇爲人指摘。然彼所謂性者，不就天理言，就氣質言。如耳目口鼻四肢之於嗜欲，是爲惡也。必以禮義節制之，斯惡者，同歸於善。與孟子論性命章，言異而指不相遠。此予與汪生合者也。

揚子本用力於詞賦，既潭思陰陽度數、律曆之學，作《法言》《太玄》。《法言》如《學行》《吾子》《修身》等章，《太玄》如《攡瑩》《文棿》等章，篇中雖竊附孔、顔，而艱深渺茫。欲準諸《大易》，而了無實得。況爲莽大夫，清凈投閣，品既卑污，言何足重？此予與汪生不合者也。

文中子之學，人每譏其師弟問答，竊比孔子，爲妄。然就其問答中，亦有平正通達、見道之本原者。惟《三才》篇謂天地之元氣、元形，徒塊然、塊然，必得人之元識都其中，斯爲至靈、至神。似專重人，而輕天地，立言不無欹側。此予與汪生有合有不合者也。

至陳龍川兼皇帝王霸才略，觀其《上中興論》五篇，謂宜徙都襄漢，控制關洛，足食足兵，以復讐雪恥，一一可見諸實事者。朱子雖議其學之未純，亦不謂其見之謬誤。乃幾得禍於群姦，乍登第而旋殞，倘所云『材大難爲用』者耶！此予與汪生大合者也。

議陽明王子者，謂致良知之説，少格物之功，近於禪學。推陽明之意，謂良知即天所賦愛親敬長之本心，人爲私欲錮蔽，斯惛然無知。誠能掃除私欲，推極本心之明，則上可達天，外可建功，出而禽孽藩、平積寇，推爲一代文臣之冠宜也。特其功與象山陸子同，校朱子爲直捷耳。入於禪學，弟子之流弊則然。此予又與汪生合者也。

雖其間有合與不合，而大指所在，總歸於取其實用。

大紳於五子反覆推論，不隨衆口漫加詆讕。大紳之學，不拘五子，而已貫通乎五子矣。且其行文，浩浩瀚瀚、滾滾滮滮，每發一議、設一問難，必暢胸次所欲言。如鴻毛之遇順風，如高屋之建瓴。水一息千里，誰能闕抑？彼汩没故紙堆中者，不有刺目棘腭，而河漢其言者哉？即謂諸子之外，别成汪子一書，亦無不可。

汪大紳《三録》序

汪生大紳，既推闡荀揚五子矣。繼學術日以純厚，識見日以高明，復作《準孟》《繩荀》各八篇，案兵、刑、陰符家三篇，刺三家三篇，共名《三録》。一歸诸道。

蓋《孟子》一書，統以仁義爲主，行仁義，則能忠君愛親；行仁義，則能同民憂樂；行仁義，則能黜霸崇王，宗孔子，闢楊墨。而行仁義之實，則以事親爲仁之實，從兄爲義之實。論堯舜之道，不外孝弟。且仁之爲道，即在不忍人之心，行不忍人之政。固行之甚便，用之不窮者也。苟返乎仁義而言利，則相爭奪。憂己憂，樂己樂，違孔子，歸楊墨。無父無君，不孝不弟，而同人類於禽獸。是孟子之學，全主仁義，而義又本於仁，汪生知一綫貫通之矣。

《荀子》一書以知覺運動爲性，必待仁義禮智以矯制之。是以情欲爲内，仁義禮智爲外，汪生已見其不純矣。然就一書之中，制禮爲宗，維持人道彝常，猶有防閑也。人君用人，首嚴擇相官，方藉以整飭也。禮重正名，名分正，而上下以辨，民志以定也。治分王霸，治術分，知功利爲苟安之習，公正爲經世之略也。又論嫚秦之強，自孝公用商鞅，恃耕戰殺伐，得強之末；廢道德仁義，失强之本。後又甚之，所以不旋踵而滅亡。則戰國時之言仁義者，孟子而外，荀卿一人而已。

至論兵、刑、陰符三家，案用刑始于《舜典》。时君为虞舜，臣爲咎繇，欽恤好生，刑期無刑，是以刑行仁也。案用兵始于黄帝，時蚩尤作亂，禽而戮之，乂安天下。兵以止兵，是以兵行仁也。案陰符家依约老子，老子固道家言，然曰玄、曰默、曰一、曰守中、曰環中、曰收視返聽，雖小仁義，而猶未絶越乎仁義也。

後世刑家，行私示威，廢法用殺，失天地生生之心。而刑官視民如草菅、如溲勃，民視刑官如蛇蝎、如虎狼矣，謂之以刑賊仁。兵家以戰陣爲衽席、屠戮爲飲食，名曰爲國開疆，然得地不足守，得田不足耕。而專以殺人爲功，殺人多爲上功，謂之以兵賊仁。陰符家入主于出、有歸于無，神妙其機，而視天心在渺茫之間，初不言天心之好生也。而五賊三盗之説，尤爲峭嶮。于是申商、孫吴，各竊其神妙之機。自私自利，恣意殺人。則兵刑家之殺人，陰符家爲之招矣。是謂以陰符賊仁。

汪先生準孟子之仁，次繩荀子之近仁，繼言三家之不仁，以垂示學者，見從古本乎道者治，本乎術者亂。其學殖日進，其識解日擴。其居心行己，駸駸乎漸利乎仁，必不與言論相違，或轉隣於不仁也。至文章之滂濞鴻肆，自成一子，又其餘事也夫。

曹劒亭詩序[一]

雲間曹中翰劒亭，以才名著都下，尤工詩。余曩見所作，歎其不參旁徑，獨歸正宗，雅與鄙趣合。今發其篋，盡讀之，益駸駸追古之作者矣！

夫《詩三百篇》爲韵語之祖，而韓子云：『詩正而葩。』則知正，其詩之旨也；葩，其韵之流也。未有舍正而可言葩者。是以漢魏暨唐，遞相沿述。其號稱正宗者，必推蘇、李、曹、阮、陶、謝、李、杜、王、韋諸家。此諸家者，遇不必盡同，類皆隨時隨地，寄興寫懷。可喜可愕，可泣可歌，言人之所難言，而揔無戾於温柔敦厚之旨，故足尚也。外此，偏蹊曲竇，取態弄姸，初競纖穠，漸歸流蕩。非不足以眩俗人之目，然去正軌也遠矣。

劒亭之詩，疏瀹性靈，通達物理。語近而遥，味淡而旨。諷詠唱嘆，渢渢乎有遺音焉。洵为風雅之正則，而律吕之正聲也。抑予讀劒亭之詩有感焉！

劒亭爲吾友謌廷先生從姪，謌廷掉鞅詞壇，紹鄉先輩幾社遺韵，論者謂爲陳卧子黄門復出。後官亦至黄門，流傳諫草，惜乎中道徂謝。今當劒亭代興，適應本朝文明之運出其正，則正聲以鼓吹潤色，以續謌廷未竟之緒，應更有被管絃、銘鐘鼎者。豈若卧子之生丁末季，鬱噫悲感，僅稱枇杷晚翠而已哉？余是以始爲謌廷惜，旋爲謌廷慰也。至劒亭才華之富，經義之工，已見黄唐堂先生敍中，不更述云。

校記

〔一〕目録作『曹太史劒亭詩序』。

《石香詩鈔》序

聞之白沙陳氏曰：『詩全主韻，無韻則無詩矣。』夫韻不可以跡象求，不可以聲響著。流於跡象、聲響之外，而仍存於跡象、聲響之間，此如畫家六法然。無論神品、逸品，總以氣逸生動爲上。蓋無韻則薄，有韻則厚；無韻則死，有韻則生。北宗之不如南宗，韻不足也。審是，而詩之貴韻，更可知已。

襄平于生靜思，喜爲詩。無北鄙之音，合風騷之旨。如花之艷，如泉之清，如古琴之和平，如美人之明麗，如哀猿孤鸖之叫嘯於空林陗壁間。課虚而韻存，叩實而韻存。其有滯而無韻、韻而不流者，蓋亦鮮矣。獨是他人之爲詩者，往往拈髭琢句，惟懼不工。故桑民懌、羅圭峰諸人，有布被蒙頭、樹顛棲息，至於面如死灰而後已者。而靜思之詩，成於董徒役下，茭楗魚龍，出没濤奔湍湧之餘，非有過人之才者而能然耶？

張子墨岑，予山居舊友也。以畫名，得南宗之正，固有合於氣韻生動者，與靜思竝官清江。靜思之於詩，猶墨岑之於畫也。得吾説，而更參之墨岑，氣韻、神韻之間，其有相與於無相與者乎？

徐雪漁《懷友詩》序

勝國之末，吴中類多高人逸士。或遯跡山林，或潛蹤緇素。抑志抗心，超然塵外。至身不可得，而見名不可得，而傳每爲之欷歔太息，惜無有如録宋遺民者爲之傳也。

雪漁徐我石先生，績學抱道，雅善詩歌。際甲申變，隱居白蜆江。時自掉一艇，緑簑青笠，吟嘯出没於煙波間，見者疑爲天隨志和。有時寄食蕭寺，賣藥松陵，不入城市，不接賓客。惟一二高人逸士，及白社之流，相與流連晨夕。孫卿子云：『志意修，則輕富貴；道義重，則渺王公。』品曠如抑，卓如也。弟次玉，與陳定生、吳次尾二公交。南渡後，馬阮用事，欲逮捕二公。將及，次玉先生挈其弟避地荒江以終，合乎潛龍之德者已。

予聞風既久，草《元和縣志》時，約略志其生平，其著述未之見也。乾隆己卯春，先生從孫子位出先生《懷友詩》一卷，讀之，懷高尚者七十六人，方外二十八人。人賦五言律一章，各系以小傳，畧具出處本末。其詞和以平，其意真以摯。簡而該，核而不誣。周黨、徐穉、管寧，與雪菴和尚之風，藉先生以流露表白，身晦於前，名仍不没於後矣。而先生之潔身厚倫，至情至性，亦於是寓焉，即以當勝國之遺民録可也。

王岡齡詩序

古來畫師兼詩人者，於唐爲王右丞摩詰，於元爲趙承旨子昂，於明爲家隱君石田、文待詔衡山。餘畫家亦有能詩之人，然偶爾及之，初非專家。甚矣，二者並工之難也！

吾門王生岡齡，本名諸生。少善病，慕煙雲供養者多壽，因習繪事。以衡山爲師，始橅規格，漸得神理，觀者目爲小停雲也。予作記贈之，亦云然。近則專力於詩，凡憑吊古今、友朋贈答，與夫模範山水、刻畫飛潛動植，皆以己之性情流貫於其中。如古琴之泛音也，如都梁迷迭之乍爇也。韻如名花之半開，嫭如美人之曉粧，而時鳥變聲哉生月魄，又如狀其鮮新也。一章一句，岡齡在焉，呼之欲出矣！

昔人品摩詰畫，謂『畫中有詩』，言粉本即韻語也；論摩詰詩，謂『詩中有畫』，言韻語皆粉本也。岡齡雖未能，至心嚮往之。他時詣極，烏可涯量？然則孫卿子所云『藝之至者不兩能』，陸士衡所云『離之雙美，合之兩傷』者，其果然也歟？

岡齡好朋舊，名流會合，必拈題賦詩。今所鎸《西塘倡和》《盤溪倡和》二集，即上追玉山、池館諸賢，與北郭十子不相讓也。夫人之自畫者，每由於自是。岡齡既望古遙集，而朋來盍簪，復能收切磋之益。即欲詩之不工，其可得耶？則茀於六法中求岡齡，猶得其半而遺其全也已。

《虛白堂詩》序

吾友盛子青嶁，以詩友教四方。久留淮壖，每相見，輒道康子江樽詩，謂其格法工整，藻結韻流，不求工於一句一字之末也。歲丁卯，予假滿還朝，過清淮，江樽挾詩卷來謁，比予於老馬識途，屬予點定。讀之，果如青嶁言。既丐予一言爲序，予激賞之，而更思有以進之。

予嘗觀辭人流失，每爲風尚所蔀。國初，囿於竟陵，矜一字之工，誇洗刷之力，其弊也幽昧隱奥，昏昏索索。已而，群尚范陸，有隊仗，無首尾。字纖句中，意盡言下。後一變而宗仰韓、蘇，風格較高。然而奔放有餘，蘊含不足。求如古人，比興互陳，反覆唱歎，得餘味於抑揚抗墜之間者，蓋無聞焉。

江樽自抒心得，不隨風尚。或羌無故實，清言自佳；或襞績重重，耐人尋繹。求之中唐，其得錢郎、盧吉之遺韻者乎？然聞之少陵云『讀書破萬卷，下筆自有神』，放翁云『詩外有事在』，蓋不以詩求詩也。學者果能窮經準史，流覽百家，譬之取火於四時之燧，溯水於崑崙之源，將所云『鯨魚碧海，巨刃摩天』者，非必不可到之境。則夫拔奇流俗，以清詞麗句爲工者，又非其止步也已。

抑思江樽方勞力河干，他日泛桃花之水，經瓠子之宫，弔宣房之築，一切可喜可愕，凡所以開拓其心胸者，皆詩外事在，而不止乞靈於書卷之中也。試質之青嶁，以吾言爲然耶？否耶？

金際和詩序

古人風雅所在，必有從而和者。昌黎詩，和者則有孟郊、盧仝、李賀、劉叉；樂天詩，和者則有元稹、楊巨源、劉禹錫，以昌黎、樂天爲風雅主持也。

去秋，有客携檇李金子際和《夏柳詩》示余，和者至二百人。較之漁洋《秋柳》之作，鈍翁《楊柳枝》之詞，又加盛焉。余方訝際和何如人，而衆相慕悦若此！

兹歲首夏，際和扁舟來吴，訪余草堂，以《凝雪書屋》詩屬序。叩其淵源，則以前輩香樹錢先生爲之師，吾友鐵珊張君爲之友。指授切磋，日躋真諦。宜其詩之工也！際和復以一詩爲贄，許余肩隨漁洋、竹垞兩先生。余則何敢然？嘗聞作詩之道於先生長者矣，格調欲雄放，意思欲含蓄，神韻欲閒遠，骨采欲蒼堅，境界欲如層巒疊嶂，波瀾欲如巨海淵泉，而一歸於和平中正。際和之詩，原本性情，鋪陳理道。諷諭以警世，託寄以自廣。縱横蘊藉之中，自具神韻骨采，可登風雅之堂矣。從此更深學力，研窮漢魏六朝，使境界幽深，波瀾浩蕩，何患不入風雅之室哉？

國初，東南詩教，並推嘉禾、倦圃、竹垞諸賢，極一時之盛。自此接踵者，有香樹；輔翼者，又有鐵珊。前唱後導，雅音猶存。今復得際和繼起，盍朋簪，聯吟社，屬而和者漸及遠方。相與究四始之旨，六義之精。他日鴛湖長水間，有主持風雅者，應在際和也！余因樂得而爲之序。

《卞培基詩》序

白香山云：『韋蘇州詩高雅閒澹，自成一家之體。』言其自然耳。而詩之自然，關乎性情。性不摯，情不深，不能自然也。然摯性深情，惟篤於倫物者有之。

卞子培基，篤於倫物者也。事母，筆耕，供菽水。母病，探索方書，通其術，兼以濟人。喪偶，不再娶。澹於功名，超然榮利之外。嗜友朋山水，離合登臨，寄之吟詠。嘗遊黎平，道沅湘，達牂泂，攬名山大川，擴其胷抱。舟中取漢魏六朝、三唐詩，考其源流升降。既歸，娱親之暇，藥房蘿屋，終日呷唔。炊煙屢斷，弗顧。間與二三舊侣，分韻倡酬。吴中名蹟，半屬留題。其詩不屑雕龍祭獺、雷同沿襲，而中藏之歡愉慘戚，隱約欲傳，所謂『高雅閒澹，自成一家之體』者與。

蓋卞子之奉慈幃，以孝養，不以禄養，如宋之尹彦明；卞子之重伉儷，望廬思人，如晉之潘騎省；卞子之以醫濟人，不求人知，如漢之韓伯休。篤於倫物如此，宜其觸景摛辭，皆由摯性深情。而詩歸自然，得韋左司之遺也。以予爲識途老馬，虚衷求益。夫師今不如師古，卞子仍取漢魏六朝、三唐諸大家詩，反覆尋味，有餘師焉。

《徐筠亭全集》序

唐元稹自叙詩，述其年二十二至二十七，五六年間，是丈夫心力壯時。嘗在閒處，無所役用。性不近道，未能淡然忘懷。又復嬾於他欲，全盛之氣，注射語言。雜糅精粗，遂成多大。稹之自道其所得如此。

濰江徐先生筠亭，久于閒，而自全其性者也。久于閒，其心平；自全其性，其聲和。以和平之所醖，而導之於全盛之氣，故凡有所言，適肖其中。所欲出，而曲暢其優遊婉順之旨，則筠亭之所以不可及也。

�亭壯時，以名進士出爲民牧。所至，以廉能稱職。大吏先後器其才，欲薦之。筠亭以太夫人春秋高，乞身而歸，年未及艾。

嗟乎！士大夫官朝廷，貴有高世遠舉之志，而後不爲爵禄之所縻。昔韓昌黎於孔戣之去官，深歎其賢於人。而其送楊巨源序，以爲其意，同於二疏。豈非以二公之能遺榮而樂志歟？然二公皆以年七十辭位，而筠亭願脱然於服政以前。藉令筠亭本其理煩治劇之才，積日累勞，以取尊官厚禄，一旦功成思退，一如孔戣之辭尚書左丞，楊巨源之辭國子司業，豈曰後時？而乃以將母之懷，遽遂其潔白之養，是又不可以遺榮之説，謂筠亭之志在求閒者。夫筠亭而豈徒以去位爲高者哉？

筠亭既歸田，奉親之暇，杜門息軌，十數年於兹矣。此十數年中，心力未衰。鋭意讀古人書，誦其言，以涵泪其義味，如五鼎七牢之饋於左右，饜而飫之，得其精而遺其粗。以視積之所爲注射者，歷時久而信道篤。其所得，當不止於語言。而即以語言求之，其詩若文具在，亦未嘗有所雜糅於其間。則信乎，惟筠亭而後可以處閒也！

吾聞筠亭之居鄉也，學有田以養士，祭有田以贍族。今大中丞陳公榕門撫閩時，嘗爲文以記之。至稱其光遠有耀，直與范文正輝映千古。此皆本其未見諸設施者，以行於一家一邑，雖不官於朝，猶之立政。以故出處之跡，不必泥焉。至其所述《石溪史話》，則又詳求古今治亂之故，以昭示來許。而不掩人善之意，亦於是乎寓焉。

嗚呼！仁足以惠人，知足以鑒古，是立德、立功，筠亭皆汲汲爲之，夫豈曰能閒？則閒而著書立言，又筠亭之餘事也夫。

《蕙櫋集》序

屈子作《離騷》，每取義於香草，如江蘺、如薜芷、如秋蘭、如荃、如留夷、揭車、秋菊、芙蓉之屬，皆是也。而於蕙反覆致意焉，一則曰樹蕙百畝，一則曰蕙櫋既張。言既滋植之，又將設席而聯屬之，洵所云『志潔行芳』者也。嗚呼！楚臣既遠，香草長存。尚有神往於清辭曼態間者乎？

吴子飛池，少工韻語。擅能比興，語近情遥。已往仍回，泳歎淫泆。於古人詩，每不襲其辭，而善師其意。視世之蒐漁餖飣，取青妃白，以誇多鬭靡者，介然不屑於懷。茀其風趣，似有得於二十五篇之旨者也。

且予情信芳，不求衒耀。已近立年，艱於投合。世有謂『幽蘭不可佩，申椒未必芳』者，欲令貶志，以雜處於賫菉葹、蕭艾之羣。而飛池自信於衷，浩乎有得，其肯同蘭芷之變芳、荃蕙之化茅者與？如是，發而爲詩，猶有隨人步趨，而以剽敓稗販求工者與？

集名《蕙櫋》，舉一蕙，而其他香草可知；舉一櫋，而其他纕佩房橑可知。昔杜牧之評李昌谷詩，謂『少加以理，即可奴僕命《騷》』。此牧之大言欺人語！然學詩者，師古人，而寖加以理，且循是不已焉，即以希《離騷》之苗裔，無不可也。

外《檀州集》上下卷，係客檀時作，經吾友厲予太鴻論定，不復贅云。

《紫陽書院課藝》序

予忝主紫陽書院講席，三年於兹矣。月有課藝，文格高下，俱經品題。兹擇其文之佳者，與大中丞藩臬諸公激賞之文，會爲一編，付之剞劂氏。爰作序，以引其端。

憶少時聞之父師之訓曰：『制義之爲道，别無他奇。理取其正，法取其合，辭取其典，氣取其昌。宗乎經，準乎先正，流衍於古大家文，而以一己之靈明運之，以求肖乎聖賢之神吻，如是焉而已矣。』時謹識之。後以是教弟子，以是取鄉會試士，均不敢忘父師之言。

竊見近日之爲文者，但主趨風氣之説，詭僻荒幻，昏昏索索。舍康莊而入鼠穴，避光風霽月而行三里霧中。所用割裂之字，問以意義云何，而彼不能解也。所引俚俗之語，問以出於何書，而彼不能答也。但云本考卷某、墨卷某而已。其始，一二有大力者倡之，後則波頹瀾倒而從之，相習成風，恬不知怪。而選叕苟且之士，則又相沿庸弱之習，而適爲險怪者所藉口。欲望文風之復古，不易得已。

予之爲肄業諸生告也，唯以所受於父師者示之。諄切往復，不憚再三。而諸生不鄙棄予言，互相劘刃。其未濡染者進而日上，即已濡染者亦能漸回舊習，而日趨於高明正大之途。其有理法襍亂、辭氣晦蒙，背乎經、舍乎古大家文，而苟焉從事者，蓋亦尠矣。

文共二百一十餘篇，俱正之莊大中丞滋圃先生而定。滋圃，文章領袖也。平日論文，證宋五子之言而合，衷四子之旨而當者。故選中所録之文，每近於純。

抑予更有冀焉者。制義，其英華也；學殖，其英華之所從出也。諸生由趨嚮之正，而益養其根、益加其膏，他日發攄所得，以羽翼經傳，以進於道德之途，應更有焯乎可傳者。而豈惟制義之工，足以取科名，而榮當世已耶？

外此，有詩、賦、古文一册。亦皆探原本中，尺度異乎務華絶根、野戰無紀律者。所以附制義之後，不復序云。

《紫陽書院課藝二集》序

紫陽書院課藝，前甲戌歲，已擇文之佳者刊刻成集。大率理取其中正，法取其自然，辭取其典贍，氣取其流行，本夙昔稟承服習者以爲準則。出而問世，藝林不聞有訛議也。

乙亥至庚辰，又六年於兹矣。主講席前輩廖南崕先生與予，復擇文之佳者，付之剞劂。雖籍分前後，而取文大指，先生與予略同。何則？蓋六經、四子，與宋五子言，浩如淵海，而天地古今，唯有一理。凡支離惝怳、縱横謬戾，有乖於人倫日用者，非理也。明理之言，於繩墨規矩之中，自有神動天隨之妙。若首尾横決，筋脈弛緩，又或先拘成格，束縛馳驟者，非法也。語必以經爲醇，史可用意，而語防其雜。子集抉擇尤嚴，若俚俗舛謬而入鄙倍，風雲月露而入纖靡，辭之纇也。血脈流通，全在乎氣。氣盛，則短長高下皆宜。若過求刻削，斷而難續，以致昏昏索索，氣之傷也。於此四者，講其是，而去其非。較之初集，尤加意焉。

且初集之成，予祇憑一己迂踈之見。兹之去取，每準之南崖先生。先生品高學純，平日見之話言者，皆本諸躬行。心得之餘，評諸生文，一句一字，必求之根柢。而於漢唐箋疏、濂洛關閩之旨，極爲精詳。予不能岐其指趣，而先生亦不以予所見爲紕謬也。

歲丁丑戊寅，大中丞榕門陳公，奉命兩次撫吴，公自下車以來，整以馭煩，静以鎮躁。德渥政平，民胥畏懷矣。而公餘課士，以辭達理舉、醇厚宏深爲尚。諸凡迷途絶源、炫奇弔詭之習，概迸斥之於書院中。已經品隲之文，詳加論定，亦謂理法辭氣不爽，無差池焉。公每命題，輒作題解一篇，以示圭臬。而於諸生晉見時，復謂經義之外，務兼經濟，古學庶乎有體有用。諄切勸勉，如父師訓其子弟者然。宜今二集所定之文，經義古學，多矯矯拔俗，不至於良楛雜出也。

抑又思國家設立書院之意，與諸當路期望多士之心，有不止於工文辭、取科名而已者。蓋文辭、科名，末也；德行、功業，本也。聖賢之言，無一不切於實用。學者果一一體之於心，驗之於身。操存涵養之有要，擴充措施之有方。將爲真文章者，必能立真人品。立真人品者，必能建真事功。純儒出其中，名臣亦出其中矣。諸生其體會斯言也夫！

《卓雅集》序

唐殷璠論詩，謂『詩有野體、鄙體、俗體』，唯文亦然。文之野體，橫馳議論，不嫻律令者也。文之鄙體，發言庸俁，鄰於佞諛者也。文之俗體，荒棄經籍，略同里巷者也。三者雖殊，受弊則一。一言蔽之，曰傷於雅而已。

太史公作《史記》，於《五帝本紀》贊則曰：『其文不雅馴，薦紳先生難言之。』又云：『擇其言尤雅者，著爲本紀書首。』是《史記》一書，固以雅爲歸也。劉勰作《文心雕龍》，於《徵聖篇》則曰：『聖文之雅麗，固銜華而佩實。』於《宗經篇》則曰：『稟經製式，酌雅以富言。』是《雕龍》一書，固以雅爲程也。則非雅，無以爲文矣。制義之爲體，何獨不然？

然制義中有試牘，每有難於雅者。何者？鄉會闈墨，元燈魁格，代傳尺度。而歲科試作，不聞樹標準以垂之則者，則雅難。又風簷晷刻，振筆疾書，易露敗缺。雖鴻才鉅筆，或不暇決擇，則雅更難。且十五國中，風土異宜，柔剛異質，性情異尚，學術異趨。正音而外，所謂鄭音好濫淫志，宋音燕女溺志，齊音敖辟喬志者，往往雜於間，則雅尤難。然能別而裁之，慎而取之，去其殷璠所訾之三體，文之真者出焉。剷難於雅者，亦同歸於雅矣。

且夫雅與非雅，亦何難辨之有？同一論理，而搜擇融浹，與道大適者，純者也。虛無繆悠，賊害心性者，駁者也。駁者非雅，則純者雅也。同一用法，而開合操縱，行止自然者，真者也。首尾橫決，血脈中良者，僞者也。僞者非雅，則真者雅也。他如布格而有老成之格，即有破壞之格；使才而有中律之才，即有決閑之才；遣詞而有典切之辭，即有不根之辭，其間雅與非雅判焉。學者於聖賢之書，朝討夕稽，而謂水火黑白之不相混者，不能别白之，以定厥指歸乎？

予兄子立方、蘭初，弟兄師友，學有根柢。而又工於持擇，嘗取直省試牘遠近流布者，淘之汰之，務欲擷其菁英，以還大雅於理。必力爭豪釐，深明疑似。於法，必千變萬化，出於無心；於格，必淵渟岳峙，一循矩矱；於才，必揮斥八極，驅役古今；於詞，必鎔鍊剪截，鏗鍧炳耀。一切卮言蔓説，穿鑿附會、荒幻迂腐者屏焉。去鄭存雅，用備忘闕，非欲出以問世也。

會坊客屢請開雕，重卻其意，因詳加評炙。先以近時五科，付之名曰《卓雅》，取夫惟大雅卓爾不群之意，不敢蹈殷璠所譏也。

雖然，雅之爲言，非可襲而得也。昌黎韓子有云：『養其根而竢其實，加其膏而希其光。』有實有光，斯雅矣。不養根不加膏，而欲妄冀大雅，有是理哉？願與立方昆弟共勉之。世之窮經好古者，其然吾言否也？

余雙池館卿時文序〔一〕

聞之艾東鄉之論文曰：『本仁義之質，標古雅之神。』夫仁義之質，發乎性情之正也；古雅之神，得乎經術之醇也。當日西江五家，雖文之面目不同，而鎔鑄經籍、陶冶性靈，以求合乎聖賢之精藴者，卒歸於一，此五家之所以並傳也。後之不善學西江者，沾沾形體之是求。於是杳茫荒幻、昏昏索索，竟爲可解不可解之辭，以相誇尚，曰此西江之派云爾也。夫如是，以爲西江，不爲西江之正傳，適爲西江之蟊蠹爾已。而世之好議論者，因不善學之人，遂並以西江前輩爲詬病，不亦過乎？

乃今讀雙池先生之制義，歎其於鄉先正之真傳，能不相襲而適相合也。先生之文，原本性情，發抒經術。無浮言，無隱貌。優柔和平，而一準乎大方。所謂仁義之質、古雅之神者盎然，時流露於楮墨間，此真有得於西江之宗派者也。

且夫西江宗派，不自五家始。其先有四雋矣，秀韻如玉茗，高蒼如二愚，春和如泗山，峻潔如永溪，皆本歐陽文忠、曾南豐、王半山、陸象山之正軌，而因以自擅其長。此又五家之所自出，而不得以五家爲初祖者也。人特涉其流，而昧其源，是以極摹擬之工、欺世之術，而去之彌遠。先生融會而貫通之，以前四雋之體裁，化後五家之面目，宜乎於諸先正外，醖釀成家。有其長，而不流於弊也。

抑思先生所以成是高格者，是有其故。先生耽味道腴，同於嗜欲。跡其入辭館，後侍講讀、位館卿，垂二十年，未嘗一日不與古聖賢人相晤對。則其通籍以前，又可知矣。而其寧静和藹，如春風披拂。與之相遭者，令人久徘徊焉，而不忍去。先生之學養何如哉！而以其實得發爲心聲，即先生且有不自知其所至者矣。

語云：『有道之人，言無枝葉。』世之讀先生文者，於根柢求之，而不徒得先生之形似，則西江之真於是乎出，而人亦不得以西江爲詬病也夫。

校記

〔一〕目録作『余館卿雙池四書文序』。

楊謙山時文序〔一〕

蘇子譏王氏文，謂：『一望如黄茅白葦，不足動人。』則有光燄者尚焉。然光燄之發，非可倉猝而求也。玉在山而虹見，金寳積而氣騰。從未有根柢不深，中則枵然，而外則輝然者。然則所謂根柢者何在？曰窮經。

蓋經者，聖賢之精藴，文章之統會也。以經爲主，而流衍於諸史子集，以沃其膏，以暢其支，將流於既溢之餘，有欲掩其光而莫能掩者。

農部楊子謙山，予同年友也。鄉試魁卷出，四方傳誦，奉爲圭臬。既而會試卷出，復然，幾於家置一編矣。然而不善學者，己之真意不存，真氣不流，而惟追摹於晳黔肥瘠長短之間，以就謙山之形似，是在謙山爲工者，他人效之而拙也，在謙山爲新者，他人效之而陳也。譬猶截趾以適屨，移侯以就矢，天下有許其合度中的者哉？

今謙山之稿具在，披而讀之，如芙蓉之出匣，如星宿之垂芒，如蛟蛇之騰空，而不可遏抑。及細心體驗，其規矩尺度、神吻脈絡，皆歸布帛菽粟之理，而融浹乎經。士衡云『怵他人之我先』，昌黎云『惟陳言之務去』，又云『約六經之旨而成文』，試以三語核之，謙山之不合乎古訓者蓋尠，是能不受風氣之轉移者也。夫維不受風氣之轉移者，斯能轉移乎風氣。而世之逐逐焉以揣摩影響爲工，而不反求諸本原之地者，爲可惜也。

謙山初籍學宮，年十有三。予時爲老諸生，讀其文，異之。既六七年，同登鄉會榜，同官於朝。時相晤言，益知其學力所自。今又十餘年，予適歸老矣。屬予草序，因書之簡端。歎其所投輒利者，固由於輝光日新。而輝光之發，有不由於獵取，而由於充積者也。世之學謙山者，亦能自植其根柢焉，庶不讓謙山以獨能也夫。

校記

〔一〕目録作『楊農部謙山四書文序』。

王西莊四書文序[一]

四書文之壞，由論者分古文、時文而二之。謂古文宜原本經史子集，時文以《大全》爲主。意取其穩，格取其平，辭取其近。又創爲典，顯淺之説，以希遇合。爰是希遇合者，競爲淺中速化之術。而通靈之心、迅利之筆、渾厚之氣，舉無所用之。奄奄一息，望去如黄茆白葦然。有心者，幾欲舉而拉襍摧燒之，似天下無用之物，莫制義若矣。

王光禄西莊，起而力挽之。西莊根據六經，藴含史子，漢京以來名賢文集，亦博覽而鎔冶之。故經營四書文，每遇一題，必先體聖賢之精義，或實或虚，赴以全力。析理微妙，而不入窅冥。取材富有，而不流涉獵。文之平正者，同於遊五父之逵、九達之道。而奇峭之文，又如寒月可以起雷，炎月可以造冰。蓋其沈浸醲郁者久，而以一己之靈明運之。若聖賢之談理，聖賢之神胳固當爾爾者，因共信爲傳世行遠之文。是西莊之時文，即西莊之古文也。

曾憶予歸田日，西莊贈以百韻詩。一氣流轉，略無賸語。服其才大如海。繼讀其古文，根柢深厚，發一議論，可以八面受敵。既閲其四書文稿，不止經生之業，直欲追古人而從之也。孫卿子云：『藝之至者，不兩能。』斯言恐不足憑已。嘉定故多君子人，以明代言之，前有歸震川，後有黄陶菴，皆純儒也。西莊生於其地，文品既高，而更能抗心希古，日進於純，安見不足接踵前賢耶？

校記

〔一〕目録作『王光禄西莊四書文序』。

吴南勤四書文序

制藝之卑，由學者根柢之不求，而日以趨風氣爲事。勞精敝神，隨人遷轉。形骸面目，歲異月更。以經義之正，而等於高髻長袖。苟焉求悦於時人，亦見其陋而已矣。吴生南勤，少探經學。既長，喜讀唐宋八家文。發爲制藝，搜抉精髓，空諸依傍。風行水決，英氣上騰，固欲以立言自命者也。

前此二十年，行文家專尚堆垛。有偶無奇，有辭無氣。若非此，無以爲取科名之具者。而南勤之文自若。既而，矯弊者盡舉而反之。句僻字澁，昏昏索索。爲莽蕩，爲泛駕，爲山魈之弔月，木客之吟詩，又若非此無以爲取科名之具者。而南勤之文仍自若。其志堅定，其識超卓。於肩項相望之中，不肯旅進旅退，苟焉追逐乎風氣。蓋由其平日培植本根，虚心順理，以蘄文與道合，固有箴砭俗學，焯然成一家之言者。而豈以逢世取悦，類於隸人之趨走爲能事也耶？

抑思前明制藝中，如金嘉魚、陳臨川諸公，猶山中之有嶽也。而歸震川獨如岱宗，群岳推爲東長。南勤之文，久以嘉魚、臨川爲步趨矣。邇者理醇氣厚，復思宗仰震川，用力而不自已焉。吾未見天門日觀之必阻人窺攀者也！南勤又長古詞詩雜文，其質熊熊，其氣灝灝，非猶人然亦然，徒爭長於華詞聲律間者，兹不贅論，論其制藝云。

顧景嶽古文序〔一〕

劉文叔戰昆陽大捷，諸部喜曰：『劉將軍見小敵怯，大敵勇。』蓋既遇大敵，不得不用全力也。文章亦然。

古之作者，一時興會，偶屬之文，多有不甚經意者。若遇堅城，則必全力貫注。項羽、高祖兩紀，《平準》《封禪》兩書，太史公大敵，全力所貫注也。霍光、金日磾傳，班孟堅大敵，全力所貫注也。昌黎全力貫注者，爲《原道》《佛骨表》《平淮西碑》。永叔全力貫注者，爲《本論》《春秋論》《瀧岡阡表》。古人類然。後人作文，於酬應牽率之篇，不惜經營布置。而一遇關係大經綱目者，望風退避。此見小敵勇，大敵怯。如章邯能破趙軍，一遇項籍，相持未下，不旋踵而降矣。

顧子景嶽，少工制義，領袖群英。繼事詠吟，咀英嗽潤。近乃專攻古文，門軔八家，津梁史漢。趨向正，而能堅矣。近以所作示余，其諸賦辭章外，一切考説、辨論、書序、記疏，與夫志傳、雜著之類，一一考據經史，準則古人。理析微妙，而返於篤。寔政酌古今，而歸於治平。雖其中亦不無一二興會偶屬之作，而體要所關，必侃侃斷斷，不爭工拙，而爭是非之一定。平情論之，詎敢遽謂接武漢京唐宋名賢然？以一人心力，搘拄於群口委靡之時，不亦可謂『見小敵怯，見大敵勇』者耶？

且夫文章之用，藉以明道，亦以之鼓吹休明，潤色鴻業也。唐有蘇頲、張説，宋有宋圻、晏殊，皆掌國史、知制誥，並推臺閣鉅體。景嶽以選貢生試大廷，巍然首列。公卿咸欲老其材，以儲制作之選。他日入鳳閣、登鸞臺，恢恢乎游刃有餘，皆本平日之學問，而措之於顧問簪筆時者也。

抑余又有説焉。文有進境，無止境。景嶽精益求精，純益求純，使議論所據，若舟之利水、車之行陸、菽粟之療飢、布帛之禦寒，坐而言者，可以起而行。而人之讀其文者，共服其全力貫注，而又若泯乎全力貫注之跡也。余序其文，而操其説以竢。

校記

〔一〕目録作『顧景嶽四書文序』。

賴錫蕃四書文序

昔予主戊辰禮闈試，得廣昌賴子錫蕃之文。見其有五家風格，而鎔經鑄史，軒豁呈露。顧謂同事諸公，曰：『是卷説理真純，風骨峻整。他日立朝，當著正直聲。在外，必爲廉能吏。』諸公僉以爲然。榜發，來謁。問其所得力，則誦習五家之文，而不爲束縛者也。蓋江西五家，在明代最爲後勁。當隆萬以後，學者竟爲平庸剽竊，五家者起，而棄浮植本，吐故擷新。寧鑿險縋深，毋晨華夕萎。文風從此一變。迨沿之既久，襲其名而失其實。理不必真，辭不必典，跨越規矩，横決儻蕩。甚者，昧昧幽幽，飄入鬼國。以此而曰『吾學江西五家』，豈五家之真面目哉？

錫蕃以平日之文示予，披而讀之，説理本乎六經，而以有宋五子之書闡繹之。發論據乎三史，而以唐宋八家之法駈運之。每搆一藝，必獨開生面，惟陳言之務去，怵他人之我先，而又無一處非題中筋脈。間有小品，亦巧不累雅，俊不傷道。洞性靈之奧區，近乎五家。準儒先之矩矱，不必盡協五家。其服習鄉先生，而自出機杼者與。

錫蕃今爲令於太倉之鎮洋，以樸誠撫民，而不事夸浮；以和平聽訟，而不尚苛察，此平日説理真純之驗也。奉上不阿，理煩不棼；不以絲粟累閭閻，不以游移隨衆口，此平日風骨堅凝之驗也。言爲心愿，不信然與？

予嘗閲班史傳循吏，謂以經術潤飾吏治，如文翁興學教士，使蜀地幾同齊魯，其明徵也。方今文風漸頽，不求根柢。錫蕃政事之暇，其以所學，進邑之子衿而訓之。俾知文章自有真理法、真格力。優柔饜飫，久之，而説理同進於真純，風骨同歸於峻整。文品日高，士行亦由是而日上也。錫蕃其然我言乎哉？

錫蕃邃於詩，詠南北宋史，議論緯以丰神。十六國春秋，樂府，余直擬爲西涯替人。已另爲之序。

徐哲次四書文序

制義之道，得王文恪而正，得歸太僕而尊。正也者，理舉辭達，探源於宋五子書也；尊也者，理舉辭達矣，而又融浹乎《左》《國》《史》《漢》、唐宋大家之文，則以古文爲制義也。竊怪近代之爲文者，秪問途於闈墨試牘，而視經、史、古文爲刺目之物。是猶鑄錢文者，專取民間之廢銅，而妄欲流通於四國，適見其立匱而已矣。

吾友徐子哲次，負俊上之才，矢立言之志。少歲，高出輩流。繼復請業於六雅中子二儲先生，二儲先生授以經史古文實學。一時同請業於畫山樓者，又得吴覲、揚冠山、萬星鍾諸前輩淬鋒劘刃，競發光芒。以故，哲次之文，或如高山大川，龍虎變化不測。或如銅牆鐵壁，極力攻之，不能摧其隅角。其最上者，又或收視返聽，心與天遊，如太虛之中，不著片雲微滓。同學諸公，咸以畏友目之。且其爲文也，有時苦心孤詣，終日沉思。有時奮筆疾書，一日成數十餘義，一題成數十餘篇。文之富，倍於陳臨川；文之高，可追歸太僕也。獨是清才如哲次，實學如哲次，自宜簪筆承明，上備顧問。乃一膺鄉薦，屢滯南宫。出宰秦中，改調長水。人皆爲豐於文行，而嗇於遇合。不知禄秩之榮於一時，文章之傳於後世，果孰得而孰失也？不然，以歸熙甫之才之學，而久淹一令，終老寺丞，亦云屈抑矣。乃今之讀熙甫文者，有不尊如天球河圖之罔敢屑越者耶？晳次之於文，胡獨不然？

今晳次已成古人矣！聞其寢疾時，友朋過從，欵語慰存。諸子環侍，憂戚見色。而晳次口講指畫，明學術之虛實，文體之高下，務必求其是而去其非。而年命短長，一置之度外。知於明理之途，固飲食嗜之，死生以之者也。令嗣克家鐫其遺文，問序於予，因序其文之可久而歸之。

李蘭柑時文序〔一〕

文章詩歌，本乎心術，著乎語言，表裏洞然，不可掩。故讀之而性情之厚薄、品詣之邪正、遭遇之榮枯、年壽之脩短，皆可豫決。昔人恒挾以相士，今而知有不盡然者，於李生蘭柑見之。

蘭柑先世籍吉水，後徙蕪湖。祖鈍菴爲時偉人，以嗜學博聞、敦行植品稱。父蕃篛，束脩自好，專攻舉子業，壬申鄉試，薦而未售，本房劉川南先生有潛心孤詣之歎。生三子，均有俊才。蘭柑居次，尤穎異。少歲，熟六經《史》《漢》，爲制藝，自協理法。十六應郡試，拔置第一。學使者補諸生，偕其兄然青，著聲庠序。兩躓棘闈，益沈潛理奥，旁及韻語。識者謂：『天將老其才，以底於大成。』鈍菴未竟之緒，當發之蘭柑矣。

今年五月，忽以病歿，年二十一。蕃翁撫其遺稿，不勝慟悼。兄若弟梓以問世，用彰蘭枻之苦心，慰乃翁之哀戚。郵寄示予，讀之，文則理醇法密，取材廣博；韻語則優柔平中，一諧律令。其性情必厚而不薄，其品詣必正而無邪。理宜奮青雲而享大年，廼豐於才、嗇於命。昔人所以相士者，竟不盡然耶！

予唯天之生人才者，每不多見。既已才之，又短折之，殊不可解也！於是感憤無憀者，謂天之於人，任其死生，壽夭都不省記。又其甚者，謂天實忌才，有雋才而賢者，必置之夭死，而移其富貴眉壽於庸庸之人。其果然耶，否耶？

然吾嘗曠覽古今，往往富貴眉壽之人，求一言之幾乎道而不得。是富貴而實貧賤，眉壽而實夭折。今蘭枻之文與詩歌，彬彬郁郁，可以傳世。是未成名，而富貴不永年而眉壽。孰得孰失，必有辨之者矣。蕃翁聞予言，亦可少抑其哀思也夫。

校記

〔一〕目録作『李蘭枻四書文序』。

袁質中四書文序

梁昭明《七契》有云：『三聲吐韻，四結流響。』《謝靈運傳論》有云：『綴平臺之逸響，采南皮之高韻。』古人論詩，每以韻爲主也。

予謂制義何獨不然？從來工制義者，明白説理者爲正宗，磊落使才者爲大家，兩者並峙。然無韻以流行於其間，恐意盡句中。使讀者索然於語言之表，則説理易流於腐，使才難免於麤。是知文章能事，固惟韻爲總會已。

予嘗閲前人選本，馬文忠君常有《文韻》，韓尚書慕廬有《歷科選》，中間最佳者，同於伯牙之琴絃、藐姑射之神人，泠然風飛，令人作天外之想。而近日之文，庸茶者流於骫骳，求異者入於乖舛荒幻。望前輩之流風餘韻，而了不可得，識者比之《五行傳》中『言之不從』之孽。噫嘻！其亦可慨矣。

震澤袁生質中，業制義。少歲讀書百城樓中，能吐棄時趨，宗法先正，所爲文，即已驚其老蒼，予時以小友目之。籍學官後，益親師取友，虛心順理，欲自儕於作者之林。戊辰冬，郵寄近稿於京師。予披覽之，猶是剖析天人，指陳經濟，摹肖神吻。而説理使才之中，自有言外之音、空際之響，虛與委蛇，而不留其跡也。此如畫然，工六法者，筆墨所到，即有欲動欲定之韻流溢於山水木石間，使人不能名言其妙，斯稱逸品。質中之文，文中之逸品也。讀其文者，尚以尋常帖括之例求之也耶？

抑又思韻者，生氣也。有生機，斯有生氣。而有生理，斯有生機。質中藏書富有，充牣百城樓矣。日涵泳，以益培其生理，將古人所云『博觀約取，厚積薄發』者，其生機之暢，生氣之流，有惡可已而並不自知者已。

《鳳山周烈女輓詩》序

古来以烈女而著於詩篇者，始自《衛風・柏舟》念兩髦之我儀，矢之、死之，靡慝。説者謂共姜未字，守義獨全，其節彰矣。厥後陶嬰《黄鵠》之歌，敬瑜妻《孤燕》之詠，皆遺音也。若乃詩非自作，而藝林哀之，歷世多有。魏文《寡婦詩》，爲陳留阮元瑜妻作也；潘岳《寡婦賦》，爲樂安任子咸妻作也。至王粲、丁廙之徒，亦篇章垂後，悽惻可傳。蓋貞節之風，古今所重。或一時慕義，情致激烈，而秉正不回，有以感人心而動風俗。此長言永嘆，往往藉詩篇以傳也。

鳳山烈女周氏，爲歲進士岐竇女。少失怙，事母孝。許字同邑陳生植璧，年及笄，未字而夫卒。女聞之，摧腸欲絶，即誓捐軀，相從地下。以母氏勸阻，且夙夜護防，僅而後免。然一日，母氏歸寧，女乘家人閧，遂畢命眢井。計夫死至女死，止八閲月耳。遠近聞之，俱賦輓歌以悼之。夫『女子有行，遠父母兄弟』，配適君子，宜竭節自盡，理也。乃時尚未字，年甫及笄，所天一喪，並不忍爲未亡人。何見之決，而義之明也！古來烈女，如斷指截髮，毁耳割鼻，以奇行顯者，莫不卓然自命，一往不回。然或中道夭折，或逾時同穴，猶若少緩須臾。今女殉夫慷慨，視死如歸，更若稍延旦夕而有不可者。嗚呼！行可謂難矣。即或無表揚之者，而節烈自堪千古。矧見之詩歌，不將與《柏舟》風人並傳不朽耶？

古《烈女操》云：『波瀾誓不起，妾心井中水。』女乃死於井，而與洌水同清也。余故哀之、重之，爲之序，以爲彤管之一助。

題張禹懷印譜序〔一〕

秦漢印章，有官爵印，有私印，無有取嘉言俊語，鎸爲圖記者。其印之質，有玉，有金、銀、銅，無牙、甆，與石，取易於雕刻把玩者。元代吾士行、趙子昂諸人出，取牙於象，取甆於西江，取石於閩浙。名氏外，兼采名韻語言，以爲珎賞。明代壽承文氏繼述前良，而古風一變矣。然體製雖殊，本原遙溯。談篆刻者，必以秦漢爲宗。猶論文者，必準則《左》《史》，論詩者，必討源《風》《騷》，論書畫者，必問途鍾、王、顧、吴諸家也。

近日，篆刻家但工妍媚，不求淳古。而故作怪異者，則又橅形似於剝蝕壞爛，致盡失秦漢之真。繇正傳漸熄，互入岐途，而取悦今人者，不上求之古人也。

吴江張子禹懷，治經義，工韻語，暇則兼嗜篆刻。秦漢以來印章，既彙萃成譜，心摹手追矣。故當落墨奏刀，縱橫盤蹙，工整攲斜，渾樸韶秀，無不有古人意趣流行其間。由浸淫前代者深，而書卷之氣亦有以助之也。

前此，吴中擅長者，推顧雲美苓。雲美植品既高，藝入神妙。而同時程穆倩、何雪漁、許墨公諸君子，亦與並名，或謂高於雲美。今印章具在，程、何、許三家，聲名雖著，並遠古人。混於庸碌者，不能辨是非於真賞也。禹懷能如云美之植品，而益神明於藝，而不自止焉，安知真賞之竟無其人哉？遠古人。混於庸碌者，不能辨是非於真賞也。禹懷能如云美之植品，而益神明於藝，而不自止焉，安見真賞之竟無其人哉？

校記

〔一〕目録作『張禹懷印譜序』。

歸愚文鈔餘集卷四

即滄浪亭記

梁山李子方明，以所居之圖示予。面臨高山，旁接廢圃。山樵野叟，往來於門。門沿深溪，自南而北，澄澈見底。尋之每迷其源，名曰桂溪。李子作亭於上，未有名也。客於吴，遊蘇子美滄浪亭中有會焉，遙名即滄浪，節取杜少陵『百花潭水』之語，屬予作記。

予惟《禹貢》『嶓冢導漾，東流爲漢，又東爲滄浪。』漢與滄浪，在荆州，蓋楚地也。杜少陵先世居襄陽，自少陵入蜀，居成都，隣浣花溪。溪一名『百花潭』，少陵詩曰『百花潭水即滄浪』，言在蜀猶在楚，懷先世也。後蘇子美謫官，居蘇州。愛南園一隅之水，名『滄浪池』。築亭，名『滄浪亭』。子美上世爲蜀人，後徙居開封，爲開封人。吴無滄浪，蜀與開封俱無滄浪。子美所取，應與少陵異。豈其時小人害正，一時王拱辰輩同於靳尚、子蘭，爲子美者，有感於漁父濯纓濯足之歌，而欲淈泥揚波，以自全其身乎？

李子少居蔣陵，既長，家夔州之梁山。今羈旅於吴，雖懷鄉之感，時溢話言，而於楚之滄浪，略無所屬。又文章行誼，與時相孚。所遇賢士大夫樂爲交遊，無王拱辰之徒起而爲難者。於子美所取滄浪之意，未必有合。即高阜回環，紅蕖緑浪，爲南園之勝。客遊其地，顧而樂焉。然洵美而非吾土，亦何眷眷於此，而以名故鄉之亭也？

抑吾聞嵇叔夜有言曰『澡身滄浪』，言以此洗身也。乃叔夜以此洗身，李子即以此洗心夫？李子潔清自好，正無藉於外之澡雪，而以此自鑑，尤必精神瑩澈，無人世之累，足以擾其靈臺者。又李子説經硜硜，素長於《易》。而《易》之揲蓍求卦，不外乎洗心退藏。則即以滄浪名桂溪之水，意或在於斯乎？顧質之李子，而笑而不言，則又何也？作《即滄浪亭記》。

重修長元學記

長洲建學，始於宋景定間。元至正中重建，明洪武至正德，屢經修葺。嘉靖中，遷其地于東南隅，而擴大之。嘉靖以還，人文蔚興，以三不朽傳者，甲於吴郡。

國朝順治十一年踵修，後鎮將居之，牧馬廟中，一切圮壞矣。康熙二十一年，侍講彭公定求力謀興復，當事士大夫交助，積歲蕆事。自是，人文之盛，又過曩時。雍正三年，分秉鐸者爲二署，而學宮仍合。析邑至今三十有八年，連康熙中修葺，七十有九年。雖中間亦屢修補，終以歷時既久，木朽石泐，鳥鼠穿穴，風雨漂摇。春秋將事，凜乎，幾有棟折之懼。

廣文長洲王君廷噕、元和程君元基，以予舊爲諸生，誦絃其中者久，彭大司、馬啓豐爲侍講公文孫，並請主修學事。時彭官於朝，不及應，予從其請。而謀集經費，惟恐後時也。

昔汪太史琬謂：『吴人尊崇二氏，遇浮屠、老子之廬，施舍不倦。獨於聖人之宫，攢眉拶手。』予不然其説。謂太史所譏，特溺於福田利益之輩，則然若知禮門義路之人，有懽欣欲赴者。時貢士候選儒學汪君虞炳、子貢士美基，力任其事。首捐白金一千四百，並勸募同人，同人漸次應命。而長洲令許君治、元和令周君鳳岐，亦委宛勸諭焉。於時，董事得歷練謹厚之人，選材必貞，擇工必良，以堅撤腐，以挺支傾。

先大成殿，嚴翼輪翬。先聖四配像，煥然儼然。而於聖祖『萬世師表』，世宗『生民未有』，皇上『與天地參』扁額，重加髹漆良金，望如雲日。次明倫堂，次兩齋，次兩廡先賢先儒神位，次啟聖祠，次尊經閣，以及繚垣泮池、齋房、庾湢、欞星門之屬，一一堅善完整。前之萬代宗師坊，左右之興賢達材坊，巍峨宏麗。後及舒公祠，旁及諭訓公廨，連及名宦鄉賢、徐文靖、彭侍講祠，亦皆掃除丹堊。而又於東偏構講院三楹，爲諸生會文之所。前哲神主，亦位置於中。經始於乾隆三十年九月，落成於三十一年　月。〔二〕釋菜有期，羣情踴躍。彬彬乎，郁郁乎，可云大備也已。

或者謂彭公修學以後，人才炳炳麟麟。廷試第一人、鄉會試第一人，指不勝屈。今修理有加，上卿侍從之班，應更有如以枚數鬮者。予謂此苐爲科名起見，猶淺之乎發論者也。惟先王立學，重在正人心，明人倫。養多士之材，以待其用。我朝慎重學校，表章經籍，揀擇學官，凡欲得有體有用者，以備公卿百執事之選。典甚隆，望甚厚也。身在士林者，務在分理欲，序彝常，知耻力行，以望聖人之道。雖聖人之道猶天之不可階而升，而其實不外子臣弟友庸德庸言。果能忠信以進德，閑邪以存誠，強恕以求仁，固切近精實，循循焉下學而漸幾上達者。且敦行之餘，研究經術，以經世務。將兵、農、禮、樂，措之裕如。康濟阜成，行所無事，出則兼善天下，處則天爵自尊。人人可爲，亦人人能爲也。此上之人所期於學者，而實學者所當亹亹自勉者歟。予於修學既成，而不專重科名之見者，以此是舉也。

同人心協力齊，爲時甚速。取材牢固，可以經久。汪君虞炳外，經畫董率者，上舍金君三才。相輔有方者，孝廉莊君誠立、諸生徐君鳳喈，皆得備書。

校記

〔一〕《沈歸愚詩文稿・文稿》此文此處非空板，作『二月』。

重修安定城記

鞏昌之屬曰安定，即宋之定西州。元改今名，明廢州置縣。宋紹興中，涇源道經略使章楶始建州城，明正統中，縣令杜讓增而擴之。其地重岡複巒，縈澗帶河。左界關輔，右鄰甘凉。當明之時，實惟邊衝保障。攸資鑿深築堅，故稱用武地也。國家承平，戎車不興，百有餘年，固已民安物阜矣。顧以墉堞歲久，行就頽圮，爲民牧者，惟簿書筐篋是亟，不遑修理，積漸至今。

歲丁卯，吾門同邑陳君來尹兹邑。值仍歲藴隆，禾稼不登，民失其天。陳君惄焉，謀所以安集而生全之者，迺請於上官，增修是城。鳩民之貧無食者，俾執公功，而酬其庸。既得所請，以乾隆十有三年夏四月，經始版築。民樂趨事，畚鍤競興。既度既捄，或甃或塗。堅完有加，用新厥觀。惟秋八月，工告訖功。城之南門，仍其名曰『昭文』，而名其北曰『雲祥』。其外城三門，名其南曰『薰和』，東曰『日賓』，西曰『寶成』，北門故無樓。其四隅八樓，及東西之鐘鼓樓，基址僅存。是增是修，品式周詳，規模咸備。

考《月令》，孟秋，命百官，壞垣墻，補城郭。而於仲秋，則又曰可以築城郭，建都邑。孟冬，則又命有司，壞城郭，固封疆。蓋城者，所以禦暴保民，故王政重焉。抑又聞之詩曰：『鴻雁于飛，集於中澤。之子於垣，百堵皆作。』今陳君之修是城也，不鼛鼓而勸，不執扑而勤。五月之間，廢墜以舉，而饑者得食。其於《詩》《禮》之意，庶有合乎。

是役也，可謂惠而不費，勞而不怨，一舉而二美兼焉。則平日之牧養斯民可類推也，是無媿民之父母也已。

陳君名棣，字元一，賢而能文。遊吾門者二十餘年，知其能以文學飭吏治者。既新是城，以書來京師，請余爲文以志之，故次其始末，俾書之石。

淮安普濟堂記

京師彰義門外有普濟堂，世宗憲皇帝敕建，以養四方羸老之人，嬰疾病而不能遽歸者也。規模具備，歲頒帑金。司事董之，内官守之，大臣每月稽察之。此即《王制》『天民無告者，皆有常餼』之典，而變而通焉。於此見天家之仁育萬民，有使之無一物不得其所者矣。

淮安程君葭應，名鍾樂，善士也。體聖朝萬物一體意，建普濟堂於淮城。其門垣、堂廡、房舍、庖湢，制略倣諸京師。臥室潔清，器什無缺，醫藥預儲。董事有職奔走，使令有人。而又虞其所需不繼，則又置田千餘畝，以供歲之所入。其爲計也周，其慮後也遠，可謂好行其德，使民窮於天、不窮於人者也。

張子作《訂頑》，知天地爲大父母，而民我同胞、物我同與。凡疲癃殘疾、煢獨鰥寡，皆我兄弟之顛連而無告者。蓋人自私其身，則幾席猶秦越也；返觀最初，則萬物本同體也。由同體而擴充焉，本乎理之一，而推及乎分之殊，有親親仁民，仁民愛物，幾欲補天地之憾，而後即安者矣。則程君之建堂，能本張子之意，而見之實事者。

又聞，其時當路嘉其歲輸萬金，誠於樂善，欲令其議敘得官，而程君辭之堅，並不欲自居其名。豈非中心行仁，無所爲而爲之者耶？

嗟夫！世之豐於財者衆矣，然往往自私其身，自利其子孫。即或有時散財，亦祇營建夫浮屠老子之宫，以求福田利益。而於廢疾困窮之人，不能使之稍釋其危苦。何其痛癢之不關也？聞程君風，其可少破其大惑也夫！乾隆辛未，天子知程鍾行仁，錫以御書扁額。由是，程君感恩，爲善愈力，是堂可以不朽。

抑又思善作貴於善成，善始貴於善終。今程君既創建於前，爲之後者，更能繼繼繩繩，而同志之士，又復各捐資財，恢宏其制，以其贊聖皇之治，共維造化之窮，將太和之氣，蒸蒸然常流行於兩大之間也已！是爲記。

定慧寺蘇文忠公書《歸去來辭》碑記

歲己卯，我吴定慧寺垣墻頹壞，出古碑，係蘇文忠公書陶靖節《歸去來辭》，付寺僧卓契順者也。

按宋紹聖初，改宣仁皇太后善政，黜逐正人。御史掎摭文忠爲譏斥先朝，貶寧遠軍節度副使，惠州安置。公以幼子過自隨，時弟子由貶化州，長子邁留宜興，音問阻絶。而卓契順持邁書，度嶺踰海，謁公於惠。

嗚呼！彼一時亂政之臣，如章惇、安惇、蔡卞、蔡京諸人，猶是横目兩足者也。乃病狂喪心，至欲廢宣仁爲庶人。而於文忠，貶竄無已，必欲置之死地。獨遊方之外之人，不憚萬里險難，孑身而往，超然而回，真墨名而儒行者。視彼二惇二蔡，不有所謂人頭畜鳴者乎？

方卓契順之謁公也，或問何求而來？答曰：『我有求，當之都下矣。』公鑒其誠，爲書《歸去來辭》，公之跋語云然。公在惠三年，遠道訪公者，有處士王原子直、廣陵曇秀長老。而卓契順爲子邁特傳家書，爲尤關切也。

公所書，凡二本，一刻於彭澤。而定慧墨本，世世寶藏。前明正統二年，住持妙玹修建古刹。又二年，呈墨本於大中丞周公忱。周跋蘇公書緣起，俾鐫碑石。時距紹聖初，共三百四十有六年。今距鐫碑時，又三百十有二年矣。乃沉埋苔墻，久而復出。若有鬼神異物，呵護其間。不獨使文忠以書顯於當時，且令寺僧秉彝好德之心與之俱顯也。

公謫黄州時，黄州定慧長老顒爲公開竹下嘯軒。而吴中定慧亦有嘯軒，曾留公遺像，意公往來蘇州，必留寓於此。又卓契順之惠州時，長老守欽命之且寄《擬寒山十頌》。公報詩有云：『何定慧師尚欠行腳債？請判維摩憑一到東坡界。』則守欽之惓惓於公，尤不可没也。今住持誠訥乞予作記，並欲重修定慧，如妙玹時。是守欽、卓契順好德於前，妙玹修復於中，誠訥嗣續於後。亦佛氏之一脈相承，如吾儒之子克家者也。

搜剔古碑，出之砂礫者，爲萬君心源、顧生宗泰，亦得並書。

遂初園記

容齋吴太守，於木瀆鎮東，治園一區。園故廢地，斸荒薉，刜蒙翳，因其突者壘之，窪者疏之。壘者爲丘、爲阜、爲陂陀，疏者爲池。因池之曲折，界以爲隄，跨以爲橋。樓閣亭榭，臺舘軒舫，連綴相望。垣牆繚如，怪石嶔如。古木槎枒，篔簹蕭踈。嘉花名卉，四方珍異之産咸萃。園既成，名曰『遂初』，取孫興公綽賦名以託意云。

予嘗與客往遊，經邃室，循修廊，西折而面南者，爲拂塵書屋。深靜閒敞，林陰如幄，于休坐宜。經桂蕺北迤，有亭翼然，俯臨清流，爲掬月亭。倒涵天空，影摇几席，于玩月宜。自亭而東，隨堤南折，沿石齒，度畧彴，爲聽雨篷。賓朋既退，舩牕四闔，風摇枝柯，颯颯疑雨，于夜臥宜。東望爲鷗夢軒，主人息機，物我偕適，于徙倚宜。又東迤爲凝遠樓，登樓四望，娃宫西峙，五隖東環，天平北障，皐峰南揖。餘若鬣若奔，若倚若伏，蒼煙晴翠，鬭詭獻異，胥入闌檻，于眺覽宜。樓之東爲清曠亭，綺疏洞開，招納遠風，于披襟宜。亭臯南折，廻旋岡嶺，拾磴級，穿梅林，聳然而高者，爲横秀閣，東北送目，平田萬頃，從横阡陌，綠浪黄雲，夏秋盈望，于觀稼宜。其他平室深窩，交窓複壁，敞者宜暑，奥者宜寒，約略具備，此遂初園之勝概也。

夫園名『遂初』，慕興公作賦之意而名也。然考《晉書》，興公隱於會稽，放浪山水，作《遂初賦》，以致意。後爲散騎常侍，上書言事。桓温笑之曰：『何不尋君《遂初賦》，知人家國事邪？』是興公先賦《遂初》，而後歷宦途者也。

今太守兩典劇郡，民以寧壹。大吏方交薦之，而翻然歸田，丘園偃息，斯真能遂其初服者，而豈若興公之前後異趣，有言不復者與？

抑太守於四時佳序，逍遥杖履，涵泳太平。胸懷所樂，若有一己獨喻，而不必喻之人人者。是豈無得於中者而能然與？然則林園景物，亦寄焉而已。而人世之侈靡相高，徒有羨於金谷銅池之華者，爲足陋也。

承太守命作記，遂記之。

復園記

吴中婁、齊二門之間，有名園焉。園以『復』名，蔣司馬葺舊地爲園，而名之者也。前此爲拙政園，創於王侍御，歸於陳相君，先後據於王、嚴二鎮將。其地飛樓突廈，麗棟朱甍，崇山廣池。與夫靡顔盛鬋，揚清謳，拂妙舞，窮旭繼夕，極一時聲色娭娭之樂。百餘年來，廢爲蕪區。既已叢榛莽而穴狐兔矣！

主人得其地而有之，謂荒宴可戒，而名區不容棄捐也。於是與客商略，因阜壘山，因窪疏池。

集賓有堂，眺遠有樓、有閣，讀書有齋，燕寢有館、有房。循行往還，登降上下，有廊榭亭臺、碕沜邨柴之屬。既已經營締造，歷有年所矣。戊午庚申，余兩經其地。謂是園告成，將豐而不侈，約而不陋，百里之内，可以接踵樂郊，而郗莒學山繭園也。

時予方之京師，未及俟其斷手何日。日月既久，常往來於心，丁卯春，以乞假南歸，復遊林園。覺山增而高，水浚而深。峰岫互回，雲天倒映。堂宇不改，而軒邃高朗，若有加於前；境地依然，而屈盤合沓，疑新交於目。穠柯蔽日，低枝寫鏡。岸欹怪狀之石，砌列不名之藹。主人舉酒酌客，詠歌談諧，蕭然泊然。禽魚翔游，物亦同趣。不離軒裳而共履閒曠之域，不出城市而共獲山林之性。迴憶初遊，心目倍適。屈指數之，蓋園之成，已四五年於兹矣。舊觀仍復，即以復名其園。

予嘗思古來名園，如辟疆，如金谷，如銅池，如華林，如奉誠、平泉、履道、獨樂，一切擅勝寰中者，時疊見詠歌，形諸記載。然既廢以後無人焉，起而新之，求如宋玉故居復歸庾信者，藝林流傳，不可多見。今因拙政廢園而復之，雖林廬息影，棲情頤神，睠前人之競豪侈、飾土木者，若各自樂其所樂。而不欲自標其名，恐使前此之殫心規畫者，因我而遽歸烏有之鄉也。其用心之厚，匪戔戔者所能共喻也已。

且主人用心，又不止此。主人高祖，爲兵憲雉園公。雉園文章風節，養晦樹德，焯焯一時。後之子孫，故當思貽前光而揚清芬者。主人承先人庇蔭，本無藉於復業。而斂抑之懷，常有事於復德。則夫奉世澤而繼述之，味道風而涵泳之。以修身之不遠，復進於中行之獨，復無悔之，敦復有日，惓惓於寸衷，而不能暫釋者也。取以名園，其即謝康樂《述祖德》意乎？

主人名棨，字誦先，需次司馬。今跧伏未出，匪以人爵爲貴者云。

清華園記

毛觀察達齋爲園，既成，顔曰『清華』，取謝叔源『水木湛清華』句，意記園中勝概也。夫境而不清，則淈泥揚波之餘，難以鑑物，何由洗心？抑或清矣，而不華，則荒寒寂歷，閼抑生機，如江湖涯涘，一望茀葦，而不足動人。蓋兩者兼焉之爲難也！

今園距上津二里許，地皆闤闠。市聲喧呶，而園之中鏡如、瀫如。藻荇風牽，雲天倒映。魚遊行空，鷗閒欲夢。加以古木林立，蟉枝拏攫；雜花時開，洲岸鋪繡；鳴聲喚群，微風送香。泓演明麗，彌望成趣。雖其間爲堂皇，爲樓閣，爲亭臺，爲涼房、燠室，長廊、曲檻，與夫橋梁洴碕，陂陀村柴之屬，無所不備，而總以水之清、木之華，條貫染映乎其間。且風水相遭，淪漣成文，則清者亦華；風潭古榦，清動千章，則華者亦清。主人顧而樂之，有無境不足以會心者也。

主人艾餘辭官，知止知足。遇利濟民物事，知無不爲，如嗜欲然。逍遙林壑二十餘年，晚歲買得朱氏廢園，葺而新之。池浚而深，木培而壅，石壘而高。經營匠心，位置帖妥。炎月暘曦，不辭困憊。暇則臨清流、浴硯石，不受塵緇，外内潔白。仰睇喬柯，華滋潤澤，天機盎然，物我同得。素心客至，時共觴酌。登清華閣，左右眺望，吴山在目。北爲陽山，南爲穹窿。浮圖隱見，知爲靈巖，夫差之故宫也。虎阜峙後，參差殿閣，闔閭穿葬所也。其他天平、上方、五塢、堯峰諸屬，俱可收之襟帶，此主與客之共眺覽者。各有感觸，而不能相喻者也。

且不獨園之名勝而已，主人長君古愚嗜古藏書，四庫略備。幼子童孫，於斯誦習，水之清，予心空明，木之華，予文芬葩。鳶魚飛躍，理趣灑落。讀書之樂，有即窺園而遇之者。他日清華之選，應爲觀察之子孫，竢之！

小有天園記

小有天園者，武林汪氏之别墅。舊名壑庵，今天子御題今名，而書額以賜者也。歲辛未，天子奉聖母南巡江浙。三月朔，駕至杭州，行幸净慈寺，取道經壑庵。庵之主汪湛，率一門五世迎鑾道左。上問此何也，刺史杜甲奏云：名壑庵，係故孝子汪之萼廬墓之所。其孫之湜增葺之，累世同居，敦睦好善。天顔甚霽，爰駐蹕，遊焉。周覽池館，翫賞高深，遂賜嘉名。親灑奎章，龍騫鳳翥。越三日，聖駕再幸，進早饍畢，撤饌，賜湛等。踰時，駕旋，湛等率族人跪送。上問：『是一門五世耶？』嘉獎不已。復御製《小有天園》詩一章，賜之。湛等恭摹勒石，蔭之華楝，承以豐趺，光熊熊然，上燭霄漢。乃介吾友王君應奎，屬德潛爲之記。

德潛伏念聖天子宵旰憂勤，猶不自暇逸。奉侍慈寧，肇舉省方，盛典豈徒以觀覽遊豫？下荅臣庶望幸之忱云爾哉！誠欲播教化、問風俗，俾比閭族黨，群相勉於孝友敦睦，以化其鄉。今汪氏之先既以孝行顯，而孫曾又能敦睦好善，勿替厥美。則其世德相承，足以上契宸衷，而邀睿藻之品題也。

昔歐陽子作許氏《南園記》，以爲園不足書，特書其孝友之一節，以示勸。竊歎許氏之孝友敦睦，與今汪氏同。其園之見稱於士大夫，亦與汪氏同。而汪氏遭逢聖世，獨得翠華之臨幸，以爲光寵。則其所遇之幸，蓋又有過於許氏萬萬者。

抑又聞之，秦州之山，曰小有洞天。其附庸曰仇池，有九十九泉。萬山環之，如桃花源。而王屋之洞，亦名小有，道家目爲清虚之天。今汪氏之園，跡不遠乎城市，而御題亦標以『小有天』。夫固謂汪氏既以孝友敦睦世其家，則名教之樂地，隨在皆洞天也。又奚必梯空鑿險，窮乎無人之處，然後稱絶境也歟？

德潛時侍行幄，獲遊是園。園在南屏山慧日峰下，司馬文正公摩厓之書在焉。湖山之勝，薈萃於此。顧於山高水幽、木石臺榭之美，俱弗及詳，而獨詳於汪氏之孝友敦睦，以仰窺聖天子所以嘉賞而命名者，蓋特取歐陽子之義云。

網師園圖記

予讀歐陽文忠公《思潁詩》，歎士大夫一執仕版，欲遂其山林之樂，而不易得也。公留守東都，即思買田潁上。閲二十載，願迄未遂。自序云：『有志於強健之年，未償於衰老之後。』良可憫也。

同年觀察宋君慤庭，以名孝廉爲令畿輔。有廉能聲，數年中洊歷監司，政和民洽。大吏重之，天子知之，行將畀以節鉞，入參機務，如文忠之致位兩府。乃年未五十，以太夫人年老陳情，飄然歸里。

先是，君在官日，命其家於網師舊圃築室構堂。有樓有閣，有臺有亭，有洪有陂，有池有艇。名『網師小築』，賦十二景詩，豫爲奉母宴游之地。至是，果符其願。

既歸，循陔采蘭，淩波捕鯉，奉太夫人晨餐夕膳。每當風日晴美，侍魚軒，扶鳩杖，周行曲徑，以相娛悦。時或招良朋，設旨酒，以觴以詠。憑高瞻眺，幽崖聳峙，修竹檀欒，碧流瀰瀰，芙蕖娟靚，以及疎梧蔽炎，叢桂招隱，凡名花奇卉，無不萃勝於園中。指點少時遊釣之所，撫今追昔，分韻賦詩。座客嘖嘖歎羨，謂君遭逢之盛，邱壑之佳，當與子美、滄浪、仲瑛、玉山並傳。

予謂子美仕宦不得志，扁舟來吴，買木石以寄其侘傺無聊之感；仲瑛饟館，聲伎甲於東南，然時丁末造，輕財結客，比於燕雀處堂而已。孰若君中歲抽簪，嘯歌自得，處太平之世，展將母之懷。無累於中，不求乎外，此其樂。文忠公所不能遽遂者，而君早遂之。雖遭逢使然，而亦君之知幾恬退，有以自致乎此也。

園名網師，比於張志和、陸天隨放浪江湖，蓋其自謙云爾。命畫師繪圖，又以師盧鴻乙、王摩詰，欲使圖畫之並傳於後也。

予與君比屋而居，昕夕過從。詠少陵『高枕乃吾廬』句，殆有因君之樂以樂予之樂者乎！故不辭而爲之記。

槃隱草堂記

毛子逸槎爲園於硯山之東園之中，高閣清池，水檻平橋，幽房邃闥，凡適於登眺憩息者咸備。而前庭後圃，艸樹花石，四時皆宜。園之堂曰『槃隱』，陽湖楊太史滈塘書額，並志跋語。所云『飲食於斯，朝夕歗歌於斯』者也。屬予作記。

予嘗讀《衛風·考槃》之詩，鄭箋謂：考，成也；槃，樂也。言成樂在澗阿與陸也。陳氏謂：考，扣也；槃器也。扣其器，以節舞也。按詩義，陳氏之説未允。蓋『槃』義同『盤』，猶盤桓之意。《孔叢子》引孔子曰：『吾於《考槃》，見遯世之士，無悶於世。』洵乎！樂處澗谷，而盤桓其間也。

朱子註詩主之，而昌黎韓子《送李愿歸盤谷》亦云：『宅幽而勢阻，隱者之所盤旋。』猶《考槃》之義云爾。

予謂逸槎所取，與詩人李愿相同。而所處之地，與所遭之時，有遠勝古人者。何則？小序謂：《考槃》，刺莊公也。莊公不能繼先君武公之業，使賢者退而窮處，隱淪澗谷，至獨寐、獨歌、獨宿，而不返焉。

唐憲宗時，雖粗平僭亂，而君子小人雜進於朝，故清節之士隱居太行，以自晦其跡。蓋皆不得已，而抗志逃榮，以隱自高者也。

今逸槎處太平極盛之時，山林澗谷，均被太和。因得以優游無事之身，嬰娛燕寢，歌詠唐堯。則其盤桓自得，覺草木泉石，無非樂意。斯殆無心高隱，而符於隱者歟。且逸槎和易樂群，每和風晴日，四方賓客來遊者，常得休暇於此。而望衡對宇，時多素心。或彈琴，或對奕，或觴咏。即無事相接，清言竟日，極盤桓遊衍之趣。主人之樂，與賓朋之樂，有相視莫逆者。初非若碩人之不可告人，取於獨而弗取於同者也。而李愿之窮居野處，以獨尋其樂者，轉形其枯槁寂漠而已。

既應其請，乃作《槃隱草堂之歌》曰：

草堂結兮，近吴宫。香流堂下兮，溪水潛通。主人無爲兮，偃仰堂中。偕萬物之熙熙兮，何得失之擾擾於雞蟲。草堂結兮，面南山。猿狖爲童兮，烟雲掩關。白鶴朝飛兮，暮知還。四序皆春兮，常有歡顔。移予家與爲鄰兮，相與盤桓遊息於其間。

大樸軒記

劉君曜生，居崑山城東。於書無不窺，而醇茂淵雅，不欲以文飾見長。嘗治書齋於室之北隅，絶雕琢，省黝堊，稱其爲幽人盧也。庭有古樸一株，老榦扶疎，大可合抱，古所謂枝葉迫迮相輔者。名其軒曰『大樸』。嗣君香山葺而理之，仍前人額，屬予作記。

或曰，樸之爲物，無文華，無甘實，不能中棼橑楹柱之用。猶臃腫拳曲之樗，同爲木之不材者也。香山取之，殆以不材爲材，能抱樸葆真于天地之間云爾。

或曰，不然。《大雅》之詩曰：『芃芃棫樸，薪之槱之。』《詩》疏言：積其材，以備他日之需。猶養其才，以應辟王之用。香山取之，意蓋在於用世也。

予曰，前之説，乃曜生之意，非香山之意。後之説，或香山之意，然猶見其膚末，而未見其深也。吾聞韓宣之聘魯也，既享，賦《角弓》。季武子有嘉樹，宣子譽之，武子曰：『宿敢不封殖此樹，以無忘《角弓》。』夫名卿所譽者，武子猶或殖焉，況先人所珍惜而保護之者乎？則人世所謂不材，即香山所謂嘉樹，而封而殖之者，更宜何如也？然香山果能不忘先德，以殖其學，以勵其行，而老其材，則辟王之所待以用者，不能舍此而他求矣。棫樸之詩，仍將爲香山賦之。

《滌硯圖》記

吴生岑渚，所居名半硯齋，額係蕪湖遺老湯巖夫筆也。岑渚偃息其中，唫風弄月，時得天趣。喜作書，風神超逸，興趣寄唐代以上。搜羅秦漢碑版，下曁元明，與夫古今忠孝廉介之士，寸縑尺素，一一裝潢成册。與二三同志，豎別把玩，尤嗜硯石，端州之品略具。後得前明隱君趙凡夫半硯，恰與齋名相合。凡夫、巖夫，先後並爲高士，若此硯適當位置此齋者。岑渚昕夕相對，願結古歡。時汲清泉，手自洗滌。覺象犀金玉，視之蔑如也。屬陳子虛亭寫《滌硯圖》，李徵士樓山、蔣太史西原，題詩卷端。四方名流，聞風投贈，遂盈卷軸，請予作記。

原其寫圖之意，或曰，硯質而文，岑渚之才似之；硯堅而確，岑渚之守似之。或曰，岑渚非重硯也，重凡夫也。凡夫託跡寒山，疏泉鑿石，與配偕隱，不求聞達。岑渚尊其品，概欲步其高躅也。

予曰，不然。士之所貴，在檢身勤學。古者澡身浴德，寓諸銘盤，而韓子有『陳言務去』之語。夫欲去陳言，功須三洗五伐。果能檢身勤學，如滌硯焉，將澣之濯之，毋留微漬。舊染盡，而心性明；塵腐消，而光華見。此岑渚所當自勉，而予願以進岑渚者也。岑渚其然我言乎？遂書以爲記。

義田賑族，始於范文正公。而歐陽公爲公作神道碑，不載其事。以文正功在天下，故書其尤大者，而於此略焉。其實尊祖、敬宗、收族，莫善於此。今范氏代踵而行，視向創始時，更曠而大之。自兹以往，永永勿替，可以理卜也。

陶氏義田記

乃慕文正風而行者，近又得之吴中陶氏。陶本晉荆州公裔，而遷吴之祖，始於襲職千户靖侯公，故子孫以靖侯公爲始祖。公遞傳一十有五，閲世將四百年矣。支派蕃昌，比於瓜瓞。雍正九年，公舉敦族之會，謀置義田，爲經久計。始其議者，十四世諸生履仁也。乾隆八年，公捐良田百畝，又協力續置田五十畝。身率先者，十三世州司馬，今候選員外郎衛揚也。十一年九月，衛揚捐田千畝，以竟厥考欲行未竟之志。是成先志者衛揚，而勉勗後人者，十二世贈公文英也。十一月，又捐資二千餘金，置立義莊，以奉神主，以供祭祀，以司出納，以贍貧族。凡吴中陶氏之出自靖侯公者，皆得與春秋時饗。而其間嫁娶喪葬之相助，困苦無告之周恤，盈縮增損，略如范氏義莊之例而酌中之。規模既成，遠近共高其義，聞諸大吏。十五年十二月，大吏上其事於朝。越明年，旨依部臣議，叙原銜，即用以示奬勸。嗚呼！可謂極盛也已。

余嘗觀近世人情，往往執親盡則情盡之説。故有居高位、擁厚貲，而置同族之顛連於不聞見者。不知以一己視之，猶路人也。以祖宗視之，則一氣也。程子謂走獸知有母，而不知有父；飛禽知有父母，而不知有祖。人則愈推愈遠，而精神命脈可以上通。夫誠知始祖之可以上通，則由始祖而下，其漸分漸遠者，孰非祖宗之一氣，與我有呼吸相關之戚者乎？則陶氏義田，深有合於程子之旨。即準之范文正公，有不同其位，而同其心者也。

且夫天下之事，莫難於經始，而又莫重於繼承。范氏自文正公後，得忠宣公，以下遵守先訓，而又開擴舊規。故范氏義莊，歷久遠而彌盛也。陶氏經始時，既一如文正公之制矣。由此各勵廼行，各懋廼力，世數日遠，規制日拓。下以全收族之仁，即上以盡尊祖敬宗之孝。將和藹之氣，蒸爲家瑞，鬱爲國華。安知不有宏儒鉅人挺生其間耶？誠如是也，以親親之誼，推行其仁民愛物之實，有不止於功在一家者矣。因爲作記，而并操其説以竢。

張氏祭田記

《記》云：『士大夫宗廟之祭，有田則祭，無田則薦。』田謂圭田，無田謂失位也。《儀理》〔一〕，大夫有少牢饋食之祭，士有特牲饋食之祭。其禮皆極鄭重，無田則不得行此禮。故今之祭者，皆薦而已。考《周禮》，時薦春行羔豚。《月令》，一歲之中，薦新者八。古人享祀如此，其誠且敬也！後世視爲具文，誠敬不存。其貧而無力者，至四時之薦有不能舉者矣。

張子嘉芑，讀書敦行，尤篤報本返始之義。脯脩所入，復先世舊產若干畝，設爲祭田，令三子分年輪直。糧税之外，供時祭、墓祭，脩葺前人兆域。自爲作記，誡世守勿失，且望廓而大之，法范文正置贍族之田。嘉芑之志可謂大矣！

吴中富厚之家，惟是美居室，飾車馬，飲食相徵逐。於尊祖敬宗之事，略焉不講。即有富而賢者，亦不過勤儉操持，以期多積，益子孫之愚。未聞務遠大、敦水木者。嘉芑貧士，而首立祭田，尊祖敬宗之道得矣。更屬後人，以范文正之心爲心。其所以裕後者，尤能識其大端。曾子曰：『慎終追遠，民德歸厚。』況於一家乎？願張氏兄弟子孫，體祖父之志，繼續恢張，綿延弗替。《詩》言，瓜之有瓞，小而復大；《常棣》之詩言，華與萼相承而光明，吾見其家之日隆也哉！

校記

〔一〕儀理：即《儀禮》。

重興建隆寺碑記

維揚建隆寺，創於皇宋建隆元年。時綠李重進逆命江都，太祖討平之。閔陣亡將士，作佛寺以表其忠義，度其幽魂。猶唐太宗建閔忠於燕京，凡以瘞征高麗士卒之骨，而復仗佛力以護持之也。後寺廢於建炎，更新於嘉熙、寶祐兩朝。明代洪武迄嘉靖初，兩經修葺。嘉靖到今，又閱二百餘年矣。龍象剝落，殿宇日就圮壞，僧徒離散，前代御賜莊田俱不可問。而強梗之族，至有冒寺地爲民田者。因嘆佛教亦有盛衰，而處劫外者，且不能免夫乘除之数也！

歲壬戌，黄母徐太夫人展墓城北，路經其地，詢厥由來，惻然動心，曰：『我不忍使古蹟之湮而佛門之衰也』！矢欲鼎新之。長君曉峯刺史善承賢母志，於乙丑冬經營相度，廓基址而大之。迺鳩眾工，迺庀良材，迺選堅甓，迺具丹雘、黝堊、髹漆，諏吉興建。自殿堂齋筵、山門客位、眾僧寮庖湢、廊廡亭榭、繚垣闌楯之属，漸次告成。象設端嚴，翼翼肅肅。緇流歡悦，遠近來集。爲時六易寒暑，積工十九萬五千有奇，糜金錢六萬四千有奇。觀瞻者讀往時碑記，咸歎規模閎耀，逾於有宋初制云。

嘗思儒者之教，每與佛氏異趨。然嘗愛親誠篤，仰佛庇祐，則又往往深信而無疑。蘇端明，儒者也，亦嘗書《金剛經》一十三部，冀邀佛力於冥冥中，以資父老泉之福。此無他，爲親祈福，信佛實信親也。今曉峰體母氏矢欲鼎新之心，事母不翅事佛，即見佛一如見母。且又生逢聖世，重熙累洽，躬享太平。觸念先代休兵建寺之心，與夫度死超生之意，有不忍使之鞠爲茂草者。則曉峯之重建古寺，豈猶夫尋常佞佛，祗求一己之福田利益者哉？

抑聞之《詩》曰『自求多福』，言君子有得福之理，則無心求福，而盛大之福自我致之也。又曰『求福不回』，言君子修德，自能致福，不爲回邪之行以要之也。曉峯善承母志，斯孝子矣；不没古人君休兵建寺之心，斯仁人矣！天下有孝子仁人，而心乎倖福者耶？然準之常理，天下有孝子仁人，而天不畀之以多福者邪？謂之『自求』，洵乎，其自求也已！謂之『不回』，洵乎其不回也已！

己巳夏，余奉予告南還，過維揚，寺僧邀遊建隆，且乞作記。余因寺僧詳述語，并讀至道時學士王元之文，記其顛末，以歸寺僧，且俾後世之經曉峯而修建者，得以備考焉。

汲雲菴碑記

巙村在靈巘西，其地產石，資以斵硯，故靈巘一名硯山。山之西多佛寺，如花藏、如披雲，皆花木最深處也。而汲雲菴在巙村西，其地爲尤勝。

菴之初建也，相傳明初鑿井時，有雲從井中起，因名汲雲。興廢者屢矣！國朝順治初，山主計氏捨田地二十餘畝，并廣菴基。久之，住持僧觀河退院，延請瞿聞和尚主席。和尚係聖恩剖石和尚法孫，道力精進。於康熙三十三年，起建慈尊大殿。訖工未幾，旋逝。延瞿聞法嗣潛谷住持。四十五年，建塔院於菴西。開拓菴基，復置地畝。又募建大悲殿宇。殿成，未合脊，而和尚復辭世。潛谷弟子指非相繼嗣席，完殿脊工。乾隆元年，恭請藩府書『汲雲』扁額。十一年，指非法嗣月輪，相佐經理，重建齋堂、客堂、厨房等處。既藏事，指非師弟念先後興復之由、俗姓架構之力，不可以無記，以書來京師，乞成碑記，刊之石。

予惟佛氏之徒，其説以大地、山河，一切皆幻。雖三宿桑下，猶嫌執着。即棄去，則其身、其世，亦比之逆旅傳舍而已。然關於一脉相傳，締造嗣續，必殫心竭力，以圖終始之。其於超縛解悟，有並行不悖者也！彼世之父肯堂，而子弗肯構；厥父菑，而子弗肯穫；與夫背畔師説，相從異教，以爲得計者，不有遠出浮屠氏下者耶？則夫指非師弟之謹守前緒，恢拓規模，亦可以風世也矣！

予居距巙村相近，每當春時，嘗經披雲、花藏，憇休汲雲。於時古梅競放，佛火青熒。暗香妙香，竝沁心腑。静坐盤石，聞經聲出叢篁間，窅然身世俱喪。今留滯京國，此景付之夢寐。故山猿鶴，難免笑人。能無憬然於懷耶？因寺僧之請，而並及之。見予之惓惓於是菴，非一日也！

歸愚文鈔餘集卷五

蔣徵君傳 附程周祜

蔣徵君，名鉉，字伯玉，長洲人。樂亭令廷貴、浙江布政司參議夢龍，並有善政，其先世也。鉉未弱冠，食餼於庠，講經濟學。南刑部侍郎王心一幼與共學，知其才能，每事悉心委任。明思宗中葉，流寇蜂起，朝命心一修留都所屬城。費帑金數餘萬，役人百萬餘，工事極艱鉅。鉉佐心一經畫，上不費國，下不蠹民，功速而城完，當路者咸重其人。東陽張國維撫吴，延入署。以四方多難，一切人材之進退，水利之開浚，險要之守禦，兵陣之團練，必諮詢後行。久之，益信其可用。

崇禎十二年，詔舉賢良方正，國維薦鉉及沈壽民、吴應箕、朱壽陽、陸世廉諸人於朝。鉉筮《易》，得『随』之『明夷』，繇辭云：『日在阜顛，嚮昧爲昏。鼠狐成群，荃蘭傷倫。』蹙然曰：『此乾坤何等時，尚不思韜聲匿跡耶？』稱疾不赴。國維去任後，鉉棄絶世事，杜門不出，惟訓子孫，讀有用書，親正人。年七十六，終於家。

方流寇之攻桐城、潛山、太湖、江浦諸縣也，國維訪勇士可戰守者於鉉，鉉荐布衣程周祜，即以兵授之。

周祜與馬爌、程龍、蔣若來諸人，先後破賊於江浦、六合。國維寓書於鉉，謂：『使寇不得渡江而南，周祜與有力。君之薦士，真有識也！』周祜屢立戰功，官至捴兵。易代後，爲頭陀，隱居陽山，平劇盜。康熙初，逆藩吴三桂畔，耿、尚二逆應之。時巡撫馬欲奏令周祜出師，先令布陣，錯亂方圓首尾。挽強弓未及半，巡撫哂曰：『老矣！』以頭陀終其身。

徐元歎先生傳

徐先生元歎，名波，蘇之吴縣人。其稱頑庵，前代國變後所更號也。少孤，向學，爲諸生，旋入太學。負意氣，任俠，急友朋難，至欲爲報仇破其家不顧。喜爲詩，湔除塵俗，抽思練要，吴中求同調不易得，之楚，交鍾伯敬、譚友夏。時兩人欲變王、李習見，孑孑生新、不主故常者，力揚詡之，名大著吴、楚間。

當是時，先生年未艾，欲留其身有爲，不以文人終也。後見廟堂水火，蛾賊四起，柄國者泄泄無救時術，嘅然曰：『此乾坤何等時，尚思燕巢幕上乎？』决志歸隱。鼎革後，葬父母天池山麓，遂結廬老焉。

先是，慕宜興山水，流寓罨畫溪凡數年，既往遊天台、雁宕、峴山、赤鼻諸名勝。每登臨，多懷古詩。將老，與友夏別，友夏曰：『子還吴，如落葉歸根矣！』書『落木庵』三字以贈，後揭諸庵門。松栝蔽空，縛帚掃葉，以供茶竈。事之前定，類如此。

先生既結廬天池，與靈巖、中峰二高僧遊，寫像，各貯佛寺。談討多出世語言，外人弗能聞也。然讀其自撰《頑庵生壙志》，廉悍之氣猶在簡中，先生固逃於空虛者耶！吴人士或目爲迂人，或目爲詩老，或目爲枯禪，而識者稱爲遺民，庶得其真云。

年七十四卒。無子，一女，歸許氏。生平著述多散佚，今有《謚簫堂集》及《落木庵稿》，藏於許太史家。太史名集，大父名崍，爲先生女夫，亦有志行。

沈子曰：予壯歲過落木菴，展元歎先生遺像，題五言近體紀之。中云：『大地留書卷，香林代子孫。』既重之，亦閔之也。今相距四十餘年，中間世事，雲煙消歇，何可勝數？而高人清節，久而彌新。古所云『薄身厚志，絶塵不反』者，斯其人矣。嗚呼，人之可傳，果在名位乎哉？

海陽胡氏忠孝節烈傳

胡氏，本大梁人。明初以軍功授世職指揮僉事，調山東大嵩衛，即今海陽縣也，遂爲海陽人。

八傳諱來順襲僉事。當是時，天地易位，思陵殉社稷。逆闖頒詔天下，至海陽，僉事憤泣，曰：『我世受國恩，以位卑不能殺賊，親食其肉，忍污逆命邪！』冠帶赴井，家人力救，不得死，旋遁去。後十餘年，有見於他省者，晦姓名，變浮屠裝。見者知其真，密識之。歸語其季子容化。如其語，往，先已竄徙，終不得。昔漢野王二老避王莽亂，不欲人知姓名踪迹，僉事其流亞與！後竟不知所終。

容化長子諱隆，字景初，五六歲時即知愛敬父母。父喪，哀毁無節。後得微禄養母，羈於官，道遠，母不能就養，屢乞身，不許。遭喪，徒跣日走二百里。既歸，自責不可爲子，哭數殞絶。前此，父葬地卑下，卜改葬。啟穴，積水盈壙。號慟，遽躍入。時天寒風雪，冰凌遍軀體，不知也。既舁棺出，穿新壙，每夜寢處其中，候氣温，乃合葬。旋結苫次，居墓側，風晨雨夕，哽咽如嬰兒聲，鳥獸皆悲，三年不一歸里。士人感其行，書胡孝子廬墓處，以識之。初任寶泉局大使，歷任吴越邑丞，署邑宰事再，俱有善政。曰：『涖民苟不盡心，懼貽父母羞。』凡書上考，皆孝思所流注也。胡氏既以孝義著，即婦人女子亦以節烈表見於時。

僉事家孫諱勝，配宋氏，年十八，來歸。勝讀《烈女傳》，重立完節者，嘗爲配稱之。氏曰：『婦人不更嫁，常事耳，何紀載爲？』勝没，孤方五歲，姑老家貧。氏父憐之，欲奪其志。氏斷髮自矢，以紡織養姑，恭順仁孝，教其子成立有聞，節、孝、慈三者兼備云。

隆弟晏，妻李氏。晏没於京師，訃至，李飲滷求死，未絶也，家人以藥解救之。或勸如姆宋守節，堅貞有法，何必死？李曰：『姆氏有子，我無子，不可以例。』家人知志不可回，晝夜守之。稍懈，投繯死。

隆姪文煚，妻王氏。文煚隨伯父任，之江南，奔親喪，哀毁没於道。王氏欲殉，祖姑慰之，王曰：『非不欲侍養祖姑，亡者在地下，義當從。且留此身一日，一日未了事也。』文煚葬有期矣，前三日，亦投繯死。遠近嗟涕，稱一門雙烈云。〔一〕

校記

〔一〕一本末有『宋氏於乾隆五年旌門，隆及二烈婦。乾隆六年并旌其門。』數句。

王氏四節婦傳

節婦張氏，年十七，歸長洲縣廪生王時亨。時亨，前明南光禄卿霖蒼公子也。生子峋，方六歲時亨没，時爲天啟五年。節婦以撫孤爲重，不即死。未幾，舅卒姑衰老。偕寡嬸張氏，同竭力紡織，以供菽水。家極貧，必旨必潔。姑得兩賢婦，忘乎己之無子也。姑病没，醫藥喪葬，盡誠、盡哀、盡禮。家益落，徙居蕁荘。雖當播遷，而譜牒遺文，收藏惟謹。逮子爲名諸生，始出授之。曰：『汝祖、汝父，讀書力行。水源木本，在是其什。』襲珍之。歲乙酉，明社屋土寇竊發，遠近奔竄。節婦偕嬸及媳，抱孫相顧泣下。指井祝天，曰：『方今盜如蝟毛，去將安之？倘天祐衰宗，寇氛屏息，庶留此一綫，延王氏血食。否則，全家畢命斯泉矣！』時值大兵南下，蕩寇安民，得以保全。節婦之撫遺孤也，出就外傅，歸必親教之，曰：『人不可不學。然學以干禄，於自己毫無所得。必取古人言，身體力驗之。』及諸孫長，教之復然。後遺孤以孝行稱，立身行己，無玷。諸孫舉舉，不墜前緒，承母教也。康熙十四年没，年七十三，遠近稱純孝完節。

節婦張氏，前明大司馬張諱鳳翼女。年十六，適附監生王用俊。時用俊隨父光禄公入都奏事，大司馬器其才，以女妻之。既歸，能盡婦道。屏紈綺習，有桓少君提甕出汲風。凡八載，用俊没，孤纔四齡。節婦欲從死，既而悟，曰：『吾不可死，當爲其難者。』於是，撫遺孤，事舅姑，與姆氏同；侍姑老疾，進藥餌，撫摩扶掖，經歲無倦，及没，日夕悲號，血漬枕席，與姆氏同；教子讀書，敦行，綿延先澤，與姆氏同；經兵燹，流離，幾死，而卒不死，不死而卒能使其子爲通儒，爲良醫，與姆氏同。人稱兩張節婦，無異辭。山陰祁彪佳，節婦内甥也。明末按吴，欲破格講旌，節婦曰：『婦人從一而終，常也，何旌爲？且年例未符，旌間遽及，非禮；姆氏未旌，獨膺嘉獎，非義；因夫不禄，得成己名，非仁。里中有龔烈婦者，從容就義，君胡不以上聞？』公感其言，乃止，而烈婦得邀旌典。生平卓識多類此。年七十七没，時康熙二十五年。後王氏，又有孫陳兩節婦事。

孫節婦，王家琛配也。家琛爲孝子峋仲子，家故貧。節婦井臼操作，甘之如飴。康熙十六年，家琛没，婦年二十七歲，遺一女。婦曰：『我無子，與先祖妣、叔祖妣事異，可以死。』欲殉者屢。舅姑諭曰：『立後即汝子也。且獨不爲我二老人計乎？』因涕泣承命，撫孤女，俟立後。既伯生子溥，當立，婦謂：『我女漸長，嬸女尚幼，當有以慰其心。』乃先爲嬸立後，時嬸亦寡居也。越歲，伯又生子文洽，乃立爲後。撫襁褓孤，里中兒無敢闞户限與嬉遊者，卒能成人。姑病利經年，並姆氏、嬸氏奉侍，至手除不潔，無間日夕。姑没，慟哭幾絶。孝事衰翁，一如事病姑時。雖貧逾甚，經畫棺衾、窀穸，一中禮節，婚嫁亦然，皆銖積寸累於婦工刻苦餘者，人以爲難。年六十二没，守節共三十六年。

陳節婦，家琛弟家琦妻。家琦質素弱，鋭心力學。得羸疾没，亦遺一女。婦年二十八，忍死，承舅姑言，爲立後計。時姆氏孫讓嗣，先立溥爲後，節婦本知書曉大義。子稍長，勉以讀聖賢書，峻整如嚴師。或勸少寬，曰：『聖功全在蒙養，蒙養不正，漸起慆心。教以義方，不敢違也。』孝養舅姑，見姆氏孫傳中。先是，家琦與伯兄家瓚、仲兄家琛，友愛無間。至是，曲體夫志，並居合箸，遞衣公食，有古人風。女長，適秀水盛氏。家饒裕，女謀迎養，節婦曰：『婦人禮不踰閾，況未亡人乎？』卒不往。年六十没，疾革時，諭子婦曰：『我自失所天三十四年，於兹兢兢，惟恐失墜。今得相從地下，可無愧矣！毋作佛事，以違吾素志。』崇禮教，不惑二氏，婦女所尤難者！於此見明理之驗云。

舊史氏曰：盛世祥瑞，每稱『黄河清』，『麒麟見』，『鳳凰鳴』，與夫嘉禾瑞芝之屬。此亦祥瑞之顯然者，非其本也。王氏一門四節，極人倫之不幸。卒之，志節完，夫婦定，孝行備，可示子孫，可式邦俗。祥瑞之本，見於一家三世間，宜宇内慶德門之盛也〔一〕。嗚呼休哉！

校記

〔一〕一本在本句『宜』字下無『内』字，有『聖朝旌典，遍及窮檐，而於此尤』數字。

王氏兩孝子傳

孝子王氏，諱逢吉，字汝從，後更名峋，别字石林。世爲長洲荻扁人，移家郡城。前明光禄霖蒼公孫文學仲美公子也。仲美公没時，孝子纔六歲，擗踊哭泣，如成人。未幾，季父叔逸公没，王父光禄公相繼卒。母張夫人，暨叔母張，並守苦節。家食貧，孝子艱難困苦中刻意向學，年十八爲邑諸生，有聲于時。當是時，值思陵末葉，寇賊蛾聚，歲荒旱。内外臣無救時策，惟分門户，重報復。孝子曰：『時事至此，我能隨燕雀處堂者競科名得失乎？』偕從弟茂林，隱于醫，可活人，兼收微直，供堂上甘旨，且亦兩節母意也。歲甲申，流寇陷京師。又明年，大兵渡江，天下始鼎定，人服其先見云。

方明祚之既覆也，江以南未定，土寇四起。孝子蒼黄中，負母避難。踰垣出，破面折足。棲隱村舍，一夕數驚，全家幾瀕於危。賴王師下江南，迄以無恙。時父棺未葬，鄰人火將延及。孝子負母出，復冒火入，無計舁父棺。撫棺慟，誓與俱焚。適反風迴火，棺與孝子俱得保全。後奉母徙居蕁莊，不入城市，以醫業終。吴中業醫者，率視貴賤貧富而緩急之。孝子請即赴，風雨無間，晝攜囊出，夜負米歸，一室中融融藹藹，天倫之樂，不以三公换也。母老病，末臥不起。孝子殫心力侍疾，恨不以身代，母没，哀毁過情。既葬，廬於墓側。每天寒月黑、淒風苦雨，孝子拊膺慟哭，聞者悲感，曰：『王孝子哭聲也。』三年有如一日。《記》曰：父母之喪，仁者可以觀愛焉，知者可以觀理焉，彊者可以觀志焉。今於孝子益信。弟茂林没，經理其喪。事叔母如母，撫姪如子，至既老不衰。年八十二没。子三人，長子亦以孝聞。

王端臣，一字緘齋，諱家瓚。少歲多讀書，工晉唐人楷法。然承先人志，弗爲科第計也。家有瘠田數畝，悉讓兩弟。父故名醫，年既老，倦於治病。端臣繼其業，賣藥爲活。務濟人，不計利，一如其父。遠道，嘗帶星往還，得少直，奉二人滫瀡。見者識其藥囊，稱『小王孝子』，别於老王孝子，故云。

嘗昏夜歸蕁荘，以歧路誤趨湖北，前臨河，遇盗，躡其後。孝子一躍過之，盗阻於河，返。又嘗猝遇暴風，亟歸省，舟覆。同舟多沉溺，孝子獨不死。鬼神異物，若或相之者。

然兩弟早没，婦俱守志。以二子分嗣之，撫兩孤姪女如己出。長姊適馬氏，夫婦没，撫其幼孤。既長，爲之受室，并分給家業，曲體父母心也。母病，偕其配周奉侍，不解衣，忘寢食。歲餘，幾不知天地、日月、風雨、寒暑。母没，三年中，淚漬裀褥，俱浥爛然。夜輒飲泣，不欲令父知也。父没時，年五十余矣，哭泣如兒，時血枯骨立。葬後，廬墓與父同。既老，嘗與兒輩述先德，及祖母、叔祖母，并兩弟婦苦節，以家貧未獲請旌爲恨。易簀前，猶書『兩世雙節』四字，付其子，曰：

『我死不瞑目，在此也！』越一日，没，年六十有六。後二十年，世宗憲皇帝詔窮簷幽隱、山陬海澨節孝，得以上陳。王氏四節，俱受旌門之典。孝子目於是得瞑地下！子淮，長洲生。孫岱東，庚午舉人。

舊史氏曰：孝順德，亦庸德。凡爲人子，所當盡者也。然自世風不古，欲熾理熄。賈生所云『借父耰鋤，慮有德色；母取箕箒，立而誶語』者，比比是矣！得王氏之孝以風之，薄俗庶乎可回也！又節母之後代生孝子，烏頭綽楔，榮及一門。若天地清明正大之氣，萃於祖孫父子、姑媳娣姒間者。後之人，不替前德，藴而崇之，王氏之興，其未有艾乎！

吴孝子傳

吴日孜，字愷若，吴縣上舍生，以風義聞於吴中。其卒也，友人沈德潛志其墓曰：吴孝子。

或曰日孜，廉儉人也。取非其道，一毫不敢取。布衣蔬食，以終其身，祭祀外，未嘗妄有所費，能惜物力。或曰，日孜孤介寡交，交則務有終始。意所不可，必偘偘爭之，殆古之遺直與。或曰，日孜近遺榮者。鍵户窮經，恥言聲氣。以高才踏省門，不遇，遂倦棄，視人爵之榮泊如也。

沈德潛曰：是皆然矣。雖然，終無以易『孝』之一言。

初，日孜早喪父，母氏撫之成立。母賢，知大體，常訓日孜曰：『讀書所以明理，非爲名也。

爾能秉清操，崇直節，重良貴，以繼先人志，吾不恨矣。』日孜謹佩之，一言一動，懼有違，以傷母氏心。凡鄉人所稱道者，皆承母訓然也。日孜自少依母，中年後未嘗少離。事無大小，必禀命。偶出外，一念及，即返。嘗試金陵匝月耳，安問以十數。即此可以知其生平！既母没，痛不欲生。終喪，忽忽若有所失。遇祭祀，輒慟絶。歲辛亥，爲五十初度辰，諸子謀舉觴。日孜先一夕避之蕭寺，設母位，跪其旁。且擗且踊，深衣而練冠。諸子敦請，親知往勸，日孜慟愈甚，勸者太息而去。自此感心疾，旦暮中恍惚與父母遇。比假寐，譎譎不絶。至明年，疾大作。一夕，諸子環侍，忽呼曰：『無以報本！』如是者三，遂卒。嗚呼！古所謂死孝者，日孜近之，德潛以是揭其墓也。

日孜之祖考，及生卒年月，具見志中。配金孺人，子八人：德坤、德壂、德基、德堦、均寅、鴻基、德墉。孫八人：應龍、震龍、文龍、明龍、光龍、御龍、元龍、躍龍。向既以諸子請，作志銘，兹復爲立傳，以著其孝行之實。

贊曰：孝，庸德也。何必尚奇立異，乃稱高行哉？觀上舍之奉訓力行，惓惓至死，可謂孝矣！他懿美，悉從略。欲使里中推上舍者，知所重，且念庸德之未易盡云。

楊孝子傳

楊孝子，名楚，字子喬。先世居杭，父名天灝，徙於吴，業賈。

孝子早廢書，仍父業。年十四，隨父歸杭，遷葬祖母王。先是，父貧，權葬淺土。歲久，棺腐，骸委地，不忍見。父以哭母得驟疾，又無從市棺，孝子脱衣裹骸，扶父越嶺，夜半達新阡，踰日改葬，見者謂成童所難。父家居吴，而業在金陵。

父啟行，孝子必請歸期。至期，詣江口待。康熙丙子秋七月望日，計父舟必至，而江中風浪大作。衆謂父舟必不下，孝子心動，堅欲往迎。舟人畏縮，倍酬直，乃行。至中流，父舟從真州下，遭大風，幾覆。正危急，恰兩舟遇，綷雙檣行，得渡江。父子抱持拭淚，慶重生。予時應秋闈試，適之京口寺，僧爲述昨日事，共詫歎云。

既父病篤，孝子夜半入神廟，書疏，願減己算益父，父尋愈。遇母病，亦然。前後侍父母疾，歷寒暑晝夜，不安寢食，容顔改，見者或不能識。兩遭大故，幾滅性。大祥後，號泣如初。喪時，枕席漬血淚處，皆浥爛。父母未葬，不入寢室，凡八年。既葬，廬墓側，并自築壙於旁，曰：『存没得依我親也！』

季弟有奇疾，飲食、語笑如常，頭忽眩，輒僵仆。每出，孝子必偕。時適侍父母疾，不能兩顧。命他人謹伺之，然終恐顛蹶，貽二親憂也。弟没，撫二歲孤，使成立。事兩兄極親愛，年俱老，如童稺時。父没後遺膳養田，分給二女兄，欲慰父母於地下也。

既葬親，置祭田若干畝，以綿祀事。每歲，率子姪往浙省墓，曰：『道遠闕祭，後習固然，即邱隴不可保。此先人志，汝曹當永念之。』宗族處貧，有不克婚嫁喪葬者，輒佽助。里黨中，以急難告，亦量力周卹，曰：『此先人志，我當推廣之。』

孝子以需次州司馬，終不得位。然遠近敬信，有忤父母者，人摇手相戒曰：『可令楊孝子知乎！』孝子遇不循子弟職人，必反覆開導，至聲淚交下。其人愧悔，多改行者。以故重孝子者，有稱謂每略其名字，稱『楊孝子』，無異辭。

雍正六年卒，年五十三。綜其生平，應在《孝行傳》中。予舊史官也，爲作私傳，俟異日上諸史館。

論曰：昔曾母嚙指，曾子痛心，以一氣相接，疾痛死生，呵吸可通也。孝子犯風浪，濟父舟，或謂偶然出於天幸，不知默啟者天，感通者人，楊氏父子猶曾氏母子也。嗚呼！豈非至性哉？

孫孝子傳

孫孝子孝行已蓋棺論定矣。大吏上其行，請旨〔一〕旌其盧，足以風世勵俗，而傳猶未立。余舊史官也，敢不載其實行，以垂久遠？故爲之傳。

孝子名鼎鐘，字采章，長洲人。年十五，母疾。八閲月，侍湯藥如一日。疾既篤，刲臂肉，和藥進。母飲之，一夕愈，終不使父母知也。後三年，母歿，哀慟絶粒，欲以身殉，父曰：『爾三兄俱喪，爾死，我誰養耶？』乃進饘粥。繼事父十有五年，務得親歡心。親黨中有高年碩德者，時延至家，與父觴酌談諧，以爲樂。父八十餘，病篤，醫者謂：『惟蔆或可延日月。如爾貧何？』孝子盡市室中所有易蔆。少愈，終不起。孝子擗踊無節，絶而復甦，送喪者幾不忍見聞。既葬，廬墓三年，每風晨雨夕，輒哀慟，行道者稔聞，曰：『此孫孝子哭聲也。』居，恒遇親所嗜，哽咽不能食，家人不敢以其物陳。親長有凶喪，佽助恐後，曰：『此我親所共少長者也。』撫兄女，適已出。盡力遣嫁，曰：『此我親望其得所歸者也。』教子弟及他人子弟，必以孝親爲先，此生平本行之大者。至其居心之厚，禔躬之謙，待物之誠，臨財之廉，律己之勤且儉，皆因孝行兼及者，故略而弗詳。

年六十卒，里黨失一孝子，聞者哀之。雍正十一年，旌表建坊，遠近多興起於孝者〔二〕。

校記

〔一〕『大吏上其行，請旨』，一本作『且天子允大吏請』。

〔二〕一本後有『今其地稱孝子里云。子泰汶、泰淄、泰溶。泰汶，歲貢生，與予善』。

胡貞女傳

從來立貞節之行者，所遭必苦。然又有歷苦中之苦，而天故厄之，人實甘之；天倍厄之，人倍甘之。用以扶彝倫，而佐教化，如胡貞女其人者。

貞女名韞玉，無錫人。祖江左方伯，諱□□〔一〕。父臨泗守，諱期頤。年二十一，許字吴縣許大成。時韞玉父宰晉之平順，大成父懋德宰豫之原武。問名納采，奠雁有期，而大成病歿。貞女聞訃，將以身殉。父母嚴防之，不得死。踰年，平順君以艱歸，原武君卒於任。姑徐孺人還，自原武過無錫，登胡氏堂。貞女出見，抱姑號慟，跽請於父母，曰：『兒不得常侍膝前，非歸夫家即死矣！』父母視志不可奪，乃許之。當是時，貞女世父大中丞其恒官方伯，父方補官，門風鼎盛，而許氏幾於無家。貞女知之悉，然甘之如飴。不治裝，隨姑舟歸。是夕也，女奴捧大成主，行合巹禮。禮畢，縞衣布履詣寢門。婦哭，姑亦哭，家之人皆哭。時悽楚形聲，可以感木石也。翼日，告姑曰：『夫亡，宗祧爲重。誰應嗣者？』姑曰：『十月兒希永也。』貞女從襁褓中鞠育之。自是，姑媳相依，如母女然。勤紡績，勞針黹，以供甘脆，以育孤雛。孤稍長，延師教之，爲娶婦，俾成立焉。

先是，大成父子旅殯原武，無力歸櫬。貞女痛力之不足而又無可丐貸也，賦《秋懷詩》一篇，一字一淚，讀者哀之。親黨效麥舟之助，旅殯得歸，然窀穸終未安，貞女日夕飲泣。久之，終藉世父倡率捐資相助，由是連原武君祖父母、父母、長子大經夫婦，四代九棺，一時並葬。嵇文敏公作序引以紀其事，既并邀旌門之典，稱女宗焉，今又十一年矣！繼嗣夫婦並殁，而胡氏獲戾後，亦同許氏蕭索。貞女依戚屬，徐織紝組紃以生。天下之苦，無逾此者。而貞女和平中正，不怨不尤，所安者命，所重者義也。《易》之『節』云：『苦節不可貞。』言苦之太甚，不可爲常，其道窮也。今倍極人世之苦，而轉同六四之安節，九五之甘節，若天故加以困厄，而人不受挫於天者，洵足以扶彝倫、佐教化矣。嗚呼！巾幗中易有其人哉？

論曰：『宋帝昺時舟次厓山，陸秀夫猶正笏立朝，偕張世傑共籌軍旅，不以危難易其心也。貞女荼苦備嘗，必欲圖存許氏，而終不可得。要其心事光於日月矣！藉爲男子，何遽不能爲陸、張二公事哉？

校記

〔一〕原文有挖板痕迹。

謝貞女傳

貞女謝氏，孝廉有煇女。幼嫻禮法，年十六許字顧長源。閲二載，長源染瘵疾卒。女聞，矢奔喪守節。父母初難之，女欲身殉，父母鑑其誠，恐生意外變，許往守貞，随往。撫屍慟哭，盖棺後，擗踊觸棺，幾絶，見者淚交下。旋拜繼姑，成服，盡哀盡禮，事在康熙五十一年。

先是，長源有寡嬸王氏，與貞女父鄰。憐貞女之遠父母也，於所居旁令買屋兩椽，與己相依。俟他日小叔生子立後，别成家室，姑亦曲勸之。貞女從命，奉木主往，晨夕得親父母。時迎其姑奉養，貞孝兩全，人共稱之。

顧氏家尹山，本素封城居，後家漸中落。姑念貞女無薪水資，而已又將移徙故鄉，將田畝三分之以一授貞女。女辭，曰：『兩世喪，未營窀穸。請留於族長，收其息，爲封域費。未亡人勤鍼黹，足自給，無庸授公產也。』辭之再，乃已。長洲倪學博作《讓田記》，記其事。

後叔年長，生子二，立其長子師懋爲後。辛苦鞠育，冀其成人。出女紅所積金及田租存息，營善地，葬翁姑及夫，并爲繼姑封生壙。跡其所行，皆丈夫子所難。迄今將四十年，師懋成立，復移居受室，有後爲元庠弟子員。所謂『死者復生，生者不愧』，貞女足當斯語！

乙丑歲，當事上其行於朝，邀旌門大典。里黨肅然起敬，謂足以風勵女士。予特爲作傳，見貞女之秉貞自天，而亦家範之尚名莭、敦禮教，有以成之也。父字立夫，甲辰舉人，行峻潔守禮。知縉雲縣，有廉聲。貞女不愧廉吏後云。

張節婦傳

節婦謝氏，元和縣人，年十九歸張生千仞。張氏居陳湖西濱之浴鳧涇，世耕讀。生少歲受經於予，性仁孝，刻苦向學。年三十，不遇。念無以顯揚父母，幽憂成疾，卒，遺子三、女一。婦泣曰：『我豈不能從死？然我死，誰奉翁姑，誰鞠子女？我忍死以肩任之重者。』勤婦工，奉甘旨，無寒暑晝夜休息。先後嫁小姑四，經營奩具，無闕乏，一一當翁姑心。後季子、次子相繼殤，日夕悲慟，成嘔血疾。然督率長子愈嚴，嘗宿火夜織，呼子讀書其旁。子少怠，輒予杖。或令跪神主前，曰：『汝父讀書未售，賫志殁，承先志者惟汝。汝苟虚日月，我即無以對汝父於地下。』泣涕零亂，沾漬機杼。後子恂恂自好，通經術，有聞於時，母氏教也。侍姑疾，踰月不梳櫛。姑没，喪葬中禮，事翁愈恭謹。翁老，不知無子無婦之苦。其他和族黨，仁婢僕，稱未亡人。後終身布素，不近薌澤。雖單門寒素，家女未習圖史，而動循禮法。覺𡢃《内則》者，莫之或先云。

乾隆二年，婦守節合例，子欲呈當事請旌。婦曰：『汝父有遺文，留篋笥，皆小試時淚痕血點凝結而成者。能表章之，是我志也。若婦人不再嫁，常事耳，何旌爲？』里黨益重其行，據實上陳，大吏入告。越明年，得邀旌門大典。又三年，節婦殁，年五十有九。

先是，張氏有二節婦，姆錢、嬸朱，錢教育二子成立。朱無子，父欲奪其志，剺面赴水，得免後，以姆次子爲子。並完苦節，受旌典，此節婦長房妯娌也。因同居，人稱一門三節。

昔唐太子少保崔琳，與弟詹事珪、光禄卿瑶，俱列棨戟，時號三戟，崔氏史册稱榮。今張氏並樹棹楔，如鼎三峙。若天地潔清之氣萃於一門，非官位之尊足以比倫者。嗚呼休哉！子名秉禮，亦從予遊，今爲吴縣名諸生。

文學孫古愚傳

孫文學，名璜，初名球，字鳴韶，更字彌邵，號古愚。先世台州黄巖人，曾祖鳳林公，明季以指揮使守常熟，靖節，賜卹。祖起圖公，家於官所。後遷郡城，爲長洲人。父尚農公，持身峻整，文學奉事敬順。年將老，無事，不禀命，督率諸弟、門内，雍雍如也。遭父喪，歐血哀毀。墓祭，常伏泣草土間。

方弱冠，補諸生。時刻苦向學，家無書，見藏書家有善本，輒借手録。連寒暑晝夜。學博宋既庭、學士彭瞻庭兩先生，先後操月旦評，獨器重之。性鯁直，遇朋友闕失，直言無忌諱，人面赤，不顧。久之，忿然者冰釋，諒其誠也。爲人謀，必先己任，勞怨無悔，有諾必踐。辨義利，介極明，毫毛不妄取，鄉曲中並服其爲人。

予年十六，即與文學定交。長予八歲，呼爲兄。每省試，必偕。康熙丙子，句曲水患，遠近漂没。予與文學乘蹇驢，行水中數里，幾瀕於危。夜宿旅店，爇桑薪燎衣，作長歌記其事，此文學意氣慷慨時也。

前後共七入棘闈，戊子後棄舉子業，專務治生教子。予與文學踪迹稍疎，然遇根本節目大事，仍相諮謀。庚午之就試金陵也，文學受業師宋没於寓舍，無子嗣，文學曰：『此吾事也。』殯斂中禮，柩歸，力任葬事。生平赴義，類此。

雍正甲辰，歲大無。米價騰貴，大户多閉糶。文學有餘粟，願減直，并勸里中有力者平糶。曰：『一以行惠，一以保家。』聞者歎爲篤論。

少喜作詩，主疏達，嘗謂：『杜陵一脈，善學者義山，後惟放翁。餘子但橅形貌，近而轉遠也。』時宫贊尤滄湄先生斷斷詩學，得句必與文學商之，即文學詩可知矣。

晚歲聊以自娱，時多見道語。工楷隸書，精篆刻，此又其餘事云。文學既老，無所事，壹其心課孫，曰：『讀書外無正業，天倫外無至樂，不欺外無行己，勤儉外無治家。』生平得力語也。

予徙居山中，又往來長安。經一二歲，或三四歲，始晤。己未冬，乞假歸里，訪之葑溪老屋，相與談初定交，同省試時，暨後聚散離别事。時户外雪盈尺，爇地爐，青燈尊酒，娓娓不倦。俯仰五十餘年，如在夢寐中。

明年冬，予仍北上。越一年，文學卒，年七十七，門下士私謚曰端慤先生。端，言立品；慤，言立心。準之謚以尊名節、以壹惠之意，匪溢美也。子二人，長奕光，先卒，次奕裕。孫麟徵，郡庠生，以能文名。

論曰：范蔚宗《獨行傳》曰『狷者有所不爲，亦將有所必爲』者矣，言有爲先有守也。文學狷介如此，假令居得爲之位，即康求民瘼，匪異人事。乃秪以心跡潔白自見，諒非文學所滿志也。然秉方不忒，風軌自樹，有劉翊、王烈之風，斯亦獨行君子哉！

任孝廉傳

孝廉諱時懋，字又新，號可軒，任姓。曾祖自松江徙蘇之長洲，代爲長洲人。考諱黄中，隱居卜《易》，鄉黨稱善人。子二，可軒居長。

少歲攻苦誦習，年十六爲邑諸生，文譽日起。然恂恂自下，每事不敢先人。己卯秋闈，幾獲售矣，爲《易》書者脱落數行，不售。衆爲惋惜，可軒處之恬然。每當友生會合，議論飆起，甚或讙譟叫呶，而坐有寂然無言者，視之，可軒也。會課經義，雖盛暑，正衣冠，終日如對古聖賢人。中歲授生徒於姜荘徐氏。姜荘去吴城數里外，三面環水，人踪罕至。可軒樂其地，賔主如水乳合，不多入城。緣此，經學益深。康熙庚子，舉於鄉。辛丑，試春官，不遇。遂絶意仕進，不復之日下云。

性仁孝，篤於倫理。體豐腴，前後遭父母喪，哀毁骨立，見者幾不復識。撫幼弟，以養以教，畢生不衰。事兩姑母如母。舅氏貧病，又喪母，棺衾葬薶代任之。没，復經紀其喪。生平學殖，不忘所自，必曰『吾師某』云云。待朋友小心誠敬，有負之者，不蒂芥於胸。仁於妻子，門内如賔朋然。以是，遠近交重其行，考好施予，人以緩急告，必應，致家無餘貲。可軒居喪時，檢敗簏，得券數十紙，蹙然曰：『先人心存利濟，我無力繼志，甚慙！尚忍留此，窘迫故人邪？』投諸火。座主景州魏公巡鹺視漕，總制兩江，致書延入幕，託病不赴，曰：『重知己之感，不敢以潤己計累廉節也。』其他狷介，類如此。

先是，吴中業文者，俱隨風氣。始崇尚輕佻，繼則蹠盭横決，後漸臃腫堆垛，彌望皆是。而可軒宗經正軌，不撓不惑，由明理者素也。賦資朴訥，及臨講席，判剖黑白，洋洋灑灑，不少留疑似，而辭氣一歸誾誾。

輯《四書自課録》，據當湖陸先生、長洲汪先生兩大全本，而芟繁薙複，以折一中。共三十七卷，已行世。餘古文辭，有《可軒賸稿》若干卷。

初，居父母喪後，形容清癯，終身如病。夫公車歸，益困，垂二十年。己未冬卒，年六十有一，被教澤者哭之慟。配酆孺人，繼沈孺人，有淑德。子志尹，中乾隆丙辰鄉試。工文辭，踸踸蹈繩墨，人謂可軒有子。

可軒未三十時，有府學生顧章者，年少負高才，美風姿。有貴家女欲委身事之，章以非偶，遠遁不歸，免。可軒重其行，禮如嚴師。章没，爲位以哭。連及之，見取友之不苟云。

沈子曰：東漢黄憲，言論風旨，不多見。年十四時，荀淑遇之，與語移日。曰：『子，吾之師表也。』至以顔子目之。予與可軒，同補諸生。可軒少予六歲，然每相對，挹其言論風旨，罔然若失，覺粗疎悻直之在一己也。隤乎其處順，淵乎其似道，古今人有略相同者。嗚呼，君子哉！

歲貢士郭君傳

己巳冬，京口郭生千里至吴門，以厥考行述乞傳。謂：『先君喜讀先生文集，嘗云可以發人幽光。今先君没，敢求論定。』予舊史官也，人有善行，固當録，況重以孝子請，其烏容辭？

貢士君姓郭，諱炎，字上騰，别字介軒。系本山右，先世松山公官於吴，愛京口江山之勝，遂家焉。曾大父諱宏，大父諱領，俱名諸生，先後年少没。曾大母、大母並以苦節聞。考諱世杰，以仲子職贈承德郎。母趙誥封安人，貢士君其冢嗣也。

君性仁孝，少歲發憤讀書，曰：『我家兩世苦節，倘學業不成，何由顯揚？』既受知學使者，益自鞭策。未幾，遭父喪。時大母暨母在堂，諸弟皆幼。外患蠭起，幾傾巢覆卵。而君以一書生搘拄其間，卒至繼述先緒，承歡兩世。長育弟妹，成名成家，遞衣公食，斑白同居。凡厥考未竟之事，皆一身經理之。已嘗貢入成均，而華膴之念，曾不少動於中，尊天爵也。雍正元年，詔許旌表苦節，一門兩世，並邀曠典，人以爲榮。

大母没，君以承重，必誠必信，四方觀禮。先達韋存張公合作《節孝傳》以揚之。先世舊有宗祠，毁於兵燹。考有志興復，未果。君購城南隟地爲祠，祀松山公以下神主。而又捐貲置產，以供春秋祭祀。即以其餘，濟宗族之貧無告者。君之仁孝，於是乎無忝云。

孟子云：『親親而仁民，仁民而愛物。』此即朱子一坎、二坎、三坎之説也。天下無一坎未盈而遽達之二坎、三坎者，即未有一坎已盈，而不能達之二坎、三坎者。君既性仁孝，故凡濟人利物，一本仁孝。推廣之生平，如育嬰給槥、拯溺埋胔諸善舉，皆體厥考志，竭力踵行。而於設粥救荒，尤爲勇於爲善。

乾隆庚申歲，大饑。君率先捐穀，設粥甘露寺，以待饑者。夜三鼓起督役，親驗火，候五鼓給籌散粥，至午方止。兩閲月，受病，幾不起。鳩形鵠面者，皆誦佛號頂祝，卒無恙。所活凡幾千人。

戊辰夏，米價昂貴，民有闔户餓死者。時君已卧病，聞之，涕泪交下。欲設局平糶，不能行。命次子率先轉募，仍立廠於北固山下，部署有法，所活與前略同。當事諸公謂郭君嗜善，如貪者之嗜欲。古人之毁家紓難，無以過也。

交朋友，推誠相與，有始終。時予老友張君聲夏長經學，有道而文，君延之别墅，命子受經。張君盲於目，無子。既没，君經紀喪葬，存卹其家，擇對嫁其幼女。君之死生不渝，概如是。至於周卹貧乏，歲時有常。或其人義不受憐，託平日親信之人，詭其辭，轉致而已，不有其名。嗚呼，此古人所謂陰行善者也！而君以仁孝推廣之，殆他人所難，而君所獨易者與。

己巳秋八月朔有十日卒，年五十有四。君之卒也，以行善，致病卒之日，以不得終事老母爲恨，餘無他言。存順没寧，君可無愧已！配凌孺人，孝慈端順，稱君之偶。子三：家駒，郡庠生；家麟，國學生；家彪，幼。家駒，字千里，即來吴乞傳者。

沈子曰：予庚申歲，將入都，訪張君聲夏於京口空山。時張君説經硜硜，旁侍弟子聽講，即郭生家駒也，惜未一識貢士君面。今相距數年，張君墓草久宿。旁侍弟子爲名諸生，而貢士君竟以未遇終矣！雖然，君子達則建功業，以救時；窮則敦本行，以澤物。廣狹不齊，其不私一己一也。彼居高位而徒炫人爵之榮者，獨何心哉？

葉香喦傳

君名桂，字天士，號香喦，先世自歙遷吴。諸生嶐山公，曾祖也。祖紫帆，有孝行，通醫理，至君考陽生而精其術。范少參長倩無子，晚得伏庵太史，生無穀道，啼不止。延醫視之，皆束手。陽生翁至，曰：『是在膜裏，須金刀割之。』割之，而穀道果開，太史既長，爲紫帆翁作傳，以報焉。

君少從師受經書，暮歸，陽生翁授以歧黄學。年十四，翁弃養君，乃從翁門人朱君某專學爲醫。朱君即舉翁平日所教教之，君聞言即徹其藴，見出朱君上，因有聞於時。君察脉望色、聽聲寫形，言病之所在，如見五藏癥結。治方不執成見，嘗云：『劑之寒温，視疾之凉熱。自劉河間以暑火立論，專用寒凉。東垣論脾胃之火，必務温養，習用參附。丹溪創陰虚火動之論，又偏於寒凉。嗣是宗丹溪者多寒凉，宗東垣者多温養。近之醫者茫無定識，假兼備以倖中，借和平以藏拙。甚至朝用一方，晚易一劑，而無有成見。盖病有見症、有變症、有轉症，必灼見其初終轉變，胸有成竹，而後施之以方。否則，以藥治藥，實以人試藥也。』持論如是。以是名著朝野，即下至販夫豎子，遠至鄰省外服，無不知有葉天士先生，由其實至而名歸也。

居家敦倫紀，内行修備。交朋忠信，人以事就商，爲剖析成敗利鈍，如決疾然，洞中窾會。以患難相告者，傾橐拯之，無所顧藉，君又不止以醫擅名者。

殁年八十。配潘孺人，子二：奕章，龍章。奕章亦善醫，以君名掩。孫二人：曰堂，曰堅。曾孫三人，習儒業，食君之德。高大家聲，將於是乎在。

論曰：自太史公傳倉公，件繫其事，陳承祚作《華陀傳》因之，後戴九靈、宋景濂倣其體作《名醫傳》。君不欲以醫自名，并不欲以醫傳後。臨殁，誡其子曰：『醫可爲而不可爲，必天資敏悟，又讀萬卷書，而後可借術濟世。不然，鮮有不殺人者。是以藥餌爲刀刃也。吾死，子孫慎無輕言醫。』嗚呼，可謂達且仁矣！

儒林郎方君棤林傳

新安處山谷間，人多醇謹敦厚，修長者行。而身歷艱阻，自致贏餘。仁孝友愛，敬宗睦族。推而周恤民物，可入古人獨行傳者，尤推方君棤林。

君諱善祖，字聖述，號棤林，系出漢之黟侯。二十一世祖弦公遷歙之鋼山路口。弦公傳鹿村翁士琯，好學能詩。與魏冰叔、傅卣生、熊養，及諸老契。鹿村生良孺，字怡園，以文行稱。君爲怡園長子，少神采潁異，鹿村決其必能亢宗。六歲入塾，體弱多病，應師課者歲無百日，而成誦領悟，倍於常兒。怡園没，鹿村後没，君爲承重。叔父夢堂謂君任大責重，勸棄佔畢業。隨叔侍繼祖母朱太安人，居豫章。

豫章者，鹿邨業地也。君與夢堂經理之，相倚如左右手。夢堂没，獨掌其業。慷慨豁達，發謀動慮，悉中窾要。名公卿皆樂與遊，屨户外滿，以事就商，傾心代籌，有鄭莊、季布風。尺蹏往來，秉燭批答，常至百函，詞理贍舉，人又謂不減劉穆之、朱齡石云。

其居豫章也，每歲冬，必省母汪太安人於歙。扁舟風雪，涉彭蠡，渡潯陽，逆浪衝濤，略無驚怖。朱太安人没，扶櫬還里。家居奉母，構閣家墅。春秋佳日，率婦子奉太安人，板輿經圃，輿至登樓凭闌，近矚烏聊紫陽；遠望黄山白嶽。指點巖翠雲物，發爲歌嘯，博母氏歡也。

方氏先世宗祠歷久傾圮，拓地重建，費及萬緡。更創萃涣堂於柳亭山，統宗祠左，匯刊十二派宗譜，始自黟侯，分支别派，一本宋歐蘇譜，十年乃成。居家儉朴，有急難訴者，傾橐施予。婣戚宗族，調護尤厚。至捐賑修衢，卹孤矜寡諸務，就所聞見力行之。君未膺權位，而敦本飭行，利澤及人者，如此，誠邦國之模楷也。乃年僅六十二以終，惜哉！

君生康熙甲戌，卒乾隆乙亥。職州司馬，敕授儒林郎，加一級。配汪安人敕封安人。子大成，名諸生。孫德鴻君，年六十時，乞余文爲壽。余謂君忠厚悠裕，當感天和而享大年，期頤可卜。乃墨瀋未乾，遽歸泉壤，復濡筆草君之傳。予言竟成虚語也，悲夫！

君與淳安同宗進士朴山、錢塘厲太鴻、丁敬身諸君訂莫逆交，觀其友，可以信其爲人矣。

論曰：木生深山，或爲匠石所采，任棟梁用；或輪困離奇，老於巗穴。不可云棟梁爲榮，巗穴爲辱也。君高居未仕，經濟藴涵，而行無闕於一家一鄉，傳於後世，豈徒負空名枯槁泉石者比哉？子孫皆杞梓材，森枝業幹，光顯前人，亦理之必然者歟？

葉文學方宣傳

南滙葉子敬進士有令子，曰抱崧，攻苦力學。乙酉春，賫志歿，士林惜之。子敬以抱崧嘗受業於余，屬爲傳。

抱崧字方宣，號書農。葉氏代有簪纓，父承，雍正丁未進士，官邑宰。湖廣觀察諱映榴，殉寇難，謚忠節，從高祖也。外祖工科給事中曹諱一士，文苑領袖，爲余館前輩老友。

方宣性孝友，讀書穎悟，十歲能文，十二工詩賦，旋補博士弟子員。試輒冠儕，食餼。方宣自以世有名臣，又爲黄門宅相，若第以制義、詩賦，取科名，猶夫人子。於是專意古學，而尤好穿穴經義，於《易》《詩》《春秋》獨有心得。

嘗謂以圖言《易》，而《易》之理隱；以數言《易》，而《易》之理亦未章。因參取邵、程、朱三子，凡明白顯易，關乎天命、人心、政治者録之。而災異、小數，近於《易林》《説苑》者斥焉。

詩人立言，近而遠，微而婉，執滯本義則閡而不通，故參酌《小序》、朱子，取其合風雅本意者，而一洗諸家穿鑿之弊。

於《春秋》，本經以證傳，取傳以合經。左、公、穀三家，各擇其正，而胡氏經筵奏對之説，病其拘牽。

嗚呼！方宣詎敢遽謂抉經之心？然亦苦心於窮經矣。慨自科舉之學興，人求速化之術，其爲帖括，尚未知準則前民，況於詩賦，況於經術？方宣文行卓卓，余方冀其闢斯文之榛莽，衍經學之薪傳，乃溘焉長逝，并無似續！東南人士，咸爲悲悼，況屬在門牆，失此幾庶之士乎？傳其崖略以覆子敬，恐不能如東門吴之曠達也！

論曰：余讀漢《儒林傳》，見戴憑習《京氏易》，以明經徵，後爲侍中；高詡以魯詩授元帝，拜大司農；丁恭習公羊嚴氏學，後封關内侯。方宣兼擅三經，何必不如前哲？獨以諸生早逝，可憫也！

時同學有吴縣劉潢，字企三，亦工詩賦，亦研經學，一時有嵇、阮、應、劉之目。乃同得名，同抱病，同辭世，倘不著其姓名，慮後無有知其人者。附於葉傳，竢詳考之，他日復爲之論列焉。

郭文學千里傳

京江郭氏爲仁厚族。乾隆庚申歲冬，予入京赴補，道經京江，訪老友張子聲夏於黄鶴山郭氏別墅。聲夏兩目俱盲，爲諸都養談經，娓娓不倦。時郭君千里未弱冠，諦聽澄思，輒手録師言，予决其將以文章顯。未幾，補博士弟子員。迨予歸田，已逾十載。

庚午秋，千里來吴，請爲考介軒貢士傳。予適牽於事，未遑。千里留寓吴門，積二十餘日，得文乃歸。其誠篤如此！繼予三次入都祝釐，往來京江，千里必爲東道主。北上時，送之維揚。南遊時，送之練湖，如膠漆契然。平日待人之厚可知已！

前此，聲夏教人，不專時藝。詩歌、古文，各狥學者意。繇是，千里涉獵史傳，討論聲韻，學業日進，試輒冠曹。四方名流，願結縞紵歡，殆無虚日。然人第知千里才，未及知千里行也。

千里事其考介軒，先意承志。先世宗祠，毁於兵燹，介軒構城南隙地，築室饗祀，千里佐成之。歲飢，設廠北固山，平糶。時介軒已病，千里率先轉募，以成考志。每遇作善，類此。介軒平日以大母、母氏苦節，有待表章，望子成名甚切。臨殁，謂千里曰：『我非無力請旌，必得天家褒贈爲榮，故遲遲至此。』千里涕泣受命。後遇秋試，必往。乙酉秋，扶病欲行，弟姪勸止之，千里曰：『我年已四十有九，過此，恐衰病侵尋，不能復入棘闈。冀得一遇，以慰父志，非熱中也。』竟往。時受病已深，遽殁號舍，萬餘人共悲之。

千里未病前，次姪晉就試北闈，千里籲天以祝，曰：『安得姪售，以報先人！』孰意捷音至，而千里已不及見矣，悲夫！

先是，蔡孝廉寅斗芳三殁於春闈號舍，時悲之者亦幾萬人。然今大江南北，無不重芳三之人之文者。千里身後，猶之芳三，况死於行孝，覺千里之人之行，尤足重也。視厠身科目，寂無表見，同於電光泡影者，孰得孰失哉？

千里，名家駒，别字立齋。無子，以姪元謙爲後。有詩六卷，文四卷，行付剞劂氏。千里待聲夏後，猶師存日，今弟姪復然。故京江郭氏，共稱仁厚族云。

家貢士東甫傳

徵君姓沈氏，名炳震，字寅馭，自號東甫，世爲歸安竹墩人，學博諱雍第二子也。先世自恭靖、襄敏兩尚書後，代以科名學術顯。

東甫少歲即淬厲於學，籍學宫後，日有名。省試八不遇，遂謝舉子業，專攻古學。於經、史、子、集，多丹黄鈎纂，考訂博辨，而《新舊唐書合鈔》尤生平注力。其書分爲綱目，如《本紀》《列傳》，以《舊書》爲綱，分注《新書》爲目。諸志，《舊書》多缺略舛錯，則以《新書》爲綱，仍分注《舊書》爲目。增『方鎮』一表，訂正『宰相表』之譌謬者，積十數寒暑乃成，鉅公夙儒交重之。

雍正十三年，詔舉博學鴻辭之士。大吏交章薦，衆論一辭，若此科爲東甫開者。召試殿廷，仍不遇，浩然歸來。二年，以歲貢士卒。嘉禾錢少司寇名陳羣，同學友也。時在籍，唁東甫喪，見《唐書合鈔》，嘆曰：『此爲有用書！今天子開館，命詞臣校勘經史，得此書參考，可以訂譌補闕。』遂携書入都，陳奏，旨付詞館采取。潛適分校《唐書》，援據議論之粹精者，入考証中，旨以爲允。刊刻内府，頒布天下。東甫欝於生前，榮於身後，士論重之。

東甫性仁孝，考卒官舍，櫬舁歸，奉堂皇，衆以俗忌沮之，卒排衆議。既葬，廬居盡哀，君子謂之知禮。敬愛昆弟，老年彌篤。待友以誠，無面背言。生平，不問生產。明是非之分，屹然山立。或樵蘇不繼，而中懷和藹，暖然如春。綜其行誼，俱能不愧古人者。

詩初學王右丞、柳儀曹，中年出入於東坡、山谷，後流衍於石湖、放翁。然營心編纂，不欲以韵語自鳴也。

所著《唐書合鈔》二百六十卷，外有《九經凟蒙》十二卷，《廿一史四譜》五十四卷，《唐詩金粉》十卷，《井魚聽編》十六卷，《歷代帝系紀元歌》一卷，《沈氏族譜》三十二卷，《增默齋詩》八卷，雜著十卷，並藏於家。

東甫有二弟，並能獵古。繹旃，名炳巽，成《水經注集釋訂譌》一書，凡從前篇簡脱漏，文字踳駮，首尾顛躓，句讀轉易者，一一正之，復還道元之舊。幼牧，名炳謙，亦膺鴻博之薦。詩、古文、詞，略同二兄。何吾家之多學人也！昔蘇氏子瞻、子由弟兄師友，古今艷稱，於今再見其人哉！

論曰：八股興，而古學廢。有問以經史，而瞠目拄齶、不識何語者，然其人往往取科第去。而枕經葄史之人，湮鬱以終，東甫其一也。雖然，一耽浮華，一探梱奥。古人有云：『各從所好。』士之輕一時、志千古者，尚堅其志哉！

歸愚文鈔餘集卷六

誥贈奉直大夫刑部山東司主事加一級黄君立夫墓誌銘〔一〕

往予赴省試，與崇川李範濂輩會白門，每稱其邑黄君立夫文爲必售。及榜發，輒報罷。惜予未識其人。初夏，於宋觀察綱師園遇黄別駕崙圃，恂恂自下，有故家風範，詢之，立夫子也。與之言，學有原本。問立夫，則殁已二十七年。因嘆立夫雖能文不售，有子克家，立夫爲不死矣！未幾，崙圃踵予門，再拜，請曰：『先人之殁，王先生巳山序遺文刻之。墓石未立，惟先生知先人久，其憐而許之，以昭示來世。』因讀其所撰事實，而知立夫非獨工於文章，其孝友之行，亦有卓卓可傳者。

立夫考爵亭先生，魁奇倜儻，以賢豪自命。爲怨家所忌，誣構成獄。有司羅織煅鍊，將陷不測。立夫誓捐軀雪父冤，手作檄陳訴。時長沙陳恪勤公鵬年知府事，見其情摯詞直，事得白。

立夫事母，定省温凊，無違禮。曉伺寢門，聞母聲，入問安，終身以爲常。與弟析産，任弟所欲。取田，推其腴者；器，推其貴重者。時以立夫爲今之薛包。從父年高，從嫂寡居，姪輩幼弱，爲之内卹外禦，門户克全。嗚呼！立夫之文章、行誼若此，宜其早掇巍科，顯榮於世。而抑欝以殁，年僅三十九。王仲祖云：『如此人曾不得四十，其可慨也已！』因思世之抱才而亡者何限？惜無張相文蔚爲之奏，賜第身後，繼方干十五人例也！

君諱鶴，字聲洪，立夫其號，歲貢生，授職州同，未補。誥贈奉直大夫、刑部山東司主事。生康熙丁丑八月二十二日，殁雍正乙卯十月初二日。先世自金陵遷崇明。高祖明孝廉，諱良臣。曾祖庠生，諱應元。祖附監生，考授州同，諱日躋。父勅授徵仕郎、内閣中書，諱世名，閩浙制府梁公嘗疏薦杭州府同知，不就，即爵亭也。配陸宜人，素嫺禮教，奉舅姑以孝，相夫子以敬，割腕肉療夫疾。卹隣救困，成夫志。既寡，持家教子十二年，俾二子成立。生康熙甲戌十一月十三日，殁乾隆丁卯七月二十六日。子汝琳，直隸宣化府通判。汝璞，刑部雲南司主事，加一級，今任山東司主事。女適太學生施彤輝。孫曰和、曰延、曰勉，以約、以遜。乾隆十五年，葬於邑之享沙三星鎮。銘曰：

枕經葄史，其文醇也。孝親友弟，其行敦也。珠藏玉韞，其遇屯也。束帛未賁，遯邱園也。銷聲養粹，甘隱淪也。仁者弗壽，早隕身也。吉人有後，貽仍昆也。棲神海疆，永安窀穸也。補勒銘辭，千載有聞也。

校記

〔一〕目録作『誥贈奉直大夫黄君墓志銘』。

誥贈資政大夫、工部右侍郎似虞劉公墓誌銘〔一〕

劉公諱機，字省度，一字似虞，江南武進人。知保定府事諱履旋曾孫，知福寧州事諱維寧之孫，孝廉諱演之長子也。

生而至性過人，方髫齔，遭母喪，哀毁如成人禮。比弱冠，考没，哀慟欲絶。顧念大父遠宦，春秋高，諸弟皆幼穉，乃間進勺米，勉治喪事。形容盡毁，見者嗟歎。服除，省大父於閩中，代子職，兼佐簿書。榷覈精詳，老於幕府事者弗逮也。大父倚之，稍抒喪子痛。

已而大父歿於官，囊橐空匱，而奸吏方希代者，意匿案牘，多所勒索，公呼吏面質，背數徵撥款項，及上計月日，無毫毛爽，奸謀乃寢。得卸事，護喪歸。時當倥傯中，微公搘拄，家立破矣。歸而發憤下帷，枕經葄史，蕲至於古之立言者。

制義有先正風，魏蔚州學使拔冠通郡。嗣後，學日富，望日高，學者爭師事之。經指授者多速蜚去，公獨久躓場屋，處之怡然，曰：『不朽盛事，豈爭得失於目睫哉？苟後起有人，不墜吾業，足矣。』於是一意課子，凡出赴外塾，必携以從。

其仲即今之少司空綸也，尤早慧，公期以遠到。大發四庫書，口講指畫，曰令餔醊而饜飫之。仲子由是以文學鳴大江南北間。今天子御極之元年，舉博學鴻詞科，彙中外大臣所薦試之。仲子以諸生裒然居首，特達之知，得未曾有。海内咸嘖嘖歎羡，謂公積學爲善之報，不於其身而於其後人也。

仲既貴，迎養京師，公命之曰：『文章詎足報國？我訓汝千萬言，不外守身、致身二義。要之，能守身，斯能致身。』又云：『人臣退思補過，無心之過，日補日增。若有心之過，流而爲惡，則一敗不可補矣。』聞者服爲至言。忠敬之忱，老而彌篤。仲每賚恩賚，歸，必整冠服，望闕肅拜。每遷一秩，親朋咸賀，公轉蹴然不安，唯懼踰分。仲儤直御園時，遠道歸省，公輒不喜，曰：『夙夜在公，惟臣子分。我雖老，精力猶健，毋煩定省也。』是以十餘年間，仲以文學侍從洊歷卿班，入參機務，清勤端恪，深契聖心，實由稟承庭訓於勿替云。

平居氣象温温，不爲嶄絶陗刻之行。及見義而行，無所撓屈。如卻蠹役之遺金，懲豪奴之跋扈，皆有關風教。而天性之愛，終身以之。

初，公之失怙也，與諸弟相依爲命，不忍分析。公食遞衣，以迄成立。仲弟早世〔二〕，撫其兩孤俱亡。叔氏殞於建平，而公之長子經復病殁於家。崦嵫暮景，骨肉凋殘。每一念及，心神愴恨。樂天安命之人亦有不能自主者耶！

乾隆辛未秋九月，以病卒於京邸，距生於康熙己未九月十三日未時，年七十有三。事聞，上閔其家清貧，賜金以治喪事，蓋異數也。

公之不治生産，薄身厚志，人尤重之。

壬申十二月二十九日，將葬公於吉壤，少司空以狀來請銘。潛於少司空爲館後進，備官京師時，又以寓居密邇得與公時相過從。聞公言論，藹如肅如。於行己立朝大端，真有可奉爲楷則者。乃南還以後，相距三載，而公遽成古人，有以歎典型之不常在爲可感也！

配金氏，封太夫人。孝慈祥順，備有淑行。子二：長經，次即少司空綸。孫五人：芳芷、運青、圖南、躍雲、名揚。曾孫二人：啟宇、定宇。墓在陽湖縣豐東鄉鄭六橋之原。銘曰：

爲儒四十年，物恒自砥。閱世七十餘，渾如赤子。水滀乃決，火煴乃烈，發諸後賢光黼芾。教家以善，貽後以忠。至樂在我非窮通，顥然真氣還太空。没而不亡，清風斯在。斲石勒辭，千秋不壞。

校記

〔一〕目録作『誥贈資政大夫劉公墓志銘』。

〔二〕世，应爲『逝』。

誥封朝議大夫、平凉府同知朱府君墓誌銘[一]

府君姓朱氏，諱亨衍，字濬伯，清江其號，世居粤之臨桂縣。祖贈奉政大夫諱任腊，考贈奉政大夫諱履謙，贈官皆以府君貴。

府君資禀穎異，博涉典墳，爲文擷經史之華。年二十，赴省試。歸，迎娶郭恭人。合巹之夕，捷音適至，遠近傳爲美談。公車不第，從師荔浦，益汎濫於諸子百家，學乃大成。

贈公家本貧乏，負米近邑，供母伍宜人白華養。府君代贈公定省，溫凊無違禮。贈公與妣趙太宜人相繼歿，擗踴哭泣，哀感童僕，附身附棺勿悔，鄉閭奉爲居喪式。

屢與計偕，不售，乃就揀發，補直隸靜海令。受事之始，邑遇水灾，委查灾户。匹馬单輿，周行阡陌，日躑躅泥淖中，弗顧。饑民環叩求賑，檢視荒籍無名，前令遺漏，府君毅然補賑。吏請呈明乃發，府君曰：『昔第五訪治張掖，韓韶治嬴縣，皆先賑後聞。若待報可，民填滿壑矣。』用是忤監者意，以他事糾劾。吏議鐫級調用，適莽公鵠立，巡撫甘肅，請府君以隨，引見天子。問獲譴狀，具以對。復府君官罪原劾者，由府君廉直素著也。

初署固原州，州多回民，爲盗。有武職家居者，悉羣盗姓名居址，適其族人行刼，案發，府君邀之至署，謂曰：『君食禄於朝，而令子姓爲盗，吾一紙聞於上官，君虀粉矣。』其人戰慄求救，府君令詳疏以告，呼集州庭，諭以自新。皆稽顙，願爲良善。爲政數月，盗賊屏息。府君軍興以來，應辦騾馬駝隻，所需不過什一，胥吏盡將民家豢養者拘留於城，賄至乃釋。府君獨召聚里老，示之額吏，不得爲奸。民自感奮，急公。州有沙河數道，山水漲溢，危及城垣。府君倡議築堤十餘里，遂成巨防。

州故用武地，文教未廣。府君設義學，擇州之英後，延師教之，命子觀察君同往受學。人比之張綱之守廣陵，何易于之令建昌，蔡襄之知泉州。

時當運糧巴里坤，嚴寒遠道，人憚於行。府君曰：『均王事也，皆任其易，孰任其難？』踴躍就道，應期至軍，同運者多後，時大將軍怒詰其故，府君曰：『此運值車馬健壯，故得迅速。餘或徑險馬疲，故後時。』大將軍意解。府君之保全同列如此！

通判寧夏，駐花馬池，司三郡鹽務。清積引，革陋規，處膏不染。以公事會議府署，俄而地震，同坐者皆死。府君偶步中庭，不罹於禍。非府君盛德，安能脱然劫灰之外？

巡撫某爲言官所劾，詞連府君，謂有餽遺事，命宫保尚書尹公察審。公曰：『豈有以貨媚人之朱濬伯乎？』事得白，補授平涼同知。興利除弊，善政尤多。

同知駐劄固原，兵馬飽騰之區，民間芻茭扉屨，供億既繁，家無蓄積。間遇饑饉，輒多逃亡。府君請於平遠所預望城，添建倉廒，分貯常平米石。遇饑平糶，逃亡頓減。

固原地宇窵遠，輸將訴訟，奔走維艱。府君請營城郭官廨於海喇都，民免跋涉。海城勢高，田資灌溉，山泉半爲沙石淤衍。府君見有細流，即根尋源穴，督民疏導開渠，引入村庄，田成沃壤。手揖《海喇都初志》，爲後來者法。

先是，府君牧固原時，有州帥酷御其下，軍士不堪辱。會歲盡，聚爲亂，戈刃交於道，帥罔知所措。府君挺身出，告以禍福，衆稍稍散。捕獲其戎首，收之獄，倉卒定變。至是，攝守篆，將成讞。戮首事一人，從亂七人，其脅從者悉解釋。人樂府君寬猛得宜。

在任八年，慕知止之義，上書乞免。離秦之日，數百里，老幼遮道留。盖府君雖官不大顯，而盡心職守，聽訟明斷，遇事縫紉調齊，無一不本之仁愛。民蒙其利，故戴若慈父，至今歌思之不忘也。

歸而結亭於屋後山麓，署曰『息肩』。種花藝竹，邀客賦詩，人又比之司空表聖、司馬君實云。殁於乾隆二十四年六月二十八日，距生康熙三十一年八月初七日，享年六十有八。康熙辛卯科舉人，歷官平凉府同知，劾授承德郎，誥封朝議大夫。配郭恭人，内則具備，令德宜家。側室李氏、耿氏。子四人：若東，乾隆乙丑進士，翰林院編修，改補御史，轉給事中，特授山東濟東泰武道，調任河南糧儲驛鹽道；若季，候選縣丞；若檜，國學生；若桴。女六人，庠生胡鉅儒，象州學政蔣僑，潛江縣知縣陳鍾理。國學生唐世槐、黄元璽，劉某，其壻也。孫六人：依魯、依炅、依焜、依夔、依燾、依然。孫女五人，長適丁丑進士、翰林院庶吉士陳蘭森；次適貢生蔣長春。某年月日葬於某原。銘曰：

潁川渤海漢循吏，令民休息務簡易。後之從政與古異，治同鷹隼擊毛摯。惟君經術飾吏事，破觚斲琱勤撫字。晝求民瘼夜殫思，牛刀惜以割雞試。位不副德後昌熾，門號萬石馬容四。浩然元氣返幽隧，有道碑文我無媿。

校記

〔一〕目録作『誥封朝議大夫朱公墓志銘』。

誥封奉直大夫徐州府沛縣知縣世卿荆公墓誌銘〔一〕

通家沛縣令荆君如棠喪其考奉直府君，走使千里，以狀來請銘，曰：『如棠無似，不克顯揚吾父。然吾父一生，孝父母，友兄弟，修身力學。雖經濟未展，而使如棠涖劇邑、奉職守，不至隕越者，皆吾父經營區畫也。古孝子之祭其親，必求仁者之粟。惟先生之文，可以信後，幸哀而賜之銘，以不朽吾父！』

沛縣君，予戊辰所取士也，弗忍辭。

按狀，府君諱永貴，字世卿。其先自猗氏縣徙居平陸縣之車村，傳二十餘世，至贈奉直大夫蘭臺公諱繼芳，府君考也。兄弟四人，府君行三。自少端方謹慤，巋如斷山。讀書務求經史大義，小章句，薄温飽。數奇不偶，義命自安。

事考蘭臺公，備物養志。侍母晁太宜人疾幾載，衣不解帶。待兄若弟，分甘共苦，白首不衰。

家故貧乏，居常炊烟不繼。仰屋著書，聲出金石。每曰：『貧賤憂戚，天所以玉我於成也。』故極困無愠色。及沛縣君成進士，入翰林，鄉人榮之，府君布衣芒屩自如，無纖毫矜夸意，人謂府君不移、不淫。

沛縣君外任鎮洋，府君貽書，諄誡〔二〕曰：『民社所寄，事必慎重周詳。苟有媿寸心，即無以事親，無以報國。』

淮徐水灾，大吏以鎮洋令才，調任沛縣。府君聞之，单騎來南，佐沛縣君。賑濟灾黎，撫循郵落，寢食俱廢。居署兩年，歲豐，乃還其鄉。沛縣君禀府君成規，以勤勞禦灾，以廉介持己，以和平聽獄。水灾既除，民氣盡復，訟庭草生，治行爲江南第一。纔晉秩，以丁艱歸。沛民知令之經畫，本自府君。聞府君之訃，無不巷哭輟舂。於此見三代之直未亡，而府君之行有可傳也！

府君生於康熙二十年十一月二十九日，没於乾隆二十五年四月二十七日，享年八十。例封奉直大夫、徐州府沛縣知縣。配孫宜人。子三人：如棠，戊辰科進士，翰林院庶吉士，改授太倉州鎮洋縣，再調沛縣，陞江南蘇州府海防同知，遭喪，未赴任；如樫，太學生；如楷，貢生。女一人，適吕肆温。孫二人：日烜，如棠出；日烺，如樫出。孫女二人：一適榮河縣張維鑑；一字芮城縣張隆秋。卜於乾隆二十六年十二月初八日，與孫宜人同葬於溝東之車兒屹峪。

沛縣君之奔喪還晉也，宫保尚書尹公惜其賢，欲留之江省辦理差務，服闋題補。沛縣君曰：

『前人墨衰絰以治兵，奪情而秉國政，豈其本無孝心哉？貪位之念萌，不覺初心之盡失耳。如棠没不憑棺，已抱終天之恨。葬不臨穴，尚何以立身天地間？』堅辭之。毅然有守如此，非稟義方之教素哉？銘曰：

學焉而弗措也，才焉而弗遇也，積厚而光自著也。繼繩有人，循吏爲之後也。勤廉恤民，歌來暮也。揆厥本原，庭訓預也。存榮没哀，感行路也。箕山之陽，神安固也。過者憑而弔曰：此荆大夫之封，起百世之慕也。

校記

〔一〕目録作『誥封奉直大夫荆公墓志銘』。

〔二〕『誠』，疑刻誤，應爲『誠』。

潘上舍墓志銘

潘生惟仁，家洞庭東山。來游我門，無時俗儇薄態，蓋謹慤人也。某年月日，卜葬其考於吴縣某字圩，來乞志銘。

按述，考諱秉鈞，字玉符，先世湖州人，高祖某遷東山施巷。父諱榮錦，以布業起家。寓青浦之朱家角，往來襄漢。有伉爽聲，喜周卹親族里黨。至老，家中落。玉符好耽書，屢挫院試，即棄去，爲上舍生，理父業，家仍稍稍起，漸饒益。

朱家角具五民，通販鬻。土著輕稼穡，鮮蓋藏。康熙戊子己丑，連旱，民艱食，上舍以儲積米散給鄰里間。婦女工紡織者給以吉貝，資其生，上舍幾至毀家。或咎之，曰『吾父志也』，不少悔。又其俗惑於風水説，有葬其親者，謂形勢違碍，聚衆與爭，村落間多火化。上舍惻然，鳩同志數人捐金，置郊外地爲義塚，遠近葬者數千棺。久之，風俗漸易。邑令高其義，欲請旌，曰：『我閔薄俗，匪市名也。』堅却之。

弟二人：仲嗣、季父，後析產時略無銖兩等差。嚴於課子，曰：『非敢冀科名，能讀書，厚倫理。以勤殖業，以儉殖德。致財而不私其財，是我願也。』年四十七卒，蒙惠者慟哭之。配葉氏，助夫散財。子三人：惟仁、惟恒、惟信，亦能承父志。

太史公謂孔子名聞天下，皆貨殖之子貢有以布揚之，此固有激之言。然必生財而後可藉爲善，上舍其明徵也，可以牽車服賈而易視之哉？

抑予觀人子之欲揚其親者，其稱述所生，多侈言無實。往往孔顏其行，經史其文，而志墓者亦如其言而塗澤之。按其品，概均歸烏有，是兩失也。今惟仁所述，能不誣其親者，因節其言作銘。銘曰：

積而散，賈而儒。述也匪誣，銘也匪諛。是託師史之業，而别於曹邴氏之徒也與。

范太僕神道碑銘

聖祖仁皇帝手芟巨憝，奠安方夏，乃準噶爾以么麼小醜，肆虐邊陲。既赫怒，整師揃刈梟獮。顧憫其屈服，不加殄滅。迨遺孽復萌，鴟張益甚。世宗憲皇帝載揚大烈，克奏膚功。此固神謨廟算廣運於上，元老壯猷戮力於下。然龍沙萬里，艱於軍儲。苟非精心厚力，深計老謀，弗克膺斯重寄。乃以一人，總一路之運，十年輸百萬石之粟，從容鎮定，共推勞臣而無媿者，厥惟太僕范公。

公諱毓䄵，字紹文，汾之介休人。祖肖山公，考德淵公，以公弟毓䄵、毓奇貴，並贈封中大夫，晉驃騎將軍。

肖山公生於明季，嘗往來塞上，主市易，以信義聞。王師定鼎，孝莊文皇后召至京，欲授以職。以未諳吏治辭，遂賜產張家口爲世業，命歲辦貢物，德淵公承之。

公爲德淵公第三子，少歲英偉倜儻，誠實不欺，邊人信之。諸蒙古部落來張城貿易，必謁公。公坦懷與語，凡塞外山川道路險易紆徑，與夫風土物情，靡不口講手畫，默識於心，以備國家緩急之用。諸凡銅鉛、馬匹、鹽筴，皆肩任焉，當事者咸知其能。

前此，康熙丙子有西征準噶爾之役，督運軍糧，每石費白金百二十兩，後以爲準。康熙六十一年，策妄繼逆，公運察漢叟爾軍糧萬石，所費減三之二，尅期輸送，軍中驚其捷猶鬼神。雍正五年，大征準酋。時兩路進兵，西運以官主之，北運則天山瀚海間，無戡任者。怡賢親王素知公，以公前事奏，上嘉許之。公經營籌劃，調度有方。節帑金，足軍食，不苦役，不踰期，軍中懽呼。時奏大捷，事聞，憲皇帝深器之，由四品階晉太僕卿，加三級，用二品服。賞賚稠疊，并欲以北運法行諸西運。君臣契合，稱爲異數。

公之轉餉也，念歸綏去塞遠，雖承平日久，商賈鱗集，而召買收糴，終殊内地。大軍經行塞垣，需米數多。從東西邊口至軍，動經歲月。道遠期迫，難於猝辦。且日行沙漠中，旁經蒙古諸部落，防護少疎，輒遭剽掠。即於督運之始，請就察漢叟爾等處倉廒，有支存舊粟，先籍數借支，以待補運。嗣後，或起運有期，召買未足，請於直隸、山西，及湖灘河所倉廒，得借給支運。即以價交官司，并得出陳易新之用。又請部校定鐵斛，支買交納，略無侵欺。至多羅鄂波等處，皆大兵所經支給口糧之所，因請部飭諸蒙古甲色，暨各領兵將弁，俾收貯有所，支領有方，防護遞送有兵，按程無誤。而於車運駝運，則因天時，察地利，行役所需，纖悉預備。更念絶塞荒徼，砂磧山溪，阻礙車馬徒役，爲之募人徒，給厚直，填湮鏟突砥如康莊。以故星馳電掣，一往無滯。此皆得之少時與諸蒙古口講手畫，默識於心者。

計公任事以來，案數核實，較官運之每石百二十金，省什之八九。較公舊運之四十金，又省其二之一。計十年中，共節帑金十一千萬金。軍興以來，尠有此費省功倍者。

嗚呼！士人讀書稽古，謂天下事措置有餘。及身荷艱鉅，往往左牽右掣，舉足荆棘。公以踈逖小臣，宣力窮荒，卒能飛輓裕如，國威丕振。使京畿以北晏然，若無出師動衆之事。公之功可以尋常意計測哉？

癸丑冬，以部件株累落職。或勸置辨，公曰：『聖朝寬大，不加罪戾，有餘恩矣，何辨爲？』憲皇帝知其勤慎，委任如故。乾隆元年，遠寇綏服，撤回駐軍。舉行賞功之典，公不自言，究未還職。

先是，雍正九年、十年，北運，兩遇劫奪，共米十三萬餘石。詔准以正項開除，公謂糧未至軍，不上計簿，因如數補運。又九年以後，科卜多兵丁，漸次移徙近地。而前此所領，俱遠地供億。部議行追，公曰：『運户貧困，前所領，業費盡矣。行追何益？徒戕其生耳！』共計二百六十萬餘，悉力代償。以歷年未領米鉛諸價抵之，未及其半，餘定限補納。一時衆慶更生，歡呼踴躍，旋至泣下。勒石歸化城，謂范公『實生死肉骨我也』。

乾隆三年、八年，叠奉辦銅之命。公以懸帑未清，願備貲往。而辦銅之役故難，銅産倭地，開采歲久，其源漸乏。倭以銅少居奇，狡獪百出。又海舶出没風濤中，率兩歲始返。而西安、保定、湖北、江西、江蘇五省，分運鼓鑄，須銅甚急。公既老之年，力承兹役，冀上勿負朝廷之恩，下勿滋子孫之累。心力交疲，病致不起。嗚呼！公固瘁於勤勞王事者耶。

公仁孝性成，昆季五人，遞財公產，無彼此盈絀。見事英敏，雖千里之外，數年之後，成敗得失，瞭如指掌。與人共事，不以存亡易心。代賠逋帑，至百餘萬。保全同類，顛跌不悔。他如築堡牆，建文廟，救荒修路，掩骼埋胔之類，所行皆有過人者。而轉饟邊庭一節，尤有功於國家。

昔楚漢之際，高祖戰滎陽京索間，軍無見糧，酇侯留守關中，轉漕給軍，天下大定，遂爲元功之首。然起丙申，而丁酉，而戊戌，而己亥，時未半紀也。自雍而豫，而徐，而楊，地非絶塞也。且高祖身自將兵，寄酇侯以股肱心旅，非内有農部受其質，外有行營視其成也。兩者相提，公之所處，綦難矣！乃處其難，而擔負其難，不震不讋，有大過人者。遽以勤勞殞身，際盛明之世，而未致其用，不勝感慨太息云。

公生於康熙某年月日，卒於乾隆某年月日，年七十三，以長子官，誥贈中憲大夫。配馬氏。繼李氏，繼袁氏，誥贈太恭人。子四人：清洪，乾隆戊午順天舉人，刑部員外郎，加五級，誥授中憲大夫；清注，丙辰恩科順天副榜貢生，候補中書舍人；清澳，戊午順天舉人；清沂，丙辰恩科順天舉人。女子四人。孫男三人：檽、瀿、欄。

予爲公年家姪，以通籍晚，未接謦欬。今諸孤將葬考妣於某縣某原，以狀乞碑銘，因特書公大節於石，而其詳，見狀與秦少宗伯墓誌中，不及備書。銘曰：

惟古汾晉唐風惇，高平歷世爲名門。誕生英特才軒軒，蠢兹醜類如遊魂。天兵迅掃勢欲吞，軍行最急惟饔飧。帝命轉輸之塞垣，馬騰士飽安營屯。捷書飛奏來天閽，文終之績公並論。錫爾冏卿章服尊，却功任過罹煩冤。酬庸有詔公不言，待罪私第歸邱樊。神勞體瘁難常存，偕廼德配藏高原。邦祠里祝永不諼，佳城一氣形蜿蜿。松楸蔚鬱蟠本根，保世滋大裕後昆。

陳留宰同年陳荔汀墓誌銘〔一〕

乾隆戊午秋闈，吴中舉於鄉者十有三人，今幾三十年，晨星零落。而陳留宰陳君荔汀以疾告歸里，蕭然如諸生時。時過余草堂，商榷詩文，相約爲耦耕之侶，情相浹也。乃不及三年，遽成古人，士林傷之。葬有日，孤子位中以狀請志銘。按君生平，家居，盡子弟職；爲廣文，盡教育職；爲縣令，治績卓卓可傳，余烏容辭？

君諱益，字麗亭，荔汀其號。先世自虞山遷長洲，高祖文宇，曾祖應聯，祖時憲，勅封儒林郎，鄉飲賓。考又羣，州同知，以君職勅贈文林郎。妣楊太安人，繼妣顧太安人。兄弟六人，君生晚。五兄皆析產，惟君奉侍左右。贈公以辦銅累產盡廢，顧太安人對君泣曰：『爾舍讀書無他計矣！』君用是勵志於學。母殁，哀毁幾滅性。事贈公，視聽在形聲先。硯田所入，嗌魴捕鯉，以供膳餐。兄弟無爾我，彼盈此絀，未嘗動心。曁諸兄久窋減產，竭力周卹。待姪如子，撫孤姪女如己女。家庭中融融如，藹藹如也。其内行如此。

從來士林中人，多長於讀書，短於出治，以故秉軸者每重刀筆筐篋之徒。君獨不然，登賢書後，以明通榜選英山教諭。

英山在萬山中，學宫頹廢，士人荒落。君先講立品，次講經術。取先正文之有法者，苦心開牖。嗣是金君序珽旋掇高科，鄭君一坊選拔居首，此百餘年來所絶無僅有者也。大吏交薦其能，銓授河南陳留知縣。

君之出政也，甫涖任，即親訪民間疾苦。知歲辦河工稭料，吏緣爲奸，君榜示通衢，盡革其弊。維時西陲用兵，師旅往來，芟芻車輛，緩則羈留，急則騷擾。君調劑適宜，官民並免於累。水災散賑，挾册親往村落，按户給發。委署懷寧，猝遇河決，星夜捍築，殺其急流，疏其漲塞。水勢既平，相其低窪處決之，淺者堰之，深者陂之，皆成腴壤。至於聽訟，心和氣平，刑不輕予。獄有疑案，秉燭閉閤，反覆思維。甚至終夜不寢，務得其實。故十餘年來，初無冤民。其署禹州，通許、鄢陵、密縣諸篆，一如治陳留、懷寧時。

噫嘻，吾見夫今之稱能吏者矣，大都以深刻爲能，以擊斷爲才，以趋承大吏爲盡職，而視小民同草土然。此如受人之牛羊，而不與芻牧，轉加鞭撻，恐牛羊俱受其病也。君不爲能吏，爲廉吏，不第爲廉吏，爲循吏，可云善牧牛羊者已！

時俸滿考績，例得遷擢，格於部議，不行。君乃以有疾告歸，歸而以孝友爲政於家，以仁讓爲教於里。方幸鄉黨有所矜式，何天敚之速耶？宜有心者之慨焉興歎也！

配徐孺人，淑慎端莊。事舅盡誠，事夫盡敬。在官署中，以廉相佐。教子親以經書授之，教女以班氏《女誡》爲訓。先君十年歿，年四十四。

君生於康熙五十二年二月十八日，歿於乾隆三十一年七月初九日，年五十有四。子一人，位中，元和縣學生，有文名。女三人，長字顧鼎裕。孫一人，元輔。孫女一人。某年月日，與徐孺人合葬於某原。銘曰：

苦書生，惇孝弟，出而有爲循良吏。何必虎渡河，何必鳳凰鳴？但期人民和樂田疇耕。長官雖没，神如生。既安既固，永歸佳城。

校記

〔一〕目録作『陳留宰陳勵亭墓志銘。』

鮑君東源〔一〕墓志銘

乾隆丁丑春三月，溯江而上，經南徐舊遊地，道有邃宇重簷，翼然高聳者。詢之，曰朱子書院。新安鮑君東源倡建，以爲鄉人歲時洽比、後俊雒誦地。江以南無不頌説東源高誼者。

先是，余遊黄山，過新安，信宿金司勳瞻原家。羡其風土淳樸，人情敦厚。司勳曰：『此固習俗使然，亦賴一二仁人君子爲之倡導。故禮讓不衰。』即首舉東源以告。予心識東源久，惜乎未及接其風範也。會其孫家本郵君事狀，請爲墓銘，予弗忍辭。

君諱建旌，字廷羽，東源其號。先世自齊敬叔食采於鮑，晉咸和中，有諱弘者爲新安太守，因家焉。後由鮑屯三徙，過塘山，至鄉飲耆賓國仕爲祖考。贈儒林郎世敏爲君考。

君年十三，儒林君歿。十五，鄉飲君没。與母程安人煢煢孤露，饔飧不給。君慨然曰：『不能以功名顯吾親，奈何以貧困憂吾親？』因孑身往來湘漢間，營白華養。居南徐最久，家遂隆隆起。事程安人，視寒燠，潔滫瀡，五十年如一日。其歿也，喪盡哀，葬盡禮，有古孝子風。

平生敦倫崇義，揮千黄金不惜。同祖以下，伯叔兄弟，權厝淺土者數十棺，皆爲擇地安窀穸。構宗祠，供先世蒸嘗。依山築居，闢内外門扉，以百數。曰：『吾子孫同鐺共甑，世世無有所析。』友朋緩急，鄉里患難，拯濟恐後。有貸君數千金者，貧不能償，撿其券焚之。辛未歲，大旱，斗米錢四百，流離載塗。君出資糴粟以賑，全活無算。嗚呼，今之富室，因時凶歉，鐍倉閉箱，以待騰貴，桑梓顛連，漠然無動於中者，能無媿乎？

雅好賓客，客至，流連宴飲，積日月無倦，遊屐所至，必以圖書自隨。籃輿畫舫，開緗篇帙，可以覘君襟抱矣。

太史公云：『淵深而魚生之，山深而獸往之，人富而仁義附焉。』顧其所稱蜀卓氏、程氏、宛孔氏之屬，其贏餘倍君什伯，而輕財好施，不聞有似君者。使君而遇太史公，其濡染當何如也？

君生康熙十六年九月廿四日，殁乾隆二十一年二月十二日，享年八十。候選州同知，敕授儒林郎。元配吴安人，繼配汪安人。子二：長仁，早卒；次義，爲弟建節後。孫家本、家松。家松又爲義後，並能承君之緒。曾孫二：承熙、承燾。乾隆二十某年月日，葬君其原。銘曰：

其積也厚，其流也長。君起儉約，性乃慨慷。散財賑粟，行善一鄉。秉休委祉，其報不爽。孫曾顯融，厥宗以亢。嗇前豐後，天道有常。過塘之山，松柏蔚蒼。綿綿餘慶，徵此銘章。

校記

〔一〕源，目録作『原』。

陳孝子禹烈暨配李孺人合葬墓誌銘〔一〕

雍正元年冬十一月十四日，吾里陳孝子卒，年六十五。又十三年，配李孺人卒，年七十八，是爲乾隆元年四月十七日。又十三年，諸孤將合葬考妣於吴縣研山潔字圩先塋之次，以行述來乞銘。嗚呼，陳孝子之爲孝子，通國人皆知之矣！而所以行孝之實，未及詳也。兹讀行述，得詳志之。

孝子諱樹珏，字禹烈，繼號師晦，願學朱文公元晦也。九歲孤，哀踊如成人。家貧，入市服賈，恐害心術，旋棄去，攻經生業，籍學宫資舘穀養親，務承親歡。凡有爲，必稟慈訓。時王父功卿公、曾王母邱太孺人具在，雖啜菽飲水，融融如也。未幾，王父卒。痛哭幾絶。服乍闋，遭曾王母喪，孝子載承重，經營喪葬，盡哀盡禮。甫朞，母氏又辭世，孝子慟絶，復蘇。三年中，頭瘡不沐，盛暑不浴。免喪後，從館舍歸，必寢殯間地，以袵拭棺，以顙擊地。每哭，鄰人至不忍聞。就孝子一生計之，服三年喪者，前後十有二年。不飲酒茹葷者，二十年。與相接者，欲見孝子笑容不可得。緣此，得虛羸疾。疾發，眩暈。然遇祭享，必強起，令其子扶掖拜跪。久之，漸不起，踰十餘年，竟死於孝。

孝子未死前，欲爲母氏請旌。然非大有力家不可得，卒不果。又屢求吉壤未遇，葬不以時，飲恨以終其身。

孝子不尚文飾，接人以誠。容貌温如，而公私義利之界，辨之極明。嘗謂：『非道義而富貴，不徒辱身，兼辱父母。』又言：『托行權而廢守經，末路必不可問。留一砳砳然，必信、必果之小人於流俗中，是吾願也。』又言：『最不可犯者心上之刑，即或苟免，清夜終覺慙恧。』又言：『人不窮理，必至逆天。讀聖人書以明理，正以求盡乎事天也。』論皆卓卓可傳。

少歲，遊公遜蔣先生門，通五經學。以是受知學使者，即以是友教及門。吴中多五經藝應試，陳孝子教也。鄉試凡十有三，竟不遇。

配李孺人，能體孝子志。以事姑，姑喜亦喜，姑有憂色，務曲爲解慰。歷喪九年，哀禮如一日。孝子卒，所以教諸子者，勉以安貧守分，毋慕人勢，毋輕受人惠，毋咎有司不公，一如孝子志。子三人：燦策、燦簡、燦箴。簡性仁孝，先卒。病革時，猶向父質五經疑義，且問得正而斃之理。女三，均適名族。孫六人，曾孫一人。陳氏自都御史玉立公諱璚，以文章氣節聞於有明弘治朝。自後代有鉅人，越九傳，至郡庠生鄉飲介賓功卿公諱祖錫，爲孝子王父，吴江庠生鳴九公諱兆嘉爲孝子考，皆能自樹立，不藉名位者也。而孝子以有孝有德聞於時，可謂無忝世德也已。銘曰：

苦於孝，窮於經。而行硁硁，而文庚庚。遇屯而不亨，身没而能寧。有道妻子同潔清，其歸其藏妥佳城。後有考獨行者，過其地而緬德馨乎，請觀斯銘。

校記

〔一〕目録作『陳孝子禹烈墓志銘』。

袁貢士墓誌銘

歲貢士袁君，諱潢，字永蕃，號直哉，吴江同里人也。先世姓陶，七世祖受舅袁氏恩，爲其後，即從其姓。考仲輝公生五子，君最幼，秉性正直。少歲讀書治平寺，寺故多妖，君至遂絶跡。弱冠爲長洲生，恬於進取。省試不遇，不復應舉，以歲貢士終其身。

君三歲喪母，未盡孝養。事父敬愛兼至，二十年無惰容懈心。居喪盡禮。終身念父母，既老，哀慕如嬰兒。

友愛諸兄，無爾我。兄世隆喜遠遊，君屢爲宿舂聚糧，順適其志。兄卒，經營喪葬，以仲子嗣之。兄世昌卒，撫其二子逾於己子。

君讀書古寺時，有得於孟子、韓、歐、石徂徠文，不惑邪説。當世崇信如佛氏者，作論距之。

謂：『佛教虚無，有體無用。明心見性之説，竊吾儒之似，而不能推行者也。况其徒又倡爲福田輪迴之説，以誘惑愚民，舉世從而惑之。自僞釋之焰日熾，故淺儒之見不明。欲救淺儒之陋，必先絶僞釋之妄。』云云，説辨而正。居父喪，不作佛事。有誚讓者，曰：『不敢陷親於罪戾也。』推而一切禱罪祈福，俱屏絶。身遘危疾，喪三子，不少動，人以是服其大勇。

持躬儉樸，不染奢忲風。然可利濟人者，每慷慨任之。曰：『天地生財，當爲天地用，胡自擁爲？』

人有急難，隱助之，不言德，并不使知。遇飢歲，減租已責散糧粒以賑，毁家不惜。急賦税、催租吏，不入其門。然遇國家頒赦，喜形於色，曰：『我樂人之樂也。』

治家整飭，一遵朱子家禮，教子讀有用書，親正人。四方有道多聞之士經其地，令薰炙之，談讌無虚日。里中子弟有不令者，令至其家，觀其父子兄弟雍雍肅肅，輒愧恧泣下，多改行。

綜其生平，提躬與人，無或不正直者。年七十三卒，時爲乾隆甲子年十月初十日。配陸孺人，治家有則。子三：楝，太學生，勤著述，亦不惑於二氏；桓，邑庠生，嗣兄後，先數日卒；楷，太學生。女二：一適梅某，一適侍衛葉永清。孫男四，其一爲諸生。孫女九，曾孫男二。墓在吴江縣盈字圩，葬爲乾隆丙寅年十月初二日。

昔韓襄毅雍諸生時，有妖魅退避事。後以破大藤峽功，得爲名臣。今妖之退避與韓公同，顧以不得位，無功可見。然處衆人狂惑之時，屹然不摇禍福，謂非特力獨行者不可也，是即無功之功也夫！銘曰：

崇有斥無，定識定力。勤家而不求封殖，無位而化及鄉邑。正命而逝，歸於兆宅。百千年後，過而式者曰：此百夫之特，而古之遺直也耶！

袁太學漫恬墓誌銘

曩予在同川，授袁子質中經，因識其從父太學君漫恬。登鋤經、書隱二樓，湘簾棐几，茗椀鑪香，經史列左，子集列右，知其人翛然自好，讀書尚志者也。暨邀予遊麗山，湖棹蓬艇沿洄煙波淼水間，快論詩文流別，又知其學有根柢，非以博涉弋取虚譽者也。迨予至京師時，郵寄詩篇論説相質証。歸田以後，每邀予過同川。造君廬，叩其學，益粹，視其功力益堅。去春，以《四書補音》屬序，予謂可配《類編佩觿》、《群經音辨》諸書，序而歸之。未幾，而訃音至矣！豐於學，嗇於年，可悲也！葬有日，孝子益之請爲誌墓文，予弗忍辭。

按狀，君諱楝，字國柱，一字漫恬。先世姓陶，松江巨族。勝國時，有贅袁氏者，遂承其姓。爲吴江人，代有隱德。考諱潢，明經，需次教諭。君髫齔即勤誦絃，無他嗜好。初工帖括，省試屢不售，乃專心讀古，務有用之學。自唐宋以來經世大典，靡不窺尋。如劉、杜、鄭、馬四氏之書之類，世儒所不能舉其凡例者，君攟摭解剝，窮極指要，成《書隱叢説》，前後三十九卷。而於《戴記》

一書，合魏徵、元行冲、朱子、吴艸廬、劉蕺山衆説，更定裁易，爲《禮記類謀》三十六卷，尤生平所注力。餘雅擅吟咏，高遠閒放，自露天真。長於填詞，好北宋之作，而清新秀雋，自然超逸。他若善隸書，工寫枯木竹石，皆餘事也。

蓋君家本素封，勾稽出入，咸教諭君掌之，教諭君殁，子益之多材藝，主家政，故得一志於學。昔賢謂天與之資，父母與之閒，家與之温飽，身與之無疾病，而後可以專力讀書。君之所處，四者具備，非造物者有心以成其學哉？至於一生大節，事親有黄季、劉茂行；愛庶弟、撫孤姪，有姜肱、李郁風；救灾恤患，如在其身，人比之楊政樊。重承父志，不奉二氏教，僧道勿敢入門，人比之程明道一節。故君之殁，士林歎失一學者，鄉里歎亡一善人、正人。哀悼痛惜，至今不衰云。

君生康熙丁丑閏三月初二日，殁乾隆二十六年七月初七日，得年六十有五。配王孺人，貞静恭肅，好詩書，常與君對案披覽，閨房良友也，先君殁。子益之，吴江庠生。孫志讓、志儉。志讓十歲能文，哭祖傷悴，後君十五日卒。女適吴江稟生費振烈君。所著有三十餘種，其刻行於世者，《漫恬詩鈔》《漫恬詩餘》《書隱叢説》《四書補音》《玉田樂府》。乾隆某年月日，與孺人合葬某原。銘曰：

擁萬卷，面百城。緯以史，經以經。勤述作，爛箱籯。不嗜利，不矜名。踐倫常，輕簪纓。胡不禄？歸窅冥。笠澤濱，封佳塋。安體魄，棲神明。欝松楸，芳荃蘅。千餘年，風常清。

唐太孺人墓誌銘

曲阜孔孝廉繼涵喪其母唐太孺人，走使二千里，函事實，來請銘。讀之，而歎聖人之教澤長也。修身齊家，列裔相承，恪守經傳。即閨門之内，追《周南》之雅化。孝以事姑，敬以奉嫡，順以相夫，勤以教子。其婦德，有非尋常可及者。太孺人，其真女宗也已。

太孺人爲衍聖公諡恭慤公之嬪婦，一品蔭生、例贈奉政大夫之亞妻，孝廉繼涵之生母。大夫先娶大學士熊公諱賜履之女，攖心疾，姑黄太夫人謂中饋不可無人，博求賢淑，以佐熊太宜人。聞太孺人婉嫕柔順，乃聘焉。年十六來歸。大夫凡箱篋筦庫之屬，一以委之，太孺人任家棟具有條理。黄太夫人性樸素，太孺人無金翠以耀首，無錦綺以飾身，一稟儉約。惟太夫人晨餐夕膳，甘旨必豐，夜俟太夫人寢，乃歸臥。熊太宜人病，不省飲食寒暑，太孺人日手羹臛以進，稍寒，則曰：『夫人寒耶？』爲易裋褸，抑搔疴癢，不離床側，故太宜人相須如左右手。

大夫殁，太孺人益勞以勤。婚嫁喪祭，必稽於禮。細至茶鐺飯竈，躬自經營；醯甕醬瓿，各有定所。

教子讀書爲務。大夫工詩畫，不自收拾。斷縑殘帙，太孺人攟掇一戧金圓盝中，晚以授繼涵，曰：『此先人手澤也。』繼涵感勵誦絃，早登賢書，鄉黨咸曰：『此天所以報賢母也！』

昔陶侃之母教子成廉，周顗之母教子成忠。易地而處，太孺人何遽不若二賢母哉？乃安常委順，僅以庸行表見，其可惜矣。然爲絺爲綌，采來卷耳，皆女子之能事。而詩人詠而歌之，先王被之管絃，非以其克相内治，有助王化乎？太孺人珩璜之節、圖史之教，著於里閭，斯亦詩人之所歌，而女史之所傳也。聖人修齊之澤垂爲家範，久而常存已。

太孺人生於康熙癸巳五月二十日，殁於乾隆癸未正月五日，年五十一。子三人：善與福殤；繼涵，乾隆庚辰科舉人。女二，適朱鵬程、王元點。銘曰：

聖德裕後，婦修令儀。閨闈之行，實備於兹。惟太孺人，身兼四德。匪孝曷承，匪慈曷植？教誨爾子，器成珪璋。儲侍金闕，將翺將翔。何天不佑，喪此賢姑？勒我銘辭，納諸幽室。

泗水縣知縣蘇君墓表[一]

《後漢書·循吏傳序》曰：『勤約之風，行於上下。』蓋勤則天下之事無不理，何論一邑？約則所操者要，而推之於用，可以廣暨於無窮。故《射義》曰：『卿大夫以循理爲節。』[二]太史公謂：『奉職循理，亦可以爲治。』蓋運乎一心，以平其政，則澤流當世，名著來兹。此作史者惓惓於循吏其人，而樂爲天下後世告也。予無以周知天下之循吏，而於吾友雪渠蘇君泗水之政，得其大略焉。

君諱王遇，字掄青，號雪渠。世長洲人，代有隱德。考諱琬，歲貢生。雪渠世父某早没，配某氏守貞。雪渠嗣世父後，遷吴江，貫吴江籍。中乾隆丙辰科二甲進士。越五年，謁選，得山東之泗水縣。

泗水地小而瘠陋，然爲至聖過化之地。尼山禱雨處、子在川上亭，皆在其境。君下車，慨然曰：『予束髮讀書，佩聖人之訓。今所宰邑，近聖人之居，其可不以所讀之書敷而爲政乎？』乃下令教民力樹蓺，夫無不耕，婦無不蠶。農桑盛，而國賦辦，民鮮追呼之擾。

邑中每歲僉夫疏泉濬河，君請疏泉則責之泉長，濬河則捐養廉，僱鄰境河夫之諳練者，不役平民，民以無事。

豪強兼并，田則混淆。履畝丈勘，清土豪。吴衍愷漏籍田千畝，正其罪，官其田，以代繇役之費，姦猾屏跡。

社學久廢，捐修造。士邑百年來無登賢書者，君識拔相景雲于眾人中，至是得魁一經。

至於片言决獄，審察幾微。聶永福自殺，其妻誣杜姓者，獄幾成矣。君驗永福頸傷爪痕，卒服其罪，而脱枉者於獄。泉林寺僧通純之見殺也，驗之無跡，君夜禱於神，旦日徧閲眾人，見有色變者，忽指沙興曰：『殺人者汝也！』果得血衣及行兇之杖，爰書以定，一時有神君之稱。綜君生平，爲政大要，本乎教養而佐以明决。宋趙方有言：『催科不擾，是催科中撫字；刑罰無差，是刑罰中教化。』其於循吏也，亦庶幾與！

乾隆某年月日卒，年幾十幾歲。配某孺人，子某某，孫某某。予與君生同里，久爲文字交。歲庚申，予授經同川袁氏，又數相晨夕。知其文章，學有經術。後措之於政，其卓有規劃，民受其福又如此。嗚呼，仕學兼優，體用咸備，準之漢京循吏，可無愧矣！因舉其政治之大者，表之於阡。

校記

〔一〕目録作『泗水知縣蘇君掄青墓表』。

〔二〕出自《禮・射義》，原文應爲『卿大夫以循法爲節。』

歲貢士張君訥菴墓表

吴江學博張君鯤向相識於長安。諭吴之明年，手其考訥菴行實，嗚咽再拜，請曰：『吾父讀書敦行，爲德鄉邦。抱才未遇，士林惜之。鯤無似，不克顯揚吾父。所藉以不朽者，惟先生言。』予哀其志，弗忍辭。

君諱養聖，字純夫，號訥菴。其先自洪洞縣遷亳州，祖應麟早卒，父亮工甫三歲，母章孺人撫以長，入郡庠，復中道亡。君念祖母半世辛勤，父未能終養，事祖母極孝。家貧，藉脯脩以市甘旨，祖母年九十乃没。君以苦節泣陳當事，建祠立坊。

生平慷慨好義，鄉閭患難，如在其身。亳有官舖，地方諸無賴與悍役私通，設店數處。入其中者，鎖繫榜笞，飽橐乃已，病死傾家者無算。君倡同志數人請於州牧，革除其店。旋夤緣復興，同志者咸畏避不敢前。君獨具呈監司鮑公，情詞愷切。鮑公提諸店重懲，勒碑永革，其害遂息。

天性穎發，博聞强記。厭世儒置經史不講，因取九經十三史，研窮探索。凡聖賢之義藴，論説之異同，與夫歷代政治之盛衰興廢，無不貫串於胸。爲諸生試，輒第一。年七十，猶列高等。數奇不遇，以歲貢士終身。

嗚呼，今之爲士者，較其身之利害，如毫毛然。而鄉閭患難，漠不相關。遇小禍害則戰掉失次，歛手縮足以退，蓋比比也。君急鄉閭患難，奮然不顧其身，使付君民社之責，必能興利除弊，爲德一方。乃治章句、守兔園册者，競取青紫，享高位，而君之淹通經史，反不得一第也。可不表之以風末俗哉？

予故敘君大端，書於隧道。曰：是爲歲貢士張君訥菴之墓。至於世系子姓，已見傳中，皆不書。墓在亳州西偏澗清舖之南原。

歸愚文鈔餘集卷七

駁蘇子〔一〕《正統論》

正統之論，蘇子辯之詳矣。然欲輕名而重實，吾恐并其實而亦輕。何也？名者，名其實也。在古人，實至而名歸。在儒者，正名而定分。使不正而概以名許之，則亂臣賊子皆公行篡弑，而有所不顧矣。統之爲言，猶曰合天下之不一云爾；正之爲言，猶曰正天下之不正云爾。統以正重也，正不以統重也。以正得而統，則分，君子亦許以正，如後漢是也；不以正得而統，則合，君子必不許以正，如晉隋後梁諸君是也。天下雖不可一日而無君，尤不可一日有篡弑之君。使篡君得天下，而即以不忍無君予之，則後之篡弑者皆曰『吾非篡弑也，吾不忍天下之無君而取之也』。是蘇子欲輕名而重實，不知實之輕正于是乎始。

孔子之作《春秋》，以尊王爲首務也。然文公五年，王使榮叔歸成風含，且賵，則稱王而不稱天。宋胡氏謂：『成妾母爲夫人，亂倫之甚，失天理矣。』故不稱天。夫周天子也，而一失其正，聖人必削天以示戒。聖人之於名，如此其重也。今曰名輕而後實重，蘇子之言是，然則孔子非與？

且蘇子曰：『正統者，名之所在焉而已。名之所在，而不能有益乎其人，而後名輕。』夫聖人以德與功得天下，篡君以弑敚得天下，而概以正加之，是躋亂賊於堯舜三代之列也。原篡君之心，豈敢曰吾與堯舜三代同得其正哉？今取其不虞者而予之，則是深有益于篡君也。而謂名可輕耶？

嗚呼，吾欲重其實，不得不重其名也！故不若先正其名，名正而若者爲德爲正統，若者爲德與功爲正統，若者爲功亦正統，若者爲力不得已而亦爲正統，而篡弑而得者，特著其亂臣賊子之名，以垂戒于天下萬世。實於此，不益重乎？故欲重其實，當先自正名始。

校記

〔一〕蘇子，目録作『蘇氏』。

駁蘇子〔一〕《正統論》其二

輕名之論，起於蘇子。故魏與梁，皆以正統予之。而晉與隋，居然同於堯、舜、夏、商、周、秦、漢與唐之列。一曰聽其自得，一曰聽其可得，以存教。操斯論也，是將以篡弑爲自得，而且以教天下也。今夫帝王之相代也，猶父子之世及也。未聞爲盜者殺其人之父，敓其子之貨財，而奴與僕妾即奉盜爲主人，而旁觀者亦竟謂之主人者也。今也尊魏、晉、隋、梁，何異於是？

且蘇子謂『合天下之不一者爲統』，魏既不能一天下，則并非當時之正矣。晉之得天下也，無異於魏；隋之得天下也，無異於晉，蓋皆以篡得也。今曰彼既一天下，當予以正統。則夏之后羿亦居帝位四十年，漢之新莽亦居帝位十八年，而獨不以正統予之，羿、莽有知，安得而心服哉？至後梁之得天下，更有異者。其人則盜也，其實則弑君也。瀆亂乎人倫，身弑於逆子，所云正者安在乎？且即位未幾，而蜀王建稱帝，燕劉守光稱帝，李存勗稱晉王。天下洶洶，統之不一，久矣。是不得爲正，并不得爲統也。

夫章子作霸統之説，而曰章子之説甚便於篡以弑君之人，其寔不過乎霸也。霸之名猶不輕予弑君之人，今以正統之名加之，而謂可以存教乎正統者，後之君子惡大義之不明而作，而非當時之人以之稱奉君上者也。故揖讓者稱揖讓，征誅者稱征誅，篡弑者稱篡弑，不能比而同者。

今蘇子曰：『鄉人與爲盜者，民則皆民，士則皆士，大夫則皆大夫。苟勢不得不與之皆坐，鄉人何恥？夫不得不與之皆坐，亦當時之勢則然。』若事久論定，則鄉人之不淪於盜，盜之不得謂民、謂士、謂大夫，彰彰明也。盜不得混於鄉人，而篡君獨可混於聖人哉？

故曰先正乎名，名正而統之不一，如東周君漢昭烈者，亦以正予之。統一如魏、晉、隋諸君者，必不以正予之。則君臣之義明，而亂臣賊子庶不至接迹於後世矣。

校記

〔一〕蘇子，目録作『蘇氏』。

《尚書》古文今文辨

《尚書》有古文、今文之分，自漢時始也。文帝時，伏勝授于晁錯者二十八篇，後增僞『泰誓』一篇，繫漢人隸書，是爲今文，後傳爲歐陽氏及大小夏侯之學。孔安國得自孔子壁中者二十五篇，係科斗書，是爲古文。安國獻之武帝，值巫蠱事起，未列學官。遭晉永嘉之亂散亡，東晉梅賾得安國之傳上之，後姚方興又得一本，中多『粤若稽古帝舜』以下二十八字，分堯、舜典爲二。唐代取伏生安國之文，並列學官，後代遵之。則後之《尚書》，合古今文而一之矣。

乃後之儒者，于今文多恕辭，于古文多攻擊。前如吴才老、吴艸廬，後如趙子常、歸熙甫輩，議論糺紛，甚或指爲僞書。其所以爲僞者，謂今文多艱深，古文多平易，應似晚晉雜亂之書。

夫論文當論理，不當論辭。若衹取辭之艱深，將揚雄之草《太玄》駕於禹湯諸聖人之上乎？況今文之艱深難讀者，亦惟《殷盤》《周誥》《多士》《多方》。餘如《臯謨》《益稷》《甘誓》《金縢》等篇，何嘗不和易近人也？古文固和易近人，而《禹謨》《湯誥》《大甲》《咸有一德》《説命》《周官》等篇，何嘗不厚重典質也？則以體格論真僞者，傎矣。

且夫開天明道者爲聖人，次亦爲大賢。《大禹謨》言『精一』、言『中』，《湯誥》言『降衷』、言『恒性』，《太甲》言『明命』、言『誠』，《咸有一德》言『一』，《説命》言『治』、言『學』，《周官》詳言『治官』，皆天人性命、倫常政治之純乎純者。以爲雜亂之書而斥之，將《尚書》一經，其可竟廢乎哉？至梅鷟引《荀子·解蔽》篇，有『人心之危，道心之微』二句，又有『汝惟不矜』四句，遂謂晉人鈔荀子語作經。今觀《荀子》一書中，引諸經語甚多。不云荀子引經，而轉云作僞經者鈔荀子耶？有令人啞然笑者。

昔歐陽子有《詠日本詩》云：『徐福行時書未焚，《尚書》百篇今尚存。令嚴不許傳中國，舉世無人識古文。』蓋戲筆也。明代豐坊遂自造《尚書》二十五篇，謂得自海外，欲獻之于朝，以易去舊傳古文。焰幾熾而幸熸，緣攻擊古文者多，故彼妄人遂欲侈張無忌云爾。學者幸列藝苑，當尊聖人之經。奈何襲前人隅曲之見，而紛紛然妄爲之説耶？由此以推，將如王充之疑《論語》，劉知幾之疑《春秋》，李泰伯之疑《孟子》，歐陽永叔之疑《説卦》，聖人之書，無一非可疑者矣。愚故覼縷言之，以告諸同學者。

勸之以《九歌》説 代作後改本

天之鼓萬物也，有雨露雷霆之所不能及，而濟之以風。聖人之治天下也，有慶賞刑威之所不能及，而感之以樂。而樂又非必《清廟》《明堂》之音也。聖人之世，凡閭里塗巷之中，野人女子之屬，即日用行習所利賴者，皆知歌詠，以自言其情。聖人聞而樂之，而又恐其初終之不一也，於是即以其聲諧之，爲樂以勸，相鼓舞之，使忘乎趨事之勤，而樂於從上之令。是聖人之治天下，與天之鼓萬物，均有相動於微者焉。此大禹勸之以《九歌》之説也。

在昔陶唐之時，洪水汎溢，五行汨陳，生人與禽獸襍處無異。且下巢上窟，無什器財貨之用。所食者，鳥獸魚鼈而已，不知其他也。聖人曰：『來，吾生爾。』去昏墊之患，開衣食之源，教之以親、義、序、別、信，示之以懋遷、有無、化居、播奏、艱食，而生生之道備，民於是樂而歌之。蓋頌聲作而治道起矣，聖人曰：『未也。夫民之惡勞而喜逸也久矣，彼其始之從吾之教者，以其不從則不可以生也，習之已久，將忘乎始之不從則不可以生，而徒以爲上使我爲之。必且憚其事之勞，而怠於其後。』上即諄諄焉以言戒之，不能家喻而户曉也，而刑威者，又不可以數用，則治義乎窮。然猶幸吾之所以治民者，民既已從之而作，爲歌以自言其情，彼亦有以樂乎此也。以其初之所甚樂，勸其後之所易怠，則入人也深，而存之心也固。由此觀之，歌亦不爲無助。

且其時，民之所歌者，皆淳古澹泊之音，非如後世妖聲艷辭，足以敗道而傷化者也。聖人命典樂之官即采其歌，而删定之，而協之律吕，而播之聲音，而用之鄉人邦國。感其喜怒哀樂之心，動其油然不自已之意。歌出於人，而還以感人。如雨出於山，而還以潤山；火出於木，而還以燔木。彼將陶暢酣適，不知手之舞而足之蹈也。夫至不知手之舞而足之蹈，而民於六府三事已固結而不可解，而天下既已大治矣。

然則《九歌》之辭爲何辭？勸之之官領於何人？朱子曰：『《九歌》，禹樂也，所謂九德之歌也。』惜後世不傳矣。勸之之官，夏制，已不可考。約而計之，如《周官》州正，趨其家事；里宰，趨其耕耨。籥章龡豳雅豳頌，而鄉射、鄉飲酒皆有樂以合之之類是也。後古典淪亡，雅音失傳，惟唐開元鄉飲之樂有《鹿鳴》《四牡》等十二篇之目，朱子載之《儀禮經傳》中，以爲雖非古法，猶存聲歌之仿佛，今皆不可得聞矣。誠使有天下者慨然以復古爲念，命太史陳四方之風，觀其貞淫奢儉，采其與古合者，被之管籥，達之鄉人邦國，鼛乎鼓之，軒乎舞之，所以淑民志而成民行者，端在此也。豈徒潤飾太平，美一時之觀聽云爾哉？

瞽瞍焚廩、蓋井，象入[一]舜宮或問

或問：『《萬章》述瞽瞍使舜完廩，因而焚廩；使浚井，從而揜之，象欲取舜宮。所有果有是事乎？』應之曰：『此事之必無者也。』

蓋舜自徵庸以後，既爲館甥，旋宅百揆。固輔相天子，爲天子以下一人也。瞍雖頑，象雖傲，安有不畏天子法，而必欲死天子以下一人乎？

又俗語勢利起於家庭，瞍爲宅揆之父，象爲宅揆之弟，方有倍親愛其子與兄者。倘果然殺

舜，則一父一子仍爲田間之野夫，揆以恒情，必不然也。

且四岳薦舜時，明云克諧以孝，烝烝，乂不格姦，則瞍已允若，化爲慈父矣。瞍爲慈父，象焉知不化爲悌弟？此又準之以理，而知所述之説之出於荒唐者。

或謂：『如子言，孟子當日何以不力爲之辨？』曰：『孟子秖就「鬱陶思君」一言，見象以愛兄之道來，則弟兄憂喜，聖人一出於誠。此因所問以立言，而事之有無，姑弗辨也。況其時議論冗襍，《竹書紀年》謂堯幽囚，舜野死；《汲冢周書》謂武王代紂，馘億有十萬餘人。《萬章》所述，與之略同，此皆不足與之辨者。惟咸邱蒙問堯、瞍朝舜，此關乎人倫之大，孟子辟而闢之，以還君臣父子之經。餘皆因問以之立言也。』

或又謂：舜之不告而娶，堯之妻舜而不告，亦有説乎？曰：釐降二女，天子治裝以嫁也。天子治裝，斷無不告諸匹夫而冒昧以行者。舜娶帝之二女，爲窮蟬之嗣續計也。爲嗣續計，亦斷無不告諸父母，而潛爲館甥者，則無後爲大，恐廢大倫，不告猶告。亦據乎理以爲言，而非當日之情事，顯然矣。然則讀古人書，毋爲古人愚也。揆以人情，準以天理，而平心以衡量之，則古人之真出矣。嗚呼，豈獨《萬章》所述云爾哉？

校記

〔一〕『入』，目録作『徃』。

元和水利議

從來言東南水利者，莫如范文正公仲淹《上宰臣書》、郟司農丞亶《六失六得書》、單進士鍔《吴中水利書》。其間或主得水利，或主去水害。主得水利者，即大禹溝洫之方。主去水害者，即大禹決排之法。此皆言全吴水利，而一邑之措置不外此也。元和水勢，上承具區，下注崑山、太倉，以入大海。瀦涵渟泓，盛於他邑。使蓄泄寡術，無以治水，即無以治田。茲倣古人遺意而變通之，先陳水患，次陳治法，有農田水利之責者得以考鏡焉。〔一〕

行水之法，上流宜疏，下流宜洩。太湖受宣、歙、杭、湖諸山之水，而分入於三江。其出吴江垂虹橋，順流而東，漸次入吴淞江者，境中上流之水也。承吴縣鮎魚口之水，遶郡城而東，歷崑山、太倉，從劉家河入海者，境中下流之水也。上流宜疏，明侍郎徐貫議開吴江縣江尾茭蘆之地，鑿長橋水竇，導引太湖之水，散入吴淞江、澱山湖二處，業已見之施行矣。下流宜洩，范文正、夏忠靖、周文襄諸公，或開茜涇、下張、七鴉、鹽鐵等處，由劉家河直達於海，開白茆、福山湖、許浦，直達於江，歷歷有成效矣。而邑中水利不興，一遇大水，巨浸稽天，有渟滀三五月而不得疏通者。及猝逢熯乾，土田犖確，無從引水灌溉。揆厥所由，一由上流、下流等處，前人功績未能繼續疏洩，既久，漸就湮淤；一由境内之水縱横旁溢，而治水治田之法，無人焉條議而爲之備。是以旱既苦旱，澇尤苦澇，而上田、下田，鈞蒙其害也。

夫元和水勢，旁通衆瀆。上流諸水，譬諸咽喉。下流諸水，譬諸尾閭。而境内諸水，則其腹也。咽喉不入，尾閭不洩，固足爲生人之病。然使咽喉可入，尾閭可洩，而腹中飽滿，不能承受，以達之於下，其不同歸於病者幾何？則元和之水利不可不急求矣！

顧欲求其利，當先知其弊。約而言之，其獘有五：高鄉之人，但期通水，而不知濬渠蓄水，所以常苦旱；低鄉之人，但期洩水，而不知築圍障水，所以常苦潦。偷目前之安，忘他日之禍，一獘也。浦瀆涇港，歲久不濬，舊岸之泥，霖雨蕩滌。漸入於河，日積月累，河身填淤，不能容水，二獘也。河之四旁，雜植茭蘆。茭蘆既生，泥沙附之，可種菱芡。菱芡蔓衍，泥沙愈多，可種稻苗。有力者陞科輕糧，傳爲世業，入之版籍。而不知河流日狹，駸成平田。淫雨暴漲，膏腴之壤，並爲巨浸。以前所陞之毫末，易所汩之鉅萬，〔二〕三弊也。明末至今，中間嘗建開河之議矣。然知治水，而不知治田，所以民之受益者寡。蓋開河而不築岸，則水終亂行。開河而不得蓄洩之宜，則水旱無備。加以吏胥侵漁，豪右梗議，金錢縻費，不旋踵而仍復壅遏，四獘也。古者治水、治田，各有專司。唐宋以來，都水有監，營田有使，開江有卒，撩淺有夫。前明水利等官，巡按御史何永芳奏請革除，自後屢興屢廢。既無專官，而爲有司者，唯以簿書期會，可幸無過，鮮有以斯民疾苦之原、國家財賦之本，留心經畫，以故水政日壞，〔三〕五弊也。積此五獘，而不爲之所，尚得歲稱豐稔，以供上上之賦乎哉？

宋郟亶云：『治田者本，決水者末。』不治其本，而決其末，蘇州之田百未易一二治也。條列四事，酌而行之：一曰築圩裏田，二曰開治港浦，三曰修築塘岸，四曰除去壅塞。

古人云：圩者，圍也。內以圍田，外以圍水。蓋低鄉支河之水，容受衆流，比田反高。若非設圩岸以圍之，則彌望皆水，勢不可田。范文正公云：『低田賴圩岸，甚於都邑賴城池。』乃篤論也。築圩之法，略分三等。水中創立，無基而成者，必用木、用石，方可奏功，此最難者也。平地築基，雖無可憑藉，然不費木石，積累自成，此稍易者也。向有古岸，後漸傾頹者，止費修葺，不煩䂓竪，此又易者也。其間岸之高痺，更須相度地勢。大抵極低之田，務築極高之岸。其田之稍高者，岸自不妨稍卑。雖田有高卑，而岸能齊一，則無患矣。圍岸之內，又須别立子岸。〔四〕其高下較圍岸之半而過之。蓋慮外圍水浸易壞，故復作內圍，以固其隄防。兩者層次束水，捍禦既周，而又每處立圩長一人。越一二年，率逐圩之人修治之，將田治而水亦與之俱治。昔熙寧四年，蘇州大水，獨崑山陳、顧、陶、湛、晏數家之圩高大，了不爲患，足有明徵。此築圩裏田，治下田之最急者也。

開河之法，循古人遺意，或五里七里而爲縱浦，或七里十里而爲横塘。塘浦濶者二十餘丈，狹者十餘丈，深者一二丈，淺者幾及一丈。即開濬之土築爲堤岸，塘浦日以濶深，堤岸日以高厚。其法先開支河，旁及支中之支，次及幹河，旁及幹中之支。慮奸僞售欺，則立信椿於水以試之。慮淺深不一，則行木鵞於水以齊之。如是數年，遠近無不治之水，而河之勢自高於江，江之勢自高於海矣。他如沿江近海高仰之處，凡江流潮汐可以引入者，或爲從浦，或爲橫塘，亦如下田之法，而深則過之。將旱可戽救，水可旁瀉，此高下之所共爲利賴者也。隄之當修者，如至和塘達崑山七十餘里，塘之兩岸，舊又有六塘四十四浦六十四涇，以接引湖澤。滅渡橋南塘達吳江三十餘里，吳江以上三十餘里，元和塘達常熟幾及百里，塘之兩岸，舊皆多設塘浦涇港，一以承太湖之水，一以泄昆承、陽城二湖之水。歲月既久，波流蕩齧，日就廢壞。塘浦涇港，亦多閼遏。宜築土甃石，務完務堅。而又廣爲橋梁，釃其渠以出水，走其流以至江，俾向時規制，一朝頓復。利溝洫之宣泄，通行人之往來，莫便於此。

至論除去壅塞，其向爲河身而今爲平陸者，則稽其故道，量其淺深，而開除之。其茭蘆薋生，茭芡滋蔓，與夫橫截魚籪，約束水勢，致波流不行，潮沙漸積者，則嚴爲禁止，而疏滌之。不規取乎小利，不阻撓於權勢，不委任於奸胥。二三年間，諸弊可除，河流自潤，河身自深也。

凡境內之水，總宜加開除疏滌之功。而吳淞江一帶，漁利者倍多，壅塞亦逾甚。相厥緩急，而次第施之，則無此患矣。

顧天下事，專任則易爲力，兼及則難爲功。今府州縣正官，職守煩重，佐貳事權又輕。宜倣弘治季間舊例，或設郎中一員，或設主事一員。專職水利，董率屬官。曉諭鄉民，務使瀕河之田以次修治。先治低窪，次及高區。果實心任事者，督撫勘驗，上聞於朝，以憑超擢。則職守者競勸，民利不期自興，〔五〕此事之經久可行者也。不然，人事不修，諉之天行。上下苟安，隤墮無已，其害可勝道哉？

若夫上流之水，縱未能如單鍔之議，建千橋於吴江；蘇子瞻之議，盡徙吴江之民，以爲他州之利。然如長橋之七十二哄，凡填爲平壤者，須急疏通。而豪強侵占茭蘆之地，宜盡加墾闢。使水行迅疾，其流及遠也。下流之水，如茜涇、下張等處，前人所開鑿者，宜循其故道，歲加浚深。而渾潮泥沙，不致倒入也。如是，境内之水利修，上流下流亦受其益；上流下流之水利修，境内益蒙其利。水治而田無不治矣，謹議〔六〕。大河之濵岸易頽壞者，不妨植茭蘆以防衛之，但不可概爲藉口。此又當分别觀之。

校記

〔一〕十二卷本《歸愚文鈔》卷二此序末有『若太湖之原委，與散見考証之異同，應詳載郡志中，無容備書』。

〔二〕十二卷本《歸愚文鈔》卷二此處尚有『以有力者之牟利，易萬户之災荒』二句。

〔三〕十二卷本《歸愚文鈔》卷二此處尚有『而官民俱不得其安』。

〔四〕十二卷本《歸愚文鈔》卷二有『子岸者，圍岸之輔』二句。

〔五〕十二卷本《歸愚文鈔》卷二此處尚有『此計之最上者也。否則，鄉里之大家，一方之有德望者，率先勤勞，倡導鄉黨，爲堤防之事。行之一圩，則收一圩之利；行之數圩，則收數圩之利。聞風興起，所在效法，不費國家之錢，而在民之濬，幾同於在官之濬。』

〔六〕 十二卷本《歸愚文鈔》卷二無『謹議』，有『至於城中水道雖多湮塞，然橋梁石岸，故跡可稽。司民社者，按三横四直，幹河、支河，以通其脈。人工較易，靡費較省。不必如治田治水，詳中論列云』數句。

湯文正公斌〔一〕應從祀議

從祀孔廟者，必兼備不朽之三，非德與功不問，而惟以立言爲重者也。國朝大臣能兼備立德、立功、立言者，首推湯文正公斌。

公襄靈人，母贈恭人趙衛姑，駡賊，死於烈。公少歲即以聖賢之學自力，成進士後，官関陝監司。備荒政，講實學。吉虔有寇，用兵剪除，功之見於邊徼者如此。

丁艱歸里，更以所學就政於孫鍾元。徵君表裏洞徹，大旨以慎獨爲要，以明天理爲宗。而行道之實，不外子臣弟友之庸常，喜怒哀樂之中節，無復出山志矣。

康熙己未，詔開博學鴻詞科，公以薦引高文合格，改官翰林侍講。自是，在史局則嚴筆削，在講筵則恭啟沃，而任江蘇巡撫，則尤見公之功德化人。盖吴人奢，以儉訓之；吴人浮，以誠感之。月朔，講經書於學宫；月望，專講《孝經》，使諸生童穉環聽。而又請旌貧民之節孝，力除五通之妖神，公之志，不願就三代以下之功名。而江南之人，如旱之受霖，暍之得蔭，赤子之愛慈父母也。凡二年，上以大宗伯召入。吳人哭泣，有不能成聲者。

公入朝，兼掌詹事，預教青宮。又薦耿逸庵、夔輔導。於時忌者恐其入相，紛然噂沓，或斥其要結吳民，或指其所薦非賢，迷陽塞路，羣飛刺天。上仍諒其孤忠，改大司空。而掎摭者不已，公口不自辨，中心悒鬱，無以自明，遽得暴疾以殁。

公既殁，明詔予祭葬，馳驛歸。其喪時，中朝士大夫扶櫬而哭，都城百姓輟舂長號，四方聞之，望風哭拜，公之死，猶不死也。彼首發難者，於時果得相位，旋以醜行斥逐，是不死而死，視公之死而不死者，爲何如哉？

後六十餘年，閣學方苞於侍講歸里，日奏請從祀，宗伯任蘭枝駁之，謂湯斌未嘗注經，不應從祀。

按古來從祀者不皆注經。聖祖增祀范仲淹，未嘗注經，歐陽修、司馬光諸賢，未嘗注經；元代許衡，明代薛瑄、胡居仁、王守仁、陳獻章，未嘗注經；即國朝從祀陸隴其，亦未嘗注經。而漢儒馬融注經殆遍，轉以敗行黜之。今湯子遺書具在，雖未注經，而文章皆六經之腴也。何不可以從祀？且今皇上補謚諸臣，時獨謚公文正，九宇咸仰聖明知人。若更邀從祀，位應在陸清獻公之右。以陸之步趨朱子，直言風諫，可爲天民。而公之正己物正，可爲大人也。表三不朽之高賢，彰吾道之正軌，而國家之重熙累洽、迭育名儒者，尤見其文明廣被焉。竊議如右，謹議。

校記

〔一〕目録無『斌』字。

歷代逸史短長

正史之外，別有逸史。蓋自史官失其常守，博洽之士，各記聞見，以備遺亡者也。其類有雜史、史抄、霸史、僞史之分。要之，別於國史，不屬大史、小史所掌者，揔以逸史概之。

雜史、史抄中，最古者爲《汲冢周書》，相傳爲孔子删書所餘。然記武王伐紂，馘億有十萬餘人，俘三億萬餘人，獲商寶玉億有百萬，荒唐誇誕，失聖人安天下之意。其次爲《越絶書》及《吴越春秋》，一爲後漢趙曄所撰，一不著作者姓名。内吴外越，粗有本末。《西京襍記》成於葛洪，博聞深學，似可補《漢書》之缺。《東觀漢記》成於劉珍、劉騊駼等，傳光武功臣，雖闕而未備，然大略可觀。後如梁王韶之成《太清記》，唐高峻之成《小史》，張詢古之成《五代新説》，元行沖之撰《魏典》，丘悦之撰《三國典略》，各抒意見，難言實録。至於顔師古《南部烟花》一書，及王仁裕《開元天寶遺事》載煬帝、明皇宫中秘事，近於鄙屑。而杜寶《大業襍記》、馬揔《唐季小録》、包諝《河洛春秋》等書，事偏語亂，益不足觀。

唯宋蘇轍撰《古史》六十卷，始伏羲，訖秦始皇。七本紀，十六世家，三十七列傳。其中追録聖賢之遺意，以示後人。能正司馬遷之失，儒者謂後世言史者，惟此書爲長。然朱子病其以老子、浮屠之意窺測聖人，非能知聖人之所以爲聖，故其言空虚無㝎，而中外首尾不相爲用，豈蘇氏之識高於衆人，而其學猶未得義理本原之正者與？

他如晉常據《華陽國志》、司馬彪《九國春秋》，暨宋徐鉉《江南録》、鄭文寶《南唐近事》，下至張唐英《外史檮杌》、無名氏《陰山雜録》《契丹疆宇圖》《北遼遺事》等書，分疆畫畛，域於見聞，並列覇史、僞史中。雖有勸懲，概從其略。此逸史短長之大凡也。

要之，詞有足采，則引其辭。事可補正史之闕，則徵其事。太史公作《史記》，兼取《戰國策》及《楚漢春秋》，亦此意也。〔一〕

外此，如《黄帝内傳》《漢武故事》《飛燕外傳》《緑珠傳》《貴妃外傳》之類，或屬一人之事，或屬一時之事，且各有體裁，附于雜史，亦屬未安，應别入傳記類中。通人君子，采摭不遺。慎而擇之，亦足以資博覽也。

校記

〔一〕十二卷本《歸愚文鈔》卷三此處尚有『而傳寫者好持高論，謂逸史紛繪，無關筆削，輒欲舉而廢之，不亦拘方固陋已乎』數句。

兩漢外戚宦官論

兩漢之禍，莫盛於外戚宦官。由處之不得其宜，故前後均病，以至於亡。

呂后當國時，諸呂蟠踞内外，其勢急矣。當時幸有朱虚侯、周勃、灌嬰諸人，劉氏不移於呂。元成以後，宦官石顯姦惡，猶未極盛。而外戚王氏累世秉權，以至於莽貌爲謙恭，實行陰賊。而其時大臣爲張禹、孔光、馬宫，阿諛媚順，以成其篡。假使復有朱虚侯、周勃、灌嬰，出而鉗制之，莽安得遽竊天位哉？是則剛正大臣，國家之柱石也。

東漢章帝後，外戚宦官並爲國患。始用宦官除外戚，竇憲專權謀逆，中常侍鄭衆誅之，遂封衆爲鄛鄉侯。閻顯擅權廢立，中黄門孫程等誅之，遂封程等十九人爲列侯。梁冀殺戮正人，進毒弑帝，黄門單超等五人誅之，皆封列侯。而超爲車騎將軍。自是，宦官之權重於外戚。此猶羸弱之病，治者不用葠苓，而用烏喙，是持以毒攻毒之説，未有不捐其軀命者也。

至是，又欲用外戚除宦官。論其勢爲易易。蓋宦官所恃，全在帝與太后。帝與太后果欲除之，則遣一司隸收捕，旋可撲滅。何竇武爲大將軍，陳蕃爲太傅，而商畧遲久，事機不密，至於身敗功頽乎！觀後此陽球爲司隸，立收王甫父子，五毒備極，殺之，益知武與蕃之失策矣。

至何進身爲大將軍，手握重兵，欲誅宦官，不翅洪爐燎毛。乃召四方外兵，紛紛競入，中變於何苗，身殺於張讓，雖袁紹誅宦官者二千餘人，而董卓既入，廢帝弑君，發陵遷駕，漢鼎於是遂移也。

然則外戚宦官，非不可制，賴有大臣，賴有達權通變之大臣。張禹、孔光、馬宫無論矣，即李元禮之重望，坐而論道則有餘，鋤姦去惡則不足。是知大臣秉國，不廢機權。彼朱虚侯、周勃、灌嬰諸人，國家急難時，顧可少乎哉！

揚雄論

從來論揚雄者不一，韓昌黎與孟荀並稱，許其『大純而小疵』。司馬君實作《潛虚》以擬之。王介甫謂其合於孔子『無可無不可』。惟蘇子瞻譏其『好爲艱深，以文淺陋』，然亦祇就其文論之。綜其生平，固辭人冒爲聖學，甘失身於篡亂而不顧者也。

雄當成帝時，倣司馬相如之才，作《長楊》《羽獵》諸賦，以達於上。又作《反〈離騷〉》，謂屈子不必湛身，蓋熱中之意已露矣。繼又思漢人中多詞章士，而樂道者罕聞，於是作《法言》以擬《論語》，作《太玄》以擬《大易》。詞皆幽昧荒僻，於天命人心、彛常日用，皆隔膜也。然此猶無實盜名，而生平失行，尤在攔然立於王莽篡位之朝。

蓋雄之始進，由大司馬王音所薦，官給事黄門，與劉歆、王莽並，至是，作《劇秦美新》以獻。

中云『配三皇冠五帝』，又云『流唐漂虞，滌殷蕩周』，尚得謂之恬於勢利，求於内、不求於外者乎？至甄豐、劉棻誅竄，詞連及雄，雄投閣，幾死。莽召之，復爲大夫。

雄於莽，素受恩而同心者。朱子作《綱目》特筆書『莽大夫揚雄死』，如鈇鉞然。後之好事者，猶謂《本傳》不載《劇秦美新》，又谷永字子雲，與雄字同，疑《劇秦美新》之文出於谷永。不知班史入雄《儒林傳》，故恕而闕其詞。谷永死於元延中，未見莽之革命事，何得以此横加？好事者之論，一辨自熄。

總之，莽與雄，俱出於僞以欺世者。莽事事託於《周禮》，欲爲僞周公。究之鼃聲紫色，固爲篡竊之人也。雄擬《論語》《大易》，欲爲僞孔子。究之符命、投閣，亦爲篡竊之臣也。以《綱目》之筆爲定評，而昌黎以下諸公之言，存而勿論可已。

梁鴻論

范蔚宗作《後漢書》，以梁鴻入《逸民傳》，次周黨、嚴光之下。以鴻娶布衣操作之妻，爲四皓諸人作頌，歌《五噫》，出關，居皐伯通廡下，賃舂，臨死謂主人薄葬於吴，不歸鄉里。合生平觀之，固逸民類也。

然吾窺其隱微，蓋有大不得已於中者，而不止於『鴻飛冥冥，弋人何篡』之風。何言之？鴻之時，肅宗之時也。賢主作於上，良臣輔於下。鴻博覽旁通，不爲章句學，正宜出而有爲。而必刻苦自勵，至死而後已者，乃仁人孝子之用心，恐於彰父之失也。

鴻父讓，仕王莽，爲城門校尉。既封修遠伯，使奉少昊。後讓與劉歆、揚雄輩，同爲失行人矣。使鴻仕宦於朝，功績顯著，人頌鴻之得主，適益暴父之失身。鴻之心，可一日苟安，而不出於行遯者耶？

且讓之死，死於北地，不死於扶風。鴻時尚童稚，遭亂，卷席而葬。此尤終身之隱恫也！故將死，遺言勿令吾子持喪歸去。既死，吴人葬之要離冢傍。蓋讓自扶風播遷，死於北地，去家何啻千里，客路席葬。鴻亦自扶風播遷，死於吴地，去家何啻千里，亦不令歸葬。此其痛心疾首之隱衷！

諒其妻德曜知之，恐其子即未必知，而皐伯通與葬鴻諸人，益無有能知者。宜范氏作史，列之《逸民傳》中，而未審其爲仁人孝子也。夫逸民之品誠高，而仁人孝子尤重於人倫，故特爲表微之論。

唐高祖論

唐取天下於隋，本可正大光明，而必出以詭譎，同於魏晉六朝之篡逆者，由其自私自利之心横梗於中，故其氣餒弱，欲以飾一時之耳目，而實難免後人之公議也。

隋之有天下也，楊堅以内戚篡周，逆子廣又弑父自立。荒淫暴虐，從古所無。洵如李密檄文所云『罄竹難書其罪，决波難流其惡』者。

高祖時爲晉陽諸侯，即明正其罪惡，布告天下。比於成湯之伐桀，武王之伐紂，天下孰不從而應之？當日借兵突厥，可汗謂唐使曰：『苟唐公自爲天子，我當以兵馬助之。』道士徐洪客獻書李密，亦謂乘進取之機，因士馬之鋭，沿流東指，直向江都，執取獨夫，號令天下。雖不爲唐公言之，知外夷二氏有同心也。乃高祖立代王侑爲帝，尊廣爲太上皇。率兵入關，諭郡縣以尊隋之意。已自爲大丞相，封唐王，加九錫，即己亦自謂掩耳盗鈴矣。後脅侑禪位於唐，即皇帝位，與魏晉六朝之篡逆同轍，殊可媿也！

或謂高祖之尊隋，恐力不足以制天下，故借此以要人心，成大業。非徒崇虚名，亦欲濟其實也。

是大不然。天下之惡隋棄隋，非一日矣。非如夏商之代，常有賢君。桀紂雖惡，舊澤猶存也。然湯武欲救生民之塗炭，不啻救己身之焚溺，故毅然數其罪，而放之、而誅之。湯曰『纘禹舊服』，武曰『于湯有光。』革夏、商之命，而湯之心，一禹之心；武之心，一湯之心，唯其爲中心之至公也。唐祖自私自利，恐擅強兵者起而乘之，於是反覆曲折，陽示尊隋之名，陰行篡隋之實。與王世充之帝侗而弑侗，同一作用。世充唯不善用兵，故爲唐所虜耳。安得謂高祖心事可白於天下後世哉？

所可惜者，秦王世民，用兵神武，所向無敵。然能屢激高祖起兵，而不聞勸高祖正大光明，行湯武所行之事。緣其心，同高祖之心。但知取天下爲急急，而不在於伐暴救民也。後秦王破王世充，擒竇建德，獻俘太廟。斬建德而赦世充，以世充篡弑，與高祖略同。故斬不必斬，赦不當赦，刑罰不中如此！論者謂『唐有天下，不如炎漢』，其言洵然。

李泌論

唐代稱賢相，前有房玄齡、杜如晦，後有姚崇、宋璟，論已定矣。然房特長於造謀，杜特長於決斷。又當太宗開國之時，入參帷幄，易於見功。

姚初作相，先以十事奏請，要於必行，史重其才。宋於武氏朝壓服權幸，於玄宗朝持正直諫，史重其守。而其時正值開元，鋭意求治，君臣相遭，如水乳合。此四人者，均可謂之能臣良臣。許以社稷臣，猶未協也。

若夫上有昏孱之主，下多娼疾之臣；艷妻宦豎，交訌於内；强藩巨寇，跋扈於外。以一身挺立其間，卒能全天家父子兄弟之倫，建破賊之策，表公忠之績，安有功之臣，守經行權，而無一不當者，洵社稷臣也。三百年中，斷推李泌一人。

泌於肅宗朝，張良娣、李輔國煽惑搆禍。肅宗上不知有父，下不知有子。已殺建寧，又欲殘廣平。泌引《黄臺瓜辭》以動之，謂：『今瓜已一摘矣，慎毋再摘！』肅宗感悟，而後廣平始安。後德宗朝，君益闇。盧杞、張延賞並姦，上聽讒言，欲廢太子，而立姪舒王。泌嗚咽流涕，謂：『先帝常懷危懼，臣誦《黄臺瓜辭》，肅廟乃悔而泣。今陛下既知建寧寃，而先帝幾危，願深戒其失！請以家族保太子。』後三日，上稱太子仁孝，卒以無他。此泌全天家三代之人倫也！

至功之見於外者，前此，李光弼擊破史思明，泌勸帝乘西域之兵來會，直取范陽，絶其根本，此杜詩所云『聞道河陽近乘勝，司徒急爲破幽燕』是也。帝以爲迂，而不用。德宗時，群小謂韓滉修城，陰蓄異志。泌力辯其忠，謂：『職任糧儲，勤於貢獻，修城以備迎駕，正其忠也。』上從之。詔令輸糧以救旱荒，滉即日發米百萬斛，關中無饑，上以泌爲知人。後張延賞輩欲害功臣，泌謂：『李晟、馬燧有大功於國，陛下勿以功大而疑二臣，二臣勿以功大而自疑，則國家永永無患。』此泌之審量兵機，而一一保全善類也。

合内外計之，如行敗絮荆棘中，而脱然行所無事。智比張子房，忠愛比諸葛孔明，而又合兩人爲一人。能不目之爲社稷臣哉？而豈房、杜、姚、宋所能及哉！

後劉昫成《唐書》，以泌嘗有還山求仙之意，因作傳次王嶼下，幾與佞倖私人同列。夫泌之求仙，即從赤松子遊、祠黄石同意，欲潛身遠害於昏濁之朝也。且如顔平原忠直，至於殺身成仁，而學問或間雜二氏。彼雖間雜二氏，初不礙其忠直也。曾是有還山求仙之意，而即可泯其生平之大節乎？予故表其爲社稷臣，並以正《舊唐書》之失。

書鄭鄤獄始末

明季鄭謙止鄤，以非辜被極刑。余初未知其詳，見雜説所載，謂鄤母吳性酷劣，殺婢者屢。鄤因假乩仙語，令其父杖之。及讀鄤前後對簿獄詞、司寇馮英讞語，與宫詹黄石齋道周及鄤世父鄭振元揭，而後知雜説爲謡傳。殺鄤者，始終温體仁一人也。

鄤初入翰林時，見文震孟指斥魏忠賢疏，留中不發。因上疏極言留中之弊，始勒歸，繼削籍。家居十有四年，思陵詔復官。始入都，謁首輔温體仁。體仁問南方清議若何，鄤謂：『人云國家需才，而廟堂未見用才。』體仁謂：『非不用才，天下無才可用。』鄤謂：『用人則才出，不用人則才伏。方今防邊蕩寇最急，能如蕭相國之識韓淮陰、宗留守之識岳忠武，何患不能成功？』體仁陽致謝，意彼鋒鋩如刃，必糾彈我，動摇我相位，陰思有以剪除之。甫一月，以惑父披剃，迫父杖母糾鄤，旨下部嚴鞫。

夫人必選耎無識，禍福縈心，而後可惑以二氏之説。鄤父振先爲儀曹時，見中官宰執互相聯結，以中朝第一權姦劾沈一貫。幾蹈不測，中心不悔。則卓然有守，可知矣。何所疑惑，而披剃爲僧乎？鄤母吳，以禮教自律。儀曹貶官，萬里相隨，怡然自樂。胡爲有杖妻之事？又鄤以建言被謫，母喜見顔色，曰：『蘇文忠母云「兒爲范滂，吾胡獨不能爲滂母？」吾今始可云有子矣！』鄖何憾於母，而迫父杖之乎？宜屨鞫而無罪可入也。體仁於是落司寇馮英職，移獄於鎮撫司。

先是，韓不挾從學於鄖，交最厚。不挾女二歲，與鄖次子喆三歲締婚。後不挾夫婦没，女歸爲養媳。一載病死，時年一十二歲，此族黨周知者。至是，體仁以厚貲屬姦人許曦，誣以姦媳致死。體仁更糾鎮撫嚴刑，終不得實。體仁時以彈劾者衆，帝亦心動，放歸。然猶必欲殺鄖。屬曦與陸完學編造穢褻歌辭，使閹寺上聞，上既聞，而怒不可回矣。崇禎己卯八月，乃砍死。

未死前一月，鄖猶成《尚書講義訂正》《蘇文忠年譜》《昜子》二十餘則。黄石齋謂：『正直而遭顯戮，文士而蒙惡聲，古今無甚於此者！』越五年甲申，明亡。

按鄖死固冤，然禍止及一家。而思陵之亡國，實由體仁。以體仁陰賊險狠，貌爲孤孑，結納宦官，窺伺上意，冀翻逆案，斥逐正人。使有體有用之士，無一立於君側，而後其心始快焉。由是斲喪國脈，至於魚爛瓦解，而不能救。則體仁實爲魏藻德、馬士英、阮大鋮之先聲。而思陵轉以爲忠，宜其國之亡也！因論鄭鄖之獄，而推論及之。

鄖將死時，語其二子，謂：『世間殺人者莫如財，吾身自殺者莫如口。』知口之爲禍，而卒致禍也。此才人氣盛而不能自抑也。禰衡以口得禍於曹操，以才見殺於黄祖，何獨不然？書此，並爲尚口抱才者誡。

《易》曰：『同聲相應，同氣相求。』觀其人之友，而其人可知。温體仁所交者，劉志選、曹欽程、周延儒、薛國觀之徒也。鄭謙止所交者，吴中則文文肅震孟，漳浦則黄石齋道周，上虞則倪文正元璐，山陰則劉念臺宗周諸公也。君子小人，若冰炭黑白之分矣。使謙止果有穢行，文肅、文正、念臺肯爲之哭泣於身後，石齋肯爲之辯冤於生前，幾至自罹其禍哉？前文未及，復識於此。

與上元令温生屏山書〔一〕

温生屏山，選上元令。將之官，同人餞之，予無以贈也。韓子云：『不以頌，而以規。』猶古人贈言之意乎？因書十有二則於左。

《周官》六計弊吏，而總之以廉，無舍廉而可言治者。後世以清、慎、勤爲官箴，而亦以清爲首。言必先清其心，而後可慎可勤也。蓋心清則寡欲，寡欲則養廉之外，不苟取民，而有合於《周官》之治矣。

錢糧正項，萬不可撮借那移。蓋别項猶可解救，而國課虧欠，斷難挽回。此身家性命所關，甚勿偶然嘗試也。

接禮上司，自宜體貌恭順，中心誠慤。孔子固云『出則事公卿』也。然亦不可曲意迎合，有心阿比。每見依倚督撫之人，自謂安於盤石，而冰山既傾，身敗名裂，貽笑天下。一朝失足，難於自拔。慎之，慎之！

夾訊本爲極刑，命、盜二案，不得已用之。若無端濫刑，因一時喜怒而致喪其身，或殘其體者，人命至重，鬼神難欺。清夜捫心，得無警懼乎！

怒時斷不可聽訟。恐餘怒尚存，移之堂下聽斷人也。須平其心以求之。

婦女或犯姦，或大不孝，然後到官。倘偶然牽引，一概免提，所以存閨範、惜名節也。彼書辦差役視爲奇貨，婦女欲免到官，需索無已，且有因而含媿自盡者矣！牌票中有涉及婦女，須一筆勾之。

胥吏最善伺官長意，巧言曲謹，百方迎合。又或餌以小利，官長憐其承順，喜其幹辦，一旦予以事權，隨狐假虎威，託言心腹，爲害地方。甚至官長首尾連結，挾其短長，其害有不可勝言者！昔周忠介爲推官，有吏以白湯進。公飲之，覺其味異。明日，復然。詢之，曰蔆湯也。公立償其值，曰：『令後更以此進，吾當懲責汝矣。』公之不惑於匪人，其一節也，此事當以爲師。

親友所薦長隨，不宜漫收。彼先破貲財，浼人求薦，此中有不可問者。雖礙親友情面，亦所弗惜。

訟師爲地方𧈅，甚於毒蛇猛獸，當密訪痛懲之。去一稂莠，良苗自植也。捕役之縱盜誣良，其惡尤甚，急宜留心察訪，打降亦然。

興利除弊，催科撫字，本地方官責，所不待言。境域遠近，倘有抱道德、躬孝友，博學能文者，當敬禮表揚之。一以作衆人之則，一以諮謀治道，補己所未及也。此事俗吏不知，吾子勉之。

衛武公耄耋而猶飲酒，悔過中人可知也。況出政臨民，尤不可亂性亂儀。曾聞長洲令陳名治策值藩臺，劉召飲。陳劇飲大醉，張目曰：『劉藩司其奈我何？』連聲不已，傣屬抑其項謝之。不半月，而揭報撫軍白簡從事矣。此事於吾子，亦宜爲前事之鑑。

縣尹，親民之官，故曰父母。試思父母於人子，愛護何如，教誨何如？若反乎父母之實，而漫居父母之名，衆即不言，獨不媿於心乎？衙署中如公生明『爾俸爾祿，民膏民脂』，『下民易虐，上天難欺等』語，常須觸目警心。

校記

〔一〕目録作『溫屏山作令書付十二則』。

紫陽書院規條十則

書院之設，所以輔翼學校。使肄業其中者，分義利，審出處，明先王之道，通當世之務也。若秖爭長於文辭藻耀之間，是舍其本而務末矣。況徒飾虛名，并文辭不求其工耶？願諸君返躬踐履，實用力於行己治人，庶不負國家建立書院意，愚於此有厚望焉。

地非紫陽，而書院以紫陽名，重朱子表章聖學功也。創始張清恪公。至世宗朝，賜帑置田，經理盡善矣。今上南巡，賜經史扁額，御製五言古詩。詩中諄切訓誡，以消鄙吝，勿厭貧，勿務華爲大要。蓋勉學者以紫陽之學爲學也。今鹿洞規條具在，主敬存誠之功昭然。《朱子全書》，士之不自小者，尚循序而詳求之。

文貴抉經之心。文章原本五經，顏之推之言也。約六經之旨而成文，韓昌黎之言也。若舍經弗求，雖有巧思奇語，而按之都歸無實駁雜，亦朱子所譏，等於舞訝鼓而已。既能宗經，又當證之史學，以廣知人論世之實。然必藴含史事，上下千古乃爲得之。倘直寫史語，刺人眼目，又非制義選言純粹體也。前明幾社文每有此種，不可爲則。

文無定態，純古澹泊，明白俊偉，與夫寓繩尺於縱横之中，取神韻於意言之外者，各自成家。惟膚庸堆垛，令閲者昏昏索索，此冠裳土偶之失也。矯之者又復變爲縱目厲角，荒幻詭僻，以不可解、無文理爲高。無識者一倡百和，從風奔趨，胥飄鬼國矣。近日此風稍息，而餘蔓猶存。有志者當力掃之，務令根株痛斷。

制藝所以宣聖賢語意，而經國大業、不朽盛事，仍在古學。但揣摩八股，而於古學蔑如。將枵然蟬腹，終矻矻於試牘墨卷中，適增儒林之恧而已。諸君於制義之餘，兼攻古文，餘事並及韻語。他日内列詞臣，可以任史職，備顧問。登高作賦，不愧卿大夫；出肩煩劇，亦不致問刑名不知，問錢穀不知也。此中有人，應爲儒生一吐其氣。

學人砥礪，首重立行，次重實學。若品第前後，無關重輕也。况名次位置，因文互易，可第爭目前之高下耶？黄陶菴與弟書云：『狀元乃三年一箇人，人不爲千百年一箇人、終古一箇人，而獨重三年一箇人，殊無謂也。』況書院課藝，乃一月兩三箇人，尤不必爭、不屑爭者。吾黨立志甚高，諒不斤斤於此。文章聲價，自有定評。其高者，雖怨家不能埋没；其下者，雖周親不能揄揚。寸心之公，灼然難昧也。愚年雖衰老，質直故存，應衆人共諒者。況與諸君誼均一體，何踈何戚，何厚何薄，而欲意爲軒輊耶？課文點定後集講堂，公閱以驗。去取當否，且得奇文共欣賞意。

課期領題後即歸位靜坐，乙乙抽思，毋蹈時下鬨譚取鬧惡習。抵暮，務交時義兩篇，其詩、古文題，不妨另日搆就。恐時義古學，一時並搆，未能雙美，必致兩傷也。然必兩日後即交，甚勿遲遲，以曠玩時日。

朋友講習，固兑澤之益。然遊談聚議，又聖人所譏。群居終日，適足以長浮囂，妨正業也。至在外賓客往還，更爲無益。除不得已應酬外，允宜樽節。蓋人惟一心，靜則專，動則散。專則研求乎聖賢之域，日操日存，雖科舉之學，可通性命。散則馳騖於徵逐之跡，日舍日亡，將強盛之年，一歸穨惰矣。諸君子皆能自愛，精於勤者，然不可不防其漸。

愚叨一日之長，故於院中諸生，均望其敦本勤學，成德達材，以爲有體有用之士，以上副聖訓諄勉之心，此愚所樂爲佽助者也。若夫背誦經史，稽察勤惰，斟酌告假之遠近，分給膏火之厚薄，前大中丞雅公定有規條，監院能遵守之，不贅述云。

節制

行軍之道，貴有不可犯之勢，而後可以制敵，可以决戰。提兵十萬，而不知所以統之，非將也。是故將卒兩心者敗，見利必爭者敗，讙譁無紀者敗，散而自戰者敗，行陳不整者敗。古之大將，提十萬之軍，如教其子、役其手足者，節制勝也。

故爲將之道，必先明賞罰。賞罰明，然後人心一，賞罰明矣。而於三軍之中，有以義結，而不可以利嘗者，則必重其官爵、厚其父母妻子，以得其冒險死戰之報，此兵家之要也。利有所必爭，亦有所必不爭。斷其糧道，絶其樵採，此必爭者也；敵無敗徵，而輕委輜重、棄馬疋，是爲誘軍，此必不可爭者也。爭之，則衆亂，亂則彼出鋭兵以突擊，彼必全勝，故我軍有爭者必斬刈之明示。犯以故，則利不能誘，號令不可不嚴。故未戰之際，必無號鐖，無夜呼，無爭功，無内潰，無侵民。犯此者，斬無赦。將所指者，偏裨喻之；偏裨所指者，士卒喻之。故上下同意，上略所云『三軍如一心』是也。將戰之際，有進志，无退心，以大義激之，以必死勉之，以戮力先之。古人蒺藜自塞，韓世忠以鐵蒺藜自塞歸路，退者勦殺。寘寺積薪者，劉錡守順昌，寘家於寺，積薪於門，戒守者曰『不利，即焚我家』。皆是也。金必止，鼓必進，旌旗必整以肅。一人前，則百人齊鬭；十人前，則千人齊鬭；百人前，則萬人齊鬭。夫何患散戰？

凡分營居陣，忌疎、忌緩、忌亢，犯此三者，敵人分兵以衝之。衝爲二，則存亡各半；衝爲三四，則全軍盡没。善將者，雖勢若棊置，而各自聯屬，必密必固，必輕必鋭。前後用大扶胥衝車壓守，左右用武翼大櫓蔽拒。突擊之將，必居中軍。強弓硬弩，以伏陣後。敵人來犯，前後左右各拒之，強弓硬弩四起而亂之。既亂，以突擊之將衝之。其進如川，其止如山。猛如鷙鳥，疾如怒雷。閃爍如電光，不測如鬼神，此節制之師也。

連下篇，係少時狂言，追録於此。

審勢

爲將者，以一身肩家國之重，寄生民之命，不可以不知勢。而勢非執一不變之謂也。能以心運勢，而操乎勢之先者，可以制人而不屈於敵。勢有利而似害，違衆弗惜；勢有害而似利，違衆弗惜。蓋衆人所見者迹也，非幾也。不明乎幾，無往不敗。明乎幾，則獨見可以制敵。

凡勢有必至，而灼然於一心者，不可先示人。先示，則謀泄，泄則勢緩，緩則事不可成。古之集事而必成者，如淝水之役，謝玄問計於安，安曰：『已有别旨。』既而寂然，未嘗曰如何有旨。澶淵之役，寇準曰：『陛下欲了此，不過五日耳。』未嘗曰如何能了之類。出於不泄。

凡知勢者必先定謀，謀定則可以用寡，如班超三十六人下西域之類。可以用衆，如王翦伐荆，必用六十萬，然後取勝之類。可以示弱，如田單以千金納降之類。可以示強。如虞詡增竈之類。不然，當衆而寡，當寡而衆，當弱而強，當強而弱，勢去而必至於敗。天時、地利，兵家所尚也。而勢有變通，則風雨雹雪，如耿恭隨風雨擊匈奴，劉錡乘雹光殺金人，韓世忠乘雪夜殺金人之類。緣崖穿險，如鄧艾裹氊、張俊趍山椒之類。衆人所深忌者，亦往往用之，以成大功。蓋一心之天地勝，而天地之迹不足以域也。尉繚子曰『治兵秘地邃天』，又云『將者無天地』，其見猶此。

故爲將者，不可不知變。敵之將愚，不知勢者也，與不知勢者戰，宜急而乘之。敵之將能，知勢者也，與知勢者戰，必我之識居乎其先，而後可動。時不可動，則相持而俟之，謹俟而察之，乘其隙而襲之，則百戰而百利。蓋勢者，至神而無定者也。無定之勢，必審之以無定之心。審之既精，必持之以一定之見。昔人云：『先神先鬼，先稽我智。』知此言，可以爲將。若膠乎一成之見，而沾沾以陳言爲尚，則勢不審乎心，而審乎迹也。神武之事，百工技士能之矣。

歸愚文鈔餘集卷八

唐藩鎮論

唐代宗元年，史朝義自殺，其黨各以其地來降。僕固懷恩恐時平寵衰，請分帥河北。朝廷厭苦兵革，從而授之，此失策之劇者。

爾時，薛嵩、田承嗣、李懷仙、張志忠諸人，皆安史舊將。一旦勢窮力盡，迎拜馬前，請效力行間，其時非即能跳梁也。爲朝廷計，當令威望大臣，如郭子儀者，疾入其軍，稽其土田、甲兵，畀以在京高爵，徵令入朝，而不有其權，此上策也。否則，散遣其麾下，俾各還鄉里，爲農自給，亦一策也。

或疑行此二策，而降將不從，奈何？計一時降將雄黠者，莫過田承嗣，餘皆庸駑無能爲者。承嗣豈能獨力抗拒，爲安史後勁哉？

唐初，突厥強盛，太宗討而降之，散爲武侯大將軍、爲右衛大將軍，其餘皆爲中郎將，一時內外寧靜。其待四夷且然，況內地蕩平之殘熖乎？乃仍使據其地，握其兵，厚其賦，而又重之以名位。彼視前此爲賊時，更爲有力，何所忌憚而不爲畔逆？譬如虎狼，虞人得而拘囚之，自必摇尾貼伏。若仍縱之山林，而望其藏伏故性，不肆攫搏，必不可得也。

當日分封薛嵩爲六州節度使，田承嗣爲五州都防禦使，李懷仙爲盧龍節度使，張志忠賜姓李寶臣分帥河北。諸藩鎮中，田承嗣及身反，更四姓，傳十世而滅。李懷仙更四姓，傳十二世而滅。中間將佐，殺其主，詔即以殺其主者爲節度使。致朱泚謀逆，乘輿播遷，久而還宮。惟劉闢、吴元濟、李師道，賴諸臣材力，累歲討平之。而憲宗以後，不能復振。皇皇天室爲小朝廷，既敗於宦豎，連敗於叛臣，至於魚爛瓦解，而國祚旋移矣。

始謀不臧，終罹大戚。古今之失，未有如唐藩鎮之尤者也。主其議者，固由僕固懷恩之私。而朝廷之上，未聞出一議以斷其非策。何唐室之無人哉？

從祀考

《禮》云：『始立學者，釋奠於先聖先師。』釋者曰：先聖，謂如周公、孔子也。先師，謂凡先代明書之師也。

唐武德中，以周公爲先聖，孔子配享。貞觀二年，用天子禮樂祀周公於武王廟，而升孔子爲先聖，顔子配之。二十年，詔以左丘明等二十二人左丘明、卜子夏、公羊高、穀梁赤、伏勝、高堂生、戴聖、毛萇、孔安國、劉向、鄭衆、杜子春、馬融、盧植、鄭康成、服虔、賈逵、何休、王肅、王弼、杜預、范甯。配享孔子廟堂，凡以報其傳注之功。所謂代用其書，垂於國胄者也。開元八年，以四科弟子閔子騫等列享二十二賢之上，而其他七十子之徒俱得從祀。曾參大孝，坐於十哲之次，重其德也。宗〔一〕元豐七年，始進荀況、揚雄、韓愈三人。説者謂祀三人者，爲王安石配享王雱從祀地也。政和三年，封王安石爲舒王，配享殿上王雱，在諸賢之次。欽宗時，從楊時請，即行罷黜。後并黜荀、揚二人。寶慶三年，進朱熹一人。淳佑元年，祀周子惇頤、程子顥、程子頤、張子載四人。景定二年，祀張子栻、吕子祖謙二人。咸淳三年，更升顔、曾、思、孟之配，而進邵雍、司馬光二人。元文宗時，進董仲舒一人。明成化三年，祀胡安國、蔡沈、陳澔三人。嘉靖九年，進歐陽修一人，而黜戴聖以下十有三人。戴聖、劉向、馬融、賈逵、何休、王肅、王弼、杜預、鄭衆、盧植、鄭康成、服虔、范甯。後更進陸九淵一人。後更進元儒許衡一人。而明儒薛瑄，暨胡居仁、王守仁、陳獻章，亦並從祀。我朝聖祖皇帝以朱子有功《四書章句》及《易本義》《詩傳》等書，躋十哲之次。而進范仲淹一人，位歐陽修右。聖皇濬哲，非議禮諸儒所能見及者也。

竊按唐武德以後，歷代所定從祀，俱協於理。唯明嘉靖時，聽張總議黜戴聖諸人，實有未安。

蓋經學遭秦火以後，散亡藏匿，不絶如綫。諸儒抱遺經於灰燼之餘，箋疏注釋，轉相授受，以待宋儒之興。專門名家，各有所長。此雖品行未純，亦不得而廢之。而況十三人中，馬融敗行而外，如何休、鄭康成、范甯之徒，本無較然闕失者耶？則貞觀之制，不宜盡改也。

抑又思自漢以來，表章經學，未經從祀者，授《易》如田何，授《詩》如申培，授《書》如大小歐陽，授《春秋》如胡毋生，傳《魯論》如夏侯勝，傳《孝經》如長孫氏，俱應增祀。而唐儒如孔穎達、顔師古、王恭、陸質之徒，注疏羣經，功與漢儒相埒。今擇其行之無闕者，亦宜並祀。

抑又思卜子夏既列十哲之中，則先儒二十二人已缺其一，而《六典》國子祭酒司業條，仍稱二十二賢，相應改正。又國朝復增入明儒羅欽順、蔡清二人，當代陸龍其一人，最爲平允。酌而行之，不傷於濫，不隣於苛，增吾道之光，正經學之傳，以竢後有應從祀者。〔二〕

校記

〔一〕宗，疑刻寫之誤，當爲宋。

〔二〕『又國朝復增入』以下文，十二卷本《歸愚文鈔》卷二作『酌而行之，不傷於濫，不隣於苛，增吾道之光，正經學之傳，是在爲禮官者』。

鄉賢名宦祀典議

治天下之道，莫重乎教養。先師孔子，以道教天下萬世者也；社稷勾芒之神，以養垂天下萬世者也。故自國都及九有郡邑，莫不建孔子之學宮，與社稷之壇壝。而先賢先儒，得從祀孔子；山川風雲雷雨城隍之神，得從祀社稷。毋或遺，毋或僭也。

外此，有生於鄉而賢者，没後則爲鄉賢；官於其地而有功德者，没後則爲名宦。亦得分祀學宮，使賢者知所法，不賢者知所慕焉。歷世既久，鄉賢、名宦二祠，不核其實，而惟力與勢是憑。假使仲弓爲達官，犁牛亦可列蒸嘗矣。義縱之子爲大吏，屠伯亦可饗俎豆矣。漸而變爲專祠矣，又漸而移及非其鄉之人、非其地之官矣。榱桷鱗次，高棟入雲，赫赫具瞻，習爲故常也。

或曰，此人子尊其親使然，情有可原。夫千古之尊其親者，莫如大舜。舜爲天子，尊瞽瞍爲天子之父。孝之大，莫大乎是。倘曰即以重華協帝稱瞽瞍，有是理哉？至朝廷之官士大夫，贈其祖若父之官，一如其子之官而已，未聞别有嘉號以寵之也。

今也一鄉之貴人多，一鄉之賢人亦多。宦之後有顯者，所宦之地亦顯。揆之先代，崇教民養民之義不已傎乎？誠能循名責實，得其實者許分祀學宫，而外間不得建專祠以遂其私，則王帛鐘鼓，舞蹈趨蹌，彬彬乎三代之禮樂矣。責在當路之公正者。

奉天京兆尹商邱宋公墓志銘

歲在上章執徐復月，大京兆商邱宋公疾終里第，孤子瑞金孝廉，卜於某年月日，葬公於祖塋之東。恪遵遺命，遺傔從持族子淇園廣文所撰生壙表，不遠二千餘里，乞銘於余。余於公爲館後進，形跡疎闊，惟於晚年一遇。而易簀時，以麗石之文爲託，知公之契余者素也。

按表，公宋姓，諱筠，字蘭揮，又號晉齋，河南商邱人。大學士文康公諱權，王考也。冢宰贈少師公諱犖，考也。少師公以詩文鳴，延攬士類，開府江蘇，十有四年。公少歲隨侍使院，與諸名宿遊，術業大進。既冠，捷南宮，列侍從，年未三十，羣推爲巨儒長德矣。侍親在告有年，既歷事聖祖、世宗兩朝。在詞館，以纂修爲志；在鎖院，務得人以報國；在諫垣，務直言以補闕。上鑒其誠，擢山西巡察。公悉心釐剔，如所奏稽查驛傳、慎選民壯、嚴飭諱盜，一一准行，闔境肅然。尋授山西臬司，釋冤民十餘人。河防告警，改授銀臺，督理江南高家堰河工。同事者，大理卿汪。工竣覆奏，同時召對，汪奏未明，上命宋獨前。按圖指陳，瞭如在目，上稱是者再，隨令出與桐城相國張大司農海同議。公將工次情形密示大理，推首先對。二公覆奏，上始釋然。二公見公協和寅亮，推爲不可及。由是遷江西藩司，兼攝臬司，並護撫篆。政務紛沓，時適會姦匪王益善等倡立邪教，支蔓江右、浙、閩三省。公盡力研究，置首惡極刑。其愚昧脅從者，分別懲治。旨俞允。不弛不縱，四境寧謐，不欲以多殺人爲功也。

旋晉奉天府尹。奉天，旂民襍處，城守尉倚勢淩人，至奪人妻女。公下車即具疏嚴禁，民情少安，而忌者滋起。恭遇今上御極，公赴都入覲，恩禮有加。其時有郡守、城守互訐事，部議鐫級調用。時公年方逾艾，有勸公具奏陳情，以圖開復者；有勸公循資俯就，以待超擢者。而公歸志已決，以疾告言旋矣。先是，少師公構別墅於城西，顔曰西陂。公挈家居焉，著述自娱，不入城市者十五年。會上幸中州，公伏迎道左，蒙恩賜環，而公年已七十矣。明年，恭祝慈寧六十萬壽，入都行大禮。後余見公於班行中，並論詩、古文，並互述守拙狷介同心之言，如磁引針。別後遥遥企望，淹忽十年，而老成遽凋謝也。嗚呼！天不憖遺，其可悲也哉！

公生於康熙辛酉，卒於乾隆庚辰，年八十。配李氏，繼配劉氏。子二：珮金，丙辰恩科舉人，先殁；瑞金，癸酉科舉人。孫三：齊唐、齊魏、齊豳。曾孫聖麟。公所著有《綠波園詩集》《使滇録》《四書文稿》，余文不足重公。感公遺言，爲之草志，以交誼雖疎，而心相與者深也。事實外，不加藻飾。生平節目，詳《淇園生壙表》中。銘曰：

許上舍墓志銘（有目無文）

中郎爲人作墓碑，惟郭有道無媿辭。余於晉齋亦如斯，攄抉元本言無枝，後有考者其繹思。

吴孝子墓志銘

吾友吴君愷若，卒於雍正癸丑冬十一月。乙卯冬，孤德坤兄弟葬厥考於長洲縣中字圩之新阡，葬五年矣。庚申冬，諸孤以狀乞銘，謂：『銘先君子者，唯吾師宜。而穿竁時，師適留京師，志石尚未立也。敢請！』

按狀，君諱日孜，字愷若，世爲吴人。祖吴庠予采公。考吴庠旋玉公，爲英絶領袖。自郡城西移居葑門，生四子，君其季，此君之自出也。

少攻制義，汲古振奇，諸長老並激賞。困小試，循例入太學。踏省門，不遇，後並倦棄。此君之出處也。

性孤孑，寡交遊，交必期終始。平時恂恂退讓，遇事關大體，據理直爭，至面赤不顧。崇節儉，饗祀盡禮外，甘布衣疏食。或諷太自苦，曰：『先人遺業，豈給我一身用耶？』此君之生平也。

少喪父，不及奉養。事母孝，中年後，晨夕依膝下，有事必禀命行。母殁，號呼擗踊，幾絶。後食忘飢飽，衣忘寒燠。每令節，拊膺慟哭。歲辛亥，值五十辰。先一夕，逸出之蕭寺中，設母氏位，深衣練冠，如居喪時。諸子至，勸歸稱觴，大哭，曰：『吾痛無以報母德，忍以母難日晏樂耶？』明年疾作，旦晝中，惚恍與父母語。既稍愈，越一年卒。易簀時，猶呼不能報本者數。始知前此出神離魄，與親相遇，非真痼疾也。此君之大節也。

諸子讀書，經籍親自指授。嘗曰：『讀書以明理爲要，實用爲本。務華絶根，與立身行己何與？』此君之教子也。

平居嗜古賢語録，四十餘，兼覽釋老氏書。曰：『清淨寂滅，儒者弗道。然藉以空利欲心，何必無益？』此君之晚節也。

予與君不數相見，每見，必輔以正。癸丑秋，長洲令沈公士行以書勸應鴻博之舉，予時答書，比於干旄大夫之在浚郊，臨卭令之禮相如，君蹙然曰：『相如有文無行，乃以自況耶？』嘗同鹿城寓，君翛然屏處。而予友生禚還，微諷曰：『此古人所云「應接喪精神」也。』至今猶佩其言。即一二端，知其待人正直矣。

嗚呼！綜君生平計之，近於古之狷者。而爲子死孝，尤人世之砥柱也。乃薄俗輕視倫紀，外託中庸之行，而轉咎死孝者過情。此猶楊焉治河，不能疏通下流，患砥柱而議鑿之，其亦世道之不幸也夫！

君生康熙壬戌，距卒時年五十二。配金氏，山東單縣知縣叔固公女，有淑行。子八人：長德坤、次德塈，俱國學生；次德基，長洲廩生；次德堦；次德均；次寅；次鴻基；次德墉，殤。孫三人：應龍，德坤出；德塈、德基出者未名。予既重君之行，而又知後人之能勵文行以承先志也。銘曰：

以介物身，以身殉親。幽幽空堂，旋歸其真。刻兹銘章，後世有聞。

誥授光録大夫太子太保東閣大學士兼禮部尚書謚文和張公傳〔一〕

國家累洽重熙，主臣一德，倚毗股肱心膂，開誠布公，酬庸優渥。故天生不世出之臣，以佐太平之治。始則治劇理煩，功在郡邑。繼則平蠻拓土，功在邊陲。後則開道濬川，功在九宇。若太子太保、大學士張文和公，可以書旂，常光簡策矣。

公諱允隨，字覲臣，號時齋。本山東蓬萊縣籍，始祖諱鎧，以總戎鎮遼，隸鑲黄旗漢軍。曾祖諱必科，宰慶雲縣，殉土寇難，卹贈崇祀昭忠祠。祖諱一魁，難廕，授淳安縣，陞邵武府知府。考諱惟遠，歷任左江道按察司副使。三世以公貴，俱贈光禄大夫。

公爲副使公長子，少有大志，通經術，即思竭忠報國。起家江南寧國府同知，陞雲南楚雄府知府，調廣南。輕徭薄賦，息訟寬刑，並著廉能聲。此公之功在郡邑者也。

母憂，去官，督撫合疏，請留滇。司銅務，服闋，補曲靖府，陞糧儲道。鄂文端公爾泰薦公堪勝大任，世宗皇帝召見勤政殿，奏對剴切，授雲南按察使司。涖任甫四月，旋授布政使司。調貴州，未抵任，授雲南巡撫。

公久任滇中，熟悉地方利弊、山川險隘、苗夷情狀。時有緬僧苦葱，以幻術勾通烏蒙，攻思茅等城，連接數州縣。公曰：『猓夷狡獪無常，急之，則鳥散獸逃；緩之，則蜂屯蟻聚。不扼其要領，恐蔓延他寨。不搗其巢穴，恐餘逆復滋。普洱、思茅，逼近元江，勢宜東西並進。』乃分師兩路，一由元江進，一由景東夾攻。〔二〕東路撲其妖焰，西路截其窠巢。師抵普洱，思茅圍解，賊退寨莫郎。分師守之，大兵還會城。適攸樂令章綸以公事入省，至蝘蚌村，遇賊，不屈，死。公曰：『非盡殲其類，無以慰忠魂，而彌後患。』乃督兵急進，賊首刁興國等以次被獲。方議撤兵，而臨安孽種乘機跳梁。公回師進剿，戰於腊縱山，彌月未破。公月夜匹馬登山巔遥覘動靜，見賊方樹柵挖濠，壘石堅守。公曰：『是當以智取。』乃募岔竜夷人，重賞之令潛入賊寨内應。我師乘之，獲賊首，餘禽獮草薙之，賊遂蕩平，而西南半壁，永有金湯之固。此公之功在邊陲者也。

於是，請新闢苗疆，改設知縣佐雜，豁商税鹽課，興修昭通車路水利，共五百餘里。多建閘座，蓄水灌田，廢壤皆爲民産。公之建功於世宗朝者如此。

今上元年，誥授公光禄大夫，追贈三代，蔭一子上舍生。是年，滇省遍灾，公奏請被災州縣，應蠲應緩分數，上皆允行。三年冬，入覲。明年元旦次日，上命王大臣及内廷詞臣集乾清宫，賦柏梁體詩。公以督臣與焉，人並榮之。回滇後，卹鹽井，興水利，平逆猺。旨署理貴州摠督，旋署理雲南摠督。因是，建通金沙江大功。

蓋是江發源西藏乳牛山，流至滇境塔城関，經麗江、鶴慶、姚安、楚雄、東川，合流昭通，趋四川敘州府，入大江。前此，屢議開修，事不果行。皇上念雲南跬步皆山，思通川河以便民運。大任委公，公親歷江干，相度形勢。自小江口至川江，計程一千三百餘里，險灘一百三十四處。鑿石通流，經年告成，費帑十餘萬兩。自此蜀越可通，梁、益、荆、揚，一葦可達。到處運銅，不需歲月，每歲獲銅八九百萬斤。四年至十一年，節省帑金五百餘萬兩。於時商賈雲集，閭閻殷實，民知禮教。此公之功在滇南，而實利及九宇者也。

蓋滇南一省，蠻猺彛獞，犬牙盤互，乘間竊發者時有。公以奮揚服氏羌，以噢咻蘇民困，以宣布威信嚴立制防，安屬夷而消伏莽。彈壓撫循，相濟爲用。準之劉忠宣、韓襄毅之遺烈，有過之也。

上嘉公功，先授太子太保，至是授東閣大學士、兼禮部尚書。天下拭目望公，調和燮理，造福宇内。乃累積勤勞，精力告瘁。未及一載，遽逝於位。天子哀卹之，迭加隆禮。每録用其後人，俾繼述父祖。公逝十七年，少子分司景宗以公狀請傳，予弗敢辭，謹書公之公忠體國，有益於國計民生者，著於篇。其他生卒年月，子孫世閥，詳之溧陽史師相墓誌中，不贅述云。

論曰：予官中朝時，適公入覲，識公於班聯。挹公豐采，聆公議論，雅知公有古大臣風。身後賜謚文和。不由詞館入，而亦謚曰文，準李文襄之芳、鄂文端爾泰之例，重其功也。功爲三立之一，公其不朽哉！

校記

〔一〕目録作『誥授光禄大夫文和張公傳』。

〔二〕《沈歸愚詩文稿·文稿》無『乃分師兩路，一由元江進，一由景東夾攻』。

顧綏堂傳

顧子名詒禄，字禄百，又字綏堂。顧爲吴中四大姓之一，譜牒可考。祖有典，諱希喆。考我求，諱求懿。我求早殁，綏堂遺腹生。少時英敏，脱口成韻語，人稱奇童。張匠門太史，外祖也，攜之都中。後徐殿撰蘅圃爲婦翁，綏堂因留日下久。時前哲如雲龍、風虎，並輩如鳳池、玉筍，或呼爲小友，或聯爲同袍。推許獎激，名滿藝囿。而屢試北闈，不一遇合。繼南還，屢試南闈，又復試北闈，仍不一遇。而綏堂聽之於命，無幾微見色也。緣此，得并心力於古，遂以詩、古文鳴於時。

憶余與綏堂定交，余年長二十有六。綏堂示余近著，詩仿唐末三羅，文摹唐初四傑。余謂就此亦可成名。然終趨傍門，初非正軌。詩之正軌，應從開元天寶，上追漢京。文之正軌，應從唐宋名家，上攀《左》《史》。綏堂不以余言爲誖。經緯穿穴，蒐羅旁魄，心遊目想，功力漸深。其神明於正軌，不同長平之父書，陳濤斜之車戰，覺余言之而未赴其實者，君已得其要領，集其精英，彬彬乎成一家之言也。吴中擅詩文者，定歸之顧氏已。

綏堂性汎愛，不忤衆人。讌會幾無虚日，酒稱大户，論發高言。時傾倒一座，而與余文章知己，尤爲同調。每會合，必各出其文，交互點勘。務去其瑕纍，使寸心少安，丁敬禮云：『後世誰相知定我文者耶？』數年以來，同於課程，不意牙曠同心，廩秋蕭寂。別去四日，而君暴疾溘逝也。七月二十日會合，二十四日卒。樂極哀來，哀難復樂。既嘆逝者，行自念也。嗚呼，古今人有同心矣！

綬堂年七十，所著有《吹萬閣詩文》前後若干卷，《文述》二卷，《詩話》二卷，《長洲縣志》三十四卷，《元和縣志》三十六卷，《虎邱志》若干卷。子三：景度，庠生，先卒；祁，壬申恩科舉人，海州學正；師恭，業儒。女三人，俱適望族。孫宗石。余傳其生平大畧，詳應見志石中，不及備書。

蔣辛齋傳

蔣辛齋，名重光，字子宣。高祖諱燦，明天津道。曾祖諱垣，明長庠生。祖諱之逵，贈奉政大夫。考諱文源，贈中憲大夫。

辛齋質敏好學，留心古今文制義。根柢深厚，成一家言。屢試南北闈，不遇。或勸以諧時，辛齋曰：『虎豹炳蔚，鳳凰翽羽，其文異也。使欲變爲犬羊鵶雀，焉用文爲？』用是連不得志於有司。

辛齋之試北闈也，不能卧號舍片板，每次貼地，因而寒濕之氣入於肌骨，疾。醫連用蔆，附芪术，寒濕痼蔽軀體，低昂屈曲，艱於起卧，垂十五年。

辛齋雖絶意進取，然潛心稽古。手難展書，令僕執卷仰視。深夜懸燈帳中，不輟。於文章之源流升降，風雅之正變離合，一一洞然。功候深於未病以前，且體雖在床，而於一身一家之計，凡行己處世之大，日用飲食之恒，以及交際往還、死生慶弔諸務，罔不剖析精詳，中乎理法。當初卧病時，慮其反側痛楚，難於久長。久之，飲食安恬，痛楚漸蘇，方謂病可引年，或理之所有。詎意一夕不寧，溘焉辭世！

余於辛齋，忝一日之長，時來存問。戊子夏四月，把晤於牀第間，道從前授經，及數年來情事，承云：『先生高年，宜節應酬，寡議論，恐爲外人指名。』余亦勸其家計，託諸子弟，少思慮，養天和。彼此交善其言。不意别去三日，而其家遽呼皋某復矣！悲夫！

生平孝事厥考，事事無違。行之大者，修祠葺墓，以慰親心。莊事兄長，怡怡無間言。與弟子宏，情尤敦篤。痌瘝相關，有無與共，延師訓迪，讀有用書。合貲營什一，而主其會計。子宏事必請命於兄，惟善飲。辛齋防其致疾，引古來困於酒者風之，弟即止酒。從孫某年少能文，留之家塾，與孫同學。助其婚禮，以有家室。嗚呼，自子臧、季札之風邈，兄弟相尤，每因乾餱簞豆，啟鬩牆推刃之釁。此韋元成、劉愷、丁鴻書之史册，以爲美談也，辛齋兄弟堪與比烈矣！

待朋友，有始終。周人之急，脱人於患，罔有顧惜。至友有四千餘金之累，其人羈身京國，慨焉代償。友歸，匪特弗與校，並不齒及也。高誼如此，皆人情所難者。嗚呼，辛齋之學、之行，本具用世略，使其不苦於病，何難出而利濟民物？乃拘攣其身，困頓帷帟以終。豈天豐其材而薄其遇耶？然《書》之《君陳》篇曰：『惟孝友于兄弟，施于有政。』辛齋久病之故，轉得安居，省馳逐，泯憂怖。門庭之内，雍雍穆穆。又正家之餘，富於著述，可以傳世行遠，未必非天之玉汝於成也。

辛齋，吴庠增貢生，候選儒學，年六十有一。子曾犖、曾罃、曾畄、曾榮。女五人。孫四人：元城、元堉、元坤、元塙。所選有《漢魏六朝唐宋元明詩》若干卷，《國朝詩餘》四十卷，正值鐫板，《國朝古文選》未竟。所著有《囈語集》若干卷。孤曾罃乞余作傳，撮其一生大略於右。生卒年月、配偶，及子孫配偶，不具詳，俟後之志墓石者。

論曰：人以病廢學，能者獨以病進學。晉習彦威以腳疾廢於里巷，作《漢晉春秋》。皇甫士安因患風痺，博綜百家之言，作《元守篤終論》。蓋病則其志專，其心静也。方辛齋於兩賢，洵不誣云。

敕封孺人胡太孺人傳

胡太母汪太孺人，縣佐御侯君之配，翰林待詔銑文之母，州司馬潤章之祖母也。系出徽國望族，自少貞静淑慎。

先是，太孺人女姑適太孺人從兄，備知太孺人賢，歸寧時述之母氏。時堂上程太君方爲縣佐，君求繼室，因委禽焉，來歸，年甫十九，而區畫諸事，悉中條理。以不逮事舅，事姑尤謹。衣服時其寒煖，膳羞必備旨甘。扶持抑搔，不離左右。相夫子，敬戒無違。一切内務，不以關夫子慮。故縣佐君南北經營，家遂隆隆起。

生待詔君，吴俗生子，多託乳母。太孺人獨自乳之，曰：『古有胎教法，今乃乳於他人。苟不當，將爲氣質累。吾縱不能教，乃滋之累耶？』斯言可以垂教。未幾，縣佐君就選京師。道出盱眙，病舍别業，尋篤。太孺人聞耗驚泣，星夜侍姑前往。比至，而縣佐君歿已三日。太孺人撫棺長慟，欲以身殉。因念姑老無以養，子幼無所依，乃强起，扶櫬歸里。當是時，姑年高，待詔君稚未更事。家之興廢所關，乃太孺人。一一謹守縣佐君成法，以儉以勤。仰事孀姑，下教其子。遇親族以恩禮，御婢僕以嚴整。上下肅然，如涉大海，顛頓於洪濤巨浪中，篙櫓俱失，而一人一手把柁，以俟浪息波平。太孺人之定識定力，不震不驚，類然也。如是有年，乃得娶媳生孫，四代一堂，人謂太孺人純孝所致。無何，老姑即世。悲哀之中，主持喪事，盡禮盡誠。命子請旌建坊，而後仰事之任畢。

及待詔君給事金門，榮膺錫命。意太孺人從此安閒受福，而待詔君又中道殂謝。太孺人復撫育孤孫，教之讀有益書，親敦行人。以是，潤章昆弟謹凛慈訓，罔敢失墜，有聲士林。

嗚呼，太孺人始則以婦兼子承其先，繼則以母兼父裕其後，暮年更勉其孫成立，太孺人之功偉矣，太孺人之心力亦憊矣！此偶抱微痾，溘然善逝也。

太孺人篤於所生，兄歿，引其孤撫教之。比長，授之業，成其家。父母歿，殯葬如禮。孤中絶，爲置嗣承祧。有故人貸縣佐君白金三千，願以所居償太孺人，曰：『此與吾家世好，今衰替，而受其宅耶？』取券焚之。當盱眙歸日，見高家河石梁垂圮，命待詔君重建。費千餘金，無顧惜。其他救菑拯患，難枚舉也。

太孺人年六十有八，以子貴，敕封孺人。子一，即待詔君。孫五人：潤章、成章、理章、浩章、溥章。曾孫三人：椿華、棣華、楝華。太孺人生卒年月、子孫職位，在誌石中，不及詳。

論曰：昔梁鴻、袁隗之妻，哲婦也，而爲母無聞。公父、文伯、雋不疑之母，賢母也，而爲婦無聞。今太孺人爲婦則雞鳴戒旦，爲母則畫荻授書，而且孝其姑，鞠其孫，閨闈之行，可以冠羣倫矣。世有劉子政，當編之管彤云。

《石公山志》序

石公山，踞太湖之濱，遠望如青螺出水。尋逕而上，萬石槎牙，若連若裂，或垤或穴。突怒攫搏，攢簇齟齬。深入腹竇，一罅見日。攀緣仰首，闖然而出。其下水石衝激，嵌空連延。蜂房玲瓏，象鼻灣環。黝疑龍偃，沸疑霆奔。俶詭荒幻，怪怪奇奇。

蓋七十二峰，洞庭稱尊。洞庭諸山，石公絶偶。品量山水者，初無異辭。唐代迄今，文人眺覽，寄託篇翰。皮陸以降，清辭林立。澡雪性靈，模範山水。篇體紛紜，流散簡帙，蒐亡討逸，俾羣才會萃，後來者責也。

王子聽泉，生長斯土。煙霞入骨，詞藻關心。積累日月，共得千有餘篇。賦詩紀述，分若干卷。考諸已往，洞庭、太湖、具區，各有志，震澤有編，包山有集，湖山風雅有紀。分綱析目，共擅厥長。而聽泉又成《石公山志》，補前賢闕略。山川人文，相遭並顯。

昔袁中郎令吳，酷嗜此山，取以自號。今百齡影徂，千秋心在，而予以駐足。遊目之餘，抽毫作序。遙睇曩哲，渺渺會心。名山名流，與予有夙世契乎！至部分類次，聽泉已撰條例，奚俟予言？

《小山薑詩》序

乙卯夏，余之京師。以詩作合，得交於德州小山薑田先生。先生爲司農山薑之孫，而新城王司寇阮亭先生尊所〔一〕聞以治詩者也。其爲詩，稱指也微，感心也巽，取格也〔二〕高，流韻也遠。挹之有神〔三〕，索之無迹，得唐賢〔四〕三昧風味，而人世纖穠綺靡之習不存焉。門風宗法，兩有所得矣。

憶余年十五六時，即嗜有韻語。適山薑先生建牙開府於吳，然以年齒少、分屬卑末，無因緣進見。年三十餘，兩致書於新城先生，先生亦前後裁詩作答。方思並世而生，何難走千五百里外，侍几杖於夫于亭間，以償生平之願？而先生遂成古人矣！

今幸得交於山薑先生之孫，尊所聞於新城先生者。挹其流風，聞其緒論，何啻親炙前賢？而惜乎齒頽心短，前望茫然。惟讀《小山薑詩》，而羨其漸涵於門風宗法者爲已深也。

小山薑嘗謂余曰：『前三四十年，無朝野内外，言詩者必以新城、德州爲歸。今猥薄後生，置德州不議。而思集矢新城，以快口吻。甚有著爲論説以排之者，而排之者，即曩日手摹心追之人。是世道人心之憂也！』余曰：『昔孔子論樂，首辨雅鄭。新城之詩，雅宗也。今之排新城者，句佻字艷以求工，爲靡曼淫哇之辭。則彼之竭心殫力以蘄勝於前民者，適爲孔子所放而已。先生守而不變，是先生之定力也。於紛紜者曷怪焉？』

小山薑又曰：『子序我詩，不必别有稱引。惟述子曩時之嚮往，與好議論者之反覆，以及余之篤守門風宗法而唯恐失墜，是吾心也。』余曰：『唯唯，謹承命。』遂不溢一語序之。

校記

〔一〕『尊所』二字脱，據十二卷本補。

〔二〕『也巽取格也』五字漫漶不清，此據十二卷本定。

〔三〕『有神』二字漫漶不清，據十二卷本定。

〔四〕『唐賢』二字模糊，據十二卷本定。

豐溪吕公遺詩序

韋左司應物，唐代一大詩家也。而劉昫《舊唐書》、宋郊[一]《新唐書》，皆不載其姓名。假使詩中不述已之爲侍衛，與李白諸人往還，詩雖可傳，亦不知其爲唐代人矣。

唐廣明後，吕公世膺諱從慶，由洛師遷歙，復由歙遷旌德之豐溪。臨没，自題其墓曰『唐詩人豐溪漁叟之墓』，明以詩人自許矣。乃彙集唐詩者至八百餘家，而吕公之名不列，猶韋左司之遺棄於劉昫、宋郊也。

夫左司之詩，發秾鮮於簡古，寄至味於澹泊。而邑有流亡，受俸慙媿，不止於埽地焚香之潔者。今讀吕公詩，諷柄國者之慰安赤子，憫塗行者之半遇弓刀，望潢池之洗兵，願陷溺之扶掖，持身憂世，時縈襟抱，與左司心事相同。若苐以嘲風雪、弄花草賞之，猶得其才華爾已。

且左司之詩，傳自搜討家，未聞後裔。豐溪代有令人，裔孫旭臨曾議修葺祖祠，今兆龍修葺已竟。雕刻遺詩，庋於祠中，子孫世守，竢後有選唐詩者采入。晚唐位置羅隱、周朴、陳陶左右，俾八百家後更添一家，亦藝林一韵事，一勝事也。

或以四十五章爲少，似乎不能成集。然就唐人論，郭子儀衹樂府一章，劉叉秪《雪車》《冰柱》二章，任華秪贈李白、杜甫、懷素三章，王之涣『黄河遠上』外，共衹四章，已卓然傳世，與八百名家列矣。詩豈貴多乎哉？

校記

〔一〕郊，应为祁。

王存素遺詩序

婁東王子存素，予讀其歲試冠籍之作，題係『不可以作巫醫』句。義藴句中，韻流言外。如出湯玉茗手，心珍愛之。繼知其工六法，承伯父奉常公家學，而於從姪麓臺侍郎外別開面目者也。甲辰歲，因與定交。交日密，然第重其文與畫，而於有韻之語，未及披攬。久之，徐讀其詩，而知存素之學殖、存素之品量，具於詩中見之。於是，重其詩，益重其爲人。晚歲寓文肅公丙舍，地在楓江。楓江、葑水，一櫂往來。讀畫哦詩，怡愉竟日，幾不知誰主誰客矣。

歲丁亥春，聞存素忽焉辭世，喪一良友，中懷作惡者累日。仲秋，令子廷銓出尊人遺稿，淚涔涔下，乞一言弁其首。攬之，皆往時評點過者。因憶存素向論詩云：『詩爲心聲，其本固者，其枝茂。是必合於興觀羣怨、事父事君之旨，而平心和氣以出之。語不必險，字不必佻，自有一種真意流溢於翰墨之中。若胸次不高，取裁不正，摭拾風雲月露之詞，爲酬應往來之舉，此詩中鄉願，撥其本以害其枝者也。』持論如此，豈尋常較量於詞句工拙者哉？

蓋其論正，則其詩醇。靜心校之，五言古安恬淡遠，七言古凌空飛動，五七言律工穩宕逸，絕句語近情遙。每一咀吟，如遇開寶名流，俯仰泳遊於堂户間。而外人不知，轉爲畫名掩也。

嗚呼，存素已成古人矣！他日詣婁東，過佳城，攜尊酒，弔吾友於逍遥冥寂之鄉。復挾其詩稿，咏歌一二章，故人在焉，呼之欲出，又如遇開寶名流，俯仰泳遊於松楸白石間也。

因廷銓銜哀請序，序而歸之。配毛碩人，詩有蘭蕙芬，無脂粉習，亦宜附鐫於後。

《國朝松陵詩徵》序

古來詩文有選，自梁代昭明太子高齊十學士始。嗣後，唐有《河嶽英靈》《篋中》《國秀》諸集，宋有杜清碧之《谷音》，金有元裕之之《中州》，明有錢牧齋之《歷朝詩選》。或綜幾朝，或集一代，此可爲詩學津梁，而非采風遺旨也。

本朝王漁洋有《濟南詩選》，一郡中取華泉、滄溟二家。吴梅村有《婁東詩選》，一州中囿於門下十人。宋商邱詩選徧於大江南北，而所收衹一十五子。不專一邑，人亦略存。他如陸敷先之《虞山詩約》，潘蜀藻之《龍眠風雅》，專一邑矣。而所收之人，準諸十五子之例。未有網羅蒐輯，舉一邑之詩，薈萃成帙，至二十卷之多者也。

吴江袁生質中，髫齔能詩，著有《小桐廬集》十卷。近復選定《國朝松陵詩徵》，自朱長孺、顧茂倫、計甫草、吴漢槎、潘稼堂諸公以至今，詩人之爲古人者，無不收録。附以寓賢、方外、名媛。其選詩之意，謂以詩存人，以人存詩，二者不可偏廢。以詩存人，爲後學導先路也；以人存詩，爲前哲表苦心也。洋洋乎，一邑之風，固同郡他邑所未能完善者哉！

嗚呼，古來隱人騷客，以一生之智慧，畢能竭慮，磨精耗神，求有聞於藝林。及其溘焉澌盡，而鼠殘蠹嚙，至鄉里不能指其姓氏，子孫不能舉其緒言，真足慨也！今一旦存其人、存其詩，先采衆人之藻鑒，後參一己之品評。揭揭焉若引星辰而聯珠貝，集語單辭，無不載入。搜遺文於既墜，發潛德之幽光，蓋雖一邑之書，而知人論世，後之人可憑藉以采焉。

今質中雖辤世，而質中彙輯之功爲不没矣！《詩》曰：『維桑與梓，必恭敬止。』其質中之謂也夫！

袁質中《小桐廬遺詩》序

爲一事而不能專用其心力者，其業必不傳世而行遠。凡事類然，詩其一也。每見人之作詩者，隨意抒寫，隨口唱歎。不師古人，不分家數。當其興到成吟，亦或時有一二佳句，供人把玩。及觀其卷帙，大體枵然。由平日未嘗養根竢實，加膏希光，可云涉獵，不可云專家也。

同川袁生質中，向余授經其家。劇工制義，名場不售。專事於詩，百城樓中，四庫具備。因取有韻之語，溯朝代之升降，名流之正變，一一條分而縷析之，朝披夕吟。饑吟之以當食，寒吟之以當衣，孤寂吟之以當友朋，幽憂吟之以當花鳥琴瑟。而一切聲色利禄，不關於心，斯亦專之至已。近又聯竹溪詩社，得同道數人，相與講其是而去其非。是欲專於己，而使同業者皆專也。繼又輯《松陵詩徵》二十卷，凡前輩詩家，搜討殆遍，是欲使一邑詩人共標爲專門名家也。

方矻矻用力，而溘焉辭世。人爲質中惜者，謂中年殂謝，恐後此無傳。然今遺《小桐廬詩》十卷，炳炳麟麟，近體隊仗工整，跌宕流逸，古體渾灝流傳，風雨分飛。引用古典，了無痕迹。鎔鑄古人，而生面獨開。心力既專，用功深者，收名也遠。信其可傳也！

吴江入國朝來，故多詩人。前如朱愚菴、計改亭、顧雪灘、樵水、吴漢槎、葉已畦師，後如潘稼堂、徐虹亭、吴柳塘、張損持、周漢荀，皆《詩徵》中之極盛者。近則稍稍衰熄矣。

質中志在追逐前哲，而又年命不永，有志未逮。要其所遺詩卷，幾可梯接名賢。流風餘韻，猶未歇也。

質中既專工於詩，同質中之志者，倘又均能專用心力於詩，則吴江之詩壇其光大矣哉！

《斗酒詩》序

歲戊辰，余主禮闈試，得黄岡李子松村卷。既來謁，知爲名下士。後十年，松村來宰寶山。

竇山爲嘉定分邑，地當海隅，向故爲文藪。過吴時，詢及邑中人士，則亟稱浦子鶴天，家貧失怙，賦性孝，曾封肱療母病。又刻苦勵學，少工帖括，長爲詩，風骨秀勁，不事塗飾。余心器之，而未之見也。

丙戌秋，來吴，從余門顧子星橋遊，余乃接其品。見其詩卷中，思親諸什，俱沉欝有深致，爲歎松村之言不謬，而星橋所契者之有真矣。今春，彙《斗酒詩》，問序於余。

余惟詩者，性情而已矣。性情所見之地，首在庭闈，而友朋即次之，山川舒嘯又次之。嘗誦古人《南陔》之詩，《陟岵》《陟屺》之什，以及『雞鳴』『昧旦』，詠其靜好，《常棣》『鄂不』歌其孔懷，靡不纏綿真摯，一往而深。其見諸友朋者，風瀟雨晦，眷慕君子。其見諸山川舒嘯者，山榛隰苓，遠望西方，露白葭蒼，溯洄秋水。又何其悱惻動人！

一篇中三致意耶。其性流情溢，不能自已耶。

鶴天篤於天倫，而友朋推其襟抱，山川寫其高深，吾不知於風人之旨爲何如！要其學問以性情出之，於詩之義深有合也。

抑鶴天家梅花邨，又客吴門。與賢師友相切劘，益務博覽。其爲詩歌，獨有深好。往往西窻剪燭，推敲不倦。由是而深造之，養根竢實，加膏希光，英秀者進爲雄渾，勁拔者進爲深醇。不懈及古，益復沉欝頓挫，發揮性情，以躪大雅之室，復何難哉？

余之所以進鶴天者，星橋必然余言。且質之松村，以爲何如也？

吴濟儒四書文序（有目無文）

袁忠愍公祠祭田碑記

古來忠義之臣，越百禩而不可泯歿。當時榮以褒封，後世隆以俎豆，且生賢子孫，置爲祭田，以永蒸嘗，無非造物者報其忠義，用以立懦廉頑也。

宋袁襄簡公珦以京西提刑，於靖康間扈高宗南渡，功存社稷，歿葬赭墩。公之曾孫忠愍公樞仕宋，為國史實録院檢閲文字。娶濮安懿王孫女，為郡馬都尉兼工部侍郎。與元軍拒，全家被難，惟幼子易竄免。十二傳而至安節公洪愈，嘉靖中為禮科給事中，糾檢討梁紹儒附和權要、文選郎白璧招權鬻官，侍郎葛守禮無行檢，尚書李默阿黨私人，拔海瑞於教授，奏王敬臣之行孝。忠直之聲著於朝野，官至南京吏部尚書，以清望允孚，特加宫保，致仕歸，卒贈太子太保，三公功績，炳耀史册。萬曆中建祠祀之，名芥隱書院，在郡廟西，歷准均編，春秋致祭，裔孫淇主鬯。

先是，漢邵公安、晉忠介公崧康熙間移主於内，同祠分祭。乾隆初，祠為僧佔。各祭於家。淇有志興復，遽以病卒。淇子太學生松承，奉宫保桂林陳公以祭田咨部。風之甲申，宫保莊公、方伯蘇公逐僧復祠，飭令的裔看守，緣邵公後裔亦置祭田，以備享祀，松承呈明大中丞明公，方伯蘇公、郡守申公，飭令仍各領編銀，各辦祭品，所有祭田，各自經管。松承請記於予。

予惟忠愍公祠載之邑志，淇於未病前，先置祭田二十二畝零一厘，在吴縣十九都十三啚談字圩者十四畝一厘，二十都四啚水字圩者六畝，李稱字圩者二畝，歲租二十石九升，優免徭役賦税外，餘籽以供粢盛。而襄簡、忠愍、安節三公馨香不替矣。

《記》曰：大夫三廟，一昭一穆，上士二廟，卿以下必有圭田。蓋廟與田相為表裏者也。淇父子是舉，深合禮經。且敦水木而嚴守祧，可以教孝；食舊德而服先疇，可以作忠。昔魯僖公復許田閟宫，作頌曰：居常與許，復周公之宇。僖公復其固有，而詩人稱美之，況創置耶？祠以報本，田以追遠，洵為賢子孫哉！故不辭而為之記。〔一〕

校記

〔一〕此文有目無文，據他本補録。

穆上舍〔一〕《近文齋》記

上古言文不言字，李斯、程邈出，文降爲字，而字學日興。後熙陵定天下，文治之餘，留意翰墨。乃出内府所藏真蹟，命侍書王著摹勒入石，此《淳化閣》爲歷代法帖之祖，雕刻絶精。自後有

《絳帖》，有《臨江帖》，有《潭帖》，有《武岡大觀帖》。東坡特推《潭帖》勝《閣帖》。蓋《潭》，乃希白所模。昔人謂希白拙於尋行數墨，工於摹字，綽有江左風味。若是乎，真蹟之傳，傳於摹勒之妙。雙鈎響榻，有能手勒之石，而古今文字可以不朽。自唐及宋，摹勒代有其人。若近世篆刻，妍媸各出，而擅長者更難能而可貴矣。

穆生大展，好古愛文，摹樵絶勝，自擅鐵筆。平生所雕四庫書，及碑版法帖，不可勝記。今上四巡江省吴中名蹟，如靈巖、鄧尉、支硎、天平、寒山諸勝處，每有天章，炳耀千古。皆大展聾石鐫碑，敬勒扊扅。凡所從事，專心致精。且萃力鳩工，不惜時日。故能名著藝林，有功文字。

其令子士華，能讀書，兼藝事。嘗刻《三希堂法帖》中《程子四箴》，爲一時所稱道。大展既好古愛文，并欲令子親風雅，顔其所居齋爲『近文齋』，將由藝進道，探古今文字之藏，不僅以雕蟲篆刻爲能事也。

昔朱竹垞太史稱崑山朱珪精於篆刻，古今法帖，多出其摹勒。取生平所刻文字，一一志之，爲《名蹟録》。今大展所刻，不亞《名蹟録》。更能教子好載籍、近斯文，不將比朱珪更勝乎哉？余故樂應其請而爲之記。

校記

〔一〕目録無『穆上舍』三字。